人才诗话

李麟儒 著

中央党校出版集团 大有书局

图书在版编目（CIP）数据

人才诗话 / 李麟儒著. —北京：大有书局，2022.10
ISBN 978-7-80772-100-0

Ⅰ. ①人… Ⅱ. ①李… Ⅲ. ①古典诗歌 – 诗歌欣赏 – 中国 – 文集 Ⅳ. ①I207.2-53

中国版本图书馆CIP数据核字（2022）第193234号

书　　名　人才诗话
著　　者　李麟儒

策划编辑　李瑞琪
责任编辑　吴春艳
责任校对　李盛博
责任印制　袁浩宇
出版发行　大有书局
（北京市海淀区长春桥路6号　100089）
综 合 办　（010）68929273
发 行 部　（010）68922366
经　　销　新华书店
印　　刷　北京盛通印刷股份有限公司
版　　次　2022年11月北京第1版
印　　次　2022年11月北京第1次印刷
开　　本　145毫米 × 210毫米　1/32
印　　张　9
字　　数　183千字
定　　价　42.00元

本书如有印装问题，可联系调换，联系电话：（010）68928947

前　言

中国自古以来就有尊贤重才的优良传统文化，几千年的国家民族兴亡史也是一部人才兴衰史。中国也是一个诗词文化大国，中国的诗词不仅源远流长，而且浩如烟海。在这个巨大的诗词宝库中，蕴藏着许多反映人才成长规律的名篇杰作。从刘邦“安得猛士兮守四方”的吟唱到龚自珍“不拘一格降人才”的呼唤，无不体现中华民族对人才的重视和渴求；从李白“天生我材必有用”的自信到赵翼“江山代有才人出”的赞叹，无不反映在历史长河中中华民族优秀人才纵横捭阖、才华横溢、人才辈出的生动场景。

自古以来，无论治国安邦，还是建功立业，人才都是不可或缺的关键因素。重视人才、爱惜人才是中华民族的优良传统。唐代大诗人杜甫的名句“安危须仗出群才”深刻揭示了天下之安危关键在人才的道理。历朝历代，无论平定天下，还是治理天下，都需要不同类型的济济人才。唐代诗人武元衡的诗句“金谷时危悟惜才”，是对历史教训的深刻总结——只有在面临危难的时候才知道应该珍惜什么样的人才，也深刻揭示了历史上“时危见臣节，世乱识忠良”的用人定理。北宋诗人张耒的诗句“人才之难万冀一，一士其重九鼎轻”，充分彰显了人才的极端重要性，蕴含着“人才难得”的客观规律。一方面从稀缺性上表明人才的难得、珍贵，如古人所说：“人才何其鲜，求一于百千。”另一方面从对比的角度反映人才对治国理政的重要性。“九鼎”是国之重器，人重而鼎轻，更突显了人才的重要性。南宋大诗人陆游的名句“人材衰靡方当虑”，则揭示了人才的整体状态和士气对国家兴衰成败的极端重要性。一个国家，一个民族，拥有众多的人才固然重要，但如果缺乏共同的信念和价值观将人才凝聚起来，缺乏有效的管理让人才的作用充分发挥出来，众多的人才就会形同一盘散沙，精神衰败，士气萎靡，离心离德，逐步流失，带来国家或民族的生存危机。晚唐诗人罗隐的诗句“裨补明时望重才”，昭示了匡正时弊、补救政误需要重用人才的深刻道理，也蕴含着重视人才要有识才之智、容才之量、用才之方的哲理。

重视人才培育是中华民族的优秀文化传统，古人言：“致天下之治者在人才，成天下之才者在教化。”古代圣贤孟子就把“得天下英才而教育之”作为人生三大乐事之一。历代诗人也在诗词歌赋中对人才培养规律进行了深入探讨。唐代大文学家柳宗元的名句“君不见南山栋梁益稀少，爱材养育谁复论”就昭示了封建朝廷不能爱养人才，从而导致国家衰败的深刻教训。陆游的名句“人才自古要养成，放使干霄战风雨”，则深刻揭示了人才实践成才规律：对人才既要精心培育，又要放手使用，形成人才成长的叠加效应。

南宋名不见经传的诗人厉寺正也写出了“人才谁不出陶镕”的名句，揭示了人才成长离不开陶铸熔炼的深刻道理和“补偿成才”的原理。清代大诗人袁枚的诗句“修炼多从苦处来”，则反映了人才发展史上逆境成才的普遍规律：领导者要注重从基层或实际斗争中发现、培养和提拔人才，特别是对出身微贱而有才干的人，让他们担任要职，参与军政大事，在实践中砥砺磨炼成才。唐代诗人李商隐的名句“雏凤清于老凤声”，昭示了人才成长过程中的一个普遍现象：长江后浪推前浪，一代更比一代强。

贤能政治是中国古代政治制度的核心，因此发现人才、举贤荐能成为我国古代政治制度设计的典型特征。历代诗人也对如何发现人才的社会现象及内在规律作了深刻总结。元代诗人萨都剌的名句“千古英雄草莽间”，透过历史的尘烟看到，优秀的人才往往蕴藏于基层人民群众之中，只有经历艰苦环境的磨炼，才能涌现一大批堪当大任的杰出人才。唐代诗人窦庠的诗句“时人莫小池中水，浅处无妨有卧龙”，则深刻反映了人才生长的一个特殊现象：历史上的许多优秀人才，在没有出名之前，大多身世卑微，家境贫寒；同时也体现了“不拘一格”、唯才是举的识才用人观。唐代诗人杜牧“潜龙须待一声雷”的名句，则是对潜人才现象的深刻揭示：潜人才要转化为显人才必须有足够的定力和韧劲，正确面对挫折失败，在坚韧不拔的努力中等待时机、把握机遇，不断提升自我、完善自我。同时，时代变迁、慧眼识才、机缘巧合等“一声雷”也是潜人才成为显人才必不可少的外部条件。南宋著名诗人杨万里“小荷才露尖尖角”的名句，则反映了青年人才成长的一个普遍规律：优秀人才往往在年轻时就崭露头角，初出茅庐时往往个性鲜明，锋芒毕露，尤其需要特别的呵护、特别的爱惜。同时对于个性化突出的拔尖人才，要早发现、早培养。北宋文坛领袖欧阳修“世无伯乐良可嗤”的名句，反映了历史上发现人才的一个重要定律：优秀人才离不开“伯乐”的发现和培养，“一流人才识一流之善”，发现和培养优秀人才的“伯乐”越多，优秀人才越容易脱颖而出；如果一个社会缺乏发现和培养人才的“伯乐”，社会就容易出现“万马齐喑究可哀”的局面。

准确识别人才、正确评价人才是选准用好人才的重要保证。历代诗人对人才评价识别的科学方法、有效手段及规律特点作了深入探究。唐代大诗人白居易的名句“试玉要烧三日满，辨材须待七年期”，深刻揭示了人才学中的一个重要定理：辨别一个人是不是真正的人才，需要靠时间来检验。这一定理反映了评价识别人才的艰巨性和复杂性。自古以来，我国历代统治者在用人问题上都注重德才兼备，强调以德为先、以德为本。南宋诗人陈普的名句“古人才德难求德”，则阐明了“德”在人才评价识别中的极端重要性，揭示了在人才的培养选拔中的德才标准的本质特征：一是在德与才的关系上，德更重要，以德为先，因而求德难；二是在衡量德的标准时，高尚品德难求，但始终如一坚守品德更难。晚清政治家康有为的名句“眼中战国成争鹿，海内人才孰卧龙？”表明，在民族国家生死存亡的关键时刻，时代所渴求、所呼唤的不是一般的人才，而是如诸葛孔明一样的盖世奇才，从而昭示了“盖有非常之功，必待非常之人”的深刻道理。晚唐诗人杜荀鹤的“时人不识凌云木”的诗句，既表达了对嫉贤妒能、埋没人才的社会现状的愤慨，又发出了关心爱护和培育可能长成参天大树的“幼苗”的呼唤。唐代大诗人杜甫的名句“时危始识不世才，谁谓荼苦甘如荠”，深刻揭示了人才发现和成才的规律：太平岁月不足以显出人才的非凡才能，时世艰危，人才才易于显示出自己的非凡才能并被世人所认识，英雄才大有用武之地。

选拔人才是用好人才的前提和基础，如何选拔出优秀人才是历代诗人吟诵的重要主题。清代诗人龚自珍的“不拘一格降人才”是广为传诵的名句，也是对古往今来选拔人才规律的深刻总结，反映了人才选拔使用的特殊定律：大格不破，大才难出。人才的成长是百花齐放、百家争鸣，充满个性、各有不同的。对不同特点、不同类型的人才要采用不同的选拔方法，才能使他们脱颖而出。唐代诗人李商隐的“人间只有嵇延祖，最望山公启事来”的诗句，则深刻揭示了人才选拔过程中必须遵循的基本规律，品行优秀的人才只有通过公正合理的选人用人机制才能被选拔上来。北宋诗人项安世的诗句“四海人才容接里”，深刻阐释了选人用人的关键在一个“容”字的哲理。只有对人才包容、优容、宽容，才能广开进贤之路、广纳天下英才。

育才识才选才，最终是用才，用好人才才是治国兴邦的根本。古代诗人对历史上不同时代使用人才的规律特点作了深刻揭示。晚唐诗人杜牧的名句“用贤无敌是长城”，揭示了古往今来国家兴衰成败的一个重要规律，即人才聚则天下兴，人才散则天下亡。只有广纳天下英才，在选贤任能上具有无敌于天下的优势，才能保证国家的长治久安。唐代大诗人李白的名句“天生我材必有用”，是古今人才自警自励的名言，深刻揭示了人才成长过程中自信、自知、自励的重要性和必要性。晚唐诗人罗隐“圣代也知无弃物”的警句，表达了人尽其才、才尽其用、扬长避短的用人思想。清代大诗人袁枚的诗句“人才那得如金铜，长在泥沙不速朽”，则深刻地揭示了人才的使用规律：金和铜埋在地下上千年，挖掘出来经过磨洗后依然能够闪闪发光；而人才一旦被埋没后，就会错过发挥作用的最佳时机，很难再重整旗鼓了。因此，使用人才必须善于把握“火候”，在人才的创造力处于最活跃的高峰期时及时起用，为其提供搏击长空的机会和舞台。唐代大诗人杜甫的名句“古来材大难为用”，则反映了历史上普遍存在的一种人才现象：大凡出类拔萃的杰出人才，总有一番艰难困苦的成长过程，有的甚至做出惊天动地的伟业、显露出卓尔不群的才华后，仍被排挤打压、惨遭迫害。袁枚“不逢大匠材难用”的警句，揭示了人才使用中的客观规律，体现了胸襟宽广、眼界高远、见识卓越的人在识才用才方面的重要作用，有远见卓识的“大匠”不仅能容人之短、用人之长，而且善于发现、使用不同类型人才的各自优长，实现最佳组合，取得最大效益。

纵观古今中外，人才顺利成长、充分发挥才干离不开良好的社会环境，尊才爱才、重才惜才、容才用才的社会环境是群贤毕至、人才辈出的必要条件。宋代诗人施宜生的诗句“算来栖凤莫非桐”，形象地揭示了环境对人才成长的极端重要性，人才如同珍贵的凤凰一样，对生长环境具有很强的选择性。宋代词人刘克庄的名句“未必人间无好汉，谁与宽些尺度？”，反映了社会文化环境对人才成长的重要影响。古训说，“金无足赤，人无完人”“人非圣贤，孰能无过？”察人用人，关键是要“宽些尺度”，扬长避短，“不以一眚掩大德”，才能实现人尽其才、才尽其用。欧阳修的名句“始知锁向金笼听，不及林间自在啼”，深刻揭示了人才发挥作用的一个重要定理：只有在自由宽松的环境中，人才的个性才得以张扬，聪明才智才得以尽情发挥，才能形成人人竞相成才、人人尽展其才的生动活泼局面。晚唐诗人罗隐的诗句“浮世近来轻骏骨，高台何处有黄金”，揭示了招贤聚才关键是要形成重才爱才的社会风尚的深刻道理。从经济基础与上层建筑的关系上说，一个国家能否长盛不衰、长治久安，很大程度上取决于民心向背、民风善恶。一个社会重贤爱才风尚的形成，既要靠教育，更要靠教化，根子在用人。晚清诗人龚自珍“落红不是无情物，化作春泥更护花”的千古名句，体现了古往今来育才护才的最高境界和无私情怀。重才爱才不仅体现在育才荐才上，更体现在人才遭遇排挤陷害时能给予有力的保护，信任并尊重干事业的人才，使之放心大胆干事，以“化作春泥更护花”的胸怀，倾力净化和打造有利于人才顺利成长的政治文化生态。

在中国历史上，人才的兴衰成败与历史机遇、时代变迁密切相关。历代诗人对人才与时运的关系也作了深入解读。清代诗人查慎行的名句“英雄时至适成名”和“时平谁敢说雄才”等，反映了历史上江山更迭的内在规律，深刻揭示了时势造就人才、人才引领时代的历史定律，昭示了人才成功机遇的时效性和周期性。人才个体成长需要内动力，即人的理想、志趣等；社会大批人才和一个时代人才成长，除了内动力，还必须有社会动力，时代的需要就是全社会人才辈出的驱动力。李商隐的名句“古来才命两相妨”，是对古往今来人才“多磨难”现象的一个精辟概括：大凡才华横溢的人，往往命途多舛、历经磨难。“才命两相妨”既来自外部环境、机遇和条件的影响，也与人才自身的素质品行密切相关。北宋著名改革家王安石的名句“风虎云龙，兴王只在笑谈中”，揭示了一个时代群雄并起、人才辈出的重要定律：时代的风云变幻，是各类人才施展抱负才华、建功立业的难得机遇，人才只要把握好机遇，就能大显身手、大展宏图。

中国古代诗人对人才主题的吟唱，既有对自己身世际遇的深切感悟，又有对时事政治的深刻针砭；既有对社会现象的讽喻批评，又有对人才规律的精准凝练；其中蕴含着许多人才发现、培养、使用的原理、定理、哲理，至今读来仍有动人心弦、引人深思、助人升华、益人借鉴的价值和意义。

《人才诗话》一书是从浩如烟海的中国古典诗词中撷取的50首与人才主题紧密相关的作品进行深入解读汇集而成。其中有48篇文章相继在《中国人才》杂志（2016年第1期至2019第11期）开辟的“人才诗话”专栏发表。全书共有九部分，分为前言、重视人才篇、培育人才篇、发现人才篇、识别人才篇、选拔人才篇、使用人才篇、人才环境篇、人才时运篇，每部分由6—8篇人才诗词赏析文章构成，涉及人才重要性、人才培育、发现、识别、选拔、使用、环境和时运八大主题。每篇文章通过赏析古代名家人才诗词，结合诗人的身世际遇和时代特征，运用古今中外大量人才培养、选拔、使用的典型案例和人物故事，采用诗意解读、背景分析、夹叙夹议、借事喻理的方式，力图概括提炼我国历史上人才培育、发现、使用、集聚和成长的内在规律和显著特点，并结合当代中国人才发展实际进行深入思考，使读者在欣赏中国古典人才诗词精美诗意的同时，了解中国历史上的人才发展史、人才文化史，领悟重才爱才、育才引才、选才用才的深刻哲理和现实意义。

笔者长期在中央国家机关从事人才工作。工作之余注重学习中国古代人才文化，日积月累，集腋成裘，汇集成书，冀望为弘扬中华优秀传统文化、助力当代中国人才事业发展尽绵薄之力。

目录

第一章　重视人才篇

003　禅补明时望重才

008　安危须仗出群才

013　金谷时危悟惜才

018　人才进退国安危

023　人才之难万冀一

029　人材衰靡方当虑

第二章　培育人才篇

037　爱材养育谁复论

043　人才自古要养成

049　少年心事当拏云

054　雏凤清于老凤声

058 人才谁不出陶镕
063 修炼多从苦处来

第三章 发现人才篇

071 千古英雄草莽间
076 浅处无妨有卧龙
080 潜龙须待一声雷
085 小荷才露尖尖角
089 世无伯乐良可嗤
093 借取明时一荐雄

第四章 识别人才篇

101 辨材须待七年期
105 古人才德难求德
110 海内人才孰卧龙?
116 时人不识凌云木
121 时危始识不世才
126 贤愚千载知谁是

第五章 选拔人才篇

133 不拘一格降人才
137 最望山公启事来
142 世上岂无千里马
147 未有庸人不忌才
151 四海人才容接里
157 眼底人才思国士

第六章 使用人才篇

165 用贤无敌是长城
169 天生我材必有用
174 天机云锦用在我
180 圣代也知无弃物
185 人才岂用拘彝调
190 人才那得如金铜
195 古来材大难为用
201 不逢大匠材难用

第七章　人才环境篇

209　算来栖凤莫非桐
214　未必人间无好汉
219　不及林间自在啼
224　但开风气不为师
229　浮世近来轻骏骨
234　化作春泥更护花

第八章　人才时运篇

241　英雄时至适成名
246　运去英雄不自由
251　时平谁敢说雄才
256　德尊一代常坎轲
262　古来才命两相妨
267　风虎云龙，兴王只在笑谈中

第一章

重视人才篇

CHAPTER 1

裨补明时望重才

江花江草暖相隈，也向江边把酒杯。
春色恼人遮不得，别愁如疟避还来。
安排贱迹无良策，裨补明时望重才。
一曲吴歌齐拍手，十年尘眼未曾开。

——罗隐《春日叶秀才曲江》

晚唐诗人罗隐写了一首七律《春日叶秀才曲江》，大意是：江边的花花草草紧挨着生长在岸上，送别的人在江边举起手里的酒杯。这恼人的春色是没有办法遮挡起来的，离别的滋味像病痛一样无法回避和解脱，对上天安排的这坎坷人生自己也没有什么好办法，只期待时来运转圣明的君主重视人才，自己才有机会报效国家。一曲婉约的吴歌引来阵阵鼓掌喝彩，可惜许多年来世人的眼睛都还没有睁开呀。首联是点题，写春暖花开之时，作者在曲江送别友人叶秀才，举杯把盏，不胜感慨。明写万紫千红的春天景色，暗衬黯然销魂的离别之情。颔联采用对比的手法写送别之情，江边的美景与心中的愁绪形成鲜明对比。“恼人”在当时的口语中，就是撩人、惹人、逗人的意思。“春色恼人遮不得”则含蓄而曲折地表达了诗人怀才不遇的惆怅情绪。诗人罗隐文采卓异，然屡试不中，一生穷愁潦倒。眼前的春色再撩人，却怎么也遮不住诗人失遇穷途之悲凉啊。一个“遮”字，惟妙惟肖地传达出诗人欲盖弥彰的尴尬心境。美好的春色，怎么也引发不了内心的欣喜，这春色是别人的，而自己什么也没有。“遮不得”毫无遮拦地抖搂出诗人内心的伤痕。再深究一层而言，这“春色”在古代的干谒诗、宫廷诗中，往往寓指贤人的知遇、君王的恩宠，这为颈联“裨补明时望重才”埋下了伏笔。“别愁如疟避还来”则写出愁绪深重，离别之愁与不遇之忧交织重叠，萦绕心头，驱之不散，挥之不去。颈联则笔锋一转，把眼前的忧虑转化为未来的期盼，在走投无路的情况下，只期待重视人才的圣君出现。“裨补”，弥补缺点和不足的意思，语出三国诸葛亮的《出师表》：“愚以为宫中之事，事无大小，悉以咨之，然后施行，必能裨补阙漏，有所广益。”“裨补明时望重才”含有再圣明的君主也需要人才予以“裨补阙漏”的意思。尾联则与首联遥相呼应，写春来江畔，游人如织，莺歌燕舞，欢声鼎沸，却反衬出诗人内心的寂寥与忧愤，不由得发出“十年尘眼未曾开”的愤世嫉俗之言，流露出“举杯浇愁愁更愁”的无奈之态。

作者罗隐是晚唐著名的才子诗人，“龆年夙慧，稚龄能文”，因其恃才傲物，所为诗文每多讥讽，触怒权贵，以致十试不第。“困居长安，寒饿相接”。其间，又遭丧妻之痛，遂漫游江淮，仕途坎坷，颇不得志。晚年东归钱塘进谒吴越王钱镠，惧不见纳，乃呈诗稿一卷，因“一个祢衡容不得，思量黄祖谩英雄”的诗句而得到钱镠赏识，钱镠遂待之为上宾，此后罗隐历任钱塘令、司勋郎中、给事中等职。罗隐病逝前，钱镠亲临抚慰，并题诗于壁云：“黄河信有澄清日，后世应难继此才。”可以说这是对罗隐一生才华的最高评价。

《春日叶秀才曲江》一诗是罗隐一生内心世界的真实写照，报效国家的士大夫情怀与屡试不第的悲惨现实形成强烈的冲突，权贵的白眼、尘世的冷落构成他一生的命运，即便是“今朝有酒今朝醉，明日愁来明日愁”也难以摆脱内心的苦闷，“春色撩人”也难以遮掩深深的忧愁。此诗不是写一般的离愁别恨，而是借送别友人表达诗人满腹才华而不为世所用的幽愤。

“裨补明时望重才”是全诗的诗眼，既是“春色恼人遮不得”的根由，又是“十年尘眼未曾开”的期盼，揭示了匡正时弊、补救政误需要重用人才的深刻道理。古往今来，历史上的明君圣主，身边大多有敢于直言的忠贞之士，秉忠进谏，及时指出并匡正君王治国理政的失误。汉高祖刘邦身边有张良，唐太宗身边有魏征。秦末汉初，时代风云变幻，张良为刘邦夺取天下立下了不世之功。他设计击败秦军，劝谏刘邦撤出秦宫，争取黥布、彭越，笼络韩信，进而灭楚。刘邦称帝后，他四两拨千斤，建议封赏与刘邦有宿怨的壅齿，从而彻底安定了人心，将祸患消灭在萌芽状态。刘邦曾说："夫运筹帷幄之中，决胜千里之外，吾不如子房。"可以说是对张良盖世之才、劝谏之功的充分肯定。唐太宗之所以能开创"贞观之治"的大业，离不开"一代名相"魏征的辅佐。魏征最大的特点是直言进谏，纠正唐太宗的失误，凡是他认为正确的意见，必定当面直谏，坚持到底，绝不背后议论。有一次，唐太宗朝令夕改，欲将征兵年龄从18岁降低至16岁，魏征坚决反对，直言唐太宗"涸泽而渔，焚林而猎"是杀鸡取卵的做法，并指出唐太宗三次失信于民的问题，最终使唐太宗欣然采纳了他的意见。他还多次犯颜直谏唐太宗追求个人享乐的问题，促使唐太宗成为"开国皇帝"中少有的节俭典范。魏征病逝后，唐太宗亲临吊唁，痛哭失声，并说："夫以铜为镜，可以正衣冠；以古为镜，可以知兴替；以人为镜，可以明得失。朕常保此三镜，以防己过。今魏征殂逝，遂亡一镜矣。"

"裨补明时望重才"也蕴含着重视人才要有识才之智、容才之量、用才之方的道理。因为大凡英明的人主，往往自视甚高，容易刚愎自用，若没有识才之智、容才之量、用才之方，往往很难做到真正重视人才。齐桓公之所以能成为"五霸之首"，关键在于识才有智、容才有量、用才有方。他不计前嫌，任用差点要了自己性命的管仲为相。司马迁在《史记》中对管仲的作用作了极高评价："齐桓公以霸，九合诸侯，一匡天下，管仲之谋也。"他还不拘一格任用管仲举荐的"五杰"：王子城父、宾胥无、隰朋、宁戚与东郭牙。“五杰”各司其职，充分施展抱负、发挥才干，终使齐国出现了君明臣贤、国强民富的兴盛局面。东郭牙实际上就是向齐桓公推荐管仲的鲍叔牙，他能“识君臣之有善（与不善）者”，最显著的特点就是性情耿直，敢于犯颜直谏，对桓公之治多有匡正。桓公在霸业有成后常露骄矜之色，觉得自己可比尧舜。一次，他对鲍叔牙说，想派人铸大钟，用以铭记自己的功德。鲍叔牙不赞同，他备言桓公之过，令桓公惭愧不已，说：“如果不是您及时批评，我迟早要犯大错误。”孔子与弟子讨论人臣之最贤者时说：“齐有鲍叔，郑有子皮。”还说鲍叔牙“知贤，智也；推贤，仁也；引贤，义也。有此三者，又何加焉”。可见孔子对鲍叔牙评价之高。在用人上齐桓公也是高招迭出，他因求贤若渴而“庭燎招士”，他曾礼贤下士三番五次拜访小臣稷，他还采用“三选法”录用官吏，广纳天下英才。在雄才大略、志存高远的齐桓公看来，只要能实现霸业，只要是霸业需要的人才，什么个人恩怨，什么齐国人、外国人，什么血缘远近，似乎都应该弃置不顾。正如《管子》中所说的“霸王之所始也，以人为本”“夫争天下者，必先争人”“不能知人，害霸也；知而不能任，害霸也；任而不能信，害霸也；既信而又使小人参之，害霸也”。在这些话中，人才问题成了压倒一切的决定性问题，成了霸业的核心和关键。正是因为齐桓公采取不拘一格、选贤任能、知人善任、用其所长的用人之道，才开创了首霸伟业。

安危须仗出群才

锦江春色逐人来，巫峡清秋万壑哀。
正忆往时严仆射，共迎中使望乡台。
主恩前后三持节，军令分明数举杯。
西蜀地形天下险，安危须仗出群才。

——杜甫《诸将·其五》

唐代大诗人杜甫于大历元年（766）秋在夔州用政论体写了著名七言组诗《诸将》，其中第五首诗的大意是：昔日锦江春天到来时，美丽的景色紧随着踏青的人们而来，而今巫峡到了清秋时节则千山万壑一片衰败的景象。回想起往日和严仆射（指严武，他死后被追赠为尚书左仆射）一起，在望乡台上迎接皇宫派来的特使。严仆射因治蜀政绩突出，受到皇帝的重用，三次出任节度使，治军严厉，赏罚分明，又常常与官兵们打成一片，举杯畅饮。虽然西蜀地形有天下险要之称，但国家的安危还须依靠像严武这样出类拔萃、文武双全的人才。诗中的严武是杜甫生前好友，杜甫客寓成都时，曾入严武幕府，并与之结下了深厚的友谊。此诗是诗人对去世好友严武的怀念之作。首联“锦江春色逐人来”一句，通过拟人的修辞手法，不但表现了诗人对春色之美的喜爱，而且将“锦江春色”人格化，赋予景物以丰富的情感色彩。下句“巫峡清秋万壑哀”是写严武去世不久，作者出蜀东下，流寓夔州。夔州地接巫峡，又值秋季。诗人触景生情，回忆成都之时，百感交集，顿觉万壑生哀。这里，诗人通过描写锦江与巫峡两地不同的时令特征，表现出了“一喜一哀”的强烈反差，为后面展开对严武的回忆作了情感铺垫。颔联紧承首联，追忆了诗人在严武幕府时，曾陪严武在望乡台“共迎中使”的往事。不但表现了诗人与严武感情的深厚，也表现了严武深受皇帝的重用，为下文埋下伏笔。颈联写了严武治蜀的业绩。上句写了唐王对严武的信任，“三持节”就是说严武一任东川节度使，两任剑南节度使。下句写严武的儒将风度，既治军甚严，赏罚分明，又好整以暇，多次与官兵举杯饮酒，开怀畅谈。尾联中的“安危”是偏义复词，指安全。一说指转危为安。西蜀北有剑门，东有夔巫，地形险阻，固然可以“一夫当关，万夫莫开”，但李唐王朝最需倚仗的还是严武这样的出群之才。此诗在艺术上的突出特点是情景交融、寓情于事，看似平淡地写景叙事，却蕴含着丰富的情感表达。诗歌开始描写的昔日成都“春色逐人来”的喜悦美景与而今面对的“巫峡清秋万壑哀”的凄凉画面形成鲜明对比，诗人触景生情，饱含着对严武的无限怀念之情。中间两联叙事抒情，从不同角度叙述了严武深受皇帝的重用及其文武双全，不但表现了诗人与严武的深厚之情，也流露出诗人对严武的敬佩之意。尾联卒章显志，是全诗的高潮，以西蜀之险衬托严武的出群之才，直接表达了诗人对严武敬佩与赞美之情。诗人写此诗时，安史之乱虽平，但边患尚未根除，内乱也不断产生。全诗通过追思去世的杰出好友严武，表达了对蜀中将帅平庸、不断起兵作乱状况的愤懑，对治国安邦将才的渴求和忧国忧民之心跃然纸上。

“安危须仗出群才”一句是全诗的诗眼，深刻揭示了天下之安危关键在人才的道理。这是诗人杜甫亲历安史之乱得出的深刻教训。诗人所敬重的严武也是平定安史之乱的功臣。安史之乱发生时，严武随肃宗西奔，参与了灵武起兵，随后陪驾到凤翔及长安，不断受到朝廷重用。安史之乱的平定过程也充分印证了“安危须仗出群才”的历史定论。所谓“出群才”非一般人才，而是能挽狂澜于既倒的文武全才。平定安史之乱的第一功臣郭子仪就是这样的典型代表。安史之乱爆发后，唐王朝岌岌可危，郭子仪临危受命，成为朔方（今宁夏灵武西南）节度使，与训练有素的叛军展开了艰苦卓绝的较量，与河东节度使李光弼合兵，在河北打败史思明，收复河北、河东，拜兵部尚书、同中书门下平章事。至德二年（757），郭子仪与广平王李俶收复西京长安、东都洛阳，功居平乱之首，以功加司徒，封代国公。广德元年（763），叛将仆固怀恩勾结吐蕃、回纥进犯关中地区，长安失陷。郭子仪被再度起用，任关内副元帅，再次收复长安。永泰元年（765），吐蕃、回纥又联兵内侵，郭子仪正确地采取了结盟回纥、打击吐蕃的策略，在泾阳单骑说退回纥，保卫了国家的安宁。纵观郭子仪戎马一生，几起几落，屡建奇功，他为人宽简，善于培养发掘人才，他的部下有数十人因功位至将相。最后他以84岁的高龄告别沙场，天下因有他而获得安宁达20多年。他在全国享有崇高的威望和声誉。有人评价郭子仪说："权倾天下而朝不忌，功盖一世而上不疑，侈穷人欲而议者不之贬。"旁人得其一尚且不易，郭子仪却是样样俱全，实在是中国历史上出类拔萃的奇才。后世对郭子仪评价也很高，将他尊为护国之英雄。乾隆皇帝曾评价说："自古大臣出将入相，为国安危者，必有忠诚之德，经世之才，有以扶危安邦定国，然后立非常之功，万世之业，汉之孔明，唐之子仪，信其人也。二公以忠正老成，为当世人望，加以非常之才功盖天下，是故亮殁而汉亡，子仪存而唐复。"郭子仪与诸葛亮一样，都具有雄才大略，无论才华还是事功，都足以彪炳千古。诚如司马相如在《难蜀父老》一文中所写："世有非常之人，然后有非常之事，有非常之事，然后有非常之功。"

"安危须仗出群才"一句，也可以理解为国家治乱安危必须依靠出现更多的各类人才。历朝历代，无论平定天下，还是治理天下，都需要不同类型的人才。正如《人物志》所说"五常异禀，百行殊轨，能有兼偏，智有短长"。治国理政，需要各种人才。战国时期，魏文侯治国就用了两种不同类型的人才。一类是魏成子向魏文侯推荐的大名鼎鼎的儒门高手，如孔子的得意门生卜子夏、隐居不仕的段干木、儒商子贡（孔子爱徒端木赐）的入室弟子田子方等，这类人才有道德上的优势，不仅自律，同时还有战略上的开阔视野，追求修身、齐家、治国、平天下。他们是帝王之师，“坐而论道者也”。另一类是翟璜向魏文侯推荐的许多优秀干才，如西河郡守名将吴起，治理邺地的能臣西门豹，打下中山国的大将乐羊等。这两类人都是杰出的文臣武将，各有所长，在不同岗位上各司其职，是分而任事者也。正如李克在向魏文侯推荐国相人选时所说的那样，“国君不仅需要各行各业的干才，更需要能够帮助其提升境界和格局的指导者”。魏文侯治国理政，不仅卓有成效，而且有用才之道。“文侯由此得誉于诸侯。”《史记·魏世家》记载，秦人曾欲伐魏，有人提醒：“魏君礼敬贤人，仁爱国人，上下和合，未可图也。”魏文侯的用才之道，构成了我国古代明君治国的微型标本。

金谷时危悟惜才

摩诃池上春光早，爱水看花日日来。
秾李雪开歌扇掩，绿杨风动舞腰回。
芜台事往空留恨，金谷时危悟惜才。
昼短欲将清夜继，西园自有月裴回。

——武元衡《摩诃池宴》

唐代诗人武元衡写了一首七律《摩诃池宴》，诗的大意是：摩诃池上春天的景色来得比较早，喜欢在水边赏花的人们几乎每天都来。雪一般盛开的李花掩映着歌女的玉扇，春风吹动的杨柳绿枝如同舞女的细腰。长满乱草的荒芜平台上所发生的历史往事不知留下了多少遗恨，金谷园面临危难的时刻才醒悟要爱惜人才。白昼欢娱的时间太短，想在清静的夜晚延续，西园的上空自有美好的月亮在那里徘徊等待。

诗的首联以白描的手法点明了时间、地点、场景，一派春暖花开、游人如织的春游景象跃然纸上。摩诃池是唐代成都城中一个风景秀美的人工湖，时人有“珍木郁清池，风荷左右披”的描述，是泛舟赏景的胜地。无论文人雅士，还是凡夫俗子，都爱到此游览，诗人杜甫、薛涛、孟昶、高骈等都在此留下赞美诗句。晚唐名将高骈写的七绝《残春遣兴》就颇为风流俊逸：“画舸轻桡柳色新，摩诃池上醉青春。不辞不为青春醉，只恐莺花也怪人。”游览摩诃池的风气大约在中唐开始盛行。元和二年（807），武则天的曾侄孙、49岁的武元衡到成都担任西川节度使，任职5年期间，这位才情甚高的地方长官喜欢把避暑、宴饮乃至送别等活动都安排在摩诃池。这首《摩诃池宴》就是即兴佳作。

颔联采用对比与拟人的手法生动描绘了摩诃池上秾李绿杨、歌舞升平的画面，人面与李花相映，绿杨与轻腰同舞，画面动感十足，对仗工整，“雪开”对“风动”，“扇掩”对“腰回”，好一幅文人雅士及时行乐图。颈联则笔锋一转，借用西晋时期“金谷园”盛极而衰的典故，感叹眼前好景不长、盛事难再。金谷园是西晋富豪石崇所筑，极尽奢丽。晋武帝夺取魏国政权最大帮凶与儿女亲家贾充之孙贾谧，“其骄宠奢侈逾度，室宇崇僭，器服珍丽。歌僮舞女，选极一时。开阁延宾，海内辐凑。贵游豪戚及浮竞之徒，莫不尽礼事之，……皆傅会于谧，号曰二十四友”。他们经常在洛阳西北郊金谷园聚会。此“二十四友”文学集团的著名人物，包含历史上有名的美男子潘岳（潘安），吴国才子陆机、陆云兄弟，以《三都赋》享誉的左思，奢侈名人石崇，以及其后于五胡乱华初期以孤忠博得后世莫大尊敬的刘琨，可谓是胜友如云、人才济济。谁知世事难料，永康元年（300），在八王之乱中，赵王司马伦发动政变，诛杀贾后（贾南风，贾充的女儿，晋惠帝的皇后）等人，贾谧也被杀，石崇及“二十四友”中的骨干潘岳、陆机等相继被杀，金谷园逐渐衰败，人去楼空，一片荒芜。唐代诗人韦应物《金谷园歌》写道：“嗣世衰微谁肯忧，二十四友日日空追游。追游讵可足，共惜年华促。祸端一发埋恨长，百草无情春自绿。”正是这段历史的生动写照。诗人借此典故暗喻摩诃池的未来——盛极必衰，感叹世事无常、人生短促。尾联则紧承上联，表达了人生苦短，何不秉烛夜游、及时行乐的心情。“裴回”亦作“徘徊”，彷徨徐行貌。“昼短”与首联“日日来”相呼应，“清夜”与颔联动感十足的画面相对比，全诗构思精巧，前后呼应，起承转合，一气呵成。

武元衡是唐代著名的诗人、政治家和宰相。他从小就天资聪明，才华横溢，还有很高的颜值，甚至有“唐代第一美男子”之称。建中四年（783），他参加科举考试，因为诗赋文佳而金榜题名，位列进士榜首。后因工作出色，连升三级，贞元二十年（804），武元衡被任命为御史中丞，唐德宗称赞他说：“这人真是有宰相的才能啊！”后来武元衡确实成了铁血宰相。他政治上的主要成就是致力于削弱藩镇割据，以强硬手腕为宪宗削藩立下了赫赫功勋，但也招致藩镇割据势力的忌恨，在去大明宫上朝时被刺杀身亡。武元衡还擅长写诗，是中唐时期有名的诗人，也是中国历史上少有的诗人宰相。《旧唐书》记载，武元衡擅长五言诗，很多人都喜欢传抄他的诗篇，并且配上乐曲传唱。他的诗以辞藻绮丽、雕琢精妙著称。唐末张为著的《诗人主客图》中，称武元衡为“瑰奇美丽主”，以赞其诗歌之美。

“金谷时危悟惜才”是全诗的诗眼，是对历史教训的深刻总结：只有在面临危难的时候才知道应该珍惜什么样的人才。以贾谧为核心的“二十四友”集团是晋朝豪族势力的典型代表，其中也不乏学富五车的风流才子，但其自大、自满与骄恣纵欲的生活方式和挥麈“清谈”的风雅政治，导致了晋朝政治的松懈怠惰。当国家危急时，清谈人物懦弱、卑鄙、贪婪、颟顸、自私自利，以及无耻人格得以充分暴露，糜烂生活与颓废风俗并发的道德堕落，是晋朝政权被轻易倾覆的致命伤。后世历史学家沉痛地指出“清谈灭晋”，可谓一语中的。晋朝豪族对国家社会的巨大腐蚀力影响深远，仅仅25年时间，一个新兴朝代与统一国家迅速解体，八王内乱与五胡乱华相续，中国不可收拾的大分裂局面最终形成。

“金谷时危悟惜才”一句也深刻揭示了历史上“时危见臣节，世乱识忠良”的人才规律。永嘉之乱后，金谷“二十四友”之一的刘琨从“清谈”中幡然醒悟，据守晋阳近十年，抵御前赵。刘琨承平时代并未得志，世乱才识忠贞，在豪族中是少数中的少数。但刘琨最终在孤独奋斗环境中，被撤退到江南的豪族主流陷害而牺牲。历史上，一个国家、一个民族往往在面临危难时，才能真正认识到人才的珍贵。晋文帝重耳四处流亡时，多亏了五位贤臣相助才得以成为春秋霸主之一；汉高祖刘邦被围困白登山时，是陈平用奇计帮助解围。秦国兴，得在广聚天下之才；明朝亡，失在滥杀良臣良将。战国时代，秦国秦昭王年幼继位，大权旁落，“秦王之国危如累卵”。他求贤若渴，希望找到可靠的人才来辅佐自己。魏国的范雎被引荐给秦昭王后，一番深谈，秦昭王为其深谋远虑所折服，后拜其为丞相，成就了秦国一代帝业。正如李斯所评价的：“昭王得范雎，废穰侯，逐华阳，强公室，杜私门，蚕食诸侯，使秦成帝业。”明末皇帝崇祯17岁登基，他勤俭自律，清心寡欲，励精图治，勤勉和贤能超过了明朝历代帝王，但他生性多疑，刚愎自用，用人不专，滥杀大臣，崇祯一朝换了54个内阁，14个兵部尚书无一善终，尤其是冤杀抗后金名将袁崇焕，致使明朝元气大伤，终未逃脱社稷颠覆的命运。清朝康熙时的名相张廷玉在《明史・流贼传》中曾这样评价崇祯：“呜呼！庄烈非亡国之君，而当亡国之运，又乏救亡之术，徒见其焦劳瞀乱，孑立于上十有七年。而帷幄不闻良、平之谋，行间未睹李、郭之将，卒致宗社颠覆，徒以身殉，悲夫！”由此可见，文无汉代张良、陈平那样足智多谋的良臣，武无唐朝李靖、郭子仪那样挽狂澜于既倒的猛将，是明朝灭亡的根本原因。

人才进退国安危

莫言世事只如棋，千载是非人共知。
吾道废兴时否泰，人才进退国安危。
诗书未火秦犹在，党锢无钩汉亦衰。
覆辙相寻多不悟，抚编太息此何时。

——于石《读史七首·其六》

宋代诗人于石写过七律《读史七首》，其中最有名的是第六首，诗的大意是：不要说世界上的事情只是如下棋一样变化莫测，千百年来谁是谁非人们都知道。治国之道的兴废交替是与时运顺与不顺紧密相关的，而人才的进退去留则直接决定国家的安危。秦始皇如果没有焚书坑儒，秦朝的天下依然存在，东汉末年的“党锢之祸”虽然没有动用刀兵但最终导致汉朝的衰败。历史上不断重蹈覆辙大多是对规律性现象不能醒悟，掩卷长叹不知当今处于什么样的时代。

此诗是一首咏史诗，借助历史上的典型史实，揭示历史上的规律性现象，以议论为主、叙事为辅，夹叙夹议，娓娓道来。首联开宗明义，表明纷繁复杂的历史现象是可以认知的，世事如棋局局新，人间自有公道在。颔联是全诗的核心所在，揭示了一个国家、一个民族兴衰存亡的决定性因素是人才的道理，国家的兴衰固然有时运的问题，但归根结底起决定性作用的还是人才。“否泰”出自《易经》的两个卦名。天地交、万物通谓之“泰”，不交闭塞谓之“否”。否是坏、不顺，泰是好、顺利，后常指世事的盛衰，命运的顺逆。“否极泰来”说的就是厄运终了好运就会来。颈联运用历史上的两个典故：“焚书坑儒”和“党锢之祸”，论证“人才进退国安危”的深刻道理。焚书坑儒，史上又称“焚诗书，坑术士（儒生）”。秦始皇自以为“功高三皇，德迈五帝”，欲厚今而薄古，在公元前213年—前212年焚毁书籍、坑杀“犯禁者四百六十余人”。秦始皇焚书坑儒意在维护统一的集权政治，进一步排除不同的政治思想和见解，但并未收到预期的效果，反而加速了秦朝的灭亡。党锢之祸是东汉桓帝、灵帝时，士大夫、贵族等对宦官乱政现象不满，与之发生党争的事件。两次党锢之祸都以反宦官集团的失败而告终，士大夫阶层受到了严重打击和残酷镇压。但党锢之祸后，由于清正的官员不是被害就是被禁锢，宦官更加为所欲为，残害百姓，因而激起民变，加上士大夫、豪强离心，最终酿成黄巾起义，群雄并起、天下大乱，东汉走向灭亡。“焚书坑儒”和“党锢之祸”都是中国历史上发生的摧残人才的典型事件，与秦汉衰败有着直接关系，诗人以此来论证“人才进退国安危”，既形象生动又具体贴切。尾联则追古抚今，感叹历史上不重视人才的悲剧屡屡上演，对当下处于什么样的时代产生了迷惑。尾联与首联相呼应，“是非人共知”与诗人“太息此何时”形成反差对比，既反映了诗人“旁观者清、当局者迷”的矛盾心态，也暗含作者对南宋朝廷不重用人才、奸臣当道现象的讽喻和对宋朝衰败根源的追问。

诗作者于石是宋末元初诗人，婺州兰溪人，生于宋理宗淳祐十年（1250），卒年不详。《兰溪县志》记载：于石，字介翁，因所居乡自号紫岩，晚徙城中，更号雨溪。貌古气刚，喜诙谐，其学多所通解，自视甚高。宋亡，隐居不出，一意于诗，出入诸家，豪宕激发，气骨苍劲，望而知其为山林旷士，一时言诗者皆莫及。于石的诗多为哀厉之音，著有《紫岩稿》三卷，被《四库全书》收录。正因为诗人身处宋末元初之际，所以亡国之痛时常萦绕心头，七首咏史诗便是对秦汉时期国家兴衰存亡规律的探寻。既有“时逢否泰有消长，道在乾坤无古今”的自信，又有“亲而寡助宁非叛，国尔忘身始是忠”的赞叹；既有“人臣贵在明大义，勿为身谋为国谋”的情怀，又有“朝廷有道自多助，仁义行师岂恃强”的操守。而“人才进退国安危”更是对历史规律的凝练概括。

“人才进退国安危”是全诗的核心所在，从国家兴衰成败的高度点明了人才的极端重要性，这既是对历史经验的深刻总结，也是对后人治国理政的警醒昭示，正如孙中山所说的：“治国经邦，人才为急。”“人身之所重者元气，国家之所重者人才。”在中国历史上，每逢国家生死存亡之际，总会有一些优秀人才挺身而出，挽狂澜于既倒，扶大厦之将倾。他们的存在，保护了一方的平安，同时也延长了一个国家的时运。但是在他们被杀后，其国也随即灭亡。

战国时期的楚国人伍子胥，其父亲伍奢是当时楚国的太子太傅，后因遭受到奸臣费无忌的诬陷，伍奢和其长子伍尚被楚平王杀害。伍子胥逃到吴国，辅佐公子光成为吴王（阖闾）。由于当时的吴王阖闾非常倚重伍子胥等人之谋，所以吴国西破强楚，北败徐、鲁、齐，成为春秋时期的霸主。夫差继位后，吴国打败了越国，越王勾践投降。此时，伍子胥力谏吴王夫差，让其一举消灭越国，但是夫差为伯嚭所谗，放过了死敌勾践，从而让越王勾践获得喘息之机。后来，伯嚭再次乘机进谗言，诬陷伍子胥有谋反之心，于是夫差就赐死了伍子胥。伍子胥死后不久，果然越国趁吴国发兵北上之际偷袭吴国，并且消灭了吴国。夫差临死前，由于悔恨不听伍子胥之言，所以用黑布蒙住双眼，以示自己无面目在地下见到伍子胥。

战国时期的赵国名将李牧，与白起、王翦、廉颇并称“战国四大名将”。李牧治军有方，深得士兵和人民的爱戴，有着崇高的威望。在他的征战生涯中，屡次重创敌军而未尝败绩，尤其是在赵破匈奴之战和肥之战中，显示出了他高超的军事指挥艺术，匈奴之战是中国战争史中以步兵大兵团全歼骑兵大兵团的典型战例，肥之战则是围歼战的范例。但是这样一位杰出将领，却因秦国所使的“离间计”，被赵王迁所杀。李牧一死，赵国再也没有能够阻挡秦军的将领了，三个月后，秦军一举攻下赵国都城邯郸，赵王被俘，赵国灭亡，真可谓“良将身亡赵亦亡”，后人也有“但使李牧将军在，嬴政不易定江山”一说。

还有明朝末年的抗后金名将袁崇焕，万历四十七年（1619）进士，后通过自荐的方式在辽东边关任职。之后，因得到孙承宗的器重镇守宁远。在抗击清军（后金）的战争中先后取得宁远大捷、宁锦大捷，重创了当时的后金。即使是天纵英才的努尔哈赤和皇太极，在袁崇焕镇守辽东期间，也始终未能越过袁崇焕的防区。因此，袁崇焕成为明帝国最坚硬的北方屏障。崇祯二年（1629），拿袁崇焕毫无办法的皇太极绕道蒙古，避开袁崇焕的防区，从大安口入侵明朝，直逼京城。紧要关头，袁崇焕率领麾下将士浴血死战，最终击退清军（后金），保住了京城。但是事后袁崇焕却以通敌叛国罪被凌迟处死。在他死后的第十年，那个曾经无比强大的大明王朝也跟着轰然坍塌。可以说，历史上因“人才进退”导致国家兴亡的事例不胜枚举，但为什么总是有人不吸取教训，重蹈覆辙、重演悲剧呢？其中的深层次原因更值得深入研究总结。

人才之难万冀一

平生杜公贤弟兄，北州人物家法称。
儿童服膺今见面，温润圭璧清霜冰。
胸中诗书不见试，鬓发欲白论邦刑。
用违所长众不可，公犹谈笑气甚平。
人才之难万冀一，一士其重九鼎轻。
典签不废吟拥鼻，所叹虚席何人登。
临菑千骑亦不恶，聊以余力苏疲氓。
霜清水落鱼泼刺，万瓮沸响新醪倾。
东秦山河太守贵，长安歌舞新曲成。
正须昼夜快作乐，舍人促公归治行。

——张耒《送杜君章守齐州》

北宋诗人张耒写了一首古体诗《送杜君章守齐州》。这是一首送别诗，是诗人张耒送别自己的好友杜君章到齐州上任而写的诗。全诗分三个层次，第一层次是前四句，写作者与好友杜君章的相识交往。杜君章即北宋名臣杜纮，字君章。因才华出众受宋神宗的重用，故称“北州人物”。诗人从儿童时代起就十分敬佩杜纮，杜纮给他留下了刚柔相济（“温润圭璧清霜冰”）的深刻印象。第二层次是中间十句，是对杜君章才华功绩的评价和颂扬。杜纮进士出身，曾任县令，执掌刑部、大理寺，出使西夏，上下内外治理有方，颇多政绩，虽用非所长，但依然尽心尽力报效朝廷。“人才之难万冀一，一士其重九鼎轻”两句是对杜君章才华功绩的高度评价，表明像杜君章这样的人才十分难得，到了万里挑一的程度，尊重一个贤士的才能作用，相比之下把天下都看轻了。相传夏禹铸九鼎，象征九州，泛指天下。“九鼎”也有分量重的含义。“天子九鼎，诸侯七鼎，大夫五鼎，元士三鼎或一鼎”，体现了西周严格的等级制度。而“一士其重九鼎轻”则打破了这种等级制，体现了人才“贵比天子”的崇高价值，是作者对好友的由衷赞赏。第三层次是最后六句，描写的是酒宴送别的热闹景况。“霜清水落”点明深秋时节，“万瓮沸响”渲染觥筹交错的欢乐场景，“东秦山河太守贵”表明友人此去身负重任。结尾“舍人促公归治行”一句既表明杜君章接到宣诏后星夜赶程赴任的急促，也暗含着作者对友人的未来期待。“舍人”是古代掌传宣诏命的官吏，“治行”指为政有成绩。全诗采用倒叙的手法，由远及近，娓娓道来，巧妙地赞扬了杜君章的品行才华，表达了诗人对友人的深情厚谊。作者张耒（1054～1114），字文潜，号柯山。宋神宗熙宁年间进士，历任临淮主簿、著作郎、史馆检讨。哲宗绍圣初，以直龙阁知润州。宋徽宗初，召为太常少卿。他是“苏门四学士”（秦观、黄庭坚、张耒、晁补之）中辞世最晚而受唐音影响最深的作家。诗学白居易、张籍，平易舒坦，不尚雕琢；其词香浓婉约，风格与柳永、秦观相近。张耒平生为官清廉、仕途坎坷，因被指为元祐党人，屡遭贬谪，可他从未忘怀操写诗文，留下诗篇约两千三百首，散文、史论、议论近三百篇。

“人才之难万冀一，一士其重九鼎轻”是全诗的核心，充分揭示了人才的极端重要性。一方面，从稀缺性上表明人才的难得、珍贵，如古人所说：“人才何其鲜，求一于百千。”另一方面，从对比的角度反映人才对治国理政的举足轻重，九鼎是国之重器，人重而鼎轻，更突显了人才的重要性。正如白居易所说：“古称国之宝，谷米与贤才。”自古以来，无论治国安邦，还是建功立业，人才都是不可或缺的关键要素。重视人才、爱惜人才，向来是中华民族的优良传统。早在西周时期，太师姜尚就提出了“治国安家，得人也；亡国破家，失人也”的思想。春秋战国时代，政治上各国争霸，学术上百家齐鸣，人才的作用立刻突显。墨子的《尚贤》篇就专门论述贤才的重要：“国有贤良之士众，则国家之治厚；贤良之士寡，则国家之治薄。故大人之务，将在于众贤而已。”并提出“古者圣王之为政，列德而尚贤”。中国“尚贤使能”的文化传统由此确立。三国时期的诸葛亮总结了两汉兴衰治乱、用人得失的历史教训，提出了“治国之道，务在举贤”的方针，并强调：“夫国危不治，民不安君，此失贤之过也，夫失贤而不危，得贤而不安，未之有也。”隋唐时期科举制度的建立，为重视人才的选拔、培养及任用提供了制度保证。唐太宗李世民集前人重才思想之大成，提出“为政之要，惟在得人”的著名论断，这是当时对人才重要性的最高概括。清康熙皇帝的人才思想更具有经典意义。他指出：“自古选贤任能，为治之大道。”所以，“致治之道，首重人才”。这些论述从不同的侧面揭示了天下兴亡、社稷安危、国运盛衰皆系于人才的深刻道理。

“人才之难万冀一”也蕴含着“人才难得”的客观规律。诗中所指的人才不是一般人才，而是杰出人才。“人才之难”不是指人才的难题或是困难，而是“人才难得”的意思。古语道：得人才者得天下，失人才者失天下，但自古以来人才难得而易失，尤其是杰出人才，更是稀世瑰宝。俗话说，“千军易得，一将难求”，得一人而得天下，如周文王之得姜子牙、刘备之得诸葛亮、唐太宗之得魏征、朱元璋之得刘伯温。正因为有杰出才能的人不容易得到，因而要更加珍惜杰出人才。1974年，毛泽东在筹备四届人大和酝酿国务院领导人选时曾高度评价邓小平“人才难得，政治思想强”。改革开放后，邓小平同志也强调要珍视劳动，珍视人才，人才难得。

人才之所以难得，除杰出人才稀有外，还有以下几个方面因素：一是难得识才。王安石曾说：“人才乏于上，则有沉废伏匿在下，而不为当时所知者矣。”汉初名将韩信，早年游走于楚、汉之间，始终被人视为“胯下之夫”，只能作看门、护院的侍卫。只有遇到赏识他的萧何以后，韩信的生命才焕发出异样的光彩，成就了“韩信将兵，多多益善”的佳话。二是难得用才。晋代葛洪曾说：“人才无定珍，器用无常道。”宋代包拯也说：“常格不破，人才难得。”人才难得又难知，就要珍惜人才，打破常规用人才；就要用人不疑、用其所长，成就人才。曾国藩曾说：“余所见将才杰出者极少，但有志气，即可予以美名而奖成之。”据历史学家的统计，曾国藩的部属、门生中，做到学士、尚书等朝廷重臣和总督、巡抚等封疆大吏的达十余人之多，其中最有名的当数李鸿章、左宗棠、吴汝纶等人。这些人在投奔曾国藩之前，或为落第书生，或为不得志的小官，为何一登曾门，便身价十倍，脱颖而出，甚至成为一时之俊杰呢？这与曾国藩识才、用才手段不同于常人是分不开的。他在给一位部属的信中谈道：“人才何常，褒之则若甘雨之兴苗，贬之则若严霜之凋物……”由此不难看出曾氏门庭人才济济的奥秘。三是难得容才。大凡杰出人才往往个性强、见识高，特立独行，不随波逐流，不媚俗迎合，容易被上司所憎厌，被同僚所排挤。如果缺乏宽松的容才环境，有个性、有创见的人才就不可能脱颖而出，也很难留得住。三国时期的郭嘉是一个多谋善断、思路诡奇大胆的天才谋士，曹操曾评价说：“此人见时事兵事，过绝于人。”但他从小就养成“不与俗接”的清高脾性。他曾进入袁绍府中，很快就看出袁绍“徒欲效周公之下士，而未知用人之机”。自己的多谋善断也很难为“多端寡要，好谋无决”的袁绍所容，便毅然决然地离开了袁营。在高贵、儒雅的荀彧的推荐下，郭嘉来到了曹营。一席促谈，曹操由衷地感叹：“使孤成大业者，必此人也。”曹操通达而不拘成见的性格，使郭嘉坚定了辅佐曹操的意念。在严于治军的曹营里，他落拓不羁、不拘常理的行为被举报，曹操仍宽容大度，置之不理。正是在这种宽容的环境中，郭嘉得以大展才干，用曹操的话说则是：“每有大议，临敌制变。臣策未决，嘉辄成之。平定天下，谋功为高。”他辅佐曹操先后剿灭吕布，战胜豪强世族袁绍、袁术，统一了北方。郭嘉死后，曹操的霸业基本上处于停滞不前的境地，赤壁之战后，更留下一个天下三分的无奈结局。这也充分印证了“人才之难万冀一,一士其重九鼎轻”的道理。

人材衰靡方当虑

往岁淮边虏未归，诸生合疏论危机。
人材衰靡方当虑，士气峥嵘未可非。
万事不如公论久，诸贤莫与众心违。
还朝此段宜先及，岂独遗经赖发挥。

——陆游《送芮国器司业》

南宋大诗人陆游写过一首七律《送芮国器司业》，诗的大意是：想当年金兵南侵到达淮河南岸而没有回去的意思，太学生联名上奏章陈述国家的危机。当前人才严重衰落消沉应当深深忧虑，不应该责备太学生的高昂士气和爱国激情。人世间的许多事情取决于社会舆论，朝廷中的官员不能违背民心。这次你回到朝廷首先要考虑到这一点，怎么能够只是依赖古代圣贤遗留下的经典去理政。

这是一首送别诗，所送之人是诗人的好友芮烨，字国器，湖州乌程（今浙江湖州）人。高宗绍兴十八年（1148）登进士第，孝宗乾道五年（1169）被任命为国子监司业，即国子祭酒的副职，掌管太学事宜。首联二句遥忆六年前太学生大义凛然的壮举，首肯当年太学生的爱国情怀和政治主张。孝宗隆兴元年（1163），主战派将领张浚率师北战，主和派大臣汤思退等极力阻挠，致使抗战失利。次年十月，金兵渡淮南侵。十一月，太学生张观等72人不顾朝廷禁令，上书论汤思退等排挤张浚，撤毁边防，贻误战机，请斩汤思退，逐其党羽，任用主战派。“淮边”，指淮河南岸一带。“虏”，指金侵略者。“诸生”，指太学生张观等。颔联二句紧承上联，生发议论，表达对人才的忧患意识和敬重之情，强调最应该忧虑的是人才的匮乏、衰微，太学生们爱国情绪高昂是不应责备的。“人材”指的是有才能的人，来源于《诗·小雅·菁菁者莪序》：“君子能长育人材，则天下喜乐之矣。”“衰靡”，衰落消沉。“峥嵘”，山势高峻的样子。此处形容士气高昂，不同寻常。颈联二句阐明治理天下不能违背民意的道理。“公论”即社会舆论。尾联揭出全诗主旨，劝诫友人要汲取历史经验，担当使命，不能仅靠典籍文章坐而论道。可谓语重心长，言恳意切。“此段”，这方面。“宜先及”，应该首先考虑到。“遗经”，指的是前人留下的儒家典籍。

此诗作于孝宗乾道六年（1170）春天，陆游46岁，在山阴三山别业。作为送别诗，诗人不作虚文客套，扣住芮烨将供职国子监这一题旨，向芮烨指出：当前应忧虑的是人才衰落消沉，不应去非难士气的奋发高昂；不能只讲解先贤典籍，而应尊重社会舆论，鼓励士气。此诗大处落墨，议论横生，情辞恳切，蕴含哲理，字里行间充溢着诗人爱国忧时之深情。芮烨长陆游11岁，四年前，在玉山接待过陆游，彼此意气相期，故陆游借芮烨赴朝之机，作倾心之谈。这首诗字里行间有一种爱国精神，一种浩然正气，一种面对家国动荡、位卑未敢忘忧国的豪迈之情，读了很是令人感动和振奋。

“人材衰靡方当虑”是全诗的警句，揭示了人才的整体状态和士气对国家兴衰成败的极端重要性。一个国家，一个民族，拥有众多的人才固然重要，但如果缺乏共同的信念和价值观将人才凝聚起来，缺乏有效的管理让人才的作用充分发挥出来，就会形同一盘散沙，精神衰败，士气萎靡，人才离心离德，逐步流失，带来国家或民族的生存危机。三国时期的蜀国，曾经文臣荟萃、猛将若云，文有诸葛亮、庞统、法正、刘巴、蒋琬等，武有“五虎上将”关羽、张飞、黄忠、马超、赵云；但到了蜀汉后期，却出现了“蜀中无大将，廖化作先锋”的人才衰败格局。究其根源，一是蜀汉君臣没有形成“北伐中原”的共识，实质是信心和共同价值观的缺失。后期蜀汉政权的实际控制者诸葛亮没能在文武群臣中凝聚“北伐中原”的共识，反而是一意孤行、排斥异己，压制黄忠，冤斩魏延，怀恨向朗，废黜李严，导致人心涣散、人才凋零。二是管理不当，用人失误。诸葛亮自己聪明绝顶，又事必躬亲，办事多不听从他人意见，故只需要几个便于指使的“完人”当配角就足够了。街亭一战，误用马谡，致使北伐首战失利，错失良机，诸葛亮无法实现自己一匡天下的“管、乐之志”。司马懿对诸葛亮评价说：“亮志大而不见机，多谋而少决，好兵而无权。”意思是诸葛亮志向远大，但是优柔寡断，谨慎虽好，却过于谨慎，手握重兵，不敢变通。陈寿在《三国志》中也曾这样评价诸葛亮：“可谓识治之良才，管、萧之亚匹矣。然连年动众，未能成功，盖应变将略，非其所长欤！”这与司马懿的评价基本相同。“诸葛一生唯谨慎”既成就了他三分天下的伟业，也造成了他六出祁山的败绩。

“人材衰靡方当虑”也阐明了一个道理，对人才要有忧患意识，对人才的重视和使用要一以贯之，不能前紧后松，前扬后抑，否则会导致事业发展的功败垂成。魏晋南北朝的苻坚就是一个典型例子。柏杨曾认为：“在中国数千年历史上，有资格称得上大帝的不过五人，他们是秦始皇、汉武帝、前秦王苻坚、唐太宗李世民和康熙。”历史学家范文澜也说：“苻坚在皇帝群中是个优秀的皇帝。他最亲信的辅佐王猛，在将相群中也是第一流的将相。”但他最终未能实现统一全国的大业，其中一个重要原因就是苻坚所组建、领导和管理的队伍出了问题，大本营太松散，根据地不牢固，一旦风云有变就会树倒猢狲散，甚至倒戈相向，打下来的江山也就很容易分崩离析。队伍问题，说到底还是人才问题。淝水之战前，苻坚屡战屡胜，大业有成，是因为用对了人；淝水之战后，苻坚一败再败，遗恨千古，是因为看错了人。苻坚年轻时就潜心研习经史典籍，素怀经世济民之志。除暴安良继大统之后，深知得人乃兴国之本，曾令各地官员保举孝悌、廉直、文学、政事方面的人才。属实的赐赏，不实的降罪。只要是人才，则不问来路，若无才干，即便宗室中人，也照样弃用。在此基础上，苻坚选拔重用了一批包括汉族贤能在内的有真才实学的官员。那个“扪虱论天下”的山东寒士王猛，正是在苻坚的感召下，跻身前秦朝堂，辅佐苻坚平四夷、修内政，不过十几年的时间，就成功地统一了北方，与东晋形成南北对峙的局面。

从历史记载和评价来看，苻坚前期的事业之所以顺风顺水，与王猛掌舵有很大关系。王猛病危时，曾就天下大势和前秦政局劝告苻坚，建议他对外宜与东晋睦邻亲善，对内则应逐渐清除隐患，休养生息，以安社稷，万万不可轻率伐晋。但到后期，苻坚恩威失度、赏罚失衡、用人失察。鲜卑慕容垂、羌族姚苌等数十人，原本都是敌国政要，投奔前秦不过是权且寄身，并且他们一直都在窥测时机，以图东山再起。苻坚不听王猛劝告，不问、不察、不防，统统拜为大将。在慕容垂、姚苌等人的极力怂恿下，苻坚于公元383年倾力发起意在灭晋的淝水之战，结果却铩羽而归。淝水之战既败，慕容垂率先发难，其族人皆拥兵呼应，一时间乱如潮涌。先前那些部族酋豪、亲信旧臣纷纷反叛自立，北方再度陷入分裂，苻坚最终死于他所信任的姚苌之手，历史教训极为深刻。

第二章
培育人才篇

CHAPTER 2

爱材养育谁复论

虞衡斤斧罗千山，工命采斫杙与椽。
深林土剪十取一，百牛连鞅摧双辕。
万围千寻妨道路，东西蹶倒山火焚。
遗余毫末不见保，躏跞涧壑何当存。
群材未成质已夭，突兀哮豁空岩峦。
柏梁天灾武库火，匠石狼顾相愁冤。
君不见南山栋梁益稀少，爱材养育谁复论。

——柳宗元《行路难三首·其二》

唐代大文学家柳宗元写过一组诗《行路难三首》，其中第二首最为著名。诗的大意是：林官率领伐木的队伍搜遍千山，奉命采伐营建宫室的栋梁。被齐土砍下的大树仅为十分之一，无数牛马一齐用力把运树的车辕都拉断了。万千棵参天大树使道路无法通畅，伐木者砍倒它们一把火烧光。侥幸漏网的树木也难逃厄运，伐木者的足迹踏遍了溪涧与山丘。众多的珍稀树种未等成材就被摧残，高耸峻峭的山峦变得空空荡荡。如果再有汉朝柏梁台、晋代武库的大火，再好的工匠也难为无米之炊，只能愁肠寸断。人们啊，你可知道如今国家良才已日益稀少，有谁还会把爱惜、培育人才的事提到议事日程上。“虞衡”，古代掌山林川泽之官；“杙”，小木桩。“椽”，椽木。杙与椽指建筑材料。“蹦跞”，践踏、迫害的意思。“突兀”，高耸的样子。“嵂嵂”，高峻的样子。“南山”，指终南山，在陕西中部，暗喻朝廷。“栋梁”，高大的树木，栋梁之材。

全诗采用写实主义的手法，描写中唐历经安史之乱、建中之乱后朝廷大兴土木之事。在战事平息、世道重归安宁的时候，大兴土木本是情理之中的事。但是，一时间过度地滥采滥伐，又造成了自然资源的匮乏、生态平衡的破坏。前四句以一种似实非实的笔法，将人数壮观的伐木队伍、挥斧砍伐的场景以及气势浩大的运木工程描绘得栩栩如生，仿佛就在眼前。诗句平实自然，毫无雕琢之痕。接下来的八句，诗人又以虚拟和夸张的手法描写伐林之惨状，由于对山林的过度砍伐和天灾山火的频繁发生，许多幼木未至成材而惨遭夭折毁坏，导致山头光秃、岩石突兀。于是，诗人在结尾处痛心疾首地感叹道：“君不见南山栋梁益稀少，爱材养育谁复论。”诗的最后两句，不是一种平常的一般化议论，而是由普通的叙事上升到了政论的高度，一种忧国忧民的情感跃然纸上，让人产生无穷的慨叹与思索，使整首诗的意蕴产生了质的飞跃。诗人以中唐时期滥伐林木之事，隐喻朝廷人才匮乏之实，“南山栋梁益稀少”直指国家人才匮乏的现状。当时社会上朋党间的倾轧与颠覆，造成大量文人才子不但不能得到当朝统治阶层必要的扶持、关照和保护，反而遭受贬谪放逐之苦和夭折厄运，使得唐王朝日趋衰弱。柳宗元本人就深受其害。他出身于官宦家庭，少有才名，早有大志。入朝为官后积极参与王叔文集团政治革新，革新失败被贬为邵州刺史，再贬永州司马，最后被贬为柳州刺史，卒于任上。在恐怖的政治环境中，柳宗元有心帮助统治者扭转王朝颓势，却没能避免屡遭贬谪流放的悲剧命运。对此现状，诗人愤懑之情，只能寓于诗文，以物寓情，以“材”自况，对己遭受的摧残迫害发出深深的怨愤之声。

《行路难三首》诗的题解说，“中篇谓人才众多则国家不能爱养，逮天下多事，则狼顾而叹无可用之才。盖言同辈诸公一时贬黜之意也”。这样的概括和界定是很准确的。柳宗元利用乐府旧题创作的《行路难三首》，用寓言诗来刺世疾邪，自抒怀抱，形象鲜明，寓意深刻，批判社会现实，揭示人生哲理，表现出深刻的思想性，在艺术表现上也很有特色。“虽多为自伤身世之作，其情调却并不显得柔弱无力，而是在哀怨的情绪中回荡着一股刚健之气，凄楚悲壮，极富感染力。”在写法上这组诗几乎可与杜甫的《茅屋为秋风所破歌》和白居易的《卖炭翁》相媲美，文辞幽婉，言意凄凉，正如宋朝敖陶孙《敖器之诗话》中所说：“柳子厚如高秋独眺，霁晚孤吹。”

“君不见南山栋梁益稀少，爱材养育谁复论”是全诗的主旨和核心所在，寓意不在“材”，而在人才，揭示了封建朝廷因不能爱养人才导致国家衰败的深刻道理。翻阅中国古代史，我们不难看出，凡是大有作为的君主，都无一例外地重视人才，善用人才，各朝各代的开国之君就是最好的例证。不重视人才、残害人才的君主，几乎无一例外地毫无成就，有的甚至身死国破，这些亡国之君，有几个不是因为不爱育人才造成的？战国时期的齐威王和魏惠王就是两个典型的代表。

齐威王与魏惠王相会，魏惠王自夸魏国有十颗明珠，当他问及齐威王有什么宝物时，齐威王回答说：“寡人之所以为宝者与王异，吾有四臣者，将照千里，岂独十二乘者？”听完齐威王的话，魏惠王满面羞惭而去。魏惠王以珍珠为宝，而齐威王视人才为宝。对人才的两种截然不同的态度，决定了两个国君不同的命运。在齐威王治国期间，齐国成为诸侯国之首。而在魏惠王治国期间，魏国处处挨打，公元前330年，秦军大败魏军于雕阴（今陕西甘泉南），迫使魏惠王献出河西之地。南面的楚国也于公元前323年大败魏军于襄陵，夺取8个邑。魏惠王后来两会齐威王，都不得不卑躬屈节。宋代卓越的政治革新家王安石曾谆谆告诫后人说：“天下之患，不患才之不众，患上之人不欲其众；不患士之不欲为，患上之人不使其为也。夫才之用，国之栋梁也，得之则安以荣，失之则亡以辱。”

这不是很值得我们思考和借鉴吗?

“爱材养育谁复论”也深刻揭示了人才培养的极端重要性。古人言:“一年之计,莫如树谷;十年之计,莫如树木;终身之计,莫如树人。”(《管子·权修》)中国古代的有识之士都非常重视培育人才,孔子一生大部分时间都在收徒讲学,他诲人不倦,前后所收的弟子多达三千余人,其中最著名的贤弟子多达七十二人。在中国古代,像孔子这样的自觉致力于教育的学者不在少数,他们都把培育人才、传承知识当作己任,这充分体现了中国古代知识分子的人文情怀和担当精神。与孔子同时期的老子、庄子、孟子、荀子等人都育有大量的弟子,当时各国仕学相当发达,真正有才能的学者对人才极为爱惜,皆以“得天下英才而教育之”为人生最大乐事。这种精神代代传承,延续不断,汉朝的董仲舒,宋朝的朱熹、程颢、程颐,明朝的黄宗羲,清朝的方苞、曾国藩、胡林翼、张之洞都是其中杰出代表。

古人言:“致天下之治者在人才,成天下之才者在教化。”历朝历代的统治者也充分认识到培养人才的重要性,朱元璋就曾说过“治天下以人才为本,人才以教导为先”。康熙也曾经说:“致治之道,首重人才;储养之源,由于学校。”政府对教育的重视不仅仅在言行上,许多贤明的君主还直接投资教育。中国古代有官学和私学两个教育系统,前者是政府直接投入兴建的,后者也受到了政府的大力支持,一些贤明的君主和地方乡绅甚至不断资助私学的发展。中国历史上享誉天下的岳麓书院、白鹿洞书院、东林书院等知名书院都是由这类儒林名士一手创办的，他们对中国学术的发展和人才的培育发挥了非常重要的作用。

人才自古要养成

藜藿盘中忽眼明，骈头脱襁白玉婴。
极知耿介种性别，苦节乃与生俱生。
我见魏征殊媚妩，约束儿童勿多取。
人才自古要养成，放使干霄战风雨。

——陆游《苦笋》

南宋大诗人陆游写了一首著名的古体诗《苦笋》。诗的大意是：在粗茶淡饭的餐盘中眼睛突然为之一亮，发现并列在餐盘中的还有脱颖而出的婴儿一般的玉笋。大家都知道正直不阿、廉洁自持的品性是由内在素质决定的，玉笋清淡苦涩的节操是与生俱来的。我个人认为盛唐时魏征耿介刚直的品格特别美好可爱，这种品行的形成依赖于从小就严格自制、不贪婪自私。自古以来，人才都是要靠培养锻炼才能成长的，要放手使他们在实践中经风雨、见世面，经受历练。

此诗是一首理趣诗，讲的是竹笋的气节，说理于人才的培养。

首联写食笋的过程。苦笋是指苦竹之笋，品种不一，其味微苦者可食，俗称甜苦笋。“藜”和“藿”是两种可入药的多年生草本植物，古诗中常代指粗劣的饭菜。“白玉婴”是笋的美称。诗人将藜藿与苦笋并列在一起写，既表现出它们的共同特征——质朴无华，又突显了苦笋超凡脱俗的品性。将苦笋比喻成襁褓中的婴儿，则突出了苦笋纯真无瑕的特性。颔联则写苦笋的内在品质。“耿介”是光大圣明的意思，语出《楚辞·离骚》：“彼尧舜之耿介兮，既遵道而得路。”王逸注：“耿，光也；介，大也。尧舜所以有光大圣明之称者，以循用天地之道，举贤任能，使得万事之正也。”后人常用来形容正直不阿、廉洁自持的品性。“苦节”是指苦笋的节操，也是竹子的特征。俗话说“未出土时先有节，到凌云处仍虚心”。竹子质朴无华，宁折不屈；清拔凌云、坚韧向上；柔韧清幽，清淡秀洁，是中国传统文化的基本精神的象征，也体现了中国传统文化通脱超然的神韵、空灵透彻的意境。“与生俱生”即与生俱来的意思，表明苦笋清拔淡泊的品格是天性使然。耿介正直是苦笋突出的品质，也是古代忠贞之士的典型特征。西汉董仲舒在《士不遇赋》中写道：“以辨诈而期通兮，贞士耿介而自束。”颈联则以初唐名士魏征为例，论证耿介拔俗、刚正不阿品性的形成。魏征在历史上以性格刚直、才识超卓、敢于犯颜直谏著称。《贞观政要》记载，魏征向李世民面陈谏议有五十多次，呈送给李世民的奏疏十一件，一生的谏诤多达“数十余万言”，成就了一个敢于进谏的良臣与一个从善如流的皇帝君臣际会的千古佳话。唐太宗在谈及魏征曾说："人谓魏征刚直，朕却见其妩媚。"无疑是对魏征既刚直又充满智慧的才干的赞赏。"我见魏征殊媚妩"一句正是出于此典。"勿多取"是魏征劝诫唐太宗的主要观点，他在一次与唐太宗的对话中曾说："嗜欲喜怒之情，贤愚皆同。贤者能节之，不使过度；愚者纵之，多至失所。"魏征在自制上也相当严格，这与他淡泊名利、赤心报国的思想是分不开的。他在代表诗作《述怀》中写道："岂不惮艰险？深怀国士恩。""人生感意气，功名谁复论。"可以说是他人生观、价值观的真实表露。尾联则卒章显其志，阐述了全诗的核心观点，人才只有在风雨中久经磨炼才能不断成长。"干霄"是直上云霄的意思，这里是指实践锻炼。

全诗以物喻理，由物及人，由人及理，犹如剥笋，层层递进，娓娓道来，终见真谛，是一首不可多得的理趣诗。作者陆游（1125～1210），字务观，号放翁。越州山阴（今浙江绍兴）人，南宋著名爱国主义诗人。少时受家庭爱国思想熏陶，高宗时应礼部试，为秦桧所黜。孝宗时赐进士出身。中年入蜀，投身军旅生活，官至宝章阁待制。晚年退居家乡。其一生笔耕不辍，今存诗九千多首，内容极为丰富。与王安石、苏轼、黄庭坚并称"宋代四大诗人"，又与杨万里、范成大、尤袤合称"南宋四大家"。陆游这首《苦笋》诗与黄庭坚的《苦笋赋》有异曲同工之妙。《苦笋赋》写道："盖苦而有味，如忠谏之可活国；多而不害，如举士而皆得贤。"借咏苦笋虽苦食之却能“开道”之事，阐发了忠言虽然逆耳却可以“活国”之理。陆游在诗中将苦笋与著名的忠谏之臣魏征类比，既贴切自然，又相得益彰。

“人才自古要养成，放使干霄战风雨。”是全诗的核心要义，深刻揭示了人才实践成才规律：对人才既要精心培育，又要放手使用。《离骚》中屈原以香草为喻，寄寓了广育人才的理想：“余既滋兰之九畹兮，又树蕙之百亩。”屈原“冀枝叶之峻茂”，主张“举贤而授能”。孟子将“得天下英才而教育之”视为人生一大乐事；曾国藩认为树要栽养，人要培养，提出了“勤教”与“严绳”并行的方针，教而不管，不如不教；管而不教，虽管无效。人才成长，培育是基础。同时，实践出真知，实践出人才，温室里长不出参天大树。在实践中经风雨、见世面、长才干，才是人才成长的根本途径。正如唐代诗人刘禹锡所说：“便有干霄势，看成构厦材。”邓小平同志也曾经说过，人才只有大胆使用，才能培养出来。所以对人才既要积极培养，更要大胆使用，在实践中造就人才。社会要给各类“准人才”创造实践的机会，提供合适的“舞台”，让其施展抱负，一试锋芒，引导人才在实践中经受锻炼、增长本领。只有经过艰苦环境磨炼和逆境挫折考验，才能锻炼出真本领、磨炼出真意志。历史上的人才都是在实践中造就的，李时珍用19年时间历经千难万险上山采药，亲自品尝研究，反复琢磨修改，最终写出《本草纲目》；毛泽东、周恩来、邓小平等老一辈无产阶级革命家之所以具有顽强的意志和卓越的治国理政才能，与他们长期从事革命和建设实践是分不开的。相反，不重视培养人才、在实践中锻炼人才，就会导致人才匮乏、事业受损。有人认为，三国时期的诸葛亮“事必躬亲”是造成“扶不起的阿斗”和“蜀中无大将，廖化作先锋”的主要原因。蜀之败，败在后期人才严重缺乏，蜀国的领导集团成员负有疏于培养人才的责任。

“人才自古要养成”也体现了人才成长中的优势积累规律。人才学研究认为，人才之所以成为人才，在于他创造社会价值的杰出能力，这种能力正是优势积累的结果，是通过人的学习和社会实践获得的。一是通过传承关系获得积累优势。通过学习将人类社会长期形成的知识和技能传承下来，是人才获得优势积累的最基本方式。尤其是进入名校、得遇名师，对于提高优势积累效率有显著帮助。美国有一项统计表明，一半以上的诺贝尔奖奖金获得者，都曾经跟高明的老师学习过；而且，跟高明老师学习的人比跟一般老师学习的人获奖时间平均提前7年。二是通过关键性的实践活动获得积累优势。美国的“阿波罗登月”计划，中国的“两弹一星”计划都造就了大批工程技术人才。人类基因组测序这一联合国组织的科学联合攻关课题，培养和造就了一大批生物学研究领域的专家学者。关键性的实践活动犹如铸剑过程中的淬火工序，是人才成长过程中优势积累不可或缺、使人才产生质变的关键性环节。三是通过团队协作获得积累优势。英国有一个卡文迪许实验室，50年来，先后产生了12位诺贝尔奖获得者，成为世界科学史上少有的人才辈出的研究机构。究其原因，除良好的科研条件与人才评价机制之外，人才成团之后，互相的切磋砥砺、取长补短，客观上也加速了人才的优势积累。

少年心事当拏云

零落栖迟一杯酒，主人奉觞客长寿。
主父西游困不归，家人折断门前柳。
吾闻马周昔作新丰客，天荒地老无人识。
空将笺上两行书，直犯龙颜请恩泽。
我有迷魂招不得，雄鸡一声天下白。
少年心事当拏云，谁念幽寒坐呜呃。

——李贺《致酒行》

唐代大诗人李贺写过一首古体诗《致酒行》，诗的大意是：在我穷愁潦倒、落魄他乡的时候，唯有借酒消愁，主人却持酒奉劝，保佑我健康长寿。想当年主父偃向西出关，因资用匮乏滞留异乡，家人思念不知折断了多少门前杨柳。（主人劝慰说）我听说马周客居新丰之时，天荒地老无人赏识。只凭纸上几行字，就博得了皇帝垂青重用。我失魂落魄，理想不能实现，迷茫之际，听了主人一席话，犹如听到雄鸡一叫，天豁然开亮。少年应当壮志凌云，怎能一蹶不振！老是唉声叹气，那是谁也不会来怜惜你的。

“致酒行”即劝酒致词之歌，写的是诗人客居长安、求官不得的困难处境和潦倒感伤的心情转变过程。全诗分三层，前四句为第一层，写诗人以不得志之人的身份作客饮酒和潦倒自伤的心情。将“零落栖迟”与“一杯酒”相连，表达了以酒解愁之意，突出了悲苦愤激的情怀，主人持酒相劝“客长寿”，暗含“忧能伤人、折人之寿”的意思。诗人以汉代名士主父偃穷困他乡、陡起思乡之情自喻，黯然神伤的情景跃然纸上。“零落”，漂泊落魄。“栖迟”，徘徊失意。中间四句为第二层，写主人把酒相劝，引用唐代名士马周的事例，说明有经世之才，早晚会得到皇帝赏识，鼓励诗人振作精神、坚定信心。唐初名臣马周，年轻时受地方官吏侮辱，在去长安途中投宿新丰，旅店主人待他比商贩还不如。后因替他寄寓的主人、中郎将常何代笔写条陈，唐太宗十分赏识，予以破格提拔。诗中用“天荒地老无人识”的夸张语气，反衬马周一度像诗人这样困厄难堪，却能时来运转，极尽循循善诱、激励上进之意。最后四句为第三层，诗人直抒胸臆，听主人一席话豁然开朗，心情由灰心丧气转为激昂向上。可谓“听君一席话，胜读十年书”，主人的开导使“我”这个“有迷魂招不得”者茅塞顿开。“雄鸡一声天下白”极具象征性，“雄鸡一声”则一鸣惊人，“天下白”的景象更是光明璀璨！这一景象激起了诗人“少年心事当拏云”的豪情壮志。“拏云”（ná yún）犹凌云，比喻志向高远。“幽寒”，指处境艰难。“坐”，徒然。“呜呃”，悲伤叹息。三层意思转折跌宕，沉郁顿挫，由怀才不遇的自悲自伤到奋发进取的自信自励，颇具拨云见日的感人力量，使全诗具有激越向上的积极思想色彩。

作者李贺（约791～约817），字长吉，唐代河南福昌（今河南洛阳宜阳县）人，是继屈原、李白之后，中国文学史上又一位颇享盛誉的浪漫主义诗人，有“诗鬼”之称，与“诗圣”杜甫、“诗仙”李白、“诗佛”王维齐名，著有《昌谷集》。由于长期的抑郁感伤、焦思苦吟的生活方式，27岁即英年早逝。唐元和初年，李贺带着刚刚踏入社会的少年热情，满怀希望打算迎接进士科考试。不料竟以避父“晋肃”名讳为由，被剥夺了考试资格，意外打击使诗人终生坎坷，怀才不遇，这成了他诗歌中的一个重要主题和特色。但这首困居异乡感遇的《致酒行》，音情高亢，笔调明快，别具一格。全诗以抒情为主，却运用主客对白的方式，不作平直叙写。诗中涉及两个古人故事，却分属宾主，各得其妙，使诗歌富有情节性，摇曳多姿。此外，全诗在铸词造句、辟境创调上也颇有新意，如“零落栖迟”“天荒地老”“幽寒坐呜呃”，尤其是“雄鸡一声天下白”等句，或语新，或意曲，或境奇，或情深，充分体现了李贺式的锦心绣口。后人评价此诗说：“绝无雕刻，真率之至者也。”“长吉少有此沉顿之作。”

“少年心事当拏云”是全诗的诗眼，是激励青少年奋发有为的名言。自古以来，古贤圣哲有许多关于立志与成才的名言警句，孟子说："士贵立志，志不立则无成。"庄子强调："哀莫大于心死，愁莫大于无志。"南朝范晔说："有志者，事竟成。"《神童诗》写道："少小多才学，平生志气高。别人怀宝剑，我有笔如刀。"清代金缨在《格言联璧》中写道："天下无不可化之人，但恐诚心未至。天下无不可为之事，只怕立志不坚。"我国古代也有许多立志而成才的典型：有"夫志当存高远"、成就"三分天下"大业的三国名相诸葛亮；有自小就明晓"立志不坚，终不济事"之道理的宋代大儒朱熹；还有写下"有志者，事竟成，破釜沉舟，百二秦关终属楚；苦心人，天不负，卧薪尝胆，三千越甲可吞吴"自勉联的清代小说家蒲松龄。他们之所以能成就一番不朽事业，与志向高远是分不开的。

"少年心事当拏云"也深刻揭示了少年立志对一个人成才的极端重要性。古往今来，无论圣贤名士，还是英雄豪杰，从小立志，是他们成才的共同特征。苏轼曾说："古之立大事者，不惟有超世之才，亦必有坚忍不拔之志。"宋代民族英雄岳飞生逢乱世，自幼家贫，在乡邻的资助下，拜陕西名师周桐习武学艺，其间，目睹山河破碎，百姓流离失所，萌发了习武报国的志向，克服了骄傲自满的情绪，寒暑冬夏，苦练不辍，在名师周桐的悉心指导下，终于练成了岳家枪，并率领王贵、汤显等伙伴，加入了抗金救国的爱国洪流中，以身殉国，成为我国爱国主义民族英雄的典范。清代著名的民族英雄林则徐，小时候就天资聪慧，颇有志向。有一次和同学们爬到海边山崖上，老师出题：我们站在山上看大海，请同学们各作一副对联，要求上下联中分别含有“海”字和“山”字。年龄最小的同学林则徐立刻答道：“海到无边天作岸，山登绝顶我为峰。”这副对联表达了少年林则徐的非凡的才气和远大志向。林则徐不仅敢于立志，而且读书刻苦，长大后成就了一番大事业，翻译西书、虎门销烟、考察新疆促进收复，受到了后世的敬仰。

少年立志，往往是与从小好学分不开的。明代思想家王阳明曾说：“故立志者，为学之心也；为学者，立志之事也。”春秋时期儒家学说的创始人孔子的家庭并不富裕，幼年未能受到良好的教育，15岁那年才知道发愤读书，通过勤学好问的刻苦自学，他的学问才逐渐地积累起来。他读《易经》时，把这部用竹简编写的书翻来覆去地读了许多遍，连穿在竹简上的牛皮带子也给磨断了三次，这就是著名的“孔子读《易》，韦编三绝”的故事。读《易经》如此，读其他书也莫不如此。正是因为孔子少有大志，又勤奋好学，所以后来才开宗立派，创立儒家，成为影响中国达两千多年之久的大圣人。宋朝的司马光自幼也是勤奋好学，手不释卷，甚至到了不知饥渴寒暑的程度。他对文学、史学、哲学、音乐、律历、天文、书数都广泛涉猎研究，学富五车，著述等身，有《资治通鉴》《涑水纪闻》《稽古录》《潜虚》等不朽名著。他于20岁中进士甲科，步入仕途，后来官至宰相，可以说是少年有志、青年成才、老当益壮的著名历史人物，是天才加勤奋而成才的典型。由此可见，立志是成才之基，“少年心事”决定一个人的终生大事。

雏凤清于老凤声

十岁裁诗走马成，冷灰残烛动离情。
桐花万里丹山路，雏凤清于老凤声。

——李商隐《韩冬郎即席为诗相送·其一》

唐代诗人李商隐写过一首七绝《韩冬郎即席为诗相送·其一》，诗的大致意思是：（在昨日）蜡烛点点、滴泪成灰，凄凄满别情的送别宴席上，（您的儿子）十岁的韩偓文思敏捷得就像东晋的袁虎一样，走马之间即成文章；（不久，您将带您的儿子到果州上任了）在那万里长的丹山路上，桐花盛开，花丛中传来那雏凤的鸣声，一定会比那老凤的鸣声更为清亮动听。其内在含义是韩瞻的儿子会比韩瞻更具才华。

这首诗的写作背景是，晚唐诗人韩偓的父亲韩瞻是李商隐的故交和连襟。宣宗大中五年（851）秋末，李商隐离京赴梓州（州治在今四川三台）入东川节度使柳仲郢幕府，在韩瞻为李商隐送别的宴席上，韩瞻十岁的儿子韩偓即席赋诗，才华惊动满座。大中十年

（856），李商隐返回长安，重诵韩偓题赠的诗句，回忆往事，写了两首七绝酬答，这是其中的一首。结尾两句“桐花万里丹山路，雏凤清于老凤声”意境优美，寓意深刻。鸟中凤凰兽中虎，历来是大自然的出类拔萃者，用凤凰比喻杰出的人才，恰如其分。“桐花万里丹山路”则生动描述了凤凰生长的环境，体现了凤凰“非梧桐不栖”的高贵品格。这两句诗虽然称赞的是韩偓的才华，却揭示了人才成长的一个普遍规律：长江后浪推前浪，一代更比一代强。因为事物是发展的，发展就是新事物不断产生，旧事物不断灭亡，新事物代替旧事物的过程。人才成长也是这样一个过程，“一代新人胜旧人”，这一俗语充分体现了事物是发展的哲学原理。北魏文人李谧学习很用功，在文学博士孔璠门下做学生，勤奋刻苦，虚心好学，提高很快，几年后，李谧的学问超过了他的老师孔璠，孔璠反过来向李谧求教。历史上像这种学生越过老师、年轻人胜过年长者、后人赶超前人的现象不胜枚举。

毛泽东同志在对古今中外历史上的人才现象进行统计分析后指出，自古以来，发明家创立新学派的，在开始时，都是年轻的，学问比较少的，被人看不起的，被压迫的人。这些发明家在后来才变成壮年、老年，变成有学问的人。这是不是一个普遍规律，不能肯定，还要调查研究。但可以说多数是如此。他还说，年轻人打倒老年人，学问少的人打倒学问多的人，这种例子多得很。战国的时候，秦国有个甘罗。甘罗十二岁为丞相，他才是个“红领巾”。他还列举了汉朝有个贾谊，十几岁就被汉文帝找去了，一天升了三次官，后来调到长沙，写了两篇赋，《吊屈原赋》和《鹏鸟赋》。他还有两篇政治作品——《治安策》和《过秦论》。他去世时，只有32岁。此外，毛泽东还列举了古今中外许多在很年轻的时候就做出了突出成绩的杰出人才。中国古代有孔子、颜渊、项羽、周瑜、孔明、王弼、李世民、李贺、王勃、岳飞等，现代有聂耳、李政道、杨振宁等，外国有马克思、列宁、达尔文、弗莱明（安眠药和青霉素的发明者）等，为此他借用古人的话得出结论："自古英雄出少年。"

对于为什么“雏凤清于老凤声”，毛泽东同志也曾作过深入分析，他在一则读书批注中写下过这样一段话：青年人比老年人强，大部分发明创造，占70%以上，都是他们干的。30%的中老年而有干劲的，也有发明创造。这种三七开的比例，为什么如此，值得大家深深地想一想。结论就是因为他们贫贱低微，生力旺盛，迷信较少，顾虑少，天不怕，地不怕，敢想敢说敢干。这对于我们深刻理解“雏凤清于老凤声”的人才规律性现象不无启发意义。

在我国经济社会发展进入创新驱动的新时代之际，对青年人才的呼唤显得更为紧迫。这是由科技创新规律和人才成长规律决定的。正如弗朗西斯·培根所言：“年轻人更适合创新而不是判断，更适合实干而不是给人劝告，更适合开创新事业而不是因循守旧。”越是发展创新型经济，越是需要高度重视培养开发青年人才。在我国现代化建设中，涌现了一大批优秀科技青年群体。2012年，我国拥有自主知识产权的“北斗”卫星导航系统成功覆盖亚太。在“北斗”科研群体中，有这样一个240余人的青年团队——拥有4名国家级专家，但平均年龄不到30岁；他们是重大专项导航技术方向专家组组长单位，是国内唯一同时担任系统核心体制、卫星关键载荷、运控主体、测试设备研制任务的单位。这个团队就是国防科技大学电子科学与工程学院“北斗”卫星导航系统青年科研团队。在实现中华民族伟大复兴中国梦的“桐花万里丹山路”上，我们期待更多的“雏凤清于老凤声”！

人才谁不出陶镕

人才谁不出陶镕，耆旧皆归聘召中。

周室中兴由任使，颂声今可继周崧。

——厉寺正《贺郑丞相》

南宋有一个名不见经传的诗人厉寺正，写过一首七绝《贺郑丞相》，诗的大意是：人才没有哪一个不是经过艰难困苦陶铸熔炼出来的，像您这样年高望重者都已经被朝廷召回重用。历史上的周朝出现像周宣王那样的中兴之治，就是因为任贤使能的结果。人们对当今朝廷的赞颂之声也预示我朝可以再现周室中兴之时的高大形象。

全诗是一首贺颂诗，是诗人写给自己的好友郑清之的庆贺诗，祝贺他得到朝廷的重用，担任了宰相的重要职务。前两句开门见山，点明主旨，直抒胸臆。表明自己的好友在经历仕途坎坷后，终于获得朝廷的赏识，担负了重要职责，喜悦之情、期待之意跃然纸上。“陶镕”，亦作“陶熔”，陶铸熔炼的意思，比喻培育、造就人才。“耆旧”，指年高望重者。后二句借用周室中兴的典故，既肯定了宋理宗选贤任能的圣明，又表达了对友人的赞美和期许之意，期待友人上任后靠自己的才华重振朝纲，致力于中兴之治。“周室中兴”，源自《诗经·大雅·烝民序》：“任贤使能，周室中兴焉。”周宣王即位的时候可谓内忧外患，但他是一位很有作为的君主，对内励志改革、广开言路、整顿吏治、任用贤臣，对外用兵抵御蛮夷、收复被占领的土地，使得日渐衰落的周王室出现了中兴的大好局面。司马迁都称赞周宣王有周武王之遗风。“颂声”，歌颂赞美之声。“崧”，指山大而高。诗人厉寺正在当时名气并不大，大约生活在宋理宗端平、嘉熙年间，存诗仅十二首，大多是贺颂诗，包括贺乔行简、郑清之等人的诗，仅以《贺郑丞相》为题就写了八首七绝，这是其中的一首。从理宗端平元年（1234）到淳祐十二年（1252）的近20年间，宋理宗欲中兴宋室，在政治、经济、军事、文化等各方面采取了一系列改革措施，整顿吏治，招揽人才，起用旧臣，一时朝堂之上，人才济济，政风为之一变，史称“端平更化”。正是在这种时代背景下，诗人写下了这首诗，其主旨是期望友人不负朝廷重托，为宋室中兴建功立业。

“人才谁不出陶镕”是全诗的警句，揭示了人才成长离不开陶铸熔炼的深刻道理，古人类似的诗句还有很多。唐代诗人孟郊《古意赠梁肃补阙》：“不有百炼火，孰知寸金精。”清代诗人黄景仁《太白墓》：“陶镕屈宋入大雅，挥洒日月成瑰词。”清代诗人黄鹭来

《述别叙怀》："陶谢与李杜，大冶归陶镕。"古代如屈原、陶渊明、谢朓、李白、杜甫等大诗人，都是历经陶铸熔炼才成长起来的。正因为"人才谁不出陶镕"，所以对人才不能求全责备，要大胆地把"好苗子"放到艰苦条件下、复杂环境中、重要岗位上去多经风雨、多见世面，人才才能一茬接一茬茁壮成长，才能形成人才辈出的良好局面。曾国藩曾说："人材以陶冶而成，不可眼孔太高，动谓无人可用。"历史上的曹操就十分注重从基层或实际斗争中发现、培养和提拔人才，特别是对出身微贱而有才干的人，让他们担任要职，参与军政大事，在实践中砥砺磨炼成才。荀彧，仅为小小县令，但他才智过人，有"王佐之才"。投奔曹操后，曹操大喜，说："吾之子房也。"曹操把29岁的他比作汉高祖刘邦得到的谋臣张良，并立刻委任其为司马，参与军机要事。荀彧果然不负所望，常出奇谋，多献良策，成为曹操良佐。还有许多文臣武将，诸如郭嘉、荀攸、满宠、贾诩、刘放、孙资、于禁、乐进等，或出身贱微，或为一般小吏士兵，都被曹操发现、培养并提拔重用，在曹操的统一事业中发挥了重要作用。

"人才谁不出陶镕"也揭示了"补偿成才""逆境成才"的人才成长规律。在中外人才史上，可以发现一些不同寻常的成才现象：先乞食于漂母继受辱于胯下的韩信后来成了"连百万之军，战必胜，攻必取"的一代名将；出身贫寒、相貌丑陋的林肯和下肢瘫痪的罗斯福先后出任美国总统，成就了丰功伟绩；一直被拒之于学校大门之外的爱迪生一生竟有两千多项发明；身材矮小的贝多芬双耳失聪后创作了不朽的《英雄交响曲》《月光奏鸣曲》《第九交响曲》等。这些人才在个人发展、成就事业方面，与其他大多数条件优越、身体健全的同时代人相比，无疑是十分不利的，但他们却能成为那个时代的佼佼者。历史上把这种个人因自身某些方面的缺陷或困厄被其他方面高度发展的能力所弥补而成才的现象称为补偿成才。关于这种现象，最集中的论述是司马迁在《报任安书》中所讲的一段话："文王拘而演《周易》；仲尼厄而作《春秋》；屈原放逐，乃赋《离骚》；左丘失明，厥有《国语》；孙子膑脚，《兵法》修列；不韦迁蜀，世传《吕览》；韩非囚秦，《说难》《孤愤》；《诗》三百篇，大抵圣贤发愤之所为作也。"而司马迁本人恰恰也是补偿成才的一个典型。假如他不因李陵之祸，被捕下狱，惨遭宫刑，蒙受奇耻大辱，是否会立下"究天人之际，通古今之变，成一家之言"以"偿前辱之责"之志，进而写出被鲁迅誉为"史家之绝唱，无韵之离骚"的《史记》来，实在未可预料。

就人才成长的境遇而言，又分为顺境成才和逆境成才。顺境所提供的种种便利条件固然有利于人才成长，但逆境也往往是人才成长中经常遭遇而又不可多得的力量源泉。正如《菜根谭》中所说："居逆境中，周身皆针砭药石，砥节砺行而不觉；处顺境内，眼前尽兵刃戈矛，销膏糜骨而不知。"久处顺境，易生骄奢淫逸和惰性。而人在身陷逆境时，资源匮乏，精神压抑，成功欲望迫切，成才动机强烈，因此常常能够取得在顺境中难以取得的巨大成功。我国古代不少思想家都认为“多难兴才”，《孔子家语》：“君不困不成王，烈士不困行不彰。”清代思想家魏源说：“逆则生，顺则夭矣；逆则圣，顺则狂矣；草木不霜雪，则生意不固；人不忧患，则智慧不成。”逆境也能磨砺人才的优良个性，少时苦难磨砺性情，可抑浊扬清成大业。明朝宰相张居正，从小聪明过人，13岁参加乡试的试卷令考官拍案叫绝，时任湖广巡抚的顾璘却建议让张居正落第。他解释说：“居正年少好学，吾观其文才志向，是个将相之才，如过早让他发达，易叫他自满，断送了他的上进心。如果让他落第，虽则迟了三年，但能够使他看到自己的不足而更加清醒，促其发愤图强。”这位巡抚的远见的确令人折服。后来张居正果然成为中兴明朝的杰出政治家，他在险恶的环境中坚持革新政治，有一种不达目的不罢休的坚韧精神，这不能不说与他少年“落第”的逆境有关。逆境的一个重要价值，就是使人学会驾驭自己的个性，适度地张扬自己的个性，而不沦为个性的奴隶，并消除个性中的不良倾向，成为一个自身发展和谐、与社会相融的有用之才。

修炼多从苦处来

倚马休夸速藻佳，相如终竟压邹枚。
物须见少方为贵，诗到能迟转是才。
清角声高非易奏，优昙花好不轻开。
须知极乐神仙境，修炼多从苦处来。

——袁枚《箴作诗者》

清代大诗人袁枚写了一首七律《箴作诗者》，诗的大意是：倚马工夫写出的诗不要自夸华丽的辞藻来得快，历史上司马相如的赋虽然来得慢，但最终在质量和水平上超过了疾而不工的辞赋高手邹阳和枚乘。事物必须到了稀有的时候才值得珍贵，诗赋要精雕细琢才能显现出才华。清亮的鼓角声音很高不是那么容易就能吹奏出来的，艳丽的优昙花虽然很美好但不是轻易就开放的。必须知道极乐世界的神仙境界里，修仙得道大多是经过艰苦磨炼来成就的。

袁枚《箴作诗者》所咏，可以说是给诗歌创作者的箴言，堪称真知灼见、金玉良言。首联运用历史典故“倚马可待”和司马相如与邹阳、枚乘辞赋对比说明“慢工出细活”的道理。“倚马可待”说的是晋代桓温领兵北征，命令袁虎速拟公文，袁虎靠着战马，一会儿就写了七张纸，而且写得很好；后来形容一个人文思敏捷，文章写得快。颔联以说理的方式直接点明好诗的特点。“能迟”，言犹尽而意未尽。颈联则以“清角”和“优昙花”作比喻，说明好诗不是轻而易举就能写出来的。“优昙”系梵语，亦作“优昙钵”或“优昙钵罗”。《法华经》有“优昙花三千年一见，见到金轮出世”“如优昙钵花时一现耳”等相关描述。苏轼也曾写道：“优昙钵花岂有花，问师此曲唱谁家？”尾联则用神仙修道作比喻点明全诗的旨意“修炼多从苦处来”，诗歌写作的最高境界是在艰辛的磨炼中达到的。全诗运用兴比、理喻等手法说明了“优昙花好不轻开”“修炼多从苦处来”的道理。

袁枚是清中叶性灵诗派的代表人物，他的“性灵说”的核心是强调诗歌创作要直接抒发诗人的心灵，表现真实情感，反对复古模拟风气，在近代和现代文学史上都产生了重大影响。袁枚认为诗歌的本质即是表达情感的，是人的感情的自然流露。他说：“诗者，人之性情也。”“诗难其真也，有性情而后真。”他认为诗是由性情所生的，性情的真实自然表露才是“诗之本旨”。他明确指出：“诗有工拙，而无今古。”著名的清诗研究专家严迪昌先生在《清诗史》中提出“袁枚现象”一词，认为袁枚是一个真正意义上的专业诗人，在整个清代所有大家、名家诗人中找不出第二个。

“修炼多从苦处来”是全诗的核心要旨。作者用三千年才开一次的优昙花比喻这种艰苦磨炼的过程，恰如黄檗禅师所写“不经一番寒彻骨，怎得梅花扑鼻香”，深刻揭示了诗歌创作的艰辛。正因为诗人袁枚对“诗难其真”有切身的体验，才会有“优昙花好不轻开”的深刻领悟，才会凝练出“修炼多从苦处来”的深刻道理。

“修炼多从苦处来”也揭示了人才发展史上逆境成才的普遍规律。古往今来，有多少英雄豪杰如同优昙花一样，在历尽了多少困难后才取得成功？舜发于畎亩之中，胶鬲举于鱼盐之中，孙叔敖举于海，管夷吾举于士……这些都是经过了多次磨难才最终取得成功的人。故孟子曰：“天将降大任于斯人也，必先苦其心志，劳其筋骨，饿其体肤，空乏其身，行拂乱其所为，所以动心忍性，曾益其所不能。”英国哲学家培根也曾说过：“奇迹多是从逆境中出现的。”中国有句话说得好，“自古英雄多磨难”。周文王被拘禁而演绎《周易》；孔子周游列国四处碰壁，回到鲁国后著述《春秋》；屈原遭中伤而被楚怀王放逐，留下不朽诗篇《离骚》；鲁国的左丘明双目失明，著有《国语》；孙膑被膑去双脚，而写出了《孙膑兵法》；吕不韦被免去丞相之职迁徙到蜀地，而《吕氏春秋》传之于世；韩非被囚禁于秦国时，写出了《说难》《孤愤》等著名篇章；《诗经》

三百篇，大多是古代贤圣之士发愤之中留下的伟大诗篇。司马迁因李陵之祸幽于缧绁，所以才会“述往事，思来者”，发愤著成了千古绝唱的《史记》。

逆境之所以造就人才，是因为逆境中最能磨炼人的志向、勇气和毅力，这是一个人成才的根本条件。古语说“自古英雄多磨难，从来纨绔少伟男”，讲的就是这个道理。顺境中的人容易受迷惑，往往贪图享受，不思进取，不知道苦难为何物。而没有志向、没有进取心的人，又怎么能成才呢？逆境中的人则不同，他们饱受磨难，一次次与命运和困难作斗争，为走出逆境，大多树立了远大志向和坚定目标，且有着坚忍不拔的毅力，因而能克服重重艰难，迎风而立，逆向成才。

逆境也能磨砺人才的优良个性。树木受过伤的部位，往往会变得最坚硬。人才成长也一样，经历逆境的伤痛和苦难之后，能磨砺出优良的个性。贝多芬说：什么都比不上厄运更能磨炼人的德行。失败，对弱者是一种打击，对强者却是一种激励。宋代大文豪苏轼一生颠沛流离、备受磨难，屡次被朝廷贬谪流放甚至下狱；晚年被流放到荒芜的海南岛，过着苦行僧般的生活。一句“问汝平生功业，黄州惠州儋州”正是他流放生涯的真实写照，也是成就他诗文“功业”的生活背景。或许正是生活的磨难将他的诗句锤炼得炉火纯青，如若终日置身于花天酒地的生活中，又怎能吟出“大江东去，浪淘尽，千古风流人物”这样激昂豪迈、震古烁今的名句？如若终日置身于权力倾轧的官场之中，又怎会有“归去，也无风雨也无晴”的宠辱不惊的超然情怀呢？是艰难时世、峥嵘岁月造就出这样一位才华盖世、万人敬仰的伟大诗人！苏轼的磊落人生和崇高人格也充分印证了“修炼多从苦处来”的深刻内涵。

第三章

发现人才篇

CHAPTER 3

千古英雄草莽间

越王故国四围山，云气犹屯虎豹关。
铜兽暗随秋露泣，海鸦多背夕阳还。
一时人物风尘外，千古英雄草莽间。
日暮鹧鸪啼更急，荒台丛竹雨斑斑。

——萨都剌《台山怀古》

我国元代最杰出的少数民族诗人萨都剌写过一首七律《台山怀古》，诗的大意是：当年的闽越国古都四周层峦叠嶂连绵起伏；远处突兀险峻的山中云气蒸腾，依然笼罩着虎豹雄关。近处废殿颓宫门环上的铜兽，在萧瑟凄清的秋风中蒙霜含露；海面上暮鸦点点，背驮夕阳向眼前飞还。历史上声名显赫一时的风流人物，已随时间的烟尘湮没于九霄云外；那些兴起于艰难困苦的低层社会开疆辟国、建功立业的真正英雄却流芳千古。日暮时分，空谷回响着鹧鸪急促而悲切的啼鸣；长满苔藓的残垣荒台和野丛中的青竹则留下了秋雨斑斑泪痕。《台山怀古》又名《越台怀古》，是作者在福建任闽海廉访知事时所作。在职一年半期间，作者曾因弹劾权贵被降职。本诗通过怀念汉闽越王，生发了不少感慨，寄托了作者壮志难酬、抑郁不舒的苦闷。

这是一首登临凭吊的诗篇，字里行间流露出作者怀古惜今，感叹世间沧桑、人事代谢的悲凉情怀。此诗风格苍凉悲壮，慷慨雄浑，富有气势，善于写景抒情、寓情于景。全诗情景交融，语言苍劲，体现了他的怀古诗慨叹深沉的一贯特色。比如，用“秋露”“夕阳”这类凄凉、冷峻的字眼表明时序变迁、人事代谢；用“暗”“泣”“背”“还”这些阴森、悲苦的词语隐指繁华盛世的没落与千年间王朝的更替。句中动静结合、古今对比，生动形象，相得益彰。尾联再次点出“日暮”，意在加深衬托对昔日繁华的没落、逝去的哀婉之情，并借“鹧鸪”“荒苔”“丛竹”等眼前景物，烘托苍茫、悲凉的意绪。作者用象征性的场景勾勒出闽越国灭亡后遗址萧索寥落、英雄寂寞的画面，读来令人黯然神伤。

“一时人物风尘外，千古英雄草莽间”是全诗的精华所在，即“诗眼”。所谓“兴废由人事，山川空地形”，作者从人事变迁中感悟到的东西，可以让读者从多种角度去解读、领悟。一种理解认为：“一时人物”是指一个时代的风流人物；“风尘”比喻污浊的官场和腐朽的上层社会；与“风尘”相对的是“草莽”，即民间，比喻被上流社会看不起的底层社会。两句的意思非常明白：一个时代的英雄人物，多被排斥在官场之外，而多生长在民间。语气中也暗含讽刺：上层社会腐朽、污秽，已不可能诞生或容纳杰出人才了，真正的千古英豪，一定起于民间。还有一种看法认为，作者直抒胸臆，用互文的修辞手法，感慨时事人物：功勋卓著、声名显赫的人物，已经风流云散，随烟尘飘没于九霄云外；而纵横沙场、建功立业的英雄，也已伴随悠悠流逝的岁月，埋没于荒烟蔓草之间。笔者更倾向于前一种解释。"一时人物"与"千古英雄"应是一个鲜明的对比，作者臧否人物、褒贬时弊的鲜明态度跃然纸上，享誉一时的风流人物不过是像过眼云烟一样的匆匆过客，只有那些艰苦卓绝、开创伟业的英雄人物才能流芳千古。此诗的千古英雄指的是闽越国的建国者无诸。公元前334年楚灭越后，越之余部退至福建，传至勾践七世孙无诸立国称王，建冶城，开辟闽疆，建立了福建历史上时间最早也最为强盛的地方割据政权，传国92年（前202～前110）。他因而成为中国历史上闽越族的第一个卓著人物，被人尊奉为"开闽始祖"。明代闽中十才子之一的王恭在《冶城歌》中写道："无诸建国何英雄，赤土分茅于此中。"作者通过怀念闽越古国的开创者，从内心里深深景仰那些在艰苦环境下开创基业的千古英雄，认为也只有这样的英雄才能永远活在人们的记忆中，因而发出"千古英雄草莽间"的赞叹。

"千古英雄草莽间"也是对历史上人才成长规律的深刻揭示。历史上许多开疆立国者，大多出身卑微。西汉的开创者刘邦起家时不过是沛县泗水亭长；明朝开国皇帝朱元璋则因家境穷困而出家当和尚。中国有句古话：“宰相必起于州部，猛将必发于卒伍。”历史上一些杰出人物也大都来自底层社会。辅佐商汤的名相伊尹（约公元前16世纪）是中国第一个奴隶出身的宰相；筑墙奴隶出身的傅说是我国殷商时期卓越的政治家、军事家、思想家及建筑科学家，辅佐商王开创“武丁中兴”的辉煌盛世。辅佐周文王灭商兴周的姜太公也出身于社会底层，曾经做过赘婿、佣人、小商贩等。正因为有这样的成长经历，在他功成封齐后，才提出了“尊贤上功”的治国方略，注意从社会底层提拔、重用人才。这一方略成为齐国在春秋战国时期始终保持霸主地位的秘密武器。从门第、出身上看，齐国的优秀人才大多不是出身于豪门贵族。管仲做过小商人，当过兵，还曾在成阳做过“狗盗”这样不光彩的职业，可齐桓公并没有计较，任管仲为齐相，最后管仲辅佐其成就霸业；田穰苴虽是田氏宗族后裔，但属于旁系，而且家境贫寒、出身低微，大概只是一个军队里的小头目，可齐景公为了打退燕晋的侵略、确保齐国利益，封其为大司马；其他像牛贩子甯戚、布衣琴师邹忌、残疾人孙膑、赘婿淳于髡、囚犯越石父、晏子的马车夫等人，统统在齐国的优秀政治家眼里成了国之重宝，被委以要职。齐国更注重广纳天下英才，历史上齐国的优秀人才中，外国人所占比重很大。管仲是楚国人，甯戚是卫国人，陈完是陈国人，荀子是赵国人，都在齐国开明的人才政策下得以施展才干、建功立业。

透过历史的烟尘，我们可以看到，优秀的人才往往蕴藏于基层人民群众之中，也只有经历艰苦环境的磨炼，才能涌现一大批堪当大任的杰出人才。聚天下英才而用之，既要拓宽视野，善于从基层一线发现选拔各类优秀人才，也要舍得把有发展潜力的人才送到艰苦岗位锻炼，培养成可以担当历史重任的大才。

浅处无妨有卧龙

白社会中尝共醉，青云路上未相逢。

时人莫小池中水，浅处无妨有卧龙。

——窦庠《醉中赠符载》

唐代知名诗人窦庠写了一首诗《醉中赠符载》，诗的大意是：我们在白社的诗会中常常一道喝醉，可是在官途上却没有相逢，世人不要小瞧浅浅的池中之水，浅水处也不妨碍有深藏的卧龙。符载是窦庠诗酒相娱的好友，虽有才气但仕途不得志，窦庠写此诗以宽慰他。诗的前两句写的是诗人与符载经常在一个名为白社的诗会中同饮共醉，但没有在青云路上殊途同归。“青云路”是指步上达官显宦的青云之路，表示获得显赫的身份地位。“尝共醉”既表明他们经常见面，又含有二人相知甚深之意。“未相逢”既表明自己已经青云直上，又暗示符载潦倒失意。诗的后两句是承上两句所发的感慨和议论，告诫时人不要“小”池中水，因为水浅之处说不定也藏有卧龙。“小”在此处用作动词，表示小看、轻视的意思。浅浅的池水，本是“小”的，可是却不可小看，因水底藏有卧龙。诗人以“卧龙”比喻朋友，显然是夸奖宽慰朋友，同时也告诫世人不要以地位的高低来评判人的高下。这两句的深刻含义是：不要小瞧某个环境或者某个人，即使是不好的环境中也可以产生俊杰；或者说不要小看不起眼的小人物，他也可能胸怀大志，将来说不定会大展宏图。

作者窦庠，字胄卿，京兆金城（今陕西兴平）人，出身于诗书之家，父亲窦叔向是唐朝诗人，兄弟五人也都是诗人，窦常、窦牟、窦庠、窦巩、窦群五人中，四人擢进士，只有窦群隐居毗陵，后来因为韦夏卿屡次推荐，也入朝为官。窦氏一老五小合著有《窦氏联珠集》，且与同时代的名士元稹、白居易、韩愈、武元衡、裴度、令狐楚等过从友善，多有酬唱，名享一时。窦庠初为国子主簿，韩皋镇武昌，辟为推官。皋移镇京口，用为节度副使。后改任殿中侍御史，历任登、泽、信、婺四州刺史。窦庠天性倜傥，气在物表，擅长五言诗，颇得其妙。《全唐诗》卷二七一存有窦庠诗二十一首。他不仅是唐代知名的诗人，还精通书画和音乐，是一位艺术修养十分全面的知名才子。

“时人莫小池中水，浅处无妨有卧龙”道出了现象与本质的矛盾关系。现象反映本质，但二者不一定完全相同。池小水浅，与龙的大而神形成鲜明对比。既然是卧龙，就绝非睡龙，更非死龙，只是偃伏待时而已，一旦风云际会，就会腾空而起，直上青云。用卧龙作比喻，也是暗用诸葛亮的事典，一朝出山，定会做出一番惊天动地的大事，“金鳞岂是池中物，一遇风云便化龙”，同时也印证了刘禹锡在《陋室铭》中揭示的深刻道理：“山不在高，有仙则名。水不在深，有龙则灵。”窦庠由于对符载有深刻了解，并有自家兄弟窦群先隐而后为官、五人中未中进士者日后反而比其他四兄弟做的官还大的经验，加上对社会的深入了解，因而提出了“时人莫小池中水，浅处无妨有卧龙”的告诫，其理合乎规律，对今人仍有一定的启示作用。

“时人莫小池中水，浅处无妨有卧龙”也深刻反映了人才成长的一般规律。历史上的许多优秀人才，在没有出名之前，大多身世卑微，家境贫寒。商朝著名的中兴名相傅说出身于奴隶，在治理洪水泛滥时因发明“版筑法”而闻名遐迩，为商高宗武丁所赏识重用。周朝名相姜子牙遇周文王之前曾经做过不得志的屠夫和小商贩，磻溪钓鱼出山时已是年过七十的老翁。清朝名臣左宗棠，父亲早逝，家境贫寒，后来中了举人，依然只是个穷苦的教书先生。但陶澍、林则徐等慧眼识英才，认为左宗棠绝非池中之物，在他们的极力举荐重用下，左宗棠最终成为收复新疆的国家栋梁之材。

“时人莫小池中水，浅处无妨有卧龙”，也体现了“不拘一格”、唯才是举的识才用人观。曹操是中国历史上第一个提出“唯才是举”用人观的领袖人物，他多次颁布“求贤令”，不看出身，不看资历，只求为曹魏集团找到最适合的人才。在曹营里，五大核心谋士中的荀彧、郭嘉、贾诩、荀攸，以及张辽、张郃、徐晃等名将都来自敌方阵营，典韦、许褚等将领原来不过是占山为王的土霸王，于禁、乐进等将领也是一步步从基层成长起来的。史学家王沈的《魏书》中这样评论曹操：“知人善察，难眩以伪，拔于禁、乐进于行阵之间，取张辽、徐晃于亡虏之内。”正是因为曹操秉持“英雄不问出处”的理念，才扩大了曹魏集团的选才面，而这些人也都成为曹魏集团的核心成员。在三国的不同时期，蜀汉集团和孙吴集团都不同程度地出现过人才断档现象，只有曹魏集团人才济济、长盛不衰，在人才争夺战中始终处于优势地位，这也是三国争霸，曹魏最终胜出的根源所在。

潜龙须待一声雷

清晨候吏把书来，十载离忧得暂开。
痴叔去时还读《易》，仲容多兴索衔杯。
人心计日殷勤望，马首随云早晚回。
莫为霜台愁岁暮，潜龙须待一声雷。

——杜牧《使回枉唐州崔司马书兼寄四韵因和》

晚唐诗人杜牧写过一首七律《使回枉唐州崔司马书兼寄四韵因和》，诗的大意是：一清早迎送宾客的吏人将朝廷弹劾的奏书送来，你将离任干了十年的州郡佐官位置暂时离开此地。晋代有“痴叔”之称的王湛离开官场后仍在读深奥的《易经》，离群索居的阮咸高兴的时候也必须与知心朋友举杯痛饮。老百姓从心里数着日子真诚地盼望你回来，带你离去的高马将像云彩一样早晚会回首。不要因为御史台“弹劾”你而感到仕途无望，潜伏在水中的龙一旦听到雷声就会腾空而起。

首联以白描的手法点明了写此诗的背景，作者的好朋友河南泌阳的崔司马被朝廷弹劾，将要离开工作了十年的官位，故作者写此诗劝慰好友。颔联运用两个历史典故委婉地劝告好友崔司马不要自暴自弃，要像历史上的王湛、阮咸一样，该读的书要读，该喝的酒要喝。“痴叔”是指晋代王湛，由于他平时怀才不露，亲戚们都以为他痴。晋武帝见其侄子王济时，也常常以“痴叔”戏称之。王湛的叔父去世后，他为叔父守墓，王济去探望他，见床头有《周易》，就问王湛说：“叔父为何这样？此书你曾经看过吗？”王湛笑着说：“我身体好时，曾反复阅读。今日可与你细细说来。”于是王湛为王济鞭辟入里地分析《易经》，妙言奇趣，王济听都没有听过，感叹说深不可测。“仲容”是指晋代七贤之一阮咸，阮籍的侄子，喜欢喝酒，妙解音律，善弹琵琶。虽然在为人处事方面不善交际，但只要是与亲朋好友在一起，就一定要弹琴纵歌、饮酒作乐。颈联则用借喻的手法表达了作者对崔司马的惜别之情、期盼之意，作者与民众一样，殷勤地期待崔司马能够重返乡里。“人心计日”表明崔司马在位期间为民谋福、深得民心，实际上是对崔司马在任期间政绩的赞美。“马首随云”则化用了李白诗句“浮云游子意，落日故人情，挥手自兹去，萧萧班马鸣”的意境，表达了期待友人早日归来的心情。这两句用反衬的手法表达了作者对朝廷弹劾奏书的愤懑之情。尾联是全诗的精华所在，作者饱含深情地劝慰友人崔司马，不要因为御史台的弹劾就为自己的晚年时光不再、机遇不再发愁，而应像潜伏在深渊中的蛟龙一样，只等一声惊雷，就可以飞龙在天。

“霜台”在古代是御史台的别称，御史职司弹劾官员，为风霜之任，故称。“岁暮”是指一年中的时光即将结束，常引喻为人生的晚年。此句暗含不要被厄境所压倒、要等待时机之意。“潜龙”是指深藏的龙，通常比喻贤才不在位，隐而未显。作者将崔司马比喻为潜龙，是对其才华和政绩的认可，劝告友人不要为自己的怀才不遇感到孤独和伤心，只要一有机遇就可以重振雄风、东山再起。这两句看似落寞，实则亢奋，只不过先低沉，后高亢，对比之中显出诗人的无奈而又不甘。“潜龙”体现的是早春之气、势微之时；“一声雷”则暗含惊蛰之节、变化之机。此句蕴含着不飞则已、一飞冲天的气势，只不过时机未到，姑且算作“潜龙勿用”之时。这两句其实是人生际遇中怀才不遇、罹难落魄之时常有的情怀，杜牧在这里写得更为形象、生动。全诗文字凝练、情真意切，起承转合、一气呵成，体现了杜牧诗歌简洁明快、飘逸峻峭的特点。

“潜龙须待一声雷”是全诗的警句，既包含着深刻的人生哲理，也揭示了人才成长过程中的规律性现象。人生道路上难免会陷入困境、厄境、险境，人才成长过程必然会出现挫折、失败，如何面对？“潜龙在渊，飞龙在天”是一个非常形象的回答。其意象来自《易经》：“初九：潜龙勿用。”意谓龙潜于渊，阳之深藏，应忍时待机，不宜施展，才好利于下一步行动。“九五：飞龙在天，利见大人。”意谓龙已飞腾在天上了，有自由自在的意思，居高临下，可以大展宏图了。自古以来，潜龙就是胸怀大志、独具才华、待时而动的雄才伟士的典型形象。宋代诗人陈普有“潜龙蟠深渊，不灭飞腾性”的诗句；宋代诗人傅权有“我信龙潜应咫尺，终归大海润生灵”的诗句；南宋诗人杨万里有“高飞千里鹄，潜跃九渊龙”的诗句。历史上的杰出人才大都有不为人识、潜心修炼的过程，一旦时机成熟，他们就会横空出世，干出一番惊天动地的伟业。中国有句老话“太公八十遇文王”，讲的就是商周时期姜子牙大器晚成的故事。姜子牙年轻时生活贫困，但胸怀大志，刻苦学习，始终不倦地研究、探讨治国之道，以期有朝一日能够大展宏图。直到暮年，终于遇到了周文王，才有了施展才华的机会，他先后辅佐周文王、周武王成就了千秋帝业。

“潜龙须待一声雷”也是对潜人才现象的深刻揭示。所谓潜人才是指具备了从事某种创造性劳动的能力，但由于缺乏某种外部条件和机遇，尚未被社会发现和承认的人才。在实际生活中，绝大多数人才都经历了由潜人才向显人才转化的过程。潜人才要转化为显人才必须有足够的定力和韧劲，正确面对挫折失败，在坚韧不拔的努力中等待时机、把握机遇，不断提升自我、完善自我。“潜龙须待一声雷”的关键词是“一声雷”，这是潜龙变飞龙的关键要素，也是潜人才转化为显人才的必要条件。这个“一声雷”有时是时代变迁，有时是慧眼识才，还有可能是机缘巧合。历史上的三国时期曾是一个人才辈出的时代，开启这一时代大门的是求贤若渴的曹操。因天下大乱、群雄并起，为立于不败之地，他连向天下发出三道“求才令”：第一道令提出“唯才是举”的鲜明口号；第二道令提出不要怕用有缺点的人才；第三道令提出用人不要讲究出身，不要在乎有没有“污辱之名”。这三道令无疑是一声声惊雷，引得各类人才、各种人物闻风而动，鹰飞鹘起，最终形成汉魏时期的人才鼎盛之局。实现中华民族伟大复兴，无疑是当今时代最响的“一声雷”，必将为无数“潜龙”腾空而起提供前所未有的机遇和条件，“龙飞凤舞”将成为我们这个时代最引人瞩目的人才景象。

小荷才露尖尖角

泉眼无声惜细流，树阴照水爱晴柔。
小荷才露尖尖角，早有蜻蜓立上头。

——杨万里《小池》

南宋著名诗人杨万里写了一首诗《小池》，诗的大意是：泉眼悄然无声，像是在珍惜那涓涓细流，映在水上的树荫偏爱这晴亮柔美的风光。鲜嫩的荷叶那尖尖的角刚露出水面，早早就已经有蜻蜓落在它的上头。这首诗描写一个泉眼、一道细流、一池树荫、几片小小的荷叶、一只小小的蜻蜓，构成一幅生动的小池风物图，表现了大自然中万物之间亲密和谐的关系。此诗像是一首清新的小品，写得是那样的细腻，那样的柔美，那样的富有诗情画意。句句是诗，字字如画，展示了明媚的初夏风光，自然朴实，又真切感人。开头“泉眼无声惜细流，树阴照水爱晴柔”两句，把读者带入了一个小巧精致、柔和宜人的境界之中，一道细流缓缓从泉眼中流出，没有一点声音；池畔的绿树在斜阳的照射下，将树荫投入水中，明暗斑驳，清晰可见。一个“惜”字，化无情为有情，仿佛泉眼是因为爱惜涓滴，才让它无声地缓缓流淌；一个“爱”字，给绿树以生命，似乎它是喜欢这晴柔的风光，才以水为镜，展现自己的绰约风姿。第三、第四两句，“小荷才露尖尖角，早有蜻蜓立上头”，更像一位高明摄影师的特写镜头，妙趣横生，荷叶刚刚从水面露出一个尖尖角，一只小小的蜻蜓早立在它的上头。一个“才露”，一个“早立”，前后照应，既逼真地描绘出蜻蜓与荷叶相依相偎的情景，又蕴含着深刻的生活哲理。杨万里写诗主张师法自然，他对自然景物有浓厚的兴趣，常用清新活泼的笔调，平易通俗的语言，描绘日常所见的平凡景物，尤其善于捕捉景物的特征及稍纵即逝的变化，形成情趣盎然的画面，因而诗中充满浓郁的生活气息。

这首诗通过对小池中的泉水、树荫、小荷、蜻蜓的描写，给我们描绘出一种具有无限生命力的朴素、自然而又充满生活情趣的生动画面。诗题“小池”，全篇都在“小”字上做文章，生动、细致地描摹出初夏小池中生动的富于生命力和动态感的新景象，用“小荷才露尖尖角”来形容崭露头角的新人，比喻贴切，寓意深刻。荷花的小花苞在整个池塘中虽然显得那么渺小，却已经有蜻蜓在上面停留。“尖尖角”可以看作新生事物，更可以看作初出茅庐的年轻人，而“蜻蜓”就是赏识他们的“护花使者”。后来这两句诗经常被用来比喻有才华的人是很容易崭露头角的，也很容易得到人们的赏识。也有的用来比喻新生事物一出现，就能为目光敏锐者所发现。

“小荷才露尖尖角”也揭示了人才成长过程中的一个普遍规律：优秀人才往往在很年轻的时候就崭露头角，初出茅庐时往往个性鲜明，锋芒毕露，尤其需要特别呵护、特别爱惜。同时对于个性化突出的拔尖人才，要早发现、早培养，要像惜才如命的“蜻蜓”一样，及时发现人才，呵护人才健康成长。历史上像这样的案例不胜枚举。达尔文被汉罗发现、培养就是一例。达尔文早年读的是剑桥神学院，神学成绩并不佳，很多人认为达尔文只知道打猎、养狗，智力远在普通人以下，是个平庸者，但是植物学教授汉罗却看出达尔文有特殊的才能，他特别器重达尔文的观察力和独立思考的治学品质，并力保他随贝格尔舰进行环球科学考察，从而把一个“平庸”者培养成为举世瞩目的科学家。

我国著名国画家傅抱石也是被大画家徐悲鸿慧眼识才，并在他的精心呵护下成长起来的。1931年，时任中央大学艺术系教授的徐悲鸿带着学生到庐山写生，傅抱石正失业在家，处境非常困窘。他得知徐悲鸿来到南昌，忙带上自己的作品到旅馆去拜访。徐悲鸿看了他的画，顿觉眼前一亮。画面上峰峦密布，画幅不大却气势恢宏，一股灵气扑面而来，徐悲鸿赞赏不已。他问傅抱石：“你现在做什么事？”傅抱石回答：“在小学里替别人代课。”徐悲鸿说：“你应该去留学，去深造。你的前途不可限量。”傅抱石像在梦中，更不知说什么好了。徐悲鸿接着说：“经费困难，我给你想办法。”为了傅抱石留学的经费，徐悲鸿不惜委屈自己去找了当时的江西省主席熊式辉，为傅抱石筹集到了去日本留学的经费。当傅抱石在东京生活困难、即将辍学的时候，写信向徐悲鸿求助。徐悲鸿又立即四处奔走，拿出自己的作品筹了一笔钱，使傅抱石得以在东京完成学业并最终成为中国著名的山水画大师。自古英雄出少年，在创新驱动发展的新时代，尤其需要更多像汉罗、徐悲鸿那样善于发现人才的“蜻蜓”，在“小荷才露尖尖角”的时候，就能给予人才关爱、呵护和培养，让更多优秀拔尖的创新人才顺利成长起来。

世无伯乐良可嗤

古人相马不相皮，瘦马虽瘦骨法奇。

世无伯乐良可嗤，千金市马惟市肥。

——欧阳修《长句送陆子履学士通判宿州》节选

北宋政治家、文学家欧阳修写过一首《长句送陆子履学士通判宿州》，其中前四句诗意大致是：古人相马不看皮毛而看骨相，瘦马虽然瘦，但是看骨相的方法却很神奇。世界上没有伯乐是好马的悲哀，千金买马只能买到养肥了的马啊！作者借伯乐相千里马的故事比喻友人怀才不遇，为朋友的才华得不到赏识深感叹息，间接表达了作者对现实的不满。在作者看来，古人选良驹不是看健壮外表而是看骨骼内在，马瘦未必就不是宝马良驹。从前，有一匹奄奄一息的千里马，在翻越太行山时由于感激伯乐对它的赏识和体贴，竟能一跃而起，嘶鸣声直抵云霄！这就是千里马遇伯乐的故事。如果世上没有伯乐，人们只能从马的外表去识别马的优劣，从而导致出现肥壮的马就是宝马良驹的错误认识，这不能说不是好马的悲哀。

由此看来，世间“千里马”再多，也需要“伯乐”去发现，并且对待它们要“策之以其道，食之要能尽其材，鸣之要能通其意”。这样“千里马”日行千里之能力才能表现出来。

欧阳修写这首诗在一定程度上是受到了前人的启发。唐代大诗人杜甫曾写过一首七古《天育骠骑歌》，其中的两句“如今岂无騕褭与骅骝，时无王良伯乐死即休”，表达的是同样的意思。尤其是唐代的政治家、文学家韩愈写过一篇著名的《马说》，脍炙人口，流传了一千二百多年。文章开宗明义就说“世有伯乐，然后有千里马。千里马常有，而伯乐不常有”，强调了一个观点：千里马需要伯乐去发现。由于伯乐难得，所以千里马被埋没，只能“骈死于槽枥之间，不以千里称也”。恰巧在当时，韩愈就是一匹没被发现的“千里马”。他在初登仕途时，就很不得志，曾三次上书宰相求擢用，然而，宰相没有“伯乐”慧眼识英才的能力，更没有伯乐一样的胸怀，终于“足三及门，而阍人（守门人）辞焉”。在《马说》中，作者借“千里马”不遇“伯乐”而辱于奴隶人之手、骈死于槽枥之间来比喻自己怀才不遇明主的遭遇，实在再恰当不过了。而这种现象在中国古代社会不胜枚举，像李白、杜甫等一批怀着“天生我材必有用”的“千里马”最终却落得“浪迹天涯”的结局，也不得不感叹“古来材大难为用”！当然，中国古代社会也还有不少慧眼识才、大胆荐才的故事广为流传，如“萧何月下追韩信”“徐庶走马荐诸葛”等。

欧阳修的诗反映了人才成长的一个重要规律：优秀人才的成长离不开“伯乐”的发现和培养，“一流人才识一流之善”，发现和培养优秀人才的“伯乐”越多，优秀人才越容易脱颖而出；如果一个社会缺乏发现和培养人才的“伯乐”，就容易出现“万马齐喑究可哀”的局面。在我国近代史上涌现了不少发现和培养人才的“伯乐”，如蔡元培发现“草芥书生”梁漱溟、陈独秀、胡适，并将他们培养成一代名师；鲁迅培养提携萧红、萧军，使他们成为走红的青年文学家；还有梁启超力荐陈寅恪，更是一段“慧眼识才”的佳话。当年陈寅恪作为一个青年学者留学回国，梁启超向清华校长曹云祥举荐陈寅恪任国学教授，曹问：“他是哪国博士？”梁答：“他不是博士，也不是硕士。”曹又问：“他有没有著作？”梁答：“也没有。”曹说：“既不是博士，又没有著作，这就难了！”梁大怒：“我梁某人也没有博士学位，著作算是等身了，但总共还不如陈先生寥寥数百字论文有价值！”后来事实正如梁启超所言，在清华执教的陈寅恪果然成为一代国学大师。清华大学还出现了一位发现、培养众多英才却默默无闻的“伯乐”，他就是清华大学首任理学院院长、物理系主任叶企孙先生。人们都知道我国科学帅才“三钱”（钱学森、钱伟长、钱三强）、数学大师华罗庚、“原子弹之父”王淦昌、“光学之父”王大珩、“航天之父”赵九章，知道诺贝尔奖获得者杨振宁、李政道，却很少有人知道发现和培养这些大师的叶企孙先生，是他高薪聘请海外归来的物理学家吴有训，并将理学院院长的位置让给吴有训；力排众议提携初中生华罗庚；因材施教培养年少气盛的李政道。“两弹一星”23位元勋中就有9位是他的弟子，2位是他的学生的弟子，2位是他密友或同事。像叶企孙这样发现培养如此众多大师级“千里马”的“伯乐”可谓凤毛麟角。

当前，我国正进入创新驱动发展的新时代，我们在呼唤培养造就成千上万创新创业人才的同时，也需要呼唤更多像蔡元培、鲁迅、梁启超、叶企孙那样善于发现培养人才的“伯乐”，担负起为中华民族伟大复兴培育更多优秀英才的历史重任。我们要树立强烈的人才意识，寻觅人才求贤若渴，发现人才如获至宝，举荐人才不拘一格，让“千里马常有，伯乐亦常有”，使我们的现代化建设事业呈现出“万马奔腾”的生动局面！

借取明时一荐雄

彩服鲜华觐渚宫，鲈鱼新熟别江东。
刘郎浦夜侵船月，宋玉亭春弄袖风。
落落精神终有立，飘飘才思杳无穷。
谁人世上为金口，借取明时一荐雄。

——杜牧《送刘秀才归江陵》

唐代诗人杜牧写过一首七律《送刘秀才归江陵》，诗的大意是：你身着华丽的彩服回到过去楚国的别宫，就像当年的张翰在鲈鱼刚刚长肥的时候回到久别的江东。刘郎浦码头的夜空，一轮孤月的冷辉洒在船头上，你终于可以站在家乡的宋玉亭里，任凭春风吹拂自己的衣袖。你落拓不羁的精神始终立于天地之间，你敏捷飘逸的才思深远无穷。这个世界上有哪一个人能张开金口，借取圣明的时代像举荐扬雄一样引荐你。诗中的刘秀才是诗人的好朋友刘韶。这首诗写于武宗会昌五年（845），当时诗人在池州刺史任上，刘韶曾在池州住过一段时间，杜牧待其为上宾。

全诗前半部分想象刘韶回家后的情况，后半部分写刘韶才华过人，希望能有人早日将其推荐给朝廷，表现了诗人对刘韶的赞赏和推许。前四句紧扣送行，但却宕开一笔，不写送别时的留恋难舍，而是写刘秀才衣锦还乡，极具新意。首二句连用“彩服”和“鲈鱼”两个典故，点出了刘秀才的孝心和思归之情。“彩服”是借用春秋时期老莱子70多岁时，为孝敬父母身穿彩服伏地学婴儿啼哭博双亲一笑的典故；“鲈鱼”是借用西晋末年张翰看到秋风起，想起家乡鲈鱼、莼菜而生思乡之情并辞官归乡的典故。明明是刘秀才因为父母在堂而欲归，却写得如同衣锦还乡一样花团锦簇。由“彩服”之典顺笔带出“鲜华”，可见刘秀才在外乡的境况一定不错，锦衣华服，载誉而归。而所归之故乡，也曾是楚王行宫之地，可见刘秀才出身也是不凡的，受古风熏染已久，故出门在外也能如此出类拔萃。“鲈鱼”的典故非常契合刘秀才当下的心绪。历史上的张翰其实是看到政局动荡、容身不得而托词东归的。刘秀才虽然才华出众，但毕竟还未中举，未能真正地光宗耀祖而归，这里对其处境的真实描述也就隐晦地包含其中了。第三、第四句写遥想刘秀才乘船夜归的情形。诗人仿佛看到，在离刘秀才家乡不远的渡口上，一轮孤月洒下的清冷银辉照在他回乡的船头。经过日夜兼程，归心似箭的刘秀才终于可以站在家乡的宋玉亭里，任凭春风抚弄着自己的衣袖了，颇有点春风得意。

后四句承接上文来描写刘秀才的卓荦不群。第五、第六句用对仗展现了刘秀才的俊朗风神，说他超凡脱俗、精神焕发，有着独立的人格和魅力，至于他的才情诗思则飘逸深远。最后两句在极力赞许的基础上，既是大声疾呼希望早日出现能赏识刘秀才的伯乐，同时也暗示了刘秀才不得已而归乡的窘况困境，从侧面表现了诗人对这样一位才俊之士的称许褒扬。全诗辞藻华丽，用典贴切，运笔新颖。中间两联对仗工整，尤为精妙地刻画出刘秀才超凡脱俗的飘逸形象，最后再水到渠成地表达了自己的期望，确实是送别诗中别具一格的佳作。

“谁人世上为金口，借取明时一荐雄”是全诗的核心所在，前面所有的表述都是铺垫，卒章显其志。作者要表达的就是惜才敬才而又爱莫能助的复杂心情，真切期待好朋友刘轺能够得到高人举荐而有机会施展自己的才华。应当说，唐朝中期已广泛推行了科举制，平民百姓可以通过科举走上仕途。但由于科举制的局限性，仍有大量优秀人才被埋没在民间。像杜甫、孟浩然这样名噪一时的大才子都屡试不第，更何况像刘秀才这样名不见经传的小人物呢。作者在这里也或明或暗地表达了对现行科举制的不满，呼唤自古以来形成的举贤荐能优良传统的回归。

“借取明时一荐雄”，也是对我国古代人才发现规律的生动概括。“明时”是举荐人才的前提条件，只有在清明的政治环境下，优秀人才才有可能被发现推荐并被重用；如果政治昏暗，人才即使被推荐了也难以发挥作用。“荐雄”则是借用历史上有人向汉成帝推荐扬雄，称其具有同司马相如一样的才华而被重用的典故，说明意欲求取贤能必须去问那些更加贤能的人的道理。

在隋文帝创立科举制之前，我国古代官吏的选拔主要是举荐制，无论汉代的察举制，还是魏晋南北朝的九品中正制，都是通过各个方面的推荐考察来发现人才、评价人才、选拔人才。汉代以前，更是主要通过选贤任能来实现政治清明。从奴隶社会开始，到封建社会终了，其间经历了大大小小几十个王朝，周代历时最久，长达八百年。说起来原因有很多，其中很重要的一条就是尚贤事能。对此，《墨子》一书曾用上中下三个篇幅，专门论述了这个问题。“今者王公大人为政于国家者，皆欲国家之富、人民之众、刑政之治，然而不得富而得贫，不得众而得寡，不得治而得乱，则是本失其所欲，得其所恶。是其故何也？”墨子回答说：“是在王公大人为政于国家者，不能以尚贤事能为政也。是故国有贤良之士众，则国家之治厚；贤良之士寡，则国家之治薄。故大人之务，将在于众贤而已。”因此，圣明君主的第一要务是选贤任能，其路径是各级官员特别是高人贤士的发现推荐。如萧何向刘邦推荐韩信、水镜先生司马徽向刘备推荐诸葛亮，当然也有毛遂自荐的。

即使在科举制盛行的唐宋元明清，也依然保留着一种举荐“贤良方正”的制度，以弥补科举制的缺憾。“贤良方正”最早是汉代选拔统治人才的科目之一，始于汉文帝二年（前178）。“贤良”是指才能、德行好；“方正”是指正直。汉文帝下诏云：“举贤良方正直言极谏者，以匡朕之不逮。”汉代诏举贤良方正的目的主要是广开直言之路，被举荐者对政治得失应直言极谏。察举贤良就是依照皇帝诏令的规定，由公卿诸侯王、郡守等高级官吏举荐，送至朝廷，皇帝亲自过问，分别高下，授以官职。有时一策即毕，有时还有二策、三策，如董仲舒即连对三策，而授以江都相。每诏贤良对策者常达百数人。在汉代所有察举科目中，皇帝对“贤良方正”一科极为重视。有人说，论轻重以贤良为重，论得人以孝廉为多。以后各个朝代往往将举贤良方正视作非常设之制科，名称时有不同，但性质无异。唐宋元明清沿用设“贤良方正科”，主要是为了更加广泛地发现人才。清朝的左宗棠三试不第，正是在封疆大吏陶澍、林则徐、郭嵩焘等重臣的力荐下而成为清末的中兴大臣。由此看来，选贤任能必须不拘一格，“借取明时一荐雄”是一个重要途径。

第四章
识别人才篇

CHAPTER 4

辨材须待七年期

赠君一法决狐疑，不用钻龟与祝蓍。
试玉要烧三日满，辨材须待七年期。
周公恐惧流言日，王莽谦恭未篡时。
向使当初身便死，一生真伪复谁知？

——白居易《放言五首·其三》

中唐著名诗人白居易写了组诗《放言》，其中第三首的诗意主要是：我送给你一种解决疑问的办法，这个办法不需龟甲、蓍草茎来占卜吉凶。检验玉石真假还需要烧满三天，辨别木材优劣还要等七年以后。周公谨小慎微害怕流言蜚语的日子，王莽未篡位之前谦卑恭敬。假使他们当初就死去了，一生的真假又有谁知道呢？

这是一首富有理趣的好诗。它以极通俗的语言说出了一个道理：对人、对事要得到全面的认识，都要经过时间的考验，从整个历史去衡量、去判断，而不能只根据一时一事的现象下结论，否则就会把周公当成篡权者，把王莽当成谦恭的君子了。从写诗的背景来看，诗人表示像他自己以及友人元稹这样受诬陷的人，是经得起时间考验的，因而应当多加保重，等待“试玉”“辨材”期满，人们自然会澄清事实，辨明真伪。这是用诗的形式对他自身遭遇进行的总结。

在表现手法上，此诗虽以议论为主，但行文却极为曲折，富有情味。“赠君一法决狐疑”，诗一开头就说要告诉人一个决狐疑的方法，而且很郑重，用了一个“赠”字，强调这个方法的宝贵。“不用钻龟与祝蓍”，先说不用什么，而该用什么，却不径直说出。这就使诗歌有曲折、有波澜，对读者也更有吸引力。诗的第三、第四句才把这个方法委婉地介绍出来：“试玉要烧三日满，辨材须待七年期。”要知道事物的真伪优劣只有让时间去考验。经过一定时间的观察比较，事物的本来面目终会呈现出来。先从正面说明这个方法的正确性，然后掉转笔锋，再从反面说明：“周公恐惧流言日，王莽谦恭未篡时。”如果不用这种方法去识别事物，就往往不能做出准确的判断。对周公和王莽的评价就是例子。周武王死后，年幼的周成王继位，周公辅佐执政。管、蔡、霍三人放出流言，诬陷周公要篡夺王位。周公诚惶诚恐，隐居起来。管蔡霍之乱平息之后，证明了周公的清白，他忠心耿耿是真，说他篡权则是假。王莽在未取代汉朝政权时，假装谦恭，曾经迷惑了一些人；《汉书》说他“爵位愈尊，节操愈谦”。但历史证明他的“谦恭”是伪，代汉自立才是他的真面目。

“向使当初身便死，一生真伪复谁知？”这是全篇的关键句。“决狐疑”的目的是分辨真伪。真伪分清了，狐疑自然就没有了。如果过早地下结论，不用时间来考验，就容易为一时表面现象所蒙蔽，不辨真伪，冤屈好人。全诗的意思极为明确，出语却曲折委婉。从正面、反面叙说“决狐疑”之“法”，都没有径直点破，让读者思而得之。举的例子，既是论点，又是论据。寓哲理于形象之中，以具体事物表现普遍规律，小中见大，耐人寻思。其以七言律诗的形式，表达一种深刻的哲理：只有经过时间的考验，才能给一个人盖棺定论。读后令人思之有理，品之有味。

“试玉要烧三日满，辨材须待七年期”是全诗的核心，揭示了人才学中的一个重要规律：辨别一个人是不是真正的人才，是需要时间来检验的。一块石头到底是莽石还是美玉，只要把它投入熊熊烈火之中，三日后就足够见分晓。一个人是否有才能，把他放到真正需要真才实学的岗位上历练历练，大概也能辨出个子丑寅卯来。诗句深刻地提醒我们：一时地考察人才，难免出错；只有长时间地考察，才能分辨出其才德的真伪。历史上汉武帝对青年军事人才卫青、霍去病的提拔重用就是经过长期观察培养实现的。卫青原为一介奴仆，姐姐被召入宫特别是做了皇后以后，他的身份才逐渐显赫起来，平时一向谨慎低调，表现平庸。汉武帝通过长达数年的观察、了解，独具慧眼地发现了卫青出色的个人潜能：思路敏捷、心胸开阔、讲求规则、志向远大。于是他决定对卫青予以破格提拔，终于成就了享誉中外的一代名将。霍去病从小事奉汉武帝，18岁就随军出征并屡建奇功。汉武帝非常欣赏其积极进取、不蹈常规、勇猛果敢、无惧艰险的作风，并未因其年轻气盛和其他一些明显缺点就放弃对他的栽培和任用。由于卫青、霍去病等卓越军事人才的相继涌现，汉朝才能在与匈奴的反复斗争中屡屡获胜并最终完全制服对手。

“向使当初身便死，一生真伪复谁知？”揭示了人才评价的一个普遍现象：有一些历史人物也不是“盖棺定论”就能说得清的，而需要历史地、辩证地去分析。曹孟德在刺董卓时俨然像匡扶汉室的英雄豪杰，挟天子以令诸侯时也只敢称汉丞相，以汉室正统自居，一步步到了称魏王时才渐渐暴露他奸雄的庐山真面目。假使他刺董卓时便事败身死或官渡之战便输给了袁绍，历史上岂不多了一个明相、少了一个奸雄？《宋史》记载，南宋奸相秦桧在青年时期也曾力主抗金，在朝廷中享有一定的威望。后来他与钦、徽二帝一起被金俘虏，释放回来后极力推行投降主义路线，逼害抗金爱国将领岳飞。假如当时秦桧与钦、徽二帝一起老死在大漠荒北，也许历史会给他留个美名。还有一些历史人物死的时候劣迹没有暴露，被当作正面人物来评价，死后一段时间，生前的劣迹逐渐暴露，臭名昭著。康生就是这样的人，在他死后五年被开除党籍。可见盖棺不能定论，正如白居易用诗的语言所说的那样，一个人才的真伪优劣要让时间来检验。

古人才德难求德

荀息无裨晋献公，豫生如许智宗空。

古人才德难求德，大节初心要始终。

——陈普《咏史上 · 豫让四首其一》

南宋诗人陈普写了一组七绝《咏史上 · 豫让四首》，其中一首写道："荀息无裨晋献公，豫生如许智宗空。古人才德难求德，大节初心要始终。"诗的大意是：晋国的相国荀息一生忠心耿耿，但仍未有助于实现晋献公的遗愿；晋国正卿智伯瑶的家臣豫让也是一样的忠贞不贰，但仍然没有挽救智伯家族被灭亡的命运。古代人的才与德相比，德是最难求的，关键是大节初心要始终如一。

全诗从春秋战国时期晋国的两个著名忠臣荀息和豫让的事迹切入，阐明"德"在人才培养选拔中的极端重要性。荀息（？～前651），名黯，字息，本名原氏黯，是春秋晋国有史记录的第一位相国。荀息为人忠诚，足智多谋，又是武公旧臣，忠心耿耿事奉晋献公近30年，以危如累卵规劝晋灵公放弃建造九层高台，献计假道伐虢，扫除了晋国向中原发展的障碍。晋献公临终前，任命荀息为相国，辅佐新君继位，荀息以股肱之力实践“言必行、行必果”的诺言，最终以死尽忠，留下了千古英名。荀息的一生，表现了绝大多数晋国士大夫所具有的公忠品格，后人曾以“白圭之玷，尚可磨也，斯言之玷，不可为也”的诗句来称赞他。豫让是晋国正卿智伯瑶的家臣。春秋战国时期，韩赵魏三家灭智氏，豫让为给智伯报仇，伏桥如厕、吞炭漆身，多次刺杀赵襄子未果，最后自刎而死，留下了“士为知己者死，女为悦己者容”的千古绝唱。前两句“荀息无裨晋献公，豫生如许智宗空”正话反说，体现了“不成功便成仁”“不以成败论英雄”的意旨，荀息、豫生事奉的君主未必贤明，一生的追求也没能成功，但他们忠贞不渝的品格受到后人的景仰；后两句“古人才德难求德，大节初心要始终”直抒胸臆，表达了气节、德操贵在坚守的深刻内涵。

此诗作者陈普（1244～1315），字尚德，号惧斋，福州宁德（今属福建）人，生活在南宋末年。南宋灭亡后，元朝三次征辟他为本省教授，他都拒不接受。自己隐居授徒，四方及门者岁数百人，学者将其称为石堂先生，有《石堂先生遗集》二十二卷等。诗人作为南宋遗民，拒不仕元，铮铮铁骨，可见一斑。诗人写《咏史上·豫让四首》，实质上是借颂扬历史上的仁人志士，表达自己的爱国情感和为国尽忠的思想。其中，另外一首七绝则更为直接地表露了诗人对故国忠贞不渝的情感：“几多砺节与轻生，犹有丝毫在利名。

青史千年惟豫子，诚心大义最分明。”

“古人才德难求德，大节初心要始终”是全诗的核心要义，揭示了在人才的培养选拔中的德才标准的本质特征：一是在德与才的关系上，德更重要，以德为先，因而求德难；二是在衡量德的标准时，高尚品德难求，但始终如一坚守品德更难。自古以来，我国历代统治者在用人问题上都注重德才兼备，强调以德为先、以德为本。孔子说：“为政以德，譬如北辰，居其所而众星共之。”强调的正是道德对政治生活的决定作用。儒家治国的基本原则是德治，尤其注重日常行为体现出的品德：若在日常生活中能善事父母兄长，道德就有了立足之本，人们就很少会犯上作乱。春秋时齐国政治家管仲也有此思想。据《史记·齐太公世家》，管仲病情严重时，齐桓公曾询问管仲，易牙、卫开方、竖刁等三人能否继承相国之位，管仲均予以否定，理由是此三人各自的行为均突破了人之常情，突破了人之为人的道德底线，是品德不好的表现：易牙“杀子以适君，非人情”；卫开方“倍亲以适君，非人情”；竖刁“自宫以适君，非人情”。管仲死后，齐桓公最终没有采纳管仲的意见，导致齐国因此三人专权而衰败。

最有代表性的是北宋史学家司马光的“智伯才德之论”，提出了“才者，德之资也；德者，才之帅也”的著名论断。“智伯才德之论”是据历史上乱臣贼子多是才有余而德不足之事实而得出的结论，其主要依据正是豫让所效忠的智伯家族的故事。春秋战国之际，晋卿智宣子想要立智瑶为继承者。族人智果提出反对意见，以为选智瑶不如选智宵，理由是智瑶具有五个方面突出的优点，一是长得高大英俊，二是善于驾车射箭，三是才艺超群，四是聪慧善辩，五是意志坚强，处事果决；但有一致命缺点就是特别没有仁爱之心。智瑶这五个方面的优点远超他人，若其用不仁之心处事，没有人能抵挡。智果预判，若立智瑶为继承人，智氏会有灭族之祸。智宣子没有听从智果的意见，智果便请求离开智氏家族，别族于太史，为辅氏。智瑶为政后，专权于晋国，结怨于其他有权势的家族，且贪得无厌，分别向韩、魏、赵索要领地，最后韩、魏、赵三家合谋，攻灭智氏，瓜分其地，是为“三家灭智”。司马光认为，智伯身亡，是才胜德导致的。才与德是不同的：“聪察强毅之谓才，正直中和之谓德。”才是德的凭借，德是才的统领。从才与德是否兼具出发，司马光把人分为四类：才德全备者为圣人，才德兼亡者为愚人，德胜才者为君子，才胜德者为小人。用人之法，若不得圣人、君子，则宁用愚人，不用小人。为什么这么说呢？司马光指出：“君子挟才以为善，而小人挟才以为恶。挟才以为善者，善无不至矣；挟才以为恶者，恶亦无不至矣。愚者虽欲为不善，智不能周，力不能胜，譬之乳狗搏人，人得而制之。小人智足以遂其奸，勇足以决其暴，是虎而翼者也，其为害岂不多哉！”

君子建功立业，小人祸国殃民，用人者不可不慎。北宋景德年间有两名才华超群的神童，被地方官同时推荐给了朝廷，一个叫晏殊，另一个叫蔡伯俙。若论才学，蔡伯俙与晏殊不相上下；若论品德，却大不一样。蔡伯俙善于谄媚迎合，弄虚作假，为人不诚实，欠正派。晏殊忠诚耿直、为人厚道。宋仁宗在二人之间选任宰相时说："宰相身负国家重任，应该由晏殊这种德才兼备的人来担任。"晏殊和蔡伯俙虽起点相似，但是结局却截然不同。晏殊官至尚书，成就斐然，名垂千古；蔡伯俙却被淹没在历史的潮流中，后人鲜有耳闻。历史证明：人才并不难得，难得的是德才兼备；德行并不难有，难有的是守德如初。

海内人才孰卧龙?

天龙作骑万灵从，独立飞来缥缈峰。
怀抱芳馨兰一握，纵横宙合雾千重。
眼中战国成争鹿，海内人才孰卧龙?
抚剑长号归去也，千山风雨啸青锋。

——康有为《出都留别诸公五首·其二》

清末著名政治家、思想家、社会改革家和学者康有为写过一组七律《出都留别诸公五首》，其中第二首诗的大意是：驾着天龙坐骑，众神侍从，我就好像置身于缥缈迷离的飞来峰。怀香握兰，纵横四顾却浓雾千重。眼看国家的局面就像战国时期群雄逐鹿中原那样被列强争夺瓜分，四海之内究竟谁是卧龙诸葛亮那样的人才呢？我抚摸着宝剑长叹而黯然归去，只有千山万壑的风雨声应和着我青锋宝剑的鸣啸！

首联以丰富的想象和比拟的手法描写自己理想与现实的冲突，在想象中诗人天龙作骑，众神相随，正是诗人所追求的理想境界；

但现实却是云遮雾罩、虚无缥缈，自己犹如一座天外飞来的孤峰。飞来峰是杭州灵隐寺前的一座山，晋代慧理禅师说它本是天竺的灵鹫山，不知何年飞来。诗人以此借喻自己“遗世而独立”的孤高品格。颔联运用了象征和对比的手法，表达出诗人对上书受到重重阻挠而不达（壮志难酬）的愤慨。古人多用美人香草比喻自己的高远志向和高洁的情操，诗人这里以“芳馨”和“兰”来象征自己的理想和抱负，以“雾千重”来比喻渺茫的前途或阴霾混沌的社会环境，二者形成鲜明的对比，自己怀抱芳草，手中握兰，而宇宙纵横，云雾千重，混浊黑暗的社会现实反衬出诗人高尚的志趣和人生追求。颈联则以深刻的笔触描述国运衰败、山河破碎的现实，发出近乎“苍茫大地谁主沉浮？”的呐喊，在国家危亡的时刻，谁是能够力挽狂澜的卧龙先生诸葛亮呢？“眼中战国成争鹿”是“雾千重”的注解，帝国主义列强入侵，“争鹿”中华，清政府腐败无能，人民生活于水深火热之中，自己亲眼所见，切身感受，怎能不激发救亡图强的志向呢？诗人呼唤天下人才慷慨救世，实际上也暗含自己要立志成为诸葛亮那样干一番惊天动地伟业的英才之意。尾联以写实的手法点明“留别”的主题，表达“归去”的志向。诗人从想象世界回到现实世界，抚剑长啸，回归故里，将在千山风雨中舞长剑，聚人才，再图变法之路。诗人写“归去”，实是述志向；“啸青锋”是虚写，志在表达将筹划变法的实意。

全诗创造了一个乘天龙、随众神、怀芳草、求美人的境界，似有神仙之意，实是追求屈原《离骚》之境，表明诗人要像屈原一样具有强烈的忧患意识，为全诗奠定了爱国救国的基调。面对“宙合雾千重”“战国成争鹿”的国家危亡局面，诗人表达了呼唤集聚天下人才，在“千山风雨”中寻求救国之道的远大志向。此诗想象丰富，意境深远，感情强烈，表达了诗人强烈的爱国忧患意识和救国图强之志，体现了诗人豪情万丈、志趣高远、忧国伤时、雄心不渝的胸襟和情怀。

作者康有为（1858～1927），又名祖诒，字广厦，号长素，广东南海人，人称“康南海”，清光绪年间进士，官授工部主事。出身于仕宦家庭，乃广东望族，世代为儒，以理学传家，著有《康子篇》《新学伪经考》等。康有为自幼学习儒家思想，1879年开始接触西方文化。1882年，康有为到北京参加顺天乡试，没有考取。南归时途经上海，购买了大量西方书籍，吸取了西方传来的进化论和政治观点，形成了维新变法的思想体系。1888年，康有为第二次到北京应试，正逢中法战争中清政府失败，丧权辱国。他第一次上书光绪皇帝，提出“变成法，通下情，慎左右”的改革主张，未被采纳，却备受阻扰攻击，次年愤而返乡，临行时作七律五首赠与友人，此诗即为其中之一。可以说，康有为最有名的诗词，莫过于《出都留别诸公五首》。

“眼中战国成争鹿，海内人才孰卧龙？”是全诗的核心，道出了诗人内心真切的焦虑和渴望，也深刻揭示了历史上的一个规律性现象：大凡国家面临内忧外患、改朝换代之际，时代都在呼唤具有雄才大略、经天纬地、扭转乾坤的英才出现。古人云："得人才者成大事。"自古以来，"得一人而得天下"的事例不计其数。齐桓公重用管仲，成就了一番春秋霸业；秦始皇任用韩非、李斯横扫六国，一统天下；刘邦因有"运筹策帷帐之中，决胜于千里之外"的萧何、张良、韩信"三杰"而成为西汉的开国之君；刘备"三顾茅庐"识得诸葛亮重用其才方转危为安，而得"三分天下"之势；唐太宗正是起用了如魏征、长孙无忌、房玄龄等一批贤能之士，才终有"贞观之治"的盛景；朱元璋凭借自己的真诚感动了心如死灰的落魄士子刘伯温，使他终归自己帐下出谋划策，从而赢得明朝天下……

"眼中战国成争鹿，海内人才孰卧龙？"也表明康有为所渴求、所呼唤的不是一般的人才，而是如诸葛孔明一样的盖世奇才，从而昭示了"盖有非常之功，必待非常之人"的深刻道理。"盖有非常之功，必待非常之人"这句话出自班固《汉书》卷六《武帝纪第六》："初置刺史部十三州，名臣文武欲尽。诏曰：'盖有非常之功，必待非常之人。故马或奔踶而致千里，士或有负俗之累而立功名。夫泛驾之马，跅弛之士，亦在御之而已。其令州郡察吏民有茂材异等可为将相及使绝国者。'"大意是说要想成就异乎寻常的丰功伟绩，必须依靠非同寻常的人才。汉武帝刘彻为了强化中央政权对地方的管理，下令将京畿以外的所有地区划分为十三个监察区域，亦即刺史部十三州，每州由朝廷派遣刺史一人。因为是行政建制的新举措，出现了人才匮乏，于是汉武帝下诏命各州郡举荐贤能之才。这封诏书特别值得重视的地方在于：建立前无古人的“非常”功业，必须呼唤和重用那些具有超凡能力的奇才。这充分体现出汉武帝求贤若渴、唯才是举的人才观念。

作为中国历史上一位具有文韬武略的帝王，汉武帝常有“常人所异”的举动。在他看来，有的千里马虽然桀骜不驯、不循轨辙却能够日行千里；有些奇才之士虽饱受世俗讥议却能成就大功。对于难驭之马、不羁之人，要用其日行千里、成就奇功的一面，关键就看怎样驾驭和使用了。因此，他制定出选才的“非常”标准，命令各州郡长官发现和选拔那些具有奇才异禀的人才，对他们委以重任，或出将入相，或者肩负使命出使遥远的国家。汉武帝敢为人先，一生做过无数“非常之事”：首创察举制选拔人才；首开丝绸之路；首兴太学；首次设置刺史；统一货币，首次将盐铁和铸币权收归中央；任酷吏、严刑法；文化政策上推行“罢黜百家，独尊儒术”；开疆拓土，东并朝鲜、南吞百越、西征大宛、北破匈奴。这些丰功伟绩与他大胆起用“非常之人”是分不开的，如朱买臣、程不识、公孙弘、董仲舒、卫青、霍去病等，不管他们出身怎样、背景如何，汉武帝都会依其所长给予机会。譬如任命卫青为车骑将军，任命卫青的外甥、十九岁的霍去病为骠骑将军，他们都在抗击匈奴的战斗中屡立奇功。总之，汉武帝以“非常”的格局和胸怀，做前无古人之“非常之事”，起用“非常之人”，终成“非常之功”。伟大的时代呼唤杰出的人才，伟大的事业需要“不拘一格降人才”，这是千古不变的定律。

时人不识凌云木

自小刺头深草里，而今渐觉出蓬蒿。

时人不识凌云木，直待凌云始道高。

——杜荀鹤《小松》

晚唐诗人杜荀鹤写过一首七绝《小松》，诗意大致是：松树小的时候埋没在很深的草中看不出来，到现在才有人发现已经比那些野草（蓬蒿）高出了许多。但当时人们并不认识它是能够高耸入云的树木，直到它高耸入云后才赞同它的高大。

《小松》借松写人，托物讽喻，寓意深长。松树是树木中的佼佼者，数九寒天，百草枯萎，万木凋零，而它却苍翠凌云，顶风抗雪，泰然自若。然而凌云巨松是由刚出土的小松成长起来的。小松虽小，却已显露出必将“凌云”的苗头。《小松》前两句，生动地刻画出这一特点。“自小刺头深草里”——小松刚出土，的确小得可怜，路边野草都比它高，以至于被淹没在“深草里”。它虽小却并不弱，在“深草”的包围中，它不低头，而是“刺头”——

那长满松针的头，又直又硬，一个劲地向上冲刺，锐不可当。那些弱不禁风的小草是无法与它相匹敌的。“刺头”的“刺”，一字千钧，不但准确地勾勒出小松外形的特点，而且把小松坚强不屈的性格、积极进取的精神，活脱脱地勾画出来了。一个“刺”字，显示出小松具有强大的生命力；它的“小”，只是暂时的、相对的，随着时间的推进，它必然由小转大。“而今渐觉出蓬蒿”，“蓬蒿”即蓬草、蒿草，草类中长得较高者。小松原先被百草踩在脚底下，可现在它已超出蓬蒿的高度；其他的草就更不在话下。这个“出”字用得精当，不仅显示了小松由小转大、发展变化的情景，而且在结构上也起了承前启后的作用：“出”是“刺”的必然结果，也是未来“凌云”的先兆。事物发展总是循序渐进，不可能一步登天，故小松从“刺头深草里”到“出蓬蒿”，只能“渐觉”。“渐觉”说得既有分寸，又很含蓄。是谁“渐觉”的呢？只有关心、爱护小松的人，时时观察、比较，才能“渐觉”；至于那些不关心小松成长的人，视而不见，哪能谈得上“渐觉”呢？故作者笔锋一转，发出深深的感叹：“时人不识凌云木，直待凌云始道高。”这里连说两个“凌云”，前一个指小松，后一个指大松。大松“凌云”，已成事实，称赞它高，并不说明有眼力，也无太大意义。小松在幼小时，与小草一样貌不惊人，如能识别出它就是“凌云木”，而加以爱护、培养，那才是有识见，才有意义。然而世俗之人所缺少的正是这个“识”字，故不能不令诗人感叹道：眼光短浅的“时人”，是不会把小松看成栋梁之材的，有多少小松，由于“时人不识”，而被摧残、被扼杀啊！这些小松与韩愈笔下“骈死于槽枥之间”的千里马一样，拥有同样悲惨的命运。埋没深草里的“小松”，其实也是诗人自我的真实写照。杜荀鹤出身寒微，虽然年轻时就才华毕露，但由于“帝里无相识”(《辞九江李郎中入关》)，以致屡试不中，报国无门，一生潦倒。

这首诗揭示了人才成长的一般规律，人才的成长与小松一样，在其初始成长阶段，与一般人没有太大的区别，甚至埋没在人群中。但也显露出与一般人不一样的特点，正如小松有“刺头”一样，人才在成长的过程中会崭露头角。如果善于发现其特点，因势利导，一定会培育出参天大树。被国际数学界尊称为“微分几何之父”的著名数学家陈省身的成长历程就充分说明了这一点。由于一次不经意的玩耍游戏，大人们偶然发现了他的数学天赋。他的父亲陈宝桢见多识广、思想开化，深知数学的重要性，便引导儿子识数识图，逐级运算。谁知，原本酷爱古诗文的陈省身，一下子迷上了数学运算，开始了人生的漫游和远行。15岁的他以优异成绩考入南开大学理学院本科，在数学方面表现出特别的痴迷和聪颖，单科成绩遥遥领先，每考数学“必是王牌”，被老师和同学们称作少年有为的“数学天才”。从此，陈省身把数学作为人生的奋斗目标，沿着数学的幽径越走越远、越走越明朗。于是，就有了被誉为数学史上划时代的精辟论文，就有了国际同行给予的“微分几何之父”的不凡称谓，就有了以“陈省身”命名的编号为1998CS2的小行星，就有了辉煌人生、精忠报国的成就和声望。

“时人不识凌云木”是全诗的核心所在，蕴含着深刻的哲理，也是对埋没人才的社会现实的讽喻。所谓“不识”有两层含义：一是时人目光短浅，不能识别人才的凌云壮志和雄才大略；二是时人嫉贤妒能，不愿意认可人才的潜在能力和杰出才干，甚至有意地压制打击。这种现象在历史上屡见不鲜，如楚国令尹子兰因惧怕自己失宠而蛊惑楚顷襄王疏远流放屈原，孙膑因旧日同窗庞涓的嫉妒而被处以髌刑，曹操因嫉妒而强加以“动摇军心”之罪名无端杀害忠臣良将杨修，等等。此处的“凌云木”并非已经长成参天大树的高松，而是怀有凌云志向但尚未成材的小松。“时人不识凌云木”既表达了作者对嫉贤妒能、埋没人才的社会现状的愤慨，也发出了关心爱护和培育可能长成参天大树的“幼苗”的呼唤。

人才往往具有突出的个性，特立独行，不合潮流，不趋炎附势，不容易为人们所接受，因而特别需要宽松包容的社会环境，他们才能顺利成长。同时，嫉贤妒能的社会文化氛围又是扼杀人才的“软刀子”，自古以来盛行的论资排辈、求全责备、“木秀于林，风必摧之”、“枪打出头鸟”、“出头的椽子先烂”等社会心理和现象正是这种文化的真实写照，在这种文化氛围下，不知扼杀了多少优秀人才！如今一些地方或单位一方面疾呼缺“才”甚至不惜重金“招揽”人才，另一方面却又存在大肆浪费、压制、折腾人才的状况。

因此，嫉贤妒能的社会文化不革除，“时人不识凌云木”的状况就难以得到根本改变。只有坚决纠正嫉贤妒能的传统文化心理，营造“新松恨不高千尺”的社会文化氛围，涌现更多“渐觉小松出蓬蒿”的识才之士，才能呈现人才辈出、群星璀璨的生动局面。

时危始识不世才

梁公曾孙我姨弟，不见十年官济济。大贤之后竟陵迟，浩荡古今同一体。比看叔伯四十人，有才无命百寮底。今者兄弟一百人，几人卓绝秉周礼。在汝更用文章为，长兄白眉复天启。汝门请从曾翁说，太后当朝多巧诋。狄公执政在末年，浊河终不污清济。国嗣初将付诸武，公独廷诤守丹陛。禁中决册请房陵，前朝长老皆流涕。太宗社稷一朝正，汉官威仪重昭洗。时危始识不世才，谁谓荼苦甘如荠。汝曹又宜列土食，身使门户多旌棨。胡为漂泊岷汉间，干谒王侯颇历抵。况乃山高水有波，秋风萧萧露泥泥。虎之饥，下巉岩，蛟之横，出清泚。早归来，黄土泥衣眼易眯。

——杜甫《寄狄明府博济》

唐代大诗人杜甫写过一首古体诗《寄狄明府博济》，题中的狄明府，字博济，是唐代名相狄仁杰的曾孙，与诗人杜甫是姨表兄弟。前十句是写名相狄仁杰之后人门庭冷落、家道中衰的情况。狄博济仕途不顺，其叔伯辈四十人皆是“有才无命”，只是有一些当过低层官吏；其同辈近百人，只有少数人尚在秉承周礼，其中包括他们博通、博济兄弟二人。中间十句则颂扬其曾祖狄仁杰的历史功绩。史书记载：“武后革唐，废中宗为庐陵王，迁房州，欲立武三思为太子。仁杰泣谏曰：‘母子姑侄孰亲，若立三思，他日庙不祔姑。’后感悟，迎中宗还宫。”狄仁杰执政于武则天时代，对唐氏王朝忠心耿耿，秉公执法，敢于犯颜直谏，力劝武则天复立庐陵王李显为太子，培植举荐忠于唐朝的势力，成为大唐社稷得以延续的重要支柱。“浊河终不污清济”“公独廷诤守丹陛”，是对狄仁杰清正忠贞品格的高度赞扬。最后十四句是表达诗人对好友狄博济的期待之意和劝慰之情。诗人认为狄博济有“不世之才”，应该像曾祖狄仁杰那样“身使门户多旌棨”，但诗人也清醒地认识到现实政治环境的艰难险恶，劝慰友人早日回归故里，重过无忧无虑的清淡生活。“时危始识不世才”的意思是时世艰危时才能显出有非凡才能的人才。“不世才”，有非凡才能者，这里是指狄博济兄弟。“荼苦”，苦楚之意。《北齐书·文苑传·颜之推》：“予一生而三化，备荼苦而蓼辛。”“干谒王侯”指有所求而讨好有权势的人。杜甫曾有“独耻事干谒”的诗句，意为自己把那种讨好奉迎有权势的人的行为看作可耻。结尾几句以景语写情语，表达了作者对险恶的现实政治环境的愤慨和不满。

作者杜甫（712 ~ 770），字子美，自号少陵野老，祖籍湖北襄阳，是西晋镇守襄阳的名将杜预之后人。杜甫是唐代伟大的现实主义诗人，与李白合称“李杜”。杜甫在中国古典诗歌中的影响非常深远，被后人称为“诗圣”，其诗被称为“诗史”。他的诗在艺术上以丰富多彩著称，时而雄浑奔放，时而沉郁悲凉，时而辞藻瑰丽，时而平易质朴。他擅长律诗，又是新乐府诗体的开创者。他的诗声律和谐，选字精练，“为人性僻耽佳句，语不惊人死不休”，正是他严谨创作态度的真实写照。他的诗留存至今的有1400余首，有《杜少陵集》。杜甫一生仕途坎坷，时逢安史之乱，四处颠沛流离，先流寓成都流花溪，后寄居夔州（今四川奉节）。此诗即公元767年作于夔州。全诗明写狄博济的经历和家事，实际上是诗人自己人生际遇的真实写照。狄博济的先祖有唐朝名相狄仁杰，诗人也有自己一生崇拜的先祖——西晋“文武双全”的名将杜预；诗人期待好友能像先人一样建功立业、报效国家，也是自己青年时期“致君尧舜上，再使风俗淳”宏伟抱负的真情流露。可惜诗人一生生不逢时，蹉跎岁月，在“虎之饥，下巉岩，蛟之横，出清泚”的社会环境下，只好寻求“黄土泥衣眼易眯”的归路。这是诗人晚年心境的真诚表达。

“时危始识不世才，谁谓荼苦甘如荠”是全诗的警句，也是流传千年的名言。“谁谓荼苦甘如荠”出自《诗经·邶风·谷风》：“谁谓荼苦，其甘如荠。”后人北宋宰相李纲也有“时危始识不世材，成王功大心转小”的诗句，可见此诗影响深远。尤其是“时危始识不世才”一句深刻揭示了人才发现、成才的规律。白天不足以显出烛光的明亮，太平岁月不足以显出人的非凡才能，时世艰危，英雄才大有用武之地，人才才易于显示出自己的非凡才能并被人们所认识。正如古人所说："居世逢乱离，始辨英雄士。""人才非困厄则不能激，非危心深虑则不能达。"近代政治家、教育家、书法家于右任也曾说："自古成功之大人物，莫不从铁中来，血中来，荆棘中来，冰雪中来。一言以备之曰：忧患者英雄之原料也。"时代不幸英雄幸，人到沧桑才尽出。大凡时代变迁、朝代更迭之机，便是英雄鹊起、人才辈出之时。

首先，"时危始识不世才"表明在国家生死存亡之际、世道风云变幻之时，社会环境能够为各路英雄寻求识别人才提供强大的动力和契机。自古以来，识玉难，知人更难，难就难在未显时。古往今来的许多成功人士，在其脱颖而出、大显身手之前，是很难一眼就能看出其才华的。"故明哲之相士，听之于未闻，察之于未形，而鉴其神智，识其才能，可谓知人矣。若功成事遂然后知之者，何异耳闻雷霆而称为聪，目见日月而谓之明乎？"北齐文学家刘昼这段话的意思是说，发现人才于未显之时，才能称得上知人之智；如若发现人才于功成名就之后，那与听到雷霆以为聪、看见日月以为明，又有什么两样呢？而在国家民族面临危难之时，"求贤若渴"成为强大的社会驱动力，谁先发现、使用不世之才，谁就将拥有天下。想当年，尧之知舜，文王之知吕望，萧何之知韩信，文种之知范蠡，都是识荆于草莽之中，察人于卑微之时，擢才于未遇之际，都是"求贤若渴"的强大驱动力使然。

其次，“时危始识不世才”也表明动荡变革时代能为不世之才展示才华提供难得机遇和舞台。汉代张良的成功人生就是生动的事例。张良是刘邦的重要谋臣，《史记》载张良体弱多病，从来没有领兵独当一面，“常为画策臣，时时从汉王”。在楚汉争锋的战争时期，智谋乃是决胜千里的关键因素。张良原是韩国人，曾在博浪沙袭击秦始皇以报韩仇，后来机缘巧合，得到了黄石公的《太公兵法》，便习诵于心，完成了从一个勇士向谋士的人生角色转变。陈涉、吴广起兵时，他也纠集人马反秦，本想投奔景驹，却被刘邦截留，但只给了他一个管马的官。张良毫无怨言，在管马期间，给刘邦讲《太公兵法》，没想到刘邦听了很高兴，还“常用其策”。此后，每每在关键时刻，张良都献计，刘邦都用其计。在刘邦想用两万人强攻秦军时，张良劝他贿赂秦将，再趁其不备而发起突然攻击。刘邦进咸阳秦宫后，声色犬马不想走，张良一劝，便“还军灞上”。鸿门宴上，又是张良用计帮刘邦逃出。后来刘邦被项羽打败西逃下邑，这正是刘邦事业的低谷期，其转折点起于张良之计。张良向刘邦推荐了三个重要人物：黥布、彭越，以及刘邦部下的韩信，言“独韩信可属大事，当一面”。事后，正如张良所料，司马迁亦称“卒破楚者，此三人力也”。类似这种你死我活的争雄年代，智谋之士的力量，一点也不逊于文臣武将。他们往往能于险峻处化险为夷、在穷途处绝处逢生，是典型的不世之才。如果没有楚汉之争，张良最多是一个能掐会算的算命先生，不可能立下强汉兴邦的盖世之功。

贤愚千载知谁是

佳节清明桃李笑，野田荒冢只生愁。
雷惊天地龙蛇蛰，雨足郊原草木柔。
人乞祭余骄妾妇，士甘焚死不公侯。
贤愚千载知谁是，满眼蓬蒿共一丘。

——黄庭坚《清明》

北宋著名诗人、江西诗派创始人黄庭坚曾写过一首七律《清明》，诗的大意是：清明佳节时分，桃红李白，竞相绽放，犹如人的笑脸。田野上那些长满杂草的坟墓令人感到荒凉。天地之间春雷滚滚，惊醒了冬眠中的龙蛇百虫，及时充沛的春雨滋润着郊原上柔和的草木。古有齐人出入坟墓间乞讨祭食以向妻妾夸耀，还有像介子推那样的忠节之士宁愿被大火烧死也不去做官。他们是贫贱愚蠢还是贤能清廉，至今又有谁识别呢？现在留下来的满目乱蓬荒草是他们的共同归宿。

首联点题“佳节清明”，继而写景，“桃李笑”与“荒冢愁”，大自然的一片生机美好与人世间不可逃脱的死亡的凄凉形成了鲜明对比，格调迥异，意境顿出，淡定散阔，感情平抑内敛，为下文的议论人生蓄势张本。颔联紧承前文，写清明时节的“雷”和“雨”：雷声惊天动地，蛰居的动物苏醒过来；雨量充足，郊田原野草木萌发柔嫩葱茏，一派勃勃生机。这是自然界的物态，给人以希望，启迪人思考。颈联用与清明相关的两个典故说明人生的不同活法。“人乞祭余骄妾妇”说的是古代那个专靠到坟茔地里乞讨人家祭祀剩下的供品以饱食终日且炫耀于妻妾的齐人，“士甘焚死不公侯”说的是春秋战国时期拒官隐居虽被烧死亦不甘心妥协于社会的刚直之士介子推。一样人生，两种境界，生与死的对比中，暗含着诗人对齐人苟活于世的鄙视、对介子推高蹈品格的肯定与赞扬。尾联则以疑问句式点明全诗的主旨：蓬蒿荒丘，遗骨一土，千载万世，谁知谁是贤愚？即便是活在当下，谁又辨贤愚？“知谁是”的反问中，浸透着诗人对现实社会贤愚不分的满腔愤懑；以景作结的末句里表现出悟透生死的通达。这种通达，是遭贬谪失意的心灰意懒，是不满现实的讽刺反击，也是坚守人格操守的格格不入。

作者黄庭坚（1045～1105）字鲁直，号山谷道人，晚号涪翁，江西修水人。北宋著名诗人、书法家。擅长于诗，与苏轼并称“苏黄”；与张耒、秦观、晁补之并称“苏门四学士”。书法方面与苏轼、米芾、蔡襄并称“宋四家”。他为官正直，刚正不阿，一生仕途坎坷，屡受贬谪。此诗正是作于黄庭坚遭奸人诬陷被贬往宜州期间，诗人借咏清明，托物言志，抒发“齐万物，一死生”的人生感慨。诗人看到大自然的一片生机，想到的却是人世间不可逃脱的死亡命运，表达了一种消极虚无的思想，悲凉的情绪萦绕于诗行间。这与诗人一生政治上的坎坷以及他受禅宗思想的浓厚影响是分不开的。但作品体现了作者的人生价值取向，鞭挞了人生丑恶，看似消极，实则激愤。作者对人生的思考起于眼见之景、联想之人，思考得出的结论虽然不够乐观，但在看似不够乐观的感慨背后，流露着诗人无限的愤懑之情和通达之怀。

这首诗最显著的艺术特色是对比和用典。前两联和后两联形成生死大对比。前两联中第一联写景中暗含生死小对比，第二联写景中阳刚和阴柔既有小对比，又相辅相成。后两联中，第三联两种人格直接尖锐对冲，尾联引出的也是贤与愚的对立思考：谁贤谁愚千古难以评说，最后都不免同归蓬蒿荒冢，只有在清明时才被后人所忆起，诗之灵魂跃然纸面。全诗用典贴切、自然、深刻、鲜明，既有助于丰富其内涵，也有助于增强表情达意的含蓄性，使全诗更具审美价值。

“贤愚千载知谁是”是全诗的诗眼，揭示了人才识别评价的规律性现象。自古以来，历朝历代往往以贤愚忠奸来划分人才，但谁忠谁奸、谁贤谁愚常常难以定论。

一是识别人才难。就是千载贤愚知是谁？大奸似忠、大忠似愚，人心叵测。孔子曾抱怨说：“凡人心险于山川，难知于天。天犹有春秋冬夏旦暮之期，人者厚貌深情，故有貌愿而益，有长若不肖，有顺怀而达，有坚而缦，有缓而悍。”意思是说，人心比山川还要险恶，比预测天象还要困难；自然界尚有春夏秋冬和早晚变化的一定周期，可是人却面容复杂多变、情感深深潜藏。有的人貌似老实，却内心骄溢；有的人貌似长者，却心术不正；有的人外表拘谨，内心急躁却通达事理；有的人外表坚韧，却懈怠涣散；有的人表面舒缓而内心却很强悍。王安石在《知人》中写道：“贪人廉，淫人洁，佞人直。”“两面人”现象自古有之。经验表明，识人用人，如果仅凭一时一事的表面言行就匆匆下结论，很可能错误识人；如果知人不深、识人不准，就容易任人不当、用人失误。“得人之道，在于识人。”为事业发展筑牢人才根基，尤须具备识人慧眼。纵观历史长河，善于识人者并不鲜见。商汤从陪嫁奴隶之中识得伊尹，周文王于渭水河畔发现太公，刘邦在乱世之中选出“汉初三杰”张良、萧何、韩信。实践中，古代先贤还总结出一些识人之法。譬如，战国时期李悝有“居视其所亲，富视其所与，达视其所举，窘视其所不为，贫视其所不取”的“识人五法”；《吕氏春秋》提出“喜之以验其守，乐之以验其僻，怒之以验其节，惧之以验其特，哀之以验其人，苦之以验其志”的“识人六验法”；诸葛亮则有“问之以是非而观其志，穷之以辞辩而观其变，咨之以计谋而观其识，告之以难而观其勇，醉之以酒而观其性，临之以利而观其廉，期之以事而观其信”的“观人七法”。一言以蔽之，只有具备去粗取精、去伪存真、由此及彼、由表及里的判断力与洞察力，才能识得庐山真面目，辨出真才与伪才。但即便如此，有“智慧大师”之称的诸葛亮也有看走眼的时候，诸葛亮挥泪斩马谡就是识人失误的典型案例。汉光武帝刘秀很善于知人识人，但却被曾认为“可托六尺之孤”的叛将庞萌迷惑了。曹操是明察将士的高手，还是被张邈骗了。“千古第一完人”曾国藩因为求才心切，也有被骗的时候，直呼“人不忍欺，人不忍欺”。

二是评价人才难。也就是说，千载贤愚谁是谁非很难判断。在中国，正统观念根深蒂固，很大程度上左右了人们对历史人物的解读。三国争雄，刘备尽管未能胜出，但因沾了汉室宗亲的光，身后享有“英雄之器”的盛誉。曹操尽管胜利了，但因有篡位之嫌，身后背有“乱世奸雄”的恶名。其实，曹操不论在军事、政治还是在文学上都卓有建树，鲁迅说他“是一个很有本事的人，至少是一个英雄”。再者，对英雄人物是非功过的论定，并不存在终极标准，时代背景不同，审视角度不同，答案也不相同。比如，将相中的袁崇焕、曾国藩、李鸿章，帝王中的嬴政、隋炀帝、雍正，以及介于帝王将相之间的曹操，历来毁誉参半，史家说法不一，民间也存争议，原因就在于所持的标准不同。历史对那些大奸或大善之人尚且难以盖棺定论，更无法对居于中间的人详加追究其墓碑上文字的真实可信度。“贤愚自可知，汗青留肝胆。”忠臣也罢，奸臣也罢，都要化作尘土，归于虚无，归于永恒，最终是“满眼蓬蒿共一丘”。

第五章

选拔人才篇

CHAPTER 5

不拘一格降人才

九州生气恃风雷，万马齐喑究可哀。

我劝天公重抖擞，不拘一格降人才。

——龚自珍《己亥杂诗》

清代诗人龚自珍写过三百多首《己亥杂诗》，其中这一首尤为著名，诗意大致是：只有狂风惊雷的巨大力量才能使中国大地发出勃勃生机，然而社会政局毫无生气终究是一种悲哀。我奉劝上天要重新振作精神，不要拘泥一些规矩和格式以降下更多的人才。

全诗层次清晰，共分三个层次：第一层写了万马齐喑、朝野噤声的死气沉沉的现实社会。第二层指出了要改变这种沉闷、腐朽的现状，就必须依靠风雷激荡般的巨大力量。暗喻必须经历波澜壮阔的社会变革才能使中国变得生机勃勃。第三层指明这样的力量来源于人才，而朝廷所应该做的就是破格荐用人才，只有这样，中国才有希望。诗的前两句用了两个比喻，写出了诗人对当时中国形势的看法。“万马齐喑”比喻在腐朽、残酷的反动统治下，思想被禁锢，人才被扼杀，到处是昏沉、庸俗、愚昧，一片死寂、令人窒息的现实状况。“风雷”比喻新兴的社会力量，比喻尖锐猛烈的改革。体现了从大处着眼、整体着眼、大气磅礴、雄浑深邃的艺术境界。

整首诗中选用“九州”“风雷”“万马”“天公”这样的具有壮伟特征的主观意象，用奇特的想象表达了诗人热烈的希望，诗人期待着杰出人才的大量涌现，期待着改革大势形成新的“风雷”、新的生机，一扫笼罩九州的沉闷和迟滞的局面，既揭露矛盾、批判现实，更憧憬未来、充满理想。此诗独辟奇境，别开生面，呼唤着变革，呼唤未来。全诗寓意深刻，气势磅礴。

诗的最后一句，“不拘一格降人才”是广为传诵的名句，也是对古往今来用人规律的深刻总结。为政之要，首在得人。周文王渭水访贤，萧何月下追韩信，刘备三顾茅庐，都是不拘一格、唯才是举，最终成就了百年大业、千秋功绩。三国时期，魏、蜀、吴三分天下，曹魏能最后一统天下，关键是曹操能不拘一格选人才，得天下英才而用之。曹操曾在《推恩令》中说“有德之士，未必能进取；进取之士，未必能有德。陈平岂笃行？苏秦岂守信耶？然陈平定汉业，苏秦济弱燕者，任其长也”。曹操的用人之道很大一部分继承了法家的衣钵。“唯才是举”其实也是推衍自“七术”中的“恃术不恃信”，提倡完善制度、修缮法规，提高领导艺术，以驾驭和操控下属。也正是曹操寄望于“体制约束”的思想，促成了他用人不拘一格的特征。他所选用的荀彧对曹魏的贡献举足轻重，不仅在政治上颇有建树、军事上颇有远见，而且在公德与私德上都为世人所景仰、所赞佩。尤以荐贤举能为甚，跟随曹操南征北战的谋臣，多半是荀彧举荐的，而且个个是拔尖人才。《荀彧传》记载，他前后推举的都是“命世大才”，如荀攸、钟繇、陈群、司马懿、郗虑、华歆、王朗、荀悦、杜袭、辛毗、赵俨、戏志才、郭嘉、杜畿等，个个都曾为曹操所器重，并屡献奇谋、累建奇功。荀彧之所以能为曹魏举荐这么多有识之士，是因为他视野开阔、眼光宏远、智慧具足、见精识精，能发现世上之奇才，人中之龙凤。

不拘一格降人才，也是人才培养选拔的特殊规律。大格不破，大才难出。人才的成长是百花齐放、百家争鸣，充满个性、各有不同的。对不同特点的人才要用不同的培养选拔方法。一要扬长避短，不求全责备。人世间原本就没有天生无用的人，关键在于将其放在什么位置上。正如《晏子春秋》所云：“任人之长，不强其短，任人之工，不强其拙。”意思是说，用人要用其所长，不勉强用其所短；让他们去干各自擅长的工作，不勉强他们去做干不好的事情。不能用僵化的观念、固化的规矩、死板的教条去衡量评价人才、选拔使用人才，一味论资排辈、平衡照顾、求全责备，长此以往，天下将无可用之才。

二要因材制宜，不“一把尺子”量到底。对不同类型的人才，要用不同的选拔标准和方法。美国NBA队员选拔十分严格，专家从运动员的投篮得分、争抢韧性和爆发力三类指标进行量化统计评估，得分排序决定入选，没有任何的宽容余地，于是迈克尔·乔丹就被淘汰出局了，是赛场的实践才使NBA认可了这位篮球天才。选秀的专家恰恰违背了一个运动员的成长规律，就是运动员潜能的发挥源于赛场环境，没有事先考出来的冠军。要注重用实践的标准、科学的方法评价选拔人才。

三要包容信任、不偏听偏信。有高山必有深谷，大凡人才优点突出，缺点也突出，容易为人所嫉所谤。美国总统林肯曾经说过："我的生活经验使我深信，没有缺点的人往往优点也很少。"古人说"有大略者不问其短，有厚德者不非小疵"，对想干事、能干事但个性鲜明、有争议的人才，要善于包容、用其所长，切忌多疑寡信。要有容才之量、护才之胆，为人才施展才干提供舞台、营造环境、排忧解难。古人深知"名高毁所集，言巧智难防"的道理，由此总结出"世有雷同之誉而未必贤也，俗有欢哗之毁而未必恶也"的古训。只有采取有效的政策和措施，力排众议，慧眼识才，大胆起用虽有争议但确实具大器之才的出类拔萃者，做到"徙木立信"，用人不疑，才能调动和激发更多人才的积极性。

最望山公启事来

欲构中天正急材，自缘烟水恋平台。
人间只有嵇延祖，最望山公启事来。

——李商隐《赠宇文中丞》

唐代著名诗人李商隐写了一首七绝《赠宇文中丞》，诗的大意是：如果想构筑像中天之台那样高达千仞的台阁，最需要的是栋梁之材，这自然是因为青烟绿水眷恋的是绵延开阔的平台。人世间只有像嵇延祖那样的人才，最盼望像山涛那样公正选拔人才的公告到来。“欲构中天正急材，自缘烟水恋平台”两句运用比喻的手法表达了欲筑高台需要栋梁之材、人才发挥作用需要广阔的舞台的含义。“中天”是指中天之台，周穆王时所筑，高达千仞。举贤重才是我国优秀文化传统，古人常常筑高台招贤引才，如燕昭王筑黄金台、汉高祖筑“拜将台”等。古代一些达官显宦也常常以幕府作为招才聚贤的平台，故“平台”可作为幕府游宴生活之借称。作者写此诗时恰好在令狐楚天平幕府隐居，曾在此与赠诗对象御史中丞宇文鼎相遇。“烟水”在这里应是江湖侠士的代称。“人间只有嵇延祖，最望山公启事来”两句是名言，借用两个古代人物的典故，表达了真正的人才渴盼公正合理的选才用才机制的深刻内涵。

诗中提及的山涛（“山公”）是三国曹魏及西晋时期名士、政治家，“竹林七贤”之一。他在晋代曾担任多年的吏部尚书，擅于擢拔人才，凡选用人才，亲作评论，然后公奏，故举无失才，时称“山公启事”，后用以称扬荐贤举能，知人明鉴，公正选拔人才。在曹魏时期，山涛目睹政权内部的残酷斗争，拒不出仕。待司马昭掌握政权后，他年至不惑，才开始为官，累迁至吏部尚书。他虽身在官场，但人格独立，思想自由，做人诚信，为官清廉。吏部尚书是管官员、管人事的，官员的选拔、任命、惩戒、考核，均要经吏部尚书提意见。当时官场黑暗，贪污贿赂成风，他却不为所动。他考核官员有自己的一套办法：首先是看人品，人品端庄，是为官之本；其次是考核才能，量才录用，唯贤是举，才可以为百姓做好事。山涛任职期间，每逢官位有缺额，总选有几位备用的人，众人不了解详情，认为是山涛凭自己的意愿用人。有人在武帝面前说山涛的坏话，武帝亲手写诏告诫山涛：用人的标准是有才，不遗漏疏远孤贱而有才的人，教化才能遍行于天下。而山涛还是照样行事，一年以后，众人的意见才平息。他前后选举百官都能做到选贤用能，受到社会各界赞赏。当时冀州风俗鄙薄，无推贤荐才之风。山涛去后鉴别选拔隐逸之士，查访贤人，表彰或任命三十多人，都显名于当世。山涛因此受到百姓士人的仰慕推崇，当地风俗也为之改变。

山涛为人刚正不阿，当朝权贵贾充向山涛推荐自己的亲信陆亮到吏部任职，山涛知道陆亮是个贪鄙无耻之徒，坚决反对，但晋武帝司马炎同意了，山涛无奈，就断然辞职回乡。后来陆亮大肆贪污，证明山涛是正确的，司马炎只好亲自请山涛回来。拒绝物质利诱，不收用贿赂，是山涛做官的又一底线。有一个县令在任职期间，大肆搜刮民财，因怕有人告发，就向不少朝廷大臣行贿。山涛主管吏部，自然在其中，他送给山涛一百斤丝。后来案发，朝中不少高官被牵连，问到山涛时，他把丝拿出来交给官吏，上面积有多年灰尘，但印封却完好如初。众人不禁钦佩山涛为官清廉，尊称其为“悬丝尚书”。“竹林七贤”多以做官为耻，但山涛例外。他旷达致远，卓尔不群，这就是“君子和而不同”。在贪腐成风的封建社会官场，坚持独立人格难能可贵，坚守做人底线更是不易。山涛在吏部做官二十余年，70岁时仍在任上，活到78岁清贫而终。

诗中提到另一个人物嵇延祖，又名嵇绍，是“竹林七贤”之一嵇康之子。嵇康与山涛是至交，山涛要从吏部郎的职位上离任，想请嵇康来接替他的职位，没和他商量就向皇帝写了一封推荐信。可没想到嵇康不但毫无感恩之意，反而写了篇《与山巨源绝交书》，公开断绝了与山涛的往来。后来，嵇康因得罪司马集团而被治罪，在刑场临死前却将自己的儿女托付给了山涛，留言道“巨源在，汝不孤矣”。在嵇康被杀后二十年，山涛荐举嵇康的儿子嵇绍为秘书丞。嵇绍果真没有让山涛失望，秉承了他的遗风。尚书左仆射裴頠曾说：“如果让嵇延祖任吏部尚书，可使天下的人才不会再有遗漏。”沛国人戴晞年轻有才气，同嵇绍之侄嵇含交好，当时人们相信他将来必有大用，嵇绍却认为他一定不会成大器。戴晞后来任司州主簿，因为行为不端被驱逐，乡里都说嵇绍有知人之明。嵇绍同样也不畏权贵，元康元年（291），当时侍中贾谧凭借外戚的身份，年纪轻轻就身居高位，潘岳、杜斌等人都依附他。贾谧请求与嵇绍交好，嵇绍拒绝不理。等到贾谧被诛杀，因为嵇绍不亲附恶人而被提拔重用。嵇绍性情忠贞刚烈，八王之乱时，敌兵攻进皇宫，守卫的将士们纷纷逃跑，他却赶到晋惠帝身边护卫，身中数箭而死。此诗作者李商隐因处于晚唐牛李党争的夹缝之中，一生很不得志。“人间只有嵇延祖，最望山公启事来”也暗含讽喻之意，表达了作者怀才不遇，对任人唯亲、朋党倾轧的现实社会的愤懑之情，也流露了对清正公道、任人唯贤的理想社会的渴求心情。

“人间只有嵇延祖，最望山公启事来”深刻揭示了人才选拔使用规律：“一流人才识一流之善”，品行优秀的人才只有在公正合理的选人用人机制中才能够脱颖而出。在以人治为主的古代封建社会，选贤任能主要靠公道正派的官员，山涛就是其中的杰出代表。“山公启事”体现了公道正派选人用人的几个特点：一是选人用人的官员必须始终做到公道正派、清正廉洁；二是选人用人必须知人明鉴，把品行放在第一位，坚持德才兼备，以德为先；三是选人用人的官员必须刚正不阿，敢于直言，不趋炎附势，不随波逐流；四是选人用人的官员必须有为国荐才的责任担当，善于发现人才，知人善任，勇于举荐人才，做到“内举不避亲、外举不避仇”。

世上岂无千里马

前日幽人佐吏曹，我行堤草认青袍。
心随汝水春波动，兴与并门夜月高。
世上岂无千里马，人中难得九方皋。
酒船鱼网归来是，花落故溪深一篙。

——黄庭坚《过平舆怀李子先时在并州》

北宋诗人黄庭坚写过一首七律《过平舆怀李子先时在并州》，诗的大意是：前不久，饱读诗书、博学多才的朋友李子先，才在并州做了个“佐吏曹”小官，我也做了个职位低、俸禄少的县尉，所着官服与堤上青草的颜色相似。我与李君曾一起生长于汝水之滨，如今思念故友的心情像春波一样涌动，到夜晚都会望着悬挂在并州上空的月亮兴奋不已。这世上怎么会没有千里马呢？只是在人群中难以找到像九方皋那样善于相马的伯乐罢了！不如与我渔船载酒回归湖山之间，过着那看水涨鱼跃、赏落花满溪的悠闲自得的神仙生活吧！

作者黄庭坚在宋英宗治平四年（1067）登进士第后，被任命为叶县（今属河南）尉。由于到官误期，受到上级官吏的谴责；而且县尉职位低，俸禄也少，不足以养家，因此他心中总是闷闷不乐。这首诗是他在熙宁四年（1071）春天，辞去叶县尉职务时所作，表达的便是得不到上司赏识欲归湖山的心情。

首联主客并提，二人彼此远隔千里而又同样不得意为“怀”字提供了丰富的内涵。“幽人”指李子先，他在并州（治所在今山西太原）做小官。“青袍”是下级官员的服装。历代文人常用青草比青袍，如庾信《哀江南赋》：“青袍如草。”杜甫诗：“汀草乱青袍。”青袍含有身份低微、不被待见的意思。这里作者说“堤草”认出自己的青袍来，不仅构思奇巧，而且以草为有情物来反衬人的情怀难禁，极富自嘲意味。颔联承首联中“各在异地”的含义，叙遥相思念之情，这两句借景抒情，情景交融，“汝水春波”“并门夜月”是写景，“心动”“兴高”是抒情，天高地远，朋友之情却近在咫尺、触手可及，意境邃远、感人至深。颈联承首联中“各不得志”的含义，写怀才不遇的愤懑。“岂无”二字，愤慨之情溢于言表，“难得”二字则深沉地表达无奈之意。这两句诗措辞自然，对仗工稳而又意在言外，显示出诗人锤炼语言的深厚功力。尾联写出了全诗的主旨，劝朋友李子先也解官归故里，与诗人同游。其中用水涨花落、渔船载酒构成一幅具有强烈吸引力的图画，劝归之意表现得淋漓尽致。此诗用“幽人佐吏”开篇，以“故溪篙深”作结，很像是无首无尾，然而横空出语，收束有力。各联之间，首联说官卑，颔联写春兴，颈联叹九方皋之罕见，尾联叙故溪之可游。每联下语似乎不知其所来，但细味诗意，脉理依然清晰可辨。因为从内容上讲，诗人和朋友之所以“心动”“兴高”，并不仅仅是感觉到“春波”“夜月”的缘故，更重要的是诗人感慨于自己“佐吏曹”“青袍”这样的低下地位，因此也就极容易生千里马、九方皋之叹，感叹之余，希望能退隐于酒船渔网之间，也就顺理成章了。

“世上岂无千里马，人中难得九方皋”一联是全诗精华所在，不仅在形式上对仗工整、言简意赅，而且在内容上反映了历史上人才发展的普遍规律：历朝历代并不是缺少人才，“十步之泽，必有香草；十室之邑，必有忠士”，而是看政治是否清明，统治阶级能否做到任人唯贤、唯才是举！任何社会不是没有人才，而是看有无善于识别人才的伯乐和选拔人才的体制机制。正如唐代诗人陈子昂所说：“逢时独可贵，历代非无才。”历史上唐太宗的“贞观之治”就是一个人才辈出的时代，文有魏征、长孙无忌、房玄龄、杜如晦等多谋善断的文臣，武有尉迟恭、李勣、李靖等能征善战的武将，其根本原因就在于唐太宗注重选贤任能，从谏如流。他唯才是举，不计出身，不问恩怨。在文臣武将之中，魏征当过道士，原系太子李建成旧臣，曾议请谋杀太宗；尉迟恭做过铁匠，又是降将，但都受到重用。

唐太宗求贤若渴，曾先后5次颁布求贤诏令，并增加科举考试的科目，扩大应试的范围和人数，以便使更多的人才显露出来。由于唐太宗重视人才，贞观年间涌现出了大量的优秀人才，可谓“人才济济，文武兼备”。正是这些栋梁之材，用他们的聪明才智，为“贞观之治”的形成作出了巨大贡献。唐太宗还曾让宰相封德彝举荐有才能的人，封德彝过了很久也没有推荐一个人。太宗责问他，他回答说：“不是我不尽心去做，只是当今没有杰出的人才罢了！”唐太宗说：“君子用人如用器物一样，各取它的长处。古代能治理好国家的帝王，难道是向别的朝代去借人才来用的吗？我们只是担心自己不能识人，怎么可以冤枉当今一世的人呢？”由此可见，并不是真的没有杰出人才，而是用什么尺度去衡量杰出人才的问题。如若求全责备，则眼中无一人可用；如若“用人如器、各取所长”，则天下无不可用之才。后人在分析封德彝不愿意举荐人才的原因时认为，封德彝虽然居宰相高位，但见惯了李氏父子为了巩固其江山社稷、杀功臣往往毫不含糊的事情，如李渊杀刘文静时，理由就是“刘文静的才能谋略确实在众人之上”。封德彝如果举贤，那么推荐上来的人就是他的门生，各种诽谤也就难以避免，有可能被扣上拉帮结派甚至密谋造反的帽子，到时是“吃不了兜着走”。所以封德彝不举贤，也是官场形势所逼，是那个“君要臣死，臣不得不死”的制度使然。

“人中难得九方皋”也揭示了选人用人仅靠“伯乐相马”的办法是不够的道理。伯乐相的是马，凭借的是相马的经验和眼光，人与马之间没有竞争关系；如果相的是人，则存在竞争关系，不仅要有识人的慧眼，还要有容人的胸怀、用人的胆识。假如伯乐遇上了九方皋，“同行是冤家”，会不会推荐他也还说不定。因而，诗人说“人中难得九方皋”，这种“难得”不仅是因为缺乏识别人才的眼光，而且受识人者的品行和气度的制约，发现了人才也未必能推荐人才，同时受体制的制约，推荐了人才也未必会被合理使用。因此，要让“千里马”竞相奔腾，既要有尊才重贤的社会环境，又要有一大批善于识才荐才的“伯乐”，更要有“人尽其才、才尽其用”的选人用人制度。

未有庸人不忌才

平远江山极目回，古祠漠漠背城开。
莫嫌举世无知己，未有庸人不忌才。
放逐肯消亡国恨？岁时犹动楚人哀！
湘兰沅芷年年绿，想见吟魂自往来。

——查慎行《三闾祠》

清代诗人查慎行在游览屈原祠时，写了这首《三闾祠》，诗的大意是：极目远眺，故楚山河平旷辽阔，古老的三闾祠背城而立。不要不满于整个世界没有人了解你，没有哪个庸人不妒忌有才能的人。你即使被流放到偏远的湘水，也难以忘怀亡国之恨，岁暮时分仍牵动着楚国人的悲哀！湘江汀兰、沅水岸芷，年复一年开遍绿野，仿佛看见屈原高傲的吟魂在江天之间徘徊。

这首诗表达了诗人“知己难求”与“怀才不遇”的思想感情。诗人在凭吊屈原时，正处于满怀壮志而前程莫测之际，屈原的遭遇和命运引起了他强烈的共鸣。屈原是一名伟大的爱国主义诗人，但在他最热爱的祖国却找不到知己，不容于朝廷，被小人谗言中伤，被放逐到沅、湘一带，终日行吟泽畔，不能为国尽力，眼睁睁看着楚国为虎狼之秦国所灭，最终满怀忧愤投江自尽。

此诗首联先写故楚之地平旷辽阔，江流蜿蜒，远山逶迤，再由远及近，古老的三闾祠背城而立，借外景之阔大，反衬祠堂的孤小冷凄，为全诗定下了感情基调。颔联则与屈原进行超越时空的交流：并不是世上没有人了解你，只因为那些庸人当权，他们妒忌你的才干，对你进行排斥打击；所以你不必抱怨人间无知己，而要怨恨那些嫉贤妒能的当权者。作者借咏史抒发了对封建时代庸人当政、贤人受屈的不满。颈联则赞颂了屈原虽遭妒忌和贬谪，但报国之心始终不渝的伟大爱国主义情怀，表达了楚国人民对屈原的深切怀念。尾联作者触景生情，虚实相生，产生奇妙的联想：楚地的佳卉香草茂密繁盛，年复一年，绿遍三湘大地，那不正是屈原辞赋中常见的贤人君子的象征吗？尾句中的“吟魂”在诗中指的是屈原，他的不灭灵魂似乎仍在楚山湘水间徘徊往来。想象与现实融为一体，同样的遭遇，同样的情怀，使得诗人能够实现不同时空的交流对话，一种志士才人被压抑的苦闷得到宣泄，同时给读者留下很大的想象空间。该诗表达了诗人复杂的感情，既有对屈原伟大爱国精神的崇敬之情，也有对时局的愤慨之意，还有对屈原悲剧的凄婉之慨。

查慎行（1650～1727）是清代著名诗人，继朱彝尊之后成为东南诗坛领袖。他也是当代著名作家金庸先生的先祖。康熙四十二年（1703）进士，特授翰林院编修，入直内廷。康熙五十二年（1713），乞休归里，家居十余年。雍正四年（1726），因弟查嗣庭讪谤案，以家长失教获罪，被逮入京，次年放归，不久去世。诗人在诗中所感慨的社会现象也是他所处时代环境的真实写照。

“未有庸人不忌才”一句是全诗的诗眼所在，既是对社会现状的真实反映，也是对人才成长过程中规律性现象的深刻揭示，表明平庸之人对才华出众的人总是怀有忌恨的心理。一个“庸才济济”的地方或单位，人才就很难脱颖而出；同时，不为人忌是庸才，一个人经常被人嫉妒，说明他恰恰是一个才华出众的人才。嫉贤妒能是人类社会的普遍现象。在现实社会中，较为典型的案例不胜枚举，甚至有人才为此蒙受不白之冤。在历史上，比较典型的案例，如曹操因嫉妒而强加以“动摇军心”之罪名无端杀害忠臣良将杨修，楚国令尹子西因惧怕自己失宠而蛊惑楚昭王驱赶孔子，西汉大才子贾谊因遭群臣忌恨被贬为长沙王的太傅等。尤其是战国时期孙膑因旧日同窗庞涓之嫉妒而被处以髌刑最为典型。由于魏惠王对庞涓极为信任，庞涓嫉贤妒能，诬陷前来投效魏国的师兄孙膑私通齐国，魏惠王完全不明事理，将孙膑逮捕下狱。此后，庞涓又假意向魏惠王求情，免去孙膑的死罪，而对其施以更为残酷的髌刑和黥刑，迫使遭受陷害的孙膑不得不装疯卖傻逃离到齐国。从此他与庞涓的较量，也就变成了兼并之战中齐国与魏国的较量，最后以魏国失败而告终，正是庞涓的忌才行为导致了魏国的灭亡。

嫉贤妒能也是一种典型的心理问题。黑格尔指出，“嫉妒是拿别人的成绩来惩罚自己”；日本学者诧摩武俊认为：“所谓嫉妒，就是自己以外的人，占有了比自己优越的地位，或是自己宝贵的东西被别人夺取或将被夺取的时候所产生的感情。”在现实社会中，嫉妒心理一般表现为：看到或感觉到他人已经实现或将要实现的目标，正好是自己所企望达成的目标；或者是自己已经达成但又不想让所嫉妒对象也同样达成的目标；或者是他人达成的目标比起自己来似乎显得更加完美；或者是他人的能力、水平或影响“威胁”到自己目标的巩固和进一步发展。这些情况下都会产生出隐晦而又强烈的憎恨心理，这种憎恨心理又会转化为嫉贤妒能的行为。嫉妒心理问题产生于个体的生存危机意识和自卑意识，明显带有动物本能的利己排他、以大欺小、以众欺寡、胜者为王的性质，所带来的后果是利用一切可乘之机，对被嫉妒者能动地发起多种“攻击”，甚至不顾一切、不考虑任何利害与后果、不择手段地采取可能采取的不道德行为攻击被嫉妒者，以达到干扰或阻碍被嫉妒者实现目标的目的，最终影响大局。嫉妒心理对人才成长和事业发展都有极大的“杀伤力”，小则害人害己，大则误党误国。因此，必须大力营造尊贤重能的社会文化氛围，从制度设计上防范嫉贤妒能行为得逞，为各类人才健康成长、施展才干创造良好环境。

四海人才容接里

更须石叟共甘公，酌得民言帝自同。
四海人才容接里，百城生聚抚摩中。
似闻圣世开皇极，欲倚名贤镇士风。
看把璇玑扶大运，久于箕翼厚于嵩。

——项安世《杨帅二首 · 其二》

北宋诗人项安世写过七律《杨帅二首》，第二首诗的大意是：当朝更加需要像石叟和甘公这样的贤臣，搜集来自民间的良言吉策，自然会得到帝王的认同。对四海各类人才只有宽容接纳，才能为君王所用，城乡百姓的安居乐业需要官员的安抚治理。好像听说圣明的君王要开创治理天下的新局面，希望依靠名士贤臣来整顿官场的不良风气。期待您像北斗一样扶持国家的大运，使国家如同箕星与翼星一样长久，如同高山一样厚重。

此诗是一首因友人升迁而写的贺颂诗。首联开门见山，直抒胸臆，点明了诗人的朋友杨帅被朝廷重用的重要意义。“更须”表明当朝缺乏远见卓识的谋臣，突显了友人升迁的重要性。“石叟”和“甘公”是古代著名的谋略大师。《史记·天官书》记载：“昔之传天数者……在齐，甘公。”甘公即甘德，战国时期齐国人，擅长天文星占。后以“甘公”代指通晓天下大势的人才。把友人与石叟、甘公相比，实际上是赞扬友人杰出的才能。“酌得民言”表明诗人高度重视社会民意对国家治理的重要作用，诗人曾在一篇奏言中强调：“人主患不闻公议尔，明知公议之不可而明犯之，是示天下以不复顾公议也。”诗人认为当时最需要的是敢于把民意反映到朝廷的忠直谋臣，自己的友人无疑担负起了这样的重任。

颔联言简意赅，一语中的，揭示了治理国家的根本规律：一是广纳天下英才，致天下之治者在人才。二是安抚天下百姓，百姓安居乐业是国家治理的根本所在。“容接”，优容接纳的意思。“抚摩”，本意为用手摩挲，引申为安定、救济。颈联则是分析友人被重用的背景，表明友人受任于危难之际，当朝皇帝寄予重望，期待友人开创一代政宦风气。尾联则运用夸张、比喻的手法表达了诗人对友人才华的高度颂扬和寄予的厚望，将友人比喻为指引方向的北斗，为国泰民安带来好运，并像箕翼二星和高山一样天长地久。“璇玑”，指北斗前四星。《楚辞·九思·怨上》曰：“谣吟兮中壄，上察兮璇玑。”洪兴祖补注：“北斗魁四星为璇玑。”箕、翼为二十八星宿的星名。《荀子·富国篇》曰：“国安于磐石，寿于箕翼。”璇玑和箕翼的形象比喻与首联“石叟共甘公”的星象学家身份遥相呼应，产生了首尾照应、起承转合的诗歌效应。此诗是一首政论诗，以议论为主，但结构严谨、对仗工整、用典精准、比喻贴切，丝毫没有政论诗常有的枯涩之感，反而表现出语言流畅、形象生动的特点。

作者项安世（1129～1208），字平甫，号平庵，浙江丽水人。7岁能赋诗。宋淳熙二年（1175）进士，授绍兴教授。经朱熹荐为谏官，曾任秘书省正字、校书郎。敢于直言，宁宗时曾上疏言增加税赋民负过重，揭露上下奢侈浪费之风。主张屯田养兵，节省军费，建议节约宫廷费用。诗人一生仕途不顺，两度免官。后潜心治学，于《左传》《周易》诸经皆有见地，著有《周易玩辞》《项氏家说》《平安悔稿》等。清代纪晓岚曾评价他："安世之经学深矣，何可轻诋也。"

"四海人才容接里，百城生聚抚摩中"是全诗的核心要义所在，揭示了致天下之治者在人才的深刻道理。这首诗可以说是一首经典的人才诗，通篇都在阐述人才对国家治理的极端重要性。首联强调的是治理国家特别需要像石叟、甘公这样具有远见卓识、善谋大势、体察民意的杰出人才；颔联强调的是国家富强、百姓安居乐业必须广纳四海英才；颈联强调的是开创新政局、倡导新政风关键在选贤任能；尾联强调的是国家的长治久安要靠能够高瞻远瞩、把握方向的优秀人才。正如诗人在另一首诗中所写的，治理国家关键靠"四海人才谱，三朝礼乐臣"。

"四海人才容接里"是全诗中的警句，也是至理名言，深刻阐释了聚天下英才而用之关键在一个“容”字的哲理。只有对人才包容、优容、宽容，才能广开进贤之路、广纳天下英才。所谓包容就是要以开阔的视野、博大的胸怀、恢宏的气度接纳人才，广开进贤之路。正如宋代名臣欧阳修所说的：“治天下者，用人非止一端，故取士不以一路。”中国古代读书人，尤其是德才兼备、有远大抱负之人，往往最看中胸怀大志、目光远大，且能让自己才华得以施展的明主。所以，陈平不择项羽而择刘邦，孔明不择刘表而择刘备，王猛不择桓温而择苻坚，都是这个原因。

我国历史上真正具有世界性、对人才最具包容性的朝代是盛世大唐。唐朝之所以能够成为中国古代封建社会的巅峰，就在于它真正实行了海纳百川、“兼容并包”的用人政策，大胆起用外族和外国人入仕任官。据记载，在开元时期，长安的外国人将近10万，其中，“太学诸生三千员，新罗、日本诸国，皆遣子入朝受业”。当时有3000多外国人曾在唐朝做官，朝廷重要的官员共有32位，其中就有23位是外国人。从中央政府到地方州县，都有外国人或异族人担任官职，如京畿道委任的715人次刺史中，异族有76人次，超过1/10，尚不包括早已同化者。著名的有高丽人高仙芝，在唐官至开府仪同三司、武威太守、河西节度使，为唐开拓西域立过大功。日本人阿倍仲麻吕，留居中国50年，改汉名为晁衡，曾任左补阙、左散骑常侍、安南都护、镇南节度使、光禄大夫兼御史中丞等职，位居三品。波斯人后代李元谅曾为华州刺史，兼御史大夫、潼关防御、镇国军节度使、检校工部尚书。越南人姜公辅在唐德宗时担任翰林学士，曾一度担任同中书门下平章事，官居宰相。

所谓优容就是给予人才足够的重视、充分的信任、优厚的待遇。北宋名相包拯曾说："四海之广，不患无贤，而患在信用之不至尔。"三国时期谋士郭嘉有一篇著名的《十胜十败论》，分析曹操与袁绍之间的优劣长短，其中第四条提到"绍外宽内忌，用人而疑之，所任唯亲戚子弟，公外易简而内机明，用人无疑，唯才所宜，不间远近，此度胜四也"。曹操能够战胜袁绍，其中一个重要原因就是在用人上气度大，用人不疑，不管亲疏远近，唯才是举。盛唐时期对人才的优容政策尤为突出。唐朝前期开疆拓土和后期平叛定难，大都依靠提拔与重用其他民族"蕃将"，包括阿史那忠、哥舒翰、白元光、仆固怀恩、李光进、高仙芝、王思礼、尉迟敬穗等诸多名将，皇帝对他们充分信任、厚遇有加，有的入朝听命中央调遣，有的为边疆都督、都护或节度使，镇守一方。许多蕃将及其后裔被唐王朝"处之环卫，委以腹心"，不仅被赐姓封王，赐婚尚主，而且陪葬帝陵，官爵世袭。唐玄宗时更是将他们作为支撑帝国大厦的重要柱石，以外族将领32人代替汉将，肩负着内护京师、外备征御的重任。

所谓宽容就是对人才不求全责备，"不以人所短弃其所长"。正如《贞观政要·任贤》所说："不以求备取人，不以己长格物。"对人才的缺点和不足能够容忍、谅解，用其所长，避其所短。历史上的秦穆公之所以能成为春秋五霸之一，是与他一生求才爱才惜才、宽容人才分不开的，其中他对手下战将孟明视高度信任、三败而不弃用就是一个典型事例。公元前628年，秦穆公趁郑文公、晋文公相继去世之机，派孟明视等将领挥师伐郑，结果因疏忽大意中了埋伏，全军覆没，孟明视等三位主帅被俘，侥幸逃回后，秦穆公不仅没有责怪三人，还自揽其责，亲自到城郊迎接并抚慰，让他们继续领兵，且礼待更为优厚。三年后，孟明视经过一番厉兵秣马后，主动请缨伐晋，却再次铩羽而归。不料穆公依然没治他的罪，也没弃用他。当年冬天晋襄公纠集郑、宋、陈三国联合攻打秦国。孟明视自知无力同晋军抗衡，就勒令各路将士关紧城门，被动防守。秦国朝野嘘声四起，指责孟明视胆小怯阵，建议解除其兵权。面对颓局，秦穆公还是充满信任地说，孟明视定能战胜晋军，只是时机未到而已。公元前624年5月，在秦穆公的鼎力支持下，孟明视痛定思痛，率军大举伐晋，渡过黄河后，焚毁战船，激励将士以必胜的勇气血战到底。三军将士一鼓作气，接连收复两座城池，终于报仇雪耻。凯旋回国后，秦穆公拜孟明视为亚卿，与百里奚、蹇叔两位相国同执国政。周边二十余戎狄部落，见大秦重振雄风，纷纷来归，秦穆公称霸的时代终于来临。

眼底人才思国士

英雄无命哭刘郎，惨澹中原侠骨香。
我未吞胡恢汉业，君先悬首看吴荒。
啾啾赤子天何意，猎猎黄旗日有光。
眼底人才思国士，万方多难立苍茫。

——黄兴《挽刘道一》

近代革命家、诗人黄兴写过一首七律《挽刘道一》，诗的大意是：英雄刘道一为革命不幸壮烈牺牲，让我们为之痛哭，你的革命精神将永存在暗淡无光的中原大地上。革命尚未推翻清朝、复兴汉业，你却壮志未酬、英勇献身，没能看到清朝的灭亡。不知老天爷究竟是什么用意？让老百姓继续啼饥号寒，受苦受难，黄龙旗仍然随风猎猎飘扬、闪闪发光。在国家多灾多难之机，革命正需要人才，当我伫立凝望苍茫大地时，想起失去了你这样顶天立地的国士，心情久久难以平静。

首联开宗明义，点明主题，哭悼英雄，赞颂刘道一的崇高革命精神。“刘郎”，即刘道一，湖南湘潭人，中国近代民主革命家。1906年，刘道一受黄兴委任为萍浏醴起义领导人，在筹措起义过程中不幸被捕就义，年仅22岁。“惨澹”，阴暗无光。“中原”，指中土、中州，这里代指中国本土。“侠骨”，高尚的品质。颔联用对比的手法写诗人痛失战友的悲伤之情。“未吞胡”、“先悬首”形成强烈对比，表达了“出师未捷身先死”的悲痛心情。“胡”，这里指清朝。“吞胡恢汉业”，推翻清朝，光复汉业。“悬首看吴荒”是借用历史上吴越之争的典故。《录异记·卷七》记载，吴败越后，伍子胥屡劝吴王防越报复，吴王不听，反赐剑要伍子胥自尽。伍子胥临死时，叫儿子把他的头悬挂南门，好看越国来攻；把他的尸体投入钱塘江中，以便早晚乘潮来看吴的败亡。“荒”，通“亡”。颈联以问句的形式表达了对腐朽的清朝未能灭亡的愤懑之情。“啾啾”（jiū jiū），虫鸟鸣声。这里借指赤子的啼哭。“赤子”，初生婴儿，这里代指纯朴的中国老百姓。“猎猎”，旌旗飘动声。“黄旗”，黄龙旗，清朝国旗。尾联与首联遥相呼应，表达作者对烈士刘道一的深切悼念和惋惜之情，流露出对革命前途的深深忧虑。国难当头，多么需要革命志士奋起救亡图存，而恰在此时，具有雄才大略的刘道一同志却与我们永别了，怎不令人怆然涕下、忧心如焚！“国士”，国中杰出人物，这里指刘道一。“苍茫”，旷远迷茫。

这是一首悼亡诗，诗作者黄兴（1874～1916），湖南长沙人，中国近代民主革命家，中华民国的创建者之一，孙中山的第一知交。黄兴与刘道一同为中国同盟会会员，既是同乡，又是战友，交谊至深。刘道一作为同盟会成立后第一次武装起义中牺牲的第一个留学青年，牺牲后受到同盟会总部的隆重追悼，同盟会成员纷纷写诗文悼念，孙中山、黄兴更是悲痛难抑，竞赋挽诗。孙中山题写悼诗："半壁东南三楚雄，刘郎死去霸图空。尚余遗业艰难甚，谁与斯人慷慨同。塞上秋风悲战马，神州落日泣哀鸿。几时痛饮黄龙酒，横揽江流一奠公。"全诗情真意挚，气魄恢宏，境界远大，悲壮隽永。黄兴这首悼亡诗也是写得气势宏大、情感深厚、慷慨悲歌、沉雄豪壮，全诗称赞了刘道一为革命献身的大无畏精神，深深感叹这种热血男儿、"国士"人才的难得，同时也倾泻出对死难战友的无限惋惜、哀悼之情。全诗大开大阖，抑扬顿挫，蕴含着丰富的思想感情，字字句句铿然作金石声，与孙中山的悼诗交相辉映，可谓悼亡诗中难得的"双璧"。

"眼底人才思国士，万方多难立苍茫"是全诗的核心，既突显了刘道一在革命军中的"国士"地位，又表达了诗人对卓越人才的渴求。"国士"是指一国中才能最优秀的人物，出自《左传·成公十六年》："皆曰：国士在，且厚，不可当也。"《战国策·赵策一》："知伯以国士遇臣，臣故国士报之。"宋代诗人黄庭坚在《书幽芳亭》中概括为一句话："士之才德盖一国则曰国士。"后来"国士"通常是指同时代出类拔萃、独一无二的风云人物。历史上记载最出名的"国士"是西汉的韩信。秦朝末年，韩信因得不到项羽的重用，而改投刘邦，开始也没有得到重用。萧何认为他是一个不可多得的人才，就推荐给刘邦。刘邦敷衍应付，韩信不辞而别，萧何月下追回韩信，对刘邦说："诸将易得耳，至如信（指韩信）者，国士无双。"（《史记·淮阴侯列传》）刘邦遂拜韩信为大将，征战一生，无一败绩，天下莫敢与之相争，为西汉开国立下赫赫功绩。"王侯将相"，韩信一人全任，"国士无双""功高无二，略不世出"是楚汉之时人们对他的高度评价。刘邦评价说："战必胜，攻必取，吾不如韩信。"韩信是中国军事思想"谋战"派代表人物，被后人奉为"兵仙""战神"。由此可见，所谓"国士"，必须是有忠信贤良之德、具经天纬地之才、立安邦定国之功的贤臣良将。以这个标准来衡量，我国历朝历代都不乏这样的国士。商周时期的姜子牙文韬武略、治国安邦，辅佐周武王灭殷商兴周国，并一手缔造了齐国。三国时期的诸葛亮本来隐于山林，出山后不遗余力辅佐蜀汉君主刘备以及刘禅，外连东吴，内平南越，严明立法惩恶扬善，致力于农桑和工械，以一己之力为蜀汉国续命数十年。南北朝时期的王猛文武双全，有不世出之奇才，被称为"功盖诸葛第一人"，曾辅佐前秦王苻坚统一了中国北方，多次亲率大军东征西讨，治理内政也极为出色，发展生产、打击豪强，令前秦迅速强大。

"眼底人才思国士"也深刻揭示了杰出人才在历史发展中的重要地位和作用。在国家和民族面临生死存亡之际，往往呼唤杰出人才出来引领方向、匡扶正义、挽狂澜于既倒、御强敌于国门外。西周初期著名的政治家、思想家和军事家周公旦，辅佐周武王讨伐纣王，辅佐周成王平定国内三监之乱，被后人看作圣人，是万世名臣的表率。西汉时期彪炳青史的一代名将卫青，七征匈奴战无不胜，为汉朝开疆拓土立下不世之功。南宋时期抗金名将岳飞坚决抗击金国的侵略，反对朝廷的投降逆流，为保住南宋的半壁江山献出了生命，精忠报国的思想影响至今。明朝“第一良臣”于谦品德高洁、为官清廉、一心为民，堪称德才兼备的千古典范。在土木堡之变后他扶大厦之将倾，为国家统一作出杰出贡献，是实实在在的民族脊梁。越是在历史的紧要关头，越需要杰出人才“铁肩担道义，妙手著文章”，引领时代潮流，担当历史使命，真可谓“匡时国士才”。

在我国历史长河中，不仅有功德昭著于世的国士，还有一些名不见经传但对社会发展发挥过重要影响的国士。有“晚清第一人才”之称的湖南人陶澍就是一个典型代表。他深受岳麓书院经世致用学风影响，立志以天下为己任，又不拘于一格，不囿于一家，思想开放，视野开阔，见识深刻，以自己强烈的人格魅力与开拓创新的思想、胆略、才具，成为“经世派中的实干家”“湘系经世派的柱石”，成为嘉（庆）道（光）年间经世改革思潮的倡导者和推行者，被道光帝倚为“干国良臣”。尤其是陶澍大力发现、拔举人才，在他身边集聚了一大批如贺长龄、魏源、汤鹏、包世臣、龚自珍、黄爵滋、李星沅、林则徐、邓廷桢、黄冕、姚莹、左宗棠、胡林翼等当世精英人杰，形成了嘉道年间的经世派人才群体，并且直接开启和催生了咸丰同治年间以湘军群体为主力和中心的人才集团。因此，他被誉为道光以来全国人才的“黄河之昆仑，大江之岷”，如同黄河之源于昆仑、长江之源于岷山。他扶植、培养、荐举、影响的魏源、林则徐、曾国藩、左宗棠、郭嵩焘、胡林翼等大批人才，随后在更广阔、更深入的层面上，进一步继承、推动和开拓了他的经世改革思想，使中国社会的历史转型成为一种不可逆转的大趋势。

第六章
使用人才篇

CHAPTER 6

用贤无敌是长城

圣敬文思业太平，海寰天下唱歌行。
秋来气势洪河壮，霜后精神泰华狞。
广德者强朝万国，用贤无敌是长城。
君王若悟治安论，安史何人敢弄兵？

——杜牧《咏歌圣德远怀天宝因题关亭长句四韵》

晚唐著名诗人杜牧写了一首七律《咏歌圣德远怀天宝因题关亭长句四韵》，诗的大意是：抱着崇敬的心情怀念天宝年间的太平伟业，四海之内、普天之下都在歌颂圣明的天子。秋天来了，盛大的气势依然像奔腾的黄河那样壮阔；严霜过后，威猛的精神仍如泰山华岳一般狞厉。广施仁政而强大的国家一定会受万国朝拜，用好贤才无敌于天下是最坚固的长城。唐玄宗如果领悟了贾谊《治安策》的妙论，安禄山、史思明哪一个还敢渔阳起兵、祸乱中唐呢？

这是一首咏史怀古诗，也是一首讽喻诗。反映的是唐朝开元天宝年间由盛到衰的史实。前四句用夸张的笔墨极言盛唐气象，后四句则是用讽喻的手法探寻唐朝由盛到衰的根源。颈联“广德者强朝万国，用贤无敌是长城”揭示了我国历代王朝治国理政的重要经验，一是以德治国，二是贤能政治。尾联“君王若悟治安论，安史何人敢弄兵”则是对唐玄宗失于不懂贾谊良策进行了诘难，以贾谊《治安策》的远见卓识反衬唐玄宗的昏聩，也点明了安史之乱的根源。

雄汉盛唐，是人们对汉唐历史认识的总体印象。唐之为盛，在唐玄宗统治的前期，有“开元盛世”的美誉；而唐之由盛转衰，则在唐玄宗统治的后期，以“安史之乱”为标志。唐玄宗在开元年间，由于励精图治，任用了一些敢于直谏的名臣，所以，成就了开元盛世。到了天宝年间，他懒于政事，一心享乐，朝政交小人把持，致使政事荒废，终于酿成大祸。首先，他不再纳谏，不想听不同的声音，一切政事都是独断专行，这就造成了以李林甫为首的一些权奸，欺下瞒上，造成了上下不通声气的局面。唐玄宗独裁、孤立而不自知，还自作聪明地认为自己是一代圣君，很会用人。其次，他用人不当，既任用了像李林甫、杨国忠那样的一群阿谀奉承之人，又十分信任那些宦官，如高力士、鱼朝恩。再次，他耽于享乐，整天沉湎于声色犬马之中，醉心于他的“霓裳羽衣”舞。天宝末年的安史之乱，使盛极一时的唐王朝走向了崩溃，连年的战乱，使得国家经济萧条，田地荒芜，民不聊生。

造成这次战乱的根源在哪里，是谁一直在祸国殃民呢？一些史评者的说法不一，有的归之为奸臣当道，有的归之为红颜祸水。实际上最大的祸乱者是唐玄宗自己。当然，主昏臣明，朝中有几个诤臣，也同样能够把国家治理好。但到了天宝年间，唐玄宗走向昏庸，重用的是口蜜腹剑的李林甫、无才无德的杨国忠、阿谀奉承的高力士和鱼朝恩等，致使朝廷上下贪污腐败横行，一旦“渔阳鼙鼓动地来”，必然惊破唐王朝的盛世美梦。杜牧写的“广德者强朝万国，用贤无敌是长城”实际上是反话正说，讽喻唐明皇既不重德又不重贤，整日沉溺于花天酒地、美色艳舞之中，何德之有？身边尽用奸佞小人，才路闭塞，岂不是自毁长城？杜牧咏史怀古诗大多是幽默风格，身处末代王朝，他虽然努力进取，仍未得重任，于是借史嘲之以浇块垒，道出许多规律性灼见。

“用贤无敌是长城”是全诗的精华所在，揭示了古往今来国家兴衰成败的一个重要规律，人才聚则天下兴，人才散则天下亡。只有广纳天下英才，在选贤任能上具有无敌于天下的优势，才能保证国家的长治久安。春秋战国时期，魏国和秦国的兴衰交替就是一个生动的案例。魏国先于秦国兴盛。魏国初立时，土地资源、人力资源以及周边环境都不是很优越，之所以能迅速崛起，成为战国时期首位霸主，得力于魏文侯礼贤下士，重用李悝、吴起、乐羊、西门豹、子夏、翟璜、魏成等，并采取一系列富国强兵的方略。魏文侯诚信立国、尚贤任能的事迹成为明君治国的一个经典样本，一向为后世帝王所推崇。但魏文侯的后继者未能善待人才，以致魏国百年霸业失去柱础和栋梁而破败。公孙鞅因受排挤离开魏国投奔秦国，实施了著名的“商鞅变法”。自武侯末到魏国亡，其间还有不少经世之才相继流失，如吴起、张仪、孙膑、乐毅、范雎、尉缭、信陵君等。这些胸有大略之人，在魏国或是被诬陷迫害，或是被排挤弃用，以致纷纷出走。三国史学家谯周在论及魏国灭亡的原因时说：“所谓天之亡者，有贤而不用也，如用之，何有亡哉！”

魏惠王与齐威王比宝的故事，足以说明魏惠王重物轻人、“缓贤忘士”。一大批曾影响过战国时局走势的有志之士，却未能得到魏国后继统治者的善待和重用，他们只好改投秦齐楚等诸侯国寻求用武之地。人才流失使魏国的运势由盛转衰，魏国失去的不是檩条和砖瓦，而是栋梁和柱础。如果吴起不被排挤出走，秦在军事上很难同魏抗衡；如果公孙鞅留魏变法成功，强盛的就不是秦而是魏；如果范雎不被诬陷逃离，“远交近攻”策略就会为魏所用；如果张仪能在本籍受到重用，魏国在外交上必定稳操胜券；如果信陵君不被疑忌弃用，秦国怎敢毫无顾忌地攻打魏国……秦国之所以迅速崛起，一统天下，其中一个很重要的原因是秦国获取了魏国大量的人才。历史证明，用贤无敌是一个国家崛起、发展、长盛不衰的坚固长城。

天生我材必有用

君不见黄河之水天上来，奔流到海不复回。君不见高堂明镜悲白发，朝如青丝暮成雪。人生得意须尽欢，莫使金樽空对月。天生我材必有用，千金散尽还复来。烹羊宰牛且为乐，会须一饮三百杯。岑夫子，丹丘生，将进酒，杯莫停。与君歌一曲，请君为我侧耳听。钟鼓馔玉不足贵，但愿长醉不复醒。古来圣贤皆寂寞，惟有饮者留其名。陈王昔时宴平乐，斗酒十千恣欢谑。主人何为言少钱，径须沽取对君酌。五花马，千金裘，呼儿将出换美酒，与尔同销万古愁。

——李白《将进酒》

唐代大诗人李白写了一首著名的乐府诗《将进酒》，全诗大致分两层意思，第一层是前十句，主要是抒怀，悲叹人生短促，生命易逝，表面上是在说要及时行乐，其实是说自己怀才不遇。“君不见，高堂明镜悲白发，朝如青丝暮成雪”，悲叹人生苦短，而又不直言，一种芳华易逝、悲从中来的神态跃然纸上。“人生得意须尽欢”，似乎是宣扬及时行乐的思想，但诗人笔锋一转，又用乐观好强的语气肯定人生、肯定自我：“天生我材必有用”，“有用”而且“必”，非常自信，从貌似消极的现象中透露出了深藏其内的一种怀才不遇而又渴望入世的积极态度。“千金散尽还复来”又是一个高度自信的惊人之句，能驱使金钱而不为金钱所使，诗人深蕴在骨子里的豪情喷薄而出。

第二层是后二十句，主要是劝酒。《将进酒》原是汉乐府短箫铙歌的曲调，标题的意思即为“劝酒歌”，内容多是咏唱喝酒放歌之事。作者描绘了一场盛筵，“烹羊宰牛”，不喝上“三百杯”决不罢休，狂放之情趋于高潮。“古来圣贤皆寂寞”二句则用古人酒杯浇自己块垒，诗人自比圣贤，志向清高，既然不能与俗人共舞，只有从古圣贤那里觅得知音。诗人将自己比之于“陈王”曹植，是因为与其有相同的遭遇。曹植屡遭曹丕打压，终生郁郁不得志，空负一身才华。诗人认为“我”天生有用之才，本当位极卿相，飞黄腾达，然而“大道如青天，我独不得出”，感叹之余又显悲凉之情。结尾一句“与尔同销万古愁”，与开篇之“悲”呼应，全诗纵横捭阖之势，慷慨豪迈之气，倏然收归，都凝聚成一个“愁”字，意蕴更加深沉。《将进酒》篇幅不算长，却深沉浑厚，气象不凡。情极悲愤狂放，语极豪纵沉着，大起大落，奔放跌宕；诗句长短不一，参差错综；节奏快慢多变，一泻千里，又收放自如。全诗气势豪迈，感情豪放，语言流畅，达到了极高的艺术境界，是李白浪漫主义诗篇的代表作。

这首诗约作于天宝十一年（752），李白当时和友人岑勋在嵩山另一老友元丹丘的颍阳山居做客。当时作者正值仕途遇挫之际，所以借酒兴诗，来了一次酣畅淋漓的抒发。李白深谙生命有限、自我价值无限的道理，黄河之水、镜中白发，都引起他对生命、对人生的深刻思考。而这种思考并非停留在一般意义上的对时光匆匆流逝及人生短暂的哀叹惋惜，而是在更高层面关注着自我存在的价值。他所高唱的“人生得意须尽欢，莫使金樽空对月”，不是消极的享乐主义人生态度，而是在鼓励人们应当积极把握现实人生，努力创造自我价值。“天生我材必有用”则充分展现了李白强烈的自信以及狂傲不羁的处世态度。他对自己充满信心，始终把自己看成一个具有独立人格的个体，天授其才，既是其安身立命之本，又是其狂放不羁的凭靠，甚至认为获得表现自己、施展才华的机会是理所当然的事，是天命所归。“天生我材”，必定对国家对社会有意义、有价值，不能辜负，也不能自弃。这种豪放不羁的自信，乃是大唐帝国的文化心理，也是华夏民族的性格底色，充分彰显了儒家积极入世、勇于进取的人生态度。

“天生我材必有用”是全诗的警句，也是古今人才自警自励的名言，深刻揭示了人才成长过程中自信、自知、自励的重要性和必要性，是人才成长规律的形象体现。首先，自信是一个人成才的基石。自信是一个人相信自己有能力实现人生目标的心理倾向，是发自内心的自我肯定与确信，深信自己一定能做成某件事，实现所追求的目标。苏格拉底说过，一个人是否有成就只有看他是否具有自尊心和自信心两个条件。爱默生也强调，自信是成功的第一秘诀。古往今来，大凡事业成功的人才，都是以强大的自信心为基石。正如马尔顿所说："坚决的信心，能使平凡的人们，做出惊人的事业。"晏子自信，所以出使楚国成功；玄奘自信，所以西行成功；岳飞自信，所以打败金兵无数次；海瑞自信，所以朝中无人不佩服，三贬而不死；郑和自信，所以七下西洋成功；李时珍自信，所以写下《本草纲目》；毕昇自信，所以发明活字印刷术；等等。自信，是潜能释放的精神源泉，是克服困难坚持到底的勇气之源，是顽强生存、事业成功的脊梁。萧伯纳曾说："有信心的人，可以化渺小为伟大，化平庸为神奇。"华罗庚因病致残却顽强地与命运抗争，疾呼："我要用健全的头脑，代替不健全的双腿！"他最终成为举世闻名的大数学家。

其次，自知是一个人成才的前提。"天生我材必有用"是对自我认知的积极肯定。自信是建立在对自己正确认知基础上的，是对自己实力、优势的正确估计和积极肯定。一个人只有正确地认知自我，有清醒的自我意识，才能获得源源不断的自信。正如老子说："知人者智，自知者明。""天生我材"是对上天赋予自我才华的确认，"必有用"是释放才华、奉献社会的坚定信念和志向。一个人自我认知的过程也是坚定人生志向的过程。苏轼说："古之立大事者，不惟有超世之才，亦必有坚忍不拔之志。”对个人而言，不患才不及，而患志不坚。“宰相之杰”张居正写下“愿以深心奉尘刹，不予自身求利益”，躬身改革、不计毁誉，将个人得失置之度外；民族英雄林则徐树立救国为民的高远志向，在虎门销烟、抗击英军、安抚叛乱等历史事件中，始终做到了“苟利国家生死以，岂因祸福避趋之”。正是因为他们有清醒的自我认知、坚定的人生志向，才能善养“浩然之气”和坚定自信的精气神，才能成为经天纬地的国家栋梁之材。

最后，自励是一个人成才的驱动力。“天生我材必有用”是自我激励的有效方式。“天生我材”有“天将降大任于斯人也”的意蕴，体现了“天行健，君子以自强不息”的中华民族精神。有这种自我认知的人，往往具有强烈的历史责任感和时代使命感，会不断激励自我“以身许国”“以才报国”。“必有用”则具有强烈的心理暗示作用，坚信自己的才干终将得以重用。心理学家指出，有效的积极的心理暗示能提高自我价值的认识，不断激发奋发有为的信心，增强持之以恒的毅力，这些都是人才获得成功的强大驱动力。实践证明，一个人通过自我言辞暗示（宣誓、座右铭等）、角色假定暗示（想象自己是承担某种特殊使命的人）、梦想板暗示（将目标形象化，用潜意识力量去实现梦想），不断去自我确认、自我警醒、自我激励，就能激发出巨大的潜能，特别是在遇到困难、挫折以及满足现状时候，能够激励自我奋发向上，自强不息，在挫折与失败中获得成功。

天机云锦用在我

我昔学诗未有得，残余未免从人乞。
力孱气馁心自知，妄取虚名有惭色。
四十从戎驻南郑，酣宴军中夜连日。
打球筑场一千步，阅马列厩三万匹。
华灯纵博声满楼，宝钗艳舞光照席。
琵琶弦急冰雹乱，羯鼓手匀风雨疾。
诗家三昧忽见前，屈贾在眼元历历。
天机云锦用在我，剪裁妙处非刀尺。
世间才杰固不乏，秋毫未合天地隔。
放翁老死何足论?《广陵散》绝还堪惜。

——陆游《九月一日夜读诗稿有感走笔作歌》

南宋大诗人陆游写过一首古体诗《九月一日夜读诗稿有感走笔作歌》，诗的大意是：早年我学写诗并没有真切的心得体会，不免从前辈大家那里乞学点只言片语润饰我的诗篇；我内心清楚地知道所写的诗笔力弱、内容浅，虽然已有诗名但其实难副，这使我羞惭汗颜。回想四十多岁时我随军驻守在南郑，曾经在军中夜以继日地尽情欢宴；修筑起一千步的球场用来打球、习武，看到成万匹战马在排排马棚里蔚为壮观。华灯初上，歌舞升平，喝彩声响彻整座楼，流光溢彩辉映着军营盛筵；琵琶弹起急促的乐声像冰雹撞击乱飞，羯鼓打出猛烈的鼓点像急风暴雨回旋。呵！作诗的诀窍突然间被我领悟发现，屈原、贾谊的诗境原来清清楚楚地出现在眼前！要写出像织女云锦般精美的诗篇全靠自己的实践体验，生活素材的巧妙构思绝非单凭尺量刀剪。人世间杰出的诗人本来有千千万万，但生活体验若差之毫厘则地隔天远。我陆放翁即便老死又算得了什么，但是诗学的真谛像《广陵散》那样失传才叫人遗恨绵绵！

全诗分三层意思：第一层是前四句，夹叙夹议，直抒胸臆，写诗人学写诗的过程，表明写诗缺乏自得之妙，未能形成自己的独特风格，还要向别人取材、学技巧。这段自谦之词，是为说明下段诗风转变的重要性作铺垫，语言紧凑、精练。第二层是中间十二句，是全诗的重点。诗人追忆自己的军旅生涯，以具体描写为主，笔调急剧转向壮丽。丰富多彩的军旅生活体验使诗人领悟到诗歌创作的要诀、真谛，进入诗文大家创作的境界，获取的诗歌素材像神女织出来的锦绣任凭自己随意取用。这一段比喻贴切，形象生动，写得气势磅礴，叙事、议论、抒情浑然一体。第三层是最后四句，从描写转向议论和抒情，感叹自己领悟到的诗歌写作经验未必为其他

“才杰”所认识，如果不能传给后人，那就更可惜了！这段以感慨语气肯定自己的诗歌经验，感情转向深沉，语言也极为精练。此诗大量用典用事，辞藻华丽，但诗意晓畅明白，毫无板滞生涩之感。

这是诗人陆游总结诗歌创作体会的一首诗，写于光宗绍熙三年（1192），当时诗人68岁，闲居家乡山阴，九月一日夜读自编的《剑南诗稿》，想起18岁开始踏入诗歌创作领域，50年来写下的数以千计的诗歌，诗人感慨万千，走笔写下了这首长篇诗论。全诗以夸张手法，出色地再现当年军中生活的场景，以此来阐明诗歌创作的经验和规律。理在事中，转接突兀而法度严密，是阐明生活与创作关系极有说服力、极有艺术感染力的不可多得之作。

“天机云锦用在我，剪裁妙处非刀尺”是全诗的诗眼，深刻揭示了生活与诗歌创作的关系，是诗人对诗歌创作经验的精辟概括。诗人用一个巧妙而美丽的比喻，形容作家有丰富的生活和高超的写作技巧，自会挥洒自如，写出浑然天成的诗文来，绝非凡人刀尺所能剪裁的。诗人正是因为投军西北，投入朝廷内外的政治斗争，丰富了生活阅历，激发了诗歌写作的激情，开拓了广阔的创作天地，才领悟到诗家“三昧”：“君诗妙处吾能识，都在山程水驿中”“纸上得来终觉浅，绝知此事要躬行”“如子欲学诗，工夫在诗外”。可以说，在经历南郑军营生活之后，陆游的诗歌创作便进入了成熟阶段，创作了许多雄浑奔放、意境高远的作品，自成一体，成为南宋最著名的伟大诗人。

“天机云锦用在我，剪裁妙处非刀尺”，既是诗人成才过程的深刻总结，也是“实践出人才”这一人才成长规律的形象概括。古今中外对“实践成才”这一人才成长规律都有深刻的论述。白居易曾说：“卧龙无水动应难。”晚唐诗人齐己写道：“古人手中铸神物，百炼百淬始提出。”日本管理大师土光敏夫认为：“早期、重任、磨炼”是培养人才的捷径。趁一个人年轻时，就应不断地让他承担略超过其能力的工作，使他受到严峻的磨炼。列宁指出：“历史早已证明，伟大的革命斗争会造就伟大人物，使过去不可能发挥的天才发挥出来。”俄罗斯文学家巴甫连柯总结说：“在任何一个成功的后面都有着十五年到二十年的生活经验，都有着丰富的生活经验，要是没有这些经验，任何才思敏捷恐怕也不会有，而且在这里，恐怕任何天才也都无济于事。”

历史上无数事实上也证明：有无生活积累和实践体验，不仅对个人成才至关重要，而且对事业成败也很重要。在东周列国的历史舞台上，赵奢的出场颇有戏剧色彩。他本是征收田赋租税的田部吏，一起刀光剑影的抗税冲突，让他走进了平原君赵胜的视野。从赵奢的谈吐中，平原君觉得他颇有见识，就推荐给了赵王。赵王任用他掌管赋税，全国赋税公平合理，民众富足，国库充实。公元前270年，赵文王自恃强大，拒不履行先前与秦国签订的换城协议，秦国恼怒之下派兵占领了阏与（今山西和顺）。赵王便令赵奢为将前去救援。赵奢先大张旗鼓地修筑防御工事，麻痹秦将。之后命部队卸甲轻装，快速穿插到秦军侧翼驻营，迅即占领北山制高点，居高临下，乘势猛扑，杀得秦军四散溃逃。这一仗不仅打破了秦军不可战胜的神话，而且迟滞了秦国挺进中原的步伐，使秦赵之间的战略平衡维持了8年之久。后世将赵奢列为战国时代八大名将之一，同吴起、孙膑、李牧等八人彪炳史册。后人多认为，赵奢一战成名带有很大偶然性，其实不然。征税之道与征战之术是相通的，在有雄才大略的人那里，运用之妙，存乎一心，“天机云锦用在我，剪裁妙处非刀尺”，就像他在依法征税中表现出来的治国理念一样，他在阏与之战中之所以能稳操胜券，并非一日之功，有赖于平时对用兵之道的体悟与实践。赵奢的可贵之处在于，他不是消极等待机会，而是积极创造机遇，从而施展抱负，建功立业。开始赵奢的才干并不为人所知，但他借助征税冲突，主动阐述自己的政治理念，让平原君刮目相看，为自己走上更广阔的舞台创造了机遇。

相反，三国时期的马谡因纸上谈兵、缺乏实践历练，导致在与曹魏名将张郃的街亭一战中输得一塌糊涂，使诸葛亮的北伐大业遭受重创，被大失所望的诸葛亮挥泪斩杀。马谡本来确有才华，曾在诸葛亮平定南中时提出“攻心”之策，为诸葛亮消除了日后北伐中原的后顾之忧，诸葛亮曾一度对马谡寄予事业接班人的厚望。但马谡好高骛远、夸夸其谈、自以为是，没有率军作战的经验，街亭之败实属必然。刘备生前早就预料：“马谡言过其实，不可大用。”司马光评价说：“越嶲太守马谡才器过人，好论军计。”明代思想家李贽曾说：“马谡妄自尊大，一味糊涂，一味自是，及到魏兵围定，莫展一筹，待救兵而已。”马谡可以是一个出色的谋士，却不是一个合格的统帅。历史上这种满腹经纶、眼高手低的将领不乏其人，战国时期纸上谈兵的赵括就是一个典型，而赵括又恰恰是赵奢的儿子。事实表明，“实践成才”是一个不可违背的人才成长规律。

圣代也知无弃物

江头日暖花又开，江东行客心悠哉。
高阳酒徒半凋落，终南山色空崔嵬。
圣代也知无弃物，侯门未必用非才。
一船明月一竿竹，家住五湖归去来。

——罗隐《曲江春感》

晚唐诗人罗隐写过一首七律《曲江春感》，诗的大意是：江边天气日益暖和，花儿又盛开了，江南游子的心情显得悠闲自在。像郦食其那样嗜酒而放荡不羁的人多半已经凋零故去了，（没有了这些人）终南山高大耸立的景象显得空空荡荡。圣明的时代也知道世间没有无用之人，但是显贵门第却未必用我这种无才之人。还不如一竿竹篙撑着装满月光的舟船，回我那太湖之滨的故乡去吧！

全诗是写诗人春游长安曲江的感受。首联是写春到曲江的景色和自己游历的心情。“江头”，指曲江，在长安东郊，是唐代新科进士宴聚的胜地。“江东行客”是作者自称，“悠哉”是悠闲自在的样子。第一句是景语，第二句是情语，可谓情景交融，展现了一幅春暖花开、诗人惬意寻春的画卷。但实际上“心悠哉”是反话，罗隐在京师前后十几年，曲江春景多次亲历，已经熟视无睹了，而他多年屡试不第，心情自然不会轻松。在这里诗人是以乐景写哀情，是一种“不哭反笑”的悲愤之情。颔联采用对比的手法写诗人游历所见之景。“高阳酒徒”，典出《史记・郦生陆贾列传》，据记载，刘邦兵过陈留时，郦食其到军门求见，刘邦最不喜欢儒生，听门人通报说郦食其状貌似儒，便辞退不见，郦食其瞪眼按剑叱责门人说：“走！复入言沛公，吾高阳酒徒也，非儒人也。”于是刘邦马上请见了郦生。后遂用“高阳酒徒”指狂饮不羁的人。高适有《田家春望》诗：“可叹无知己，高阳一酒徒。”“崔嵬”，高耸，高大。终南山本是高人名士隐居的圣地，如今却人去室空、人烟凋零，与崔嵬的山景形成鲜明对比，反衬出诗人内心孤寂、知音难觅的心境。颈联则生发议论，反话正说，暗含讽喻。“圣代”，圣明的时代。“弃物”，谓废弃之物，比喻无用之人。“侯门”，权贵之门，喻朝廷。这两句表面上是说，圣明的朝代也知道人才的可贵，不抛弃有才之士，侯门也是非才不用；但实际上当今朝代，有才不用，随意抛弃，所用者并非真正有才。冷嘲热讽之意，跃然纸上，抒发了诗人落第的愤慨之情，足以引人同情共鸣。尾联则直抒胸臆，表达了诗人与埋没人才的朝廷告别的心情。既然科考落第，朝廷不予录用，我也无心居留京城，回到久别的故乡去。“一船明月一竿竹，家住五湖归去来”颇有陶渊明《归去来辞》之风，语虽豁达，但连用两个“一”字，也隐含着诗人孤独、惆怅、愤懑、悲怨之情。“五湖”，此处指太湖。诗人是今浙江富阳人，自称家在太湖。

作者罗隐一生“十上不中第”，在晚唐有“落第诗人”之称。这是诗人连年落第之后的郁愤之作。“圣代也知无弃物，侯门未必用非才。”“也知”“未必”是反话，实际上是在说“只言圣代谋身易，争奈贫儒得路难”（罗隐《江边有寄》），诗人两次用反语冷嘲，足见其愤懑不平之情。这首诗写得慷慨激昂，不平之气喷薄而出，这恰恰体现了罗隐诗歌的价值和特色：愤怒出诗人，辛辣生奇语。

“圣代也知无弃物”是全诗的警句，表达了人尽其才、才尽其用、扬长避短的用人思想。自古以来，我国用人思想宝库中蕴藏着许多这样的用人理念。比如，在人尽其才、才尽其用上，唐代刘禹锡在《贺赦表》提出：“求硕画于庶位，虑遗材于放臣。”大意是：从地位低下的人中间征求宏大的策划，在被放逐的臣子中间考虑被遗漏的人才。这说明治理国家要充分利用各方面的人才，尤其要注意利用容易被忽视阶层中的人才。在用人要扬长避短、量才适用上，《论语·微子篇》记录了西周大政治家周公的一句名言：“无求备于一人。”意思是，人才总有不足之处，不能十全十美。要宽厚待人，用其所长，不能求全责备。孔子遵循良训，在回答鲁大夫季康子征询他对著名弟子从政的看法时说：“由也果”（子路做事果断），“赐也达”（子贡通达事理），“求也艺”（冉求多才多艺），他们各有特长，为什么不能从事政务活动呢？（《论语·雍也》）若能用其所长，避其所短，每位人才都能从政治国。《晏子春秋·内篇问上》则强调："任人之长，不强其短；任人之工，不强其拙。"意思是用人的长处，不要强求别人的短处；用人精通的东西，不要强求别人笨拙的地方。南朝刘勰在《文心雕龙·程器》中写道："盖人禀五材，修短殊用；自非上哲，难以求备。"说的是人有五种材质，而长短各有不同；既然不是圣人，就很难求其完备。屈原《楚辞·卜居》提出："尺有所短，寸有所长；物有所不足，智有所不明。"其喻意是人才各有长短，在使用上不必求全。最有名的是清代顾嗣协《杂兴》诗："骏马能历险，力田不如牛；坚车能载重，渡河不如舟；舍长以就短，智者难为谋；生材贵适用，慎勿多苛求。"以比喻的手法，形象而生动地阐明了一条重要的用人原则：扬长避短，量才适用。

"圣代也知无弃物"也揭示了这样一个道理：要做到人尽其才、才尽其用，必须有一个良好的用人环境，即"圣代"。一是要有圣明的用人之主；二是要有重才爱才的清明政治。唐太宗之所以能成就"贞观之治"，为盛唐气象打下坚实基础，是与他用人所长、容人之短、扬长避短、用人不疑的治国理念分不开的。唐太宗曾说："人君选贤才以为股肱心膂，当推诚任之。人不可以求备，必舍其所短，取其所长"。史书记载，公元647年，唐太宗在翠微殿说自己"才不逮古人而成功过之"，问身边的大臣是什么原因，竟然没有一人回答出来。最后他自己总结说："此五者，朕所以成今日之功也。"第一，"自古帝王多疾胜己者，朕见人之善，若己有之"；第二，"人之行能，不能兼备，朕常弃其所短，取其所长"；第三，"人主往往进贤则欲置诸怀，退不肖则欲推诸壑，朕见贤者则敬之，不肖者则怜之，贤不肖各得其所"；第四，"人主多恶正直，阴诛显戮，无代无之，朕践阼以来，正直之士，比肩于朝，未尝黜责一人"；第五，"自古皆贵中华，贱夷狄，朕独爱之如一，故其种落皆依朕如父母"。这五点正是唐太宗能够做到"聚天下英才而用之"、创造贞观之治的根本原因。

人才岂用拘彝调

元枢登相未为奇，奇在先生甚懒为。
四海熙熙今有日，九重眷眷已多时。
人才岂用拘彝调，边事常如援拙棋。
天下儿童颂君实，太平欣卜万年基。

——宋伯仁《贺元枢游先生除右相》

宋代诗人宋伯仁写过一首七律《贺元枢游先生除右相》，诗的大意是：你作为枢密使担任右丞相并不让人感到奇怪，奇怪的是先生并不是那么勤奋，甚至懒于作为还得到了提拔。四海之内百姓欢欣鼓舞庆贺有了今天，当今皇上期待你担任要职已经多时了。选拔优秀的人才怎么能够拘泥于常规的办法，解决边关的麻烦事常常要下一些看似笨拙的棋。天下的儿童都赞颂先生务实的作风，身处太平盛世欣慰地预感到将奠定万年的基业。

首联开门见山，以“奇”制胜，点明题意，庆贺好友游先生高升。“奇”与“未为奇”形成鲜明反差，以“甚懒为”反衬友人的才干突出。“元枢”，宋代枢密使的别称。枢密使是枢密院的主官，负责统率全国军政。在宋朝，枢密院与相府的权力相继更替。宋初的宰相权力没有枢密使大，元丰改制后双方基本持平，但在政和改制之后，宰相权力开始加大，宰相再次统领朝政。诗人生活于南宋末年，其朋友由枢密使转任右相应是提拔重用，故写诗相贺。颔联以夸张的手法写普天同贺友人的升迁。“四海熙熙”写老百姓奔走相告的景象；“九重”，即九重天，这里代指至高无上的君主。“眷眷”，表达了皇上对友人的重视和期待。颈联直奔主题，点明友人被重用的原因，依照常规，友人是不可能被重用的，因为他“甚懒为”。“彝调”，常规的办法。“彝”，同“常”，不变的、固定的意思，有彝典（常典）、彝制（常制）、彝命（常命：指祖宗遗训）、彝则（经常的制度，准则）之说。尾联从“民声”和预测的角度表达了对友人的颂扬之情：友人被民众公认的扎实作风，一定能为太平盛世打下坚实的基础。全诗以友人升迁为主线，颂扬了友人游先生的品行和才华，也充分肯定了朝廷不拘一格用人才的做法。

作者宋伯仁，字器之，号雪岩，广平人。嘉熙（南宋理宗赵昀年号）时擅画梅花，作梅花喜神谱。工诗，著有《雪岩吟草》。诗人主要生活于南宋理宗年间。从端平元年（1234）到淳祐十二年（1252）的近二十年间，宋理宗在政治、经济、军事、文化等各方面采取了一系列改革措施，史称“端平更化”。纵观宋理宗更化期间所用之人，大多贤良称职，一时朝堂之上，人才济济，政风为之一变。因此，时人将“端平更化”称为“小元祐”。诗人的友人游先生即是被宋理宗重用的宰执之一。

“人才岂用拘彝调”是全诗的警句，揭示了人才使用过程中的规律性现象：选拔使用才干突出的人才，必须破除一些常规性做法，“常格不破，大才难得”（包拯语）。自古以来，仁人贤者对此都有精辟的论述。宋代学者叶适指出：“不拘挛于常格，以起一时之治，尚有可喜。”宋代洪迈在《容斋随笔》中曾说：“进退迟速，不执一端，苟其材可任，则超资越级，曾不少靳，非拘拘于爱惜名器也。”清代名臣胡林翼更是强调：“办事全在用人，用人全在破格。”纵观历史上建功立业的杰出人物，无不是广开才路、广纳天下英才。三国时期的曹操之所以力挫群雄，是因为他手下猛将若云、谋士如雨。史学家对曹操的用人下过结论：“知人善察，难眩以伪。拔于禁、乐进于行阵之间，取张辽、徐晃于亡虏之内，皆佐命立功，列为名将。其余拔出细微，登为牧守者，不可胜数。”可以说这个结论是准确的。

我国历史上第一个女皇帝武则天之所以能在男权盛行的封建社会稳坐天下，与她用人“不拘彝调”是分不开的。武则天用人的最大优点是能够不计门第，不避仇怨，甚至不分性别，经常破格使用人才。她手下有名的女官上官婉儿是被武则天杀掉的名臣上官仪的孙女，但武则天发现上官婉儿文才很好，于是不怕报复，大胆地把她留在身边，颇为信任并加以重用。凡是批阅奏章、起草诏令的事情，很多都交给上官婉儿办理。武则天当政时期，任用了许多有才能的人，比如郝处俊、杜景俭、徐有功、魏玄同、魏元忠、姚崇、裴行俭、娄师德、王孝杰、唐休景、狄仁杰、王及善、朱敬则等，这些人很多都出身低微，缺点颇多，但依然受到重用。《旧唐书》中对武则天的用人给予了很高的评价："虽牝鸡司晨，终能复子明辟，飞语辩元忠之罪，善言慰仁杰之心，尊时宪而抑幸臣，听忠言而诛酷吏。"毛泽东曾经这样评价武则天："我也觉得她（武则天）不仅不简单，简直是了不起。武则天确实是个治国人才，她既有容人之量，又有识人之智，还有用人之术。"

历史上金朝第五位皇帝金世宗在国家治理上也颇有建树，他曾说："用人之道，当自其壮年心力精强时用之。若拘以资格，则往往至于耄老，此不思之甚也。"为了更好地使用人才，他推行吏治改革，任人唯贤唯才，不重资历，一改金朝自太宗以后选官以资历为标准的弊政。金世宗用人经常破格使用，不为品级限制，大胆起用了一些出身低微的小吏，如移剌道只是一个都督府长史，按照他的资历最高只能成为一个翰林直学士，但是金世宗予以重用以尽其才，派他担任了中都路的转运使，后又升其任宰相。选官不重资历，这就把一批才干突出、年富力强的人选到了领导集团中来，在金世宗的带领下，金朝开创了五十余年的盛世，而他自己也成为中国历史上最善于用人纳谏的皇帝之一。《金史》给予他"小尧舜"这一极高的评价。

“人才岂用拘彝调”也深刻揭示了用人不能求全责备的深刻道理。古人之所以强调用人要不拘一格，是因为“人非圣贤，孰能无过？”“金无足赤、人无完人”，如果对人才求全责备、锱铢必较，则天下几乎无人可用。唐代诗人陈子昂说：“立大功者不求小疵，有大忠者不求小过。”北宋名相王安石在《委任》一文中也指出：“才有长短，取其长则不问其短；情有忠伪，信其忠则不疑其伪。”春秋战国时期，各国竞相争夺人才，倘若对人才求全责备，因其小过而弃其大用，往往会让人才流失，导致国家衰亡。唯有那些用人所长，视大用而不拘其小过者，方能把各类人才网罗门下，赢得天下。

战国名将吴起的人生际遇就是一个生动的例子。吴起开始在鲁国任职，齐国来攻打鲁国，鲁君想用吴起为大将，但因吴起的妻是齐国人，鲁国大臣便猜忌他。于是，吴起杀妻而求将，大破齐军。有人因此在鲁国国君面前攻讦他，吴起知道后怕被治罪，又听说魏文侯贤明，便投奔魏国。魏文侯征求大臣李克意见，李克指出吴起为人贪婪好色，然而他的用兵之道，连齐国的名将司马穰苴都比不上。于是魏文侯任命吴起为大将，派他攻打秦国，连克五城，名声大振。但魏文侯去世后，吴起又被人设计陷害，魏武侯对其产生疑忌，吴起怕有杀身之祸，便又投身楚国，被楚悼王任为国相，短短数年，楚国迅速强大，“南平百越，北却三晋，西伐秦，诸侯皆患楚之强”。真可谓：失一大才，为国之患；得一大才，为国之幸；关键是用人不可“拘彝调”。

人才那得如金铜

人才那得如金铜，长在泥沙不速朽。
愿公爱士如爱尊，毋使埋渣嗟不偶。

——袁枚《商丁孙尊歌为奉将军作》

清代著名大诗人袁枚曾写过一首七绝《商丁孙尊歌为奉将军作》，诗的大意是：人才哪能像金和铜一样，长期埋在泥沙里面不会迅速腐朽。希望你爱惜人才就像爱护你的父母一样，不要让人才像废渣一样被埋没后才感叹他命运不好。前两句“人才那得如金铜，长在泥沙不速朽”将人才与金铜进行对比，点明人才不具有金铜不易腐朽的特性，长期被埋没必然会变为废品。从而阐明了对人才要及时起用、用当其时的深刻道理。“那得”二字具有强烈的感情色彩，表达了作者对封建社会埋没人才现象的深恶痛绝。后两句“愿公爱士如爱尊，毋使埋渣嗟不偶”用爱尊比喻爱士，提出要像敬重父母一样敬重人才，不要等人才被埋没后才去叹惜，而要把人才摆在与父母同样重要的位置对待，可见作者是何等地重视人才，对人才的爱惜之情溢于言表。士在中国古代社会是一个特殊的社会阶层，泛指读书人和知识阶层，是古代知识分子的典型代表，在这里代指人才。全诗用对比和比喻的手法既表达了用好人才、珍惜人才的深沉情感，也阐述了人才要用当其时的深刻涵义。同时，这首诗也是作者自己人生经验的深刻提炼。

袁枚是乾嘉时期代表诗人之一，与赵翼、蒋士铨合称“乾隆三大家”。他少有才名，擅长诗文。乾隆四年（1739），24岁的袁枚参加朝廷科考，试题是《赋得因风想玉珂》，诗中有“声疑来禁院，人似隔天河”的妙句，然而阅卷官们以为“语涉不庄，将置之孙山”，幸得当时大司寇尹继善挺身而出，袁枚才免于落榜，得中进士，授翰林院庶吉士。乾隆七年（1742），袁枚外调做官，曾任沭阳、江宁（南京）、上元等地知县，推行法制，不避权贵，颇有政绩，很得当时总督尹继善的赏识。袁枚33岁父亲亡故，辞官养母，在江宁购置隋氏废园，改名“随园”，筑室定居，世称“随园先生”。好友钱宝意作诗颂赞他：“过江不愧真名士，退院其如未老僧。领取十年卿相后，幅巾野服始相应。”袁枚亦作一副对联：“不作高官，非无福命祇缘懒；难成仙佛，爱读诗书又恋花。”自此，他在随园过了近五十年的闲适生活，他在给友人程晋芳的信中说：“我辈身逢盛世，非有大怪癖、大妄诞，当不受文人之厄。”由此可以看出，袁枚看透了封建社会官场埋没人才、摧残人才的本质特征，早早地远离官场，按照自己的意愿写诗教书，过属于自己的生活。他晚年游历南方诸名山，与诗友交往。生平喜称人善、奖掖士类，提倡妇女文学，广收女弟子，为当时诗坛所宗。

“人才那得如金铜，长在泥沙不速朽”深刻地揭示了人才的使用规律：金和铜埋在地下上千年，挖掘出来经过磨洗后依然能够闪闪发光，正所谓“折戟沉沙铁未销，自将磨洗认前朝”；而人才一旦被埋没后，就会错过发挥作用的最佳时机，很难再重整旗鼓了。俄国作家克雷洛夫曾说：“有了天才不用，天才一定会衰退的，而且会在慢性的腐朽中归于消灭。”古人也说：“用人之道，当自其壮年心力精强时用之。”《汉武故事》载，有一回，汉武帝乘车在宫中巡游，驾临管理车辇的郎署衙门，碰到一位白发苍苍、衣衫褴褛的老郎官，便问他：“您老何时当的郎官？这么大年纪了呀？”老翁回答说：“臣下颜驷，文帝时就当郎官了。”汉武帝又问：“您为何老而不遇，没有提升呢？”颜驷答道：“文帝喜欢文的，我却爱好武艺；景帝喜欢老的，我当时却还年轻；陛下您现在喜欢年轻的，而我已经老了。所以三代不遇，只好老死郎署啦。”汉武帝听了顿发怜悯之心，将其提升为会稽都尉（郡军事长官）。这个历史故事告诉我们，用人的时机把握不好，就会埋没人才、荒废人才。过去人们在劝慰职场上失意的人时常说：“是金子总会发光的。”现在看来，这是有悖于人才使用规律的。

邓小平同志指出：“人才，只有大胆使用，才能培养出来……

我们要开一条路出来，让有才能的人很快成长，不要老是把人才卡住。人才不断涌现，我们的事业才有希望。”现代人才学告诉我们，人才的成长并不是一个均衡发展过程，而是存在一个抛物线型的漫长生命周期，从萌芽发展、成熟鼎盛直至衰退薄暮。与其他资源相比，人才资源的开掘更具有时效性，或者说人才的黄金期保鲜期比较短，必须有抓赶抢的紧迫意识和责任感，切实在人才处于精力最高峰、进取心最高峰和创造力最高峰时委以重任，让人的资质潜能得到彻底释放。因此，要善于把握使用人才的“火候”，在人才的创造力处于最活跃的高峰期时及时使用，为其提供搏击长空的机会和舞台。

“盖有非常之功，必待非常之人。”要实现中华民族伟大复兴和各项事业兴旺发达，必须坚持不唯学历、不唯职称、不唯资历、不唯身份，用全新的视角和理念来评价和发现人才、使用人才，真正做到不拘一格、人尽其才。现在有的领导口头上常说无人才可用，其实他身边就有很多人才，只是这些人才身份低微，没有名声、没有头衔、没有官位，他视而不见、不愿使用而已。唐代诗人邵谒写过一句诗：“长才靡入用，大厦失巨楹。”意思是对有用之才浪费而不用，就像是大厦缺少了柱子一样，以此形容人才的珍贵和重要。作为一个现代领导者，一定要有强烈的人才意识，“愿公爱士如爱尊”，重视人才、珍惜人才，用人才要讲究时效性，要用当其时，抓住最佳年龄段，及时把人才放到重要岗位上锻炼，给他们出题目、交任务、压担子，这样才能用好用活各类人才，才能既出经济效益、又出社会效益，才能“聚沙成塔”，盖起中华民族伟大复兴的宏伟大厦。

古来材大难为用

孔明庙前有老柏，柯如青铜根如石。霜皮溜雨四十围，黛色参天二千尺。君臣已与时际会，树木犹为人爱惜。云来气接巫峡长，月出寒通雪山白。忆昨路绕锦亭东，先主武侯同闷宫。崔嵬枝干郊原古，窈窕丹青户牖空。落落盘踞虽得地，冥冥孤高多烈风。扶持自是神明力，正直原因造化功。大厦如倾要梁栋，万牛回首丘山重。不露文章世已惊，未辞剪伐谁能送。苦心岂免容蝼蚁，香叶终经宿鸾凤。志士幽人莫怨嗟，古来材大难为用。

——杜甫《古柏行》

唐代大诗人杜甫写过一首七言古风《古柏行》，诗的大意是：孔明庙前有一株古老的柏树，枝干色如青铜，根柢固如磐石。树皮洁润光滑，树干有四十围粗，青黛色的树身朝天耸立足有两千尺高。刘备孔明君臣二人曾在此遇合，至今树木仍为人们所爱惜。巫峡之云东来，而柏树之气与之相接；雪山之月西出，而柏树之寒与之相通。想起昔日环绕我居住的草堂的小路东面，就是先主庙与武侯祠紧紧相连的宫殿。柏树枝干崔嵬高大，使郊原显得更加古致，庙宇线条深邃的漆绘使门窗显得宽空。古柏以独立不苟合的姿态盘踞大地，但是位高孤傲必然招致猛烈的狂风。它得到扶持自然是神明伟力，它正直伟岸源于造物主的化功。大厦如若倾倒要有栋梁支撑，古柏重如丘山万头牛也难拉动。它不露纹理就已经使世人震惊，它未曾被剪伐、能成栋梁之材，但又有谁能够采送它？它树心虽苦也难免蝼蚁侵蚀，它树叶芳香曾经招致鸾留凤栖。天下志士幽人请你不要怨叹，自古以来大材一贯难得重用。

诗的前六句为第一段，以古柏兴起，赞其高大，并引出君臣际会。“云来”十句为第二段，由夔州古柏，想到成都先主庙的古柏，其中“落落”两句，既写树，又写人，树人相融。“大厦”八句为第三段，因物及人，大发感想。最后一句语意双关，抒发诗人杜甫宏图不展的怨愤和大材不为人所用的感慨。《古柏行》即“古柏歌”，是一曲颂赞古柏的乐章。

这首诗当作于唐代宗大历元年（766）。杜甫年轻时便怀有“致君尧舜上，再使风俗淳”的宏伟抱负。然而一生郁郁不得志，先是困居长安十年，后逢安史之乱，到处漂泊。48岁后弃官，携家逃难，曾一度在夔州居住。此诗即是杜甫54岁在夔州时对夔州武侯庙前古柏的咏叹之作。

全诗为比兴体，一贯到底；咏物兴怀，浑然一体。句句写柏，句句喻人；言在柏，而意在人。前八联十六句通过对古柏的赞誉，表达了诗人对诸葛亮的崇敬之情，抒发了自己愿意像诸葛武侯一样报效朝廷的理想。古柏的高大坚强、雄劲飞动、古朴厚重，正是诗人所敬仰的武侯的品格，也是诗人对自己才华的心肯。在杜甫看来，诸葛武侯之所以能够充分施展自己的才华，建立不朽功业，是因为君臣相知、相济。“君臣已与时际会，树木犹为人爱惜”“忆昨路绕锦亭东，先主武侯同閟宫”，这几句看似写景、叙事，实则是在抒情，隐含着诗人不为当时朝廷理解重用、满腹的学问难以报效朝廷的怨怼之情。如果说前八联还只是在赞赏武侯的同时暗含着诗人对自己境遇的悲叹，那么后四联八句则在曲尽体物之妙的基础上直抒胸臆，将古柏与自己紧紧连在一起，淋漓尽致地抒发了诗人材大难为用的愤慨。以大厦将倾暗喻国家面临危机、正是需要人才的时候，然而大木重于丘山，万牛都因不能拉动而回首去看，暗指国家危亡之际贤能却得不到任用，这与武侯和刘备的君臣风云际会真有天壤之别。诗人感叹自己虽然像古柏一样朴实无华，不以花叶之美炫俗，英采自然外露，使世人惊异，愿意不辞剪伐，效力于庙堂，但没有人能把它送去。古柏心苦，却不免为蝼蚁所伤；柏叶余香，乃为鸾凤所喜。而自己的怀才不遇正是像这古柏一样，于是诗人最终发出了“古来材大难为用”的浩叹。

“志士幽人莫怨嗟，古来材大难为用”两句是全诗的诗眼，点明了全诗的意旨，即虽咏古柏却实在钩沉古人古事，借以表达作者怀才不遇的郁闷心情。这两句可以说是人、物双关，揭示出封建社会不重人才、材大难用的本质，使全诗表现出杜诗特有的寄慨遥深、沉郁顿挫的风格。杜甫曾说："自古大材难为用，只可为栋梁，不可以为小器。"道出了此诗的真旨所在：古往今来，人才之所以常被弃置，其原因多在于才大难用，而世俗所用并非不才，不过是小才罢了。这小才到底是些什么物色呢？当是既有一定的机灵又通晓一些旁门左道的人，至于真正的如古柏一样的盖世之材，只好任凭蝼蚁啄空或者栖鸾宿凤了。

"古来材大难为用"也深刻揭示了历史上普遍存在的一种人才现象：大凡出类拔萃的杰出人才，总有一番艰难困苦的成长过程，有的甚至在做出惊天动地的伟业、显露出卓尔不群的才华后，仍被排挤打压、惨遭迫害。历史上的优秀人才如屈原、贾谊等，屡遭小人谗言排挤，几度被流放，或含冤沉江，或抑郁而终。中国历代名将如韩信、岳飞、袁崇焕等，都没有逃脱"狡兔死、走狗烹"、功成身亡的悲剧，这似乎是具有雄才大略的英雄们的宿命。

为什么"古来材大难为用"呢？归纳起来大致有以下几个方面的因素。一是专制政体使然。两千多年的封建社会，基本上都是皇权专制政体，"率土之滨，莫非王臣"，绝不允许任何人对皇权提出挑战、构成威胁，这为小人构陷君子提供了制度空间，因而越是昏庸的皇帝越喜欢小人、排挤贤臣，特别是对"功高震主"的功臣名士更是极尽打压之能事。正如晋代陈寿在《三国志》中指出的："非成业难，得贤难；非得贤难，用之难；非用之难，任之难。""忠信见疑"是专制政体压制人才的制度逻辑。

二是组织演变规律使然。任何社会组织，大到一个国家、政党，小到一个企业、社团，都有一个兴衰存亡的自然进化过程，"其兴也勃焉，其亡也忽焉"。初兴之时，需要优秀人才集聚、引领才能打天下；一旦大功告成，组织趋于稳定，就更适合大多数的平庸者去维持运转。他们互相钩心斗角、彼此内耗、安逸享乐，而优秀人才反而被排斥打压、难以得到重用。正如唐代诗人韦嗣立所说："不才者进，则有才之路塞。"

三是人才个性使然。优秀人才往往个性鲜明、特立独行、落落寡合、不事苟且。"木秀于林，风必摧之，堆出于岸，流必湍之，行高于人，众必非之"。在群体生存竞争中，群体中的平庸者往往有一种"集体无意识"，通过联合打压优秀者赢得自己的生存空间。而真正的人才往往不合群，他们的独立思考能力总是将周围一切屏蔽，不会轻易地被引领，这往往在群体中被当成异类，总是被排斥在群体之外，不被"主流社会"接纳，甚至被污蔑、围攻、消灭。正如诗人在《园官送菜》一诗中所写："苦苣刺如针，马齿叶亦繁。青青嘉蔬色，埋没在中园。""乃知苦苣辈，倾夺蕙草根。小人塞道路，为态何喧喧。"揭示了"苦苣马齿，掩乎嘉蔬"的人才逆淘汰效应。因此，要让优秀人才脱颖而出、发挥作用，必须完善民主、公开、竞争、择优的人才选用制度，形成识才爱才、敬才用才的社会文化，使“古来材大难为用”永远成为历史的喟叹！

不逢大匠材难用

繁枝高拂九霄霜，荫屋常生夏日凉。
叶落每横千亩田，花开曾作六朝香。
不逢大匠材难用，肯住深山寿更长。
奇树有人问名字，为言南国老甘棠。

——袁枚《大树》

清代大诗人袁枚写过一首七律《大树》，诗的大意是：繁茂的树枝高高地轻拂着九霄云外降下的霜雪，树荫下的房屋在炎热的夏日常常滋生难得的清凉。秋天的落叶总是铺满千亩稻田，春季花开曾经流溢久远的芳香。遇不上技艺高超的工匠，再好的木材都难以得到很好的使用，如果愿意久住深山反而寿命更长。有人问这种奇特的大树叫什么名字，它就是生长在南方的老甘棠树。

首联开门见山，描写大树的高贵品格。面对风霜雨雪，依然是生机勃勃；面对夏日炎炎，依然庇护众生。大树的高贵品格、高大形象跃然纸上。颔联则是赞颂大树一生的奉献精神，无论花开，还是叶落，都在默默地为人类作贡献。生命绽放的时候，散发悠远的芬芳；生命衰落的时候，用自己的躯体肥沃大地。颈联则笔锋一转，写大树的悲哀：大树精美的材质得不到很好的使用，纵然寿比南山又有什么意义呢？怀才不遇的悲哀引人深思。“大匠”，指能工巧匠，比喻识才用才的人主。尾联以设问的方式点明了大树的名称，即久经风霜的老棠梨树。“甘棠”，即棠梨。落叶乔木，果实甜美。《诗·召南·甘棠》：“蔽芾甘棠，勿翦勿伐，召伯所茇。”这里实际上隐含着一个典故。《史记·燕召公世家》记载：“周武王之灭纣，封召公于北燕……召公巡行乡邑（今陕西省扶风县召公镇），有棠树，决狱政事其下，自侯伯至庶人各得其所，无失职者。召公卒，而民人思召公之政，怀棠树不敢伐，歌咏之，作《甘棠》之诗。”后遂以“甘棠”称颂循吏的美政和遗爱。由此可见，诗人写大树，实质上是以树喻人。作者以大树比喻才华卓越的人。那些有伟大才能的人，若是遇不到有远大眼光的人，就不容易受到重视，就像那些大树一样，若是遇不到大匠，那些美好的木材就不会得到合理使用。“不逢大匠材难用”常用来形容那些才华卓越的人，若是得不到知音的赏识，往往一生失意落魄。

作者以大树自比，寓意深刻，更突显出他对自己一生怀才不遇的感叹。诗人24岁参加科考，得中进士，33岁即辞官回家，远离官场。近十年的宦海生涯，使他看透了封建社会官场埋没人才、摧残人才的本质。此诗是他内心世界的真实写照，甘棠树的品格即是他的人格特征，大树的境遇也是他的自况。但官场失意反而成就了诗人后半生的辉煌。袁枚是清代中叶最负盛名、最有影响的诗人，曾执诗坛牛耳近五十年，他为文自成一家，与纪晓岚齐名，时称“南袁北纪”。袁枚在考据成风的乾嘉时期，在重经学、重学问的诗坛上，主张写诗要抒写性情，反对儒家诗教，宣称“六经尽糟粕”。其古体诗创作激情澎湃，纵横恣肆，以充满生命力和创造性、洋溢着天才之气的诗作独树一帜，非同凡响。

“不逢大匠材难用”是全诗的警句，深刻揭示了胸襟宽广、眼界高远、见识卓越的人在识才用才方面的极端重要性，反映了人才使用中的客观规律。自古以来，我国古人就对“大匠”在人才发现、使用中的作用有许多深刻的论述。汉代孔鲋指出“大匠之用木也，取其所长，弃其所短”。三国时期的曹植说：“大匠无弃材，船车用不均。”意思是高明的匠人没有不可利用的材料，船行水中、车行陆上各有不同功能。南北朝刘勰说：“君子善能拔士，故无弃人；良匠善能运釜，故无弃材。”唐代诗人韩愈在《送张道士》诗中写道：“大匠无弃材，寻尺各有施。”意思是在高水平的工匠看来，木材无论大小、长短都是有用的，都能派上用场。

“不逢大匠材难用”实际上阐明的是一种用人观，才华卓越的人不遇到有大眼光、大气度、大本事的人，很难被重用。为什么这样说呢？一是“大匠”胸襟宽广，容人之短。有博大胸襟的人，天下万物都能寄托于他，他一定能将各种事物安排得合情合理。西晋陈寿在《三国志·吴书·孙皎传》中写道："爱人多容，可以得众。"这是孙权写给堂弟孙皎的信中的一句话。"多容"指的是拥有容人的气度。这句话的大意是，只有爱护属下，以宽待人，拥有容人之量，才有更多的人愿意归附。大凡优秀人才，优点突出，短处也十分明显，有高山必有深谷。容人之短对于发挥优秀人才的作用至关重要，正如左宗棠所说："非奖其长、护其短不能尽人之力。非令其优劣得所，不能尽人之用。"当然，这里所说的短处，通常是指性格特征上的欠缺，而不是道德品质，更不是具体行为。比如像商鞅、汲黯、魏征、海瑞这样的直臣，他们在人格和操守上是无可挑剔的，但在个性方面却有明显的缺陷，不见容于朝廷上下。如果不是遇上像秦孝公、汉武帝、唐太宗、明世宗这样的开明君主，他们是很难施展政治才干的。

二是"大匠"眼光高远，用人之长。在明朝理学家吕柟所著的《泾野子内篇》一书中，有一个"西邻教五子"的故事。这位"西邻"有五子，一子朴，一子敏，一子盲，一子偻（"偻"指驼背），一子跛。按照常人的思维，"西邻"定会为盲、偻、跛的三个儿子发愁，甚至夜不能寐，担心他们的未来。可是，"西邻"安排质朴的儿子去种地，安排机敏的儿子去经商，让双目失明的儿子去卜卦，让驼背的儿子去搓麻，安排跛足的儿子去纺线，并对他们从事的工作进行相应指导。结果，五个儿子各有所长、各得其所，衣食无忧。"西邻"的用人之道，在于避其所短、用其所长。一个人只有处在能充分发挥其专长的岗位上，才会干得更出色，才能有所成就。如果让水泊梁山的“黑旋风”李逵去当水军头领，而让“浪里白条”张顺当步军头领，恐怕二位好汉都无法胜任。因此，用人应根据岗位所需选拔合适人选。所谓合适人选，并不是指那些在各方面都完美无缺的人，而是指对于某个具体岗位来说最适合的人。

三是“大匠”见识卓越，集众之智。有远见卓识的“大匠”不仅能容人之短、用人之长，而且善于发现、使用不同类型人才的各自优长，实现最佳组合，取得最大效益。春秋时期齐国管仲向齐桓公推荐“五杰”便是一个突出事例。管仲向齐桓公提出：“建成大厦，决不能单凭一根木材；汇成大海也决不能仅靠几条涓涓细流。君欲成就大业必须任用五杰——举动讲规范、进退合礼节、言辞刚柔相济，我不如隰朋，请任命他为大司行，负责外交；开荒建城、垦地蓄粮、增加人口，我不如宁戚，请任命他为大司田，掌管农业生产；在广阔的原野上使战车不乱、兵士不退，擂鼓指挥着将士视死如归，我不如王子城父，请任命他为大司马，统率三军；能够断案合理公道，不杀无辜者，不诬无罪者，我不如宾胥无，请任命他为大司理，负责司法刑律；敢于犯颜直谏，不避死亡、不图富贵，我不如东郭牙，请任命他为大谏之臣，主管监察谏议。想要富国强兵有这五位就足够了，想要成就霸王之业，还要有我管仲在这里。”桓公听从管仲建议，令五人各掌其事，并拜管仲为相，组成了强有力的领导集团。后来的事实证明：这个领导集团决策英明，务实能干，君臣同心，励精图治，对内修明政治、全面改革，对外尊王攘夷，存亡续绝，终于九合诸侯，一匡天下，成就了春秋五霸之首的伟业。

第七章
人才环境篇

CHAPTER 7

算来栖凤莫非桐

君子虽穷道不穷，人生自古有飘蓬。
文章笔下千堆锦，志气胸中万丈虹。
大抵养龙须是海，算来栖凤莫非桐。
山东宰相关西将，俯仰怀贤倚暮疯。

——施宜生《题壁》

宋代诗人施宜生青年时期写了一首《题壁》，诗的大意是：君子即使穷困潦倒，追求人间道义的信心也是不会穷竭的，自古以来，一个人的人生就像风中的絮蓬飘浮不定。笔下的文章犹如千层锦绣，胸中的志气犹如万丈长虹。大抵蛟龙只能生活在浩瀚的大海，细算起来凤凰的栖息处没有不是桐树的。崤山、华山以东地区多出宰相，崤山、华山以西地区多出名将，仰慕怀念历史上的贤才让我内心狂喜不已。

首联从古代圣人贤者的本质特点入笔，表达了作者在漂泊的人生中，始终固守崇高的道德理想的坚定信念。颔联用对仗的手法表明自己有怀珠抱玉的才华和气贯长虹的志向。颈联则点明全诗的主旨，用龙生大海、凤栖梧桐作比，说明人才都是在适宜的环境中成长起来的这一道理。“算来栖凤莫非桐”，出自庄子《惠子相梁》一文：“南方有鸟，其名为鹓鸰，……非梧桐不止，非练实不食，非醴泉不饮。”鹓鸰即鸟中之王——凤凰，对生存环境有很高的要求。尾联则用历史上山东出相、山西出将的典故，表达了作者对圣贤豪杰的仰慕之情。《汉书·赵充国传赞》记载：“秦汉以来，山东出相，山西出将。”后人也曾经总结这种特殊的历史现象，从姜子牙、晏婴、诸葛亮，到萧何、曹参、王导、房玄龄……山东名相辈出，而历史上山西的名将则有关云长、吕布、董卓、庞德等。唐代诗人张九龄也有“仙宗出赵北，相业起山东”的名句。诗人施宜生写此诗时正值青壮年，踌躇满志，才华横溢，诗中充满了理想主义色彩。“文章笔下千堆锦，志气胸中万丈虹”，壮志豪情溢于言表。

施宜生是北宋政和四年（1114）进士，青年时的施宜生胸怀大志，但中进士后十几年，宋朝廷才给了一个令他无法施展才华的颍州教授之职，与他的期望大相径庭。后来施宜生因参加起义失败被流放到边远地区，心生不满，越狱逃到金国卵翼下的伪齐傀儡政府供职。1138年1月，伪齐政权被废除后，施宜生到了金国。从太常博士做起，官位一升再升，直至礼部尚书。1159年末，金国选派施宜生任贺宋正旦使到南宋，他看到南宋的百姓男耕女织，生活秩序井然，而南宋朝廷边防空虚，毫无备战的迹象。他对故园仍饱含深情，有意向南宋泄露了金兵即将南侵的机密，即使丢弃高官厚禄、面临死亡也在所不惜。回到金国后，又力劝完颜亮不要出兵，以和为贵。但他身边的随从早已将他泄密之事报告给了完颜亮，完颜亮极其震怒，将施宜生逮捕下狱。1160年4月6日，施宜生因为泄露机密而被处以烹刑。施宜生是一个悲剧性的人物，宋金两国南北对峙将他推到一个两难的险峰：一边是温婉江南的故土故人，一边是苍茫北国的妻儿；一边曾弃他辱他轻薄他，一边曾救他敬他器重他。不是负了对他有养育之恩的宋朝，就是负了对他有知遇之恩的金国，然而最终还是故土情胜过了金钱与地位，其结局也只能是在两难中赴死。

“大抵养龙须是海，算来栖凤莫非桐”一联是全诗精华所在，不仅在形式上对仗工整，而且在内容上形象生动，既反映了万物生长的普遍规律，又深刻揭示了人才与环境的辩证关系。人才与环境的关系，犹如鱼与水、鸟与木的关系。“欲致鱼者，先通谷，欲求鸟者，先树木；水积而鱼聚，木茂而鸟集。”人才对环境的选择尤其重要，《左传 · 哀公十一年》记载，孔子因卫国政治腐败，自己得不到重用决定离开。当时卫国的当权者孔文子准备出征，想听听孔子的意见，孔子说自己只懂得礼仪，不懂得打仗，并说：“鸟则择木，木岂能择鸟。”后因而有“良禽择木而栖，贤臣择主而事”之说，意思是说：好的鸟儿会选择适合自己生存的地方落脚，有才干的人会选择明智的上司去共事。

自古以来，有多少能人贤士，总期望自己能为国家和社会有所作为。岂不知个人的才能只有在适当的条件下才能够发挥出来，如果上司是个昏庸之人，你的才能不但得不到发挥，反而还会被消磨殆尽。因此，寻找一个伯乐能识人、辨才，并给你充分发挥自己才干的机会，是十分重要的。在春秋时期，有一个叫虞的小国，那儿有一个“小人物”叫百里奚，后来虞国灭亡了，百里奚到了秦国，辅佐秦穆公成为春秋五霸之一。为什么同一个人，在虞时虞亡了，而到了秦国，秦却完成霸业了呢？司马迁说，不是这个人在虞时是个笨蛋，到了秦国就变聪明了。关键在于这样的人才能不能得到使用，他的谋略会不会被采纳。

“算来栖凤莫非桐”也是对人才成长规律的深刻揭示。纵观古今中外，良好的科学文化和人文环境是人才成长的必要条件。环境条件有顺境、逆境之分。各种条件并非一成不变，在一定的条件下可以互相转化。顺境和逆境都有宏观和微观之分。宏观顺逆境指的是一个国家、一个地区、一个单位的政治、科技、文化、经济条件；微观顺逆境指的是个人生活和工作的物质、精神、经济条件；从总体上讲，顺境有利于人才的成长，逆境将会扼杀人才。鲁迅在《未有天才之前》一文中说：“想有乔木，想看好花，一定要有好土。没有土，便没有花木了；所以土实在较花木还重要。”大到一个国家，小到一个地区、一个单位，能否吸引优秀人才，取决于它能否为各类人才提供一个良性的生态环境。人才生态环境是与人才成长、开发、使用、创业等息息相关的所有要素组成的有机系统，主要包括文化环境、法治环境、市场环境、制度环境、创业环境与激励环境等。美国之所以成为世界上最强的人才大国，是与良好的人才生态环境分不开的。美国联邦政府不仅有对外国留学人员提供的高额助学金与奖学金，制定了允许有特长的专业人才留在美国的“移民法”等引进措施，更具吸引力的是，美国既拥有世界先进的高新技术优势，又能提供适宜人才发挥才干的一流的科研与人文环境，并有完备的科学管理体制，营造了自由的学术氛围和精诚的团队精神，这些综合因素才是吸引全球人才的根本所在。因此，要聚天下英才而用之，实现人才辈出的局面，就需要加快推进人才发展体制机制改革，优化科研与人文环境，培植有利于人才成长发育的“沃土”，为人才提供自由发挥智慧与才能的空间和人文精神的关爱。“昆山积琼玉，广厦构众材”，只有多栽梧桐树，才能引得凤凰来。

未必人间无好汉

国脉微如缕。问长缨何时入手，缚将戎主？未必人间无好汉，谁与宽些尺度？试看取当年韩五。岂有谷城公付授，也不干曾遇骊山母。谈笑起，两河路。

少时棋柝曾联句。叹而今登楼揽镜，事机频误。闻说北风吹面急，边上冲梯屡舞。君莫道投鞭虚语。自古一贤能制难，有金汤便可无张许。快投笔，莫题柱。

——刘克庄《贺新郎·实之三和有忧边之语，走笔答之》

宋代词人刘克庄写过一首词《贺新郎·实之三和有忧边之语，走笔答之》，词的大意是：如今国家的命脉微弱得犹如一缕细丝，不知何时才能请得长缨，将敌方首领擒缚！世间未必没有英雄好汉，只是谁能在使用人才上把规则和尺度放宽一些？若不信，请看看南宋初年的抗金名将韩世忠吧！既没有像西汉张良那样遇到名师黄石公传授《太公兵法》，也未像唐将李筌那样得到骊山老母讲解《阴符经》，但是却能在谈笑之间大战两河，成为抗金名将。想想自己少年时也曾在军营中一边下棋，一边联句，到如今只能是登楼空叹，揽镜自照，痛感频繁错失良机，白了少年发。听说北面的仇敌屡屡杀气腾腾侵犯边境，带着冲梯狂舞于边城。大家不要说投鞭断流的空话，自古以来，有贤能之臣就能克服艰难之事，不要因为有坚固的防御工事，就以为不需要张巡、许远这样的良将了。赶快投笔从戎、共赴国难吧！不要再想用文辞来博得高官厚禄。

作者刘克庄（1187 ~ 1269）是南宋末年文坛领袖，辛派词人的重要代表，词风豪迈慷慨。这首词是作者与朋友王实之的六首唱和词中的第四首，与作者其他豪放词作一样，字里行间洋溢着济世救国的豪迈激情和宏伟志向。上半阕开句“国脉微如缕”，让人顿生“千钧一发”的危急感。一个形象的比喻，说明国家的命脉已经衰微不堪了。当时，蒙古贵族屡屡攻宋，南宋王朝危在旦夕，但统治者却不思进取，嫉贤妒能。头三句将局势的危急、统治者的麻木不仁、请缨报国之士的热忱，尽情表达出来，掷地有声。接着，作者以“未必”二字起句，抒发任人唯贤的议论，并举抗金名将韩世忠为例，连用西汉张良和唐将李筌两个典故，说明即使没有承授与凭借，照样可以保家卫国、建功立业。下半阕，作者联系自己的遭遇抒怀。登楼远望，伤感之情油然而生，痛感国势日非、自己一事无成，怎能不愁肠百转、感慨万千！一声长叹，将多年来自己怀才不遇、屡屡丧失杀敌报国时机的心情，尽数迸发出来。下边两句，生动地描绘了当时边境上疾风扑面、黑云压城的情景。接着以安史之乱时张巡、许远坚守睢阳、坚贞不屈的事迹为例，点明假如没有像他们这样的良将，即使有坚固的城池也不能久守。“自古一贤能制难”再次强调了任人唯贤的重要性。最后两句既是对爱国志士的期望，也是与朋友王实之共勉。此词慷慨陈词，议论风发，笔力雄壮，极尽抑扬顿挫之致。词中运用了大量典故，自然贴切，寓意丰赡。这是宋末词坛上议论化、散文化与形象美、情韵美相结合的代表作。

“未必人间无好汉，谁与宽些尺度？”是全词的名句，抒发了作者对南宋小朝廷埋没人才、重用佞臣的愤懑之情，表达了作者怀才不遇的悲愤之意。刘克庄一生仕途坎坷，宦海浮沉，时进时退，“前后四立朝”，但时间都很短暂，多数时间被贬斥出守外郡。作为一个关心祖国命运而又在政治上屡受打击的诗人，他只有“夜窗和泪看舆图”(《感昔二首》)，感慨“书生空抱闻鸡志”(《瓜洲城》)。他有不少诗歌抒发忧时的孤愤：“忧时元是诗人职，莫怪吟中感慨多。”(《有感》) 发出不被朝廷重用的哀叹：“叹年光过尽，功名未立；书生老去，机会方来。”作者一生壮志未酬的悲凉情怀溢于言表。

“未必人间无好汉，谁与宽些尺度？”也是对用人规律的深刻揭示。古训说，“金无足赤，人无完人”；人非圣贤，孰能无过？察人用人，均应扬长避短，“不以一眚掩大德”。正如晋代葛洪所说：“役其所长，则事无废功；避其所短，则世无弃材。”识人用人，关键是要“宽些尺度”，才能人才辈出、人尽其才。一是要有识人的慧眼。东汉史学家荀悦在《申鉴》中提出用人有“十难”：“惟恤十难以任贤能。一曰不知，二曰不进，三曰不任，四曰不终，五曰以小怨弃大德，六曰以小过黜大功，七曰以小失掩大美，八曰以讦奸伤忠正，九曰以邪说乱正度，十曰以谗嫉废贤能。是谓十难。十难不除，则贤臣不用，用臣不贤，则国非其国也。”这里讲的“十难”，不是用人之难易，而是用人之禁忌。其中“三忌”(即“以小怨弃大德”“以小过黜大功”“以小失掩大美”)实质上是识人之难，归结起来就是识人用人要独具慧眼，不要因小失大、以偏概全、求全责备，否则，天下将无才可用。

二是要有用人的气度。历史上，曹操与袁绍两人的用人气度不同，导致不同的结局。官渡之战前，曹操南征刘备，袁绍智囊田丰主张袭其后背，袁绍却因爱子之死而伤心难过，迟迟不肯发兵，田丰无奈扼腕叹息。等到曹操北伐，袁绍出兵决战，田丰又劝袁绍不宜决战定胜负，而应诱其深入，游击其后。袁绍不听，还以扰乱军心的罪名把田丰羁押下狱。结果官渡之战袁绍大败，落荒而回，恼羞成怒，竟把田丰杀了。袁绍在官渡之战失败后，忧愤而死。其继承人袁尚逃往北方的乌桓，曹操决定举兵征服。但是乌桓远在塞北，山高路远，敌军又兵强马壮，曹操有些踌躇不决。这时谋士郭嘉献策说，可以放弃辎重，轻装越山奔袭，出其不意，速战速决。许多大臣都觉得太过冒险，纷纷反对。但是曹操觉得有道理，于是亲自指挥奔袭作战，结果大胜而归。回来后，曹操下令调查当初反对征伐乌桓的人都有谁，大家惶恐不安。不料曹操却对这些人大加奖赏，并希望以后仍然多多进言，不要有什么顾虑！当然对郭嘉更是器重有加了。正是因为曹操大度用人，袁绍手下大量的名臣良将才都云集到曹操麾下，这是曹操战胜袁绍的根本所在。

三是要有容人的雅量。“海纳百川，有容乃大”，人上一百，形形色色。选人用人，切忌“一把尺子量到底”，要因人而异，因事择人。大凡杰出人才往往是偏才、怪才，难免会有一些特立独行、不讨人喜欢的毛病，甚至有些狂妄和任性，只要在尊重其人格的同时适当予以检点，就能最大限度地发挥其聪明才智。倘若缺乏察人之识、容人之量，只见玫瑰之刺，不赏玫瑰之艳，那些瑕不掩瑜的偏才，就会因受到冷落或压抑而被埋没。特别是在一些专业领域，非术业有专攻的偏才不足以胜任，就更应不拘一格，不计小节，择其特长而用之。四是要营造宽容、宽松的用人环境。大凡有点棱角的人才，往往会被上司憎厌，被同僚排挤。如果缺乏宽松的人际环境，人才就会被排斥、压抑，难以脱颖而出、发挥作用。同时，人才往往有一股闯劲，敢为前人所未敢为之事。于是就难免会有失误乃至失败，就难免遭人嫉恨，甚至被诬陷打击。对此，就要多些耐心，多些爱心，多些热诚，多些包容。尤其在困难之际，更要伸出保护之手。不以一时之成败论英雄，更不能“一棍子打死”。只有“宽些尺度”，才可能“天下英雄尽入吾彀中”。

不及林间自在啼

百啭千声随意移，山花红紫树高低。
始知锁向金笼听，不及林间自在啼。

——欧阳修《画眉鸟》

北宋文坛领袖欧阳修曾写过一首《画眉鸟》，又题作《郡斋闻百舌》。诗人借咏画眉以抒发自己的性灵。诗的大意是：千百声的鸟啭，随着自己的心意鸣放，回荡在那山花万紫千红绽放、林木高低有致的山林中。这才明白以前听到那锁在金笼里面的画眉叫声，远远比不上悠游林中时的自在啼唱。诗的前两句写景：画眉鸟千啼百啭，一高一低舞姿翩翩，使得姹紫嫣红的山花更加赏心悦目。后两句抒情：看到那些关在笼里的鸟儿，真羡慕啼啭在林间的画眉鸟，自由自在，无拘无束。

此诗作于庆历七年（1047）春，其时作者正在贬居滁州任上。轰动一时的“庆历新政”失败后，政治革新人物范仲淹、杜衍等人先后被贬官外任。欧阳修为他们鸣不平，积极上书申辩，引起朝中保守派的极大不满。同年，又借他妹妹的女儿行为不检为由，大做文章，将他贬谪滁州，在滁州期间，他虽然寄情山水，超脱物外，看似抱着旷达的胸怀，但实际上他深感压抑，心情异常苦闷。当他目睹笼中的画眉鸟任人摆布，不得自由时，进而想到林间的画眉鸟可享受大自然的优美春光，自由自在；由于环境不同，其鸣声似亦不同。作者由物及人，深有感触，于是寄情于鸟，借物抒怀，写下了《画眉鸟》这首极负盛名的小诗。写画眉实是写自己，画眉鸟的百啭千声表达的是归隐山林、不受羁绊的心曲。看山花烂漫、叶木葱茏，管什么金带紫袍；无限的欣喜快慰如山间清流泻出，洗尽俗尘，只余下悦耳的音韵流转。全诗运用了对比手法：前两句（写自由自在，任意翔鸣的画眉）与后两句（写陷入囚笼，失去了自由的画眉）构成鲜明对比。可见他对“林间自在啼”多么欣赏，又以“锁向金笼”与之对比，更见出诗人挣脱羁绊、向往自由的心情。

这是一首咏物诗，既不同于咏花赏鸟的消闲之作，又有别于一般咏物寄情的诗，它本是一首含有深邃理趣的哲理诗，是一首追求人生自由的颂歌。诗中通过对画眉鸟自由生活的赞美，抒发了诗人被贬官外任后的忧郁情怀，表现了诗人向往和追求自由生活的热切愿望。同时，也表达了诗人对束缚个性、压抑人才的种种拘束与禁锢的强烈憎恶和否定。在本诗中，那个“锁”字赫然在目，令人产生深长的联想。在欧阳修生活的时代，欧阳修是一位疑古思潮的带头人，他发出过不少对传统成说的怀疑，并在一些理论思考方面有所突破。他这样一个追求自由独立研究的政治家兼学者，在追求真理方面，总会有对多方人才、浩瀚知识之饥渴，对广阔世界之向往。作者网罗天下人才的“雄心”是极大的，他为了求得那些“往往伏而不出”的人才，力图通过“布衣野老”“阴求天下之奇士”（《释秘演诗集序》）。此外，欧阳修在个人生活方面，有张扬个性与多样化的倾向，他那“乐于其间”的“藏书一万卷，集录三代以来金石遗文一千卷，有琴一张，有棋一局，而常置酒一壶”（《六一居士传》）的生活，充分显示了其丰富的精神生活和在自由天地中陶冶性情的价值取向。他的这种对知识与多方面生活情趣的追求，显然与其对于林中画眉鸟的花样翻新的自在啼叫之欣赏交相辉映。如果将此首诗歌的博大精深之性质作进一步联想、延伸，还可以发现另一种关于蓬勃春意的诠释。首二句的“百啭千声随意移，山花红紫树高低”，正是对充满生机活力的春天的精美描述。一鸟独鸣不是春，一花独放难成春，只有百鸟齐鸣、百花齐放，才是真正的春天。因此，对“始知锁向金笼听，不及林间自在啼”之句，可以理解为不要把鸟儿（不仅是画眉）锁在金笼里，应将它们放飞，让它们在广阔的林木中自由自在地飞翔鸣叫，就是势所必至、理所当然的了。

这首诗深刻揭示了人才成长的一个普遍规律：只有在自由宽松的环境中，人才的个性才得以张扬，聪明才智才得以尽情发挥，才能形成人尽其才、才尽其用的生动活泼局面。正如画眉鸟在山林间自由跳跃，随意鸣啭，其生命状态是本真的，展示生命的方式是自在的、丰富多彩的。反之，如果缺乏自由宽松的环境，为各种不合时宜的典章规则、繁文缛节所制约，人才的个性和创造活力就会受到严重抑制，人才的作用也难以充分发挥出来。正如锁在金笼里的画眉鸟，生命受到束缚，啼鸣单一。也许在外人看来，“金笼”内的环境优越，条件优厚，不愁吃喝，在这样的环境里应该感到幸福才是。其实不然，画眉鸟被锁在金笼里，失去了生命的活力，啼叫都是不自在的。人才在成长中，不是也面临着一个又一个被锁进金笼的诱惑吗？这金笼有金钱、名誉和地位，也有各种明规则、潜规则和不合时宜的体制机制，这些都会导致人才失去生命的活力和创造力。

人的全面自由发展是社会进步的动力，自由宽松的社会环境是人才活力充分迸发的重要保证。无自由则无创新，相对宽松和自由的环境，是创新人才尽情挥洒创造活力的前提条件。1560年，瑞士钟表匠布克游览埃及金字塔后，作出一个石破天惊的推断：金字塔的建造者不是奴隶，而是一批欢乐的自由人。因为只有身心愉悦的自由人，才能有如此精湛的工艺。2003年，埃及最高文物委员会证实：金字塔是由自由身份的农民和手工业者建造的。当前，我国正在实施创新驱动发展战略，关键是要培养造就一支规模宏大、结构合理、素质优良的创新人才队伍。创新人才的培育，离不开自由宽松的社会环境。没有各类人才发挥才干的自由空间，创新之树就难以常青。实践证明，人才的创新活力不是管出来的，不是靠行政计划安排出来的，更不是简单靠财政资金扶持出来的，而是“放”出来的。只有破除“官本位”、行政化的人才管理体制，加快推进政府部门转变职能，向用人主体放权、为人才松绑，把人才从各种陈旧落后的思想观念桎梏中解放出来，从各种不合时宜的政策樊篱和制度羁绊中解放出来，使人才走出形形色色的“金笼”，到自由宽松的“林间自在啼”，才能不断激发人才的创新激情和创造活力，为创新驱动发展提供有力的人才支撑。

但开风气不为师

河汾房杜有人疑，名位千秋处士卑。

一事平生无齮龁，但开风气不为师。

——龚自珍《己亥杂诗》

清代诗人龚自珍的《己亥杂诗》中有一首七绝，诗的大意是：自古以来就有人怀疑唐朝名相房玄龄、杜如晦是不是出自河汾王通门下，人只要有了名位，便可千载流传不废，而没有身份的学者贤士，却总是被人瞧不起。我平生只有一件事是幸运的而没有招致毁伤，那就是我只以著书立说来开启一代风气，绝不招生聚徒、好为人师。

“河汾房杜有人疑，名位千秋处士卑”两句是借典说事，借古讽今，引用世人怀疑王通不可能是名相房玄龄、杜如晦的老师的事例，表达诗人饱尝世态炎凉的切肤之感。“河汾”，是指隋末山西名儒王通，博学而有济世之才，曾隐居黄河汾水之间讲学授徒，门人达千数。传说唐代许多开国功臣如房玄龄、杜如晦、魏征、李靖等皆出自其门下，天下一时以“河汾门下”为荣。“处士”，指隐居不仕的文人，这里是指王通。“一事平生无齮龁，但开风气不为师”两句则直抒胸臆，表明诗人一生追求真理、不追名逐利的高风亮节，即使身处重利轻义、重名轻才的污浊社会环境中，依然执着于“但开风气”的理想，不好为人师。“齮龁”（yǐ hé）是指牙齿相咬，引申为攻击他人。全诗针对后人对王通事迹的怀疑，感慨世人只重名位，不重真才实学，流露出对清朝统治者猜忌、迫害知识分子现状的不满。龚自珍写《己亥杂诗》时，正当鸦片战争的前夕。他看到国是日非，读书人只一味地学讲师承，文宗流派，这些都无益于国计民生，更重要的应是唤人觉醒，打破万马齐喑的沉闷局面。

“但开风气不为师”是龚自珍的名句，意思是说只求能够开启一代新风气，绝不自为人师，在学术、事业上只求创新，不图名利。这个名句常用来赞美那些开创时代风气的领军人才，能够引导社会或学术领域走进一个更新更美的境界。在“但开风气不为师”的感召下，清末至民国初年，涌现出了一大批文化人物：梁启超、蔡元培、陈独秀、胡适、李大钊、傅斯年、鲁迅……这些名字如群星璀璨，照亮了中国近代思想史的天空。辛亥革命后的六七年内，跟龚自珍的时期有些相似。反动的封建势力步步不肯退让，接连不断地演出袁世凯称帝、张勋复辟的闹剧。人们的思想窒息，生活麻木，在阴暗而闭塞的屋子里，迫切需要打开窗子放进新鲜的空气。正是在这一背景下，新文化运动应运而生，为一大批优秀文化人才的产生创造了时代条件。

“但开风气不为师”这一闪耀着人生光芒的诗句，成为激励近代无数优秀人才成长的座右铭，也成为一个时代大师级人才的典型标识。在中国近代史上最为突出的代表是梁启超、蔡元培、胡适等。从19世纪90年代至20世纪初叶，梁启超一直活跃在中国近代思想舞台的中心，对晚清民初的政治、思想和学术的变迁产生了极其深远的影响。他那颇具魔力的生花妙笔，曾经打动和征服了几代中国人，尤其是“五四”一代的新知识分子，几乎没有一位不是吮吸其思想养分而成长起来的。自清末参与维新变法起，梁启超始终沉浸于引领时代思想的激越和亢奋之中，世人的期许，个人的设计，两者交互推动，驱使其永不甘寂寞，不断捕捉新知、投身新潮。在《清代学术概论》中，他自诩“新思想界之陈涉”，但其抱负实不止于此。梁启超的终极人生理想，并非做有如马克斯·韦伯所谓的“以学术为业”的专业知识分子，而是想跻身于王阳明、顾炎武等大儒的行列，“但开风气不为师”，成为启蒙时代的思想大师。梁启超曾说“至于将来能否大成，大成到什么程度，当然还以天才为之分限。我平生最服膺曾文正两句话：‘莫问收获，但问耕耘。’我一生学问得力专在此一点，我盼望你们都能应用我这点精神。”

在所有新文化运动参与者中，“庇护人”蔡元培可以说是最为关键的人物之一。正是以1917年1月蔡元培到北京大学任校长为起点，新文化运动才真正有了实在的阵地，新旧两个阵营最活跃的思想者们因他而会集在了同一场域。陈独秀受蔡元培之邀任北大文科学长，将《新青年》移至北京，胡适、鲁迅、钱玄同、刘半农等陆续加入编辑部，北大内外，围绕新思想和白话文运动，形成了中国近代文化最活跃的争论和变革的局面。蔡元培一直坚持“教育救国”理念，无论是担任教育总长、北大校长还是“中研院”院长，都努力推动中国现代教育和科学事业的发展。他扶大厦之将倾，一改老北大的腐败局面，明确大学不是“官僚养成所”，而宗旨在于“研究高深学问”，使现代意义的“大学”真正出现于中国文教制度中。他秉持“思想自由，兼容并包”的理念，推动学术、思想的发展，提出了“五育并举”的教育方针，第一次将美育写入中国的教育方针政策；主持制定了一系列规章制度，完善了教育行政管理体系；积极推动“中央研究院”的建立，形成国家一级科学体制；尤其是营造了宽松的学术氛围，使各种思想相互碰撞，马克思主义在中国的发展也得益于此。由此形成的“北大”精神气质，对近代整个高等教育界乃至一个时代都产生了深远影响。美国教育家杜威曾高度评价说：“拿世界各国的大学校长来比较，牛津大学、剑桥大学、巴黎大学、柏林大学、哈佛大学、哥伦比亚大学等，这些学校的校长中，在某些学科上有卓越贡献的，不乏其人。但是，以一个校长身份，而能领导那所大学，对一个民族、对一个时代，起到转折作用的，除蔡元培而外，恐怕找不出第二个。”

胡适在现代中国学术史上有着极其重要的地位，开创了许多第一。在文学革命方面，胡适厥功至伟，是他首先发出了“文学革命发难的信号”，在《新青年》上发表《文学改良刍议》一文，提出有名的“八不主义”；也是他最先在《建设的文学革命论》中提出，“要在三五十年内替中国创造出一派新中国的活文学”。在实践方面，他出版了中国新文学初期的第一部白话诗集——《尝试集》，并最先用白话文翻译欧洲的短篇小说，其中包括高尔基、契诃夫、莫泊桑、都德、斯特林堡等不同国籍著名作家的作品；他也是提出戏剧改良的第一人，他所创作的《终身大事》，被视为中国话剧的开山之作。胡适利用其名望，把握时势，积极推动新文化运动，遂在文化界开辟了一个时代，对当时的中国社会的确起了开风气的作用。但他对自己有较为客观的评价。1924年，他在答章士钊的一首诗中写道：“但开风气不为师，龚生此言吾最喜。同是曾开风气人，愿长相亲不相鄙。”尽管这是胡适的应酬之作，然而“但开风气不为师”，的确是胡适对自己在现代中国思想和学术史上之地位的自我定位和价值评估。

浮世近来轻骏骨

战国苍茫难重寻，此中踪迹想知音。
强停别骑山花晓，欲吊遗魂野草深。
浮世近来轻骏骨，高台何处有黄金。
思量郭隗平生事，不殉昭王是负心。

——罗隐《燕昭王墓》

唐代诗人罗隐写了一首七律《燕昭王墓》，诗的大意是：硝烟迷茫的战国时代已经很难重新找寻了，但其中留下来的历史踪迹却能找到自己的知音。强行将坐骑停在昭王的墓前，这种复杂的心情只有山上的野花知晓，想去凭吊的昭王遗魂却被野草深深地埋藏。近年来，浮躁的尘世越来越不重视千里马的骏骨，黄金台也不再有用来招揽人才的黄金了。回想当年燕昭王对郭隗的知遇之恩，而最终郭隗没能为昭王殉职，的确有点愧对良心啊！

首联开宗明义，点明拜谒燕昭王墓的本意是想从历史的遗迹中寻求心灵的慰藉，表明诗人在现实生活中很孤独，“恨无知音赏”，只能从历史人物中去寻觅知音。在历史与现实的对比中，诗人怀才不遇的痛苦心情跃然纸上。颔联采用借喻的手法表达了诗人对燕昭王的敬仰之情和惆怅之意。一个“强”字将不可遏制的崇敬心情表露出来，这种情感只有山花才能理解。可惜燕昭王那惜才如命的英雄气魄已被历史的深草所掩埋，求贤若渴的时代精神已荡然无存。颈联则是全诗的要旨所在。“骏骨”比喻杰出人才，“高台”指的是黄金台。《战国策·燕策一》记载，郭隗用买马作喻，说古代有人用五百金买千里马的马头骨，因而在一年内就得到三匹千里马，以此劝燕昭王厚币以招贤，燕昭王遂筑黄金台以招揽天下英才。诗人借此典故与轻贤弃才的残酷现实进行对比，表达了诗人对“黄钟毁弃，瓦釜雷鸣；谗人高张，贤士无名”的社会现实的愤慨之情，感叹世无燕昭王，批评当时朝廷轻贱人才。“轻骏骨”“何处有黄金”可以说是对当时社会风气的深刻讽刺！尾联采用反讽的手法讽喻当世，发出深深的感慨。诗句表面上是指责郭隗深受燕昭王筑黄金台的知遇之恩却不能以身殉葬，实质上是批评唐王朝的文武大臣，占据高位，享受厚禄，却不思举荐人才，为国效力。作者利用郭隗的典故，论证社会风气的不正，即士为知己者死的思想已经淡化，表达出了作者的无奈之情。全诗借古以讽今，对古代圣王的怀念，正是对现实君王的抨击，说明现实社会缺少像燕昭王这样求贤若渴的圣明君主。特别是结尾二句是画龙点睛之笔，以婉转哀怨的笔调，表面上是写昭王之不可见，图霸之不可求，国士的抱负之不得实现，只得挂冠而归，实际是诗人抒发自己报国无门的感叹。

诗人罗隐（833～909）本名横，字昭谏，余杭人，是唐末文学家、诗人，与唐代文学家罗邺、罗虬合称“江东三罗”。因“貌古而陋”“乡音乖刺”“恃才忽睨，众颇憎忌”，不为公卿所喜。自28岁至55岁，凡十次举进士均不第，遂改名罗隐，自号江东生。光启三年（887）谒镇海节度使钱镠，以所作《夏口诗》投赠，其中有句云：“一个祢衡容不得，思量黄祖谩英雄。”罗隐终于遇到“知音”，为吴越王钱镠所用，历任钱塘令、司勋郎中、给事中等职。罗隐才华横溢，忧国忧民，思想进步性极强，遗憾的是命运多舛、屡试不中，以至于报国无门，空有一身抱负却不得施展，才华横溢却难遇伯乐。正是因为其坎坷的人生经历，为其进行咏史诗创作提供了丰富的素材。他的咏史诗以古人之所典，抒今人之所哀。当代文史大家袁行霈曾评价说：“晚唐诗人则是用一切皆无法常驻的眼光，看待世事的盛衰推移，普遍表现出伤悼的情调。”罗隐的咏史诗常常以独特的视角来审视王朝的更替，从而抒发自己对历史变迁和王朝兴衰的真知灼见，客观上也提高了其咏史诗的文学价值。

“浮世近来轻骏骨，高台何处有黄金”是全诗的警句，用燕昭王筑黄金台招贤纳士的事典，深刻揭示了历史上朝代兴衰的一个重要原因就是是否尊重人才。战国时期的燕国本非小邦，但传到燕昭王父亲手里时，因接班人安排不当发生内乱，险些被齐国所灭。昭王继位后，决心让燕国强大起来，于是便求教于郭隗。郭隗说，把贤臣当老师来敬重，才能成为“帝”；当朋友来相处，才能成为“王”；当宾客来礼遇，才能成为“霸”；那些把贤臣当奴才使唤的，差不多都成了亡国之君。昭王问，哪里有值得尊为老师的贤人呢？郭隗没有急于提供答案，而是先给昭王讲了“千金买骏骨”的故事，然后说，像他那样一个平凡没有才干的人，如果被昭王当成师长敬重，还怕天下士人不闻风而往吗？昭王欣然应允，遂以弟子身份礼拜郭隗，并筑台于易水东南，放置千金以招天下之士。燕昭王爱才敬贤的名声不胫而走，风传天下，各国才士争先恐后奔赴燕国，乐毅、邹衍、剧辛等杰出人才竞相归燕。一时之间燕国人才云集，昭王如虎添翼，燕国很快富强起来。在与齐国的交战中，燕国半年时间连下70余城，一直打到齐都临淄。但昭王去世后，其子惠王不肖，赶走了上将军乐毅，以致燕国由盛转衰。尊重与不尊重人才，结局截然不同。昭王修筑黄金台，迎来了燕国的黄金时代；而当黄金台辉煌不再时，燕国也就走向了衰败。从此，燕昭王筑台招贤的史实，成了中国历代尊重人才的最佳范例，也是那些怀才不遇者最向往的人生境界。李白曾慨叹：“君不见昔时燕家重郭隗，拥彗折节无嫌猜。剧辛乐毅感恩分，输肝剖胆效英才。昭王白骨萦蔓草，谁人更扫黄金台！”由此可见，国家兴盛的根源之一就是尚贤事能、尊重人才。

“浮世近来轻骏骨，高台何处有黄金”也揭示了招贤聚才关键是要形成重才爱才的社会风尚的深刻道理。从经济基础与上层建筑的关系上说，一个国家能否长盛不衰、长治久安，很大程度上取决于民心向背、民风善恶。一个社会重贤爱才风尚的形成，既要靠教育，更要靠教化，根子在用人。所谓教化就是“教行于上，化成于下”，上行下效而蔚然成风。贤者在位，率先垂范，能者在职，为人师表，民间风尚也就会趋于良善。倘若用人不贤，奸佞当道，就会腐败恣肆，流毒天下，以致世风败坏，社会动乱，国将不国。所以班固说：“伤化败俗，大乱之道也。”范仲淹也说：“得贤杰而天下治，失贤杰而天下乱。”举贤良与化民风是相辅相成的。贤才的典范作用能促进社会风尚的转变，教化的推广又为培育贤才提供了广泛的社会基础。对此，北宋政治家王安石在《材论》中曾有深刻论述：“天下之患，不患材之不众，患上之人不欲其众；不患士之不欲为，患上之人不使其为也。夫材之用，国之栋梁也，得之则安以荣，失之则亡以辱。”他认为，之所以出现“轻骏骨”的社会风气，主要责任在统治者。一是妄自尊大，以为依靠自身的权力就可以“去辱绝危，终身无天下之患，材之得失无补于治乱之数”。二是骄横无礼，认为“爵禄贵富足以诱天下之士，荣辱忧戚在我，吾可以坐骄天下之士”。不仅不敬重人才，甚至还摧残人才。三是自以为是，“不求所以养育取用之道，而谡谡然以为天下实无材”。招贤聚才的核心是要有重才爱才的诚意，燕昭王筑黄金台并非真的是用黄金买人才，而是重才爱才的诚意感动了天下之士！“高台何处有黄金”实际上感叹讽喻的是重才爱才社会风尚的缺失。

化作春泥更护花

浩荡离愁白日斜，吟鞭东指即天涯。
落红不是无情物，化作春泥更护花。

——龚自珍《己亥杂诗》

清代诗人龚自珍的《己亥杂诗》中有一首著名的七绝，诗的大意是：辞官离开京城，走在回家乡的途中，面对着夕阳西下，心中充满着无限的离愁别绪，而今扬鞭东去，从此走向天涯海角。纷纷扬扬的落花不是无情的东西，它会化作春泥培育出更多更美的花儿。

全诗分两个层次，第一个层次："浩荡离愁白日斜，吟鞭东指即天涯。""浩荡"本是形容自然辽阔广大的，这里与"离愁"相连，表明诗人此时此刻离别京城的愁绪无边。"白日斜"在中国古典诗歌中往往喻指思亲恋乡的情绪。"吟鞭"即挥动马鞭，"鞭"前加一个"吟"字，是因为诗人在途中，一边策马行进，一边吟诗。这两句把叙事和抒情有机结合起来，融情于事。前一句写惆怅无限，后一句又超脱出来，表现出一种豪放洒脱的气概。这正是诗人复杂心情的表现，为后两句抒发情感、表达心志奠定了更加坚实的思想基础。从艺术手法上来看，上句写天，下句写地，“白日斜”与“天涯”意象的运用，不但营造出天涯海角的空间感，而且描写出了诗歌广阔的审美境界。第二个层次：“落红不是无情物，化作春泥更护花。”诗人笔锋一转，视线由远而近，面对着眼前的“落红”，诗人一反“落花风雨更伤春”“无可奈何花落去”的伤感情绪，表现出一种更为积极的思想情感。“落红”即落花，是诗人自况。龚自珍因被迫辞官回乡，故自比为落花，不但形象，而且也很恰当。后一句中的“花”字，突出的是一个“新”字，也就是比喻新人。诗人的离别之情在此就转入抒发报国之志。在艺术手法上，诗人对比喻和拟人修辞手法的充分运用，以及巧妙地将抒情和议论有机结合，更好地表现了诗人的政治抱负和个人志向，也形象地表达了诗人复杂的内在情感。

龚自珍是清代启蒙思想家、史学家和著名的文学家。27岁中举人，道光元年（1821）官内阁中书，任国史馆校对官。道光九年（1829），始成进士，而官至礼部主事。道光十九年（1839），龚自珍出任京都礼部，为官二十多年，积极从事政治改革，以解决当时日益深化的社会危机，主张抵御外侮，维护国家主权。但由于清王朝政治腐败，因此人才受到压抑，面对这一切，诗人在无可奈何中辞官南归。归途中，正值暮春时节，日暮风起，无数残花纷飞。诗人触景生情，写下了这首诗。诗中以花儿离开树枝比喻自己辞官回家，但离开树枝的花儿即使不在树上了，也要落在树下化作春泥“更护花”，从而表明自己即使离开了朝廷，也会做一些力所能及的事，为国家培育新的人才，使国家这棵大树更加繁茂。这是诗人心迹的表露、情感的升华。诗人通过以花喻己，不但使诗歌形象生动、表意含蓄、耐人思索，而且使诗歌的审美意蕴更加深刻，情感更加丰富。这使人不由得想起龚自珍的另一首诗：“九州生气恃风雷，万马齐喑究可哀。我劝天公重抖擞，不拘一格降人才。”社会的发展、国家的富强需要人才，这是身处清代末年的龚自珍对积弱积贫现实的清醒认识。对于一个爱国诗人来说，他虽然不满朝政而辞官离京，但还是始终不忘为国效力，充分表现出了诗人为国家无私奉献的高尚情怀和强烈的爱国主义精神。

“落红不是无情物，化作春泥更护花”成为千古名句，是因为它体现了古往今来育才护才的最高境界和无私情怀。在我国古代人才史上，“爱才护才”的佳话不乏先例。春秋战国时期，齐桓公重用管仲成就霸业就是生动的事例。鲍叔牙与管仲是莫逆之交，但各为其主，成了敌对的好友。管仲追随公子纠，曾差点射死公子小白（后来的齐桓公）。鲍叔牙拥立公子小白登上君位后，小白要抓管仲以泄射钩之恨，鲍叔牙说：如想成就大业，管仲不可缺少。小白采纳了鲍叔牙的建议，拜管仲为相。鲍叔牙举贤不避亲，小白用贤不避敌，管仲辅佐齐桓公创立了春秋第一霸业，管鲍之交成为千古美谈。《史记》评价说："天下不多管仲之贤而多鲍叔能知人也。"意思是说天下人不称赞管仲的贤能，但却称颂鲍叔牙能够识别人才。由此看来，爱才护才比人才自身的贤能更重要。秦汉之际，韩信辅佐刘邦赢得天下也是一段惜才护才的佳话。韩信原本是项梁手下的一个小兵，项梁死后，跟了项羽，但项羽霸气无比，根本不把小小的韩信放在眼里。韩信一气之下投奔了刘邦。刘邦开始也没怎么看得上他，只给了他一个小官。韩信因违反军规被抓起来砍头，就在要砍的瞬间，遇到了将军夏侯婴，把他解救了下来。作为一个犯过法的低级军官，就算不死，本来也没什么希望了，却在这时候又遇到了识才爱才的丞相萧何。萧何见他谈吐不凡，很有见地，就积极地向刘邦推荐。但是刘邦仍没把韩信看上眼，只让韩信去当了一个管粮的小官，韩信干得不愉快，再次逃离，萧何惜才如命，"月下追回韩信"，并力谏刘邦设"拜将台"拜韩信为大将。韩信果然不负厚望，屡建奇功，成为刘邦平定天下的"三杰"之一。

"化作春泥更护花"，不仅体现在育才荐才上，更体现在人才遭遇排挤陷害时能得到有力的保护上。历史上燕昭王为保护大将乐毅而除掉小人就是例证。燕昭王登上王位后，筑黄金台招贤纳士，拜魏国的乐毅为亚卿，联合多国部队伐齐，一路上所向披靡，连克七十余城，只有即墨和莒城围攻一年未果。乐毅撤军到九里外扎营，休养生息。过了三年，这两座城还是没攻下来。当时，大夫骑劫对屈居乐毅之下心里早就不平衡了，总想借机取而代之。于是就唆使太子姬乐资向昭王进谗说，乐毅想倚仗军威，收买人心，以图称王于齐。昭王对乐毅信任有加，闻言大怒，一边令人鞭笞太子，一边骂他忘恩负义。后来，又有人到昭王面前挑拨离间，非议乐毅。昭王觉得，不严惩小人不足以刹住诽谤之风，也不利于能臣良将建功立业。于是下令将诽谤者推出斩首示众，并告诫群臣，如再有诽谤乐毅者，一律格杀勿论。乐毅非常感激昭王对他的信赖和厚爱，终生辅佐燕国，鞠躬尽瘁，死而后已。大凡优秀人才都有一个显著特征，就是易招致小人嫉恨。综观历史上许多能臣良将，往往因为受小人排挤迫害而含冤千古，如屈原、岳飞等。由此可见，信任并尊重干事业的人才，使之放心大胆干事，尤其需要严厉惩处那些嫉贤妒能的小人，以“化作春泥更护花”的胸怀，倾力净化和打造有利于人才顺利成长的政治文化生态。

第八章

人才时运篇

CHAPTER 8

英雄时至适成名

梁宋遗墟指汴京，纷纷代禅事何轻。

也知光义难为弟，不及朱三尚有兄。

将帅权倾皆易姓，英雄时至适成名。

千秋疑案陈桥驿，一著黄袍遂罢兵。

——查慎行《汴梁杂诗八首·其四》

清代诗人查慎行写过七律组诗《汴梁杂诗八首》，反映的是古代汴梁曾发生的重大历史事件。其中第四首诗的大意是：古都汴梁曾是五代后梁和北宋的京城，发生了许多禅让政权的大事，怎么可以轻视呢？大家都知道赵光义作为宋太祖的弟弟很为难，不如朱温还有一个仁义的兄长。将帅一旦掌握大权就会改朝换代，真正的英雄只要时机到了就会顺应时势成就盖世功名。陈桥兵变已经成了千古疑案，(怎么)赵匡胤黄袍一朝加身，契丹就罢兵休战了？

首联反映了唐宋之间“五代十国”藩镇割据、群雄并起、政权相继更迭的时代特点，特别是王位“禅让”现象尤其突出，当时传位于养子者不下十余起，是以往未曾出现过的社会现象。此外，“兄终弟及”（舍皇子而传皇弟）、“议立长君”（舍皇嫡子而立年长的庶子）之类的王权更迭在当时更是屡屡出现，不下二十余起，蔚成风尚。颔联则用对比的手法，将助兄夺位的赵光义与责兄夺唐朝天下的朱全昱加以对比，暗讽赵家的不仁义。朱三即朱全忠，又名朱温。史料记载，后梁太祖全忠与宗戚饮酒酣醉，其兄全昱视帝曰：“朱三，汝本砀山一民，奈何一旦灭唐家三百年社稷！”颈联则点明了全诗的要旨，“将帅权倾皆易姓”，这是唐末宋初一个普遍的社会现象。赵翼的《廿二史札记》有“五代诸帝多由军士拥立”条。《旧五代史·安重荣传》讲：“天子，兵强马壮者当为之。”五代共53年，更换了八姓十四君，大都是领军将领搞的政变。比如楚王马殷、吴王杨行密等都是将帅称王，后来徐知诰又篡吴王位吞并楚国建立南唐；西南方面，王建以大唐节度使称帝，后被李存勖部将孟知祥所灭建立后蜀；最典型的是后汉开国之主刘知远，本是河东节度使，只因契丹耶律德光南侵，整个后晋只剩他一支武装力量，遂一跃而改朝换代，凡此种种不胜枚举，真所谓“将帅权倾皆易姓”！“英雄时至适成名”则揭示了“江山易姓”的内在动因。唐末五代时期，藩镇跋扈、禁军骄横的混乱政局，为群雄并起创造了难得的机遇，也为“陈桥兵变”的发生提供了适宜的气候。尾联则用契丹罢兵的虚假性质疑赵匡胤黄袍加身的合法性，柴荣之子柴宗训“禅让”赵匡胤远不同于郭威因无子“禅让”外甥柴荣，“陈桥兵变”

不过是一场有预谋的军事政变而已。全诗以议论为主，颇见功力，字里行间透露出深刻的历史洞见。

“英雄时至适成名”一句是全诗的核心，既反映了五代十国时代变迁的内在特点，又揭示了历史上江山更迭、时势造就英雄的普遍规律。唐末五代时期，社会关系的一个最为积极的变化，就是汉魏以来影响中国达数百年之久的门阀政治彻底终结。所谓“五代以还，不崇门阀”，“五季以来，取士不问门第，婚姻不问阀阅”，等等。随着门阀政治的终结，以往那种“上品无寒门，下品无世族”“士庶天隔”，即由世家大族世代垄断政权的局面完全改观，封建政权的开放程度大大提高。这就为一般的庶族阶层甚至为贫寒的社会底层成员提供了较多的际会风云的机缘。所以，与汉魏之际和隋唐之际的“乱世英雄”多为名门豪强不同，唐宋之际的“乱世英雄”几乎全为出身贫寒、“起家低微”的社会底层成员。如后梁太祖朱温、后唐庄宗李存勖、后晋高祖石敬瑭、后汉高祖刘知远、后周太祖郭威等五代名君，或出身于“牧猪”“掠鸡”之家，或从小就为战争流浪儿，不但“素无家世”，有的甚至连姓氏都不知道。“十国”的皇帝、国主亦大致如此。至于将相大臣，亦几乎清一色地来自寒门。如后周郭威出身贫寒，绰号“郭雀儿”，从普通士兵做起，十余年后竟成为后周的开国皇帝。门阀政治的瓦解和社会底层成员在政治上的广泛崛起，也使五代时期的社会心理和价值观念发生了深刻变化：人们广泛推崇白手起家，自我奋斗，所谓“少提一剑去乡里，四十年后将相还”；较为看重个人的才干、功业，而门第、血缘、家世观念则大为淡漠。受这种时代风气的影响，五代时期高层政治生活也相应地发生了突出变化。当时各国的最高统治者在考虑皇位传承时，常常能在一定程度上突破家族、身世乃至血缘的局限，更多地着眼于接班人的功业、才干、经验及阅历。如朱温有六位亲子在世，且大都成年，但却始终坚持传位于“年最长而有才干”的养子朱友文（原姓康名勤）。当代史家吕思勉曾称此事为“颇见其大公之举”。这种行为既反映出一种不重血缘身世，而重功业才干的判断标准，也反映出某种社会心态。这种用人标准和社会心态，无疑是“陈桥兵变”的深层社会根源。

“英雄时至适成名”也是对时势造就人才的规律的深刻揭示。时代的需要是人才辈出的社会动力，人才个体成长需要内动力，即人的理想、志趣等；社会大批人才和一个时代的人才成长，除了内动力，还必须有社会动力，这就是时代的需要。特定的社会需要是人才出现的原动力，社会需要的满足要靠人才，包括一些伟大人物，社会需要对大量人才的出现具有催生效应。人才发展史告诉我们，在社会大变革时期，往往人才辈出。之所以会出现这种现象，是由于变革时期社会需要的广度、强度比其他时期大，因而这个时期人才的涌现呈波峰状态。比如春秋战国时期，在由奴隶制向封建制转变的社会条件下，代表新的生产关系的地主阶级迫切需要从政治、军事、经济、文化等方面进行变革，这一时期便先后出现了管仲、子产、晏婴等政治家；孙武、吴起、乐毅、孙膑、白起等军事家；苏秦、张仪、范雎等外交家；孔丘、庄子、老子、墨翟、韩非等思想家；屈原、左丘明等文学家。再如，欧洲文艺复兴时期，在资本主义开始萌芽的社会条件下，新兴资产阶级为获得统治地位，迫切需要用新的人文思想去摧毁教会与封建势力的统治进行社会启蒙，因而涌现了大批思想文化巨人，使该时期成为一个“需要巨人并且产生了巨人的时代”。当代中国，正处于实现中华民族伟大复兴的关键时期，也必将迎来一个人才辈出、群星璀璨的新时代。

运去英雄不自由

抛掷南阳为主忧，北征东讨尽良筹。
时来天地皆同力，运去英雄不自由。
千里山河轻孺子，两朝冠剑恨谯周。
唯余岩下多情水，犹解年年傍驿流。

——罗隐《筹笔驿》

唐末诗人罗隐写过一首七律《筹笔驿》，诗的大意是：诸葛亮因刘备三顾茅庐去请他，舍弃了在南阳悠闲的隐居生活，出来辅佐刘备建功立业，为主公分忧。北征东讨，运筹帷幄，谋划了许多治国良策。时运来时天地都同心协力相助，借来东风烧战船助力赤壁大战，时运不济时即使是大英雄也难以自作主张，就像关羽、张飞都早死了，不能帮助诸葛亮北伐。蜀国千里大好山河被孺子阿斗轻松地断送了，刘备和后主两朝的文臣武将无不痛恨劝后主投降的谯周。现在只剩下碧岩下多情的溪水，还知道年年顺着当年的驿亭流过，似乎在怀念一代英杰诸葛亮。全诗从筹笔驿着眼，以时运为主线，精辟概括了智圣诸葛亮一生的功过成败。“筹笔驿”，在今四川广元北，相传诸葛亮出兵攻魏，就在这里筹划军事。

首联开门见山，勾勒出诸葛亮为蜀国鞠躬尽瘁、不辞辛劳的形象。“尽良筹”一语双关，既点明了筹笔驿的地名，又突显了诸葛亮充满智慧的特征。颔联为全篇的主旨，表达了“谋事在人，成事在天”之意。前一句暗含诸葛亮出山后的奠基之作——赤壁之战。针对天下纷争的复杂局势，诸葛亮审时度势提出“联吴抗曹”的方略，面对曹操南下的百万大军，在敌我实力悬殊的情况下，凭借长江天险，借东风火攻曹军战船，利用天时地利获取胜利，所以说“天地皆同力”。后一句则暗指北伐中原失利之事，正像李商隐同名诗《筹笔驿》里所说的：“关张无命欲何如？”指明诸葛亮北伐受挫是因为少了关羽、张飞这样的大英雄，可谓时运不济。颈联采用对比手法寄托对诸葛亮的怀念之情，用昏君庸臣葬送大好河山徒留遗恨之事衬托诸葛亮的忠诚与功绩。诸葛亮死后，魏将邓艾率军攻蜀，谯周劝后主投降了，蜀国大好河山就此葬送。“两朝冠剑”指的是刘备和后主两朝的文臣武将，其实主要是指诸葛亮，他既管政事，又管军事，可以说是两朝冠剑。他如地下有知，一定是恨谯周的。尾联归结到筹笔驿，用拟人手法写山岩下的流水，借景抒情，原本无情的流水也变得如此多情，日日夜夜围绕驿亭流淌着，仿佛在怀念诸葛亮，更何况人呢？此联寄情于流水，余韵无穷，把抽象的情感写得具体形象，委婉深沉，耐人寻味。罗隐通过《筹笔驿》，对诸葛亮一生的事业，作了冷静而又客观的总结——从走出南阳辅佐刘备到北伐运筹帷幄，从赤壁之战借助天时地利大捷到时运不济北定中原大业受挫。此诗在这些史实中寄寓了诗人对诸葛亮忠智的赞扬，对英雄人物命运的感叹，奠定了全词的情感基调。诸葛亮可以"为主忧"，可以"尽良筹"；后人可以责难"千里山河轻"的阿斗，可以非议"两朝冠剑恨"的谯周。但是，历史的潮流从来不以人们的意志为转移，这正是"时来天地皆同力，运去英雄不自由"。

罗隐是唐末著名平民诗人，他本来希望能够为国为民有所建树，自信终有一日会"执大柄而定是非"，达到"佐国是而惠残黎"的目的，但是当时社会现实极端黑暗，一般知识分子根本没有出路，罗隐也不例外，他"十上不中第"，一生穷愁潦倒。《筹笔驿》中的"时来天地皆同力，运去英雄不自由"两句诗，是他对自己一生命运的深刻写照，将思想和艺术完美地结合了起来，诗艺达到了极高的水平，成为千古名句，后人竞相效仿。清代诗人孙原湘《霸王之墓诗后》颈联"时来雉亦烹功狗，事去人争笑沐猴"，就是拟其意旨、仿其句法。元代杂剧作家金仁杰《追韩信》第二折也有"时运未来君休笑，太公也作钓鱼人"之句。清代余成教《石园诗话》说："昭谏（罗隐字）《筹笔驿》诗，亦七律中最佳者，议论亦颇似义山。"毛泽东也非常喜欢这两句诗，并将它与清代诗人严遂成的两句诗组合成一首七绝："时来天地皆同力，运去英雄不自由。风雷帐下英雄在，鼓角灯前老泪多。"可以说这是毛泽东晚年内心世界的真实写照。

“时来天地皆同力，运去英雄不自由”揭示了时运在人才成长中的规律性特征。所谓谋事在人，成事在天；机不可失，时不再来。万事皆求天时地利人和，若不能慧眼识辨，机遇就会转瞬即逝。历史上圣帝、明君、贤臣、霸主之所以能够成就王霸之业，关键就在于抓住机遇，把握时机。“发机之要，实资于时”，抓住机遇的关键在于时。“进而得时，亦机也，退而得时，亦机也；取而得时，亦机也，舍而得时，亦机也；语而得时，亦机也，默而得时，亦机也。”进退、取舍、语默得时，即是得机，失时必然失机。得机与失机的效果截然不同。“君子得其机，则仇雠变为心腹……失其机，则亲昵反为勍敌。”比如，尧成为圣帝，在于“取圣之机”；舜成为明君，在于“取时之机”；周公成为贤臣，在于“取贤之机”；嬴政成为霸主，在于“取霸之机”。机遇是可遇而不可求的。它像凤毛麟角，稀罕至极，三国时期的周瑜就曾慨叹过：万事俱备，只欠东风。《孟子·公孙丑上》曾引用齐国谚语：“虽有智慧，不如乘势；虽有镃基（锄头），不如待时。”中国类似的谚语还有“顺势而为”“伺机而动”“到什么山上唱什么歌”；禅宗慧海禅师讲“该吃饭时就吃饭，该睡觉时就睡觉”，讲的也都是这个道理。

“时来天地皆同力，运去英雄不自由”，也深刻总结了历史上杰出人物的兴衰成败规律。综观历史上的杰出人物，无一不是适应时代的需要涌现出来的。时势造就人才，这是历史唯物主义的人才观，也是社会人才成长的总体规律。秦末楚汉之争就是生动的事例。刘邦在危急关头总有一些运气转危为安，可谓“时来天地皆同力”。如彭城大战刘邦惨败，被楚军里外围了三层。就在此时，狂风从西北方向刮起，摧折树木，掀毁房舍，飞沙走石，刮得天昏地暗，白天变成了黑夜，向着楚军迎面扑来。楚军大乱，队阵崩溃，这样，刘邦才得以带领几十名骑兵慌忙逃离战场。而曾经叱咤风云、称霸天下的项羽，在垓下之战一败涂地，不得不上演一出《霸王别姬》，可谓“运去英雄不自由”。《史记·项羽本纪》记载：项王军壁垓下，兵少食尽，汉军及诸侯兵围之数重。夜闻汉军四面皆楚歌，项王乃大惊曰：“汉皆已得楚乎？是何楚人之多也！”项王则夜起，饮帐中。有美人名虞，常幸从；骏马名骓，常骑之。于是项王乃悲歌慷慨，自为诗曰：“力拔山兮气盖世，时不利兮骓不逝。骓不逝兮可奈何，虞兮虞兮奈若何！”兵败时，项羽仰天长叹：“此天之亡我，非战之罪也。”这可以说是一世英雄“时不我与”的最后悲歌。历史固然可以不以成败论英雄，但“运去英雄不自由”的悲剧却屡屡上演，这是不可违背的历史铁律。

时平谁敢说雄才

虎啸猿啼万壑哀，北风吹雨过山来。
人从井底盘旋上，天向关门豁达开。
地险昔曾当剧贼，时平谁敢说雄才？
煎茶好领闲僧意，知是芒鞋到几回！

——查慎行《度仙霞关题天雨庵壁》

清代诗人查慎行写过一首七律《度仙霞关题天雨庵壁》，诗的大意是：群山万壑之间虎啸猿啼，哀声一片，北方的大风将寒雨从山顶上吹过来。经过千折百回，我终于从山底攀登上来，关门外的青天在我眼前豁然开朗。险要的地势曾经阻挡过多少关外的敌人，和平的时代谁敢说自己是称雄一世的人才。喝着僧人煎煮的香茶才领会其中的深意，一生不知道能有多少次机会穿着草鞋来到这里。这是诗人旅途行役之作。“仙霞关”，在今浙江省江山市南仙霞岭上，此岭为闽浙交界处的大山，是由浙入闽的必经之路。“天雨庵”即在仙霞关附近。

首联先声夺人，渲染风雨中度关的凄凉氛围，虎啸猿啼，哀壑流响，使行人心惊魄动，奠定了全诗的基本格调。颔联是用比喻、对比的手法写登关的艰辛和喜悦。以“井底”比喻山路的陡峭，十分新颖，“盘旋上”则写千回百折而上，用字凝练。然后笔锋一转，陡换一境，写自己来到关门，青天白云“豁达开”，心境为之一振，攀山的艰辛早已抛向九霄云外，笔法可谓大开大阖。“关门”即指仙霞关。颈联触景生情，发表议论，由“地险”而回想起昔年扫平“剧贼”之事。“剧贼”是指康熙十三年（1674）到十五年（1676）间，耿精忠叛清，仙霞关一带曾经有战事，发生了许多英雄故事。然而时过境迁，和平年代很难再有雄才大略的人物出现了。“地险”与“时平”形成鲜明对比。尾联则卒章显其志，表达了诗人归隐山林的心情。“芒鞋”就是草鞋，一介平民的代指。作者对僧人悠闲生活的渴望，实质上是对现实处境的不满。查慎行所处的时代，已是康熙大一统的盛时，英雄无用武之地，因而他发出了“谁敢说雄才”的喟叹。作为汉族士大夫的诗人，必然有难言之隐、亡国之痛。雍正初年，其弟查嗣庭侍郎，坐讪谤伏法。作者亦被牵连入诏狱，幸得放归。从诗人的经历我们就不难理解末二句归宿到天雨庵、淡淡作结的情怀。

查慎行诗学东坡、放翁，尝注苏诗。他以“空灵”创新为尚，其诗工于刻画锻炼，又多采用白描手法。袁枚《论诗绝句》称其诗“一味白描神活现，画中谁似李龙眠”，拟之以北宋画家李公麟。清初诗人多学唐，查慎行崛起后，兼学唐宋，成为清初效法宋诗最有成就的作者，对诗坛影响极大。查慎行的七律，多以清新取胜，此诗却是雄伟的风格，但仍然是以白描的手法出之，不使用一个典故。其后辈论诗以为“诗之厚，在意不在辞；诗之雄，在气不在直；诗之灵，在空不在巧；诗之淡，在脱不在易”（查为仁《莲坡诗话》。清代因闹文字狱，诗人很少有慷慨陈词、指点江山的大手笔，大多是应酬来往、流连风光、排遣情怀的小巧之作，读了虽不能使人生发挟泰山以超北海的豪情，却多了几分亲切温煦感。有人认为他是可与白居易、陆游并肩的著名诗豪。

“时平谁敢说雄才”是全诗的警句，深刻揭示了“时势造英雄”的人才成长规律。历史上人才辈出的时代往往是风云激荡、改天换地的变革时代，如春秋战国百家争鸣、三国时期群雄争霸，都涌现了一大批具有雄才大略的优秀人才。而在歌舞升平、偃武修文的和平时期，则很难出现为人称道的英雄人物。晋代的刘渊少有大志，在他很小的时候就曾经说过这样一句名言：“吾每观书传，常鄙随、陆无武，绛、灌无文。二生遇高皇而不能建封侯之业，两公属太宗而不能开庠序之美，惜哉！”意思是：我每次看史书，常常鄙视随何、陆贾缺少武力，周勃、灌婴没有文化，随何、陆贾这两个书生在汉高祖打天下的时代不能领兵打仗，封不了侯；周勃、灌婴两个武夫在汉文帝治天下的时代不能帮助皇帝教化百姓，岂不可惜！而聪明的刘渊眼见晋国皇帝昏聩，“司马氏骨肉相残，四海鼎沸，兴邦复业此其时也”，便抓住西晋王朝杨骏专权、贾后乱政、八王之乱、祸起萧墙的时机，建立大汉政权，自称是汉室的外甥，一切开国制度都按照汉朝旧例。追尊安乐公蜀汉后主刘禅为汉怀帝，准备出兵征伐中原。司马越、司马腾遣将与之交战，接连失败。于是北方辽阔的疆域，渐渐成为刘渊的牧马场，汉王刘渊也就成了中国历史上第一个少数民族皇帝，死后被称为汉光文帝。

“时平谁敢说雄才”也反映了人才成功机遇的时效性和周期性。人才成功机遇的时效性表现在：机遇瞬息万变、错综复杂，一旦错过，机遇便不再是机遇了，它可能变得一文不值。反之，一事当前，如果能够明察秋毫、仔细分析、善于发现和把握别人发现不了的各种各样稍纵即逝的机遇，那么，机遇必定会给人才事业带来巨大的好处和意想不到的收获。“机不可失，时不再来”，时机对人才事业的成败来说是一个极其重要的条件。司马迁在《史记·太史公自序》中写道：“有法无法，因时为业；有度无度，因物与合。故曰圣人不朽，时变是守。”圣人的事业之所以永存不灭，就在于他能把握时势的变化。我们只要能够把握人才机遇的变化，“待时而动”，往往就能够取得事业的成功。

同时，人才成功机遇也有周期性。唯物辩证法认为：世界上的一切事物都有一个逐步发展、壮大、衰退的过程，这个过程叫作事物的生存周期。机遇作为一种有利事物出现的信息资源，也存在这样一个类似的生存周期，包括机遇资源从萌芽、发生、发展、高潮、衰退直到消亡的全过程。机遇的周期性实际上是由事物发展的客观规律所决定的，事物发展一般有三个阶段：潜伏期、高潮期、衰退期。在每一个时期内，机遇都发生着由量变到质变的转化，机遇资源的可利用度也随着时间的变化而变化。只有善于把握机遇周期性变化的规律，人才成功的概率才会提高。“时平”正是机遇周期性变化进入衰退期体现出来的典型特征。在现代社会中，由于信息的传播效率和速度大大加快，机遇信息的更新频率不断提升，机遇的可利用周期将大大缩短，这既提供了更多的机遇“窗口期”，又增加了把握利用机遇的时机的难度，如果能在机遇的潜伏期更早地发现事物的苗头和端倪，在机遇的高潮期果断地抓住事物的本质乘势而为，在机遇的衰退期因势利导、化危为机，就能推动人才的成批涌现，形成人才辈出的良好局面。

德尊一代常坎轲

诸公衮衮登台省，广文先生官独冷。甲第纷纷压粱肉，广文先生饭不足。先生有道出羲皇，先生有才过屈宋。德尊一代常坎轲，名垂万古知何用！杜陵野客人更嗤，被褐短窄鬓如丝。日籴太仓五升米，时赴郑老同襟期。得钱即相觅，沽酒不复疑。忘形到尔汝，痛饮真吾师。清夜沉沉动春酌，灯前细雨檐花落。但觉高歌有鬼神，焉知饿死填沟壑。相如逸才亲涤器，子云识字终投阁。先生早赋《归去来》，石田茅屋荒苍苔。儒术于我何有哉？孔丘盗跖俱尘埃！不须闻此意惨怆，生前相遇且衔杯。

——杜甫《醉时歌》

唐代大诗人杜甫写过一首七言古诗《醉时歌》，全诗可分为四段，前两段各八句，后两段各六句。从开头到“名垂万古知何用”这八句是第一段。前四句用“诸公”的显达地位和奢靡生活来和郑虔的卑微穷窘对比。“衮衮”，相继不绝之意。“台省”，指中枢显要之职。“诸公”未必都是英才，却一个个相继飞黄腾达，而广文先生却“才名四十年，坐客寒无毡”。这四句，一正一衬，对比鲜明而强烈，突出了“官独冷”和“饭不足”。后四句诗人以无限惋惜的心情为广文先生鸣不平。论道德，广文先生远出羲皇。论才学，广文先生超过屈宋。这样一个德才兼备的人，仕途却总是那么坎坷，生活总是那么饥寒。“德尊”，指德高望重的人，比喻杰出的人才。“坎轲”，即坎坷。第二段从“广文先生”转到“杜陵野客”，写诗人与友人郑广文的忘年之交和深厚友谊，二人像涸泉中的鱼，相濡以沫。他们经常推心置腹、共叙怀抱，开怀畅饮，聊以解愁，达到了“忘形到尔汝，痛饮真吾师”的境界。“杜陵野客”是杜甫自称。“襟期”即襟怀、志趣。“褐”泛指粗布衣服。第三段六句是全诗的高潮，前四句樽前放歌，悲慨突起，乃为神来之笔。后二句貌似宽慰，实为愤激。司马相如可谓一代逸才，却曾亲自卖酒涤器；才气横溢的扬雄就更倒霉了，因友人获罪被株连，被逼得跳楼自杀。诗人似乎是用才士薄命的事例来安慰朋友，实际上是针砭轻才贬才的时弊。第四段六句，是诗人聊作自慰的解嘲之语，说无论圣贤还是不肖之徒，最后都难免化为尘埃。既然仕路坎坷，怀才不遇，那么儒术又有何用？何不珍惜此生我们的相遇，把酒喝个痛快。诗人借酒解嘲，不但体现了放逸傲岸的风度，也表达了旷达中的愤激之情。全诗在艺术上节奏鲜明，情韵深厚；起承转合，结构严谨；对比排句，运笔如风；充分体现了杜诗“豪放不失蕴藉、悲慨无伤雅正”的诗风。

这首诗大概作于天宝十四年（755）春，此时已经是杜甫困守在长安的第十个年头，由于仕途坎坷，社会黑暗，诗人的牢骚愤怨自然也与日俱增。根据诗人的自注，这首诗是写给好友郑虔的。郑虔是当时有名的学者，其诗、书、画被唐玄宗评为“三绝”。天宝初，被人密告“私修国史”，远谪十年。回长安后，任广文馆博士。其性情旷放绝俗，又喜喝酒，杜甫很敬重他。两人尽管年龄相差约二十岁，但交往很密，成忘年之交，加之二人都怀才不遇，更有知己相逢恨晚之感。此诗既反映了他们肝胆相照的深沉情谊，又表达出那种抱负远大而又沉沦不遇的焦灼苦闷和感慨愤懑之情。今天读来，还使人感到“字向纸上皆轩昂”，畅快淋漓，生气满纸。

“德尊一代常坎轲”是全诗的警句，深刻揭示了杰出人才的成长充满艰辛坎坷的规律性现象。历史上大凡杰出人物，成长都不会一帆风顺，而是几经挫折、几经磨难。正如古罗马诗人贺拉斯所说：“逆境使天才脱颖而出，顺境会埋没天才。”莎士比亚也曾说：“多灾多难，百炼成钢。”我国古人也有相关论述：“良骏败于拙御，智士踬于暗世。”（葛洪《抱朴子》）“天下之事，不有所摧挫则不能以有成。”（陈亮《汉论·高帝朝》）“成名每在穷苦日，败事多因得志时。”（明·陈继儒《小窗幽记》）在这方面，我国古代最典型的代表人物就是“千古圣人”孔子，他的人生经历跌宕起伏，既有事业的辉煌，也有人生的低谷，概括起来有“三落三起”。“一落”是悲惨的童年，屈辱的青年。孔子的父母双方不是正式嫁娶，孔子从小只能跟随母亲生活，由于家境穷困及出身低贱，他的童年和青年都是在大人的冷眼、伙伴们的讥笑中度过的。“一起”是发愤自学，创办私学，扩大影响，“曲线从政”，终得鲁昭公的格外关照，官费留学，实现了人生第一次辉煌。“二落”是鲁昭公倒台，孔子失去靠山，便跑到齐国，企图得到齐景公的重用，可遭到齐国相国晏婴等人反对，孔子再次当官无望，陷入了人生的低谷。“二起”是他51岁时来运转，鲁定公和执政的季桓子看中孔子的名气，让他当了中都宰（邑长）。一年之内，连升三级，由中都宰到司空（工程长官）再到大司寇（治安司法长官），最后还当过鲁国的代理国相，这是孔子人生最辉煌的时期。“三落”是孔子做官好景不长，鲁定公十二年（前498），孔子为了打击鲁国大贵族手下的家臣势力，发起“堕三都”行动失败，55岁的孔子被迫开始了长达13年的流亡生活，饱受颠沛流离之苦，也就是历史上著名的孔子周游列国，这是孔子一生中最失落的时期。“三起”是孔子回到鲁国后，弟子已满天下，号称“弟子三千，贤人七十二”。因他德高望重，生活优渥，便潜心办学，整理典籍，形成了中国最大的儒家学派，删订《诗》《书》《礼》《乐》《易》《春秋》“六经”，终成大器，成为一代伟人。

在我国革命和建设史上，一代伟人毛泽东、邓小平也曾经历“三起三落”的艰难岁月。毛泽东的“三起三落”主要发生在瑞金。第一落是在1931年11月的赣南会议上，遭到以李立三为首的“左”

倾冒险主义的党内错误批判，他的红四军总前委书记的职位被解除，失去了在红四军里“党的领导权”。第二落是翌年10月，后方的中央局一味坚持“左”倾冒险主义的“积极进攻路线”，再次对毛泽东的策略横加指责，解除了其军事指挥权。第三落是1934年1月，当时的中共中央总书记博古（秦邦宪）积极推行王明的“左”倾冒险主义路线，对毛泽东的路线横加指责、无情批判，撤掉了他中央人民委员会主席一职，使他失去了在政府中的领导权。这样，毛泽东先后丧失党权、军权和行政领导权，变成了一个无职无权的“普通一兵”。毛泽东是卓越的政治家和天才的军事家，他的“被边缘化”，使党中央和红军蒙受重大损失、陷入重重危机，迫使中央红军进行二万五千里长征。这一沉痛教训，也促使红军将士在残酷的斗争实践中觉悟起来，终于遵义会议在事实上确立了毛泽东在党中央和红军的领导地位，使中国革命重新走上充满希望的胜利之路。

邓小平的“三起三落”则贯穿他的一生。第一次“落起”是在30年代初期中央苏区时，由于以博古为代表的中央临时政府推行“左”倾冒险主义，29岁的邓小平因反对他们的“城市中心论”遭批斗，并一度被关进监狱，所有职务都被撤销，并受到党内最严重警告处分。第二次“落起”是“文化大革命”期间，邓小平全家被下放到江西新建拖拉机修造厂劳动改造。这是邓小平一生中感到最痛苦的时期。1973年，在毛主席、周总理的关心支持下，邓小平的国务院副总理职务得以恢复。第三次“落起”是在1976年，“批邓、反击‘右’倾翻案风”运动将邓小平再次打倒。直到1977年7月党的十届三中全会前夕才获得第三次解放。毛泽东曾对邓小平有过中肯的评价，说他“绵里藏针”“人才难得，政治思想强”。外国人称邓小平是“永远打不倒的小个子”。美国心理学家戴埃曾说：“伟人之所以伟大，关键在于：当他与别人同处逆境时，别人失去理智，他则下决心实现自己的目标。”可以说，“德尊一代常坎轲”是历史上伟大人物和杰出人才的共同标识。

古来才命两相妨

中路因循我所长，古来才命两相妨。
劝君莫强安蛇足，一盏芳醪不得尝。

——李商隐《有感》

晚唐著名诗人李商隐写过一首七绝《有感》，诗的大意是：我本来应该按照自己的长处走一条更中正（即不投机）的道路，自古以来才华越高的人命越不好。劝君不要画蛇添足，否则，一杯美酒都喝不着了。诗的第一句“中路因循我所长”，是作者人到中年对自己人生道路的反思，当初没有凭借自己的才华获得人生成功，却想在官场中左右逢源，追悔之意溢于言表。“中路”，即中途。“因循”，悠游闲散之意，为“争名”“趋竞”的反面。诗的第二句“古来才命两相妨”，意为自古以来，一个人的才华与命运，常常是要相克相妨的。命运总是捉弄那些才华卓越的英雄。一个人的才能和命运是什么关系呢？一般来说，在社会环境正常的情况下，才能和命运成正比，即才能越高，命运越好。但在社会环境异常的情况下，才能和命运成反比，即才能越高，命运越糟糕。这句诗从表面上看，似乎是看穿了命运的无情，事实上则是作者对现实人生所发出的不平之鸣，借此发泄内心血泪交融的悲愤与痛苦。诗的第三、第四句引用画蛇添足的典故自警警人，典故引自《战国策》："楚有祠者，赐其舍人卮酒，舍人相谓曰：'数人饮之不足，一人饮之有余，请画地为蛇，先成者饮之。'一人蛇先成，引酒且饮，乃左手持卮，右手画蛇曰：'吾能为之足。'未成，一人蛇成，夺其卮曰：'蛇固无足，子安能为之足。'遂饮其酒。"李商隐以此隐喻自身的人生际遇，并提醒别人：不要画蛇添足，否则易生枝节，好好的中正大路不走却想着走捷径，容易走错，最后也没有好结果。

"古来才命两相妨"是全诗的警句，也是作者一生的真实写照。李商隐的一生有着太多的坎坷、抑郁和孤苦。从18岁踏入仕途到离开人世的30年中，他有20年辗转于各地幕府，追求功名，远离家室，沉沦下僚。"虚负凌云万丈才，一生襟抱未曾开"，这是晚唐诗人崔珏在《哭李商隐》中对李商隐一生的最好总结。比起唐代许多杰出诗人来，他更是生不逢时。在他短短47年的生命历程中，竟经历了唐宪宗、唐穆宗、唐敬宗、唐文宗、唐武宗和唐宣宗六个王朝，帝王如走马灯似的更迭，昔日辉煌的大唐帝国此时已经江河日下、日暮西山了。藩镇割据、宦官专权、朋党之争，唐朝社会的所有政治弊端都集中在这个时候，更何况李商隐还是"牛李党争"的直接受害者。19岁他因文才深得牛党要员、太平军节度使令狐楚的赏识，引为幕府巡官。25岁进士及第，26岁受聘于李党骨干泾源节度使王茂元，被辟为书记。王爱其才，招他为婿，因此他遭到牛党的排斥。此后，李商隐便在牛李两党争斗的夹缝中求生存，辗转于各藩镇幕府当幕僚，郁郁而不得志，潦倒终生。李商隐一生的尴尬处境都在于此：恩师是牛党，却去拜了李党的岳父，在牛李之争中被双方都认为是投机者和背叛者，为此付出了一生的代价。所以这首诗实际上写的是他自己的故事，故而后人也评之曰："低摧吞吐，字与泪俱"。此"泪"非儿女情长之泪，而是一个失败、无能的男人流下的身世之泪、感遇之泪。

"古来才命两相妨"也是古往今来对人才现象的一个精辟概括：大凡才华横溢的人，往往命途多舛。这句诗本出自司马迁《史记》卷八十四及卷一二七中的"自古才命两相妨"，用来形容一位天才型的人物——贾谊。他懂得天文地理、人文命理，是个绝顶聪明的才子，18岁就崭露才华，22岁被汉文帝任命为博士，一年之中，又被破格晋升为太中大夫。他在百官中年龄最小，当时国家法令的更改、地方官的任命，几乎全都操纵在这个天才手中。汉文帝对贾谊很器重，想把他升擢为公卿，但遭到群臣的反对。此后，汉文帝开始有意疏远贾谊，并将他派去当长沙王的太傅。在政治上被贬谪的贾谊辞别京城，来到了地处偏远的长沙，心情非常不好，常常拿自己与屈原作比，写下了千古流传的《吊屈原赋》。后因汉文帝思念远在长沙的贾谊，将他召进皇宫拜为梁怀王的太傅。可惜梁怀王刘揖不幸坠马而死，贾谊认为自己作为太傅没有尽到责任，非常伤心。一年以后，因伤感过度而亡，死时年仅33岁。贾谊一生虽然短暂，却为中华文化宝库留下了一份珍贵的文化遗产，其骚体赋代表作有《吊屈原赋》《鹏鸟赋》，政论作品有《过秦论》、《治安策》和《论积贮疏》。《史记》评论贾谊死得早，是因为才华太高。历史上还有许多大才子也往往仕途不济、怀才不遇，比如唐朝的李白、杜甫。故而李白有“大道如青天，我独不得出”“古来圣贤皆寂寞”的诗句；杜甫有“文章憎命达，魑魅喜人过”“古来材大难为用”的诗句；等等。

“才命两相妨”有时也不完全是由于外部环境的影响，人才自身的素质品行也是影响才能发挥的重要因素。“李广难封”就是一个例证。“飞将军”李广是西汉名将，他力搏猛虎，身经百战，威震敌胆。但这样一位功高盖世的将才，却终生未酬封侯之愿。其中一个重要原因是李广行为凶狠、心胸狭窄。他在做陇西太守时，羌人反叛，他曾将被诱降的八百多人全部杀死。他还利用手中的权力将阻拦醉酒的他于城门之外的霸陵尉斩杀。李广的命运不济表明，人之成才需要有过人的才华，同时也需要厚德容物的宽广胸怀。宋代诗人苏泂有“叹天生李广，才气无双，不得封侯”的诗句。历史上还有的人才因为生理缺陷而“才命相妨”。清朝的大才子纪晓岚就因为“貌寝短视”而未能被乾隆真正重用。“貌寝”指相貌丑陋，“短视”就是近视眼。这位大学士不光有这些缺点，还有口吃的毛病。在乾隆以貌取人的用人标准下，这些先天不足让纪晓岚吃了大亏。清史家邓之诚先生说乾隆用人“颇以貌取，文达（纪晓岚）貌寝短视，且江北人，故不为纯帝（即乾隆）所喜”。乾隆对身边近臣，不但要求这些人机警敏捷，聪明干练，而且要相貌俊秀，年轻帅气。因此，即便纪晓岚再才华横溢，也难以做乾隆的宠臣、重臣，难以参与重大的政治决策，只能以文字安身立命，做乾隆的词臣。纪晓岚在69岁那年自题一副挽联：“浮沉宦海如鸥鸟，生死书丛似蠹鱼。”其中蕴含了他对自身命运的喟叹，也是他毕生经历的真实写照。总之，“古来才命两相妨”反映了人才成长过程中的规律性现象，有许多历史经验值得深刻总结。

风虎云龙，兴王只在笑谈中

伊吕两衰翁，历遍穷通。一为钓叟一耕佣。若使当时身不遇，老了英雄。

汤武偶相逢，风虎云龙。兴王只在笑谈中。直至如今千载后，谁与争功！

——王安石《浪淘沙令》

北宋著名改革家王安石写了一首咏史词《浪淘沙令》。上阕写伊尹和吕尚两位老者，一生经历了困窘不得志和通达显扬两种截然不同的处境。当年吕尚（姜尚、姜子牙）是江边的钓鱼翁，伊尹是别人家中耕田的奴隶，如果没有得遇明主，英雄老死也无人知晓。下阕写商汤偶然得到了伊尹，周武王偶然与吕尚相逢，二人有了施展才能的机会后，在谈笑之间就帮助商汤、周武王成就了统一天下的伟业。那差一点老死世间无人识的衰翁，从此名扬天下，虽历千年，可谁又能与他们比较功劳的大小？

全词表面上写的是伊尹、吕尚的故事，实际上是在用典寄志，委婉地抒写个人的理想和抱负。伊尹名挚，尹是后来所任的官职。他是伊水旁的弃婴，成人后在有莘（今河南开封）农耕。商汤娶有莘氏之女，伊尹作为奴隶陪嫁给商汤。后来，汤擢用他灭了夏，伊尹成了商的开国功臣。伊尹初为“小臣”，后执国政，协助商汤伐夏桀，被尊为阿衡、保衡，是夏末商初重要的政治家、军事谋略家，商灭夏的主要筹谋者。吕尚，姜姓，字子牙，号“太公望”。传说他直到晚年还是困顿不堪，只得垂钓于渭水之滨。有一天，恰值周文王出猎渭水，君臣才得遇合，他先辅文王，继佐武王，终于成就了灭商兴周之大业。伊尹与吕尚都是大器晚成，很老了才被重用。

这首词歌咏伊尹和吕尚“历遍穷通”的遭际和名垂千载的功业，以抒发作者获得宋神宗的知遇，政治上大展宏图、春风得意的豪迈情怀。它不同于一般古代诗人词客那种笼统空泛的咏史作品，而是一个政治家鉴古论今的真实思想感情的流露。全词通篇叙史论史，实则以史托今，蕴含作者称赞明君之情。伊、吕二人的经历并不是一帆风顺的，他们都是先穷而后通，度过了困窘之后才遇到施展抱负的机会的，所以说他们“历遍穷通”；吕尚显达的时候，年岁已老了，所以称作“衰翁”。伊尹佐汤时年老与否，书无明文。此处并言“伊吕两衰翁”，是连类而及。封建时代的士人由穷到通，总有一定的偶然因素、侥幸成分，也就是说，能够由穷到通的毕竟是少数。值得深思的一句是：“若使当时身不遇。”

当伊、吕为耕佣、钓叟之时，假如不遇商汤、周文王，则英雄终将老死岩壑。伊、吕是值得庆幸的，但古代更多的士人的命运却是大可惋惜的，因为那些人没有被发现、被赏识、被任用的机会，他们是“老了”的英雄，亦即被埋没了的英雄。此处也流露出作者幸遇明君的暗喜之情。

下阕中“汤武偶相逢”一句中的“偶”已经点明了“君臣遇合”的偶然性，可是，一旦能够遇合，就会出现“风虎云龙”的局面。“风虎云龙”语出自《易经》:“云从龙，风从虎，圣人作而万物睹。”意思是说，云跟随着龙出现，风跟随着虎出现，人世间如果出现了圣明的君主，人才就有充分发挥作用的机遇，那么，谈笑之间就能轻而易举地完成兴王道、建国家的大事业。伊、吕有真实的本领，能够做出一番事业来，这样才真正称得上是人才。因这是问题的实质所在，所以“兴王”一句在全词中是很有分量的。结尾也是对这一句的引申，说伊、吕不仅功盖当世，至今超越千载，也没有人能够与之匹敌。

这首咏史词，揭示了人才成长的一个规律，即千里马要遇到伯乐才能发挥作用，有才干的人需要一定的机遇，才能施展抱负才华。这表明机遇对人才是十分重要的，正如东晋陶潜所说：“君子失时，白首抱关。”一个人尽管才德均优，但失去了时机，可能终生也不过是一个看门人。人才必须有大展宏图的条件，不然也可能一生默默无闻。同时，这首词也反映了古代在用人上不唯年龄、不唯身份、不拘一格、唯才是举的特点。词的语言质朴，但风格豪放，字里行间流露出作者强烈的事业心和坚定的自信心以及渴望得到君王重用的心情，具有积极的入世色彩。

出版前言

中國自一八四〇年鴉片戰争以來，傳統的農業文明在西方的堅船利炮轟擊之下徹底被顛覆，有擔當的知識分子苦苦追尋，思索社會改革的途徑。從最初的『師夷長技以制夷』到『民主制度，天下之公理』（梁啓超語），他們發現要『强國富民』，首先要『開啓民智』，祇有民衆擁有了獨立思想和批判精神，國家纔能實現真正的强大。在此後一百年的時間裏（一八四〇—一九四九），思想者們從社會變革深入到國民性的改造，用每一部作品見證着中國近代化的遞變歷程。這是一個極其重要的時代，《清末民初文獻叢刊》正是收録了這一時期的作品，大部分書籍都是早期版本，有着極高的文獻研究價值。

清末的中國經歷了『三千年來未有之大變局』（李鴻章語），大清王朝面對西方列强的艦炮，表現得驚慌失措。尤其是鴉片戰争，使『天朝帝國萬世長存的迷信受到了致命的打擊，野蠻的、閉關自守的、與文明世界隔絶的狀態被打破了』（《馬克思恩格斯選集》）。一批士大夫知識分子，尤其是在歐美諸國擔任使臣或者游歷的知識分子最先覺醒，着眼于對西方國家的考察，進而反省本國政治制度的劣勢，可以視作『啓蒙』的端倪。如曾擔任駐英公使（兼任駐法公使）的郭嵩燾在《使西紀程》中以日記的形式記録了自己對歐西諸國的觀感，他在考察了英國的政治制度之後，發現英國政府官員收入超過三百磅者與普通老百姓一樣同等納税，他說：『此法誠善，然非民主之國，則勢有所不行。西洋所以享國長久，君民兼主國政故也。』他明確提出了『民主』，在國家的管理問題上，人民也有參與的權利。他在該書中所披露的西方政治、經濟、文化等領域優于大清帝國這一事實觸動了保守派的神經，立刻遭到保守派群起而攻之，進士何金壽彈劾他『有二心于英國，欲中國臣事之』，他家鄉湖南的民衆對他更是痛加詆毁，以至于滿城揭帖，誣蔑他『溝通洋人』，在這種群情洶洶的情況下，朝廷最後下旨將《使西紀程》毁版，從而使該書成了禁書。然而，書雖被毁版，却不能堵死民衆的傳播與閱讀的途徑，上海的《萬國公報》依舊連載該書，張佩綸曾說：『朝廷禁其書，而新聞紙接續刊刻，中外傳播如故也。』從某種意義上來說，啓蒙是時代的需要，盡管清政府發諭旨禁了該書，民衆乃至一些朝廷大員却依舊在私下閱讀，以便瞭解外部的世界。進步的社會是開放性的，任何企圖『閉關鎖國』的努力都意味着歷史的倒退，衹有開放，與整個世界文明保持同等的步伐，纔能實現真正的强國之夢。當大批知識分子走出閉鎖的國門，親歷了文明的洗禮之後，也就把啓蒙的智識帶回了中華大地。容閎的《西學東漸記》，梁啓超的《新大陸游記》，崔國因的《出使美日秘日記》等一大批作品介紹了海外諸國的政治、經濟、軍事、外交、文化。雖然這些作品在認識上仍然帶有時代的局限性，然而却是那時最爲珍貴的聲音。

另一方面，在學術上，中國文化母體内『經世致用』思想與資産階級思想相結合，也喚起了變革，以康有爲、梁啓超爲首的改良派試圖通過自上而下的革新以實現變革。康有爲的《新學僞經考》《孔子改制考》就是借經學之表論資産階級學説之裏的著作，康有爲的弟子梁啓超更是通過《新民説》一書提出國民性改造。與早期啓蒙者『師夷長技』的器物文明引進不同，梁啓超上升到形而上的精神領域，從文化心理上更加徹底地進行變革。梁氏是清朝末年到民國初年一個橋梁式的人物，被譽爲『輿論之驕子，天縱之文豪』，其影響力不但在學術領域，同時還在文學領域，他所倡導的『詩界革命』得到了譚嗣同、黄遵憲、丘逢甲等人的響應，黄遵憲的《日本雜事詩》，丘逢甲的《嶺雲海日樓詩鈔》都體現了這種主張。這一主張要求反映新的時代和新的思想，用『我手寫我口』（黄遵憲語）的方式直抒胸臆，對長期占詩壇主流的擬古主義、形式主義産生了巨大的衝擊，解放了寫作者的心靈和頭腦。

與社會變革同步的是早期對西方思想著作的翻譯，這裏面影響最大的是嚴復，他翻譯的《天演論》《社會通詮》等書直接孕育了民國一代的知識階層。魯迅、胡適等人在文章中都曾提到《天演論》對他們思想所産生的震撼。與嚴復略有不同的另一位翻譯家是林紓，他的譯作雖然參差不齊，但却在更細膩的心靈層次對讀者産生影響，許壽裳曾回憶，他和魯迅都熱衷于林譯的小説，如《巴黎茶花女遺事》《黑奴籲天録》《迦茵小傳》等作品。

辛亥革命之後，進步社會思潮成爲主流，比之清末思想啓蒙者『求存』的追求，民國以來的知識階層深入到了更加細微的肌理，一方面呼唤社會變革，另一方面進行點滴的建設，革命并不能使所有的一切一蹴而就，在更加深廣的領域，事物的改變是由微觀而宏觀。通俗地説，比之于革命，建設的意義更大。如《中國商業史》《中國教育史》《中國倫理學史》《中國哲學史大綱》《中國小説史略》等一大批作品都是進行系統的梳理與建設的理論作品。其中，以胡適和魯迅二人的影響最大，他們的作品一紙風靡，從而成爲新文化運動的主力人物。

《清末民初文獻叢刊》收録的文獻大致上可以分爲三個階段，其中龔自珍、張之洞、魏源、郭嵩燾、薛福成等人的作品可視爲『早期啓蒙』，康有爲、梁啓超、黄遵憲、嚴復、林紓等人的作品可視爲『中期啓蒙』，胡適、魯迅、蔡元培等人的作品可視爲『晚期啓蒙』。當然，這種劃分并非嚴格意義上的，大部分啓蒙思想者隨着時代的變化，其思想在不斷進步。縱觀整個近現代史，可以發現，要求變革不是在某一個領域，由某一類人發起和完成的，而是全社會的要求。

變革，已經成爲全社會的共識。

從清末民初的文獻中，我們能够發現一種豐富性。這些作品涉及政治、經濟、軍事、教育、外交、宗教、心理、情感等方方面面，從内而外地净化着中國兩千年以來的封建積習。它不衹是對社會的改造，更是對人心靈的重塑；它首重國家社會之建設，同時亦重靈魂心智之唤醒；它是宏大的，也是微觀的；它是嚴肅莊重的，也是活潑靈動的；這些作品結構精巧，思想内容深刻，擁有濃厚的人文主義色彩，對推動社會主義建設，實現中國夢有重大意義，是近現代中國一百年來最宏富的智識與情感的寶藏。因此，整理這些文獻作品，無論是出于資料保存的目的，還是爲圖書館提供資料副本，都有不可估量的意義。

特定時代下的文獻，當它一旦形成（既指草擬，創作的完成，也指其成爲一個載體），就不可再複製了，也就意味着它將面對消亡。對于文獻資料而言，越接近歷史事件發生的時代記録，越具有研究價值。文獻本身具有不可再生性，它衹會消亡，而不會增多。盡管文獻本身的文字可以保留下來，并進行傳播，却失去了當時的時代氣息。當時的作品可能在技巧上，文字的成熟度上不及當代，但它所負載的信息，創作者的情感都反映了當時的歷史，也就是説，它具有不可替代的歷史意義。

影印的版本有三個特點，第一是擁有文獻的『原始性』；第二個特點是『未經改動的』；第三個特點是『歷史的原貌』。所謂『原始性』，也就是説，它是第一手資料，而非轉述的，回憶形成的；『未經改動的』，是指未被篡改、删節、挖補的；『歷史的原貌』是指在影印製作過程中，完全依照文獻的原來模樣……這樣製作出版的作品，無异延續了文獻的壽命。

近現代思想史上的一個最重大的思潮就是『開放』，從林則徐的『開眼看世界』到蔡元培的『兼容并包』，都是在倡導一種開放式的胸襟。而《清末民初文獻叢刊》最有魅力的部分就是『開放』這一主題，祇有融入到世界文明發展的進程中，中華文明纔能歷久彌新。

《清末民初文獻叢刊》編委會

二〇一七年四月十四日

凡例

一、《清末民初文獻叢刊》（以下簡稱『叢刊』）爲影印本，舉凡所用之底本，均爲該書之早期版本。有清末刊本，亦有民國印本。

二、《叢刊》均依底本影印，未予删改，僅代表作者個人觀點，不代表官方立場；原刊本有誤，不予校改，以保留文獻之原貌。

三、《叢刊》所用之底本，因時日久遠存在漫漶的情况，均進行了修復；底本闕文、印刷不清，均保留原貌。

四、爲讀者閲讀之便，《叢刊》中之舊底本目録未標記頁碼者，編了目次；原底本有頁碼和目録，未予重複編目。

五、爲保持文獻的原始風貌，影印本保留了原書書影（原書爲多册，則保留第一册書影）、扉頁等信息。所用底本無相應信息者，則不予妄添，以免錯訛。

目録

原刊本（一九一五年掃葉山房石印本）扉頁　一
曾文正公詩集扉頁　三
曾文正公詩集目録　五
曾文正公詩集　一三
曾文正公文集扉頁　一〇七
曾文正公文集目録　一〇九
曾文正公文集卷一　一一五
曾文正公文集卷二　二〇一
曾文正公文集卷三　二八九

宣统二年重校印行

曾文正公詩文集

澹盧居士陳震題

民國四年石印

掃葉山房商標

宣統二年重校印行

曾文正公詩集

澹盧居士陳震題

民國四年石印

掃葉山房商標

曾文正公詩集目録

詠史五首　里胥
歲暮雜感十首　寄郭筠仙浙江四首
雜詩九首　送淩九歸
送吳榮楷之官浙江三首　題錢崙仙同年慈竹平安圖二首
送楊春皆歸　題毛西垣詩集後即送之歸巴陵五首
題顧南雅先生畫梅贈何子貞　三十二初度次日書懷
憶弟二首　寄懷劉孟容
早起憶九弟二首　得郭筠仙書並詩卻寄六律
傲奴　題周小邨前輩塞外課經圖
瑣瑣行戲簡何子敬乞醃菜　地用莫如馬二章
反長歌行　漫與
寄弟三首　獨出
訪苗先麓　懷劉蓉

題畫蘭三首應田敬堂同年
贈何子貞前輩
題唐鏡海先生二圖 十月戎行圖 五原學舍圖
題龍九詩
聞客話里中近事
歲暮雜感十首
凡八十五首
感春六首
戊戌
温甫讀書城南寄示二首
早發沔縣遇雨
初入四川境喜晴
為何大令題明趙忠毅公鐵如意
贈李生
桂湖五首
梓潼道中有懷馮樹堂陳岱雲
早發武連驛憶弟
入陝西境六絕句
西征一首呈李石梧前輩
留侯廟
柴關嶺雪
廢邱關
三十三生日三首
讀李義山詩集
國士橋

至日二首
岱雲同年喪妻為此詩譬之
喜筠仙至即題其詩集後
雨
寄弟
哭少時同學某
送吳英樾之官浙江兼簡魏黄生大令三首
六月二十八日大雨馮君樹堂周君荇農郭君筠仙方以試事困於場屋念此殆非所堪詩以調之
荇農既和余詩而三子者皆見錄於有司乃復次韻
送妹夫王五歸五首
送鄧伯昭兼簡家伯醽秀才三首
莫過竹如
題明陳忠愍公雪聲堂硯為唐觀察樹義作
詶九弟四首
乙巳春闈謝戴醽士前輩畫竹
題畫竹次醽士前輩韻二首
題醽士前輩為滇生師畫竹疊前韻
請醽士前輩畫竹歸貽樹堂題詩一首
又贈筠仙一幅
詶岷樵

送王子壽歸荊州五首以高步追許由為韻
移居偶成　贈梅伯言二首
送陳岱雲出守吉安　夜直苦寒
吳宮黃病中屬市鹿尾　臘八日夜直
凡八十首
丙午正月二日作　題篔谷圖
陳慶覃詩鈔題辭三首　憩紅詩課戲題一詩於後
送王孝鳳之雲南即題其尊人松菊圖
題錢裔仙雞燭修書圖　題孫君采芝圖二首
書朱皋亭家傳後　訓陳慶覃侍御
送周文泉大令之官城武　小池
東林杜氏義塾　茲晨
失題　題泛海圖
送淩十一歸長沙五首　送謝果堂前輩歸江南

失題四首
秋懷詩五首
訓薛曉颿
題王少鶴嫂砧課讀圖
送王少鶴
丙午初冬寓居報國寺賦詩五首
送舒伯魯
劉叟詩
送莫友芝
題彭旭詩集後即送其南歸二首
丁未六月七日考試漢教習試院作二首
六月廿一為歐陽公生日集邵二寓齋分韻得是字
訓李生三首
次韻戴醇士邵蕙西見過
題平谷山莊圖
武會試闈中作
題梅伯言扁舟歸養圖二首
書嚴太守大關賑糶詩後
送黎樾喬侍御南歸六首
題季仙九師采蘭藝菊圖
題張石舟煙雨歸耕圖
凡六十八首
送孫芝房使貴州二首
書邊袖石詩集後二首

太學石鼓歌
題朱伯韓侍御之尊人詩卷手蹟
題朱伯韓詩集後十首
送梅伯言歸金陵三首
送黃恕皆使秦中
北堂侍膳圖為姚吏部題二首
題陳氏五世鄉賢遺像
韓齋為孔舍人題
桐陰消夏圖為史吏部題
題苗先麓寒鐙訂韻圖
養閒草堂圖為潘博士題
陶太常小像
題蒼莨谷圖
答李生
送唐鏡海先生九首
謝疊山賣卜研為劉太守題
詶李芋仙二首
會合詩贈劉孟蓉郭伯琛
題楊忠愍公二疏手草
次韻何廉昉太守感懷述事十六首
題易公篘亭遺像
王母方太夫人
壬戌四月沅弟克復巢縣和州含山等城賦詩四首
沅圃弟四十一初度十三首
題唐本說文木部應莫郘亭孝廉
贈吳南屏
讀吳南屏送毛西垣之即墨長歌即題

其集二首

遊金山觀東坡玉帶詩

贈李眉生

題俞蔭甫羣經平議諸子平議後

詶王壬秋徐州見贈之作

附 忮求詩二首

凡八十六首

詠史五首 乙未 書霖謹按公所爲古今體詩唯官京師時較多而稿半散逸茲所搜葺亦未能悉定其先後歲月查此五首係道光乙未歲公以公車留京時所作姑託始于此以後雖按年編次但于其大致畧可尋攷而已各題下不復旁注年月以昭兢慎

即墨有賢宰四鄰戒侵陵惡犬守門閭乃爲盜所憎易如振落葉乘鄗孰與重傷禽二毛龕暴職所應文王事昆夷駾喙亦何曾太氣舉六合中難其奚勝功高而不賞謠諑來青蠅吳起泣西河伏波觸炎蒸長城訖自壞使我涕沾膺

莫民在辭懌渙汗自古重人心有激岩天意方須洞無辜或于罹有罪覆解縱九關森虎豹闊越不可訟長星十丈餘白日隨霾霧翾飛逐醪轂燕雀爾何關嘉彼借劍子憤切言絶痛葺檻示含容讜說格不用噫乎天蓋高勿斁家父誦

觥觥孔大夫經術致通侯不如說災異京翼莫多忠謀荃蘭化爲茅蕭艾莫好修折衝無精神夸毗徒體柔九有而畏人君知所謂不㖃然布體肢營魂久渫流一朝冒六氣何以禄春秋

萬物盜天地豈況鼠在倉大木忽顛揭所食與俱亡莞乎榷魚鹽本在四維張蚩蚩足衣食相與存紀綱磊磊瞻紫宫中官尊且彊銀河界清淺列舍但遥望

天錢與列肆算舌終夕張咄哉左執法知棠羽林郎
虞舜明四目世乃謂重瞳淵魚察不祥舉曾失蛟龍荏苒支大廈焉知棟橈凶
千金購國醫當在草澤中汪泰匿肘腋宗李知無功開元變天寶與世思姚崇
生民有治亂悵望風雲空

里胥

牛羊忽竄突鄰社雜喧豗昨聞府牒下今見里胥來名募赴戎行羽檄馳如雷
後期不汝宥行矣胡遲徊老嫗追胸哭哭聲亦何哀龍鍾六十餘伶仃惟一兒
弱小不識事黄犢毋之隨筋力儻可食或免一家飢薄命不足惜兒去傷永離
老嫗泣未闌老翁跪致辭王事亦云棘婦人那得知螻蟻穴寸土自苟　皇天
慈　天威有震疊小人敢疑猜貧者當敵愾富者當輸財便當遣兒去不勞火
急催所媿無酒食與吏佐晨炊貧者勉自效富者更可悲隸卒突兀至誅求百
不支倩倩紈袴子纍纍飽鞭笞前卒貪如狼後隊健如犛應募幸脱免傾湯無
餘貲吁嗟　朝廷意兵以衛民爲守令慎其柄無使胥吏持此輩如狐鼠恭恭
肆恣睢聊爲道人徇敢告良有司

歲暮雜感十首

芒鞵鎮日踏春還。殘臘將更卻等閒。三百六旬同逝水。四千餘里說家山。緇塵
已自沾京雒。羌笛何須怨玉關。為報南來新雁到。故鄉消息在雲間
豪帽山下是儂家。歲歲年年鬭物華。老柏有情還憶我。夭桃無語自開花。幾回
南國思紅豆。曾記西風浣碧紗。最是故園難忘處。待鶯亭畔路三叉
莽莽寒山匝四圍。眼穿望不到庭闈。繁飄江浦無人管。草綠湖南有夢魂。鄉思
怕聽殘漏轉。逸情欲逐亂雲飛。敬從九烈神君訴。遊子於今要換衣
去年此際賦長征。豪氣思屠大海鯨。湖上三更邀月飲。天邊萬里挾舟行。竟將
雲夢吞如芥。未信君山剗不平。偏是東皇來去易。又吹草綠滿蓬瀛
紛紛節候儘平常。西舍東家底事忙。十二萬年都小劫。七千餘歲亦中殤。蜉蝣
身世知何極。胡蝶夢魂又一場。步昊笑儂情太寡。故堆錦繡富春光
韶華彈指總悠悠。我到人間廿五秋。自愧望洋迷學海。更無清福住糟邱。尊前
瓦注曾千局。腳底紅塵即九州。自笑此身何處著。笙歌叢裏合閒遊
為臧為否兩蹉跎。搔首乾坤踏踏歌。萬事拼同駢拇視。浮生無柰繭絲多。頻年

蹤迹隨波譎。大半光陰被墨磨。匣裏龍泉吟不住。問予何日砍蛟鼉。

舊雨曾遺尺鯉魚。經年不報意何如。自從三益睽違久。學得五君世態疏。碧樹那知離别恨。青鐙偏照故人書。殷勤護惜金鑪鴨。香火因緣付與渠。

擬學坡公饋歲詩。花箋何處寄相思。陽和未老貂先敝。暖氣初回鳥覓知。遊子情懷隨地遠。 天家雨露及時施。小儒莫獻 昇平頌。幸傍 龍樓睹 上儀。

鬖鬖歲鼓走輕雷。竹馬兒童綵戲纔。仙丈 九重圍霧住。宮花一萬鎖烟開。迷離佳氣從空繞。不斷狂香拂面來。我乞春風尤放蕩。長安日日騁龍媒。

寄郭筠仙浙江四首

一病多勞勤護惜。嗟君此别太悤悤。 强半光陰道路中。免走會須營窟穴。鴻飛原不計西東。讀書識字知何益。贏得行蹤似轉蓬。

碣石逶迤起陣雲。樓船羽檄日紛紛。螳螂竟欲當車轍。髋髀安能抗斧斤。但解終童陳策畧。已聞王歙立功勳。如今旅夢應安穩。早絶天驕盪海氛。

無窮志願付因循。彈指人間三十春。一局楸枰虞變幻。百圍梁棟藉輪囷。蒼茫獨立時懷古。艱苦新嘗識保身。自愧太倉縻好爵。故交數輩尚清貧。

向晚嚴霜破屋寒。娟娟纖月倚檐端。自繙行篋殷勤覓。苦索家書展轉看。宦海情懷蟬翼薄。離人心緒繭絲團。更憐吳會飄零客。紙帳孤鐙坐夜闌。

雜詩九首

早歲事鉛槧。傲兀追前軌。張綱挈領維。登山造岌嶪。述作窺韓愈。功名鄙侯儗。三公渺如稊。萬金輕如屣。腸胃鬱千奇。不敢矜爪觜。稍待蘭蕙滋。烈芬行可喜。豈期攝驚駱。前驅不踰咫。滔滔大江流。年光激若矢。春秋三十一。碩然亦如此。染絲不成章。橘遷化為枳。壯盛百無能。老蒼真可恥。樗散吾所甘。多是嘶毛裏。

西山何鬱鬱。白日馳昭昭。六街淨如練。雙闕凌神霄。沈沈府中居。員并鏤瓊瑤。罘罳周四角。窗霧漾鮫綃。公子盛文藻。九陌鳴金鑣。羣從袂成幄。掠風馬蹴驕。紅燭舞絳雪。會宴皆金貂。朝餐羅鯖鯉。晚衙沸笙簫。今夕既相酣。明日還見招。天高地則厚。何事不逍遙。

手皸不烘堪。足趼不越徑。問我何自苦。我歌君且聽。激湍無駐波。止水光凝凝。榱棟與欂櫨。豈曰非天定。束蒿代虹梁。於道未為稱。朝菌濡濃露。夭夭不及暝。適意一須臾。骨朽猶詬病。可憐繁華子。醉夢幾時醒。炫妝豈無服。自媒羞妾媵。

已矣吾何榮。閉戶覽明鏡。
傷禽悲弦聲。游魚驚月影。丈夫貴倔強。女子多虛警。強弧有時弛。夷塗有時梗。
颶風揚海濤。潮平已復靜。君子別有憂。衆人恐未省。
霜落萬瓦寒。天高月皓皓。美人在何許。相思心如擣。我昔覲美人。對面如蓬島。
神光薄軒墀。朱霞蕩初曉。彩鳳儀丹霄。顧視無凡鳥。意密恩還疏。微誠不敢道。
貽我彤管煒爍兮。希世寶可憐。金屋恩長門閟秋草。謠詠日以多。覯閔曾不少。
寵眷難再得。蛾眉行衰老。區區抱私愛。夜夜祝蒼昊。
天雞鳴半夜。六合未清曉。烏鵲鳴向晨。羽毛誇矯矯。一旦金丸驚。戢翼暗百鳥。
鴟鴞流惡聲。萬方憂集蓼。青繩鳴棘樊。繆彰復虛貽。閉鳴百無補。嗟爾奏吉了。
螻蟈草間鳴。亂人徒擾擾。
入門恍恍。出門復皇皇。嗟我素心人。各在天一方。庸夫厭鼎食。諠士謀糟糠。
奔走徧天下。歸去仍空囊。秋老江湖闊。何以慰淒涼。勿勞我之思。我今足稻粱。
所憂非所職。所樂殊未央。日暮登高邱。四顧何茫茫。落葉東南飛。孤雁西北翔。
思君不得覯。慘澹詠斯章。

松柏翳危巖，葛藟相鉤帶。兄弟非它人，患難亦相賴。行酒烹肥羊，嘉賓塡門外。喪亂一以閒，寂寞何人會。維鳥有鶼鶼，維獸有狼狽。兄弟審無猜，外侮將予柰。願爲同岑石，無爲水下瀨。水急不可磯，石堅猶可磕。誰謂百年長，倉皇已老大。我邁而斯征，辛勤共麤糲。來世安可期，今生勿玩愒。

誰能烹鵠燕，我願燎桑薪。誰能釣巨鼇，我願理其綸。南澗芼蘋藻，可以羞鬼神。八材與小辨，相須會有因。嗟余不足役，豈謂時無人。

送凌九歸

白日杲杲黃埃飛，君胡少住遽言歸。萬族由來各有託，借問君心何住著。自言暫歸奉晨昏，溫席不暖還出門。丈夫生世會有適，安能側身自跼蹐。南箕北斗徒虛名，東走西顧知何益。罄折已覺素心違，璞獻況逢俗眼白。要將萬舞誇輝光，肯爲兩言求恩澤。皇天畀我非不豐，平生長澤能固窮。一飽那爭雞鶩食，萬事從付馬牛風。君家才望人所豔，兄弟縱橫兩龍劍。霜蹏數教長坂蹶，雲漢終向天庭拔。即今歸去愼勿稽，歲時努力謀鹽齏。綵衣好娛老萊母，椎髻尚有梁鴻妻。我亦屢尋還鄉夢，年年送人頗自諷。送君無酒爲君歌，楊花如海柰愁何。

送吳榮楷之官浙江三首

讀書三十年，今來始一試。自抱輪囷材，構廈隨所置。世人苦寒儉，舞袞先擇地。斤削不能遷，嬰盃各自器。君子儲百用，多藏如列肆。深厲與淺揭，所向皆如志。君本青雲士，摩空排健翮。置之承明廬，枚馬當偃幟。才多厭閒散，翩然去作吏。方今清華秩，駢拇僅云備。不如膺專城，張弛從吾意。觀魚莫結網，網過酷于餌。治絲莫求多，緒多亂神智。聖朝淪洽恩，涵濡實漸被。可憐蚩蚩氓，惸惸還好義。願君愷弟思，隨時勞撫字。

西湖吾未到，夢想若遇之。花荷夏如海，當春萬柳垂。秋月隨潮湧，暮霽天無涯。三百六十寺，嵐翠渺迷離。君去事幽討，抉剔發天倪。餘慳收昔遁，奇賞獲新知。朝餐吸山綠，暮雨張水嬉。尋碑嗅梅蕊，獨往無人隨。政成無一事，風流方在茲。懷抱一如彼，江山復如斯。此樂可持贈，寄我千首詩。

鄉閭昔相從，殷勤託詩酒。再來長安道，舟車拉攜手。如今彌曠遠，脫然絕窠臼。少年尚意氣，崢嶸各自狃。風塵飽所諳，蒼然皆老醜。激湍亦已平，真氣充戶牖。相見無藩籬，灑落真吾友。昨夜秋風來，蓊蓊涼生柳。念子當乖離，旁皇如失守。

萬族各有營歡聚不可久意趣苟無違秦越如左右後會知何年今茲歲在丑

題錢衎仙同年慈竹平安圖二首

冉冉南山竹柯葉互檀欒上有一片雲下有九畹蘭清風相戛擊虛碧鳴秋寒
玲[illegible]走鞭散抗衡勁節干養成兩雛鳳文采何姍姍高枝足棲宿芳實供朝餐
歸昌忽采律言振九霄翰引吭發鈞奏俯視失鵷鸞卻顧賀當谷依舊青琅玕
年年託美蔭歲歲祝平安

紅塵日夜深遊子思無已倦鳥有時還乘弧有時弛我有山中廬槿籬夾綠水
修竹倚大椿重重互幡纚發條播芳蕤清陰亦何美依戀會有因庶往恭桑梓
殷勤寸草心區區方在此

送楊春皆歸

去年同送蕭郎歸心如風幡亂掀簸今君告歸亦何遽臨别無言但兀坐君才
捷敏非常儔早時摹書讀已破堆案細字如毫毛擲筆新詩成咳唾揭來燕市
騁逸足聊隨駑蹇爭蝸[illegible]出門百錢買犢車入戶一編旋蟻磨虛北擲金古所
悲五年長安竟坎坷剖瓠作尊何所容種柏傍石終不大首途雖舛心愈雄懷

寶空奇時難貧。嗟余昏懦百無能。與世趑趄動得過。忽逢良友相鐫磨。有似酒狂得史佐。隔日一見歡未闌。鼓缶鳴箏唱復和。削除巉巖得平夷。厭見俗氛揭堀堁。可憐俠氣千層雲。時有忠言驚四座。一麾從此悵分離。萬事何當付嬾惰。方今 廊廟搆羣材。搜林剔穴行可賀。看君形容不易凋。顧此芒刃豈終挫。明年仍騎瘦馬來。滿匃還受緇塵涴。

題毛西垣詩集後即送之歸巴陵五首

伐木截兩端。半作犧尊半溝壑。南鄰北里輕薄兒。昨日薰騰今冷落。巨屨小屨天所區。焉能屑屑齊美惡。勸君把酒持雙螯。百年爛醉拚嬉遨。不學陋儒談狗曲。修襮蹩巾徒徒碌。

歐君謂小岑昔言鄉國彥。汝與吳生謂南屏皆狂狷。看汝織古得新機。惜哉弋時無急箭。獨抱質缶辭雕鐫。世人皆憎我獨羨。金盤銀釀有時灰。得不垂顧缾與罍。

朝誦幽通賦。夕吟顯志篇。咄哉此子頗聞道。煩毒迷惑劇可憐。古來騷人都如此。君亦苦語相糾纏。日月瀟灑百蟄蘇。老抱幽憂胡為乎。

長羨江頭白髮翁。扁舟如瓦飄西東。船頭得魚船尾煮。稚子咍笑老婦聾。王稅

早輸百無事。從古不遇打頭風。君家正臨洞庭水。一飽弄舟樂何底。舍此他求
真左矣。

我生乾坤一贅人。逐眾轉徙如飛蚊。哀哀臺省無相識。紛紛時事了不聞。門外
車馬何隱轔。獨立階下看浮雲。君今歸哉渺千里。我方塵土無窮已。

題顧南雅先生畫梅應何子貞

詩老餐冰老更臞。傾身謀醉一錢無。忽然嚼梅供大噉。笑吐滿紙森模糊。當時
酒徒相饋餉。（本寫贈張淵父子貞從張乞得）至今遺墨何清腴。平陵公子亦好事。巧偷豪奪無
罪辜。時將巨障補空壁。已覺暗香來座隅。長安一雪寒切膚。冷官瑟縮同圍爐。
開眼忽到西湖上。四更殘月孤山孤。我聞繪事通草隸。此語自古誰云誣。何君
作書妙天下。生吞百虎心膽麤。世人只解傳梔蠟。獨能養氣真吾徒。莫言書畫
直小道。不到聖處寗堪娛。吁嗟詩老不可作。君雖抱此徒區區。

三十二初度次日書懷

男兒三十殊非少。今我過之詎足歡。齷齪挈瓶嗟器小。酣歌鼓缶已春闌。眼中
雲物知何兆。鏡裏心情只獨看。飽食甘眠無用處。多慙名字侶鵷鸞。

憶弟二首

無端繞室思茫茫。明月當天萬瓦霜。可惜良宵空兀坐。遥憐諸弟在何方。紛紛書帙誰能展。艷艷鐙花有底忙。出戶獨吟聊妄想。孤雲斷處是家鄉。

忽憶他時襄水上。惡風半夜撼春雷。舟人捩舵聲同泣。客子扶牀面已灰。仰荷皇天全薄命。信知浮世等輕埃。汝今歸去復何似。回首世途誠險哉。襄陽遇風戊戌九月

出都事弟今年南歸亦由襄水達武昌

寄懷劉孟容

清晨采黃鞠。薄莫不盈襭。腐知弟昆好。忍此四年別。四年亦云已。萬事安可說。昔者初結交。與世固殊轍。垂頭對鐙火。一心相媚悅。炯然急難情。熒熒光不滅。漣濱一揮手。南北音塵絕。君卧湘水湄。辟人苦扃鐍。懷璧誤一投。已遭官長刖。我作燕山囚。衾襪冷如鐵。塵土塞中腸。經旬聞嘔泄。夢魂互往還。邂逅在嵽嵲。君魂畏豺虎。我魂阻蛇蠍。明年會長沙。對牀殊吶吶。可憐郭生賢。日夜依我闥。三子展殷勤。五句恣猖獗。自從有兩儀。無此好日月。決渠東西流。人事有蹉跌。當時別江干。懸知成久闊。郭生從我行。再踏長安雪。東蒿貢廊廟。塗丹强作闑。

磐松困澗底。千歲老不屈。行藏一以歧。會合焉可必。知君障污塵。憎我逐煩熱。
摧蘭檮作鸛。本馨固難奪。皇天造群倫。位置各成列。煌煌　帝者都。峩峩集勳閥。
前庭充組圭。後閣嫒清瑟。大馬疾如飛。高車如雷擊。洒卷時騎過。牆震窗紙裂。
而我支肘眠。朦朧兀頑劣。視蔭呼晚飯。終年曾不缺。癡兒亦肯堂。四齡已饕餮。
所愧偷太倉。無異哀窮乞。羨君老巖阿。朙味甘于蜜。嗟哉趣豈殊。所處良不一。
坦蕩覲皇途。轉側思家室。永懷素心人。悠悠難具述。

早起憶九弟二首

別汝經三月。音書何太難。夜長魂夢苦。人少屋廬寒。骨肉成飄泊。雲霄悔羽翰。
朝朝烏鵲噪。物性固欺謾。
尚餘詞賦好。隨眾頌康哉。報　國羌無力。擊天別有才。寒雲迷雁影。遠道望龍
媒。百尺金臺矗。看君躞蹀來。

得郭筠仙書竝詩卻寄六律

展轉看書字。嗟君亦老蒼。昊天真藐藐。白日故堂堂。與子相期事。窮年恐不償。
憂來聊飽食。吾壽會無央。

大雅悲淪歇。斯文久不尊。至情宜倔强。吾道有籬藩。仰首呼虞舜。狂歌答屈原。
自非君子性。茲意固難論。

垂耳甘芻豆。儒冠信誤人。長為羈旅客。嗟汝少年身。物極能思返。天心會好仁。
鹿鳴歌旨酒。滴滴入君脣。

閉閼觀物化。耿耿究時喧。誼士羞要譽。廉夫重報恩。賈憎惟片語。求福實多門。
種蕙怡幽獨。歸休勿復言。

昨來殊不適。日落獨登樓。西北看遼瀋。東南望海陬。蒼茫懷百代。浩蕩足千秋。
畫肚思長策。嗟余肉食謀。

日日懷劉子。（謂孟容）時時憶郭生。仰天忽長歎。遶屋獨巡行。雲暗乾坤隘。風來戶
牖鳴。孤吟無與賞。寸恨浩縱橫。

傲奴

君不見蕭郎老僕如家雞。十年笞楚心不攜。君不見卓氏雄資冠西蜀。頤使千
人百人伏。今我何為獨不然。胸中無學手無錢。平生意氣自許頗。誰知傲奴乃
過我。昨者一語天地晻。公然對面相勃毅。傲奴誹我未賢聖。我坐傲奴小不敬。

拂衣一去何翩翩。可憐傲骨撑青天。噫嘻乎傲奴。安得好風吹汝朱門權要地。看汝倉皇換骨生百媚。

題周小郇前輩塞外課經圖

肉食多亨途。通儒遘百閔。時蹇心匪乖。身窮道未窘。周君信奇侅。天機苦捷敏。昔歲乘青驄。羣飛畏秋隼。偶被金丸驚。可憐翠羽隕。十年邊海行。九月邊風緊。銅雀夢觚棱。鉄衣錦繢純。自信茲遊豪。甘受世人哂。日日抱叢書。森森如束筍。吾道儻欲東。獨善良不忍。此邦盛球琳。多士紛轇轕。斧斤試一施。彀率聊可引。弟子初反車。先生大倒囷。文囿張百旃。經畬接千畛。但期道傳薪。未要歸載稛。昨者唱刀環。塞外回文軫。勝事告友朋。餘味足咀吮。方今柄師儒。華秩半卿尹。虎觀車如龍。辟雍市如蜃。會看招旌旝。且須嚴甄軫。稽古榮復榮。吾言非蠢蠢。

瑣瑣行戲簡何子敬乞醃菜

瑣瑣復瑣瑣。謀道謀食無一可。大人夭矯如神龍。細人局蜷如螺蠃。皇皇百計營齏鹽。世間齷齪誰似我。既不學虎頭食肉飛將軍。又不能駝峯犀筯醉紅裙。長將野蔬說奇錯。春筍秋芋評紛紛。吾鄉芋最美 拙妻嘲訕婢子笑。可憐先生了不閒苦思鄉國千里月。夢想床頭一甕雲。君家醃菜天下知。忍不乞我賑朝饑。丈夫豈當判畛域。仁者况可懷鄙私。炯炯予心天所許。堂堂此理君莫疑。忽憶絛侯理入口。黃頭銅山竟僵捂。功高七國安如山。錢布九州浩如數。當時鼎烹會親賓。後日饑腸作牛吼。今我與子俱不材。懷抱傾筐到筐開。取與廉惠兩無猜。青天白日森昭回。不醉不飽胡為哉。

地用莫如馬二章思賢也

地用莫如馬。越險思驍騰。豈無汗血種。相求亮未曾。萬鍾繼粟千金甃。鉤膺隆儀苟一闕。市駿休漫稱。

人用莫如龜。幽室能廢燭。告猶儻見從。外侮敢余毒。從短翻棄長。惜哉丈肸足。良無藻棁登。不如塗泥辱。

反長歌行 馮樹堂三十初度有汲汲顧影之憂故為詩以廣之得失靡常驚名無極繫稱雜奏歸之于正道云

羲和驅日如驅豕。鞭之不行汗流泚。頃刻奔馳過百年。老盡世人渠獨喜。渠獨喜我甯愁。已拚一老百無恥。馮夫子我歌君莫鄙。柏梁銅爵安在哉。盜跖唐堯俱朽矣。北翁得馬知何祥。臧穀亡羊定誰是。平原轉眼成蒿邱。華屋隔宵生荆杞上蔡黃狗空歎嗟洛陽銅駝百遷徙萬事支離那可論吾生得失亦如此卻笑張毅空飾文更憐單豹强治裏修表修裏皆虛名老向人前矜爪觜君看從古軒赫人一半名場爭眦子今晨今問傾王侯明日枯骨飽螻蟻銘功誄德千萬言可信人間有真史馮夫子我歌君且起君今三十胡皇皇浮名驅君不自止頻嗟短景難少延便得長春甯足恃世間自有清淨業日往月來了無累人迹不到禽不來萬年廢井養秋水

漫興

今日今時吾在茲我兄我弟儻相思微官冷似支床石去國清如失乳兒見慣浮雲渾欲語漫成詩句未須奇徑求名酒一千斛轟醉王城百不知

寄弟三首

去年長已矣來日尚云賒身弱各相祝家貧儻有涯鄉心無住著望眼久昏花寥落音書闊多疑驛使差

咄咄延平劍英英江夏黃求聲方出谷一別各他鄉東下江河駛南征道路長汝儕身手健看我鬢毛蒼黃子壽彭年後起之秀予嘗命九弟與之納交

夢裏攜予季。亭亭似我長。三年不相見。一變安可量。神駿初銜轡。牽牛肯服箱。
朝朝偷芋栗。知爾足奔忙。季弟今年十四歲往年好食栗煨芋避人偷竊頑趣可掬

獨出

匪直完裘好。今年故未寒。晚來還獨出。宇內一何寬。銜尾千人聚。高蹤百馬攢。
天街原蕩蕩。辟路亦非難。

訪苗先麓苗精說文之學著書四十年一貧如洗今年六十無子

大隱東方朔。著書揚子雲。出門無所詣。落日一從君。倦鳥宜何集。閒鷗亦有羣。
烹茶餘幾火。小啜愧殷勤。苗無僕從親煮茶敬客

懷劉蓉

我思竟何屬。四海一劉蓉。具眼規皇古。低頭拜老農。乾坤皆在壁。霜雪必蟠胸。
他日余能訪。千山捉卧龍。

題畫蘭三首應田敬堂同年

淺紅生綃一尺半。描金蘭葉光爛爛。不知誰氏書畫船。遺作君家錦繡段。時棄
時取了無憑。花若有情花亦歎。有客對此三沈吟。一夜魂飛洞庭深。故鄉蘅杜

知我心。

洛陽三月天如銀。楊花浩浩愁殺人。美人璇閨弄鸚鵡。傷心不敢當青春。獨對盆蘭訴幽怨。再拜且為花寫真。腕輕著花只嫌瘦。剔重莖葉難為伸。簾外雙雙蛺蝶舞。羡汝自在好要身。閣筆下階傍花立。臨風三嗅馨香泣。

田郎田郎似我孅。反鎖衡門走賓館。三年喫蔗未曾甘。九畹𦶜蘭行復滿。不願舉國揚芬芳。但願同心通悃款。晨書小楷眼欲花。午睡醒來日已斜。從容讀畫還煮茶。

贈何子貞前輩以紙索子貞作字久不見償詩速之也

九疑山水天下清。中有秀者何子貞。大讀老謀不自白。世人誰解此縱橫。八法道卑安足數。君獨好之如琅珵。終年磨墨眼不眯。終日握管意未平。自言觚箋通性道。要令天地佐平成。怡神金鰂朝吹浪。失勢怒猊夜擣營。同心古來亦有幾。俗耳乍入能無驚。可憐四十好懷抱。空使九州播書名。嗟我波瀾頗莫二。知而不為真不智。捧心恥與時爭研。畫足久為聖所棄。行當就子更柱弦。可能為吾倒筐筥。去年一諾今未償。舊迹已陳誰復記。世間萬事須眼前。須臾變態如

雲煙煩君一揮清我室驅逐毒熱無煩煎高堂巨壁蛟龍走鄙夫白晝欹枕眠

題唐鏡海先生二圖

十月戎行圖

生世不能學夔皋裁量帝載歸甄陶猶當下同郭與李手提兩京還天子三年海國困長鯨百萬民膏餧封豕諸公密勿既不臧吾徒迂疏尤可恥岱宗夫子唐太常今日儒林有正軌宗傳久已追濂伊餘事猶堪作臏起昨來示我戎行圖回首軍興今一紀九疑南去山連天八排獞猺多于蝨猱升鼯伏巢穴盤青絲白馬風塵馳籌邊樓下雲屯營臨賀嶺前雨注矢先生獨出當九關磨鍊眾心作高壘千礟齊震雷破山萬馬不嘶月如水先生兀坐了不驚秉燭從容讀書史大儒意趣未可量小醜麤豪安足齒功成行賞不自言羞與駑駘較尺咫我覽此圖發長歌可憐黃髮今皤皤四海息兵無一事先生且住安樂窩

五原學舍圖

大兒垢膩衣短褔小兒蓬頭語更吃生長猺戶習繩行不識詩書定何物昨者縣門鼓如雷太守如父從天來走章馳檄到山寨要與聾俗辨頸顒皇天於人

何厚薄未必蠻夷皆不才一朝得與冠裳會青天始見雲霧開魋結公然被儒服
笑言啞啞歡且咍山南伐石千指碎山北挽木萬牛回縮版登登日復夜敢次
學舍高崔嵬五原便同石渠閣百丈似築通天臺銅鼓蘆笙雜弦誦衣冠俎豆
何文哉但願使君長世世坐觀槃瓠成瓌材豈期文翁難久借至今蜀國有餘
哀披圖卻憶十年事富川風物落酒杯方今　聖人舞干羽薄海懷柔不用武
會崇我丈叱桓丁立使殊方變鄒魯三老五更古所尊嗚呼此事非小補何時
虎觀擁皋比我亦執經走廊廡

題龍九詩

李唐盛聲律初響鏗華鐘逮及下衰時切切鳴寒蟲扶輿發朝氣百彙曜麟龍
缺月夜騰光不與東昇同秋霜入科木色暗蒿與蓬文章說心腑本不從窮隆
能者自植立餘子靡隨風孰于眾音颯玉振開羣聾君才美無度大圭宜廟中
君詩如春融秋爽亦自工肉好用為賢琢刻生芒鋒南軺斐然作山水滌襟胸
雜什多未筆畧可芟釐葺要道鍥不舍金木隨所攻且況力有窮與作辨西東
終然到聖處今古誰雌雄

聞客話里中近事

蓬萊清淺信推遷回首鄉關事可憐今日朝簪陪末秩早時社鼓舞華筵陳平宰國無消息庾信辭家有歲年慼慼生涯非我里滔滔四望極皸天

歲暮雜感十首

殘歲垂垂盡買曆逐逐忙世人同一悔匪我獨顛狂身計嗟頻左家山亦未忘時猶憂世事此志固荒唐

殺氣行南紀溫風轉北條陽和迴地幹神鬼助 天朝挾纊三軍舞層冰萬里消小臣長皞皞無術贊唐堯（江浙去年大雪京師今歲不甚寒）

堯皋無並育天地詎終溫此日咸陽市當年上蔡門風雲悲昔遇霜露荅深恩聞道南山木窮冬尚負暄

壯歲耽經訓艱難始一隅力耕無近穫涉古有通衢茅塞由來久蓬生且待扶國讐猶未雪何處著迂儒

四山仙侶會角逐事賡歌日日為詩祟人人被墨磨相從良可適不樂復何如尚有平生友飄零在澗阿

久矣劉生隔（孟容）嗟哉信爾賢才高防作聖情極屢逃禪歧路多魑魅深山足歲

年狂風能作劇吹我墮君前
阿弟光明者甫沅愛兄心尚孩良時無汝共雅抱向誰開難就陸雲業多慙許武
才 皇都甯不美捨去竟何哉
萬族求饒益吾謀頗用疏民生各心性天道有孤虛得俸堪加飯無錢且買魚
逐貧思作賦才薄欲何如
浩浩翻江海爭奔且未闌古來名利客誰不到長安獨立看參昴橫天如此寒
冐能尋冷淡夜夜照簷端
爆竹家家沸兒時此味長追歡斟綠蟻隨例祀黃羊明旦夔龍集中天日月光
八年吟舊句回首但蒼茫乙未年曾作歲暮雜感詩十首

感春六首

奉君以象白猩脣之異味青琴碧玉之妖姬子復漠然不我與我今寸意當詶
誰散髮狂歌非關醉枯株兀坐不是癡手攝黃塵障河決自有幻想非人知城
南海棠已爛放牡丹如霧行離披如此青春忍不賞直待白髮甯可追
今我不歡子不悅攜手天闕踏明月西南白氣十丈長銳頭突尾射天狼東方

狗國亦已請。復道羣胤舞伊涼。徵兵七千赴羌隴。威棱肅厲不可當。國家聲
靈薄萬里。豈有大輅阻孱螳。立收烏合成齏粉。早晚紅旗報未央。嗚呼天意正
如此。小儒不用稽灾祥。

男兒讀書良不惡。乃用文章自束縛。何子貞吳南屏朱伯韓邵蕙西不知羞。排日肝腎困
鎚鑿。河西别駕酸到骨。昨者立談三距躍。老湯海秋語言更支離。萬八千摇仍述
作。丈夫求志動渭莘。蟲魚篆刻安足懽。賈馬杜韓無一用。豈況吾輩輕薄
人。

明珠二百斛。江湖三十年。徧求名劍終不得。耳聞目見皆鈍鉛。聞道海外雙龍
劍。神光夜夜燭九天。沴氣妖星不敢還。橫斬蛟鱷血流川。天子寶之無倫比。列
置深殿閶風前。千金萬金買玉匣。火齊木難嵌中邊。元臣故老重文學。吐棄劍
術如腥膻。如今君王亦薄恩。缺折委棄當何言。

蕩蕩青天不可上。天門雙螭勢吞象。豺狼虎豹守九關。厲齒磨牙誰敢仰。羣烏
啞啞叫紫宸。惜哉翅短難長往。一朝孤鳳鳴雲中。震斷九州無凡響。丹心爛漫
開瑤池。碧血淋漓染仙仗。要令惡鳥變音聲。坐看哀鴻同長養。上有日月照精

誠孝有鬼神瞰高朗

太華山頂一虬松萬齡千代無人蹤夜半霹靂從天下巨木飛送清渭東橫臥江干徑十里盤坳上有層雲封長安梓人駴一見天子正造咸陽宮大斧長繩立挽致來牛去馬填坑谼虹梁百圍飾玉帶螭柱萬石撥金鐘莫言儒生終齟齬萬一雉卯變蛟龍

元戎

大旆元戎喜起歌舊時鼎鼐藉調和豐貂長組朝經闕駟馬琱弓照塞河黃閣居然元老在蒼生竟奈此人何誰憐寂寞楊雄宅獨抱繁憂卧辟蘿

温甫讀書城南寄示二首

十年長隱南山霧今日始為出岫雲事業真如移馬磨羽毛何得避雞羣求珠采玉從吾好秋菊春蘭各自芬嗟我蹉跎無一用塵埃車馬日紛紛

嶽麓東環湘水迴長沙風物信佳哉妙高峯上擕誰步愛晚亭邊醉幾回夏后功名餘片石漢王鐘鼓撥寒灰知君此日沈吟地是我當年眺覽來

早發沔縣遇雨

此身病起百無憂。敢為艱難一怨尤。曉霧忽飛千嶂雨。西風已作十分秋。近知地利真堪恃。早信人謀不自由。昨日定軍山下過。蒼天一望故悠悠。

初八四川境喜晴

萬里關山睡夢中。今朝始洗眼矇矓。雲頭齊擁劍門上。峯勢欲隨江水東。楚客初來詢物俗。蜀人從古足英雄。卧龍躍馬今安在。極目天邊意未窮。

為何大令題明趙忠毅公鐵如意

君不見天啟初載國步頻。逼迫英彥如束薪。龍章鳳姿膏斧鑕。孤鳴梟噪騰要津。大璫滔天不足道。羣小羅拜馬頭塵。執笏無因殛元惡。請劍未許梟佞臣。䶵趙公天所鑒。年年磨鐵影隨身。世事萬端不稱意。惟有此鐵還可人。誓將寢椎擊逆豎。休將鑄錯汚君親。星光睒睒趨朝夜。霜氣稜稜拜疏晨。一回摩挲一灑淚。寸心如石腸如輪。高皇有靈尚來鑒。小臣此志何由伸。一朝荷戈西出塞。姑負白鐵悔因循。茄花枯盡委鬼滅。可憐明社亦荊榛。二百年來餘此物。萬劫不蝕唯精神。世人蠢蠢寶珠玉。如君乃獲希世珍。老鐵耐寒終得主。豈有正氣長鬱湮。請君雪夜倚闌看。金精上燭摵星辰。

贈李生生名嗣元是科四川十九名余在闈中最賞其文揭曉來謁則神清似郭筠仙愈傾愛之看書亦不少真美才也年廿二歲因作古風一首贈之云

岷山萬仞雪太古人迹稀中有窈窕谷綠蕙芳以菲幽芬亦已鬱賞識方庶幾
澗邊棘荆滿山上春草肥託根亮同地豈辨誰是非地亦不能易香亦不能飛
忽逢荷樵子采擷盈裳衣臨風再三嗅俯仰情依依由來有真味不必衆知希

桂湖五首

新都桂湖明楊升庵修撰故宅也使旋過此縣令張君宜亭招飲湖上
為賦此詩

遂别華陽國歸程始此盼翻然名境訪來及夕陽斜翠竹偎寒蝶丹楓噪暮鴉
詞人云異代臨水一咨嗟
短城三面繞淺水半篙寒鳥過穿殘日魚行起寸瀾秋來樓閣靜幽處地天寬
平昔江湖性真思老釣竿
十里荷花海我來吁已遲小橋通野港壞艇卧西陂曲岸能藏鷺盤渦尚戲鼉
傾城遊女盛好是采蓮時

矮桂枝鉤栗。叢篁葉打頭。隄行皆仄徑。路斷得高樓。欄檻千迴錦。玻璃五色秋。落霞沈水底。綺散不能收。跨水一樓名沈霞榭

頗憶家山好。去鄉玆六年。此間行樂地。小有洞庭天。點綴須人力。搜尋信妙緣。使君殊不俗。把酒意茫然。

梓潼道中有懷馮樹堂陳岱雲

複嶂山盤相約束。清流九曲與周遭。日高旌旆烏蛇亂。秋老爪牙鷹隼豪。北望幽燕天漠漠。東歸歲月水滔滔。江山如此知交隔。獨對菱花數二毛。

早發武連驛憶弟

朝朝整駕趁星光。細想吾生有底忙。疲馬可憐孤月照。晨雞一破萬山蒼。日歸曰歸歲云暮。有弟有弟天一方。大壑高崖風力勁。何當吹我送君旁。

入陝西境六絶句十月一日

西風已謝朔風遒。客子勞勞且未休。行過嘉陵三百里。飛崖絶壁又秦州。

破曉七盤山上望。回看蜀國萬峯環。英雄割據終何有。陵谷滄桑事等閒。南棧惟七盤嶺與朝天關最高

亂山合處響沈沈。古洞千年海樣深。獨臥籃輿初夢覺。時聞腳底老龍吟。兩山忽合中如長虹名龍洞背下有洞可容數千人

忽憶老筠吾匠儔謂郭大汨羅江上苦吟秋。未成嘉會方王貢。便恐才名駕應劉。

江流日夜走荊襄。隴蜀由來四戰場。故壘無人談往事。空山有客弔斜陽。入秦三十里為百牢關關以東水皆東流入沔關以西水皆西流入嘉陵江

七二寒谿沒骭深。谿邊茅屋隔楓林。歸人正怯征衣薄。又聽山城響暮砧。甯羌州多山澗病涉俗名七十二道腳不乾

西征一首呈李石梧前輩

我昨賦西征。爞爞冒朱夏。烈日焚八荒。息影無寸暇。孱體甘所侵。炎威肯少借。一病罹百艱。煩煎竟日夜。夙昔傷勁弓。聞弦神已怕。壹志事呻吟。訾儀任嘲罵。瘧疫難指名。熱寒互爐謝。粒食經旬辭。況能問燔炙。帶月方首塗。參橫末云罷。顛簸筍輿中。磋磨破腰胯。奴子蒼黃詢。庸醫再三詫。猛然肆造攻。云當一戰霸。惡莠雖已鋤。良苗亦失稼。隔旦嘻其疲。無復平生咤。皮皺面有窪。耳聾氣愈下。慘澹過潼關。況昏渡清灞。赫赫李中丞。觥觥范韓亞。老羆臥三邊。犬羊敢徂詐。聞

我至驪山。材官百里迓。秋雨長安邸。征鞍度一鉤。旅魄頗飄揺。公來百慰藉。遣僕炊香粳。呼僮伺館舍。徵醫未辭頻。饋物不論價。古誼暖于春。美言甘於蔗。我魂稍稍旋。望蜀仍命駕。裹藥充篋筐。買飴養嬰姹。漸覺身能輕。如馬脫韁靶。吾固慶生存。衆雛亦嗟訝。燕譽多親知。艱難少姻婭。永媿夫子賢。高情壓嵩華。賤子不足矜。西人實沾化。

留侯廟

小智徇聲榮。達人志江海。咄咄張子房。身名大自在。信美齊與梁。幾人飽葅醢。留邑兹巖疆。亮無懷璧辠。國仇亦已償。不退當何待。鬱鬱紫柏山。英風渺千載。遺蹤今則無。仙者豈予紿。朅來瞻廟庭。萬山雪皚皚。赤日巖中生。照耀金銀彩。亦欲從之遊。惜哉吾嬾怠。

柴關嶺雪

我行度柴關。山光驚我馬。密雪方未闌。飛花浩如瀉。萬嶺堆水銀。乾坤一大冶。走獸交橫奔。凍禽竄荒野。揮手舞巖巔。吾生此瀟灑。忽憶少年時。牽狗從獵者。射虎層冰中。窮追絕壁下。幾歲馳虛名。業多用逾寡。久逸筋力頽。回頭淚盈把。

廢邱關

項王西入關。叱咤何雄哉。鼻息撼山岳。號令如轟雷。分茅割大地。駕馭英雄才。六王既立後。三將還西來。降臣剖符竹。洪度方洞開。廢邱亦善地。百里關高萊。桓桓章將軍。佗佗貔虎材。奸監主幃幄。大將終疑猜。望夷不足惜。此類良可哀。行人一長歎。萬壑悲風迴。

三十三生日三首

三十餘齡似轉車。吾生泛泛信天涯。白雲望遠千山隔。黃葉催人兩鬢華。去日行藏同踏雪。迂儒事業類團沙。名山壇席都無分。欲傍青門學種瓜。

六載承明餍秘書。河東一賦又吹噓。多懸袞職無遺事。實藉文言有慶餘。白璧出山終就琢。黃金擲谷總成虛。何時卻返初衣好。歸芳蒸谿縮項魚。（蒸水去吾家十里）

苦飫風塵未息機。駑駘已絡紫金鞿。詩禪入悟無三味。世路回頭有百非。翁子少年原落拓。承宮家世本清微。故山鷗鳥吾盟在。（謂劉曾）記江邊各忘饑。

讀李義山詩集

渺緜出聲響。與綆生光瑩。太息涪翁去。無人會此情。

國士橋 趙城縣西

亂鴉呼噪若為情疲馬逡巡尚欲驚遭遇一生容可再艱難萬死竟無成至今平楚風猶勁終古寒流意未平他日王孫知己感可憐鐘室淚縱橫

至日二首

久行忘節序夙莫但奔忙茲旦即長至我征仍未央寒雲低樹白邊日際山黃時睹南來雁飄零不作行

海市三年舶河源八月槎水衡勞碩畫漆室足咨嗟天步方長健民饑亦有涯燔柴崇大禮靈貺正來賒

岱雲同年喪妻為此詩譬之

陳君喪厥妃善憂世無有情至生幻機有夢造王母紫殿何言言眾星掛戶牖穆滿翔其旁方朔戲其後陳某蟣蝨臣昧死訴左右彼有何德功鵜鶘到白首此獨何罪辜生世不少久剜肉補其天於德未為醜食貧八九年辛勤足粱筍何孽之難逭斬刈如惡莠王母返袂泣倉皇頗忸怩方朔踉蹡出曰余不執咎眾生自生滅非神有官守高秋金氣肅萬葉同衰朽朝落非獨殤夕脫非獨壽皇

天了不知無人司薄厚不見狼犺女蓬頭雙足垢一生不洗面媚夫稱佳偶亦
有綠林豪掠人如雞狗堂前妖姬舞堂下鬼妾走彼雖得偕老於君意可否此
雖中道捐名聲極萬口今妻果然令何必在駘耆惡妻不可言翛第森柢杻陳
君翻然覺再拜謝善誘歡喜不復愁逢人但索酒

喜筠仙至即題其詩集後

昌黎聖者徂不作嗚呼吾意久寥廓郭生近出還崚嶒腸胃森然起邱壑古來
文士非羸尫各有雄心戰墳索自尋世界鍼孔中別開九州造城郭哀哉曹尚
安可論襲兒沿聲膽已薄丈夫舉步驟兩龍豈有趑趄躡人腳我方僵踣痻不
前君能踐之道斯託憶君別我東南行挽輦牽裾事如昨五年奔走出骨皮竈
圻硯田了無穫時時音問相照臨語言雖甘意緒惡豈知今日還相逢席地帷
天共一酌紛紛蠻觸爭土疆誰能買閒事笑謔解顏一觀豈尋常百歲忽忽如埽
弓影攜似公成真笥前鋒失機君相還葛亮書說雖貴和屈原平生莫量鑿趨同
秋籜眾木有枝草有心殊性異涂那可度昨夕之炭今晨冰轉燠回寒在芡藿
造獨良難蕙攘詢納尤詎非樂方今　帝舜明四聰朱虎夷夔並高爵大鐘土

鼓相和鳴。文字秋霜起。廉鍔號呼朋侶。趨上流。聊可示强孰云弱。嗟余瞽者迷嶽壓不殖十年得。毋落欲張漢幟標新。軍要盟不從誰肯語。獨者無倚同者羞心之籤搖欲何著。智小謀大姬所懲。偏有狂夫百不怍。移山愚叟無日休。塡海兔禽有時涸。屠龍大噉顧已虛。哆口如箕且一嚼。老鈞老鈞子視余。謬志誕言豈堪藥。閉門引數號五噫。欲與秋蟲鬭方畧。宇宙空曠時日寬。安用出膏自燔灼。忽憶元和奇崛翁。會合聯吟兩鳴鶴。雲龍相逐終不能。海南江東各飄泊。彼之賢俊尚如斯。我今膂頑當何若。與君辨醉千億場。誰道人間有紕錯。

雨

稍稍車塵隔安闕。一閉門高歌亦未輟。驟雨方此喧。宿霧依城靜。低雲入樹昏。空庭瀦盛水。容易即江邨。

寄弟

昔我初去家。諸弟各弱小。阿孝髡兩髦。覷人眸子瞭。後園偷棗栗。猱升極木杪。叔也從之求。揖我謂我矯。分甘一不均。戰爭在毫秒。余時輕別離。昂頭信一掉。老弟況童騃。樂多憂愁少。瞥然成六秋。光陰如過鳥。世味一飽嘗。甘心饜荼蓼。

夢裏還鄉國。溝涂苦了了。朝企恒抵昏。夕思或達曉。君詩忽見慰。迴此肝腸繞。生世非一塗。處身貴深窈。衆萬奔恬愉。聖賢類悄悄。二陸盛揚張。鶴唳悲江表。夷齊爭三光。豈不在餓殍。我今寄婉語。君聽其勿藐。一願先知命。再願耐擗標。

哭少時同學某君嘗三試有司被黜以事牽連為吏胥奇辱貧鬱以死

少日低飛各羽翰。幾年菌溷不同看。竟緣無食塡溝壑。終古銜羞在肺肝。蟻戰莫償三北恥。蠶僵更吐一絲難。寡妻弱子知何倚。雪虐風饕可耐寒。

送吳英樾之官浙江兼簡魏黃生大令三首

一第尋常事。服官方獨難。書生良短淺。世態自波瀾。被褐欲誰語。濫竽仍未安。無言堪汝贈。只是耐加餐。

大邑匪輕寄。斯民會可蘇。養魚防攪水。牧馬合求駑。兵甲連滄海。瘡痍正道塗。樂郊枯旱久。遲子一霑濡。

魏子好心事。相從興頗賒。與君聯肺腑。棄我各天涯。烟雨黔山道。風濤海國槎。東南彌萬里。吟望一長嗟。魏君與吳為婚姻竭選得貴州縣令也

六月二十八日大雨馮君樹堂周君荇農郭君筠仙方以試事困于場屋

念此殆非所堪詩以調之

黑雲壓城真欲摧銀河倒瀉天如篩我巢倉皇變澤國嗟爾三子嘻可咍孔鸞欲爭雁鶩食貪饕豈得逃天災矮簷埤庑小於盎拳曲裁足容頸顋上雨旁風忽衝突螯蝨有户安能坏脫屨漂流不可覓筆牀茶𥁞何有哉馮君枯坐但閉目急溜洒面不曾開周侯仰天得畫本倚牆絕叫添喧豗郭生耐寒苦索句飢腸内轉鳴春雷卻笑孱兒薄心膽瑟縮啾唧良足哀丈夫守身要倔強雖有艱阨無愁猜我今高卧舒兩膝深簷大棟何恢恢白日鼾聲答雷雨殘滴初歇清夢回甘眠美食豈非慶又聞逸樂生禍胎數君健強齒尚未正可磨鍊筋與骸明朝日晴各轉鬬老羆戰罷還歸來為君廣沽輒腳酒泥汙不洗且銜杯

荇農既和余詩而三子者皆見錄于有司乃復次韻

王師四出枯朽摧築城如鐵黃土篩公然一戰收全勝笑言啞啞何歡咍文章有時奏奇績不信五鬼能作災君命運命頗磨蝎可憐顛頓愁眉顋年年力戰畧城邑不分上國土一坏卻顧羣公無寸效封侯起第何難哉李廣猿亭遭醉罵衛青幕府排雲開今朝背城偶自奮一呼振臂何轟豗皇天亦助昆陽捷亂

飛屋瓦奔雲雷稍雪平生三北恥一洗往日千悲哀但令蠶食得小補休晚雞
肋生疑猜神龍卷舒在勺水綽綽進退真宏恢誼士飲河但解渴貪泉未到車
先回要將廉退式鄉國坐看合浦還珠胎兗來他年儻可老林壑休息舒髀腩
不然崇階借尺木崢嶸富貴還鼎來升沈變遷不可必今日一樂聊千杯

送妹夫王五歸五首

飄然棄我即山林野服黃冠抵萬金滾滾污塵得少辟茫茫岐路一長吟梁鴻
旅食妻孥共蘇季貧歸憂患深東去大江蘆荻老皇天颯颯正秋霖

荆楚榛栢夾道栽于人無忤世無猜豈知斤斧聯翩至復道牛羊爛漫來金碧
觚稜依日月崢嶸大棟逼風雷回頭卻羨曲轅櫟歲歲偷閒作棄材

高嵋山下草芊緜去國蹉跎今六年都老半聞悲薤露人間容易即桑田炎雲
涼雨有翻覆舞榭歌臺況變遷莫訝榮枯無定態君今猶守舊青氈王氏故富室今貧矣

有齊季女吾弟行操似君家老孟光曾是弋鳧相勞饗猶聞雛鳳已軒昂秦嘉
上計心情薄王霸躬耕身世忘織屨辟纑終古事牛衣歲月即羲皇

老弟三年困省門寒山無律可回溫由來命分政須爾久信文章不足尊南雁

乖違少書信。西風牢落對乾坤。因君傳語告予季。失馬亡羊莫更論。

送鄧伯昭兼簡家伯醞秀才三首

萬里西風道。艱哉信爾行。力耕無半穫。寒日耐孤征。身世嗟杭章。文章一覆杯。平生餘意氣。未惜為君傾。

君家老癡叔。海內久詞宗。謂湘皋廣文 歲晚餐幽菊。空山倚冷節。我今方速謗。茲味亦非濃。他日龐公榻。來尋物外蹤。

吾宗良大雅。老矣尚巖阿。六載長乖隔。百年能幾何。高明遭鬼侮。圭璧受沙磨。動忍由來事。無為棄斧柯。

莫過如竹

維摩元未病。子杞空復疑。薄暮還相訪。經旬繫我思。深談四壁靜。交道一鐙知。天畢看西下。來歸亦未遲。

題明陳忠愍公雪聲堂硯為唐觀察樹義作

人間尤物天所溢。豪奪巧偷生災怪。尚書老硯差復尤。流落君家足一快。區區石耳烏足珍。重談勝朝可深喟。金陵已破汀州摧。桂林孱主甚矣憊。書生短褐陳老謀。欲傾南溟洗兩戒。西走臨賀東珠江。剜身莫醫六州瘵。已聞餘燼飄烟埃。復道妻孥餧杻械。丈夫首斷心不懲。賤妾癡兒況足芥。袁粲狄巷猶麐槽。張巡孫城已粉壞。可憐此硯隨忠魂。未了多生文字債。文豹已斃皮尚存。笑倩後人為爬疥。不復更道夢中緣。已覺英靈接謦欬。阿翁作吏今龔黃。惜哉老藉亦翻鍛。君今撫硯勘楹書。世守櫝韜安敢懈。惠然何日持示余。我見石兄或三拜。

唐君得此硯於桂林其尊人於清遠舟中夢陳忠愍道及之因名所居曰夢硯齋

訓九弟四首

違離予季今三載。卒苦學詩絕可憐。王粲辭家遘多患。陸雲入洛正華年。輪轅塵裏鬢毛改。鼙鼓聲中筋骨堅。門內生涯何足道。要須嘗膽報堯天。

漢家八葉耀威弧。冬幹春膠造作殊。豈謂弋鋋照京口。翻然玉帛荅倭奴。故山豈識風塵事。舊德惟傳嫁娶圖。長是太平依日月。杖藜零涕說康衢。

杜韓不作蘇黃逝。今我說詩將附誰。手似五丁開石壁。心如六合一游絲。神斤事業無凡賞。春草池塘有夢思。何日聯牀對鐙火。為君爛醉舞傞傞。

辰君平正午君奇。屈指老沉真白眉。入世巾袍各骯髒。閉門諧謔即支離。中年

例有妻孥役識字由來教養衰家食等閒不經意如今飄泊在天涯澄侯以庚辰生溫甫以壬午生

乙巳春闈謝戴醽士前輩畫竹

余少淪賤貧學書等畫墁中歲偷太倉誤為金紫絆文字雖所攻淺嘗不能半適來又十年拋棄如土炭豈謂選佛場謬來事襄贊列仙盛瀛洲腰魚何璀璨禁院局重扃沈沈宿桂觀鍵戶無一營馳箋鬭豪翰離藍埽秋葉斯須復堆案眾雛亦好事奔命極雨汗戴嵩聖雲孫三絕天所歎干謁填其廬鐵門說三換朅來困棘闈逢人匄脫腕為余寫新竹風筠兀繚亂呵壁呼老可筌宷何足算我雖不解畫者古頗知岸但得琴中趣何必工抑按為報青琅玕微詩庶一粲

題畫竹次醽士前輩韻二首

森森鳳尾一時抽滿地孫枝翠篠稠老幹已淩霄漢上曲江猶自憶遨頭

列仙不比山澤臞碧梲瓊漿事有無更向禪宗參玉版花豬竹䶉肯分吾

題醽士前輩為滇生師畫竹疊前韻

鎖院重深春爛漫壁壘潭潭古所墁盡收羣彥歸樊籠有似神駒遭縶絆戴侯

健者胸宇宏。足迹畧經九州半。苦者書畫拚金錢。頗睨蟬貂等塗炭。錢塘夫子今儒宗。藻火虎蜼賴翊贊。兩賢分吸西湖光。東壁文輝北斗爍。亦有繪事追宣和。豈徒宏文敵貞觀。頃來巨卷寫風篁。欲學湖州贈內翰。斷枝零葉不整齊。但覺清風拂書案。試院經今五百年。文字何止千牛汗。前水後水俱東之。萬事悠悠良可歎。獨有名墨長流傳。壽世不隨星霜換。故知雨露濡李桃。不如風雲生肘腕。我今老硯久荒蕪。圖史抛如秋籜亂。外文內節兩無稱。蠹蠹班行誰比算。誓將歸放竹石間。不管世途有陵岸。戴侯畫牛有家法。何不誤筆試一按。尚書早兆調燮幾。我亦願歌南山粲。

請醞士前輩畫竹歸貽樹堂題詩一首

孔翠閑雕龍。失羣忤本性。懷我如玉人。三旬闕賓敬。老醞今鄭虔。支離頗自聖。余為揚其波。畫詩極輝映。寫此貽君子。持將作寶鏡。筠以喻其文。幹方晚節勁。桃李漫紛紛。語君勿與競。物外求交知。塵中鬬幽夐。

又贈筠仙一幅

人生有乖隔。咫尺成關山。我心日百轉。從來輸石頑。日吾語戴侯。君在張李間。

為君畫新竹。幽澹不容攀。我家雙溪上。萬竹圍沙灣。涼夜幽篁裏。月冷水潺潺。行攜子偕隱。鹿逐相往還。詩名滿天地。蹤跡混榛菅。

訓岷樵

市廛交態角一鬨。朝為沸湯莫冰凍。江侯爾豈今世人。要須羊左與伯仲。漢上鄒生環者徒。卧病長安極屢空。（謂鄒柳谿）導養難絕三彭仇。惡讖欲尋二豎夢。君獨仁之相掖攜。心獻嚴誠匪貌貢。執役能令賤者羞。感物頗為時人誦。丈夫智勇彌九州。守愚常抱漢陰甕。不學世上輕薄兒。巧笑人前事機弄。昔我持此語馮生。（謂樹堂）沈飲深觥豈辭痛。郭生酒後猶激昂。（謂筠仙）往往新篇發嘲諷。君今勁節盤高秋。況有詩句驚萬衆。喜雨一章已恢奇。猶嫌伏轅受羈鞚。頃來貺我珍珍瓊瑤。韜以錦囊無縠縫。我今塵海久淪胥。方寸迷濛足霧霿。乃知貧賤真可歡。富貴靡身百無用。因君寄語談天客。狂夫小言戒微中。但教毛羽垂九天。未要好風邊吹送。

鄒興愚字柳谿新化人客居陝西興安道光庚子舉陝西鄉試家酷貧而自守嚴不苟取今年大病京師不得與禮部試醫藥雜役皆岷樵躬之

急難之誼吾見亦罕予既為此詩後十日而興愚死予與岷樵及興愚
之族兄子律三人者為經紀其後事秩然可以無悔將以七月歸其喪
興安岷樵蓋有終始者子律字春生亦篤士六月十二日附記

送王子壽歸荊州五首以高步追許由為韻

冠組墮塵海與世日滔滔豈知魯連子脫身美遯逃十輩蜩與鷽跳踉不能高
黃鵠冥一舉大地如秋毫

揮鞭拾科名咄嗟踏天路四十非不遷萬卷非無具尋直如可期須臾得少駐
側聞馮潛郎厖眉守故步

盛年竄關輔結客頗支離負米半天下有婦愁朝炊詩名滿湖海持是欲安之
菰中一漁笠懷哉不可追

天人互轉旋時勢有虎鼠結交貴結心竊當變寒暑可憐拙匠斤謬被獲人許
一杯君強釂無人解觴汝

皇明爛八極小范臥西州嗟君老從事招招豈無舟廢興難可道時來不自由
投竿要強起何代無馬周（王君嘗為林少穆制軍幕府從事）

移居偶成

前人栽藤後人看。我年於藤未及半。前人種竹青成林。舞影窗月清我心。況有丁香海棠樹。璀砌壯丹亂無數。霜風但遣枯枝立。春光猶進隔年度。獨立何必念芳菲。正肅氣與天地遇。此身今古如脱徙。人得人弓等閑耳。冰霜百物半摧藏。埽除一室吾安事。轉眼花開春事新。四座唯延澹蕩人。讀書養性聊為樂。日可招要梅子真。

贈梅伯言二首

隘巷蕭蕭少過車。蓬門寂寂似逃虛。為朽不顧庚桑楚。爭席誰名陽子居。喜潑綠成新引竹。仍磨丹瓚舊雕書。長安挂眼無冠蓋。獨有文章未肯疏。

單緒真傳自皖桐。不孤當代一文雄。讀書養性原家教。績學參微況祖風。眾妙觀如蜂釀蜜。獨高格似鶴騫空。上池我亦源頭識。可奈頻過風日中。

送陳岱雲出守吉安 有序 存文集

驪駒且莫喧。我歌始一放。憶昔初逢君。漢濱俯高浪。同拾春官第。天門踏閶闔射策干羲軒。挾神一何王。君喁我斯于。躡履星辰上。雙鳥不分飛。短翎實所傍借屋兩頭居。嬉遊不可狀。六月寒瓜肥。嚼冰滌府臟。劈半持作冠。狂呼極跌宕。
秋雨催歸人。膏車各南向。長沙揖君廬。入門刪三讓。拜母升後堂。排筵倒家釀。
明歲同還朝。百扶接居巷。朝餐或來過。夕渴還相訪。問學商米鹽。經綸說魚醬。
驅驢駕雞棲。似狗頗茁壯。有甑例宜塵。無衣安用桁。我道夫子賢。世人或嘲謗。
世人病我頑。夫子憐其誑。袍笏雖支離。貌卑心則亢。平生企高遐。力微不自量。
樹德追孔周。拯時儷葛亮。又兼韓歐技。大言足妖妄。夫子不予譏。和高越初唱。
洽比三四年。為懽亦云暢。卯歲夏之中。九門盛炎瘴。君實罹其災。一病月三望。
毒熱熏轅外殭。客瘥几中脹。有婦賢且勤。籲天事供養。背分蔔令涼。饘進冀缺餉。
剜肉補其天。有神實克相。繄我相扶持。計窮屢怏怏。國工吳竹如與鄭小珊調齊妙
心匠。鬼錄不見收。人謀信可仗。由來福與禍。茫茫自天貺。時月無幾何。中饋遘
死喪。我時匍匐救。倉皇事摒擋。黃口抱呱呱。稽首別繐帳。移巢翼其兒。室燬子
無恙。良人匪頑石。焉能缺悽愴。傾家營奠齋。淚河送返葬。我謂君已愚。稽經懼
失當。君謂情自纏。誰趁六塵障。展轉彌再期。病貧互摩盪。南望問尸饔。儲糧不
盈盎。摧腸與蹙眉。萬端欲誰諒。一朝被　殊恩。干憂始滌蕩。士窮守艱危。時來

類放曠。為君述前塵。在莒慎無忘。報恩不在他。立德乃可尚。丈夫要努力。無為苦惆悵。

夜直苦寒

白虎西流朱鳥高。五更風利鷙驍刀。勁寒戰栗通心曲。轄氣冰霜上口毛。曠蕩青天如可對。折旋丹地敢辭勞。頻聞交戰呵金馬。驀入鐙爐炙凍毫。

吳宮黃病中屬市鹿尾

越舫迎來手指千。屋多不畏貯風偏。華鐙鄉話初長夜。欒梲吟愁欲雪天。陽氣眉間回病客。元精至後固崖仙。內廚斫取殷紅色。判費西清月放錢。

臘八日夜直

翻從官宿得閒時。仙掖深深晝掩帷。靜向古人書易入。寒偏今日酒堪持。濃饘說獻宮中佛。晴雪看分禁裏墀。日暮武英門外望。井闌冰合柳枯垂。

丙午正月二日作

蹉跎三十五。聞道其既晚。去日良已富。來程亮復遠。自從伊閩亡。大道閉元楗。有瞽不識珠。賣珠事驕蹇。微數陳豆籩。小知辨蜓蝘。迂腐譏淵騫。空疏訕商偃。

前者激波瀾。後者逐闔很。大江日滔滔。衆人死娩娩。誰能抱孤芳。寂寥守舊畹。通經不達時。失身下豬圈。嗟予局促聞。亦不工唶嚀。非仁不敢祖。非義豈嘗本。所學誠流俗。攀躋但分別。不挂高明眼。譏評冇少損。民各有依倚。吾寧變愚悃。文字局緘縢。經綸在房梱。浩蕩冠蓋場。一心自嘉遯。聊用陳區區。夢魂庶謐穩。

題筤谷圖

大雅即高詠。耽隱青山岑。手折篔簹枝。鏗為琅玕音。松風石壁高。箐霧林霏深。幽幽人不知。獨鶴明孤心。

陳慶覃詩鈔題辭三首

魏王大瓠號豐碩。酌水盛漿百不適。丈夫身手豈不良。沈沒詩篇真可惜。嘐嘐道古無一符。畫脂工夫竟何益。我昔鏤肝好苦言。今來百憂頗冰釋。誓將轂軫收哀彈。不唱君家行路難。

近聞西蜀甚陸梁。驅人大邑如驅羊。摩揭竿旌過都市。廣開林藪收畔亡。新市下江頗竊發。左谿橫水還披猖。州家上名使家縱。昔我經過心驚傷。太平風塵亦如此。胡不上書達天子。
虞舜藏弓蒼梧野。我家正度南嶽下。眼看鄉井多礜髭。凌周郭李皆健者。何郎蒼老孫郎少。君合衆銅付一冶。楚人自古工語言。湘流到今悼屈賈。褊夫例縛文字禪。劍頭一吷真槊然。凌荻洲周杏農郭筠仙李梅生何子貞孫芝房皆同鄉人也

甜紅詩課戲題一詩於後

鉛山不作桐城逝。海內騷壇委寒灰。龍蟄虎潛斷吟嘯。坐令蚯蚓鳴驚雷。甜紅先生頗好事。欲拓詩國疆土恢。號名英豪執牛耳。大蒐燕冀選龍媒。走章馳檄遍都市。紛紛吟扎如雲來。較量錙銖判殿最。豈有魚目還珠胎。傾身愛才劇如命。酬字金帛布成堆。達官貴人不好士。先生此舉真豪哉。嗟余楚狂百無用。長安十載餐黃埃。作碑無錢枉自苦。乞米有帖長空回。臣朔飢死侏儒飽。古來顛倒何足哀。偶然塗抹為新句。畫眉深淺乖時裁。鬖髿飄零有誰惜。錐刀角逐吁可咍。豚蹏果遂篝車祝。一笑取醉三百杯。

送王孝鳳之雲南即題其尊人松菊圖

累世無咎繇。冤民塞九縣。數罟危衆魚。吞舟不加譴。王吏邦之良。溫恭少側弁。

獄吏一牽連秋毫忤雷電田甲時見陵馬遷莫相援盆底無昊天荷戈出摩囪
萬里蒲纍道征人淚如霰廿載餐氈糜衣無故時綫回首望家山柴桑信所戀
老松儻無恙叢菊向誰絢有子鑑華鐘蜚聲震金殿武庫羅其胸千將思一割
誓上緹縈書不乘長卿傳一麾首滇南征心已如箭預想王坦之初覲懷祖面
抱持至膝上悲喜集一見萬事如浮雲滄海日千變獨有骨肉離重逢真可羨
明歲唱刀環懽聲若雷忭歸食武昌魚叱鄰張高宴　鳳詔喧里閭純孝回
天眷不學朱壽昌徒登獨行傳

題錢籥仙雞燭修書圖

腐史音塵湮千載無完史斷代自班生鍊攬破大體茂先賞三志編摩或索
米舊書留舋瑕但為吳生詆數賢不足珍除外況靡靡　聖代盛文章羣英躡
前軌殷鑑疊裒成編唐經今經美磊磊南董倫彯纓足幡纚錢子邦之良弱冠捋
金紫涇渭原胸中袞鈇極筆底朝踏東華路柴車等敗屣夜歸南窗下椽燭照
大几一字褒幽潛片言殛姦宄曲直在豪端誰能矜爪觜我亦載筆臣大弨久
復弛三載糜官錢甑塵亦莫洗披圖聊粲然作詩一洒恥

題孫君采芝圖二首孫君名葆恬字劭吾善化人嘉慶己卯舉人道光六年以大挑選桃源縣學教諭芝房侍講之父也

衆羽工飛騫，先生獨摧挫。十載桃花源，寒氊屢告破。古木發深彈，從來拒俗和。采蕨晞殷頑，餐英補楚些。自擷三秀芝，窮年振寒餓。豈謂人事乖，悠悠即長卧。掇草求長生，無靈欲誰那。長是拜畫圖，千秋聆咳唾。

少室吾黨英，儲能實完好。韶齒殊不廉，閒偷仙人棗。航海探琪花，蹁躚踏三島。根本良已深，衆考信在抱。言采幽蘭歸，種作階前草。上有竹脩脩，下有清風埽。竹節寒逾堅，貞心永難老。風暖扇餘馨，繁香滿穹昊。

書朱皋亭家傳後

韓公曾作董生行，坡老亦詠姚氏堂。末世文人若孱陋，雖有行誼無由彰。徽州太守萬夫特，承明一出腰銀黃。政聲今鄰趙張右，名翰昔在崔蔡行。憶昨石渠同討論，稱引先德何琅琅。老亭絕學半庭訓，佩韋奕葉仍作堂。孝經五齡誦在口，內則半編時相將。一朝老親蒙霧露，醫不能力巫難禳。妙年誠心破金石，午夜刲臂和羹湯。探丸何曾讓耆域，卧冰殆欲嗤王祥。誰言昊穹闊且遠，小和大應如宮商。何耶道躬既純固，何兒行義宜褒揚。漢家本來重孝友，薄俗尤應式

龐涼豈謂虛舟藏大壑空教幽獄埋寒鋩獨留孤兒好頭角神駒墮地不可當
逸足騰踏蓬島路八載與我同趨蹌昨年一麾出歙浦南飢北渴水相望白塔
觚稜晨漠漠黄山烟靄暮蒼蒼懷人卻寄相思字念祖仍徵述德章前人艱危
事栽種後人但識嘉蔭長即今楩枏貢天府莫忘老榦在冰霜

訓陳慶覃侍御

赤水沈元珠千年逢象罔君子迴深眷翻然辱旌奬馬走那解詩鉤章事鹵莽
秋蟬挂高柳風過自成響豈意師曠聰偏聽發謏賞維君墜高壘無人敢掉鞅
筆端一縷香百靈通肸蠁方今隆棟穹伊巫擁天仗巢燧無闕遺無處著崛彊
以茲得雍容閒吟寄慷慨有書亦盈牀有沽亦盈盎六宇自冥冥湫隘莫予網
請君𢯱夔石予亦棲堯壤

送周文泉大令之官城武

周侯為政知者鮮地小天長自不展早歲讀書如老饞堆案徧嘗盡自籀詞源
一瀉不得休往往巉巖雜婉孌頻年大海泣遺珠卅載湖南綰銅篆本因名父
求蕭威始見分符來張緬深藏干邪莫銛鋩盡壞屏障通關鍵閒官那暇自料

理。時逢順風亦遷轉。由來赤令須老成。早有仁聲先流行。東窮二酉緣硃崖。南入九嶷踏秋鮮。馬援舊愁惡氣惡。文翁新化善俗善。忍教蠻花歎無穠。坐看獞猺來解辮。蘆笙銅鼓喧號歌。苗婦獒童通綣繾。我亦自是湘中人。有賢不知嗟何淺。長安一見兩無猜。詎止尋常徒睇盼。大開戶牖吐真氣。倒決江河放清辯。拘守咫聞苦自繩。我固儒酸君未免。方今要路爭騰馳。幾輩熏程競華顯。高車大馬塵埃香。翠羽長纓腰脚輭。看君散樸猶絅縵。長是敗茵策駑蹇。行橐牘有書滿箱。公廚會恐塵生甑。此去清風入濮曹。定甘雨灑青兗。誰云康吏不可爲。須信夷途百無舛。陽城豈畏書殿考。卓茂終當膺首選。邇聞海國還喧咋。此邦幸未近兵燹。可憐疲民困科條。有如聚螘遭蹂踐。豈無積弊合瘡痍。聊欲爬梳愈疥癬。枯魚在側誰能久。惡草當門要須翦。知君不薄芻蕘陳。世俗但解笋蒲餞。明朝一別各東西。愁緒多于蠶大繭。

小池

屋後一枯池。夜雨生波瀾。勿言一勺水。會有蛟龍蟠。物理無定姿。須臾變眾竅。男兒未蓋棺。進取誰能料。

東鄰杜氏義塾

稍得塵埃隙來茲一散襟喧車閟四聽時鳥送餘音亦有邊韶嬾誰能季主尋
郝童休問字剖璞方自今

茲晨

茲晨曷不樂端念良自尤自吾有尒觜半啄匪躬謀俯視見后土仰視見光浮
闕門赫婢僕雄長如諸侯專精事羹飯餘政及乾餱兵後物力絀平世生齒稠
人人似我飽實重黃屋憂吾皇惕昧爽彼相爭前籌聖者自危厲愚者自優
游大哉六合內人類難等儔

失題

西山一夜雨秋氣入庭除清晨展書坐翛然樂有餘天宇一何廓蕩蕩真吾廬
熇熇夸毗子守溢無曠居眾鱗爭坳潦鬣者安得舒豈知逃閒寂放蕩得尾閭
吾樂正如此君樂復何如

題泛海圖

昔我權瓜州金焦望峨峨靈山咫尺間不得窮巉巗還家述遊蹤高堂一笑莞

江湖險可吁。泛海況不難。撫摩慰驚魂。輭脚呼盤珱。由來慈母心。險夷最所揀。孝廉本儒衣。文章富編剗。胡為涉遐思。浮海窮覘矚。有毋足慈悲。奉佛信琵僩。共道洛伽巖。實惟仙藥產。神人渡迷津。福汝能簡簡。虔禱或有憑。孝思本無限。圖此寒寸誠。靈心聊結撰。何知妄與眞。雲濤紛滿眼。

送淩十一歸長沙五首

昨宵微雨送殘秋。秋落東西隨水流。世間萬事皆前定。行止遲速匪自由。謀道謀食兩無補。祇有足跡偏九州。一杯勸君且歡喜。丈夫由來輕萬里。

皇天陶鈞造萬器。甕盎瓶罌巧安置。頗怪君材無不能。胸中多藏如列肆。刀光刺眼瞬不搖。小事癡騃大事智。吁嗟世事安可知。干將補履不如錐。

蜾蠃負青蟲。祝祝亦相似。眼見平地矗高臺。縮版登登無基址。王侯將相豈有種。時來不得商進止。君歸讀書更十年。看君白日上青天。

恨我不學山中人。少小從耕拾束新。朝去暮還對妻子。殺雞為黍會四鄰。世事癡聾百不識。笑罵詩書如埃塵。君歸自有青塘山。築室種樹莫言艱。

如我自鏡猶可憎。非君誰復肯相偶。寂寞酒巷長叩門。三日一見開笑口。常時徒步噉塵土。偶然驅車馬如狗。君此歸去慰門閭，我今留滯當何如。

送謝果堂前輩歸江南

我昔曾讀知恥集，恨不追逐參翔翱。當時小人竊國柄，狐鳴梟噪何貪饕。霍家奴子青油幰，夜半狹巷公嬉遨。一朝燒車震都市，驄馬御史真人豪。至今朝士誦遺直，言之凜凜寒生毛。先生早聞過庭訓，豈有勁幹能枉撓。（謝鄉泉先生名振定，為御史時曾燒和珅家奴車，旋以他事中傷落職。嘉慶四年起復，為禮部主事。今上嘗呼果堂為燒車御史之子）廿年作吏領畿赤，王事何曾怨賢勞。為憐疲民困蹂躪，親撫積瘵勤爬搔。豫州豐碑吾所見，德政猶傳萬口牢。復聞巴㸑魋結惡，十載邊陲苦繹騷。先生手草諭蜀檄，剖劃熏穴鼪鼯號。殺賊自是書生事，成功屢蒙聖人褒。（果堂討平四川夷匪，賞戴花翎）陳立餘威懾驍冉，文翁雅化烝髦。方今時俗忌博謇，傲傲萬眾餔醨糟。卻笑先生抱古誼，肯隨里耳同喧嘈。誰言夷途百無殃，未免奇數時一遭。大江東下日滔滔，蜀水沈珠不可撈。使君一去萬人哭，牽衣遮道何嗷嗷。蛾眉謠諑古所惜，坐使斧柯終倒操。竭來長安談舊事，磨礲圭角深自韜。削如太華立千仞，絕頂秋隼下平皋。始知老輩尚矜節，堪哂薄俗徒塵囂。嗟余昏頑太無識，隨人俯仰如桔槔。頻蒙美言

藥狂昏。須臾便達肓與膏。昨者告别鶩何處。歸心已似風中旌。逝將買山學耕
釣。行且築室誅蓬蒿。世事癡聾不復問。典衣取酒樂陶陶。天空地闊網羅少。黃
鵠一舉何其高。紛紛燕雀非吾曹。

失題四首

抽得閑身鶴不如。高秋酒熟鞠黃初。便驅天駟識途馬。歸釣江鄉縮項魚。往日
心情隨轂轉。今來身世似舟虛。不須更說知幾早。且喜塵緣盡剗除。
蚤雨蠻烟日日催。側身周望重低徊。海濱膏血深無極。帳下笙歌自莫哀。安得
賈生時痛哭。可憐楊僕本庸才。投章欲問茫茫意。何處通天尚有臺。
金堤舊潰高家堰。復道今年盛昔年。自古塵沙同浩刼。斯民塗炭豈前緣。沈江
欲禱王尊璧。擊楫誰揮祖逖鞭。大厦正須梁棟拄。先生何事賦歸田。
兩度歸帆泝上流。蕭蕭落木洞庭秋。送君此去風前酒。憶我當時月夜舟。宏景
舊居句曲洞。杜陵新卜浣谿頭。好栽修竹一千畝。便抵人間萬戶侯。

秋懷詩五首

木葉下如雨。西風吹我衣。天地氣一肅。回頭萬事非。虛舟無抵忤。恩怨名殺機

年年絆物累。俯仰鄙詬譏。終然學黄鵠。浩蕩滄溟飛。

蟋蟀吟西軒。商聲方茲始。小人快一鳴。得時亦如此。大澤藏蟄龍。嚴冬卧不起。明歲澤九州。功成返湫底。吾道惡多言。喧囂空復爾。

吾愛鄃夫子。謂仁和邵懿辰古之三益者。鑿鑿攻我瑕。不隨世人啞。薄俗尊文章。吾亦事苟且。赫赫揚子雲。末途裂予丸。再拜謝獿人。斤斧行可捨。

城頭昨宵月。今夕虧其圓。丈夫矜小節。一缺誰復全。蝸廬抱奇景。高視羲皇前。蒼蠅點尺璧。江漢難洗蠲。馬融頌西第。今為時所憐。

吾友劉孟容。遺我兩好書。三年不報答。幽怨今何如。深山閟大寶。光氣塞州閭。奬英覆壇席。名業箕斗虛。補天儻無術。不如且荷鋤。

詶辥曉颿

大谷閟幽蘭。由來習霜雪。摧挫彌歲年。葳蕤減昔悅。本性誠未移。芬芳詎可滅。時物一為遭。適為吳人擲。會合亦有宜。廢興固難說。旁有荷樵子。殷勤事搴擷。出山嗅懷袖。餘馨亦未輟。臭味良有然。非渠獨明哲。

風騷難可惜。推激惟建安。參軍信能事。聲裂才亦殫。寂寞杜陵老。苦為憂患干。

上承柔澹思。下啟碧海瀾。茫茫望前哲。自立良獨難。君今抱古調。傾情為我彈。
虛名播九野。內美常不完。相期蓄令德。各護淩風翰。

題王少鶴㚘砧課讀圖

破屋荒園陰雨候。桐樹清陰向人覆。虢虢危巢鳥餔㲉。風窗瑟縮鐙如豆。砧聲清切姊心悲。書聲函胡姊淚垂。天乎汝此不自力。豈惟乃姊摧肝臆。二親魂魄長嗚唈。躍馬天街得路回。龍鍾老疾姊顏開。一笑迎門雪雙涕。此日當時互悲喜。當時荒園姊攜弟。此日安轝弟迎姊。鳳誥輝煇賁下泉。柳江春色煥雲烟。長途珍重難為別。願且無忘在昔年。

送王少鶴

待爾雙雙至。春回又一年。開尊皆舊友。發篋半新篇。荔子時紅雨。芭且綠外天。江鄉好風景。話向酒杯前。

丙午初冬寓居報國寺賦詩五首

閉門百慮叢憂煎。出門葛蔓相糾纏。苦被塵埃縛欲死。脫身來此親僧𨙸老松大槐遮四徑。日月為我生光妍。道人龍鍾五十七。黝深碧眼珍珠圓。烹茶煮餅

時勤我亦有山棐堆初筵槖駝對坐不相管。兩家各有無言禪皋夔稷契非吾
事。休囙飢飽付皇天。

去年肺熱苦吟呻今年耳聾百不聞。吾生卅六未全老。蒲柳已與西風鄰。念我
識字殊珍少。淺思詎足燔精神。忽憶軒頊初考文。羣鬼嘑夜天裂晨。斯高揚馬
竝姦怪。名陵祭酒尤絶倫。段生晚出吾最許。勢與二徐爭嶙峋。惜哉數子琢肝
腎。鑿破醨古趨罝罟。書史不是養生物。雕鎪例少牢強身。我今日飲婆娑尚不
樂。嗟爾皓首魚蟲人。

長安十月飛繁霜。西風落葉戛金商。道場隙地一千畝。頹垣破礎淒荒荒。壞塔
陂陀野狐嗥。華榲漫漶飢鼠忙。憶昔憲皇興作日。飛樓湧殿何巍昂。外家恩澤
敵田竇。祖師勢要淩侯王。三百年來變陵谷。龍象孱弱粃艊狂。毗盧閣子今安
在。向時鐵鳳蟠穹蒼。銅駝荊棘古所歎。今我何為獨旁皇。鼻涕垂頤不須管。況
問人世滄與桑。

俗儒闒闒蛙亂鳴。亭林老子和金聲。昌平山水委灰燼。可憐孤城淚縱橫。東西
南北轍迹遍。斷柯缺斧終無成。獨有文書巨眼在。北斗麗天萬古明。聲音上溯

三皇始。地志欲掩四子名。丈夫立言要須爾。擊甕拊缶烏足鳴。嗟余孱退昏庸
百不力。付與四海劉傳瑩

劉郎三十甘蒿萊。荷篠著書真豪哉。郭生辭我還鄉國。東遊章貢峨紅埃。跌岩
江山要詩句。傾倒懷抱須尊罍。此間頗似酺池寺。但少晁張斐然來。朝飢夕渴
不可解。安得銀潢倒落注金杯。

送舒伯魯

神駒秉清峻。墮地淩無前。男兒志萬里。亦在華妙年。舒生吾楚儁。結髮疲丹鉛。
內外承嘉蔭。託根魁斗躔。迎婦氾陽府。結客彌幽燕。遂來寓京輦。滿月彎鳴弦。
謂言拾高第。如掇牀頭錢。人事有奇偶。虎鼠非吾權。文章不娬媚。例為時世捐。
芝蘭合鋤刈。朝菌香徹天。可憐壯夫志。摧撼終不遷。時時造我閭。屏慮商詩篇。
高吟動厚地。幽思縋重淵。維桑古有敬。況此接才賢。昨來忽告別。歸意何翩翩。
寢門疏定省。肯為世網牽。一鳴不稱意。脫去如鷹鸇。趙孟等閑事。難者參與騫。
馬走蝨。此間歲月逐風顛。謀歸百不勇。送汝聊自鐫。

劉寔詩

新甯江君忠源子之執友也數為予稱其邑孝子劉変者道光丁未変年齒六十江君求予以詩揚其行為老人光悅且以風里人夫甄采畸德作獨行傳之長編史氏之任也嘉善而懲不能勸一而勵百亦士大夫有風俗之責者事也故為之詩歌遠貽劉変変名某字某實縣學生

金峯萬山蟆劉変巢山椒。邦人所賓禮與山兩岧蕘。天窮苦無告孤露初及髫。傾家樹四壁馬磨風蕭蕭。朝餐忒恥盎夕飲恒賭瓢。子矜式學忒童冠各在招。束脩斂薄少歲穫償萋穮。上堂奉甘滑入室馨脂膏。一噎三咻摩一食再溫幼。蒸梨忒忤志捐斥無寬條。嬰兒抱酷愛畢世非一朝。白日不東返孝養隨督飄。所餘栝與棬傍身帀瓊瑤。觸時即予卯有賈如春潮。仰供不知勑俯畜安能饒。舉家浩鶖雁妻餒兒號宵。維変不幽莽長短與量料。紉箴教補裂呼粥權息囂。鄉鄰敬其誼百里無飛鴞。長官式其賢噎息不敢驕。噫予血氣倫報本義所要。人紀有乖沸茲實懸之杓。惠迪經所訓物理亮非遙。感歎遂成詠庶以風鄙澆。

送莫友芝

豪英不地囿十九興偏邦。斬崖撥叢棘往往逢蘭茳。黔南莫夫子志事無匹雙。

萬書薄其腹，廿載幽窮鄉。今年偶作劇，射策來都堂。青鞵側破帽，日繹書賈坊。
邂逅一相見，揖我謂我臧。劉郎吾庸敬，好事迷短長。笑酒賴君頗，亦用沾我腸。
微瀾時激引，稍稍觀濤江。可憐好手眼，不達時温涼。果然被捐斥，鍛刈不成芳。
誰能尼歸駕，飄若驚鴻翔。我時走其廬，深語非淺商。次及奚義痛，老淚何浪浪。
嗟余亦心性，内刺能不降。賓然拜牀下，十分肅老龐。闕山有乖隔，人事不可詳。
萬里共日月，肝膽各光芒。作詩勖歲暮，亦以勤劉郎。劉郎謂鄴雲

題彭旭詩集後即送其南歸二首

日日送歸客，情抱難爲佳。老彭復去我，内撫焉所偕。往手初遇子，睇睞無等儕。
鷹眼迴高秋，勢不甘塵埃。自言困鄉國，横被口語猜。絳侯畏牘背，田甲欺死灰。
脱身來洛下，稍攝驚魄回。風波一震蕩，萬事何有哉。雄篇忽枉我，峻句何崔嵬。
險拔肝膽露，憂患才地開。終然達紫氣，幽獄難可埋。男兒要身在，百忤寧足摧。
臨歧不知報，努力乾深杯。

大雅淪正音，箏琶實繁響。杜韓去千年，揺落吾安放。涪叟差可人，風騷通肸蠁。
造意追無垠，琢辭辨倔僵。伸文揉作縮，直氣摧爲枉。自僕宗涪公，時流頗忻嚮。

文復揚其波石鼓疊雜守廣大道闢榛蕪中路生罔兩孱夫阻半途老大迷歸往
要當志千里未宜局尋丈古人已芒芒來者非吾黨並世求人難勉旃各慷慨

丁未六月七日考試漢教習試院作二首

潭潭深院鑰扃牢闕日溼雲作鬱陶薄名何曾解消渴纖絺便欲等重袍高堂
燕息尚如此矮屋蜂屯毋已勞得失升沈紛滿眼世間人事等牛毛

虞廷胄子肄聲律漢室小侯齒辟雍銀漢支流原博大璧門追琢要從容師儒
落落渺千載鍼芥時時還一逢明日鄧林斤斧入可能澗底拔長松

丁未六月廿一為歐陽公生日集卲二寓齋分韻得是字

讌飲非吾欣十招九不起豈不耽羣歡未諳諾與唯今日飲卲侯婆娑辦一喜
多因坐上賓可人非俗子梅麥謅名世姿蕭然紅塵裏蟬蛻三十年萬事如脫
屣獨留文章性負好無遷徙頗擬歐陽公時時挂牙齒後者開曾王前追韓與
史自変持此論斯文有正軌二三邦國英風流相依倚持斤向老鼻郢門欲成
市卲侯宏其波崢嶸見尒觜時作好事人排蕩詩酒理長安三月雨夾咸方一
虓洗醆掐近局眾賓稍填委尚想老醉翁茲辰實攬揆展圖拜光儀焚香追無

始餧鱗初在嘗良琴復動耳跌宕宇宙間嘐嘐亦未已鄙人實昏頑百非護一是麋鹿生野性謬來絆金紫紛華一蕩滌精光半銷毁常恐道未聞隕身同螻蟻苦緬六一公終古長不死名位匪絶人所貴不關彼作詩謝邵侯梅麥豈送似

詶李生三首

一别李生今四載我有情懷浩如海白日西下江水東嗟余與女不相逢念女春秋正壯大勳名邂逅能鼎鐘三年五年伏不出鏡中便恐改昔容丈夫自謀要深遠求田莫問陳元龍深山窮谷霜鍔老何人拂拭青芙蓉

曳尾不羨宗祏龜孤豚不慕太廟犧我今等閑為世用自憐骯髒百不宜海國波濤一萬里天吳罔象相娛嬉 聖主宵衣事展轉小臣孱薄何能為胸中不辨管與樂囊中嘗少濩與耆朝欷夕噫不自得俛首長誦鴟梟詩

孫生粲粲如刻苕玉立偕女雙瓊瑤同作二喬好夫婿盛年咳唾干雲霄蜀山嵯峩蜀江闊終南畸士光斗杓文章不是救時物揚雄司馬烏足驕男兒萬事須嘗胆詎肯僥倖呼盧梟女曹報 國好身手看我蹉跎已老醜

次韻戴醇士邵蕙西見過

去年城南臥古剎高秋萬葉聲鳴戛病中强哦七字詩欲調苦腸變甘滑樞府
先生辱相和神鬼彫鐫何桀黠鏟除險語歸溫柔痛與鄙人砭茁軋我時鄉夢
正南飛欲促歸裝理脂舝奇章偉句不能報自慙久喑蛬與蟄豈期歲序遽周
遭西風蕭蕭又愁殺東烏西兔老鞭笞鏡裏催人雙鬢鬜二賢忽來曠我懷高
論卬索窮九八但得尊前睹歡笑遑冀身後誰識察紛紛人海縛轡纓汨汨天
刑被髡刖何時卻隨兩閒鷗摩空一盤萬里鶻

題平谷山莊圖

十年京國蹋朝鼓九陌黃塵塞肝腑已分喧囂儕市估忽夢歸去釣湘煙洞庭
八月水如天沙鷗與我抵足眠醒來依舊馬嘶櫪車聲隆隆震牆壁始知樊籠
困羽翼開圖對此好谿山萬重雲水一僧閒清輝照我塵裏顏何日飄然鼓芒
屩往尋盤山松下路買鄰來傍羊求住

武會試闈中作

禁闈蓮漏已宵深涼月窺人肯一臨此地頻來從案牘吾生何日得山林貔貅

霧隱三更肅河漢天高萬籟沈大冷鐙青無箇事可憐閒殺愛才心

題梅伯言扁舟歸養圖二首

治風融日作好春吾子嘉遯逢茲晨長安高蓋擁衢術往者牛毛去者麟平明趨衙莫退舍日月人前伺喜嗔誰識扁舟五湖外尚有朝士梅子真

漣水之頭貲江尾十年同達桑與梓君去芒鞵踏萬山谷鳥崖花各歡喜白頭老母迎門笑傾身一拜兒歸矣我今濡尾不知還猨鶴自懷猶在彼

書嚴太守大關賑糶詩後

去年河北哀鴻嗸千里剝地墝無毛霾牲瘞圭百不應妻兒鬻食夫遁逃吾皇慘惻軫飢溺餵漕下灌傾恩膏　詔發內儲一百萬揀置柱席蘇號咷頗聞洪波有滲漏蠹賊難防胥役饕今我苦思循良吏部勸仁政明秋毫麗江太守今名父噢咻赤子歸甄陶政成蠻花罷歌舞趹岩滇海窮詩騷揭來金門謁帝座一編示我何桀驁賑糶兩章尤警絕風格欲與次山爭旌旄大夫出疆得專擅汲黯發粟史所褒叔世議賑非細事走章馳檄相訾謷州家申求使家沮民冊吏牘如山高君能奮身拯水火一破積習萬口牢畫脂不是壯夫業詩

外有事真賢豪。安得九州徧公等。撫摩萬衆離煎熬。作歌聊用勸來哲。下者莫哂陽城勞。

送黎樾喬侍御南歸六首

時歲善遒邁。煩憹無少舒。秋色滿大地。良朋還去予。十年聚京輦。並頭相呴濡。深言洞金石。密意妥綦約。傾歡酌家釀。鐙火照狂愚。不能久依倚。脫棄如驚鳧。

民生各時令。進止非人圖。物自持其末。吾自敦其初。高秋天萬里。浩蕩一春鉏。

平生秉微抱。志與詩騷親。孤音裂肝膈。劃然震乾坤。持用告庸子。舉世哀不聞。先生有妙鼻。容吾揮一斤。賞妍越恒理。逐臭詫奇芬。高歌切哀玉。吹我上青雲。多譽墮盛德。雖然豈不仁。文章事微薄。在物末爲珍。秋毫較得失。老死相齗齗。從今溉根本。破硯吾欲焚。

萬歲行滔滔。後水逐前水。今古數達官。河沙不可紀。生存勢薰天。死去飽螻螘。達人計深長。誓不欲穅秕。嗟余本野性。邂逅絆金紫。尺寸無功能。高明畏神鬼。雷同溷太倉。或恐損廉恥。倦羽企歸風。余亦行休矣。筐笥鍤松秧。從君萬山裏。

逆夷昔爛漫。兵甲擾南東。殺人飼蛟鱷。大海爲之紅。君時即我謀。雪涕向蒼穹。

夜半草萬言。朝奏甘泉宮。道謀復旁午。羣策雜昭聾。聖擇有姑舍。神斷自天聰。自獻雖不效。義憤侔賈終。事往一回首。人各發舊蒙。所貴中無疚。烏討達與窮。

洞庭天下闊。清氣横六宇。中有兩佳人。乃是淵騫伍。湖北宇莱雲。南曰孟容甫。厥氏同劉宗。神明本漢祖。實惟吾友生。交期澈肺腑。乖隔漫關河。夢魂奔越苦。朝憶便成昏。夜思或達午。此士卧深山。静氛卻豺虎。君去儻尋求。夙穌還一吐。物外得真遊。方寸能歌舞。

驄馬鑾蹤行如飛。幡然下馬賦歸去。諫草上付九重天。遍舟摇指三湘路。先生素志在湖海。復欲蒼生歸陶鑄。十年風繙虎觀書。六載霜冷烏臺樹。滄海鯨鯢浪正高。洪河蛟蜃秋尤怒。杜老窮年憂黎元。賈生伏闕陳時務。虞廷自有龍夔在。朝士誰結巢由慕。長安風寒秋氣高。離筵酒暖日色暮。共因去國惜歐九。私喜見幾繼疏傅。昭山樹古霜逾瘦。洞庭水深寒可渡。定將蹤迹溷漁樵。猶有耕桑酬雨露。他年拂衣我歸來。為訪先生嘉遯處。

題季仙九師采蘭執菊圖

靈儀耀德輝昌期偶一造翽羽時倦飛丹穴仍高蹈吾師生民傑瑩粹邁珪瑁文章養其原木雞極啄抱詩老昔采風滇海烝英髦 聖皇豁四聰愔樸信所勞文軫馳西南武庫職旌纛赫然鎮廟堂羣士息浮躁秋月照琴心忽理思歸操東籬菊正肥南陔蘭可芼翩然謝綦簪巾車已復膏小子秉屏藩門牆備灑掃追隨漫十年未洗緇塵眊稻粱逼旅懷詩禮謊庭誥賦詩鐫此心搖搖如植翿

題張石舟煙雨歸耕圖

靖陽老翁飢不死四十年來嗷書史一朝悔悟思改絃萬卷書拋如脫蹝高車大馬謝羣兒草服黃冠吾歸矣明知賦處頗相怪問翁生涯欲何以東阡南陌一毛無四海九州將安底翁言少小睎夔皋曾對老蒼矜爪觜幾年束縛蠶在匡數輩呴濡魚乞水中散自憐七不堪於菟但聞三見已閱世蠻觸多戰爭策身臧穀無完美逝將巖壑躬耕桑不受卬軻老鞭箠軀體諒非百年物夢魂倏在千山裏烟雨濛濛插新秧短渠瀰瀰長鱣鮪泥飲村農與酣嬉招呼黃犢同卧起翁言未終我已躍此身不歸神先徙行趨神武挂衣冠往尋谷口買鄰里

誰能皓首黃壓中。項短尻高不知恥。

送孫芝房使貴州二首

妙年作賦動明光。又策星軺赴夜郎。文采邊陬瞻泰斗。儀容寸步中宮商。沅湘過訪三閭廟。究葉行經百戰場。定有新詩傳萬口。歸來吾與解奚囊。

六年陳迹吾能記。病骨秋風入劍關。曾洗人天清淨眼。飽看巴蜀怪奇山。君今嚴壑搜羣玉。自有光芒照百蠻。不是老夫徒碌碌。崑岡一網手空還。

書邊袖石詩集後二首

鑴章琢句尋常事。激烈心情絕可憐。今日詞臣須頗牧。古來豪士出幽燕。楊家忠義存三疏。孫相威名在九邊。莫藉文章追往哲。要憑肝膽報皇天。

若憶荊州王仲宣。投簪浩蕩卧江天。三年促膝從予坐。四海低頭道子賢。北李南何各壇坫。楓青塞黑與纏緜。因君更遂停雲想。望斷襄陽落照邊。

太學石鼓歌

韓公不鳴老坡謝。世間神物霾寒夜。我來北雍撫石鼓。坐卧其下三裵徊。周宣秉旄奠八柱。岐陽太東征風雷。四山罝罦市天布。羣后冠帶如雲來。東征北伐

盪壇穢。方名嘽嘽何雄哉。銘功鐫石告無極。欲鎮后土康八垓。自從七國戰龍
虎。荒荒王迹淪蒿萊。嬴顛劉蹶六代沸。把酒但勸長星杯。陳倉流落一千載。霜
饕日剝空黃埃。國子先生老好事。欲比郜鼎珍瓌瑰。東都相公守右輔。始舁泮
洛窺蒼筶。五季蜩螗頗星散。司馬刺史初重恢。是時十鼓嗟失一。拋棄不辨何
山隈。博搜民間得異凶。秦闕復贖連城回。宣和天子嚮儒雅。太清書畫千雲堆。
詺移此石歸汴水。圜橋觀聽何轟豗。行填字鈎發光怪。照耀艮岳金碧開。豈知
六龍卒北狩。法物曾不攘凶災。高車大牛輦萬貨。填坑咽谷驚三才。是鼓蒼黃
亦北徙。重器始此皤燕臺。道園詩翁主太學。興舉百廢扶傾頹。中門兩根與位
置。華楹大棟增崔巍。承以磚壇護以檻。清陰四幕連疏槐。邇來春秋閱五百。光
氣夜夜騰斗魁。 聖清文明邁巢燧。搜抉書契窮根荄。從臣技能半史籀。別作
新鼓相追陪。小儒昏鈍無所識。得從棫樸備條枚。細思物理窮顯晦。茫茫人事
不可推。作歌聊繼二公後。不羞駑蹇隨龍媒。

題朱伯韓侍御之尊人詩卷手蹟

異時河內初陸梁。誰其禦者朱與強。強公身死翦妖黨。 殊恩稠疊旌國殤。朱

公墨守一黑子。遮蔽懷衛如苞桑。時遭歲邁三十載。事過頗憶張睢陽。吾皇
繼序錄勳伐。詔祀名宦褒忠良。流芬遠韻不可賣。遺墨始此瞻暉光。詩律欲傳
杜宗武。風徽畧近元漫郎。公家哀師吾所友。向人繾綣好肝腸。往時嬌養比茗
玉。今日柯條還老蒼。諫章九門懾虎豹。文事四海知班揚。河季行能亦超踔。輕
收科第如掇筐。永慰老翁山下魄。九原一笑能軒昂。近聞汴州赤大地千里。滌
滌無甖糧析骸易子都窮盡。公之舊部亦流亡。河北枯胔相枕籍。闕西寇盜仍
披猖。安得如結且千輩。散布都邑蘇痍傷。摩挲此卷三太息。聊表先正詒方
將。

題朱伯韓詩集後十首 以才難不其然有亦未易識二語為韻

雞鳴足朝暮。陰曀終不開。高歌戰寒夜。四壁轉風雷。有客投明月。驚顧非凡胎
古人亦已矣。吾猶及此才

稂莠驕復驕。桃李閴無言。堂堂魏長史。畫簭壁上觀。丈夫有深意。出手無俗彈
恒沙閱人面。相識良獨難

明珠伏濁浪。能媚不能流。碩人力如虎。折節師温柔。肝腸自骯髒。面目自伊優

再拜問君子此可言詩不
金陵昔敵血裂皆激癰瘀事過付東風沓沓如故時豈非吾輩恥痛鉅不可思
三更荷戈起四問夜何其
東家老鼻祖詒我三百篇造詞如日月萬古趨新鮮竊人者無恥自得斯為賢
鄙夫目論爾君謂然不然
吾子如春陽照臨列枯朽我亦無所知我亦無所有頗好感事詩善歌敵矇瞍
歲晚脣又乾君須濡我酒
吾國有狂生白眼善揮斥謂益陽湯鵬稱予賢無朋許予曰頗亦中途生波瀾生死
長乖隔青山一杯土永埋壯士魄
桂林天下秀生才雅且毅有美王與龍虎視令人畏謂馬平王錫振臨桂龍啟瑞誰道儒誤
身等閑拾富貴平津老封侯君今齒尚未
甚矣吾其衰百思今廢置平生所好賢支離背時利明鏡承食獎干將不一試
天高帝閽然鷹達談何易
舉世禮卭軻貌尊非心即草元二千年今無一人識思之復思之粒粟開八極

君試騰汗漫我當借羽翼

送梅伯言歸金陵 三首

金門混迹鬢蒼蒼從此菰蒲歲月長人世正酣爭奪夢老翁已泊水雲鄉自緇
素業衡輕重久覺紅塵可惆傷祇恐詩名天下滿九州無處匿韓康

徵君絕學冠寰瀛又見文孫樹立宏六葉弓裘傳柏梘百年耆舊數宣城緬懷
仁廟虛前席盡訪鴻儒佐太平豈獨當時能感激至今臣子涕縱橫伯言宣城人著有柏梘山房詩文集

文筆昌黎百世師桐城諸老實宗之方姚以後無孤詣嘉道之間又一奇碧海
鼇呿鯨掣候青山發花水流時兩盤妙境知音寡它日曹谿付與誰

送黃恕皆使秦中

輦轂蜂房聚萬人扃閑牢脫身得出走塵鞅方一逃黃君吾黨彥闇默謝羣囂
持節下關隴太華秋氣高西北收功實自古產英髦 聖朝楊儒術王室始深
轀三徵卧不起四字爛天 衰張呂去云久餘緒猶可繹丹穴鳳所都累葉無
凡毛猗蘭豈不馥所貴采擷勞三洗人天眼往觀大海濤揞盡波底蚌明月終

在邅先民有遺詒邂逅入甄陶歸來謝 天子亦用誇吾曹為己辨褩輔與世
置夔皋

北堂侍膳圖為姚吏部題二首

脫葉辭喬柯迴旋依舊畹行役有乖違梓桑終繾綣姚君虞舜裔純行亞珪琬
伯瑜陳采服下堂自婉娩一從通朝籍鄉關日已遠浮雲有東西遊子不得返
樹蘭服眾芳誰能忘根本爰圖聖善容慰此深愛悃嘉魚初在烹新筍欲盈橐
不惜求取才但慶珍膳損 魏闕身事羈南陔歸夢穩移孝出忠勤邂逅還補
袞

題陳氏五世鄉賢遺像

純皇撫九有至文耀天樞 詔舉明經士四皓來于于介休薦梁雯江南顧與
吳陳公實稱首人中見騶虞峩冠長太學魯國始一儒洪河無近脈崑山玉所
都三朝襲余緒四世表其閭翳維聖舜冑家聲自古初義門翁愒穆太卬世簪
裾問風不復墜繼踵踐天衢金簪佩澤易斬君子席詩書瞻言禮遺像杖几如可
趨聊表先民軌一為薄俗模

韓齋為孔舍人題

西京大雅淪斯文日凋敗天不喪周孔使人續謦欬韓子興中原聖言始有賴孤竅吐雄奇金聲塞兩戒時於蕙蘭室中出蛟龍怪迴首視齊梁有作頗衰憊一從茲塗闢來者方雲會豪彥仍響臻歐曾得兩大 聖清炳昌運方姚實孤邁曾孫有雲孫耆古百無懈齋祓奉蒸嘗但下昌黎拜大書榜其室夙莫見著蔡誰云千載遙神理與鍼芥湜翱漫親炙相夷等自鄶

桐陰消夏圖為史吏部題

炎曦灼大地蠕蚑同烹煎有生奔末利擾擾不遑安史君靜者流置身巢燧間緣天展珍簟桐葉生虛寒煮茶激清吹拂蹈迴微瀾客來戒不報塵事莫相干頗亦衰老手佳眠未渠闌

題苗先麓寒鐙訂韻圖

大雅久淪歇正音委榛蕪永明肇四聲稍變周漢模開皇集八士牙曠相飾揄夜半畫綱紀韻學茲權輿承襲一千載漼莽成康衢韓公頗好古枉綴六經腴故者騁遊騁斂者如轅駒進退失所恃不得返皇初有宋盛文藻才老信狂夫

陳生興晚明。秉燭照幽墟。勝廣驅除畢。沛下風雲趨。 聖清造元音。崑山一鴻
儒。中天懸日月。堂堂燭五書。上追名陵峯。千載若合符。斯文有正軌。來者何于
于。江戴揚其波。段孔入其郛。苗髯最晚出。匯為衆説都。精思屈鬼膝。高論摧唐
虞。鸑鷟熊蛟入夢。新火爗天樞。神光不可熄。長夜一鐙孤。風雪交四壁。焚膏校殘
書。人謂髯何儳。髯謂吾自娛。自我與髯友。大海禮閒鷗。時洗箏笛耳。一聽秦青
謳。物外有真知。肝鬲助歌歈。愛髯不忍別。作詩寫區區。

養閒草堂圖為潘博士題

浩浩市聲沸。塵務如驚濤。中有澹定人。萬事渺秋毫。家世東山舊。諸謝各清高。
末行濁德輝。九天一羽毛。豈謂迴風勁。修路滯將翱。乾坤豈不大。一笑解天弢。
四時足休息。靜極思作勞。時攜桑輿友。物外得佳遨。脫帽談虞夏。生理寄濁醪。
歸來對虛室。風日淡相遭。老鶴傍人睡。羣雞正喧嘈。

陶太常小像

江波少還態。耆宿日凋零。豈知永嘉末。吾猶及老成。乾嘉昔云盛。錢王蔚典型。
傳經孟喜鄭。問字子雲亭。各奉本師說。森然啟門庭。先生時少壯。槃敦接芳馨。

曾從大匠鼻揮斧動神靈跌宕五十載數輩倚聲名踏破九州涉依舊還天廷後生仍好事快覩先民程飄然好須鬢圖此歲星精柏寢語疇昔緒論吾嘗聆瞻言詠斯篇一寄思古情

題簹篔谷圖

我家湘上高嵋山茅屋修竹一萬竿春雨晨鋤斸玉版秋風夜館鳴琅玕自來京華睠車馬滿腔俗惡不可删洞庭天地一大物一從北渡遂不還苦憶故鄉好林巒夢想此君無由攀嗟君與我同里社誤脱野服充朝班一辨簹篔謝簉鵷十年臺省翔鵷鸞魚須文笏豈不好卻思鄉井長三歎錢塘畫師天所縱手劃湘雲落此閒風枝雨葉戰寒碧明窗大几生虚瀾簿書壓埃不稱意得此亦足鑱疏頑還君此畫與君約一月更借十回看

答李生

我年廿四登鄉貢始與劉蓉相追陪延津雙劍忽會合深夜挂壁鳴風雷勳名自謂淩管樂文采何曾郄鄒枚豈知羲和鞭日月頭上光陰大急催老劉偃蹇不稱意酸寒一衿初受裁我雖置身霄漢上器小僅儕缾與罍立朝本非汲黯

節。媚世又無張禹才。似驢非驢馬非馬。自憎形影良可咍。中天廣地鑱雲開。飛甍結構要羣材。倦眼相徧天下士。焉知吾國有顏回。李生年少風骨峻。驍騰汗血龍所胎。平地一朝能九徙。欲與老劉爭崔嵬。萬里辭家來從我。如金受冶玉受鎚。斵輪秖有一心喻。獻璞翻為兩足災。世上升沈日千變。得失于我何有哉。朝來告別問何往。迎婦塞外祠高禖。長安自是別離海。新婚便作錦繡堆。離情吉語雙惝怳。新詩妙句千瓊瑰。我有一言生聽取。冰蘖乃為福之媒。富貴綺羅遭鬼瞰。憂患可以堅筋骸。陳平終非貧賤客。王章莫忘辛苦懷。邊關十月雪黏天。勸生為我盡一杯。

送唐鏡海先生九首

六年高卧大江隈。萬里蒲輪繹吏催。京國諸儒齊額手。溫公新自洛陽來。

金殿從容道古今。高言字字印 天心。鐘聲送出東華路。已報槐階轉午陰。

摹天繪日本難工。 聖德何由測六龍。白髮老臣私贊歎。文如 聖祖武 高宗。

漳衛滔滔走帝都。堯封何事闕溝渠。廿年深究齊民術。一卷新呈水利書。

上相南征策衆林。軍容十萬轉風雷。書生卻進安民策。盜弄潢池事可哀。

泰岱高雲不可攀。曾興霖雨在人間。如今老去神功斂。祗就君王乞放還。

道德神仙各有謀。行藏雖一事難侔。功名不數种司諫。出處休稱李鄴侯。

熙朝正學要匡扶。衆說紛紛各啟塗。歸語江南諸父老。太平天子好真儒。

枌榆後進謬升堂。習習春風杖履旁。此後追陪何日是。鏡中吾亦鬓毛蒼。

謝疊山賣卜研為劉太守題

青花一片瑩寒泉。中有毅魄蕩蒼天。大宋河山滄桑改。孤臣心事金石堅。當年

賣卜建陽市。麻衣血洗流成淵。吞炭不復容三擊。下簾何曾索一錢。稠父宋父

弔鸜鵒。東川西川泣杜鵑。豈知歷劫冰霜後。尚留人世文字緣。辰陽太守亦可

憐。老抱石兄喜欲顛。三年膜拜憫忠寺。萬里攜將書畫船。書生癡絕例如此。稱

先道古口流涎。不如堯桀兩忘去。日摩頑石支頭眠。

訓李芋仙二首

巴東三峽猨啼處。太白醉魂今尚存。遂有遠孫通肸蠁。時吟大句動乾坤。愛從

吾黨魚忘水。厭逐人間蝨處褌。卻笑文章千成底用。千篇不值一盤飧。

勁翮摩空故絶倫。吹噓曾未出風塵。細思科第定何物。卻是飢寒解困人。大道但期三洗髓。長途終遇九方歅。高秋一放脱韝去。看汝飛騰亦有神

會合一首贈劉孟蓉郭伯琛 咸豐五年秋月南康舟次

東風吹片雲。嘉客來千里。喘如竹筒吹。腐公跫然喜。朋儕雜迎笑。吾亦倒吾屣。各自袚其魂。告曰某在此。傾衿語晨夜。爛漫不知止。上言離別長。歲月弦脱矢。下言兵事殷。成敗眞夢耳。江漢天下雄。三年宅蛇豕。王師有蹴踏。戈船照清沘。撇浪煮黿鼉。洪濤染為紫。長驅下蘄黃。鐵鎖沈江底。羣龍水中生。怒螳車下死。英英塔與羅。威名讋南紀。倚笑瀟廬閒。天戈欲東指。人事有變遷。由來不可擬。鬼火夜灼天。壞雲壓高壘。龍驤付一炬。韓壁僅可柢。偕行竟無衣。存足乃無履。夜半飢腸鳴。大聲震江水。腐公不知羞。恬然矜爪觜。謂言多難時。從來福所倚。在昔義不忘。圖南風漸起。稍稍名驚魂。時哉可歸矣。世論自悠悠。冰膚生瘡痏。困窮念本根。風雨思君子。艱難復相逢。得非天所祉。回首廿年前。志亢聲亦侈。憂患閱千變。返聽觀無始。老夫苦多須。須多老可鄙。二子苦無髭。無髭亦可恥。自之偕俗韻。不闕年與齒。貞松無春競。歲晏行可俟。作誌會合。亦用之寵告

題楊忠愍公二疏手草

古孰無死。曾不可班。輕者鴻毛。重者泰山。楊公正氣。充塞兩間。遺文妙墨。深播人寰。馬市一疏。聲振瀛海。更擊賊臣。五奸十罪。心追逄比。身甘葅醢。取義須臾。歸仁千載。翩翩諫草。猶存手藁。古柏拏空。似枯彌好。鬱此英風。輔以文藻。長有白虹。燭茲瓌寶。

次韻何廉昉太守感懷述事十六首

域中哀怨廣場開。屈宋而還第二回。幻想更無天可問。窮愁甯有地能埋。秦瓜鉤帶何人種。杜櫟支離幾日培。大冶最憎金踊躍。那容世界有奇材。

慘澹兵戎春復秋。濁醪誰信遣千憂。戰場故鬼招新鬼。世事前漚散後漚。馳逐幾同秦失鹿。劬勞祇愧魯無鳩。何時浩蕩輕鷗去。一舸鴟夷得少休。

二月長安春始歸。觚棱回首夢魂飛。宮鴉掠日槐陰瘦。病馬嘶風柳絮肥。東閣賜茶雙鳳闕。西郊扈　蹕九龍旗。十年苦憶鈞天奏。老大真慚未拂衣。

滄海橫流澤有鴻。微生獨出一當熊。千艘梭織怒濤上。萬幕笳吹明月中。㕓罷長鯨波尚赤。戰歸驕馬汗猶紅。誰知春晚周郎老。更與東皇乞好風。

鍾山祠廟巋然存憑弔湖湘烈士魂馬革裹屍男子志鑾刀祭酹 聖明恩弓
旌夜動神依户簫鼓春祈福滿門萬世游人應指點血應蒿眼古時痕
潯陽江水接天長良將新祠皎雪霜半壁東南支柱石數州士女薦馨香竟無
耆壽追充國猶有嘉名配武鄉匹馬寸金都謝絶三明何必數西涼
山縣寒儒守一經出山姓字各芳馨要令天下銷兵氣爭說湘中聚德星舊雨
三年精化碧孤鐙五夜眼常青書生自有平成量地脈何曾獨效靈
猨鶴沙蟲道並消誰分糞壤與芳椒昨來浣水三河變堪痛阿房一炬焦句踐
池邊醪易醉田横墓上酒難澆同袍才俊彫零盡苟活人間只自嘲
鴒原横貫第三人鶴唳華亭不復春先軫歸元何日是虞翻相骨本來貧科名
久滯青雲路身手老扶赤日輪十二萬年香不滅從渠擣麝作灰塵
江雪湖波路幾千壺頭歸葬事堪憐鑄金叩叩終何益埋玉深深不計年夜月
一鉤涼蕙帳春風十萬散榆錢神靈甲馬如相助莫遣愁人歎逝川
灩鷁初引一泓泉流出蛟龍萬丈淵從古精誠能破石薰天事業不貪錢腐儒
封拜稱詩伯上策屯耕在硯田巨海茫茫終得岸誰言精衛恨難填

幕府山頭對碧天。英英群彥滿樽前。共扶元氣迴陽九。各放光明照大千。短李
迂辛雜嘲謔。箕張牛奮總安便。獨憐何遜今漂泊。望斷寒雲暮靄邊。
薇閣縢廳淡淡紅。多君翔步五雲中。良緣緣鳳雙飛翼。彗業靈犀一點通。典郡
四旬書上考。闔門八口祀昭忠。災祥誰識天公意。休向西風泣路窮。
由來忠孝易通神。忉利華鬘識後身。石爛海枯終有盡。生天成佛豈無人。關河
庾信空蕭瑟。形影陶潛孰主賓。雞犬全家存帝所。淮南生計未全貧。
荒城風雪卧袁安。高節鴻才萬目看。懶讀司空城旦法。曾希柱後惠文冠。出山
馴雉網羅密。失水神龍變化難。猶有老梅嬌萼發。先從三界解春寒。
聖主中興邁盛周。聯翩方召并公侯。神威欲挾雷霆下。大業常同江漢流。藻火
但聞山甫袞。桐廬豈有子陵裘。鵷鸞臺閣方新構。杞梓楩枏一例收。

題易公筠亭遺像

昔歲在丑。詰人西遊。我作挽辭。孔許文休。馬磨既甘。不競不絿。亦有月旦。胸剖
九流。東崖奉親。朝戲綵舞。暮歸讀書。群言藻斧。鄉闈屢試。夔無完桐。文章憎命。
灑淚秋風。不於其躬。廼祚其子。濯濯芳蘭。介拾青紫。弓冶不墮。載述先芬。瞻言

遺像永播清塵

王母方太夫人

凡響無異材爨餘得佳桐衆卉競春華歲寒彰貞松坤德无咎譽非儀兩不蒙煢然遘閔凶高義古所崇中材利行之綽楔留芳蹤卓哉賢母德激烈乃過中別嫌謹錙銖年高茲益恭至性無矯揉情摯越凡庸無所為而為乃與神明通有孫立　朝端蹇蹇蓋匪躬乃知玉泉流璇源已沖融白嶽黃山間靈氣鬱葱葱明靈永不泯奕世揚休風

壬戌四月沅弟克復巢縣和州含山等城賦詩四首

濡須鳩裏漲春波三月鶯啼氣正和一騎雲飛新報捷漢家收復舊山河

碧血家家百草腥荒郊五夜泣坤靈將軍一掃陵陽道便有遊人說踏青

半壁山前鐵鎖橫當年諸將各聲名即今錐鑿西梁下益信　先皇萬里明

師淑韓公二十霜敢將裴令竝論量諸君自有浯溪筆看取穹碑日月光

沅圃弟四十一初度

九載艱難下百城漫天箕口復縱橫今朝一酌黃花酒始與河連慶更生

陸雲入洛正華年訪道尋師志頗堅慚愧庭梧春意薄無風吹汝上青天

幾年橐筆逐辛酸科第尺人寸寸難一劍須臾龍變化誰能終古老泥蟠

廬陵城下總雄師主將赤心萬馬知佳節中秋平劇寇書生初試大功時沅甫初在吉安統兵二萬八年八月十五日克復府城

楚尾吳頭闇戰塵江干無主著生民多君龕定同安郡上感三光下百神十一年八月初一日克復安慶欽天監奏是日四星聯珠日月合璧

濡須已過歷陽來無數金湯一剪開提挈湖湘良子弟隨風直薄雨花臺

邂逅三才發殺機王尋百萬合重圍昆陽一捷天人悅誰識中軍血染衣

平吳捷奏入甘泉正賦周宣六月篇生縛名王歸夜半秦淮月畔有非煙

河山策命冠時髦魯衛同封異數叨刮骨箭瘢天鑒否可憐叔子獨賢勞

左列鐘銘右謗書人間隨處有乘除低頭一拜屠羊說萬事浮雲過太虛

已壽斯民復壽身拂衣歸釣五湖春丹誠磨鍊堪千劫不藉良金更鑄人

黃河餘潤沾三族白下飢民活萬家千里親疏齊頌禱使君眉壽總無涯

童稚溫溫無險巇酒人浩浩少猜疑與君同講長生訣且學嬰兒中酒時

甲子八月二十日沅甫弟四十一生日為小詩十三首壽之往在壬戌四月沅弟克復巢縣和州含山等城余賦詩四首一時同人以為聲調有似鐃歌而和之此詩畧仿其體以徵和者且使兒曹歌以侑觴國藩識

題唐本說文木部應莫郘亭孝廉

插架森森多於筍，世上何曾見唐本。莫君一卷殊瓌奇，傳寫云自元和時。問君此卷有何珍，流傳顯晦經幾人。君言是物少微識，殘賤黯黮不能神。豪家但知貴錦褾，陋巷誰復憐綦巾。黟縣令君持贈我，始吐光怪干星辰。許書劣存二百字，古鏡一掃千年塵。篆文已與流俗殊，解說尤令耳目新。乾嘉老儒耽蒼雅，東南嚴段並絕倫。就中一字百搜討，詰難蠭起何齗齗。暗與此本相符契，古轍正合今時輪。乃知二徐尚鹵莽，詒誤幾輩空因循。我聞此言神一快，有如枯柳揩馬疥。我昔趨朝陪庶尹，頗究六書醫頑蠢。四海干戈驅迫忙，十年髀肉消磨盡。郘思南閣老祭酒，舊學於我復何有。安得普天息欃槍，歸去閉戶注凡將。

贈吳南屏

春霖颯沓天如縱，大麥蔫邑小麥摧。愁顏彌月何曾破，故人飛櫂從天來。與君握別纔幾日。已見新火十鑽槐。當時洞庭醻別酒。乾坤戰伐正喧豗。沅湘義軍參差起。十事欲成九事乖。英豪半藏蜀國血。大地徧種秦時灰。即今南紀風塵靖。亂後遺黎多菁災。荒村有骨飼狐貉。沃土無人鬭蒿萊。筋力登充生理窄。斗粟誰肯易嬰孩。三里誅求五里稅。關市或逢虎與豺。謬領大九二千里。瘡痍不救胡為哉。羨君高卧君山頂。吞吐湖月無愁猜。世味飽諳肱三折。長吟極望天四隤。招邀軒轅論古樂。湔祓屈氏餞餘哀。談經頗折巨儒角。手攜羲日照昏霾。翩然一葉忽東下。相見各憐雙鬢皚。寧知滄桑閱百變。復此對持掌中杯。蒼天可補河可塞。祇有好懷不易開。努力且謀千日醉。高談巢燧詑有部

讀吳南屏送毛西垣之即墨長歌即題其集 書霖按此詩係公壬子歲作久佚由梓湖詩藁中錄出附載於此

十載鄉園獨爾思。眼明今日見新詩。嘗憂大雅終將絕。豈意吾儕覩此奇。木落千山初瘦削。風迴大海乍平夷。此中真意憑君會。持似旁人那得知。

人間骯髒一毛生。與子交期如弟兄。忽出國門騎瘦馬。去看東海掣長鯨。放歌一弔田横島。釃酒還臨樂毅城。併入先生詩句裏。干戈離別古今情。

游金山觀東坡玉帶詩

去歲歸颿拂金山。咫尺浮圖不可攀。今年又翦瓜洲渡。扶攜妙友陟孱顏。簿領叢中困桎梏。脫身一試腰腳頑。微風蹙江眾皺靜。一抹橫吞東海寬。眈眈樓觀今安在。無情瘦石空巑岏。六飛昔臨浮玉頂。御榻雲漢千龍盤。兵火十年變陵谷。道場百畝荒榛菅。頹垣不見螭纏棟。荊扉無復獸齧環。古佛負牆滲秋雨。雛僧無食號夜寒。獨餘蘇公舊法服。腰玉片片留人間。紱佩流傳七百祀。天章褒寵同錫鞶。（舊玉帶有殘缺純廟敕內府琢玉補之題詩五章）我懷峨嵋老尊宿。翱翔人海如鳳鸞。揚子江頭數來往。幾回愉樂幾悲酸。北去烏臺判死別。南遷嶺表絕生還。（東坡往來江上屢過金山惟自湖州攝入烏臺獄及暮年南遷惠州兩次經過金山尤極艱苦）磨蝎作災魑魅狂。荊棘塞天行路難。差喜名山藏故物。長倚江月照忠肝。巴陵詩叟抱奇逸。齊盟早歃風騷壇。斂板厭束淵明帶。談經時敵子夏冠。昨來省我鍾山麓。今此東遊興未闌。扁舟更欲探甌越。誓窮人力發天慳。嗟余本志耽邱壑。羈束塵鞅無由刪。江山自佳日自富。堪笑紛紛苦不閑。

贈李眉生

倦翮復南翔。重眺鍾阜煙。舊遊多環萃。羣卉正芳鮮。謂可攄吾襟。孤懷乃悄然。非材竊祿位。俯仰慚高天。術業一無成。浩浩送流年。寤情常廢事。識闇或蔽賢。多病無安食。多悔少佳眠。無德居高明。衆鬼瞰瑕愆。無學臻衰耄。但爲時所鐫。誰言所遇順。撫衷百慮煎。勤子來存訪。至論探九淵。鬱塞乃過我。神困難爲姸。人世多乖迕。圓一缺常千。羲娥驅童丱。舉世惜華顛。天命誠足畏。愁思且當捐。青松生危巘。獨立向清昶。風韻戛韶咸。交柯蟠龍象。逸氣干層霄。瀟灑謝塵坱。廟廊構瓌材。羣工共嗟賞。虹梁皎朱羲。天門信蕩蕩。豈知咫尺間。歧路多迴枉。挽來不能寸。推去忒千丈。託根倚峻巖。植基固不廣。孤高招烈風。海俗甯足仗。蒼穹富雨露。百昌日夜長。大鈞一轉旋。排惻神所獎。聊究莊生旨。齊物尋影響。行止皆有待。還以洛罔兩。

題俞蔭甫羣經平議諸子平議後

聖祖曠千禩。微言久歇絕。六籍出燔餘。諸老抱殘缺。尚賴故訓存。歷世循舊轍。從宋洎有明。軌途稍歧別。 皇朝褒四術。衆賢互摽揭。顧閻啟前旌。江戴紹休烈。迭興段與錢。王氏尤奇傑。大儒起淮海。父子相研悅。謂高郵王懷祖先生念孫及其子文簡公引之子

史及羣經立訓堅于鐵審音明假借（王氏精于古音謂字義多從音出經籍多假借字皆古音本同也）課虛釋

癥結（王氏每于句調相同者取彼釋此謂之句例又戒不得增字以釋經皆係從虛處領會）旁證通百泉清辭皎白雪（王氏立訓必有確據每議昔人望文生訓或一字而引數十證其反覆證明乃通者必曲暢其說使人易曉）九原如有知前聖應心折

俞君一何偉奎步追曩哲盡發高郵奧擔囊破其鐍君昔趨承明鳳鸞與頏頡

軺車騁嵩洛康衢誤一跌干雲宜不達草元更折節文囿芟夭葩經神供清醊

龐言頗觝排諸子亦梳抉復從羣賢後森然立緜蕝嗟余老無成撫衷恒惙惙

閟才不薦達高位徒久竊茲編落吾手吟覽妄可輟

訓王壬秋徐州見贈之作

戎徒事秋蒐理濯及淮甸塵坱正紛拏邂逅接英彥乖離七易霜天遣更相見

後車攜嘉客同馳彭城傳輕颸澹素襟名論迴深春自云尋絕學涂軌約三變

僑居蒸水陽親知斷游讌閉戶自高歌寒宵百慮戰羣聖下窺瞰憂喜相慶唁

盡抉諸經心始知老儒賤探篋出新編照座光如電說易獨大縱箋書袪眾眩

旁及莊生旨抵巇發英眄大雅久不作小知各自衒漢宋互嘲譏餘矢更相煽

逮君紬微言豪芒辨素絢高揭姬孔情洪曦消積霰湖湘增景光老懷亦忭忭

附忮求詩二首

善莫大于恕德莫凶于妬妬者妾婦行瑣瑣奚比數己拙忌人能己塞忌人遇
己若無事功忌人得成務己若無黨援忌人得多助勢位茍相敵畏偪又相惡
己無好聞望忌人文名著己無賢子孫忌人後嗣裕爭名日夜奔爭利東西騖
但期一身榮不惜他人污聞災或欣幸聞禍或悅豫問渠何以然不自知其故
爾室神來格高明鬼所顧天道常好還嫉人還自誤幽明叢詬忌乖氣相迴互
重者烖汝躬輕亦減汝祚我今告後生悚然大覺悟終身讓人道曾不失寸步
終身祝人善曾不損尺布消除嫉妒心普天零甘露家家獲吉祥我亦無恐怖

右不忮

知足天地寬貪得宇宙隘豈無過人姿多欲為患害在約每思豐居困常求泰
富求千乘車貴求萬釘帶未得求速償既得求勿壞芬馨比椒蘭磐固方泰岱
求榮不知饜志亢神愈忲歲燠有時寒日明有時晦時來多善緣運去生災怪
諸福不可期百殃紛來會片言動招尤舉足便有礙戚戚抱殷憂精爽日凋瘵
矯首望八荒乾坤一何大安榮無遽欣患難無遽憝君看十人中八九無倚賴

人窮多過我。我窮猶可耐。而況處夷塗。奚事生嗟慨。于世少所求。俯仰有餘快。

俟命堪終古。曾不願乎外。右不求

宣統二年重校印行

曾文正公文集

澹廬居士陳震題

民國四年石印

掃葉山房商標

曾文正公文集目錄

卷一

順性命之理論　君子慎獨論
烹阿封即墨論　原才
名誨　五箴并序
立志箴　居敬箴
主靜箴　謹言箴
有恒箴　紀氏嘉言序
武會試錄序　錢湛汰先生制藝序
黄仙嶠前輩詩序　謝子湘文集序
朱慎甫遺書序　歐陽生文集序
孫芝房侍講芻論　經史百家簡編序
鳴原堂論文序　王船山遺書序
衡陽彭氏譜序　日慎齋詩草序

國朝先正事畧序
重刻茗柯文編序
湖南文徵序
送郭筠仙南歸序
送謝吉人之官江左序
送周荇農南歸序
送陳岱雲出守吉安序
送唐先生南歸序
送江小帆同年視學湖北序
送劉君椒雲南歸序
易問齋之母壽詩序
陳岱雲太守爲母生日讌集賓僚詩序
唐海鏡先生七十生日同人寄懷詩序
朱心垣先生五十六壽序
田崑圃先生六十壽序
朱玉聲先生七十三壽序
王翰城刺史五十壽序
王蔭之之母壽序
江小帆之母壽序
何傳巖先生七十壽序
郭壁齋先生六十壽序
金殿珊先生六十壽序
黄矩卿師之父母壽序
文小南之父七十生日壽詩序
何母廖夫人八十生日詩序
黎樾喬之兄六十壽序
曹潁生侍御之繼母七十壽序

楊母張孺人七十壽序　曹西垣同年之父母壽序
王静庵同年之母七十壽序　孫鼎庵先生六十壽序
江岷樵之父母壽序　陳仲鸞同年之父母七十壽序

卷二

求闕齋記　新甯縣增修城垣記
槐陰書屋圖記　養晦堂記
湘鄉縣賓興堂記　聖哲畫像記
畢君殉難碑記　林君殉難碑記
湖口縣楚軍水師昭忠祠記　何君殉難碑記
箴言書院記　修治金陵城垣缺口碑記
靈谷龍神廟碑記　金陵湘軍陸師昭忠祠記
金陵楚軍水師昭忠祠記　湘鄉昭忠祠記
江甯府學記　鈔朱子小學書後
書歸震川文集後　書扁鵲倉公傳

書學案小識後
書王雁汀前輩勃海圖說後
書周忠介公手札後
書儀禮釋官後
經史百家雜鈔題語
大潛山房詩題語
孟子要畧敘跋
跋衍聖公孔恭慤公墓誌銘刻本
討粵匪檄
祭韓公祠文
祭湯海秋文
歲暮設奠告王考文
丁卯四月求降雨澤告辭
廣東嘉應州知州劉君事狀
書何母陳恭人事
漢陽劉君家傳
葛寅軒先生家傳
歐陽氏姑婦節孝家傳
湖北按察使趙君神道碑
江忠烈公神道碑
羅忠節公神道碑銘
李忠武公神道碑銘
李勇毅公神道碑銘

卷三

隨州李君墓表
錢塘丁烈婦墓表

桃源縣學教諭孫君墓表　武昌張府君墓表
翰林院庶吉士遵義府學教授莫君墓表
鄧湘皋先生墓表　戶部員外郎彭君墓表
大界墓表　台洲墓表
海甯州訓導錢君墓表　新甯劉君墓碑銘
母弟溫甫哀詞　吳君墓志銘
彭母曾孺人墓志銘　余安人墓志銘
陳岱雲妻易安人墓志銘　新化鄒君墓志銘
單縣典史張君墓志銘
前海甯州知州長沙李君母黄宜人墓志銘
適朱氏妹墓志　滿妹碑誌
荆門州學正郭君墓銘　善化夏母楊宜人墓志銘
祖四元吉公墓銘　國子監學正漢陽劉君墓志銘
錢塘戴府君墓志銘　崇仁謝君墓志銘

劉母譚孺人墓志銘　湘陰郭府君墓志銘
誥封光祿大夫曾府君墓志　劉君季霞墓志銘
季弟事恒墓志銘　閩浙總督季公墓志銘
仁和邵君墓志銘　張君樹程墓志銘
苗先麓墓志銘　唐確慎公墓志銘
歐陽府君墓志銘　翰林院侍讀學士丁君墓志銘
郭依永墓志銘　羅君伯宜墓銘
甯津龐君墓誌銘　遵義黎君墓志銘
劉忠壯公墓志銘

曾文正公文集卷一

順性命之理論

嘗謂性不虛懸麗乎吾身而有宰命非外鑠原乎太極以成名是故皇降之衷有物斯以有則聖賢之學惟危惕以惟微蓋自乾坤奠定以來立天之道曰陰與陽靜專動直之妙皆性命所彌綸立地之道曰柔與剛靜翕動闢之機悉性命所默運是故其在人也絪縕化醇必無以解乎造物之吹噓真與精相凝而性即寓於肢體之中含生負氣必有以得乎乾道之變化理與氣相麗而命實宰乎賦畀之始以身之所具言則有視聽言動即有肅乂哲謀其必以肅乂哲謀為範者性也其所以主宰乎五事者命也以身之所接言則有君臣父子即有仁敬孝慈其必以仁敬孝慈為則者性也其所以綱維乎五倫者命也此其中有理焉亦期於順焉而已矣請申論之性渾淪而難名按之曰理則仁義禮智德之賴乎擴充者在吾心已有條不紊也命於穆而不已求之於理則元亨利貞誠之貫乎通復者在吾心且時出不窮也有條不紊則踐形無虧可以盡己性即可以盡人物之性此順乎理者之率其自然也時出不窮則泛應曲當有

以立吾命。即有以立萬物之命。此順乎理者之還其本然也。彼夫持矯柔之說者。譬杞柳以為桮棬。不知性命。必致戕賊仁義。是理以逆施而不順矣。高虛無之見者。若浮萍遇於江湖。空談性命。不復求諸形色。是理以惝恍而不順矣。惟察之以精。私意不自蔽。私欲不自撓。惺惺常存。斯隨時見其順焉。守之以一。以不貳自惕。以不已自循。慄慄惟懼。斯終身無不順焉。此聖人盡性立命之極。亦即中人復性知命之功也夫。

君子慎獨論

嘗謂獨也者。君子與小人共焉者也。小人以其為獨。而生一念之妄。積妄生肆而欺人之事成。君子懍其為獨。而生一念之誠。積誠為慎。而自慊之功密。其閒離合幾微之端。可得而論矣。蓋大學自格致以後。前言往行。既資其擴充。日用細故。亦深其閱歷。心之際乎事者。已能剖晰乎公私。心之麗乎理者。又足精研其得失。則夫善之當為。不善之宜去。早畫然其灼見矣。而彼小人者。乃不能實其所見而行其所知。於是一善當前。幸人之莫我察也。則趨焉而不決。一不善當前。幸人之莫或伺也。則去之而不力。幽獨之中。情偽斯出。所謂欺也。惟夫君子者懼一善之不力。則冥冥者有墮行。一不善之不去。則涓涓者無已時。屋漏而懍如帝天。方寸而堅如金石。獨知之地慎之又慎。此聖經之要領。而後賢所切究者也。自世儒以格致為外求。而專力於知善知惡。則慎獨之旨晦。自世儒以獨體為內照。而反昧乎即事即理。則慎獨之旨愈晦。要之明宜先乎誠。非格致則勝亦失當。心必麗於實。非事物則獨將失守。此入德之方。不可不辨者也。

烹阿封即墨論

夫人君者不能徧知天下事。則不能不委任賢大夫。大夫之賢否。又不能徧知。則不能不信諸左右。然而左右之所譽。或未必遂為藎臣。左右之所毀。或未必遂非良吏。是則耳目不可寄於人。予奪尤須操於上也。昔者齊威王嘗因左右之言。而烹阿大夫。封即墨大夫矣。其事可畧而論也。自古庸臣在位。其才莅事則不足。固寵則有餘。易譏覆餗。詩賡鵜梁。言不稱也。彼既自慙素餐。而又重以貪鄙。則不得不媚事君之左右。左右亦樂其附己也。而從而譽之。譽之日久。君心亦移。而位日固。而政日非。己則自矜。人必效尤。此阿大夫之所為可烹者也。若夫賢臣在職。往往有介介之節。無赫赫之名。不立異以徇物。不違道以干時。

招之而不來麾之而不去在君側者雖欲極譽之而有所不得其或不合則不免毀之毀之而聽甚者削黜輕者督責於賢臣無損也其不聽君之明也社稷之福也於賢臣無益也然而賢臣之因毀而罷者常也賢臣之必不阿事左右以求取容者又常也此即墨大夫之所為可封者也夫惟聖人賞一人而天下勸刑一人而天下懲固不廢左右之言而昧兼聽之聰亦不盡信左右之言而失獨照之明夫是以刑賞悉歸於忠厚而用舍一本於公明也夫

原才

風俗之厚薄奚自乎自乎一二人之心之所嚮而已民之生庸弱者戢戢皆是也有一二賢且智者則眾人君之而受命焉尤智者所君尤眾焉此一二人者之心向義則眾人與之赴義一二人者之心向利則眾人與之赴利眾人所趨勢之所歸雖有大力莫之敢逆故曰撓萬物者莫疾乎風風俗之於人之心始乎微而終乎不可禦者也先王之治天下使賢者皆當路在勢其風民也皆以義故道一而俗同世教既衰所謂一二人者不盡在位彼其心之所向勢不能不騰為口說而播為聲氣而眾人者勢不能不聽命而蒸為習尚於是乎徒黨

蔚起。而一時之人才出焉。有以仁義倡者。其徒黨亦死仁義而不顧。有以功利倡者。其徒黨亦死功利而不返。水流溼。火就燥。無感不讎。所從來久矣。今之君子之在勢者。輒曰天下無才。彼自尸於高明之地。不克以己之所嚮轉移習俗而陶鑄一世之人。而翻謝曰無才。謂之不誣可乎。否也。十室之邑。有好義之士。其智足以移十人者。必能拔十人中之尤者而材之。其智足以移百人者。必能拔百人中之尤者而材之。然則轉移習俗而陶鑄一世之人。非特處高明之地者然也。凡一命以上。皆與有責焉者也。有國家者得吾說而存之。則將慎擇與共天位之人。士大夫得吾說而存之。則將惴惴乎謹其心之所嚮。恐一不當。而壞風俗。而賊人才。循是為之。數十年之後。萬有一收其效者乎。非所逆睹已。

名誨

賢與不肖之等奚判乎。視乎改過之勇怯。以為差而已矣。日月有食。星有離次。其在於人。言有尤。行有悔。雖聖者不免。改過什於人者。賢亦什於人。改過伯於人者。賢亦伯於人。尤賢者尤光明焉。尤不肖者怙終焉。而已人之生氣質不甚相遠也。習而之善。既君子矣。其有過。則其友直諫以匡之。又有友焉巽言以挽之。退有撻。進有旌。其相率而上達也。奚禦焉。習而之不善。既小人矣。其有過則多方文之。爲之友者。疏之則心非而面諛。戚之則依阿苟同。憚於以正傷恩。其相率而下達也。奚禦焉。茲賢者所以愈賢。而不肖者愈不肖也。吾之友有某君者。訪余曰。予與某相好不終。是予之失德。子盍慎諸。又有某君訪余曰。聞子之試於有司。則嘗以私干人。是大不可。二子者之言。卒聞之。若不遜於吾志。徐而繹之。彼無求而進逆耳之言。誠敬我也。既又自省吾之過。其大者視此或倍蓰。而其多或不可枚數。二子者蓋舉一隅也。人苦不自知耳。先王之道不明。士大夫相與爲一切苟且之行。往往陷於大戾。而儕友無出片言相質確者。而其人自視恬然。可幸無過。且以仲尼之賢。猶待學易以寡過。而今曰無過。欺人乎。自欺乎。自知有過。而因護一時之失。展轉蓋藏。至蹈滔天之姦而不悔。斯則小人之不可近者已。爲人友而隱忍和同。長人之惡。是又諂臣媚子之亞也。書曰。有言逆於女心。必求諸道。有言遜於女志。必求諸非道。余故筆之於冊。以備觀省。且示吾友能爲逆心之言者。

五箴并序

少不自立荏苒遂洎今茲。蓋古人學成之年。而吾碌碌尚如斯也。不其戚矣。繼是以往。人事日紛。德慧日損。下流之赴。抑又可知。夫疢疾所以益智。逸豫所以亡身。僕以中才而履安順。將欲刻苦而自振拔。諒哉其難之歟。作五箴以自創云。

立志箴

煌煌先哲。彼不猶人。藐焉小子。亦父母之身。聰明福祿。予我者厚哉。棄天而佚是及凶災。積悔累千。其終也已。往者不可追。請從今始。荷道以躬。輿之以言。一息尚存。矢永勿諼。

居敬箴

天地定位。二五胚胎。鼎焉作配。實曰三才。儼恪齋明。以凝女命。女之不莊。伐生戕性。誰人可慢。何事可弛。弛事者無成。慢人者反爾。縱彼不反。亦長吾驕。人則下女。天罰昭昭。

主靜箴

齋宿日觀。天雞一鳴。萬籟俱息。但聞鐘聲。後有毒蛇。前有猛虎。神定不懾。誰敢

予悔豈伊避人日對三軍我處則一彼紛不紛馳騖半生曾不自主今其老矣殆擾擾以終古

謹言箴

巧語悦人自擾其身閑言送日亦攪女神解人不誇誇者不解道聽塗説智笑愚駭駭者終明謂女賈欺笑者鄙女雖矢猶疑尤悔既叢銘以自攻銘而復蹈嗟女既耄

有恒箴

自吾識字百歷及茲二十有八載則無一知曩者所忻閲時而鄙故者既拋新者旋徙德業之不常日為物遷爾之再食曾未聞或愆黍絫之增久乃盈斗夭君司命敢告馬走

紀氏嘉言序

士之修德砥行求安於心而已無欲而為善無畏而不為不善者此聖賢之徒中有所得而不惑者也自中智以下不自能完其性之分大抵不勸不趨不懲不改聖人者因而導之以禍福之故如此則吉不如此則凶咎使賢者由勉以

幾安。愚者懼罰而寡罪。故易稱餘慶餘殃，書戒惠逆影響，先王所以利民其術至已。自秦氏以力征得天下，踵其後者率小役大，弱飼彊，彊橫之氣充塞，而聖哲與奸究同流轉於氣數之中，或且理不勝氣，善者不必福，而不善者不必祇於禍。於是浮屠氏者，乃乘其間而為輪迴因果之說。其說雖積惡之人，立悔則有莫大之善；其不悛者，雖死而有莫酷之刑。民樂懺悔之易，而痛其不經見之慘虐，故懼而改行，十四五焉。今夫水無不下也，而趵突泉激而上升；火無不然也，而鹽井遇物不焚，燭至則滅。彼其變也，戾氣感而祥降，順氣感而災生，亦其變也。君子之言福善禍淫，猶稱水下火然也，道其常者而已。常者既立，雖有百變不足以窮吾之說。是故從乎天下之通理言之，則吾儒之言不敝，而浮屠為妄；從乎後世之事變人心言之，則浮屠警世之功，與吾儒略同，亦未可厚非。而概以不然屏之者也。河間紀文達公博覽彊識，百家之書靡不辨其原而竟其歸。所著閱微草堂筆記五種，考獻徵文，搜神志怪，眾態畢具，其大旨歸於勸善懲惡，崇中國聖人流傳之至論，亦不廢佛氏之說，取愚民易入者，委曲剖晰，以聳其聽。海以內幾家置一編矣。宛平徐春泉大令好之尤篤，擇其彌精而足以警世者。別錄一帙。名曰紀氏嘉言。其無關于勸懲者。則皆闌而不入梓人畢役以授國藩讀焉。世風日漓。無欲而為善。無畏而不為不善者。不可得已。苟有術焉。可以驅民於醞樸。而稍遏其無等之欲。豈非士大夫有世教之責者事哉。今余盜食天祿。曾不能絲毫補救於斯世斯民。觀徐君之汲汲於此。其使余增愧也。

武會試錄序

道光二十有七年秋九月。武會試外圍既畢事。兵部臣以內場考官請 上命臣國藩偕臣王慶雲司其事。伏念臣楚南下士。至陋極愚。仰荷 聖慈。逾格由翰林游陟卿陪。負乘之占。夙夜兢惕。復膺 簡命。承乏于茲。益用廪廪。如不克勝。謹偕臣慶雲。悉心核閱。取士如額。恭繕試錄。進呈 御覽。臣例得颺言簡端。臣聞宋臣張舜民之言曰。自古守邊選將。未必專以攻戰為事。要在精神折衝而已。臣嘗深繹其言。若廉藺在趙。强秦不敢加兵。魏尚守雲中。匈奴不敢南牧。及夫霍衛三明之徒。亦威棱四際。所在立功。彼其名將之精神。足以震懾萬里之外。而人主之求將。亦以精神感而召之。所謂戰勝廟堂者也。自唐宋以後招致將才。不可必得。乃案圖而索驥。於是有武舉之科。有武學之額。有賜及第出身之目。宋慶皇閒。定武舉以策為去留。弓馬為高下。祿利之途一開。爪牙之士稍稍驤首。元明以來循是不廢。然上以名求。下之人因襲是名而巧弋之。其以弓馬得者。不過挽彊引重。市井之麤材。而以策試中者。亦皆記錄章句瑣瑣無用之學。故論者謂人才之興。不盡由於科目。理固然也。我 朝定鼎以來。威燀無外。自虎賁宿衛。八旗禁旅。往往有熊羆不二心之臣。肩比而麟萃。而各行省山澤猛士。又羅之以科舉。所以儲釆干城之選。至周且當。顧循行既久。向之所謂市井挽彊記錄無用者。多亦儳乎其中。而臣之所職。又惟校此。默寓孫吳之數行。無由覩其內志外體。與其進退翔舞之節。而欲使韜鈐之材之必入于此。不遺於彼。臣誠不敢以自信。獨念 聖天子神武震爍。臣等憑藉 寵光。亦足增長剛氣。而以精神與多士相感。名廢幾廉藺魏尚之輩。或出於此。區區之忱。不勝至願。傳曰同明相照。同氣相求。雖不能必。志之而已。

錢港舣先生制藝序

自吾有知識以來。見鄉之老成夙學。篤於文律者。恆困頓無以自拔。或終身不得當於行省有司之試。而其所教之子若弟。往往分沾餘技。飛騰速化以去。及吾來京師究詢四方魁傑特達之士其先世多亦不遇始謂不闕不亨不詘不信理則然矣既深求其故抑匪直爾也制藝試士既久陳篇舊句盜襲相仍有司者無以發覆而鈎奇則巧為命題以困之乖割乎經文飾析乎片語由是為文者有鈎聯之法有補斡之方有仰逼俯侵之患名目既繁科條日密雖過百人之智窮十年之力猶不能洞悉其窾郤及其徹於心而調于手而齒已日長少時英光銳氣稍稍衰減矣而子若弟之濡染焉者自其未冠已別開簡易於纖仄曲徑之中使其才得以自騁故前者難而因者易勢固為之也予與烏程錢君崙仙同舉進士同出江陰季公之門官詞曹也同居於僧舍使蜀中也先後同持文柄間出其尊甫港然先生遺稿示予又知兩家庭訓所歷之艱苦曲折同者十得八九而不合者益寡焉予之蒙陋於家大人之學百不承一即崙仙文鳴一時視先生之孤詣覃思要亦不無少遜焉故敘先生之文而發其例於此庶使有衡文之責者知所措意也夫

黃仙嶠前輩詩序

古之君子所以自拔於人人者豈有他哉亦其器識有不可量度而已矣試之

以富貴貧賤而漫焉不加喜慼臨之以大憂大辱而不易其常器之謂也智足以析天下之微芒明足以破一隅之固識之謂也器與識及之矣而施諸事業有不逮君子不深譏焉器識之不及而求小成於事業末矣事業之不及而求有當於語言文字抑又末矣故語言文字者古之君子所偶一涉焉而不齒諸有亡者也昔者嘗怪杜甫氏以彼其志量而勞一世以事詩篇追章琢句篤老而不休何其不自重惜若此及觀昌黎韓氏稱之則曰流落人間者太乙一豪芒而蘇氏亦曰此老詩外大有事在吾乃知杜氏之文字蘊于胸而未發者殆十倍于世之所傳而器識之深遠其可敬慕又十倍于文字也今之君子秋豪之榮華而以為喜秋毫之摧挫而以為慍舉一而遺二見寸而昧尺器識之不講事業之不問獨沾沾以從事於所謂詩者興旦而綴一字抵莫而不安毀齒而鉤研聲病頭童而不息以呻嘎蹇淺之語而視為鐘彝不朽之盛業亦見其惑已松滋黃仙嶠先生質直而洞豁泊然聲利之外觀察於滇南吏剔其奸民宣其隱於古人所謂器識事業者亦既近而有之間以其餘為發詩章又能棄故攬新約言豐義而先生曾不以自鳴退然若無以與古者人之度量相越為

閡爲臨爲譏爲盈不可一二計也國藩既受而卒讀因爲擇其尤善者得若干首俾錄而存之世有終其身以治詩自名而智趣或未廣者觀先生此編亦將內慙而有以自擴也夫

謝子湘文集序

嗚呼士生今世欲有所撰述以庶幾古作者之義豈不難哉自束髮受書則有事舉子帖括之業有司者割截聖人之經語以試其能偏全虛實續斷鉤聯之際銖有律黍有程而又雜試以詩賦經義策論其爲品自固已不勝其繁矣而一二才桀之士既挾羣藝以應有司之求又別進慕乎古之能文者以降其焉勝無已之心於是乎目欲幷視耳欲四聽敝精而費日終不能達於古人之庭者比比而是也古之爲文者其神專有所之無有俗說龎言有其意趣自有明以來制藝家之治古文往往取左氏司馬遷班固韓愈之書繩以舉業之法爲之點爲之圓圍以賞異之爲之乙爲之纖圍以識別之爲之評注以顯之讀者囿於其中不復知點圍評乙之外別有所謂屬文之法也者雖勤劇一世猶不能以自拔故僕嘗謂末世學古之士一厄於試藝之繁多再厄於俗本評點之書此

天下之公患也。將不然哉。將不然哉。南豐謝君子湘與予同歲舉於鄉。又同登於禮部。其羣藝見采於有司者固已趠絕與人人異。自君之生。予嘗見聞而內敬之矣。既沒而其弟出君所為古文示予。又知其志之可敬也。蓋以流俗之墮于所謂一再厄者。而以君之所得較之。其為踰越可勝量哉。於是為序而歸之。因道其通患以慨夫末世求學之難焉。

正月八日王考生辰告文

嗚呼。王考棄養三月有奇。音容緬邈。豈復可追。疇昔笑聲千山震裂。今則無聞。厚地藏埶。遊子遠宦。萬里關山。葬不執紼。歛不憑棺。期服去位。古有行者。竊祿不歸。拘牽苟且。上春初吉。敬遇誕辰。敢諭嘉首。用薦苾芬。爰循 國典。遂釋齊衰。在天靈爽。儻獲惠來。尚饗。

朱慎甫遺書序

瀏陽朱君文炑所為書。曰易圖正旨者一卷。曰五子見心錄者二卷。曰從學雜記一卷。文集一卷。嘉道之際。學者承乾隆季年之流。風襲為一種破碎之學。辨物析名。梳文櫛字。刺經典一二字。解說或至數千萬言。繁稱雜引。遊衍而不得所歸張已伐物專抵古人之隙或取孔孟書中心性仁義之文一切變更故訓而別創一義羣流和附堅不可易有宋諸儒周程張朱之書為世大詬間有涉於其說者則舉世相與笑譏唾辱以為彼博聞之不能亦逃之性理虛空之域以自蓋其鄙陋不肖者而已矣朱君自弱冠志學則已棄舉子業而惟有宋五子之求斷絕眾源歸命于一自六經之奧百氏雜家有用之言無不究索其終折衷於五子家貧負毋渡湖招徒授學取其入以為養養則獨腆身有饑色或勸以稍易其途從事於時世所謂辨物梳文櫛字之學者足以傾駭耳目植朋廣譽君笑曰吾於科目且棄而背之矣其又屑覬彼邪卒以不顧日抱遺訓以自鐫其躬繩過無小克敬以裕闇然至死而不悔嗚呼君之於學其可謂篤志而不牽於眾好者矣惜其多有放佚如大易粹言春秋本義三傳備說諸篇今都不可見其僅存者又或闕殘難令完整其易圖正旨推闡九圖之義與德清胡渭寶應王懋竑氏之論不合山居僻左不及盡睹當世通人成說小有歧異未為類也予既受讀終篇因頗為論定以詒鄉人知觀感焉

乾隆之末桐城姚姬傳先生鼐。善為古文辭慕效其鄉先輩方望溪侍郎之所為。而受法於劉君大櫆。及其世父編修君範。三子既通儒碩望。姚先生治其術益精。歷城周永年書昌為之語曰。天下之文章其在桐城乎。由是學者多歸嚮桐城。號桐城派。猶前世所稱江西詩派者也。姚先生晚而主鍾山書院講席門下箸籍者。上元有管同異之。梅曾亮伯言。桐城有方東樹植之。姚瑩石甫。四人者稱為高第弟子。各以所得傳授徒友。往往不絕。在桐城者有戴鈞衡存莊事植之久。尤精力過絕人。自以為守其邑先正之法。襢之後進。義無所讓也。其不列弟子籍。同時服膺有新城魯仕驥絜非。宜興吳德旋仲倫。絜非之甥為陳用光碩士。碩士既師其舅。又親受業姚先生之門。鄉人化之。多好文章。碩士之羣從。有陳學受藝叔。陳溥廣敷。而南豐又有吳嘉賓子序。皆承絜非之風。私淑於姚先生。由是江西建昌有桐城之學。仲倫與永福呂璜月滄交友。月滄之鄉人有臨桂朱琦伯韓。龍啟瑞翰臣。馬平王錫振定甫。皆步趨吳氏呂氏。而益求廣其術於梅伯言。由是桐城宗派流衍於廣西矣。昔者國藩嘗怪姚先生典試湖南。而吾鄉出其門者。未聞相從以學文為事。既而得巴陵吳敏樹南屏。稱述其術篤好而不厭。而武陵楊彝珍性農。善化孫鼎臣芝房。湘陰郭嵩燾伯琛。溆浦舒燾伯魯。亦以姚氏文家正軌違此則又何求。最後得湘潭歐陽生。生吾友歐陽兆熊小岑之子。而受法於巴陵吳君。湘陰郭君。亦師事新城二陳。其漸染者多其志趨嗜好。舉天下之美無以易乎桐城姚氏者也。當乾隆中葉海內魁儒畸士。崇尚鴻博。繁稱旁證。考核一字。累數千言不能休。別立幟志名曰漢學。深擯有宋諸子義理之說。以為不足復存。其為文尤蕪雜寡要。姚先生獨排眾議。以為議理考證詞章三者不可偏廢。必義理為質。而後文有所附。考據有所歸。一編之內。惟此尤兢兢。當時孤立無助。傳之五六十年。近世學子稍稍誦其文。承用其說。道之廢興。亦各有時。其命也歟哉。自洪楊倡亂。東南荼毒。鍾山石城。昔時姚先生撰杖都講之所。今為犬羊窟宅。深固而不可拔。桐城淪為異域。既克而復失。戴鈞衡全家殉難。身亦毆血死矣。余來建昌。問新城南豐兵燹之餘。百物蕩盡。田荒不治。蓬蒿沒人。一二文士轉徙無所。而廣西用兵九載。羣盜猶洶洶。驟不可爬梳。龍君翰臣又物故。獨吾鄉少安。二三君子尚得優游文學。曲折以求合桐城之轍。而舒燾前卒。歐陽生亦以瘵死。老者牽於人事。或遭亂不得竟其學少者或中道夭殂四方多故求如姚先生之聰明早達太平壽考從容以躋於古之作者卒不可得然則業之成否又得謂之非命也耶歐陽生名勳字子和没於咸豐五年三月年二十有幾其文若詩清縝喜往復亦時有亂離之慨莊周云逃空虛者聞人足音跫然而喜而況昆弟親戚之謦欬其側者乎余之不聞桐城諸老之謦欬也久矣觀生之為則豈直足音而已故為之序以塞小岑之悲亦以見文章與世變相因俾後之人得以考覽焉

孫芝房侍講芻論序

咸豐九年三月善化孫芝房侍講鼎臣以書抵余建昌軍中寄所為芻論屬為裁定凡二十五篇曰論治者六論鹽者三論漕者三論幣者二論兵者三通論唐以來大政者七論明賦餉者一其首章追溯今日之亂源深咎近世漢學家言用私意分別門戶其語絕痛明年四月復得芝房書則疾革告別之詞而芝房以三月死矣既為位而哭且以書告仁和邵君懿辰於是為敘諸簡首而歸諸其孫蓋古之學者無所謂經世之術也學禮焉而已周禮一經自體國經野以至酒漿廛市巫卜繕稾夭鳥蠱蟲各有專官察及纖悉吾讀杜元凱春秋釋例歎

卯明之發凡。仲尼之權衡萬變。大率東周之舊典。故曰周禮盡在魯矣。自司馬氏作史。猥以禮書與封禪平準並列。班范而下。相沿不察。唐杜佑纂通典。言禮者居其泰半。始得先生經世之遺意。有宋張子朱子益崇闡之。聖清膺命。巨儒輩出。顧亭林氏著書。以扶植教爲己任。江慎修氏纂禮書綱目。洪纖畢舉。而秦樹澧氏遂修五禮通考。自天文地理軍政官制。都萃其中。旁綜九流。細破無內。國藩私獨宗之。惜其食貨稍缺。嘗欲集鹽漕賦税國用之經。別爲一編。傅于秦書之次。非徒廣己於不可畔岸之域。先聖制禮之體之無所不賅。固如是也。以世之多故。握槧之不可以苟。未及事事。而齒髮固已衰矣。往者漢陽劉傳瑩茮雲。實究心漢學者之說。而疾其單辭碎義。輕笮宋賢。閒嘗語余。學以反求諸心而已。泛博胡爲。至有事于身與家與國。則當一一詳核焉。而求其是。考諸室而市可行。驗諸獨而眾可從。又曰。禮非考据不明。學非心得不成。國藩則大韙之。以爲知言者。徒也未幾。茮雲即世。臨絕。爲先令。處分後事。壹秉古禮。國藩既銘其墓。又爲家傳。歷陳道漢學得失。主客之宜。藏諸劉氏之祐。君子之言也。平則致和。激則名爭。辭氣之輕重。積久則移易世風。黨仇訟爭而不知所止。畏者良知之說。誠非無蔽。必謂其釀晚明之禍。則少過矣。近者漢學之說。誠非無蔽。必謂其致粵賊之亂。則少過矣。𥙿論所考諸大政。蓋與顧氏、江氏、秦氏之指為近。彼數子者。固漢學家所奉以為歸者也。而芝房首篇譏之已甚。其果有剖及毫釐千里者耶。抑將憤夫一二鉅人長德曲學阿世。激極而一鳴耶。芝房之志大而銳進也。與茱雲同。其卒也。寄書抵余。以告永訣。亦與茱雲同。其自𥙿論外。別有詩十卷。文十一卷。河防紀畧四卷。著書之多。與茱雲異。而其博觀而慎取則同。其嫉夫以漢學標榻也。亦同。而立言少異。余故稍附諍論。以明不忍死友之義。亦以見二子者之不竟其志。非僅余之私痛也。

經史百家簡編序

自六籍燔于秦火。漢世掇拾殘遺。徵諸儒能通其讀者。支分節解。于是乎有章句之學。劉向父子勘書秘閣。刊正脫誤。稽合同異。於是有校讐之學。梁世劉勰、鍾嶸之徒。品藻詩文。褒貶前哲。其後或以丹黃識別高下。於是有評點之學。三者皆文人所有事也。前明以四書經義取士。我朝因之。科場有勾股點句之例。蓋猶古者章句之遺意。試官評定甲乙。用硃墨標別其旁。名曰圈點。後人不察輒仿其法以塗抹古書。大圈密點。狼籍行間。故章句者古人治經之盛業也。而今專以施之時文。圈點者科場時文之陋習也。而今反以施之古書。末流之遷變。何可勝道。惟校讐之學。我朝獨爲卓絶。乾嘉間巨儒輩出。講求音聲故訓。校勘疑誤。冰解的破。度越前世矣。咸豐十年。余選經史百家之文。都爲一集。又擇其尤者四十八首。録爲簡本。以詒余弟沅甫。沅甫重寫一册。請余勘定。乃稍以己意分别節次。句絶而章乙之。間亦釐正其譌誤。評騭其精華。雅與鄭。竝奏而得與失。參見。將使一家昆弟子姪。啟發證明。不復要塗人而强同也。

鳴原堂論文序

常棣爲燕兄弟之詩。小宛爲兄弟相戒以免禍之詩。而皆以脊令起興。蓋脊令之性最急。其用情最切。故常棣以喻急難之誼。而小宛以喻征邁努力之忱。余久困兵間。温甫、沅甫兩弟之從軍。其初皆因急難而來。沅浦堅忍果摯。遂成大功。余用是獲免於戾。因與沅弟常以暇逸相誡。期於夙興夜寐。無忝所生。爰取兩詩脊令之旨。名其堂曰鳴原堂云。

王船山先生遺書同治四年十月刻竣凡三百二十二卷國藩校閱者禮記章句四十九卷張子正蒙注九卷讀通鑑論三十卷宋論十五卷四書易詩春秋諸經稗疏考異十四卷訂正譌脫百七十餘事軍中鮮暇不克細紬全編乃為序曰昔仲尼好語求仁而雅言執禮孟氏亦仁禮並稱蓋聖王所以平物我之情而息天下之爭內之莫大于仁外之莫急于禮自孔孟在時老莊已鄙棄禮教楊墨之旨不同而同於賊仁厥後衆流歧出載籍焚燒微言中絕人紀紊焉漢儒掇拾遺經小戴氏乃作記以存禮于什一又千餘年宋儒遠承墜緒橫渠張氏乃作正蒙以討論為仁之方船山先生注正蒙數萬言注禮記數十萬言幽以究民物之同原顯以綱維萬事弭世亂于未形其於古昔明體達用盈科後進之旨往往近之先生名夫之字而農以崇禎十五年舉于鄉目覩是時朝政刻覈無親而士大夫又馳騖聲氣東林復社之徒樹黨伐仇頹俗日敝故其書中黜申韓之術嫉朋黨之風長言三歎而未有已既一仕桂藩為行人司知事終不可為乃匿迹永郴衡邵之間終老於湘西之石船山　聖清大定訪求隱逸鴻博之士次第登進雖顧亭林李二曲輩之艱貞徵聘尚不絕於廬獨先

生深閟固藏。邈焉無與。平生痛詆黨人標榜之習。不欲身隱而文著。來反脣之訕笑。用是其身長遯。其名寂寂。其學亦竟不顯于世。荒山敝榻。終歲孳孳。以求所謂育物之仁。經邦之禮。窮探極論。千變而不離其宗。曠百世不見知而無所於悔。先生沒後。巨儒迭興。或攻良知捷獲之說。或辨易圖之鑿。或詳考名物訓詁音韻。正詩集傳之疏。或修補三禮時享之儀。號為卓絕。先生皆已發之于前。與後賢若合符契。雖其著述太繁。醇駮互見。然固可謂博文約禮。命世獨立之君子已。道光十九年。先生裔孫世全。始刊刻百五十卷。新化鄧顯鶴湘皋實主其事。湘潭歐陽兆熊曉晴贊成之。咸豐四年。寇犯湘潭。板燬於火。同治初元。吾弟國荃乃謀重刻。而增益百七十二卷。仍以歐陽君董其役。南匯張文虎嘯山。儀徵劉毓崧伯山等。分任校讎。庀局於安慶。蕆事於金陵。先生之書。于是粗備。後之學者。有能秉心敬恕。綜貫本末。將亦不釋乎此也。

衡陽彭氏譜序

吾少時讀家譜。曾子十五世孫據。以關內侯避王莽之亂。南遷為南州諸曾之祖。私怪據事蹟不見於他書。舊譜於何取徵。後讀歐陽文忠公集。見其答曾子周書。亦以關內侯據為疑。引史例以諷之。乃知吾曾氏本據為始遷之祖。相沿且千歲由來舊矣。歐陽公譜牒之學。號為精審。然其所箸唐宰相世系表。于巨族既推其本源出于某帝某王。又歷敘漢世名賢。如琅邪王氏已稱出周靈王子晉之後。而又叙王吉王駿之系。蘭陵蕭氏已稱出帝嚳之後。而又叙蕭何望之之系。相承不絕。如屈伸指而數庭樹。略無參稽猶豫之辭。公嘗譏司馬遷不能闕疑。後人又譏歐陽氏不善闕疑。所謂目能見千里。而不能自見其睫也。君子慎度身世。信諸心。則蒙大難決大計。而不惧。未信諸心。則雖坦途而不肯輕試。其於臨文。亦若是焉可耳。衡陽彭雪琴侍郎。以諸生從戎十有三載。肅清長江。克名城以百計。殄巨憝於金陵。當其提挈飢軍。出入鋒鏑。誓不與此賊同戴三光。天下稱為烈士。及夫勳勞日著。 朝廷授為安徽巡撫。授為漕運總督。皆屢疏固辭不拜。退然若滌雕之內不自信。卒不輕於一試。又何慎也。同治四五年閒。東南大定。侍郎與其宗長老修訂彭氏家譜。彭氏本貫江西之泰和。至明世有日聲揚者。始遷於衡。其後八傳曰步南者。肇修譜牒。我 朝康熙中再修之。道光十三年侍郎之考 贈光祿君。三修之。及是四次修纂。族之材俊子弟奮迹師中積功累伐珥貂相望簪紱雲興皆著於錄彭氏日益光大矣其系表斷自聲揚公凡前世達人暨同姓異望之顯者別為一編不與本宗相淆葢懔懔乎闕疑之誼云國藩之先世亦自江西遷居衡陽至明季更遷湘鄉而祠廟今尚在衡與彭氏擊柝相聞墟煙相接曩者不揆愚陋嘗慨然欲重訂家譜述其可知者而差其可疑者區為別錄不求盡合於歐曾大儒但求慊于吾心久困兵間未遑執簡感侍郎急於先務故為之序以答其請因抒余之夙懷

日慎齋詩草序

李生春甫余癸卯典試蜀中所得士也時生方少貌玉立文似韓慕廬脩然塵壒之表心賞之勖以讀書希古而別而生侍老親疾累年不應禮部試丁未為百韻詩貽余余賦詩報之曰不見李生今四載我有情懷浩如海又曰女曹報國好身手似我蹉跎已老醜思之抑勖之也庚戌春正月生入都來見遂成進士官翰林余大喜壬子夏散館改官刑部余重惜之生悒悒不自得予持節江西生以詩送行有惘然若失意既聞以同知之任滇中會天下多故久不得生消息不數年聞生官知府奉使徵餉遇賊不屈死矣余大慟淚如雨下其門人韓西舫

孝廉。以生滇中詩集。並燬於賊。搜羅散佚。得十之五。由吳春海太史寄余屬為序。余何言。烏乎。天賦生以穎異之資。復予生以清華之選。其侍生不可謂不厚。乃乍予之而乍奪之。使之鬱伊無憀。激而為一官萬里之行。夫以生之才。中外皆可自效。使天益其年。以富其學。其建樹當可想見。即其詩之所詣。當不僅若此。然死者人所不免。犯敵捐軀。與老死牖下。其輕重固自有別。而絕不意生之死之慘毒如是。且並其詩殉之。亦零落無存。而僅僅掇拾於風霜兵燹之餘也。悲夫。回憶癸卯識生後。以詩倡酬。而今已矣。莊叟曰。身非女有。此天地之委形也。生既浩然長往矣。何有于身後之名。然則余為生悲。並悲及生之詩。亦達士之所笑也。雖然。莊論達矣。而亦未盡也。如生忠魂英魄。歷劫不化。當如睢陽為厲以殺賊。非泯泯以沒者。況夫　朝廷恤之。門人思之。有增秩之文。有延世之賞。有遺集之刻。以永其傳。均有身盡而我不與之俱盡者在。生亦可以含笑九京也夫。

國朝先正事畧序

余嘗以　大清達人傑士。超越古初。而紀述闕如。用為歎憾。道光之末。聞嘉興

錢衎石給事儀吉仿明焦竑獻徵錄為　國朝徵獻錄因屬給事從子應溥為
其目錄得將相大臣循良忠節儒林文苑等凡八百餘人積二三百卷借名人
之碑傳存名人之事蹟自別京師入從征役而此目錄冊者不可復睹同治初
又得鄢陵蘇源生文集具述其師錢給事於徵獻錄之外復節錄名臣為先正
事畧於是知錢氏頗有造述不僅鈔纂諸家之文矣又二年而得吾鄉李元度
次青所箸先正事畧命名乃適與錢氏相合前此二百餘年未有成書近三十
年中錢氏編摩於汴水次青成業於湖湘斯足徵通儒意趣之同抑地下達人
傑士其靈爽不可終閟也自古英哲非常之君往往得人鼎盛若漢之武帝唐之
文皇宋之仁宗元之世祖明之孝宗其時皆異材敦起俊彥雲屯焜燿簡編然
考其流風所被率不過數十年而止惟周之文王暨我　聖祖仁皇帝乃閱數
百載而風流未沫周自后稷十五世集大成於文王而成康以洎東周多士濟
濟皆若秉文王之德我　朝　六祖　一宗集大成於康熙而雍乾以後英賢
輩出皆若沐　聖祖之教此在愚氓亦似知之其所以然者雖大智莫能名也
聖祖嘗自言年十七八時讀書過勞至于咯血而不肯少休老耄而手不釋

卷。臨摹名家手卷。多至萬餘。寫寺廟扁榜。多至千餘。蓋雖寒暖不能方其專。北征度漠。南巡治河。雖卒役不能踰其勞。祈雨禱疾。步行天壇。并醯醬韲鹽而不御。年逾六十。猶扶病而力行之。凡前聖所稱至德純行。殆無一而不備。上而天象地輿。厤算音樂。考禮行師。刑律農政。下至射御醫藥。奇門壬遁。滿蒙西域外洋之文書字母。殆無一而不通。且通一不創立新法。別啟津途。後來高才絕藝。終莫能出其範圍。然則雍乾嘉道累葉之才。雖謂皆　聖祖教育而成。誰曰不然。　今上皇帝嗣位大統。中興雖去康熙益遠矣。而將帥之乘運會立勳名者。多出一時章句之儒。則亦未始非　聖祖餘澤陶冶于無窮也。如次青者。蓋亦章句之儒。從事戎行。咸豐甲寅乙卯之際。與國藩患難相依。備嘗艱險。厥後自領一隊。轉戰數年。軍每失利。輒以公義糾劾罷職。論者或咎國藩執法過當。亦頗咎次青在軍偏好文學。奪治兵之日力。有如莊生所譏挾策而亡羊者。久之中外大臣數薦次青緩急可倚。國藩亦草疏密陳李元度下筆千言。兼人之才。臣昔彈劾太嚴。至今內疚。惟　朝廷量予褒省。當時雖為吏議所格。　天子終右之。起家復任黔南軍事。師比有功。超拜雲南按察使。而是書亦於黔中告成。

聖祖有言曰學貴初有決定不移之志中有勇猛精進之心末有堅貞永固之力次青提兵四省屢蹶仍振所謂貞固者非耶發憤著書鴻編立就亦云勇猛矣願益以貞固之道持之尋訪錢氏遺書參訂修補殺練歲年慎覈貶於錙銖酌羣言而取衷終成　聖清鉅典上躋周家雅頌誓誥之林不尤足壯矣哉

重刻茗柯文編序

武進張大令式曾將重刻其曾祖王父皋聞先生茗柯文集而以寫本示余屬為之序蓋文章之變多矣高才者好異不已往往造為瑰瑋奇麗之辭倣效漢人賦頌繁聲僻字號為復古曾無才力氣勢以驅使之有若附贅懸疣施膠漆于深衣之上但覺其不類耳叙述朋舊狀其事蹟動稱卓絕若合古來名德至行備于一身譬之畫師寫真衆美畢具偉則偉矣而於其所圖之人固不肖也吾嘗執此以衡近世之文能免於二者之譏實鮮蹈之者多矣皋聞文生編次七十家賦評量殿最不失銖黍自為賦亦恢閎絕麗至其他文則空明澄澈不復以博奥自高平生師友多超特不世之才而下筆稱述適如其量若帝天神鬼之監臨褒譏不敢少溢何其慎歟自考據家之道既昌說經者專宗漢儒厭

薄宋世義理心性等語甚者詆毀洛閩披索瑕疵枝之蒐而忘其本流之逐而遺其源臨文則繁徵博引考一字辨一物累數千萬言不能休名曰漢學前者自矜創獲後者附和徧詖而不知返君子病之先生求陰陽消息于易虞氏求前聖制作於禮鄭氏辨說文之諧聲剖晰毫芒固亦循漢學之軌轍而虛衷研究絕無陵駕先賢之意萌于至隱文辭溫潤亦無考證辨駁之風盡取古人之長而退然若無一長可恃意其蘊蓄者厚遏而斂之能焉而不伐斂焉而愈光殆天下之神勇古之所謂大雅者歟張氏之先兩世賢母撫孤課讀一日不能再食舉家習為故常孝友艱苦遠近歎慕自粵賊縱横東南糜爛常潤等郡室廬蕩然張氏之窮約殆有甚于曩昔書籍刻板皆摧燒不可復詰矣余昔讀張氏諸書既欽其篤行茲重覽茗柯文編樂其復顯于世也乃忘其陋而序之

湖南文徵序

吾友湘潭羅君研生以所編纂湖南文徵百九十卷示余而屬為序其端國藩陋甚齒又益衰奚足以語文事竊聞古之文初無所謂法也易書詩儀禮春秋諸經其體勢聲色曾無一字相襲即周秦諸子亦各自成體持此衡彼畫然若

金玉與卉木之不同類是烏有所謂法者後人本不能文强取古人所造而摹
擬之於是有合有離而法不法名焉若其不俟摹擬人心各具自然之文約有
二端曰理曰情二者人人之所固有就吾所知之理而筆諸書而傳諸世稱吾
愛惡悲愉之情而綴辭以達之若剖肺肝而陳簡策斯皆自然之文性情敦厚
者類能爲之而淺深工拙則相去十百千萬而未始有極自羣經而外百家著
述率有偏勝以理勝者多闡幽造極之語而其弊或激宕失中以情勝者多悱
惻感人之言而其弊常豐縟而寡實自東漢至隋文人秀士大抵義不孤行辭
多儷語既議大政考大禮亦每綴以排比之句閒以婀娜之聲歷唐代而不改
雖韓李鋭志復古而不能革舉世駢體之風此皆習於情韻者類也宋興既久
歐陽曾王之徒崇奉韓公以爲不遷之宗適會其時大儒迭起相與上探鄒魯
研討微言羣士慕效類皆法韓氏之氣體以闡明性道自元明至 聖朝康熙
之閒風會略同非是不足與於斯文之末此皆習於義理者類也乾隆以來鴻
生碩彦稍厭舊聞別啟涂軌遠搜漢儒之學因有所謂考據之文一字之音訓
一物之制度辨論動至數千言曩所稱義理之文淡遠簡樸者或屏棄之以爲

空疏不足道。此又習俗趨嚮之一變已。湖南之為邦。北枕大江。南薄五嶺。西接黔蜀。羣苗所萃。蓋亦山國荒僻之亞。然周之末。屈原出於其間。離騷諸篇為後世言情韻者所祖。逮乎宋世。周子復生於斯。作太極圖說通書。為後世言義理者所祖。兩賢者皆前無師承。創立高文。上與詩經周易同風。下而百代逸才。舉莫能越其範圍。而況湖湘後進。沾被流風者乎。茲編所錄。精於理者。蓋十之六。善言情者。約十之四。而駢體亦頗有甄采。不言法而法未始或紊。惟考據之文。蒐集極少。前哲之倡導不宏。後世之欣慕亦寡。研生之學。稽說文以究達詁。箋禹貢以晰地志。固亦深明考據家之說。而論文但崇體要。不尚繁稱博引。取其長而不溺其偏。其猶君子慎於擇術之道歟。

送郭筠仙南歸序

凡物之驟為之而遽成焉者。其器小也。物之一覽而易盡者。其中無有也。郭君筠仙與余友九年矣。即之也溫。挹之常不盡。道光甲辰乙巳兩試于禮部。留京師主于余。促膝而語者。四百餘日。乃得盡窺其藏。甚哉。人不易知也。將别。於是為道其深。附於回路贈言之義。而以吾之忠効焉。蓋天之生材。或相千萬。要

於成器以適世用而已。材之小者。視尤小者則優矣。苟尤小者琢之成器。而小
者不利於用。則君子取其尤小者焉。材之大者。視尤大者則絀矣。苟尤大者不
利於用。而大者琢之成器。則君子取其大者焉。天賦大始。人作成物。傳曰。人不
天不因。天不人不成。不極擴充追琢之能。雖有周公之才。終棄而已矣。余所友
天下賢士。或以德稱。或以藝顯。類有以自成者。而若篛仙魁絶異之姿。退然深
貶。語其德若無可名。學古人之文章。入焉既深。而其外猶若鉏鋙而不安其無
所成者歟。匠石斲方寸之木。斤之削之。不移瞬而成物矣。及乎裁徑尺之材。以
為榱桷。不閱日而成矣。及至伐連抱之楩枏。為天子營總章太室之梁棟。經旬
累月而不得成焉。其器瘉大。就之瘉艱。淺者欲以一律概之。難矣。且所號為賢
者。謂其絶拘攣之見。曠覯于廣大之區。而不以尺寸繩人者也。若夫逢世之技
智。足以與時物相發。力足以與機勢相會。此則衆人之所共覩者矣。君子則不
然。赴勢甚鈍。取道甚迂。德不苟成。業不苟名。艱勤錯迕。遲久而後進。銖而積寸
而累。既其純熟。則聖人之徒。其力造焉而無扞格。則亦不失于令名。造之不力。
歧出無範。雖有瓌質。終亦無用。孟子曰。五穀不熟。不如荑稗。誠哉斯言也。篛仙

勖哉。去其所謂扞格者。以漸至於純熟。則幾矣。人亦病不爲耳。若夫自揣既熟。而或不達於時軌。是則非余之所敢知也。

送謝吉人之官江左序

吾湘鄉當乾隆時。人才殷盛。鄧筆山爲雲南布政使。羅九峯爲禮部侍郎。而謝薌泉先生爲御史。三人者皆起家翰林。而御史君名震天下。是時和珅柄國。聲張勢厲。家奴乘高車。横行都市。無所憚。御史君巡城遇焉。捽之出而鞭之。大其車於衢。世所稱燒車御史者也。其後二十餘年。御史君之子果堂以河南縣令卓薦 名見 上從容問曰。汝即燒車御史之子乎。不數月遷四川知府。又十餘年。而謝吉人邦鑑復以進士出爲江南縣令。吉人御史君之孫。而知府君之弟之子也。將之官。其常所酬酢者。或爲詩送之。吉人乃索予爲序。而乞言以糾其不逮。於是拜手告曰。子今長人矣。四封之内。尊無與二。堂上頤指。堂下趨者百人。所識窮乏。仰而待命。設館以延賓友。貌敬而情離。即有不善。彼所謂趨者待命者貌敬者。或知之而不諫。或諫焉而不力。吾以其身巍然處乎衆人之上。而聰明識量。又誠越而倍之。前有唯。後有諾。于是予聖自雄之習。囂然起矣。而左右之人又多其術以餂我内之傲者曰勝外之欺者曰衆兹其所以舛也昔者宓子賤治單父孔子曰子何施而衆悦對曰此地民有賢於不齊者五人不齊事之而稟度焉皆教不齊所以治人之道孔子歎曰其大者乃於此乎有矣曾使樂正子為政孟子曰好善優於天下東漢龐參為漢陽太守先候隱居任棠棠不與言但以薤一大本水一盂置戶屏前抱兒孫伏戶下參會其意曰水者欲吾清也拔大本薤欲吾擊彊宗也抱兒當戶欲吾開門恤孤也故古人之學莫大乎求賢以自輔小智之夫矜己而貶物以為衆人卑卑無足益我夫不反求諸己而一切掩他人之長而蔑視之何其易歟詩曰國雖靡止或聖或否民雖靡膴或哲或謀或肅或乂謂求賢而終不能得者非篤論也今震澤宰左君青峙吾湘鄉之賢者也任俠而不矜諳事而不計利害子往試求之必有所以益子者友仁以礪德利器以善事既以上繩祖武又以紹諸鄉先輩之徽無棄爾輔員于爾輻青峙子之輔也抑吾聞江南為仕宦鱗萃之邦或因青峙而得盡交其賢士大夫是尤余所望也

送周荇農南歸序

天地之數以奇而生。以偶而成。一則生兩。兩則還歸於一。一奇一偶互為其用。是以無息焉。物無獨必有對。太極生兩儀。倍之為四象。重之為八卦。此一生兩之說也。兩之所謂分而為三。散而為萬。萬則幾于息矣。物不可以終息。故還歸於一。天地絪縕。萬物化醇。男女搆精。萬物化生。此兩而致于一之說也。一者陽之變。兩者陰之化。故曰一奇一偶者。天地之用也。文字之道。何獨不然。六籍尚已。自漢以來。為文者莫善於司馬遷。遷之文其積句也。皆奇而義必相輔。氣不孤伸。彼有偶焉者存焉。其他善者班固則毗於用偶。韓愈則毗於用奇。蔡邕范蔚宗以下。如潘陸沈任等比者。皆師班氏者也。茅坤所稱八家皆師韓氏者也。傳相祖述。源遠而流益分。判然若白黑之不類。於是刺義互興。尊丹者非素。而六朝隋唐以來。駢偶之文亦已久王而將厭。宋代諸子乃承其敝而倡為韓氏之文。而蘇軾遂稱曰文起八代之衰。非直其才之足以相勝。物窮則變。理固然也。豪傑之士所見類不甚遠。韓氏有言。孔子必用墨子。墨子必用孔子。不相用不足為孔墨。由是言之。彼其於班氏相師而不相非明矣。耳食者不察。遂附此而抹攄一切。又言其多根六經。頗為知道者所取。故古文之名獨尊。而駢偶之文乃屏而不得與於其列。數百千年無敢易其說者。所從來遠矣。 國家承平奕禩。 列聖修禮右文。碩學鴻儒往往多有。康熙雍正之間。魏禧汪琬姜宸英方苞之屬。號為古文專家。而方氏最為無類。 純皇帝武功文德。壹邁古初。徵鴻博。以考藝。開四庫館。以招延賢儁。天下翕然為浩博稽核之學。薄先輩之空言。為文務閎麗。胡天游邵齊燾孔廣森洪亮吉之徒。蔚然四起。是時郎中姚鼐息影金陵。私淑方氏。如碩果之不食。可謂自得者也。沿及今日。方姚之流風稍稍興起。求如天游齊燾輩閎麗之文。闃然無復有存者矣。聞者吾鄉人淩君玉垣孫君鼎臣周君壽昌。乃頗從事於此。而周君為之尤可喜。其才雅贍有餘地。而奇趣迭生。蓋幾于能者。夫適王都者或道晉。或道齊。要於達而已。司馬遷文家之王都也。如周君之所道。進而不已。則且達于班氏。而不為韓氏所非。又不已則王都矣。周君以道光乙巳成進士。選翰林院庶吉士。值 皇太后萬壽。 天子大孝錫類。臣下得榮其親。將奉 誥命以歸覲。出所為文示余。余乃略述文家原委。明奇偶互用之道。假贈言之義。以為同志者勸。嗟乎。區區而以文字相討論。是則余之陋。而不肖者識小之類也。

送陳岱雲出守吉安序

道光二十五年十一月日長至。翰林編修茶陵陳君奉　命出守吉安。明日入謝。　上曰禮官章上汝妻與請旌表有諸。即頓首敬謝。臣源兖妻蒙　恩旌表孝行。其可旌奈何。則隱約情事具對十一　上嘉歎所以尉勅良厚。陳君出涕泣告人。　天子乃能省源兖家事。源兖何以報。先是陳君嘗大病。妻易安人傾死力營救。最後刲臂和藥飲君。君病瘳而安人遘疾。又數月而生子。子生彌月而安人卒。余昔銘其墓。所稱憂勞積劇。焉可支者也。既歸喪。陳君之母語其親戚曰。是善事我。又有功陳氏先祖。語鄉人。亦如之。鄉人上其行。有司以達于禮官。禮官章上。不數日而陳君有吉安之　命。於是陳君益不自克。且曰。吾有　君親殊恩。妻又貰我死。吾負三不報。其何以酬。向人輒吁歎。日夜嘆然內疚。亡何將出國門。國藩乃進而稱曰。子之方寸幾矣。抑未知所持也。夫忠孝者。每事而迹之。則日不勝。要惟行吾心之不得已者。斯可矣。民之初。蓋有不忍於其所生。先王制為事親之禮。溫凊而定省。疾則嘗藥。諫則號泣。因人之情而為文。達之其於事君也亦然。父母者育我。天者先父母而生我。君者後天而成我者也。有不忍忘本於父母者。而後愛身以及子姓。有不忍忘本於天者。而後愛吾君以及人民庶物。故入而供弟子之職。出而力王家勤民事。非直好為觀美。內有所激發。不得已而為之者也。先王之教既熄。人不能自道於道。乃始慕名號而從事。其中則漠無所動。滌灑以養親而非必中有所愛。跋踖以覲君而非必中有所敬。及其居官。朝令曰編保甲。夕令曰興水利。復常平。擇名號尤美者而張之。漫不省其所以然。外之標識如彼。內之蘼壞如此。故名目者所以喪人之良心而墮凡事也。仲尼曰人而不仁。如禮何。言本心既亡。不堪以文為塗附之也。賢者思以易之。獨宜求諸心之不得已者耳。盜賊公行。不得已而立保甲。旱澇饑饉。不得已而興水利。常平行之不合。不得已而思亟思亟悶。必盡善而後已。鍥而不舍。靡物不斷。古有刲臂療病而立應者。彼迫于無可如何。其神固已深入金石矣。今或浮慕奇行。而以號於衆曰。吾將效刲肉故事。要名之念熾於中。責效之情流於外。則臨事必不為。為之且不應。然則子欲上不負　君親。下不媿令妻。可以知所從事矣。吾辱相知重。他無可言者。至離合之故。則別繫以詩。

古者道一化行。自鄉大夫之弟子。與凡民之秀。皆上之人置師以教之。於鄉有州長黨正之儔。於國有師氏保氏。天子既兼君師之任。其所擇大抵皆道藝兩優。教尊而禮嚴。弟子摳衣趨隅。進退必慎。內以有所憚而生其敬。外緝業以輿其材。故曰師道立而善人多。此之謂也。周衰教澤不下流。仲尼于諸侯不見用。退而講學于洙泗之間。從之游者如市。師門之盛。振古無儔。然自是人倫之中。別有所謂先生徒眾者。非長民者所得與聞矣。仲尼既沒。徒人分布四方。轉相流衍。吾家宗聖公傳之子思孟子。號為正宗。其他或離道而專趨于藝。商瞿受易於馯臂子弓。五傳而為漢之田何。子夏之詩。五傳而至孫卿。其後為魯申培。左氏受春秋。八傳而至張蒼。是以兩漢經生。各有淵源。源遠流歧。所得漸纖。道亦少裂焉。有宋程子朱子出。紹孔氏之絕學。門徒之繁。擬于鄒魯。反之躬行實踐。以究羣經要旨。博求萬物之理。以尊聞而行知。數百千人。粲乎彬彬。故言藝則漢師為勤。言道則宋師為大。其說允已。元明及我　朝之初。流風未墜。每一先生出。則有徒黨景附。雖不必束脩自上。亦循循隅坐。應唯敬對。若金許薛胡陸稼書張念芝之儔。論乎其德則闇然。諷乎其言則犂然。而當理。考乎其從游之徒。則踐規蹈矩。儀型鄉國。蓋先王之教澤。得以僅僅不斬。頑夫有所忌而發其廉恥者。未始非諸先生講學與羣從附和之力也。詩曰風雨如晦。雞鳴不已。誠珍之也。今之世自鄉試禮部試舉主而外。無復所謂師者。間有一二高才之士。鉤稽古訓。動稱漢京。聞老成倡為義理之學者。則罵譏唾侮。後生欲從事於此。進無師友之援。退犯萬衆之嘲。亦遂卻焉。吾鄉善化唐先生三十而志洛閩之學。特立獨行。詬譏而不悔。歲庚子以方伯　內召為太常卿。吾黨之士三數人者。日就而考德問業。雖以國藩之不才。亦且為義理所薰蒸。而確然知大閑之不可踰。未知於古之求益者何如。然以視夫世之貌敬舉主。與厭薄老成而沾沾一得自矜者。吾知免矣。丙午二月。先生致仕。得請將歸老於湖湘之間。故作師說一首。以識年來嚮道之由。且以告吾鄉之人。苟有志於強立。未有不嚴於事長之禮。而可以成德者也。

送江小帆同年視學湖北序

今天下郡縣牧民之吏。大抵以刑彊禦之耳。任蚩蚩者自為喙息喜怒。一不顧問。至其犯法。小者桎梏。大者棄市。豪彊者漏網。弱者糜爛。苟以掩耳目而止。原國家所以立法之意豈爾爾哉蓋亦欲守土者日教民以孝弟仁義之經不率而後刑之其率教而有文者則以進於學使者而登之庠序既登之矣則以授于校官而常飭之故古者飲射讀法在今日則守令之職而今之學政也者不過因文藝以別羣士之優劣因士之優劣以知守令教民之勤惰故巡撫者天子所使以察守土者養民之善與否也學政者　天子所使以察守土者教民之善與否也承平既久法意寖失郡縣有司不知三物為何事而教民之任獨以責之學政與校官而所謂校官者類多衰疾晚暮之徒其祿不足自贍往往與學宮弟子爭錐刀之末不特不克助宣教化或轉餂言以蔽學政之耳目彼學政者孤懸客寄於一行省之中守土者皆貌敬而神拒之日儀精于文字而角機智于千百詭弊之場而欲以餘力教民以仁義孝弟之經其不亦難矣哉然則如之何而可弊之除也先其甚者利之興也先其易者其可矣自功利之說中于膏肓學者求速化之方束髮而漱精于制藝窮老而不休六經至不能舉其篇目何有於他書今欲稍返積習莫若使之姑置制藝而從事經史獎一二博通之士以風其餘於覆名扃試之外別求旁搜廣采之術凡郡縣莫

不有書院大率廩給其才者而絀其不能者名曰膏火所以濟學校之不及也
學政下車之始則牒各縣令曰明年吾視某縣學當以某經試士能背誦否某
史試士能言否其為我播告偏隅咸使知之牒校官曰吾按臨之始每縣當選
諸生廿人說書有不至惟女罰及其按郡招諸生來前果使背誦某經說某史
某卷大指能誦說者予以書院之廩資尤能者倍之三之尤能者牒送省會之
書院亦倍其廩資其不能者廩生削其餼附生懲辱之每縣試以三四人則餘
者懼矣自六經外如史漢莊騷說文水經文選宋五子及杜韓歐蘇曾王專集
之屬每縣使習一部焉歲試使習者科試則易之覆名試以制藝以彰　朝廷之
公令面試說書以鳴使者之私好二者竝行而不悖皆善矣則拔而貢之成均
使彼邦之人曉然知吾好博通之才庶幾由文以溯本舉一以勸百然後孝弟
仁義之教可以漸而興也乘傳所經之地有書院焉則入而詒諸生以大義彼
邦有搢紳多聞者則禮而薦之為郡縣書院之長於是其亦可以樹之風聲矣
同年友江君小帆之視湖北學也所以講求職思者甚備余乃別思一搜采之
術無啟弊之實而有補救之雄者於是以戔戔之說進焉

送劉君椒雲南歸序

聖人之異于眾人者安在乎耳目口鼻心知百體皆得其職而已矣天之生夫人也耳職聽而目職視口體職言動心職思非所聽而濫焉非所視而淫焉於官為不法可以視窮者而吾弗能盡焉於官為不稱其於口體心思也亦然不稱者才絀不法者知而奸之罪又甚焉聖人者不軌不耳不度不目其自一室之米鹽推而極於天下之大鬼神之幽離於人倫觳于萬事凡視聽所宜晰無不晰凡言動所宜審無不審凡心思所宜條理無不條而理之使夫一身得職而天地萬物各安其分以位以育以效吾之官司所謂踐形者也周公之所以為周公孔子之所以為孔子其不以此也哉今之君子之為學者吾惑焉耳無真受眾耳之所傾亦傾之目無真悅眾目之所注亦注之奸視而回聽言不道而動不端無過而非焉者曹好所在而不之趨焉則不相賓異矣為考据之說者曰古之人古之人如此則幾彼則否為詞章之說者曰古之人古之人如此則幾彼則否起一強有力者之手口羣數十百人蟻而附之朝記而暮誦課迹而責音竭己之耳目心思以承奉人之意氣曾不數紀風會一變蕩然澌

滅。又將有他說者。出為羣意氣之所會。則又焦神悴力而趨之。鈞是五官百骸也。不踐聖人之形。而逐眾人之好。疲一世以奔命于庸夫之毀譽。竟死而不悔。可謂大愚不靈者也。漢陽劉君椒雲。湛深而敦厚。非其視不視。非其聽不聽。內志外體。一準於法矣。而所以擴充官骸之用。又將推極知識。博綜百氏。以求竟乎其量。余猶懼其繳身心以役於眾好也。於其別也。書是以貞之。然余固亦頗涉前二說者之流。而奔命於眾好之場者。又因以自砭焉。

易問齋之母壽詩序

古者以言相贈。處至六朝唐人。朋知分隔。為餞送詩。動累卷帙。於是別為序以冠其端。昌黎韓氏為此體尤繁。間或無詩而徒有序。於義為已乖矣。元明以來。始有所謂壽序者。夫人之生。飢食而渴飲。積日而成年。苟不已。必且增至六十七十。又不已。則至大耋期頤。彼特累日較多耳。非有絕特不可幾之理也。胡序之云。而為此體者。又率稱功頌德。累牘不休。無書而名曰序。無故而諛人以言。是皆文體之謬。不可不辨也。道光乙巳六月。為易柳恭人七十誕辰。嗣君問齋郎中。徵求士大夫之詩。至數十篇。而屬余為序。其簡端。問齋其能辯文體者矣。

余讀諸君詩。知恭人事。贈君　先生。豈非所謂代有終者哉。初先生以長且賢理家事。無劇易必躬。佔畢之業稍棄矣。恭人來歸。一代任焉。米鹽淩雜。不復關白。先生由是得專精舉子業。嘉慶戊午舉于鄉。戊辰遂成進士。蓋內顧無憂。壹志以底於成。恭人之力也。先生官陝西。恭人以舅姑春秋高。留侍養。不隨之官所。既而太夫人就養秦中。恭人又留治家務。既而先生移官山東。恭人仍留里居。計先生宦遊三十餘年。而恭人僅一入秦。再之山東之郯。不過三年耳。婦人類以從官為榮。鄉里齷齪。不足自適。一旦朱幘翟茀。稱為命婦。入則鼎食。出則武夫前呼。侍女如雲。此常情所最稱意。恭人恬然不以為榮。獨習勞居僻鄉。為先生經畫家政。敗袽敝革。儲以待用。甘粗糲以自菲。歲時親戚承問無缺。樂餌餘糧。全活貧弱。下戶躬操作。以率先子婦。此其識有過人者。以視擁象輿以命婦自炫。頤使侍婢。俯仰如神者。其賢否當有辨也。詩人之祝女子曰。無非無儀。易此而以才能自詡。則于道為悖矣。如恭人者。所事不出閨闥。所行不越庸德。獨其相夫以發名成業。而不慕從官之榮。此有人所難能。而其他蓋可知矣。余故揭其大者著于篇。若其稱述懿行。頌禱蘩祉。則諸君之詩實詳。故不及云。

陳岱雲太守為母生日讌集賓僚詩序

易曰雷出地奮。先王以作樂崇德。蓋古者毎有艱大阨塞。聖人窮力畢精。削除荒穢。人心夷悅。而後作樂以宣幽滯。譬若春雷奮發。而秋冬之沉痼敝塞于地中。固已久矣。故曰患難所以開聖。憂勞所以興國。古之通義也。至夫賢達之起。卿大夫之家。莫不以然。其初類有非常之撼頓顛厥戰兢僅而得全。疢疾生其德術。荼蘖堅其筋骨。是故安而思危。樂而不荒。如彼其自克也。豈偶然哉。茶陵陳岱雲太守。成童而喪父。事無鉅細。一操于母劉太恭人。家故微也。又多奇閔。藥醫不絕于室。期功之喪不絕于門。樾無縷。盎無儲者。數數然也。方太守就傅于外。天盛寒。家惟二衾。一實以棉。一單衾耳。太恭人不忍子以寠凍為人所詬。强以棉衾予太守。而自以單衾擁二幼子。太守不忍母寒。而已獨溫。則虛衾而終不御。太恭人亦終不以酷窮而令子廢學。居無何。太守以進士通籍。為翰林。而家之艱于謀食如故。而太恭人之勤約自刻亦如故。道光二十四五年。 天子以海氛初靖。亟思振興吏治。以修內而攘外。特簡近臣以守要郡。乙巳仲冬。太守用是有吉安之 命。明年量移廣信。於是祿入稍豐。寖寖怡裕矣。其年十一月為太恭人六十生日。太守開合觴客。賡以絲竹。本省之僚屬。所部之士民。與他邦之客游茲土者。凡若干人。為詩歌上壽者凡若干篇。乃書抵京師屬國藩序之。夫陽不可盈。樂不可極。故禮主靜而樂主反。勝則流矣。太守思前者慈母支持之艱。與今者 天子簡用之重。將必有穆然深念者。是則承歡之大者歟。

唐鏡海先生七十生日同人寄懷詩序

善化唐太常先生。以道光丙午致仕還湘。明年年七十矣。五月七日寔初度之辰。六安吳君廷棟。始為寄懷詩。略寓詩人戩穀俾臧之義。既而師宗竇君垿及某君某君。皆踵為之。凡得詩若干首。大抵惜繼見之不可常。頌長者之多祉。先生之姊子黃君兆麟。與其弟倬。命國藩為之序。竊嘗觀古之君子。其載德而荷道者。必有人焉帥而掖之。而後後者有所階而進。必有人焉輔而翼之。而後前者有所託而傳。水非水而不續。人非人而不承。蓋桐鄉張考夫先生之興。則有凌渝安何商隱沈石長諸子為之附。太倉陸道威先生之起。則有盛聖傳陳確庵江藥園諸子為之與。二先生之為道至寂寞也。而諸子者相從于太羹元音之際。殆於遯世不見稱而無怨。彼各有其志爾。唐先生之 內名為太常卿也。

以道光庚子僦屋於內城之西南。分聽事四之一爲讀書之室。衺得周尺之步廣半步耳。自國藩之修脯或月一至或再三至未嘗不見先生手一編危坐其中。宄人見者亦然。此所謂寂寞者非耶。民之情好聲利而惡澹泊。淺者趨死祿仕。深者博文多藝。獵取浮譽。亦足以降其好勝之私。先生爲外吏二十年。蕭然無資積以自存。既當世之所謂迂闊。而其爲學也。又惟自治其身心之急。或不沾沾於文藝之短長。以故士之騖才技而競聲稱者。亦罕過而勤焉。而吳竇諸君子獨相尋於澹泊。究道而考德。夙參而莫造。既其違離而作爲詩歌以抒懷想。斯豈異者凌渝安何商隱及沈盛陳江之疇邪。何其篤也。自明代以來年齒至五十以上。則人多爲詩以祝之。諛媚殆於亡等。又有所謂壽序者。余昔書歸有光文集。已痛詆其陋。其他則又不足譏。今諸君子既舍聲利而別有所尚。而其爲詩又約旨斂辭。頌無溢量。豈不本末並茂。不與人人同科者哉。於是畢讀而序之。世有達于文體之君子。庶終覽焉。

朱心垣先生五十六壽序

於余爲兄弟行。結交最少久。而彌摯者。屈指無幾人也。則有若朱嘯山富春子余為父執。又早器余。余愛慕而不敢侮者。亦無幾人也。則有若姻伯心垣先生。嘯山為先生冢嗣。其交余也。先生實令之也。先是先生與家嚴君同學互相掖重。兩家世好既篤。重之以婚姻。故吾知先生特詳。前歲丙申先生年五十。嘯山謀稱觴乞余以言侑爵。先生曰是何為者。傳曰恒言不稱老。今余方託堂上之蔭。將不以禮處我乎。抑以諛詞誣我乎。且古者下壽六十。今吾猶未也。固請不獲。又數年嘯山舉於鄉。偕余北上從容謂曰吾父所以固辭頌禱者善則歸親義不得專也。今吾欲乞子文為寒門作家慶圖。使吾父上有以承祖父母懽下有以自娛。而即以為吾父壽可乎。余曰可。昔董邵南隱居孝義。昌黎韓子為詩紀其事。姚氏三瑞堂。世以孝稱。東坡亦作詩美之。今君欲以娛重闈者娛其親是孝子等而上之之義也。賢哉吾不能以詩壽先生請覼陳君家天倫之樂。以娛先生之志。今夫科名宦達。豈以寵身亦借為顯揚之資也。先生以第一人補弟子員。再躓場屋。遂棄舉業其天懷恬淡視青紫不值一吷耳乃其督課子姪。則銳意進取。惟恐後時。討論史事旁及制藝書學皆得窾郤。而助以法度在先生豈徒欲弋取時榮哉。不過欲博膝下之歡。老人聞之。曰阿孫才。今試已列前茅矣。阿孫能可以與賢書選矣。因而鼓舞後進。怡然忘老。此其可娛者一也。君家田園。足以自給。先生周視原野物土之宜。稻粱之外。雜蒔嘉蔬。種秫二頃。稷以釀酒。名曰延齡。殺雞佐之。但以奉親。不以勸客。有餘則度置焉。門外方塘廣可百畝。旁置小艇。宜釣宜網。當春種魚。秋則取之。以強半供甘旨。其他則請所與子姓醉飽。波及羣下。其可娛者又一也。君家早歲頗有外侮。自先生綜家政。敬宗收族。袒免以下。一視同仁。閭里細民。强梗者鋤之。不肖者勸之。貧苦無告者周卹之。竭力之所勝。而不德焉。比來一境怗然。曩時箕舌之怨。雀角之爭。皆以潛消。而高堂暮齒。亦得晏安無患。其可娛者又一也。抑聞之。夫妻好合。兄弟既翕。父母其順矣。先生早占炊臼。續以鸞膠。不聞有遇虐後母之事。非刑于之道乎。方鳳台先生之以計偕入都也。先生曰。予弟行役。不可以勞門閭之望。丈夫何憚萬里哉。乃杖策送弟北征。而衛以俱返。不賢而能之乎。邇年以來。弟姪能文者。先生為之延師課讀。肄武者為之料量魚服竹閉之具。使之皆得成名。以故床第之間。秩如也。昆弟翼翼如也。寢門之內。訢訢如也。此甚可娛者一也。又先生熟於形家之言。往為大母卜佳城。備極勞瘁。終乃永藏。今腰腳尚健。暇則陟層嶺披蒙茸裹糧而從一奚遊覽既審歸而告于堂上曰某水某山大人所經歷也有佳兆當貴至徹侯其宅某田大人所釣弋之所也居之後必昌因與指畫形勢兼誦撼龍疑龍之經而堂上亦傾聽不倦或佯諾之微笑其紕繆此亦可娛之一端也夫天倫之樂豈有形哉日用優游之地行之而不著習矣而不察道路傳為盛談或油然興感而當境者行其心之所安視為固有而不足怪以先王之德之遇凡所謂可以自娛即以娛親者皆已自得之而自忘之不知此中真樂雖三公不足以易也卻老延年之道有進于此者乎嘯山歸述吾言酌而祝焉可也嘯山拜曰善遂書以為之序

田崑圃先生六十壽序

道光某年月為我年伯崑圃先生六十初度其嗣君敬堂同年匄余以文為壽且曰古者稱壽不必攬揆之辰壽人以序抑非古也然震川歸氏望溪方氏嘗為之是或有道焉余曰然壽序者猶昔之贈序云爾贈言之義粗者論事精者明道旌其所已能而勸其所未至是故稱人之善而識小以遺鉅不明也溢而飾之不信也述先德而過其實是不以君子之道事其親者也為人友而不相

勗以君子者。不忠也。今子所以壽親者。於意云何。敬堂曰。吾父固好質言。凡生
平庸行。衆人所恒稱道者。不足為君述。吾父早歲以課徒為業。迄今幾四十年。
嘗曰。塾師固莽塞責。誤人子弟不淺。吾不敢也。戊戌兩公幸成進士。選庶常。吾
父書來戒以初登仕版。勿輕干人。於戲。安得此有道之言乎。蓋自秦氏燔羣籍。
教澤湯然。漢武帝始立五經于學宮。使諸生各崇本師。置博士。舉明經。而聖言
乃絕而復續。明太祖以制義取士。並立程朱之義。使天下翕然尊尚。而聖賢之
精蘊始照灼于幽明。二君者蓋見夫學校之不可復。故定為功令。使人以此為祿
利之途。而陰以崇儒術而闡大義。由今言之。明聖道于煨燼之餘。而炳若日星。
表宋儒之精理。使僻陬下士。皆得聞道者。不得不歸功于二君。然使人人以詩
書為干澤之具。援飾經術。而湯棄廉恥者。又未始非二君有以啟之也。今世之士。
自束髮受書。即以干祿為計。惴惴焉恐不媚悅于主司。得矣。又挾其術以求進。
而徼福祿于無盡境。則干人無窮期。下以此求上。以此應。平日以此學。退老以
此教。所從來久矣。百步之矢。視其所發。差若毫釐。謬以千里。振古君子多塗。未
有不自不干人始者也。小人亦多塗。未有不自干人始者也。今先生之誡子。首

在不輕干人則平日之立教所謂不誤人子弟者概可知矣出處取與之間士大夫或置焉不講而鄉里老師者儒往往以教其家繩其門徒吾父課徒山中亦有年所每戒小子輒曰儉約者不求人與先生辭旨畧同而吾黨郭君雨三亦得父訓以成名當交相琢勉力求所以自力者以圖無忝所生不然先生不欲誤人子弟而吾輩一離膝下乃反自誤其身日愒月玩委棄而不克自振終且不免於干人也吾言不足以重先生而猶不敢諛詞欺吾友是或為先生之所許乎敢以為長者壽

朱玉聲先生七十三壽序

天可補海可填南山可移日月既往不可復追其過如駟其去如矢雖有大智神勇莫可誰何夸父之追魯陽之揮戈陶士行之惜陰有以哉有以哉余與朱堯階以道光十年論交于長沙當時相見恨晚曾幾須臾遂閱一終一星終矣前歲戊戌余乞假旋里值玉聲先生七十誕辰堯階以壽親之文見屬余忻然不辭遷延未報一諾三年甚哉光陰之遷流如此其足畏也人固可自暇逸哉以余愒玩時日有言不踐學問不加進而堯階不務顯揚之實徒欲以祝史徽

言娛親志。二者均非先生之所許也。何足以為先生壽。雖然，吾與堯階交舊矣。不可不畧抒固陋，表先生之闇修，以徵其所以延齡之由，以卜將來無量之祜，以慰吾堯階，以勖吾堯階也。蓋先生則可謂不自暇逸者矣。先生少失怙，既冠又失恃，家故貧，破屋數椽，兄弟謀析產，先生以其稍完者付諸昆，而指其隙地一弓自予，去之。賈不數年，致千金，已而散去，又如是，又散去，屢裕屢絀，晏如也。先生有嫂，早寡，窮不能自存，乃為之謀生計，撫孤兒，終節婦之世，無衣食慮。復出貲為之表其節，聞于有司，與其大母并建總坊。尤慷慨好義，宗族中有不能自贍者，佽之；必給有沒不能終葬具者，周之，必無缺禮。子姪有游惰無常職者，掖之培之，視其材，必俾有成。他如聯族譜，建支祠，治祖塋，置祭產，凡事關本原之大者，經之營之，有廢必舉，有初必終，故其所以屢絀者，人皆知之，為其急公也，為其義也。其所以屢裕者，人或不知。傳曰：民生在勤，勤則不匱。先生之所為常致充盈綽綽有餘者，勤而已矣，不自暇逸而已矣。計自少壯以洎今日，拮据飄搖，幾無虛日。今夫天恢恢大圜，終古磨旋；今夫山，終古常峙；海，終古常流。其盛大而生物不測，由其不貳。不貳故不息，不息故久。夫人也亦若是焉矣。守其樸者完其素。勞其力者貞而固。戶樞不蠹。磨鐵不蝕。胥是道也。以先生之不自暇逸。而得康強逢吉。又何疑乎。又何疑乎。余與堯階相友以心。相砥以道義。今堯階幸得啜菽飲水。承歡膝下。而余一官匏繫。既不能拾遺補闕。有絲毫裨益於時。又不能歸侍晨昏。又不得奉板輿以迎養。余自是有羈旅之感矣。風有陟岵之章。雅有四牡之什。皆以行役在外。睠懷門閭。孔子曰。父母之年。不可不知也。願吾堯階佩玦營。調滑甘。愛光陰如拱璧。舞綵服如嬰兒。由是而後。先生樂孫曾之蕃昌。欣琴瑟之靜好。耄耋期頤。怡然忘老。則堯階庶不負讀書之志。不忝於盛德大業耳。君子進德修業。欲及時也。時乎時乎。事親者可或忽乎。此所以勗堯階。以慰堯階。而即以為先生壽者爾。

王翰城刺史五十壽序

古無生日之禮。顏氏家訓稱江南風俗。是日有供頓聲樂。蓋此禮始于齊梁之閒。後世自貴逮賤。無不崇飾。開筵稱壽。習以為典。癸卯夏。王君翰城將出牧冀甯。即于是秋五十壽辰。同人或謀祝之。翰城曰。非古也。其友人曾國藩亦曰。非古也。雖然。子將別矣。不可無以贈子。蓋古者四十而仕。五十服官政。服政云者。

為大夫以長人。布政得自專也。古者建官無冗。立法無繁。故任人靡不專。而事靡不理。後世天下之事萃于六曹。六曹之屬無慮千計。法令日密。吏胥便之。每事至。吏以意討例。官則晚吏意以行。吏頤使則官可之。吏目止則官否之。屬官所左。卿長亦左之。事無定見。惟眾之隨。故近日服官得專政者。內惟樞府。外惟牧令。樞府數人。或意見各歧。則得專者尤莫如牧令也。牧令朝行一政。朝及于民。福民則我實福之也。殃民則我實殃之也。然牧令或不賢。往往不自為政。上則伺大府之喜怒。下則時胥徒之向背。雖欲自專而有所不能。翰城讀書四十餘年。今以服政之日。為　天子之刺史。吾知其能自專矣。夫為刺史而得自專而不為大府與胥徒籍制者。豈徒然哉。其殆必有所以矣。翰城勉乎哉。他日聞有供頌聲樂蹡堂而稱壽者。必　天子所付託刺史之百姓也。子行矣。吾以是贈。即以為祝焉。

王蔭之之母壽序

壽序非古也。明歸太僕數鄙之。而數為之。以為崑山之俗。張此尤盛。閭巷之士。狃于習而不求其說。立言者雖知其事微薄。而不忍拒孝養者之請。牽率以從

事宜也。當是時吾同年王君蔭之以其母黃太安人之壽屬予為序云。蔭之知
言者也。不宜循世俗故事以娛其親。仲尼曰蘇寬禮也。今也純儉。吾從眾。積習
染人。甚于丹青久矣。雖為父母者亦皆以生日為慶。以文字道其平生為祥。人
子因而順之。不亦可乎。先是贈君琴雅先生之棄養。蔭之與其仲氏皆未冠。季
尚毀齒耳。內而饘粥零雜。外而官租私逋。皆太安人摧畫之。贈君以諾名鄉里。
宿負故無券。主者以是弛責。太安人曰。夫子信者也。是固然無疑。立貸別業盡
償之。贈君疾革命曰。雖飢寒毋令吾兒廢學。家故微也。又歲經水潦。益流落。太
安人力支之。卒不令諸子遷業。初服舅姑之服。繼服夫之服。哀毀至矣。皆節以
禮。喪女子者四。喪子婦者五。悲傷之餘。亦以禮裁之。蓋蔭之之為吾述者如此。
易曰。地道無成而代有終。方贈君顧命諄諄。豈必後嗣果自成立。今蔭之通籍
為 天子近臣。文章爾雅。率諸弟子姓為醇樸之學。所謂代終非耶。 國家以
大器儲詞臣。不徵之以吏事。使之優游成德。以養公輔之望。至深厚也。以國藩
之不肖。謬廁斯任。無足言矣。如蔭之者。要當博觀約守。仔肩天下。而後無忝是
職。不然。彼太安人時時稱贈君之末命。以相申儆者。豈徒在祿仕通顯也哉。歐

陽公之母。常述父訓以教子。卒為有宋名臣。彼何人也。吾何畏彼哉。蔭之誠能日進不怠。太安人當益顧之適志。怡然忘老矣。余承蔭之之命。終不敢以世俗之義為長者誦也。於是為道其大焉者。

江小帆之母壽序

古者設科有目。如漢曰賢良方正。曰直言極諫。曰軍謀宏遠。曰淳厚質直。唐曰秀才。曰明經。曰進士。曰明法。曰明字。曰明算。若此者不一。其稱惟人主之所欲而因時命名。所謂目也。明初盡革前制。取士止進士一科。則有科而無目矣。既成進士。天子親策于廷。臨軒唱第。分甲授職。一甲止三人。曰狀元榜眼探花。制所定也。士大夫稱為鼎甲云。進取之途既隘。天下魁傑瑰瑋之士。莫不甘心于專科。搤腕以求所謂鼎甲者。而巴蜀滇黔西南萬里。或數百年而不得一人。蓋其難也。慈父母之于子。總角則祝之。而令子順孫承歡堂上。亦無先于此者。至于今五百年矣。同年友江君小帆。故吾楚郴人也。徙居四川之大竹。道光戊戌以第三人及第。四川之鼎甲自小帆始。而小帆退然。貶抑。躬躬不足。問之。曰。母教也。余曰何如。則盡述太安人之賢。及贈君春湖先生之德。而再誦焉。且曰。吾

二十五卅

母今年六十矣。吾子嫻古文義法。其為我銓次太安人懿行。畧倣今世之壽序。而益以箴言勗余。使吾母懽慰。而吾亦奉以為事親之則可乎。余曰可。蓋江氏之自楚而蜀。家微矣。贈君之與昆弟析居。受田僅三畝耳。而析償宿負者畧半。贈君力貧績學。授讀鄉里。稍佐饔飧。太安人蒔蔬埶蔌。以精潔羞舅姑。而以其惡者自御。小帆兒時。嘗隨太安人鋤豆于北原。拾木棉于西澗之波。每語及此。未嘗不太息。祿養之已晚也。嘉慶庚申辛酉之閒。四川遭教匪之亂。鄉鄰依堡寨以居。賊來恃堡為固。賊去。還家事耕作。太安人提挈子女。裹糗糧與贈君奔竄于風雨谿谷之中。其事尤艱阻。卒以無恐。小帆既官編修。太安人就養京師。而贈君道卒長安。哀毀之餘。毫髮盡禮。與前服舅姑之服畧同。計太安人數十年中。困于貧。厄于兵。顛沛于喪事。而亦以勞矣。傳所謂動心忍性。生于憂患。其不信然耶。士大夫由科第通籍。大抵先人茹其辛。而後人食其報。如小帆之掇取巍科。三持文衡。以詞賦受　聖主特達之知。豈可不知其所自耶。自古舉士之法。未有三百年不變者。帝不沿樂。王不襲禮。物窮則易。固其禮也。經義取士。亦已久矣。議者多謂帖括道卑。難收得人之效。小帆勉旃。益務通經達用。使天下後世謂偉人甚甚者未嘗不出制藝之科也既以塞辨者之口又有以慰高堂無窮之望事親之則不當如是乎太安人聞之其必不訾吾言矣遂書以為壽

何傅巖先生七十壽序

國藩讀詩至常棣之篇而歎曰旨哉仁人之言也朋友平居宴樂有急則掉臂不顧兄弟天性也非至不仁可以手足而胡越乎同年友何君丹谿官編修其兄璜谿官武昌同知兄弟相敬愛至篤無已他日余謂丹谿曰子之親未耄也二君者皆不迎養于義謂何則告曰吾大父母之棄養吾父七齡耳實依兩世父以生世父長曰晴瀾次曰雲巖吾父曰傅巖事兩兄維虔謀必咨出必告有財必歸之有疾侍藥必躬至以身禱雲巖世父下世事寡嫂尤恭今吾父母之不肯就養官所徒以長兄寡嫂在耳余聞之悚然當吾世而猶有嚴于弟道如此者乎又二年而所謂長兄寡嫂者相繼逝璜谿執期之喪既除因卓薦入見 天子遂乞假南歸躬迎二親養于武昌官舍又明年丙午春為傅巖先生及張太恭人七十誕辰同年生謀所以壽者屬余為頌禱之言丹谿曰子毋徵世

俗人世俗所為壽序至陋而非古子但畧述吾親實行使吾昆弟子姪有所法而向善而吾親亦將顧而忘老足矣勿虛諛也余曰子之親云何曰吾父年十八補縣學生嘉慶癸酉以選拔貢入成均凡試於鄉十六役不得售異時苗匪寇鄰縣世父率鄉勇出堵賊吾父守城書檄調遣胥出一手事平縣令暨監司適主鄉試闈事欲因以私報力謝之教人以立品敦倫為先前後從遊千餘人課徒所得餘金則盡刊印世所傳感應篇註案者以勸愚民吾母以不逮事舅姑為恨事夫之兄如嚴上事姒婦如姑蓋體吾父友恭之誠如此古者大功同財自秦人子壯出分後世沿以為俗兄弟有視如塗人者矣而為之婦者伺其夫之旨而加刻焉片語之隙荊棘叢生累世不能泯其嫌夫一木之枝或榮或悴常也而常人之情睹他人之榮則以為分隔于己無與睹兄弟之榮以其切近則相妬相妬則爭而榮者之視悴者漠然而疏望望焉若將浼己蓋三物之教不行而俗之偷也久矣先生以次子嗣仲兄後顧不肯蔭二子之官終不令己獨榮而兄與寡嫂獨落莫此其足以激薄俗為何如而其用心之仁厚豈有極哉余為揭其大者俾璜谿兄弟守此無怠則先生與太恭人所以娛老者或

亦在此。即以為長者壽可也。

郭璧齋先生六十壽序

莊子曰：木以不材自全，雁以材自保，我其處材不材之閒乎。旨哉斯言，可以壽世矣。雖然，抑有未盡也。此其中有天焉。魁岸之材，有深自韜匿者，去健羨，識止足，天乃使之馳驅後先，殫精竭力，而不能自怡；有銳意進取者，天或反阨之，使之蓄其光采，以昌其後而永其年，迹似阨之，實則厚之。材鈞也，或顯而吝，或晦而光，非人所能自處也，天也。我年伯璧齋先生，天之處之殆厚矣哉。先生少讀書有大志，既冠，補博士弟子員，旋以優等食餼，屢躓場屋，貢入成均，試京兆仍絀。權當陽校官數月，儒術濟濟，翕然景從。其居鄉也，外和而中直，不惡而人畏之。優伶雜劇，至不敢入境。諺曰：桃李無言，下自成蹊。直其表而影曲者，吾未之聞也。先生友孝可以施于政，尊行可以加人，課徒而得與校，而士慕附，處于鄉而不肖知勸，此天予以有用之材也。使得所藉手，舞長袖而回旋，其展布當何如。顧乃蹭蹬棘闈，連不得志。前歲乙未，恭遇　覃恩，臣僚得榮其親。維時先生之冢嗣觀亭前輩，既由翰林官西曹，兩世　封贈如例，而先生猶以有事秋試

遷延不得請。於是先生橐筆鄉闈十餘役矣。從遊之士得其口講指畫。或皆扶

遥直上。而觀亭前輩昆仲皆得庭訓而翔步詞林後先輝映。獨先生黜抑良久。

曾不一騁騏驥之足。固可解乎。夫以先生之德之能於科名何與輕重。其達觀

内外。何嘗不晚青紫如穅秕然。終不自晝。誠欲有所白于時。而又惡夫庸庸者

一蹶而不復振。乃借恬退之名。以文陋而售其巧。故思有以厲之耳。以志則如

彼。以遇則如此。此豈盡有司之咎哉。蓋所謂天也。天者可知而不可知。無可據

而自有權衡。崐山之玉。鄧林之大木生非不材也。育之廊廟非不貴也。鑿之琢

之。尋斧縱之剖其璞。傷其本。向之潤澤而輪囷者。蕩然無餘。天欲厚之。則不如

韞于石而光愈遠。叢之豐草之中。而蔭愈廣而枝愈蓄。向使先生假鴻漸之羽

激昂雲路。敭歷中外。詎不快于志而裨益于時。而所發既宏。所積漸薄。天與于

前。或靳於後。精神有時而竭。福蔭有時而單。是亦琢玉斲木之說也。謂能優游

林泉。頤神彌性。如今日也乎。謂能澤流似續。光大門閥。如今日也乎。本年某月

先生六十壽辰。次嗣君雨山與余為同年友。謬相知愛。將稱觴介壽。屬余以言

侑爵。吾聞君子之事親也。可以無所不至。獨稱其親之善。則不敢溢詞以擇于

誣。君子之于友也。可以無所不至。道揚世德則不敢虛述以近于諛。余悉先生嘉言篤行稔矣。今欲敷陳盛美頌禱麗祺。深慎其諛也。故不具論。第論天之生林。此豐彼嗇。大有權衡。以徵先生所以延年受祉之由。亦使觀亭前輩昆仲。知今日之蜚聲騰實。其蘊積者有自。非一朝一夕之故也。欽念哉。欽念哉。小子竊祿于 朝。蓋吾父之涵迹名場。摧頓不得伸亦有年矣。持是以思。則先生之緝熙純嘏。天之厚之。正未有艾耳。質之先生。或以斯言為不謬耶。

金殿珊先生六十壽序

往余讀韓退之符讀書城南詩。私怪彼不以聖賢之道教子。而誘之以公卿祿位。何其陋也。既伏思之。古今之所以設科取士。何為也哉。豈不欲得明先王忠孝之道。而力行之者。與之共天位乎。道莫備于羣經。故漢唐重明經之選。而明及我 朝。皆以經義試士。操其文以考其行。庶幾忠孝之彥之或出乎此。是上之人法固未嘗不良。而意固未嘗不美。即為人父母者。冀其子以文行上達于朝廷。斯亦天理人情之至。然則退之之志。其亦未可深譏矣。世衰而俗敝。應舉者不揆君公求士之本義。苟以獵取浮榮。少壯而違父母之養。窮老而不歸耽耽于王畿勢要之場。未仕則發憤忘家。既仕則迎妻子與共安樂。而父母以衰晚之年。與子婦幼孫曠隔音書。闊疏享封誥之虛名。受枯寂寒飢之實禍。雖疾病厄苦。不忍告聞。以恐其子。而為子者冥然不以介懷。方藉口於趙苞賦母溫嶠絕裾之義。夫彼既忍棄其親。尚何有于君國。本先撥矣。國家亦安貴此喪失良知之人。而歲舉數千百輩。以糜無窮之祿糈哉。故吾嘗曰。朝廷以忠孝求士。未為失。而士之應之大相悖也。父母以仕宦望子。未為失。而子之于親大相悖也。噫。此豈細故也哉。吾鄉金殿珊先生。官翰林十載。官況絕迫隘。力貧節用。歲寄少資以佐甘旨。既奉父諱。哀毀滅性。服闋矣。依母徐太恭人。不復欲仕。久之嗣君可亭侍講舉于鄉。徐太恭人强先生携子北上。乃樸被獨行。留賢配楊恭人養姑維謹。道光戊戌。可亭以第二人及第。先生曰。兒輩幸有立。吾親老矣。即告養歸。與其弟承歡左右。晷刻不離。於戲。先生其可謂無負 朝廷之求。無忝父母之所期者矣。歲丁未為先生六十壽辰。先歲可亭以陝甘學使任滿受代。乃書告國藩曰。僕將以瓜代之際。乞假省親。幸蒙 天子錫類之恩。得捧 誥軸。歸獻堂上。吾父母誕辰洗爵上壽。子若敘述吾意。使吾親歡娛而盡醻。既莫大

焉。又別紙述先生官侍御。直聲震世。家居訓課生徒。周卹族黨。恭人歟歲購婢
賑窮。豐歲擇配遣之。諸善行甚悉。余都不具論。獨著其拳拳愛親之意。俾可亭
守此而不失。使吾鄉後進應舉之士。知舍此則悖乎朝廷之本義。雖得之不足
為榮。庶以救末俗之偷。而國藩守官八年。不克歸侍晨昏。又以誌吾之抱慚而
不能自克也。先生及恭人聞之。儻肯為盡一觴乎。

黄矩卿師之父母壽序

國家歲值大慶。必推　恩羣下。寖及所生。而吾師昆明少司馬黄公。以乙巳　覃
恩得封我太公通奉大夫。太母太夫人。越二年丁未。太公壽八十。太母亦七十有
四。是歲春初。　天子以海內清晏。太和翔洽。必有人瑞以潤色休嘉。　詔閒一
二品大臣。有親年八十以上者。有司以　聞。於是協揆濰縣陳公。司馬江甯何公。
倉場侍郎新城陳公之母。司空濱州杜公之父。及吾師之父母。並以遐齡上徹
天聽。賚勞有差。其三月為太公攬揆之辰。黄公稱觴京邸。以揚家慶而銘　君恩。
門下士相與言曰。陳何諸公僅有母。杜公僅有父。因其所慶。或觸所卹。獨吾師
以名儒位九列。而二親大年。賓敬不衰。計德度祉。當世無儷。吾輩宜以文紀其

盛。且遥致私忱于太公。若鞠臚奉觴者。乃以諉國藩。國藩伏思自宋景濂以壽文入集。厥後踵爲之者。大抵甄叙行能。終以諛詞。雖以歸有光方苞之博通。不能洗此陋習。夫無故而叙述人之生平事蹟。與無故而貢人以譽。二者皆達于文者之所譏也。惟因事而致其敬。相與爲辭以示不忘。則古多有之。其爲辭也。貴約而韻。質而不蔓。君子尚焉。吾師自總角以逮服官。一秉庭訓。其初入學。則督之以討源之功。先本而後華。及視學四川。無日不函戒之。弊孔之難塞。士之十拔而虞一失。官京朝。無時不寓書而申儆之。富貴之靡常。職思之不可須臾隕。故吾師仕卿貳而不驕。年五十而恂恂有弟子之色。未始非庭闈謦欬之所致也。今太公太母巋然爲天下大老。親見其子爲　聖主所毗。道德文章冠冕人倫。其娛樂蓋可度而知。而吾輩出門下者。獨攄其教子之大節。爲之祝詞。以託于因事致敬之義。此固吾師所深願。諒亦太公所許而不甚斁者已。於是及門各獻祝辭。而國藩爲之唱。且爲序之。詩曰

我　皇膺運。膏流滂溥。誕降醞耆。龐眉俁俁。實育公孫。陳何與杜。維我黃公。有恃有怙。怙也園綺。恃則孟桓。　帝褒厥德。天露有溥。春迴南詔。日永長安。仙醞

三爵。僚寀同懽。

文小南之父七十生日壽詩序

道光二十有七年五月上旬。為衡山荻堂文先生七十生日。嗣君小南以農部入贊　樞垣。先二歲迎養京師。至期將觴賓于邸第。以博堂上一日之懽。于是鄉之人官輦下者。各為詩篇以致頌禱。奚斯歌魯。麥邱獻齊。幼之祝長。與下之祝上。其誼一也。既成冊。以授國藩而屬序焉。竊嘗維人之所以久視于世。大端有二。一者所踐甚厚。居能移氣。傳所稱取精多用物宏。亦自足延歷歲年。彼得之天焉者也。一者履孝蹈友。至行純備。其精力不使敝于亡等之欲。其惠氣所逮。亦自以貞于永久。此古守身之君子所從事者也。外是二者。則滔滔凡民。天下皆是。貿焉以生。憯焉以長。積日既多。亦不得不謂之修齡。要之無譏焉耳。先生總角孤露。公私赤立。非自營不得晏食。非自憤不得就學。其所踐之不厚。而不克一日為貿焉以生之凡民。亦可知矣。先生茹艱濆苦。痛繩于學。奉母之教。事有命雖大不濡。過有赦雖細不貳。既而餼于學官。貢于成均。母王太宜人每告人曰。吾寡居四十年。所堪報地下者。有子克家耳。方贈君棻臺翁之棄養。先生甫四歲有弟二齡耳。先生既績學發名。而弟鬱悒不得伸。又以脫畧損資產。及其逝也。先生盡償其責。恤其嫠而再以己子嗣焉。由此觀之。所謂履孝蹈友至行純備者非耶。洪範曰。不協于極。不罹于咎。皇則受之。曰予攸好德。女則錫之福。如先生之孝友純備。豈直不協吉不罹咎之謂哉。殆所稱好德而宜錫以福者矣。然則先生迪嘉離祉。而小南之食報無涯。又何疑哉。國藩固亦凡民之貿焉生惽焉長者。因緣際遇。忽不自知所踐之已厚。塵埃擾擾。斁精從欲。每覩先生之容。未嘗不內恧而興企也。故于鄉人之為祝詩。輙為推明致此之由。又以卜方來享年之未有屆。為序其畧如此。亦別以詩為附于後。詩曰。

昔我婦翁衡之歐陽。屢道先生宜表宜坊。我來日下。實交哲嗣。修謁長者。淵乎玉粹。

強圉之歲。星煥南弧。下燭蘭陔。朗映中樞。大斗分頒。眾賓醉止。各擒祝辭。用介繁祉。

何母廖夫人八十生日詩序

道光二十有七年六月上旬。吾鄉道州何母廖夫人八十生辰。宮太保文安公之良配也。先期。鄉之人語國藩曰。子夙陋明季文士。遇人生日。輙以諛詞相溷。為不達于屬文之律。既聞其說矣。竊聞古者因事致敬。則相與為辭以篤不忘。

魯侯作閟宮。奚斯有頌。晉獻文子成室。張老有禱。施之少者有冠禮三加之辭。
施之老者有祝鯁祝噎之誼。及敦彝款識。亦往往祈以永命萬年。蓋前以表德
音。後以勑方來。詩人之教也。今太和翔洽。人瑞蕃臻。而夫人以淯樸之德克享
遐齡。鄉之人相與作為祝辭。託諸因事致敬之義。不亦可乎。國藩曰其可。雖然
君子于其所尊敬。不敢為溢量之語。故詩人戩穀俾臧諸篇。其稱之也質。其祈
願也無奢。今吾人欲託茲義。則摛辭之斂侈。可勿審諸。蓋夫人之歸何氏。家微也
文安公陋巷孤貧。賃力以食。晝而授徒。宵而自繩于學。春而出。長至而不歸。家
中有無。一委夫人。夫人綴畸緝斷。公私井井。厚其親以及其所愛。無或不豐。堅忍
其身以及其子。無或不嗇。嘗孿生二子。越三日而襁兒出汲。即子貞編修與其
仲弟也。又嘗負兒入山採薪。竹萌拂左目。迄亦廢視。艱窮之境。殆非人履。而夫
人泰然。無不自得。迨文安公及第。以命服迎之入都。而守約飾初不變。既而公
位尚書。 天子倚如柱石。屢司文炳。門下士且盈千。編修昆季先後列甲乙科。
諸孫蔚然興矣。而夫人率飾初不變。非布衣不御。非粗糲不甘。蓋余得之見聞
者如此。夫稱述艱難。以慰履者。而飭無窮。君子之義也。責人以諛。而長溢志。亦

非君子所宜出也。以文安公創業之勋。而夫人承之之不易。推察受福離祉之由。亦豈惟型吾鄉哉。雖風天下可矣。然則撰擬祝詩。附諸古義。以博長者之娛。而與編修昆季相勖勉者。宜在于此。不得在彼。于是鄉之人各賦一詩。別編為冊。而國藩和之。且次其語而為之敘。詩曰。

九疑南輿。有濂一谿。在宋嘉祐。大賢所栖。閱祀七百。閩儒纘烈。光輔 聖清。為天喉舌。雖是閩儒。遭家未肥。舒屯倚困。爰有淑妃。究究女宗。亦班亦姑。百孽在嘗。曰甘如蜜。台星雖閟。婺女孔明。暉澤四濩。宜曜宜康。亦有似君。三館之特。開閣觴賓。以聲毋德。有酒如池。有羞孔時。四筵盡釂。各賴笙詩。

黎樾喬之兄六十壽序

國家歲逢大慶。嘉與臣下。既褒揚其所生。又令私其尤戚者。得推己所宜膺之封以貤封之。所以廣仁播誼。至無已也。道光二十五年。 皇太后七十萬壽。 天子大孝錫類。凡一命以上。無不得曲展私親。吾鄉黎樾喬侍御。既榮其先人。因謝己所宜膺者。貤封其伯兄梅村先生為中憲大夫。兄嫂為恭人。明年。凾錦軸齎至其家。又明年。梅村先生六十生日。侍御謀所以篤兄歡者。乃放蘇氏兄弟

以詩相壽之義。自為一篇以寓祈禱。又匀鄉人之老于文者。各賦一章為老人
光悅。既繕冊以授國藩。而命序焉。且言曰。吾兄天性樸誠。少依王父。嫺篤幼儀。
王父棄養。雖卝也。哀毀如成人。及事二親。雖老也。愛慕如嬰兒。親有所欲。不以
貧而不致。諸弟有所求。不以瑣而不謀。與人無賢愚。一飲以和。里有爭構。一諭
以理。初若難釋。徐亦枝開節解。怗然各退。故自家之子姓。鄉鄰之衆寡。無不沐
其誠。服其直。所之亦之焉。有役則趨焉。吾嫂陳恭人。衹順劬恭。羣女師慕。蓋侍
御為余述者如此。近世以來。士大夫相與。為縣遁之言。縣遁者。設與之論東方。
則泛稱西事以應之。又變而之北。或變而之南。將東矣。則說辭以遁之。虛縣其
語。而四無所薄。終不使其機牙一相抵觸。友朋會合。洛寒而問暄。同唯而共諾。
漠然不能相仁。臣下入告。則擇其進無所拂。退無所傷者言之。一有不安。終不
敢言。一時卒為孤縣善遁之習。背忠向利。所從來深已。往者辛丑壬寅之際。海
國不恬。侍御日夜憂維。傾智竭慮。思效片語以補萬一。國藩頗感其誠。又嘉其
直。今即侍御所稱梅村君者觀之。以里巷雀鼠之小忿。無關于己之端。且竭誠
以行直道如此。況于身有言責。而目擊艱大者乎。昔司馬相如讓巴蜀之民。不

能急公冐義。而歸咎於父兄之教不先。然則侍御慷慨樸質之風。亦可知其所自來矣。君之仁於鄉者如彼。教其弟子以於邦國者又如此。其造福于物。蓋未有量。豈區區一身之康强久視者哉。余善侍御之壽其兄有道。既推明其所以。而因以旁及乎薄俗之不可常。使覽者有警焉。

曹頴生侍御之繼母七十壽序

往余讀後漢書列女傳。竊怪范氏自誇體大思精。而不達於修史之義。蓋司馬氏創立紀傳。以爲天地之所以不敝者。獨賴有偉人焉以經緯之。故備載聖君賢相瑰智偉材。謂若而人者皆以倫次乾坤法戒來葉。而范氏乃取數女子廁其閒於經世之旨何與焉。且其所載如桓孟之流。皆門内庸行。無絶特可驚之迹。抑又不足述。私蓄此疑久矣。既而思之。天下者合億萬家以成。天下者也。一家之中。男職外。女職内。其輕重畧相等。而女子所處。往往有艱難迫隘處之曲當。即日用飲食之恒。雖神聖當之。不能越乎其軌。然則婦女有可稱述。固不宜聽其幽隱而不彰。則范氏立篇之意。誠亦不爲無見也。同年友曹頴生侍御之繼母李太恭人。未笄而歸贈公禹川先生。歸五年而寡處。贈公之仕江西。旅橐如灑其殁也責負如山太恭人盡徹服御一償宿逋既歸襯堂上老姑年八十矣欲以夫喪入告則重傷姑心乃詭稱遷官遠郡外則箴悅侍姑內則椎胸茹痛其視侍御兄弟戒敕而違嚴逾所生者倍焉願望而慰喜逾自得者倍焉侍御為詞臣無日不厲以本原之學官諫垣巡視輦轂無日不申儆之以 君恩之不易案牘之不可以漫應國藩嘗即是求之豈所謂門內庸行無絕特可驚者耶抑艱難迫隘處之曲當神聖不能越其軌者耶今年春為太恭人六十生日鄉之後進年家之子相與作祝詩以致祈禱而命國藩序其端末世稱誦女史好道其奇特者或有刲臂徇身之事駭人聽覩而苦節之婦貞持數十年冰蘗百端兢兢細務反不得與彼激烈者速一日之聲譽參觀並論久暫難易較然可辨自范氏創立女傳厥後晉魏諸史皆踵為之率以奇特相勝苟以新耳目而止而門內庸行恭儉劬苦反或置而不道使高者慕義而過激常者無稱而不知勸而後知范氏之識猶有見於古聖人正家之大原而未可深為譏議也余既承同人之屬為敘述其厓略而因以明夫至庸至難之道不事畸異為修史傳列女者訓焉

楊母張孺人七十壽序

予既與湘潭袁漱六編修為篤古之交。又申之以婚姻。於是通知其內外戚好。與其賢懿長者之行。歲在戊申某月。為編修之妻之母楊母張孺人七十生日。編修來告曰。往予家居歲時慶燕。則鞠腱捧觴。為尊者壽。今官掛朝籍。而外姑既耄。不克前獻一尊。於心嘆焉。擬為詩一章。遙展私忱。祝其殭飲殭食。深長難老。使妻之兄弟歌之。以侑其親。子如躩余。則請為敘述作詩之意而併致之。對曰敬諾。編修遂言曰。外姑吾邑張顧堂先生之孫。幼隨祖父汾州同知任。張故巨家也。年二十歸我外舅武陵楊介亭先生。先生之父雲齋公官邳州知州。外舅姑並侍官所。邳州君之為政。挈鉅釐細。秋毫必躬。傾身從公。凡私家之務。外焉委之介亭先生。內焉委其賢配劉太宜人。而外姑實贊襄之矣。外姑貫姑之勞。代夫之劬。先眾手而作。後一家而息。飲饌旨甘。非親調不以進。囊篋瑣雜。非手鐍不以告。由是閫署疏戚。必是之為倚。僕婢必是之為服。邳州君既罷官家湘潭。旋捐館舍。介亭先生以哀毀得心疾。或旬歲不省人事。而劉太宜人亦以年邁羸弱。不時病作。外姑兩侍湯藥。夙嚴莫戒。既煩且殆。未幾而太宜人棄養介亭先生亦負疾不瘳。沈廢二十餘年。外姑飾性篤終。畢慮自支。自藥餌以及諸奇珍產。凡可以衛夫之病。亡所不致。自己身以及子女之耆。凡所以損家之故。亡所不嗇。蓋其行誼之稱于人者。大率類此。國藩竊觀世祿之家。習佚崇奢。安坐而不事事。其端多起于婦人。孺人以張氏之子。室于楊氏。張氏屢葉承明青赤之綬數十。孺人祖父皆為外吏。叔父經田巡撫貴州。懿田守衢州。慧田官教諭。而楊氏以宰相尚書之後。華轂高蓋。世不絕人。孺人內外名家。履豐席盛。其勢宜日即驕靡。乃惇謹樸懿。一法乎貧薄遠慮者之所為。可謂秉心塞淵。較然。拔乎塵滓者也。其膺多福。不亦宜乎。編修之為是詩。亦頗表其履泰思約之德。而推原其壽康之由。故余為敘述大凡。亦以忝居婚媾之末。欲使吾家女子。聞此風範。知所效法焉。

曹西垣同年之父母壽序

予自道光乙未。以公車應禮部徵。即與同年友曹君西垣相善。時則有若鄭君敦謹。鄒君振杰。金君樹榮。王君水時。鄧君庭枬。數輩皆朝夕聚處。酔飽驩虞。意氣丰盛。明年各報罷歸去。又二年戊戌。予成進士。假歸一載而後還朝。西垣亦再返再上。不常處京師。然予與西垣。未嘗匝歲而不相遇。在京師。未嘗五日而不見。見未嘗不深語。未嘗偶有射志也。夫人情多溺于所同。而厳其所不見。與野人道巖廊纓紱。則茫然而駭。與世祿之子。語米鹽艱苦之事。則倦聽而思臥。予與西垣。皆貧士也。自先世忠厚之積。田家耕織之劬。閭里歲時問遺之狀。兩家大率相類。故常抵掌稱道。彌瑣細而彌津津焉。西垣之稱其親霽樓先生也。以爲勤無隙。休儉無毛。棄推讓。弟郤肥而取瘠。教督孫子。多奇而少貰。稱其母柳太孺人也。以爲奉事舅姑。勺水必親嘗。鞠育五子。寸縷必手製。皆與吾父母之行。若合符契。以是西垣於諸同年中。尤昵好矣。竊嘗慨夫世之馳逐于名位者。營營焉而未有已時。予一一不知其指歸。謂何方寸之口。一日之需無幾。七尺之軀。一歲之靡無幾。不必名位而後能給也。而人皆曰爲榮親計。夫親之所賴于子者。定省甘旨。疾痛苛癢。請席請衽。亦不必名位而後能給也。求而不得。遠遊遲滯。而父母之年加老焉。至于衰耄。而心思一見其子。而口不言者。往往然也。人坐不察耳。國藩竊祿冒利。去家十年。卽西垣羈留京輦。亦越七載。於茲此又吾兩人所每懷內疚。而未敢須臾忘者也。歲在戊申。西垣以教習宗室子弟期

滿　天子用為縣令將歸覲其親適直先生及太孺人六十壽辰同年鄭鄒諸
君咸為詩贈送而屬國藩序之予乃追溯夫歷年之交契因概論事親之道在
此不在彼者以勖西垣安居而弗出而誌予之愧焉霽樓先生及柳太孺人聞
之其將陶然而盡一觴也夫

王靜庵同年之母七十壽序

國藩嘗讀孝經竊歎仲尼所稱之孝與今之為人子者之從事則不侔矣其言
自天子以至庶人其為道各不同蓋古者諸侯世國大夫世家士之子恒為士
農之子恒為農貴有常尊賤有定等是以人各安其分而事其親而無敢妄干
後世以制科爵人或布衣旦暮而至公卿于是人子咸思以祿仕尊其親而父
母亦惟恐其子終身庶人而亟望其進取徼倖躁競之徒皆得藉口于榮親之
說此今之言孝與古之道異者一矣經又曰立身行道顯名于後世古之所謂
名者有孝悌之實達乎州巷播乎上下稱其內行無虧焉爾後世輕德術而右
文藝雖有曾閔之行不敵帖括之工之馳譽速也一藝之能一文之善至薄也
而國人稱願父母亦嘉許焉否則聞譽不著父母不忻此今之言孝與古之道

異者二矣。居今之日而悖俗從古。不藉祿與名而悅其親者。雖賢者有所不能。賢者之異于眾人。獨能於祿與名之外。別敦古人之至行。以自力于門以內而已。同年友王君靜庵。惇樸而愿懿。自其少時。聞望已傾輩流。既成進士。官水曹。所謂祿與名亦既兼得。而其內行肫焉常若不足。奉母楊太宜人在官。夙問而莫覲。言謦而行惧。每食母以將子。子以慈。母未嘗不展轉溫紛。每寢未嘗不再三周察。為予稱太宜人之德。自相夫教子。以及娣姒僕婢澣濯刀匕之微。未嘗纖末而不述。言及贈君東堂先生之遺事。未嘗不嗚噎語。太宜人少歲飢寒。黽勉之狀。未嘗不茹喟無窮也。余以是敬之。處今之世。競逐于聲利之場。而其所事一合乎孝經之道。固吾靜庵之自厲乎。抑太宜人之敎于子而施于家者。有以軼乎恒俗萬萬矣。今歲十一月為太宜人七十生日。同人多為祝詩。屬國藩序其端。余以素欽靜庵之至行。不敢以末義陳長者之前。因概論夫古今言孝之變。以勖靜庵。亦以自策于隱微焉。

孫鼎庵先生六十壽序

程子有言。科舉之學。不患妨功。但患奪志。蓋學者之始業於制舉之文也。未嘗

不稽經辨義求肖于聖人之言以得有司之一當其志猶射者之在鵠無惡于
君子也其後熏心仕宦外以印綬饜其心目內習一切苟得之術猶挾寸餌以
釣巨魚既得則并其綸竿而棄之曩時稽經辨義之志乃大為纍纍若若者之
所奪此先儒所用為慨然也通州孫鼎庵先生阜學而績文其于六經之蘊百
氏精義之說亦既轢其庭而據其席矣乃屢應舉而不售十進于省試五上于
春官僅而得償一似汲汲於科舉者及其既得則絕意仕宦去之唯恐浼焉其
所求者正鵠反身之道而所棄者紛華溺心之場是豈非志定不奪之君子軼
於末流萬萬者哉人之意量相去什伯千萬至不齊也釣是試于科目也或爭
榮一時偷以攫取富貴或謀慮深遠為積累無窮之計各蓄所懷若背馳焉先
生之先人自高祖以下兩世成名進士官中外各有聲先生念非發憤特達則
無以踵前美而啟後光于是既自繩于學復篤敎其子先日出而興後雞鳴而
息寢有誠食有警迨甲午歲與嗣君蘭檢學士同舉于鄉而刻厲不改既而學
士官詞曹屢操文柄門下士以百數而先生猶不改又數年以甲辰得雋禮部
投紱歸去高卧林下宜可少弛矣而自繩以課孫者卒帥初而不改窺其意以

為不得有司者之甄采終無以驗吾學之果成與否而子弟少年桀驁之氣非繩之以帖括繁重之業終無以內於程範而上紹累葉詩書之澤於此見先生之意量為何如豈與夫尋常試於科目者比竝而論短長　今年十月為先生六十生日同人各為祝詩彙書成帙屬國藩序其端余與學士同登乙科又忝翰林後輩幼承庭訓聞家大人之論急於科舉而澹于仕宦者又與先生之識趣相類故掇其大者著于篇冀以博長者之歡娛若其刑于家而式于鄉醖德穆行所以昭令問而膺多福者雜見于同人詩歌中非甚緒要遂不及云

江岷樵之父母壽序

道光二十有九年春正月吾友江君岷樵以縣令之官浙江將行告别於常所交知其色若歉焉内疚或問之曰得百里而長之以子之才行子之志天下之至裕也吳越湖山天下之至怡也而子歉焉疚者何也岷樵曰古者學而入官非以官學也吾智術短淺無以澤人一負疚吾父今歲年齒七十吾母六十七矣舍晨昏之養而從事簿書其或不職又詒之羞二負疚抱此二者吾奚以自克於是交知感其意既以言贈别又别為歌詩致祝于封翁一峯先生與陳太

孺人。願長者眉壽無替。以慰厲遊子孺慕之心。既編次成冊。乃屬國藩序其端
蓋先生之少。則貧乏甚矣。無田以為賴。乃授徒而內其執贄之儀。口敝而手疲。
昕警而夕戒。終歲之入。以十之六仰事堂上。而中分其四。半以為俯畜之需。半
以急鄉里之義。舉邑中立賓興會。以贍寒士省試之資。行鄉約以戢妖賊之反
側。皆先生發之。其赴義也。蹈人之所不敢為。而其自奉也。極世之所不能堪。太孺
人承闕緝匱。一秉夫志。或累歲食粥。而舅姑甘旨甚渥也。國藩與岷樵。知好以
來。為余稱述者數數矣。人情莫不躭逸而惡勞。饜富貴而羞貧賤。至學道之君
子不然。或忍饑甘凍。窶于原顏。而其中坦然有以自愉。或義冠曳綬。呵前衛後。
而憂思展轉。若旦夕不能自安者。彼各有其志也。南面而君一邑。息動而雷震。
頤指而風行。僕從一怒。百姓重足。識者固當自惕。不當自喜。而浙水東西。自辛
壬海上之役。創夷未復。有司者又刮其脂而吮其血。譬若醫者撫積瘵之人。有
不戚頫而思所振之。豈情也哉。岷樵自被 命以後。諏賢而訪友。思其不逮。而
虞其墮職。惴惴焉內疚無已。此與先生之安貧自樂。其志趣同耶否耶。吾聞岷
樵之需次入京師也。先生屬曰。吾不願女以美官博封誥。無使百姓唾罵吾夫

婦足矣。於此見君子之教子，視世俗相去何如。而岷樵所以娛親而養志者，宜何道之從哉。諸君子之為詩，依于古人戩穀難老之誼，所以祝禱先生與太孺人至周且厚。余乃略述先生平日學道之意，以期岷樵之篤信而謹守，而因以博長者之驩娛。凡居官而言養親者，覽吾斯文，亦將有所興起焉。

陳仲鸞同年之父母七十壽序

天之生賢人也，大氐以剛直葆其本真，其回枉柔靡者，常滑其自然之性，而無以全其純固之天，即幸而苟延，精理已銷，恒幹僅存，君子謂之免焉而已。國藩嘗採輯 國家諸儒言行本末，若孫夏峯、顧亭林、黃黎洲、王而農、梅勿菴之徒，皆碩德貞隱，年登耄耋，而皆秉剛直之性，寸衷之所執，萬夫非之而不可動，三光晦，五岳震，而不可奪，故常全其至健之質，躋之大壽而神不衰，不似世俗孱懦豎子，依違濡忍，偷為一切，不可久長者也。同年生陳君仲鸞與余交十餘年，每相與議論平生，慷慨不撓，或品第當世人倫，意所不可，睥睨譏切，無所復忌。同人或謂仲鸞居吏部曹司，身處卑冗，更事未深，宜其嘐嘐不詘，若移置要地，稍稍練習文法，亦且破觚而為圜矣。既而仲鸞果以考第入直軍機，而戇直發憤芒角森然。曾不減其曩者之舊。吾乃私怪生民剛直之性。其稟之有厚有薄。未可以一概度量也。間輒與仲鸞語家世之詳。及太公太母之行。仲鸞爲余言封翁蔭名先生。生而伉爽。屢經艱險。履之如夷。遇人有心所不許。雖豪貴人必唾棄之。即心之所許。雖孤孳卑賤。必引而翼之。愈窮阨愈禮敬與鈞。自親族州閭。皆服其誠信。遠近紛難。就之決遣。凡所論斷。久而輒應。封毋高太恭人。祗順惇篤。尊尚節義。蓋皆有剛直之風。然後知仲鸞之激烈不阿。雖受性獨厚。亦其稟之庭闈者。歲漸月染。涵濡之久。而不自知也。人固視乎所習。朝有媕娿之老。則羣下相習于詭隨。家有骨鯁之長。則子弟相習于矩矱。倡而爲風。效而成俗。匪一身之爲利害也。今年八月爲先生暨太宜人七十生日。年家之子。同官之良。咸稱觴仲鸞之邸第。作爲詩篇。以祝難老。屬國藩爲之序。余乃畧述平昔與仲鸞言論大指。以著先生之節概。因推　國初諸儒以剛直而享大年者。爲先生致善禱之誼。亦使世之君子。聞之而有所警焉。

曾文正公文集卷二

求闕齋記

國藩讀易至臨而喟然歎曰剛侵而長矣至于八月有凶消亦不久也可畏也哉天地之氣陽至矣則退而生陰陰至矣則進而生陽一損一益者自然之理也物生而有嗜欲好盈而忘闕是故體安車駕則金輿鏓衡不足於乘目辨五色則黼黻文章不足於服由是八音繁會不足於耳庶羞珍膳不足於味窮巷甕牖之夫驟膺金紫物以移其體習以蕩其志向所攀援而不得者漸乃厭鄙而不屑御旁觀者以為固然不足訾議故曰位不期驕祿不期侈彼為象箸必為玉杯積漸之勢然也而好奇之士巧取曲營不逐衆之所爭獨汲汲於所謂名者道不同不相為謀或富貴以飽其欲或聲譽以厭其情其于志盈一也夫名者先王所以驅一世于軌物也中人以下蹈道不實於是爵祿以顯馭之名以陰驅之使之踐其跡不必明其意若君子人者深知乎道德之意方恧名之既加則得于內者日浮將恥之矣而淺者譁然騖之不亦悲乎國藩不肖備員東宮之末世之所謂清秩家承餘陰自王父母以下並康彊安順孟子稱父母

俱存兄弟無故抑又過之洪範曰凡厥庶民有猷有為有守不協於極不罹于咎女則錫之福若國藩者無為無猷而多罹于咎而或錫之福所謂不稱其服者歟於是名其所居曰求闕齋夫祿位之榮耳目百體之耆皆使留其缺陷禮主減而樂主盈樂不可極以禮節之庶以制吾性焉防吾淫焉若夫令聞廣譽尤造物所靳予者實至而歸之所取已貪矣況以無實者攘之乎行非聖人而有完名者殆不能無所矜飾於其間也吾亦將守吾闕者焉

新甯縣增修城垣記

道光二十有七年秋八月猺人李世德雷再浩為亂于湖南之新甯有司檄遠近有能禽賊予白金五百兩于是吾友江忠源岷樵應募部鄉兵縛賊送官司取所謂五百金者歸獻堂上為太公壽太公曰長吏以賞罰驅民矯而不受是墮上之信也資人之力而專其利是刓己之廉也信墮無以馭眾廉刓無以立身二者有一將必不可吾邑城垣傾圮久矣若捐此金以興修官必嘉之眾必和之眾與而功易集城完而民得安枕此十世之勳也岷樵從太公言乃歸金于官而上其議長寶道兵備使者楊公聞之大悅亦輸助五百金知寶慶府事

某公。知新甯縣事某公。各捐若干金。以助役。邑之士夫耆長。亦鼓舞輸財爭
先。董運兵事之後。刻日興工。人人如鷙鳥之顧治其巢也。大抵天下行省所隸
各有邊區。與他省所隸相際。去會垣動以千里。往往萬山叢薄。歧徑百出。奸人
亡命。嘯聚其中。伺隙而為變。捕之此則逃之彼。鳥竄鼠奔。不可窮詰。或攻破山
城。據為窟穴。輒以號召叛徒。聲生勢長。相望也。若鄖陽。際陝西湖廣之交。南贛
際江西福建之交。以前明原傑王守仁之才。經畧累年。僅而得安。而南山老林
際三省之交。嘉慶教匪之役。喪師糜餉。乃至不可勝計。新甯亦山國也。實處湖
南廣西之交。匪人煽結。卵育其間。瞰最高之山城而欲據而有之。屢屢矣。往在
道光十六年。藍正樽以一亡賴。揭竿竊發。幾欲墮城而殺守吏。曾不一紀。李世
德雷再浩踵而逆命。豈不以下邑孤遠。城郭不完。有以誨盜而起亂萌哉。如又
不從而修葺之。數歲以後。餘孽復滋。將思一逞于我。此垣墉之卑窳者。可長恃
之以為晏然乎。於是岷樵以二十八年二月舉工。先治城之四門。有樓跂然。而
高。有闉儼然。而堅。赤白煥然。而改其舊。遂次第興築。雉高於前者幾尺。培而厚
者幾尺。補缺垣若干丈。增睥睨若干。都計土工幾千幾百。石工幾千幾百。金木

之木幾千。費錢幾百萬。以二十九年某月畢役。自是有可守之險。寇賊不敢規
以為利矣。岷樵之來京師也。屬余敘其顛末。俾後之守土者。不時繕治。無苟毀
成功云。

槐陰書屋圖記

吾師江陰季先生。自名其寓舍曰槐陰補讀之室。而屬人為之圖。圖成於道光
癸卯之夏。時先生方官內閣學士。職思簡易。曰補讀云者。以為績學不夙。仕優
而後補之。謙退之詞也。是年冬。先生視學安徽。三年還　朝。則已掌吏部。或攝
戶部。又督漕於潞河。釐鹽于天津。蕩滌田賦積虧于兩浙。厥政倥偬。刻無暇晷。
間遂有巡撫山西之　命。于是先生手圖而告國藩曰。吾昔名吾居室。而圖之
也。將以讀吾書也。今五六年間。腐精于案牘。敝形神于車塵馬足裏。不逮竟
不克補。則今之悔。又果可補于後日乎。子為我記之。志吾疚焉。國藩嘗覽古昔
多聞之君子。其從事文學。多不在朝班。而在仕宦遠州之時。雖蘇軾黃庭堅之
於詩。論者謂其汴京之作少遜。不敵其在外者之殊絕。蓋屏居外郡。罕與接對。
則其志專。而其神能孤往。橫絕于無人之域。若處京師浩穰之中。視聽旁午。甚

囂而已矣。尚何精詣之有哉。我　朝大儒林興。號為邁古。然如睢州湯公儀封張公。江陰楊公。高安朱公。臨桂陳公。合河孫公。數賢人者大抵為外吏之日多。官京朝之日少。即在京朝。其任職也專。其守法也簡。亦常日有餘光。人有餘力。今六部科條之鲦。既三倍于百年以前。而先生之所歷。或一身而兼數職。一歲而更數役。每夕丑初趨　離宮待漏。盡午而後返。曹官白事。判牘莫夜不休。又以其間賔接生徒。宴會寮友。伺隙以求終一卷焉。而不可得。視數賢人者之處京朝。時勢固不侔矣。此先生所用為憮然也。今者先生持節山西。政成而神暇。盡發遺編以補素願。蓋將與數賢人者角其實而爭其光。而國藩忝竊高位。乃適蹈先生之所疚。往者不可償。來者不可必。故畧述時事。今異世官朝籍者有考焉。

養晦堂記

凡民有血氣之性。則常翹然而思有以上人。惡卑而就高。惡貧而覬富。惡寂寂而思赫赫之名。此世人之恒情。而凡民之中有君子人者。常終身幽默。闇然深退。彼豈生與人異性。誠見乎其大。而知眾人所爭者之不足深較也。蓋論語載舜景公有馬千駟。曾不得與首陽餓莩絜論短長矣。余嘗即其說推之。自秦漢以來。迄于今日達官貴人。何可勝數。當其高據勢要。雍容進止。自以為材智加人萬萬。及夫身沒。觀之彼與當日之廝役賤卒。汚行賈竪。營營而生。草草而死者。無以異也。而其間又有功業文學。獵取浮名者。自以為材智加人萬萬。及夫身沒觀之。彼與當日之廝役賤卒。汚行賈竪。營營而生。草草而死者。亦無以異也。然則今日之處高位而獲浮名者。自謂辭晦而居顯。光氣足以自振矣。曾不知其與眼前之廝役賤卒。汚行賈竪之營營者。行將同歸于澌盡。而豪毛無以少異。豈不哀哉。吾友劉君孟容。湛默而嚴恭。好道而寡欲。自其壯歲則已泊然而外富貴矣。既而察物觀變。又能外乎名譽。于是名其所居曰養晦堂。而以書抵國藩為之記。昔周之末世。莊生閔天下之士。湛于勢利。汩于毁譽。故為書戒人以闇默自藏。如所稱董梧宜僚壺子之倫。三致意焉。而揚雄亦稱炎炎者滅。隆隆者絕。高明之家。鬼瞰其室。君子之道。自得于中。而外無所求。飢凍不足于事畜而無怨。舉世不見是而無悶。自以為晦。天下之至光明也。若夫奔命于烜赫之途。一旦勢盡意索。求如尋常窮約之人而不可得。烏覩所謂高明者哉。余為

備陳所以盖堅孟容之志後之君子亦觀省焉道光三十年歲在庚戌冬十月

湘鄉縣賓興堂記

自古開國之主以武功戡定禍亂而繼體嗣業之君恒以文德致太平如漢如魏如宋如陳如跖拔魏如高齊如唐如明其第二世嗣為帝者皆謚曰文我朝龍興遼瀋　太祖以神武肇基其製造　國書右文布化郊廟齋戒諸大典多成于　太宗文皇帝之世蓋武以開之文以守之干戈方興未遑雅教非其志有未逮亦其時會有不得兼者也咸豐二年粵賊洪楊之徒既已踰嶺而北由湖湘而犯江漢長驅東下入金陵而據之遂北寇河朔東躪瀛碣西擾汾晉中原糜沸我湘鄉實始興義旅轉戰於兩湖江西廣西廣東河南安徽諸行省所在破敵克城聲威烜然號曰湘勇湘勇之名聞天下一時宿將如羅忠節公王壯武公李君續賓兄弟蕭君啟江劉君騰鴻趙君煥聯蔣君益澧及余弟國荃輩皆以仁勇為士卒所親附歷久而不渝蓋武功之懋非他州縣所可望而及秦漢稱山西出將考之安定天水隴西諸郡曾不能敵今日之一縣可謂盛矣其官斯土者則有朱侯孫詒唐侯逢辰黃侯醇熙賴侯史直又皆一時賢俊

有循良之績。與邦人士講求吏治將畧。互相稱美。訢合無間。同明相照。同氣相求。何其翕應者嚮。咸豐癸丑唐侯臨莅茲邑。倡捐助餉。練勇防堵。越二年申詳大憲。奏請增廣文武學額。 聖恩加增永為定額。人爭頌唐侯之功不衰。是年天下士會試于禮部。湘鄉獨無人赴部應試。唐侯喟然曰。湘鄉之武非無文也。今或無一士與于春官之試。豈余之不德不足以興文教歟。抑軍興久而生事絀。公車之欲北者不足於資歟。于是捐金若干。買七都田六十三畝。為賓興公費。又勸諭士民捐買田宅若干。以子午卯酉年租入為會試旅費。寅申巳亥年租入為鄉試途費。辰戌丑未年租入為歲科試卷費。置賓興堂。擇廉正者經紀之。立條明約。既簡既堅。以期久遠。自唐世長吏設賓主。陳俎豆。備管弦。行鄉飲酒禮。歌鹿鳴之詩。以餞士。差具前古興賢之義。今猶畧存其法。猶不得與計吏偕。士或起白屋。無所資藉。則刓廉捐義。媮為一切苟以集事。無暨之枉吾尺以求一日之直。彼有所迫而然也。湘鄉山邑。多狷介自守之士。唐侯禮賢惠眾。所以愛士者甚重。則士之所以自待者愈不得輕。入無仰事俯畜之累。出無金盡裘敝可憐之色。搏心一志。以道于君子之道。而委蛇以隱射乎。有司者之程度。

境裕而神暇。事半而功倍。然猶有失焉者。蓋什而不能以一二耳。方今大難削平。弓矢載櫜。湘中子弟忠義之氣。雄毅不可遏抑之風。鬱而發之于文。道德之宏。文章之富。將必震爍寰區。稱乎今日之武功。而又將倍蓰焉者。余雖衰鈍。尚庶幾操左券於此。請以右券責之。

聖哲畫像記

國藩志學不早。中歲側身朝列。竊窺陳編。稍涉先聖昔賢魁儒長者之緒。駑緩多病。百無一成。軍旅馳驅。益以蕪廢。喪亂未平。而吾年將五十矣。往者吾讀班固藝文志及馬氏經籍考。見其所列書目。叢雜猥多。作者姓氏。至于不可勝數。或昭昭于日月。或湮沒而無聞。及為文淵閣直閣校理。每歲二月侍從宣宗皇帝入閣。得觀四庫全書。其富過于前代所藏遠甚。而存目之書數十萬卷。尚不在此列。嗚呼。何其多也。雖有生知之姿。累世不能竟其業。況其下焉者乎。故書籍之浩浩。著述者之眾。若江海然。非一人之腹所能盡飲也。要在慎擇焉而已。余既自度其不逮。乃擇古今聖哲三十餘人。命兒子紀澤圖其遺像。都為一卷。藏之家塾。後嗣有志讀書。取足于此。不必廣心博騖。而斯文之傳。莫大乎是矣。昔在漢世，若武梁祠、魯靈光殿，皆圖畫偉人事蹟，而列女傳亦有畫像，感發興起，由來已舊。習其器矣，進而索其神，通其微，合其莫，心誠求之，仁遠乎哉？國藩記。

堯舜禹湯，史臣記言而已。至文王拘幽，始立文字，演周易。周孔代興，六經炳著，師道備矣。秦漢以來，孟子蓋與莊荀並稱。至唐韓氏獨尊異之，而宋之賢者以為可躋之尼山之次，崇其書以配論語。後之論者，莫之能易也。茲以亞於三聖人後云。

左氏傳經，多述二周典禮，而好稱引奇誕，文辭爛然，浮于質矣。太史公稱莊子之書皆寓言，吾觀子長所為史記，寓言亦居十之六七。班氏閎識孤懷，不逮子長遠甚，然經世之典，六藝之旨，文字之源，幽明之情狀，粲然大備。豈與夫斗筲者爭得失於一先生之前，姝姝而自悅者哉？

諸葛公當擾攘之世，被服儒者，從容中道。陸敬輿事多疑之主，馭難馴之將，燭之以至明，將之以至誠，譬若御駑馬登峻坂，縱橫險阻而不失其馳，何其神也。范希文、司馬君實遭時差隆，然堅卓誠信，各有孤詣。其以道自持，蔚成風俗，意量亦遠矣。昔劉向稱董仲舒王佐之才，伊呂無以加，管晏之屬殆不能及，而劉敢以為董子師友所漸。曾不能幾乎游夏。以予觀四賢者。雖未逮乎伊呂。固將賢于董子。惜乎不得劉向父子而論定耳。

自朱子表章周子二程子張子。以為上接孔孟之傳。後世君相師儒。篤守其說。莫之或易。乾隆中閎儒輩起。訓詁博辨。度越昔賢。別立徽志。號曰漢學。擯有宋五子之術。以謂不得獨尊。而篤信五子者。亦屏棄漢學。以為破碎害道。齗齗焉而未有已。吾觀五子立言。其大者多合于洙泗。何可議也。其訓釋諸經。小有不當。固當取近世經說以輔翼之。又可屏棄羣言以自隘乎。斯二者亦俱譏焉。

西漢文章。如子雲相如之雄偉。此天地遒勁之氣。得于陽與剛之美者也。此天地之義氣也。劉向匡衡之淵懿。此天地溫厚之氣。得于陰與柔之美者也。此天地之仁氣也。東漢以還。淹雅無慚于古。而風骨少隤矣。韓柳有作。盡取揚馬之雄奇萬變。而內之于薄物小篇之中。豈不詭哉。歐陽氏曾氏皆法韓公。而體質于匡劉為近。文章之變。莫可窮詰。要之不出此二途。雖百世可知也。

余鈔古今詩。自魏晉至 國朝。得十九家。蓋詩之為道廣矣。嗜好趨向。各視其性之所近。猶庶羞百味。羅列鼎俎。但取適吾口者。嚌之得飽而已。必窮盡天下之佳肴辯嘗。而後供一餒。是大惑也。必强天下之舌。盡效吾之所嗜。是大愚也。莊子有言大惑者終身不解。大愚者終身不靈。余于十九家中又篤守夫四人者焉。唐之李杜宋之蘇黃好之者十有七八。非之者亦且二三。余懼蹈莊子不解不靈之譏。則取足于是終身焉已耳。

司馬子長。網羅舊聞貫串三古。而八書頗病其畧。班氏志較詳矣。而斷代為書。無以觀其會通。欲周覽經世之大法。必自杜氏通典始矣。馬端臨通考杜氏伯仲之間。鄭志非其倫也。百年以來學者講求形聲故訓。專治說文多宗許鄭。少談杜馬。吾以許鄭考先王制作之源。杜馬辨後世因革之要。其于實事求是一也。

先王之道。所謂修己治人。經緯萬彙者。何歸乎亦曰禮而已矣。秦滅書籍漢代諸儒之所掇拾。鄭康成之所以卓絕。皆以禮也。杜君卿通典言禮者十居其六。其識已跨越八代矣。有宋張子朱子之所討論。馬貴與王伯厚之所纂輯。莫不以禮為兢兢。我　朝學者以顧亭林為宗。　國史儒林傳褎然冠首。吾讀其書言及禮俗教化。則毅然有守先待後。舍我其誰之志。何其壯也。厥後張蒿菴作中庸論及江慎修戴東原輩尤以禮為先務而秦尚書蕙田遂纂五禮通考舉天下古今幽明萬事而一經之以禮可謂體大而思精矣吾圖畫　國朝先正遺像首顧先生次秦文恭公亦豈無微旨哉桐城姚鼐姬傳高郵王念孫懷祖其學皆不純于禮然姚先生持論閎通國藩之粗解文章由姚先生啟之也王氏父子集小學訓詁之大成夐乎不可幾已故以殿焉

姚姬傳氏言學問之途有三曰義理曰詞章曰考據戴東原氏亦以為言如文周孔孟之聖左莊馬班之才誠不可以一方體論矣至若葛陸范馬在聖門則以德行而兼政事也周程張朱在聖門則德行之科也皆義理也韓柳歐曾李杜蘇黃在聖門則言語之科也所謂詞章者也許鄭杜馬顧秦姚王在聖門則文學之科也顧秦于杜馬為近姚王於許鄭為近皆考據也此三十二子者師其一人讀其一書終身用之有不能盡若又有陋于此而求益于外譬若掘井九仞而不及泉則以一井為隘而必廣掘數十百井身老力疲而卒無見泉之一日其庸有當乎

自浮屠氏言因果禍福而為善獲報之說深中于人心牢固而不可破士方其

佔畢咿唔。則期報于科第祿仕。或少讀古書。窺著作之林。則責報於遐邇之譽。後世之名。纂述未及終編。輒冀得一二有力之口。騰播人人之耳。以償吾勞也。朝耕而暮穫。一施而十報。譬若沽酒市脯。喧聒以責之貸者。又取倍稱之息焉。祿利之不遂。則徼倖於沒世不可知之名。甚者至謂孔子生不得位。沒而俎豆之報。隆于堯舜。鬱鬱者以相詫慰。何其陋歟。今夫三家之市。利析錙銖。或百錢逋負。怨及孫子。若通闤貿易。瓌貨山積。動逾千金。則百錢之有無。有不暇計較者矣。商富大賈。黃金百萬。公私流衍。則數十百緡之費。有不暇計較者矣。均是人也。所操者大。猶有不暇計其小者。況天之所操尤大。而于世人豪末之善。口耳分寸之學。而一一謀所以報之。不亦勞哉。商之貨殖同。時同。而或贏或絀。射策者之所業同。而或中或罷。為學著書之深淺同。而或傳或否。或名或不名。亦皆有命焉。非可強而幾也。古之君子。蓋無日不憂。無日不樂。道之不明。己之不免為鄉人。一息之或懈。憂也。居易以俟命。下學而上達。仰不愧而俯不怍。樂也。自文王周孔三聖人以下。至于王氏。莫不憂以終身。樂以終身。無所于祈。何所為報。己則自晦。何有于名。惟莊周司馬遷柳宗元三人者。傷悼不遇。怨悱形于簡冊。其于聖賢自得之樂稍違異矣。然彼自惜不世之才。非夫無實而汲汲時名者比也。苟汲汲于名。則去三十二子也遠矣。將適燕晉而南其轅。其于術不益疏哉。

文周孔孟。班馬左莊。葛陸范馬。周程朱張。韓柳歐曾。李杜蘇黃。許鄭杜馬。顧秦姚王。三十二人。俎豆馨香。臨之在上。質之在旁。

畢君殉難碑記

自楚軍之興。忠武公塔齊布。實始以勇名天下。楚人剽悍者。率低首塔公。亦豔稱雲南畢君。塔公每臨敵。負鎗挾弓矢。又令二卒樹長矛。執良馬韁。以從其為器也四。畢君每臨敵負鎗腰五十矢。又令卒手蛇矛持八尺刀以從。其為器也亦四。塔公躍馬飈馳。瞋人追從。從輒返鞭之。畢君怒馬直穿賊陣。戒後者無得妄從。我人亦自不敢從也。畢君名金科。字應侯。雲南臨沅人。以征開化苗匪功。敘藍翎外委。署臨沅鎮標外委。咸豐四年。隨副將王國才。赴湖北軍營。破賊于天門。丁司橋。累敘至花翎都司。十一月。國藩檄令隨塔公攻圍九江。明年正月。賊犯武昌。王國才回軍援鄂。畢君遂為塔公所留。其後塔公物故。畢以驍勇冠潯軍。逆酋石達開之冠江西也。連陷瑞州臨江等八府。數十州縣。畢君所至。
常陷陳克捷。旋為他部牽率失利。終不得獨錄其功。自九江奉檄而南。以五年
十二月破賊于樟樹鎮。明年二月軍敗。失之。自南昌而東。以六年五月破賊于
饒州之章田渡。六月郡城陷。失之。畢君自痛為他部所累。益發憤募死士。再入
饒州。誓衆曰。今日上岸破賊。不捷吾不復歸舟矣。一鼓克復府城。饒之耆黎婦
孺。見聞者與不見聞者。皆曰畢君功也。由是 賞加呼爾察巴圖魯名號。補臨
沅鎮都司。升用游擊。名譽大振。而忌君者日以次骨。飛謀薦誘。迭相汚染。君提
千餘人當四戰之地。索餉不至。又惡忌者出己上。中夜鬱鬱不自得。常思立奇
功以自旌異。會徽池之賊大至。歲暮士有飢色。有司者責君能破景德鎮。軍食
可圖也。君以正月二日出師。初四日驟攻景德鎮。入市乃無一賊。別挐十人搜
剿後街。賊蜂起。從卒亡七人。傷三人。君縱橫擊刺。踐血而出。最後賊以噴筒環
攻君于王家洲隕焉。年二十五歲耳。閱十有八日。前從傷卒三人者收得遺屍
又三載。咸豐九年。予弟國荃破賊景德鎮。憑弔畢君殉難之所。而壯士則既死
矣。功名之際。有天有人。在己者獨足恃哉。于是伐石以表遺蹟。聲之銘語俾行

路歌之。以永饒人之思。銘曰。

横目蚩蚩。同出一治。衆雖無雄。誰是健者。搭公首出。次乃畢君。軀幹雖小。陳安之倫。匹馬砍陣。萬夫莫當。人心之賊。一矢或傷。内畏娟嫉。外偪强寇。進退靡依。忍尤叢垢。鬱極思伸。矯首舐天。徒飛無翼。或墜于淵。淵則有底。憤則無已。萬代千齡。哀此壯士。

林君殉難碑記

嗚呼。自余倡率楚師。轉戰荆揚二州之域。其間相從死事者。不可勝道。或貞白無他。誓不相背棄。而慷慨一瞑。志不得少伸。名不褾于當世。愛之而莫能收焉者。尤可悲焉。林君源恩。字秀三。四川達州人。道光丁酉科拔貢生。癸卯順天鄉試舉人。咸豐元年選湖南平江縣知縣。二年粤賊洪楊之屬圍長沙。其冬瀏陽匪徒為亂。明年春通城匪徒為亂。三縣者皆與平江壤接。君詰姦守隘。如防禦水截然。不得蟄溢。江忠烈公才君之為。既保奏以同知直隸州補用。又以書播告士友。道林軍堪軍旅也。會國藩治舟師。檄君募平江勇五百人以從。四年三月。賊自鄂中南犯。君禦之平江。九嶺果大捷。同官有忌君者。功不得敘。又別擄

他事中之。君悒悒內不能堪。而口獨重滯。嘗發憤欲一廷辨宿戒設辭甚具。至
則為眾所噤害。卒不得發。或反引咎自責。是歲十月。追隨國藩于九江軍次。造
次欲有所申理。竟亦不白也。明年春。檄君治湘軍糧臺。歸自廣信。又治塔軍門忠
武公粮台。又佐理鄱湖水師營務。十一月。又攝理陸軍于廬山之麓姑塘之南。
而江西巡撫文公聞君賢。飛檄調至南昌。付以所新募之平江營者。君在廬山。
與一二武人為儔。折節內交。武人益不孫。嫚辭侵侮。或稱書生跬步瞿瞿。烏知
戰事。君既痛其獷。又口重滯。卒無以折之。獨夜歎曰。丈夫一死。強寇耳。終不返
顧矣。及至南昌。領新軍。乃稍自喜。是時遽賊石達開犯江西。連陷八府五十餘
州縣。六年丙辰三月。李元度次青率師自湖口南來。君與鄧輔綸彌之自南昌
而東。兩軍會于撫州。疊戰皆捷。人心始定。賊亦糾合列郡醜類。更播搦戰我軍
輒卻之。又至。又大創之。疲極不得休息。秋九月。分軍出攻崇仁宜黃。適會援賊
大至。君竟以十七日戰敗死之。始君嘗誡其下曰。好相保。吾與若共命于茲也。
至是。眾知君不屈。相從死者三百餘人。君歿二歲。咸豐八年四月。官軍克復撫
州。又明年。國藩師次于此。弔君殉難之所。尋逝者之白骨。邈然其不可復識矣。

於是為立石以表遺蹟。繼以銘詩。以告于不知紀極之世之一二君子。以達余之耿耿。銘曰。

胡古胡今。强吞弱伏。佞者刀椹。訥者魚肉。文吏賊深。武夫悍激。訥者避之。負牆屏息。忽入戰場。萬馬辟易。士固難料。理固難推。災祥顯晦。孰執其機。昔聞人述言出君口。我不知戰。但知無走。平生久要。臨難不苟。大信不盟。堅可鍥金。澆俗所侮。鬼神所欽。精魂遠矣。北斗帝鄉。遺骨莫辨。蔓草茫茫。有欲求之。環此石旁。

湖口縣楚軍水師昭忠祠記

咸豐八年七月。國藩將有事于浙江。道出湖口。廣東惠潮嘉道彭君雪琴。方庀局鳩工。建昭忠祠于石鐘山。祀楚軍水師之死事者。告余具疏上聞。八月疏入報可。明年七月。國藩將有事於四川。再過湖口。則祠工已畢。祀營官蕭節愍公捷三以下若干人。後楹祀勇丁若干人。其東為浣香別墅。前曰聽濤眺雨之軒。後曰芸芳齋。齋後傅以小亭曰且閑亭。亭下有小池。度梁而南。穿石洞東出曰梅鵠。迤西少陟山曰鎖江亭。其西絕高曰觀音閣。閣外曰魁星樓。僧徒居之。又西曰坡仙樓。刻蘇氏石鐘山記其上。憑高望遠。吐納萬景。一草一石。煥然增新矣。當楚軍水師之初立也。造舟始于衡陽。大戰始于湘潭。其後克岳州。下武昌。大破田家鎮。今福建提督楊君厚菴與雪琴暨諸君子。喋血于狂風巨浪之中。燔逆舟以萬計。轉戰無前。可謂至順。其後官軍深入彭蠡之內。賊乘水涸。大塞湖口。遏我舟使不得出。于是水師有外江內湖之分。內者守江西。外者援湖北。睽然若割肝膽。而判為楚越。終古不得合并。至咸豐七年九月。攻克湖口。兩軍復合。蓋相持三年之久。死傷數千人之多。僅乃舉之。方其戰爭之際。礮震肉飛。血瀑石壁。士飢將困。窘若拘囚。群疑眾侮。積淚漲江。以求奪此一關而不可得。何其苦也。及夫祠成之後。樑鷹鼓鐘。士女瞻拜。名花異卉。猗旎啾瑲。江色湖光。呼吸萬里。曠然若不復知兵革之未息者。又何樂也。時乎安樂。雖賢者不能作無事之顰蹙。時乎困苦。雖達者不能作違眾之歡欣。人心之喜戚。夫豈不以境哉。吾因是而思夫豪傑用兵。或敝一生之力。擲千萬人之性命。以爭尺寸之土。不得則鬱鬱以死者。甯皆憂斯民哉。亦將以境有所迫。而勢有所劫者然也。若夫喜戚一主于己。不遷于境。雖處富貴貧賤死生成敗而不少移易。非君子人者而能庶幾乎。余昔久困彭蠡之內。蓋幾幾不能自克。感彭君新構此祠。有登臨覽觀之美。粗為發其凡焉。

何君殉難碑記

嗚呼。軍興十載。士大夫君子橫死者多矣。獨吾友何君丹畦。尤深痛不忍聞。自近古以來。未有行善獲禍如是之烈者也。豈不悲哉。君以咸豐四年五月。由翰林院侍講　上書房行走。出為安徽徽甯池太廣兵備道。時則安慶暨濱江府縣淪沒賊中。廬州新立行省。亦陷于賊。副都御史袁公軍臨淮。提督和公巡撫福公軍廬州。君當之官。不克南渡。袁公欲資君以兵。西會楚師。福公亦具疏留君江北。檄君募勇出征。公私匱乏。沮傷百端。最後得二百餘人。率之以西。至霍山。檄集潰兵團勇三千餘人。推誠獎勵。遂以十月二日大破捻匪李兆受于城東。追至麻埠。又五日至流波磺。檄商城固始團練堵其北。金家寨團丁禦其東。而自率所部遏其西。捻黨洶懼。李兆受與馬超江等相繼投誠。挺散脅從。遠近大說。環三四縣皆輸豬雞粮糧金錢之屬。聲終宵不絕。先是大府帥檄君救援廬江。檄未至而城先陷。至是奏被劾革職之。　命軍士懷不能平。雖百姓亦惘惘也。方是師之出岳州而東也。克武昌。下黃州。破田家鎮。水陸雷邁。席卷千里。

其後塔齊布羅澤南兩軍由黃梅南渡以圖九江賊循北岸而上復陷蘄黃竄武漢自長淮以南天柱內外所在蜂屯君以孤軍流離西與楚師不相聞東與廬州大府隔絕朝不謀夕嗌指誓眾五年正月進攻蘄水克之又分軍克復英山又殲劇賊田金爵大府帥以君西征有效疏令留駐英山君出師至是凡八閱月僅支見銀三百兩士卒及民團相從者增至三千人又益以李兆受新降之眾無以為食居無帳幕雨無薪村郭無居民遠近無援傷亡無以為卹始什人賦麪一斤繼而削減半之既又半之而賊來益盛日提飢卒轉戰不得休五月十二日軍敗徒行泥淖中鄉民或哀而進食君雖強自振厲然憊甚瘧痢發體氣亦少餒矣李兆受者故反側持兩端感君忠勤不忍遽背負絕粮既久怪君無以活之意望甚又同時降人馬超江為匪徒所殺怨官不能捕誅以抵罪也則大戚議為超江復仇設位受弔捻黨畢集于是安徽河南兩省皆以兆受復叛入告而縣令亦懸賞購兆受頭千金兆受益不自安甫伏詣君自陳無他君撫慰稍稍綏定矣會大府帥有密書抵君教以圖翦叛賊毋後人發為兆受所得遂陽為置酒高會而伏兵戕君于英山之小南門遺骸殘燬同遇難者四十

七人咸豐五年十一月初三日也君諱桂珍字丹畦雲南師宗人道光甲午科舉人戊戌進士翰林院編修丙午提督貴州學政旋晉侍講入直　上書房數抗疏陳軍事得失推本君德又采朱子真西山大學之說傅以己意引伸條例手繕成帙隨疏奏進君之意嘗以為聖人者無不可為功無不可就獨患人不自克不能竭其心與力之所竟耳及君出而莅事飢餓經年而百戰不息儻所謂自克者耶竭吾心與力而不遺者耶卒其獲禍如是之烈而或不免身後之餘責然則為善者何適而不懼哉咸豐十年國藩屯軍江北詢君急患難馳驅之所乃立石英山綴以銘詞俾來者有考焉銘曰

飢寒逼身難顧廉恥聖主不能安其民慈母不能撫其子況于揭竿烏合之徒亡命歸誠之始倏順忽逆朝人暮豕封豕負塗積疑張弧鋸牙鉤爪殪我閎儒赤舌燒城死有餘議羣毀所歸天地易位悠悠之口難可遽勝我銘諸石少待其定上訊三光下訊無竟

箴言書院記

國藩以道光戊戌通籍於　朝湘人官京師者多同時輩流其射策　先朝者

年宿望凋散畧盡。而少詹事益陽胡雲閣先生。獨為老師祭酒。鄉之人就而考
德稽疑。如幽得燭。衆以無隕。而喆嗣潤之亦以編修趾美名父。迴翔館閣。今兵
部侍郎湖北廵撫。海内稱為宫保胡公者是也。少詹君晚而纂弟子箴言十四
卷。國藩嘗受而讀之。自灑埽應對。以暨天地經綸。百家學術。靡不畢具。甄録
古人嘉言。衷以己意。辭淺而指深。要使學者自㓜而端所習。隨其材之小大。董
勸漸摩。徐底于成而已。竊嘗究觀夫天之生斯人也。上智者不常。下愚者亦不
常。擾擾萬衆。大率皆中材耳。中材者。導之東而東。導之西而西。習於善而善。習
於惡而惡。其始瞳焉無所知識。未幾而騁耆欲。逐衆好。漸長漸貫而成自然。由
一二人以達于通都。漸流漸廣而成風俗。風之為物。控之若無有。鰌之若易靡。
及其既成。發大木。拔大屋。一動而萬里應。窮天人之力而莫之能禦。先王鑒于
此。欲民生蚤慎所習。于是設為學校以教之。琴瑟鼓鐘。以習其耳。俎豆登降。以
習其目。詩書諷誦。以習其口。射御投壺。以習其筋力。書升以作其能。而郊遂以
作其恥。故其高材則道足濟天下。而智周萬彙。其次亦不失為圭璧自飭之士。
賈生有言。習與正人居之。不能毋正。猶生長于齊。不能不齊言也。其不然歟。侍

郎自開府湖北以來。即以移風易俗為己任。自部曲之長。郡縣之吏。暨一百執事。
片善微長。不敢自褻。而錄許隨之。曰爾之發見者微。而善端宏大不可量也。或
有過差。方圖蓋覆。譴亦及之。曰此猶小眚。過是誅罰重矣。與其新。不苛其舊。表其
獨。不遺其同。上下兢兢。日有課。月有舉。當世推湖北人才極盛。侍郎則曰。吾先
人箴言中有才之法如此。吾豈能繼述。直什一耳。咸豐十年。侍郎治鄂六載矣。
功成而化洽。又以一湖之隔。吾教成于北。而反遺吾父母之邦。其謂我何。于是
建箴言書院。將萃益陽之士而大淑之。置良田以廩生徒。儲典籍以饋孤陋。寬
其涂轍。而嚴其教條。崇實而黜華。賤通而尚介。循是不廢。豈惟一邑之幸。即漢
之十三家。法宋之洛閩淵源。于是乎在。後有名世者出。觀于胡氏父子。仍世育
才肫肫之意。與余小子慎其所習之說。可以興矣。

修治金陵城垣缺口碑記

道光三十年。廣西賊首洪秀全等作亂。咸豐三年二月十日。陷我金陵。據為偽
都。官軍圍攻。八年不克。十年閏三月。師潰。賊勢益張。有眾三百萬。擾亂十有六
省。同治元年五月。浙江巡撫臣曾國荃率師進攻金陵。三年六月十六日。于鍾

山之麓。用地道克之。是歲十月修治缺口。工竣。鑱石以識其處。銘曰。
窮天下力。復此金湯。苦哉將士。來者勿忘。

靈谷龍神廟碑記

龍于古不列祀典。國有大水。智者不禜。或有旱暵。圭璧祈禳亦不及之。漢世儒者以龍能興雲致雨。乃別四時方色。爲象土偶。繪繢有禱輒應。其後五龍九龍之堂浸作。祀事興矣。國家褒崇龍祀。祭式祝號。一準王儀。自京師黑龍潭暨各行省。皆立廟虔奉。甘澤時降。人蒙其庥。金陵省治之東。有泉曰八功德水。出於鍾山之陽。靈谷之寺。舊有龍神祠。屢獲嘉應。洎兵興祠燬。壇宇蕩然無存。同治六年自春徂夏。數月不雨。禜禱之術既窮。國藩乃與布政司李君宗羲。督糧道王君大經。鹽巡道龐君際雲。先後求諸靈谷之神。四祈而四效。旋叩而立應。最後甘霖滂沛。圻壤膏流。槁苗勃興。嘉蔬翁蔚。陂澤旁匯。魚鼈讙泳。歲仍有秋。民用康樂。於是乃相與重構斯廟。以報賽而妥靈。材及榱堅。致黝堊無華。取足嚴祼獻之儀。酌質文之衷而已。蓋金陵自六代以來。號爲名都。梵宇琳宮。震耀今古。勳戚甲第。湧殿飛甍。往往數千百年遺構尚存。獨至粵賊洪楊之亂。埽地剗除。

無復一椽片瓦之留遺。即靈谷寺屢興屢廢。亦無似此次之澌盡者。今龍神廟麤立基緒。而全寺之踵修名蹟之興復。不知更待何年。易稱龍為乾德。萬物資始。厥施甚普。自今以往。意者百工雲興。日新月盛。將盡還承平之舊乎。斯固守土之吏。所寤寐誠求者也。

金陵軍營官紳昭忠祠記

嗚呼。軍興以來。死事者多矣。而金陵尤為忠義之所萃云。咸豐二年十二月。賊陷武昌漢陽。掠取巨舟萬數。三年正月。蔽江東下。連陷九江安慶蕪湖各城。遂破金陵。據為偽都。城中官紳。與駐防之軍民。竝及于難。當是時 天子已命向榮為 欽差大臣。自湖北逐賊而東。至則城陷已逾旬日。又繼陷鎮江揚州兩府。而都統琦善亦以 欽差大臣。由河南進至揚州。自是後廣西元從諸軍。駐金陵者號為江南大營。北來新集諸軍。駐揚州者號為江北大營。鎮江別屯一軍。則金陵分兵駐之。與揚州之師相為犄角。未幾揚州之賊。分支北竄河南直隸。金陵之賊。分支西竄江西湖北。而鎮江之賊。破我營壘。別有粵人為亂。攻陷上海。其冬北軍克復揚州儀徵。羣賊移據瓜洲。四年督師琦公卒。托明阿接統

北軍。五年江蘇巡撫吉爾杭阿克復上海。移師圍攻鎮江。六年春南路賊陷甯
國。北路賊復陷揚州。托明阿罷職德興阿接統北軍。旋克揚州。其夏巡撫吉公
戰沒于高資。金陵大營亦陷。督師向公退守丹陽。已而病卒。　朝廷命和春為
欽差大臣。而命張國樑為總統。七年冬南軍克復鎮江。北軍同日克瓜洲。八
年南軍築長圍以困金陵之賊。北軍大挫于浦口。賊陷江浦天長儀徵揚州六
合。張國樑北援揚州克之。九年德興阿劾罷。江北不復置帥。以江南大帥兼轄。
十年正月張國樑克九洑洲。二月皖南羣賊攻陷杭州。江南遣張玉良援杭克
之。三月破賊建平東壩溧陽羣萃金陵。攻陷大營。我師潰奔常州蘇州繼陷。是
後馮子材等堅守鎮江都興阿等堅守揚州。數年無恙。蓋自咸豐癸丑以迄庚
申。耳目衆著之事。大畧如此。其餘南軍攻取旁近郡縣若太平蕪湖丹陽溧水
溧陽高淳句容屢克屢陷。不常其得失。或北援揚州江浦。警報朝聞南師夕渡。
而城外賊壘瀕江要隘亦無月不事攻戰。擲千百姓命以爭尺寸之土。當時中
外盛稱江南勁旅。聲威出北軍上遠甚。諸路告急。金陵往往分兵四出援勦。其致
敗亦終以此。始至之秋即遣虎嵩林馳援上海。既又遣和春赴援廬州甯國失

守則遣鄧紹良自浙援之數年鄧君戰亡又遣鄭魁士繼之賊圍衢州則遣周
天受等援浙賊入延建又濟師以援閩近者數百里遠者二三千里孤軍轉鬭
累月不歸餽餉乖時忍饑赴敵膏塗原野莫相收卹而金陵之賊見我軍遠征
者多居守者少營壘空虛炊煙日減晝夜謀所以覆我者咸豐六年大營失陷
正坐壘闕兵單之故最後十年之役則長圍已成汎地愈廣我軍分兵救浙不
能遽返而自浙回竄之賊皖南江北之賊十道竝進乃一發而不可禦將士方
冀合圍之後犂穴擒渠策勳有期不意倉皇潰敗有如沙飛河決蕩析南奔死
亡不可勝數其僅有存者張玉良收集餘燼以攻嘉興以守杭州至明年杭城
再陷而金陵大營八萬人者蕩然無復留遺矣當諸將屯駐秣陵向公榮張公
國樑最負重望其餘智者竭謀勇者殫力亦豈不切齒圖功思得當以報國事
會未至窮天下之力而無如何彼六七偽王者各挾數十萬之衆代興迭盛橫
行一時而上游沿江千里亦足轉輸益粮及賊勢將衰諸酋次第僵斃而廣封
験監至百餘王之多權分而勢亦散長江既清賊粮漸匱厥後楚軍圍金陵兩
載而告克非前者果拙而後者果工也時未可為則聖哲亦終無成時可為則

事半而功倍也。皆天也。既克三載。同治六年之冬。乃建昭忠祠于蓮花第五橋。祀先後死事者。同堂而異室。其中一室。祀三年二月江甯初陷時守城殉難之員。其東一室。祀三年至十年城外大營傷亡之員。其西一室。祀城內及江甯七屬紳士。而外郡紳士。死于此者亦與焉。又東一室。祀金陵將領出援各路。死于甯國及浙江等處者。又西一室。祀鎮江及揚州死事之員。鎮江本金陵所分之軍。揚州亦與金陵一體。其後又歸南軍兼轄故也。工既竣。粗為記其梗概。至于歷年戰爭。良將猛士之勞。攻守保危之策。將具于 國史。茲不復備述云。

金陵湘軍陸師昭忠祠記

同治三年六月既望。大軍克復金陵。國藩至自安慶。犒勞士卒。見吾弟國荃面顏焦萃。諸將枯瘠。神色非人。蓋盛暑攻戰。晝夜暴露城下。半月而未息。余既驚痛而撫慰之。乃徧行營壘。周視所開地道。覽戰爭之遺蹟。彭君毓橘。劉君連捷。蕭君孚泗。朱君南桂。相與前導而指示曰。某所某將盡命處也。某所賊困我之地也。諸君所不備述。吾弟又太息而縷述之。弟之言曰。自吾圍此城。壯士多以攻堅而死。賊于城外環築堅壘數十。大者略與城埒。攢以小營。障以長塢。甃石如鐵堀塹如川牢不可拔我軍以元年五月之初始克江寧鎮三汊河大勝關各壘二年五月李臣典等克雨花臺及南門各壘劉連捷等會同水師克九洑洲中關下關各壘其江東橋之壘則陳湜等於八月克之上方門高橋門七甕橋土山方山各壘則蕭慶衍蕭孚泗等於九月克之是時朱南桂亦克博望鎮趙三元等亦克中和橋秣陵關至十月克解溪隆都湖墅而東南剗削略盡三年正月彭毓橘黃潤昌等乃克鍾山高壘賊所署為天保城者也每破一壘將士須臾隕命率常數百人回首有餘慟焉其穿地道以圖大城者凡南門一穴朝陽至鍾阜門三十三穴篝火而入地崖崩而窟塞則縱橫聚葬于其中賊或穿隧以迎我薰以毒煙灌以沸湯則適者倖脫而憗者就殲最後神策門之役城隘矣而功不成龍脖之役功成矣而死傷亦多于是歎攻堅之難而逝者之可憫也毓橘之言曰我軍薄雨花臺未幾疾疫大行兄病而弟染朝笑而夕僵千幕而五不常爨一夫暴斃數人送葬比其反而半殕于途近縣之藥既罄乃巨艦連檣徵藥於皖鄂諸省當是時也群醫旁午而偽王李秀成等大至援賊三十萬圍我營者數重我軍力疾禦之一夕築小壘無數障糧道以屬之江賊益

番休迭進。蝗傳環攻。累箱實土。以作櫓楯。挾西洋開花礮。自空下擊。子落則石裂鐵飛。多掘地道。屢陷營壁。凡苦守四十五日。至冬初而圍解。軍士物故殆五千人。會有天幸。九帥獨免于病。目不交睫者月餘。而勤劬如故。雖創傷輔頰血漬重襟。猶能裹創巡營。用是轉危而為安。靖毅公則病後過勞。竟以不起。九帥者軍中舊呼國荃之稱。靖毅者吾季弟貞幹謚也。連捷之言曰。季酉解圍去後。率衆渡江。連陷江浦和州含山巢縣。皆我軍新取之城。得而復失。九帥乃分兵守西梁山。遣連捷與彭毓橘輩救援江北。既解石澗埠之圍。破運漕銅城閘之賊。遂偕水師連收四城。江北大定。劇賊益衰。然我衆死者亦不可勝數也。南桂之言曰。方金陵官軍圍困之際。同時鮑超之軍亦困于寧國。水師亦困于金柱關。金柱關者。水陽江及厚湖所自出。蕪湖之藩衛也。九帥乃分兵守東梁山。而遣南桂與朱洪章羅洪元輩力扼此關。夾河而與之上下。亂流而相攻。卯而戰酉而不休。水營捷。陸營或挫。一夕數起。一餐屢輟。凡七閱月而事稍定。百里內外。白骨相望。時聞私祭夜泣之聲。天下之至慘也。于是國荃與諸將並進稱曰。此軍經營安慶。剪伐沿江諸城。凋喪尚少。獨至金陵而死于攻。死于守。死于疾疫死于北援巢和南援蕪湖太平。乃籌計而不能終。今存者幸荷　國恩封賞進秩。而沒者抱憾無窮。雞鳴山下有賊造府第一區。若奏建昭忠祠。春秋致祭。庶以慰吾魂而塞吾悲耳。國藩具疏上聞。　制曰可。黃君潤昌爰董其事。取有冊可稽者。造神主一萬一千六百三十有奇。無冊者姑闕焉。甫歷三載。楹棟杗桷。牆宇啟陊。同治六年。省中僚友集議。廓而新之。基局因舊。邃且有嚴。國藩乃追敘所聞于諸君者。而系以詩章。用備樂歌。詩曰。

人無貴賤。夭壽賢愚。終歸于死。萬古同塗。死而得所。身殄魂愉。六朝舊京。逆豎所都。濯征十載。莫竟天誅。嗟我湘人。銳師東討。非祕非奇。忠義是寶。下誓同袍。上盟有昊。昊天藐藐。成務實難。作我百順。阨我千艱。狂寇所噬。刈人如菅。沴厲乘之。積骴若山。偉哉多士。夷險一節。萬死靡他。心堅屈鐵。鑒彼巧偷。守茲貞拙。縷血所藏。后土長熱。卒收名城。獲醜掩王。寵賁冥漠。千禩馨香。新廟孔赫。彝斝將將。　天子之錫。烈士之光。

金陵楚軍水師昭忠祠記

咸豐九年。今侍郎彭公玉麟建水師昭忠祠于湖口。既刻石敘述戰事。又屬余為之記。維時湖口以下。長江千里。皆賊地也。其明年。金陵官軍潰敗。蘇浙淪陷。國藩奉　命總制兩江。乃議設淮揚水師一軍。以黃君翼升統之。又二年。議設太湖水師一軍。以李君朝斌統之。厥後兩軍者皆沿江遵海。以達于蘇松常州諸內河。而上游吳楚之交。惟彭公與總督楊公岳斌之師羅列如故。咸豐十一年克復安慶。同治元年下蕪湖金柱關及東西梁山。二年克九洑洲。三年遂克金陵。而蘇州省會及所屬郡縣以次廓清。水師皆有力焉。余憫死事者之多。于是又奏建昭忠祠于金陵。以妥將士之靈。蓋自湖口而下。賊中無復大隊艦船與我角逐水上。然我衆臨敵受命者。往往不絕。若乃高城巨壘。千礮徂伏。陸軍進攻。水師和之。一堞未攀。駢尸山積。或連朝環擊。卒不能下。或創殘滿目。僅收一柵。甚者如九洑洲之役。攻劉三四日。凋耗二千人。唱凱于公庭。飲泣于私舍。又或支河小港。扼守要隘。賊以短兵鎗彈迫我舟師。前者屢僵。後者堅拒。終不得少移尺寸。又或倉卒赴援。內洋行師。如福山之役。輕舟顛覆于海濤颶風之中。須臾沈溺以數百計。此皆耳目昭著。其餘邂逅捐軀。夷傷而不振者。不可勝數也。今東南大定。已逾五年。長江別立經制水師。將士新故更代。優游無事。欲問數年前戰爭之迹。已罕能言其狀者。況更溯十載以前。若楊公之縱橫江上。出入鋒鏑。以摧方張之寇。彭公之芒鞵徒步。以赴江西之急。又孰能道其彷彿。安樂之時。不復好聞危苦之言。人情大抵然歟。君子之存心也。不敢造次忘艱苦之境。尤不敢狃于所習。自謂無虞。禮俗政教。邦有常典。前賢尤因時適變。不相沿襲。況乎用兵之道。隨地形賊勢而變焉者也。豈有可泥之法。不敝之制。今之水師。蓋因粵賊之勢。立一時之法。幸底于成耳。異日時易勢殊。寇亂或興。若必狃于前事。謂可平粵賊者。即可概平天下無窮之變。此非智者所敢任也。惟夫忠臣謀國。百折不回。勇士赴敵。視死如歸。斯則常勝之理。萬古不變耳。其他器械財用。選卒校技。凡可得而變革者。正賴後賢相時制宜。因應無方。彌縫前世之失。俾日新而月盛。又烏取夫顓己守常。姝姝焉自悅其故迹。終古而不化哉

今 朝廷開方畧之館。戰功將著于信史。不復備述。麤述殉難者之㮣。使來者怵然起敬。又因推論兵家之變化無常。用破吾黨自是之見。庶久而知所儆畏云。

湘鄉昭忠祠記

咸豐二年十月粵賊圍攻湖南省城既解嚴巡撫張公亮基檄調湘鄉團丁千
人至長沙備防守羅忠節公澤南王壯武公鑫等以諸生率千人者以往維時
國藩方以毋憂歸里奉　命治團練于長沙因奏言團練保衛鄉里法當由本
團醵金養之不食于官緩急終不可恃不若募團丁為官勇糧餉取諸公家請
就現調之千人畧仿戚元敬氏成法束伍練技以備不時之衛由是吾邑團卒
號曰湘勇三年春平土寇于衡山破逆黨于桂東其夏粵賊圍江西省城國藩
募湘勇二千楚勇千人羅忠節公輩率之東援初戰失利營官謝邦翰易良幹
等殉難湘勇之越境勦賊將領之力戰捐軀實始於此余聞而悼之議立忠義
祠于縣城祀湘人與于南昌之難者其冬余奉　命籌備舟師乃募湘勇水陸萬
人明年率之東討岳州之役陸兵敗挫雖旋有湘潭之捷而湘士中殰既而整
軍再出羅公暨李忠武公續賓率湘勇以從于是大雋于岳州克武漢下蘄黃
破田家鎮復江西弋陽信州甯州又以其間由江還鄂埽蕩枝縣再克武昌省
會咸豐五六年間羅李湘勇之名震天下而王壯武公與劉武烈公騰鴻蕭壯
果公啟江暨巡撫蔣公益澧皆提湘勇征戰湖北江西廣西廣東等省所在有

聲然。羅公王公劉公遂以六七年間先後徂謝。而將士傷亡者滋益多。前所議建之忠義祠。規制溢庳。不足以嚴典祀。咸豐八年秋國藩乃與李公具疏會奏請立昭忠祠于湘鄉。令有司春秋致祭。 天子許之。吾邑軍士沒有餘榮。已未幾而舒城三河之難作。李公殉節。部下死者殆六千人。國藩私憂。以謂湘中士氣恐不復振。其後李公之弟勇毅公續宜重輯部曲。轉戰皖北。張忠毅公運蘭及唐總戎義訓輩之師。轉戰皖南。而吾弟國荃遂以湘士克復安慶金陵兩省。蔣公暨楊公昌濬亦用湘人平浙江。伐福建。張忠毅公亦戰沒于閩。東南數省。莫不有湘軍之旌旗。中外皆歎異焉。其西北諸道。則提督劉君松山追逐捻匪于河南山東直隸。征叛回于陝西甘肅。而按察使陳君湜防守山西。其西南諸道。則蕭壯果公率師入蜀。而巡撫劉公蓉屢平蜀寇。總督劉公嶽昭暨諸湘軍。又自蜀而南入黔。西入滇。一縣之人。征伐徧于十八行省。近古未嘗有也。當其負羽遠征。乖離骨月。或苦戰而授命。或邂逅而戕生。殘骸暴于荒原。凶問遲而不審。老母寡婦。望祭宵哭。可謂極人世之至悲。然而前者覆亡。後者繼往。蹈百死而不辭。困阨無所遇而不悔者何哉。豈皆迫于生事。逐風塵而不返與。亦由前此死義數君子者為之倡。忠誠所感。氣機鼓動而不能自已也。君子之道。莫大乎以忠誠為天下倡。世之亂也。上下縱于亡等之欲。姦偽相吞。變詐相角。自圖其安而予人以至危。畏難避害。曾不肎捐絲粟之力。以拯天下。得忠誠者起而矯之。克己而愛人。去偽而崇拙。躬履諸艱而不責人以同患。浩然捐生。如遠游之還鄉而無所顧悸。由是眾人效其所為。亦皆以苟活為羞。以避事為恥。嗚呼。吾鄉數君子。所以鼓舞羣倫。歷九州而戡大亂。非拙且誠者之效歟。亦豈始事時所及料哉。今海宇粗安。昭忠祠落成有年。而邑中壯士效命疆埸者。尚不乏人。能常葆此拙且誠者。出而濟世。入而表里。羣材之興也。不可量矣。又豈僅以武節彪炳寰區也乎。

江甯府學記

同治四年。今相國合肥李公鴻章改建江寧府學。作孔子廟于治城山正殿門廡。規制粗備。六年。國藩重至金陵。明年。荷澤馬公新貽繼督兩江。賡續成之。鑿泮池。建崇聖祠、尊經閣及學官之廨宇。八年七月工竣。董其役者為候補道桂嵩慶暨知縣廖綸、參將葉圻。既救既周。初終無懈。治城山顛楊吳宋元皆為道觀。明日朝天宮。蓋道士祀老子之所也。道家者流。其初但尚清靜無爲。其後乃稱上通天帝。自漢初不能革秦時諸畤。而渭陽五帝之廟。甘泉泰一之壇。帝皆親往郊見。由是聖王祀天之大典。不掌于天子之祠官。而方士奪而領之。道家稱天。侵亂禮經。實始于此。其他鍊丹燒汞。采藥飛昇。符籙禁呪。徵名百神。捕使鬼物。諸異術。大率依託天帝。故其徒所居之宮。名曰朝天。亦猶稱上清紫極之類也。嘉慶道光中。宮觀猶盛。黃冠數百人。連房櫛比。鼓舞甿庶。咸豐三年。粵賊洪秀全等。盜據金陵。竊泰西諸國緒餘。燔燒諸廟。羣祀在典與不在典。一切毀棄。獨有事于其所謂天者。每食必祝。道士及浮屠弟子。幷見摧滅。金陵文物之邦。淪爲豺豕窟宅。三綱九法。埽地盡矣。原夫方士稱天以浸禮官。乃老子所不及料。迨粵賊稱天以侗羣神。而毒四海。則又道士輩所不及料也。　聖皇震怒。分遣將帥。誅殛凶渠。削平諸路。而金陵亦以時戡定。乃得就道家舊區。廓起宏規。崇祀　至聖暨先賢先儒。將欲黜邪慝而反經。果操何道哉。夫亦曰隆禮而已矣。先王之制禮也。人人納于軌範之中。自其弱齒。已立制防。灑埽沃盥有常儀。羹食肴胾有定位。緌纓紳佩有恒度。既長則教之冠禮以責成人之道。教之昏禮以明別厚之義。教之喪祭以篤終而報本。其出而應世。則有士相見以講讓朝覲以勸忠。其在職則有三物以興賢。八政以防淫。其深遠者則教之樂舞。以養和順之氣。備文武之容。教之大學以達于本末終始之序。治國平天下之術。教之中庸以盡性而達天。故其材之成。則足以輔世長民。其次亦循循繩矩。三代之士。無或敢遁于奇衺者。人無不出于學。學無不束于禮也。老子之初固亦精于禮經。孔子告曾子子夏。述老聃言禮之說至矣。其後惡末世之苛細。逐華而悖本。斵自然之和。于是矯枉過正。至譏禮者忠信之薄而亂之首。蓋亦有所激而云然耳。聖人非不知浮文末節。無當于精義。特以禮之本于太一。起于微眇者。不能盡人而語之。則莫若就民生日用之常事。為之制。脩焉而為教。習焉而成俗。俗之既成。則聖人雖沒。而魯中諸儒猶肄鄉飲大射禮于冢旁。至數百年不絕。又烏有窈冥誕妄之說。淆亂民聽者乎。吾觀江甯士大夫材智雖有短長。而皆不屑詭隨以徇物。其于清靜無為之旨。帝天禱祀之事。固已峻拒而不惑。孟子言無禮無學。賊民斯興。今兵革已息。學校新立。更相與講明此義。上以佐　聖朝匡直之教。下以闢異端而迪吉士。蓋廩廩乎企嚮聖賢之域。豈僅人文彬蔚鳴盛東南已哉。

鈔朱子小學書後

右小學三卷。世傳朱子輯。觀朱子癸卯與劉子澄書。則是編子澄所詮次也。其義例不無可訾。然古聖立教之意。蒙養之規。差具于是。蓋先王之治人。尤重于品節。其自能言以後。凡夫灑埽應對飲食衣服。無不示以儀則。因其本而利道。節其性而不使縱。規矩方圓之至也。既已固其筋骸。劑其血氣。則禮樂之器。蓋由之矣。特未知焉耳。十五而入太學。乃進之以格物。行之而著焉。習矣而察焉。因其已明而擴焉。故達也。班固藝文志所載小學類。皆訓詁文字之書。後代史氏率仍其義。幼儀之繁。闕焉不講。三代以下。舍佔畢之外。乃別無所謂學。則訓詁文字要矣。若援古者三物之教。則訓詁文字者。亦猶其次焉者乎。仲尼曰行有餘力。則以學文。繪事後素。不其然哉。余故錄此書于進德門之首。使昆弟子姓知幼儀之為重。而所謂訓詁文字。別錄之居業門中。童子知識未梏。言有刑。動有法。而蹈非彝者鮮矣。是編舊分內外。內編尚有稽古一卷。外編嘉言善行二卷。采掇頗淺近。亦不錄云。

書歸震川文集後

近世綴文之士。頗稱述熙甫。以為可繼曾南豐王半山之為文。自我觀之。不同日而語矣。或又與方苞氏竝舉。抑非其倫也。蓋古之知道者。不妄加毀譽于人。非特好直也。內之無以立誠。外之不足以信後世。君子恥焉。自周詩有崧高烝民諸篇。漢有河梁之詠。沿及六朝餞別之詩。動累卷帙。于是有為之序者。昌黎韓氏為此體特繁。至或無詩而徒有序。駢拇枝指。于義為已侈矣。熙甫則不必餞別而贈人以序。有所謂賀序者。謝序者。壽序者。此何說也。又彼所謂抑揚吞吐。情韻不匱者。苟裁之以義。或皆可以不陳。浮芥舟以縱送于蹏涔之水。不復憶天下有曰海濤者也。神乎味乎。徒詞費耳。然當時頗崇尚軋之習。假齊梁之雕琢。號為力追周秦者。往往而有。熙甫一切棄去。不事塗飾。而選言有序。不刻畫而足以昭物情。與古作者合符。而後來者取則焉。不可謂不智已。人能宏道。無如命何。藉熙甫早置身高明之地。聞見廣而情志闊。得友師以輔翼。所詣固不竟此哉。

書扁鵲倉公傳

司馬遷敘述扁鵲倉公。具詳病者主名。及診脈之法。藥齊之宜。繁稱數十事。累牘不休。余嘗求之。非有義也。周官醫師食醫疾醫瘍醫獸醫之屬。隸于冢宰。詹言陽伏陰。節宣補救。亦宰世者之所有事。為良醫立傳。無所不可。要以畧著大指明小道之不可廢。與日者龜策諸傳相附。撮一二事以為類足矣。繁稱奚為者。夫執技以事上。名一能以濟人。此小人之事也。大人者德足以育物。智足以役衆。彼誠有所擇。不宜于此津津也。若遷實通方術。而藉以自矜其多能。斯又淺者徒也。

書學案小識後

唐先生撰輯　國朝學案。命國藩校字付梓。既畢役。乃謹書其後曰。天生斯民予以健順五常之性。豈以自淑而已。將使育民淑世。而彌縫天地之缺憾。其于天下之物。無所不當究。二儀之奠。日月星辰之紀。氓庶之生成。鬼神之情狀。草木鳥獸之咸若。灑埽應對進退之瑣。皆吾性分之所有事。故曰萬物皆備于我。人者天地之心也。聖人者其智足以周知庶物。其才能時措而咸宜。然不敢縱心以自用。必求權度而絜之。以舜之濬哲。猶且好問好察。周公思有不合。則夜以繼曰。孔子聖之盛也。而有事乎好古敏求。顏淵孟子之賢。亦曰博文曰集義。蓋欲完吾性分之一源。則當明凡物萬殊之等。欲悉萬殊之等。則莫若即物而窮理。即物窮理云者。古昔賢聖共由之軌。非朱子一家之創解也。自陸象山氏以本心為訓。而明之餘姚王氏。乃顛倒承其緒。其說主于良知。謂吾心自有天則。不當支離而求諸事物。夫天則誠是也。目巧所至。不繼之以規矩準繩。遂可據乎。且以舜周公孔子顏孟之知。如彼。而猶好問好察。夜以繼日。好古敏求。博文而集義之勤如此。況以中人之資。而重物欲之累。而謂念念不過乎則。其能無少誣耶。自是以後。沿其流者。百輩間有豪傑之士。思有以救其偏。變一說則生一蔽。高景逸顧涇陽氏之學。以靜坐為主。所重仍在知覺。此變而蔽者也。近世乾嘉之間。諸儒務為浩博。惠定宇戴東原之徒。鑽研詁訓。本河間獻王實事求是之旨。薄宋賢為空疏。夫所謂事者。非物乎。是者非理乎。實事求是。非即朱子所稱即物窮理者乎。名目自高。詆毀日月。亦變而蔽者也。別有顏習齋李恕谷氏之學。忍嗜欲。苦筋骨。力勤於見迹。等于許行之竝耕。病宋賢為無用。又一蔽也。由前之蔽。排王氏而不塞其源。是五十步笑百步之類矣。由後之二蔽。矯王氏而過于正是因噎廢食之類矣我　朝崇儒一道正學翕興乎湖陸子桐鄉張子闢詖辭尊聖經確乎其不可拔陸桴亭顧亭林之徒博大精微體用兼備其他鉅公碩學項領皆望二百年來大小醕疵區以別矣唐先生于是輯為此編大率居敬而不偏于靜格物而不病于瑣力行而不迫于隘三者交修采擇名言畧依此例其或守王氏之故轍與變王氏而鄰于前三者之蔽則皆釐而剔之豈好辯哉去古日遠百家各以其意自鳴是丹非素無術相勝雖其尤近理者亦不能饜人人之心而無異辭道不同不相為謀則亦已矣若其有嗜於此而取途焉則且多其識去其矜無以聞道自標無以方隅自圉不為口耳之求而求自得焉是則君子者已是唐先生與人為善之志也

書王雁汀前輩勃海圖說後

書孔氏疏云堯時青州當越海而有遼東杜氏通典云青州之界越海分遼東樂浪三韓之地西抵遼水而胡氏渭曰漢武所開樂浪元菟二郡乃古嵎夷之地嵎夷羲和所宅朝鮮箕子所封皆應在青州域內不僅遼東而已據此數說則禹時青州踰海而兼營州之地理若可信齊召南氏所謂勢固自然者也前

明遼東都指揮使隸于山東布政司。明初遼東士子尚附山東鄉試。厥後以渡海之艱。改附順天。而遼東各州衛隸于山東。則終明之世不改。蓋亦猶上古之青州。兼轄營州云爾。我 朝定宅燕京。與明代同。而遼左為陪都重地。則與前明之二州二十五衛。視同羈縻者。輕重迥別。故勃海之襟帶。旅順之門戶。視前世猶加慎焉。雁汀先生之意。欲于城隍石島之間。駐水師將領一員。登州金州南北兼巡。內以防盜匪之狙伏。外以懾夷人之闖入。可謂謀慮老成。操之有要者已。道光二十九年。御史趙東昕建登州設立水師之議。 宣宗成皇帝下其事。令兵部軍機處會議。當事者以迹近更張。格而不行。國藩時承乏兵部。頗知旅順要隘。宜別置嚴鎮。而不知康熙年間。有嵩祝請登州水師。巡哨金州鐵山之說。亦遂附和。未遑他議。今觀先生圖說所載實錄各條。知 國家機務尤大者。列聖廟謨。皆已籌及之。苟能推行而變通。則收功不可紀極也。故述前說。以互證。亦以志余不學之恥焉。

書周忠介公手札後

往余讀史忠正公集。見其乙酉四月十九日遺書五通。又廿一日絕筆一紙。其

言至深痛不可終讀。蓋視楊忠愍公獄中家書猶或過之。乾隆四十二年。我
高宗皇帝命摹勒史公絕筆于揚州梅花嶺祠壁。而楊公手書亦于邇歲摹刻
于京師松筠菴祠中。忠臣志士。或鬱屈于一時。其精光終將大顯于世。不可得
而閟也。門人潘生伯寅。頃以周忠介公被逮時手札視余。乃與前楊後史若出
一轍。雖號為三仁。殆無愧色。世多疑明代誅鋤搢紳。而怪後來氣節之盛。以為
養士實厚使然。余謂氣節者亦一二賢且倡之。漸乃成為風會。不盡關國家養
士之薄厚也。當忠介吳中就逮之時。其駢首殉難之五人者。顏佩韋等皆市人。
周文元則輿隸耳。彼豈嘗邀朝廷一日之豢養。而且慷慨赴義如彼。況乎士大
夫有綱常風教之責者哉。

書儀禮釋官後

侍郎胡君季臨。重刻其曾祖王父樸齋先生所著儀禮釋官。寄示國藩。屬為識
于簡端。余嘗從 皇清經解中得讀此書。稔識崖略。先生治禮崇信鄭氏。而于
鄭說之歧誤者。亦不苟為附和。如燕禮宜以膳宰為主人。而辨注釋為宰夫者
之非。司宮即周禮之宮人。而指注比于小宰者之失。左右正即僕從之官。若書

之左右攜僕。詩之膳夫左右。而證注中稱樂正僕人正者之誤。特牲士有私臣。而歎注謂士無臣者之疏。其說既允矣。至于曲證旁通。往往即一事而洞見本原。先王之制禮也。因人之愛而爲之文飾以達其仁。因人之敬而立之等威以昭其義。雖百變而不越此兩端。先生以爲士喪既夕二篇。所言甸人、管人、夏祝、商祝、冢人、卜人、隸人、遂匠之屬。皆公家之臣來執事者也。又以爲諸侯之官。其爵必降等于天子。聖人别嫌明微之意。寓乎其間。使周之諸侯遵而守之。何至有僭越而置六卿稱縣公者。由前之說。則臣下之喪。君既臨其小斂。又遣官助其百役。有若家人骨肉。愴惻纏綿。由後之說。則侯國之百職庶司。不敢毫髮僭擬于天王。恩誼之篤如彼。名分之嚴若此。此皆禮之精意。祖仁本義。又非僅考核詳審而已。儀禮一經。前明以來幾成絶學。我　朝鉅儒輩出。精詣鴻編。迭相映蔚。而徽州一郡尤盛。自婺源江氏永崛起。爲禮經大師。而同邑汪氏紱、休甯戴氏震。亦皆博洽爲世所宗。其後歙縣金氏榜、淩氏廷堪。竝有纂述。無懃前修。先生世居績溪。與諸儒地相比。時相接。其入國史儒林傳。列于江氏、汪氏之次。而哲孫培翬又能紹其家學。著儀禮正義。會萃羣言。衷于至當。徽州爲朱子父母之邦。典章文物。固宜非他郡所敢望。而胡氏世傳禮教。故家文獻。綿延無替。
亦足使篤古之士。低徊而興慕也。

經史百家雜鈔題語

姚姬傳氏之纂古文辭。分為十三類。余稍更易為十一類。曰論著。曰詞賦。曰序跋。曰詔令。曰奏議。曰書牘。曰哀祭。曰傳誌。曰雜記。九者余與姚氏同焉者也。曰贈序。姚氏所有而余無焉者也。曰敘記。曰典志。余所有而姚氏無焉者也。曰頌贊。曰箴銘。姚氏所有。余以附入詞賦之下編。曰碑志。姚氏所有。余以附入傳誌之下編。論次微有異同。大體不甚相遠。後之君子以參觀焉。

村塾古文有選左傳者。識者或譏之。近世一二知文之士纂錄古文。不復上及六經。以云尊經也。然溯古文所以立名之始。乃由屏棄六朝駢儷之文。而返之于三代兩漢。今舍經而降以相求。是猶言孝者敬其父祖而忘其高曾。言忠者曰我家臣耳。焉敢知國。將可乎哉。余鈔纂此編。每類必以六經冠其端。涓涓之水。以海為歸。無所於讓也。姚姬傳氏撰次古文。不載史傳。其說以為史多不可勝錄也。然吾觀其奏議類中。錄漢書至三十八首。詔令類中。錄漢書三十四首。

果能屏諸史而不錄乎。余今所論次。采輯史傳稍多。命之曰經史百家雜鈔云。

大潛山房詩題語

山谷學杜公七律。專以單行之氣運于偶句之中。東坡學太白。則以長古之氣運于律句之中。樊川七律。亦有一種單行票姚之氣。余嘗謂小杜蘇黃皆豪士而有俠客之風者。省三所謂七律。亦往往以單行之氣。差于牧之為近。蓋得之天事者多。若能就斯塗而益闢之。參以山谷之倔強。而去其生澀。雖不足以悅時目。然固詩中不可不歷之境也。省三用兵。亦能橫厲捷出。不主故常。二十從戎。三十而擁疆寄。聲施爛然。為時名將。惟所向有功。未遭挫折。蔑視此虜之意多。臨事而懼之念少。若加以悚惕戒慎。豪俠而具斂退氣象。尤可貴耳。余覽其詩卷既畢。因題數語以勖勉之。

孟子要略敘跋

朱子所編孟子要略。自來志藝文者。皆不著于錄。朱氏經義考亦稱未見。寶應王白田氏為朱子年譜。謂此書久亡佚矣。吾亡友漢陽劉茮雲傳瑩。始于金仁山孟子集注攷證內。搜出復還此書之舊。劉氏勤一生。以治朱子之業。號為精

十卅

核無倫。而不知要畧一書。具載金氏書中。即　四庫館中諸臣于金氏集注攷
證。為提要數百言。亦未嘗道及此書。蓋耳目所及。百密而不免一疏。事之常也。
觀金氏所記。則朱子當日編輯要畧。別為注解。與集注間有異同。（金氏于人皆有所不忍章云要畧注尚是舊說桃應問曰章云要畧諸文微不同）今散失既久。不可復覩。茮雲僅能排比次第。屬國
藩校刻。以顯于世。抑猶未完之本與。然如許叔重五經異義。余隱文尊孟辯之
類。皆湮晦數百年矣。一旦于他書中剌取掇零拾墜。遂復故物。則此書之出。安
知不更有人焉。蒐得原注。以補今日之闕乎。天下甚大。來者無窮。必有能篤耆
朱子之書。罔羅以彌遺恨者。是吾茮雲地下之靈。禱祀以求之者也。
孟子之書。自漢唐以來。不列于學官。陸氏經典釋文亦不之及。而司馬光晁說
之之倫。更相疑詆。至二程子始表章之。而朱子遂定為四書。既會萃諸家之說
為孟子精義。又采其尤者為集注七卷。又剖晰異同。為或問十四卷。用力亦已
勤矣。而茲又簡擇為要畧五卷。好之如此其篤也。蓋深造自得。則夫泳于心而
味于口者。左右而逢其原。參伍錯綜。而各具條理。雖以國藩之蒙陋。讀之亦但
見其首尾完具。而不復知衡決顛倒之為病。則其犂然而當于人人之心可知

巳國藩既承亡友劉君遺令為之排定付刻因頗仿近思錄之例疏明分卷之大指俾讀者一覽而得為大賢之旨趣誠知非末學所可幸中獨未知于吾亡友之意合邪否邪死者不可復生徒使吾茫然四顧而傷心也夫曾國藩又識

跋衍聖公孔恭慤公墓志銘刻本

漢碑載乙瑛韓勑史晨數人者有功于孔林甚鉅而史君二碑既載其請祠之章又敘其饗禮之盛其補牆垣治瀆井種梓守冢諸績至屢書不一書功亦夥矣此碑載恭慤公本以聖人之胄而其有功孔林又百倍于前哲若更得善篆隸者大書重刻異世流傳豈僅與史君輩比烈哉

討粵匪檄

為傳檄事逆賊洪秀全楊秀清稱亂以來于今五年矣荼毒生靈數百餘萬蹂躪州縣五千餘里所過之境船隻無論大小人民無論貧富一概搶掠罄盡寸草不留其擄入賊中者剝取衣服搜括銀錢銀滿五兩而不獻賊者即行斬首男子日給米一合驅之臨陣向前驅之築城濬濠婦人日給米一合驅之登陴守夜驅之運米挑煤婦女而不肯解腳者則立斬其足以示眾婦船戶而陰謀

逃歸者則倒抬其屍以示眾船粵匪自處于安富尊榮而視我兩湖三江被脅
之人曾犬豕牛馬之不若此其殘忍慘酷凡有血氣者未有聞之而不痛憾者
也自唐虞三代以來歷世聖人扶持名教敦敘人倫君臣父子上下尊卑秩然
如冠履之不可倒置粵匪竊外夷之緒崇天主之教自其偽君偽相下逮兵卒
賤役皆以兄弟稱之謂惟天可稱父此外凡民之父皆兄弟也凡民之母皆姊
妹也農不能自耕以納賦而謂田皆天王之田商不能自賈以取息而謂貨皆
天王之貨士不能誦孔子之經而別有所謂耶穌之說新約之書舉中國數千
年禮義人倫詩書典則一旦掃地蕩盡此豈獨我　大清之變乃開闢以來名
教之奇變我孔子孟子之所痛哭于九原凡讀書識字者又烏可袖手安坐不
思一為之所也自古生有功德没則為神王道治明神道治幽雖亂臣賊子窮
凶極醜亦往往敬畏神祇李自成至曲阜不犯聖廟張獻忠至梓潼亦祭文昌
粵匪焚郴州之學宮毀宣聖之木主十哲兩廡狼籍滿地嗣是所過郡縣先燬
廟宇即忠臣義士如關帝岳王之凜凜亦皆汚其宮室殘其身首以至佛寺道
院城隍社壇無廟不焚無像不滅斯又鬼神所共憤怒欲一雪此憾于冥冥之

中者也本部堂奉　天子命統師二萬水陸並進誓將臥薪嘗膽殄此凶逆救
我被擄之船隻拔出被脅之民人不特紓　君父宵旰之勤勞而且慰孔孟人
倫之隱痛不特為百萬生靈報枉殺之仇而且為上下神祇雪被辱之憾是用
傳檄遠近咸使聞知倘有血性男子號召義旅助我征勦者本部堂引為心腹
酌給口糧倘有抱道君子痛天主教之橫行中原赫然奮怒以衛吾道者本部
堂禮之幕府待以賓師倘有仗義仁人捐銀助餉者千金以內給予實收部照
千金以上專摺奏請優敘倘有久陷賊中自拔來歸殺其頭目以城來降者本
部堂收之帳下奏授官爵倘有被脅經年髮長數寸臨陣棄械徒手歸誠者一
概免死資遣回籍在昔漢唐元明之末羣盜如毛皆由主昏政亂莫能削平今
天子憂勤惕厲敬　天恤民田不加賦戶不抽丁以　列聖深厚之仁討暴
虐無賴之賊無論遲速終歸滅亡不待智者而明矣若爾被脅之人甘心從逆
抗拒天誅大兵一壓玉石俱焚亦不能更為分別也本部堂德薄能鮮獨仗忠
信二字為行軍之本上有日月下有鬼神明有浩浩長江之水幽有前此殉難
各忠臣烈士之魂實鑒吾心咸聽吾言檄到如律令無忽

祭韓公祠文

維年月日具官某。謹以清酒庶羞。致祭于先儒昌黎韓子之神。維先生之明德宜祀百世。文人學子。皆所喻願。而禮典所載。獨配享先師孔子西廡。他無特祀國藩前官翰林院詹事府。皆有先生祠堂。今承乏禮部。亦祀先生于官署之西北隅。而皆稱曰土地祠。國藩履任之日。敬謹展謁。乃神像之旁有先師孔子之木主。儼然在焉。竊以土地之稱。非經非訓。古者惟天子得祭大地。諸侯則社以祭。士大夫以下成羣立社。多者二千五百家。或百家以上。小者二十五家。蓋土爰稼穡。民生所賴。凡食毛踐土者。皆得祭以報功。義固然也。自唐以下有城隍之祀。世傳張說所為祭文。及李陽冰碑記。舊已。今天下由京都以至行省郡縣皆立廟以妥城隍。原易有城復于隍之占。禮有八蜡水庸之祭。高壘深池以捍民患。推社之義而為之立祀。理亦宜之。獨土地之祀。不可究其從始。國藩所居之鄉。或家立一神。或村置一廟。大抵與古之里社相類。而京師官署尤多有土地祠。往往取先代有名德者祀之。先生之生。未嘗莅官禮部。今歿已千年。所謂神在天上。如水之在地中。無所不際。而謂僅妥侑于一署之內。丈室之中。如古所稱社公云者。亦以黷慢甚矣。若先師孔子則先生所誦法終身者也。先生嘗羨顏氏得聖人。以為依歸。若深自歎恨不得與于弟子之列。而無知者乃位孔子于尊容之旁。先生而果陟降在茲。其必蹙然不安也。國藩瞻禮之餘。詢諸胥吏。舉不辨其由來。舊例春秋以蕭鄭奉祀先生。國藩亦且循沿習之常。以致吾欽嚮之私。惟於孔子之位。措置失宜。則不敢須臾蹈故。懼于大戾。謹奉木主瘞香焚之。既敬告所以。因為之詩歌。使工歌以人聲。冀先生之神。安休于此不朒。之誠。庶為歆鑒。詩曰。

皇頡造文。萬物咸秩。尼山纂經。縣于星日。衰周道溺。踵以秦灰。繼世文士。莫究根荄。炎劉之興。炳有揚馬。沿魏及隋。無與絲者。天不喪文。蔚起巨唐。誕降先生。掩薄三光。非經不效。非孔不研。一字之愜。通于皇天。上起八代。下垂千紀。民到于今。恭循成軌。予末小子。少知服膺。朗誦遺集。尊靈式憑。濫廁秩宗。載瞻祠宇。師保如臨。進退維傴。位之不當。宣聖在旁。大祀踏僭。前哲所匡。我來戾止。神其安怙。敬奠椒漿。式告來葉。

祭湯海秋文

赫赫湯君。倏焉已陳。一呷之藥。椓我天民。豈不有命。藥則何辜。死而死耳。知君不悔。道光初載。君貢京朝。狂名一鼓。萬口囂囂。春官名揭。如轟斯標。奇文驟布。句驚字梟。羣兒苦誦。自暝達朝。上公好士。維汪與曹。大風噓口。吹女羽毛。舐筆樞府。有銛如刀。儕輩力逐。一虎衆猱。曹司一終。稍遷御史。一鳴驚天。隋落泥滓。坎坎郎官。復歸其始。羣雀款門。昨罿之市。窮鬼嘖沫。婢歎奴恥。維君不羞。復乃不求。天脫桎梏。放此詩囚。伐肝湯肺。與命為仇。被髮四顧。有棘在喉。匪屈匪阮。疇可與投。忽焉狂走。東下江南。秦淮夜醉。笙吹喃喃。是時淮海。戰鼓殷酣。狄夷所躪。肉阜血潭。出入賊中。百憂內忮。寅歲還朝。左抱嬌娥。示我百篇。兒女兵戈。三更大叫。君泗余哦。忽瞠兩眸。曰余乃頗。灑膽相要。斧門揞鎖。嗟余不媚。動與時左。非君謬尋。誰云逮我。王城海大。塵霧溷溷。惟余諸子。有隙輒遭。聯車酒肆。袒肩載號。煮魚大嘬。宇內兩饕。授我浮卭。九十其訓。韓悍莊誇。孫卿之醞。麼義闢文。百合逾奮。俯視符充。其言猶糞。我時譏評。君曾不慍。我行西川。來歸君迓。一語不能。君乃狂罵。我實無辜。詎敢相下。骨肉冠讎。朋遊所訝。見豕負塗。或張之弧。羣疑之積。衆痏生膚。君不能釋。我不肯輸。一日參商。萬古長訣。吾實負心。其又何說。凡今之人。善調其舌。君則不然。喙剛如鐵。鋒稜所值。人誰女容。直者棄好。巧者興戎。昔余痛諫。君嘉我忠。曾是不察。而丁我躬。傷心往事。淚墮如糜。以君毅魄。豈曰無知。鬼神森列。吾言敢欺。酹子一滴。庶攄我悲。

歲暮設奠告王考文

嗚呼。維我王考。神馭徂賓。赴音來止。今越五旬。嗟我王考。令德淵懿。體秉純剛。內含貞淑。往在戊歲。小子南旋。扶依驢轎。左右盂盤。亥年歸　朝。載違色笑。行履過差。辟咡無詒。十年京國。官繫私牽。轉蓬浮徙。莫傍本根。吾　皇錫類。褒封父祖。志養則虧。虛榮奚補。三載寢疾。侍藥不躬。遂淪慈照。允蹈鞠凶。我父我母。潛然在疚。小子雖頑。不懲罪悔。疇昔提耳。彝訓猶存。十隳一守。痛悲難論。歲將更始。時物遷變。敬薦庶饈。秪布僾見。尚饗。

丁卯四月求降雨澤告辭

自客歲之仲秋。歷冬春而孟夏。閱八月而不雨。嗟厚生之凋謝。哀江南之黎庶。困兵燹以十霜。邑何民而不萃。野何土而不荒。慶中興于甲子。甫得脫乎兵戎。悉斂賦而北伐。又杼柚之屢空。逮丙寅之夏末。高郵罹乎災凶。運隄惕其潰決。

沒六縣于波中。漲泗沂與淮湖。瀦千里為澤國。飽人肉于蛟魚烏鳶。下而爭食。嗟赤子其何辜。實百官之不職。曾水患之未平。又旱災之相偪。麥有秋而失望。稻有種而不入。千村聚而皇皇。老幼環而悲泣。病蚩蚩者無罪。罪乃在于疆臣。羌無德而竊位。上干怒乎百神。或屋漏之隱慝。或秕政之不仁。將舉錯之失當。抑冤獄之未申。宜躬被乎酷罰。胡移禍于吾民。爰致齋而惕厲。叩蒼昊而陳詞。畜余身之有咎。甘百死而不辭。為斯民而請命。冀歲事之無虧。沛甘霖而溥降。膏百穀以蕃滋。萬彙蔚而回春。農民忻而相告。今不慮乎旱饑。後無傷乎秋潦。感神惠之孔時。終傾城而圖報。

廣東嘉應州知州劉君事狀

曾祖永昌。皇贈武功將軍。祖開泰。康熙甲午科舉人。皇贈武功將軍。父文燦。雍正甲辰科武進士。山東兗沂鎮總兵。君諱廷榯。字讓木。河間獻縣人。縣學廩生。乾隆四十五年舉于鄉。五十二年丁未成進士。時大學士和珅當國。有中貴人與君同里同姓。來告曰。相國知子。欲一燕見。能往吾導子。詞曹可致也。君謝不能。卒以知縣歸班候選。嘉慶二年謁選。得廣東信宜縣。明年之官。五年攝惠州河源縣事河源藍阿和博羅陳爛屐四永安曾鬼六聚徒煽亂君至縣三月即擒阿和且請于惠州知府伊秉綬及總督吉慶曰陳曾不靖時日久矣今阿和就擒翦其左翼賊所負恃以羅浮山為窟耳若裹糧入山窮力四捕陳曾可弋也不聽後二年遂有陳爛屐四曾鬼六之亂總督飲酖死知府擬遣戍而君以前請得不坐六年量移潮州揭陽縣揭亦劇邑也莠民何阿常李阿乜倡為天地會聯八十餘鄉分為兩股各二萬人君單騎赴賊中以編查保甲為名暗圖其山川形勢出入門戶宿夜賊巢示以不疑八年正月二日率兵討阿常賊徒七千人屯于赤巖頭我兵裁五百去賊五里而營夜聞吹螺四面衆譁曰賊至矣君令曰敢動者死于弁中設子母礮佐以鳥鎗近則發擊之翳人與火闃無聲影賊不知虛實竟引去旦日率所部登山適會他軍亦至乘勝追奔焚賊三巢阿常投首阿乜聞之益糾餘孽謀再舉君從健卒六十餘人四晝夜馳行九百里追及長樂擒之其年八月又擒海盜姚阿麻于是有送部引見之命矣大抵嶺以南物產蕃阜風氣殊于中土諸洋互市環貨日至奸民逐利起徒手至百萬者往往而有奇技妖物雜出不窮乾嘉之間淫侈亡等矣猶有不逞之

徒。乃為盜賊以自恣。小者劫奪。大者判亂。窮則入海亡命。為吏者莫敢誰何。苟以諱飾偷安。羣盜無憚。日以充斥。故君官廣東。所至以緝捕為先。而大吏亦倚君如左右手。引　見之命既下。大吏以捕務孔棘。留不得行。又二歲。劉獲潮陽鄭阿明。陸豐李崇玉。乃行。阿明會匪衆號四萬人。崇玉海盜號二萬也。入　見以功升知州。歸復任揭陽。十四年。徙知南海縣。是時兩廣總督百公齡。治尚威猛。懲刈奸宄。夜半召君入密室。告曰。吾欲有所縛。子能之乎。君曰。何也。百公曰。洋商吳阿三。阿三者大猾。資積巨萬。多千國紀。君歸。寅夜部勒胥役。不告所之。曰從余行。余曰取。取之。曰斬。斬之。至破門。擒阿三。比還署。關說者數輩。賂金三萬。至雞鳴。增五萬。平明十萬。不可。卒致阿三于法。張保之寇海也。自嘉慶初年始也。後與其黨郭學顯內嗌。學顯來降。保亦思歸義。首鼠進退。百公欲遣使納降。君請行。百公曰。多與爾衛。辭曰。彼真降。使者無害。其偽也。雖衛何益。從二僕。棹小舟。徑至海口。賊數百艘。交刃成列。保出衆叱曰。跪吾王。曰。吾　天子命吏。豈屈若曹。且編民之不得。何王也。即睨保曰。吾以女為海上豪傑。乃效匹夫怒目恐人。劉某畏死者。不來此矣。保立起揖君。即屏左右。因語之曰。十年來。粤中巨寇。若藍阿和何阿常鄭阿明之屬海盜若姚阿麻李崇玉。今有存焉者乎。保默然曰亡。有。然今且秦何崇玉以殺掠平民之故尚伏天誅況保縱橫海上十餘年。殺二總兵一參將。三游擊。罪在不逭今棄眾內首則魚肉耳曰汝何慮之淺也。朝廷并包海外荒類萌生削逆育順。以勸來者。猶懼不繼若革面自效。不訾之慶也。學顯貸死有明證矣。且智莫大於知幾行莫虧于食言。禍莫酷于殺己降。女視劉甚豈誘人徼功者哉。吉之與凶在此須臾。保再拜曰謹受教。乃泣送君歸。七日而張保降。十九年補嘉應州知州噓枯養瘠相濡以澤。二十四年攝廉州知府。簡法阜施。一如嘉應。君子于是知君之為政。又能視地强弱以時其威愛也。嘉慶二十五年。年六十八以卒。子六人曰鳳翽。曰一士。曰鳳翼。曰書年。今官翰林院編修。曰逢年。曰其年。今官翰林院庶吉士。謹具歷官行義牒。付史館。俾傳循吏者采覽焉。

書何母陳恭人事

恭人陳氏。道州何文安公之第三子婦。吾友子敬同年紹祺之配也。文安公家訓謹嚴。內外執業。各有常程。箕帚盤盂。皆有定位。閨門之內。肅若朝廷。廖夫人刻勵儉勤。終身不御紈綺。恒豆之奉。轂薄等于寒門。凡醯醢葅脯酒餌漿醯之屬。皆率婦輩躬自治之。手營而口授。不徵諸市。不假諸僕婦。然諸婦或出外州華族。往往不中程度。獨陳恭人道州舊姻。椎髻布裙。為之益勤。其德益善。舅姑亦益愉懌。以謂巨室而不失儒士之風。即家之祥也。道光二十三年。子敬以舉人就職知縣。援例選雲南廣通縣。旋改江蘇同知。又以知府調歸浙江。補台州府。保升道員。署糧儲道。咸豐十年二月。粵賊入浙。圍杭州。子敬時方奉使至江蘇。眷屬寓清泰門。先是恭人生子輒不育。有女子子三人。子敬既以仲兄子慶治為嗣。諸妾又生子慶鉎慶熙慶全。城破。恭人乃屬家人而詔之曰。主人遠出。吾遭此變。何氏名門。男女長幼。義不可為賊辱。遂先縛二子沈于池。外孫女二歲。扼吭斃之。旋引一繩。與外姻朱孺人同時自經。無幾何。援兵四至。賊衆驚遁。老僕柳春自外歸。見慶治腦後被斫六創。其妻邢氏被割兩耳。而皆未死。諸妾避入民舍得免。所沈二子慶鉎慶熙者。池中水淺。亦俱無恙。兩自經者。朱孺人氣絕。而恭人解救得生。蓋縊二時許而不殊。自言有兩紅燈前導。忽見天日而醒。略無所苦。由是遠近歎異。或曰恭人半生長齋誦經禮佛。茲其效也。或曰孝友之門。禍將攖而常解。堅確之德。遝物不惛。莊生所謂骨節與人同而犯害與人異其神全也。杭州寇退。子敬返自江蘇。外而征繕以佐軍府。內而補苴以甯穉弱。旦而劬。宵而不休。夏而疾。秋而不瘳。于是引病投劾。挈家還湘。卜居于長沙之東鄉。埶稲而豢魚。善鄰而訓子。恭人亦棑食敝衣。相與拮据以保遲暮。子敬既逝。恭人則兼綜內外賓祭之供。耕讀之業。囊篋錙銖之故。造次紛乘而不眩。齒逾七十而不知疲。鄉之人以是服其恪也。同治十年九月無疾而終。去杭州城陷之時。十有二年矣。軍興以來。横死者多矣。臨難而倖脫者亦恒有之。獨何氏一門慷慨就義。而俱獲生全。陳恭人事尤近於神異。恭人之夫之兄子貞先生。告余以狀。因為述其梗概。其他懿行不備論云。

漢陽劉君家傳

余既銘劉君椒雲之墓。其兄子世墀復寓書抵余。季父之行義。蒙甄敘大凡。其為學之次第。不幸遺書未成。世墀之愚。不可驟曉。其孫世圭尤幼。即他日長大。終無以窺尋先人甘苦。季父執友莫篤先生。先生若哀吾昆弟。即別為家傳。鑴諸家牒。所以不死季父。而貺我劉宗益厚無已。蓋椒雲之學之自得于中者。有不可穆諸文字者矣其致功之迹國藩實親見之而親討之稱述以詔其諸子吾之職也始椒雲嘗治方輿家言以尺紙圖一行省所隷之地墨圍界畫僅若牛毛縣以圓圍府以乂牙交錯成圍不為細字識別晨起指誦曰此某縣也于漢為某縣此某府某州也於漢為某郡國凡三四日而熟一紙易他行省亦如之其于字書音韻及古文家之説亦皆刺得大指其後益及天官推算日夜欲求明徹鋭甚適會喪婦勞憂致疾乃稍稍自惜澈然有返本務要之思矣竊嘗究觀夫聖人之道如此其大也而歷世令辟與知言之君子必奉程朱氏為歸豈私好相承以然哉彼其躬行良不可及而其釋經之書合乎天下之公而近于仲尼之本旨者亦且獨多誠不能違人心之同然遽易一説以排之也自乾隆中葉以來世有所謂漢學云者起自一二博聞之士稽核名物頗拾先賢之遺而補其闕久之風氣日敝學者漸以非毀宋儒為能至取孔孟書中心性仁義之字一切變更舊訓以與朱子相攻難附和者既不一察而矯之者惡其恣睢因並蔑其稽核之長而授人以詬病之柄皆有識者所深閔也椒雲初從事于考據即已洞知二者之弊既更憂患之餘尤自斂抑退然若無以辨于學術也

者。默識而已矣。于是以道光二十八年二月。棄其所官之國子監學正。決然歸去。以從政于門內。積其謹以嚴父母之事。以達于凡事無所不嚴。積其誠以推及父母之所愛。若所不愛無不感悅。其又不合則考之禮經。覈之當世之會典。以權度乎吾心自然之則。必三善焉而後已。病中為日記一篇。記日日之細故。自責絕痛。將卒又為遺令處分無憾。蓋用漢學家之能。綜核于倫常日用之地。以求一得當于朱子。後之覽者可以謂之篤志之君子耶。抑猶未邪。國藩為發其擇術之意。既告其諸子。亦與異世承學者質證焉。

葛寅軒先生家傳

先生諱大賓。字興森。號寅軒。葛姓。先世自蘇州徙居湖南。遂為湘鄉人。曾祖世珍。祖生霞。父長添。世有隱德。先生幼而端重。動止異于常兒。長而益自檢制。終日危坐。言笑不妄。盛暑不袒。焚香把卷。默識恬吟。性耐劇飲。雖醉不亂。或久無酒。終亦不索。怡然若有以自得也。乾隆之末。海內文人。以靡麗辯博相高。昆明錢南園侍御灃。獨以剛方立朝。視學湖南。以正誼篤行風楚之人。所取率多端士。先生既受知于錢公。補縣學生員。益折節自編。跬步必衷于古訓。學徒游其門。則先教之以忠孝大節。下至飲食起居。出處語默。取與豪釐。各有法式。從則貞吉。違則恥辱。至不得齒于人。聽者往往汗下。常稱錢公。及其師湘潭朱聲越之學行。以勉其門人弟子。弟子高第者。我先大夫竹亭公。及陳君道箸。籍最早。晚歲又得黃君星平。鄒君魯道。皆登甲科。知名于時。各秉師說。以教授鄉里。傳嬗賡續。篤守矩矱。吾鄉風氣淳古。士人循循不敢僭越禮法。以自放其亡等之欲。論者以為淵源一本于先生。彼南面民上。司政教之柄。其流風餘韻。得比于一諸生。被人之深且久。如此者曾幾人哉。先王四歲喪父。哀毀若成人。年十三值父忌日。出主以祭。主動仆地。粉面剝落。脫去蓋字。微露周字。蓋木工飾周姓廢主為之者也。先生痛哭。引咎告墓。易主卜日乃祭。事寡母左孺人也。鉅細必躬。疾必嘗藥。生徒有餽必歸以獻。嘗隆冬獨坐。心動急自館所馳歸。入門數呼母。母方與仲兄負暄後院。聞聲趣出。而屋後山忽頹。壓坐席破碎。里之人以謂先生誠孝之所感也。母沒。勺飲不入口者五日。既葬。哀服終其身。腰以下無復存寸縷。服闋。每祭必泣盡哀以為常。兄弟五人。既分居矣。適負纍纍無以自存。先生則請于母。復同居如初。郎有所入。絲髮不以自私。兄弟沒則庀其喪。無子為之立後。羣從諸婦各受職業。室以大和。道光二年　朝廷開孝廉方正之科。
有司舉先生應詔。或勸之一詣京師謁選。先生曰是可以躁求耶。十二年壬辰
十有二月十九日卒于家。春秋七十有一。配左氏前卒。時先生年才三十有奇。終
身不更娶。子二。長榮陰早沒。次榮館。孫三。封泰先晉、封梁。孫女二人。其一歸吾
弟國華。曾孫鎮堡、鎮嶽。先晉縣學生員。後其世父榮陰。先生命也。篤慎而好學。
積善之報。殆將于是乎在。

前史官曾國藩曰。人之品類。至不齊也。唐代設科取士。名目繁多。宋司馬光請
開十科以求賢。其目至為賅備。今世官人。專出于進士之一途。蓋有科而無目
矣。會典所著特科有三。曰博學鴻詞。曰經學。曰孝廉方正。鴻博科再開。經學科
一開。當時皆稱得人。孝廉方正之科　詔開六七次。而由之以踐歷顯仕者特
少。或舉天下而無一人赴部應試者則何也。豈　朝廷所以旌別此科。其法有
未善與。抑有司者漫不矜慎。舉非其人與。以湘鄉言之。道光初元舉先生。咸豐
初元舉羅君澤南。未可謂都非其人也。夫誠得其人。在上者固當思所以致之
耳。彼膺斯舉者。豈汲汲哉。

歐陽氏姑婦節孝家傳

節母蔡氏生三歲而室于歐陽事玉光府君家微也姑劉孺人端嚴匡敕無所假借節一朝之食分之二日併三人之事責之一手舉家事精麤劇易一委節母不以何問他人節母則先雞鳴而興豫其未至後斗轉而息補其闕遺貧拘無餍井汲無濡半米寸薪必珍必戒諸娣姒次第入門節母躬其難者讓其易者自親舍及眾私室衣垢則澣之綻裂則補綴初不問其所自來羣從子女寒則衣之飢則慰以甘餐就湢浴為之潔除羣從或忘其母而毋節母節母亦忘其非己出也乾隆三十年乙酉舅席珍府君卒明年玉光以毀死劉孺人大戚節母於時年二十有八長子惟本甫三歲少者成材未期耳入則泣血柴立茹蘗自盟出則抱子奉姑怡聲亹亹益屏去華飾先姑意之未發而從事約其口與體以及其孤子女無所不約勤其力以率其妯娌與其子姓傭奴各有專職土無寸曠人無晷暇俛拾仰取賓祭有經豬雞肥碩蔬果怒生方節母事姑之初歲入穀二十石逮姑之暮年穀近千石惟本讀書屬文試于郡縣有聲矣年二十七歲而卒婦蔡氏亦以節著

節婦蔡氏少歸歐陽惟本節母之冢婦也乾隆四十三年戊戌歲大饑節婦將嫁其父輔世貧不能具禮宗族或助之結褵之資凡得錢三千有奇父為裝遣之節婦陰返其錢置桯薦中而繫鑰匙其端父歸而室無見粮引鑰則錢在焉泣曰孝哉吾女留此以活我也惟本沒時節婦亦二十八歲由是捐棄萬事一從節母求所以事祖姑劉孺人之法黎明劉孺人興節母執箕侍左節婦自右約之及盥節母奉水節婦奉槃及食婦具饌母侑之及寢三世聯床聽于無聲劉孺人即怒節母負牆竦懼節婦從容改為以適厥指即疾病婦煮藥母嘗而後進夜則番宿遞侍衣不解帶一夕節母起墮床折脅二骨節婦號泣就援之母戒屏息無令劉孺人得聞知也劉孺人晚而喪明手足痿痺挽徙輿日游庭中節母肩前節婦肩後其後劉孺人九十而終節母且六十矣二脇骨者竟無恙其後二十餘年盜入室刦母衣刃傷節婦指及肘創甚亦不醫而竟無恙論者以為孝徵神或相之云道光九年節母沒實年九十有六二十三年節婦沒實八十有三其前五年歲在己亥均　旌表節孝如例

前史官曾國藩曰節婦之孫女子四人次二者歸于我外舅福田先生篤行君

子也歟為余誦述兩世事狀余昔官禮部見各行省題旌婦女凡烈婦殉夫者別具一疏　高宗皇帝常下　詔非之不予旌表以為行不貴苟難也然末俗士論往往以矯激卓絕之行為難觀歐陽姑婦之節亦似庸行無殊絕者而純孝兢兢事姑至六十年五十年之久而不渝天下之至難孰踰是哉

湖北按察使趙君神道碑

君諱仁基字厚子號悔廬武進趙氏五世祖恭毅公申喬戶部尚書清正有大節為世名臣恭毅次子鳳詔官太原知府者君高祖也曾祖諱枚廩膳生員舉孝廉方正祖匯增監生考鍾書舉人豐縣訓導兩世皆以君貴　贈朝議大夫妣楊氏惲氏皆　贈恭人君少而端視矩行恒言無誑年十三居王考之喪哀禮周至父老驚歎毗陵故文獻之邦名儒相望君出而從訓導君於豐縣趨庭問業歸而造請里巷耆宿若李君兆洛陸君繼輅吳君育周君儀暐輩咸從捧手稽經講藝穆然如笙磬之克諧其學既大進譽望亦翕翕日隆以試於有司則連蹇而不得一當久之嘉慶丙子乃北上應順天鄉試未歸而遭母惲恭人之喪又五年再試順天未歸而又遭父訓導君之喪君性篤孝兩丁大故不克

親視含殮。平生以為至痛。又以壯年喪元配高淑人。復喪繼配錢淑人。復喪其長子鑄。客遊湖北。孑身浮寄。塊然若委枯枝于大澤。廢興不復屑意。蓋自道光五年舉于鄉。六年以進士官知縣。而君且年近四十。人世紛華之念。洗除盡矣。初任為江西宜春縣。旋補崇仁縣知縣。調安徽涇縣知縣。既又署懷甯縣事。所至判決滯獄。感格凶頑。齋禱于深室。而四境時雨立應。道光十三年。捕獲桃源搵河奸民陳端。優詔褒勉。賞戴花翎。以直隸州升用。明年補滁州知州。召見便殿。宣宗嘉之。歸任滁州六安州甫歷數月。即升平陽府知府。在晉數月。又升江西南贛兵備道。君感荷恩知。益思有以自靖。名捕椎埋盜鑄鹽梟大猾。躬追而捡治之。禁止鴉片。約堅條明。是時天子方申嚴詔。拒絕西洋。而英吉利窺天津。陷定海。割香港。寇廣東省城。君綜理南安粮台。晨夜憂勞。自傷無裨于時。而海氛日棘。往往被酒泣下。或力疾繞室旁皇。適奉升湖北按察使之命。閲十八日而卒。實道光二十一年六月十九日也。春秋五十有三。君既再失偶。最後娶方淑人。子熙文某官。熙文某官。女三人。適增生李嶽生。候選主事周騰虎。烏程縣知縣陳鍾英。孫六人。咸豐六年七月某甲子。葬于荆溪之東山。

所著書有江水論一卷雜文一卷歌詩曰幽棲集登樓集等者凡七卷和陶詩一卷詞一卷君中懷淡定中歲頻遭憂戚泊然不知窮通得喪之于己何與自詩篇外若無一足關其慮自樊誘後進外若無一堪自愉樂者論者疑其超曠忘世及海上事起乃獨鬱鬱不能終日豈有大志者常頹然不易測耶抑中年悲感晚節一觸而不自克耶匪可詳已銘曰

達人離垢遺棄萬事聖人忘身不忘拯世迹若相反義乃相成趙公落落衷道而行積困始亨將大厥施方駕而稅誰實尸之有子克家志亢行俯天右勞臣永錫來許

江忠烈公神道碑

公諱忠源號岷樵新甯江氏曾祖登佐太學生祖獻鵬父上景歲貢生母陳太夫人生子四公其長也少而豁朗英峙以縣學附生逕為道光十七年丁酉科拔貢生旋中是科鄉舉久客京師以大挑得教職與曾國藩陳源兗郭嵩燾馮卓異數輩友善嘗從容語國藩新甯有青蓮教匪亂端兆矣既歸二年而復至京余戲詰公青蓮會匪竟如何何久無驗也公具道家居時陰戒所親無得染

彼教團結丁壯。窖鐍兵仗。事發有以禦之。逮再歸而果有雷再浩之變。公部署夙定。一戰破焚其巢。誘賊黨縛再浩磔之。湖廣總督上其功。賞戴藍翎。以知縣用。公入都謁選。又語國藩前事雖定。而大吏姑息。不肯痛誅餘黨。雖猶未已。踰年而復有李沅發之變。又踰年而廣西羣盜蠭起。洪秀全楊秀清之徒出。大亂作矣。公為縣令浙江。歲餘。咸豐元年丁家艱歸。大學士賽尚阿公督師廣西。馳疏調公赴粵。既至則大為副都統烏蘭泰公所賓敬。事無巨細。必再諮而後行。人無疏戚貴賤。必察公意嚮而薄厚之。敘公之勞。請擢同知直隸州。換戴花翎。公亦竭誠贊畫。募楚勇五百人。助戰湖南湘勇出境討賊自此始也。烏公慷慨負氣。與提督向公榮積有違言。公以書曉譬烏公。禮下之。已甚。冀感動向公。卒不能得。逮圍賊于永安。復代為一書抵向公。力諫圍師缺隅之說。請合圍而盡殲之。又不能得。因引疾歸。歸而永安賊出。大敗官軍。遂至桂林。公聞警。募勇倍道赴援。將終佐烏公以平嶺表。未至而烏公陣沒。自是獨領一隊。賊中往往指目江家軍矣。既解廣西之圍。旋大捷于蓑衣渡。賊不得掠舟而北。衡永以安。賊攻長沙。公與力爭南門天心閣。築堅壘。據要害。長沙以完。賊之渡洞庭而東

十八卅

也。實惟咸豐二年十月之杪。抵旗帆檣蔽江而下。公痛時事之益壞。怒吾謀之不見納。悵然。不復欲東。巡撫張公亮基亦奏公留守湖南。是冬。破賊目晏仲武於巴陵。劉平徵儀堂會匪于瀏陽。明年春署湖北按察使。剪叛民劉立簡于通城。膊陳北斗于崇陽。皆以疲卒千餘。盪寇數萬。 天子嘆歎。由是有幫辦江南軍務之 命。公拜疏將赴金陵。中途聞廣濟宋關佑為亂。移師討之。事甫定。而 朝廷命公速救鳳陽。不數日而江西巡撫檄公速援南昌。公曰金陵鳳陽雖有 朝命。然殘破之區。效遲而事易。江西雖無 朝命。然完善之土。禍急而事難。吾當先其難者。遂挈師由九江蹿四百里。夜入南昌。翼日賊至。則設施畧備。上下恃以無恐。賊晝夜環攻。闢地十道。分擾旁郡。以眩我謀。終不得窮。公方略。凡九十餘日而解圍。 上嘉公功。賞二品頂戴。 賜翎管班指諸物。厥後田家鎮失利。上疏自劾。 詔旨雖許鐫四級。然旋有安徽巡撫之 命。又 詔公楚皖一體。當相緩急為去留。不必拘于成命。蓋 聖主倚公辦賊。不復中制。而海內企踵喁喁。亦咸知非公莫屬也。公以為武昌差足自保。廬州新立行省。危在旦夕。法宜經營淮南。以分吳楚賊勢。遂拜疏自鄂之皖。磧南而行。將卒終歲奔命道病。公亦病。至六安病甚。六安吏民遮道請留不許。舁疾竟達廬州。部分未定而賊大至。公設策應敵。一如守長沙南昌時。而城無見糧藥鉛礮。竭元從之士。不滿千人。諸軍屯四十里外。觀望莫救。公弟忠濬自楚來援。為賊所梗。咫尺不得通問。公病益困。不食數日矣。城陷。發憤投水死。咸豐三年十二月十七日也。春秋四十有二。越八日。募人入賊中負公尸以出。事聞。天子震悼。追贈總督。賜祭葬。命廬州及湖南江西皆立專祠。贈公三代如其官。予謚忠烈。咸豐五年。劉公長佑間關歸公喪新甯。六年某月。葬於某里某山。公第三人。仲即忠濬。以兵事積功至道員。歷官安徽四川布政使。次忠濟。戰功最偉。殉難岳州。予謚壯節。次忠淑。縣學附生。保敘知府。夫人陳氏無子。以弟子孝椿為嗣。妾楊氏。公既沒而生子孝棠。國藩昔與公以學行相切礪。文宗御極。薦公以應求賢之詔。公嘗疏請三省造舟練習水師。又嘗寓書國藩。堅囑廣置礮船。肅清江面。以弭巨禍。其後國藩專力水軍。幸而有成。從公謀也。自公之殁。忠濬等數乞余文表公墓道。大義相許。神人共鑑。余其敢讓。軍興以來。死事者多矣。或邂逅及難。而幸廁忠義之林。何可勝道。當公赴江西之急。有詔令至金陵。及

赴廬州之急。有　詔且留楚中。宜可少安。以惜有用之身。而公必蹈危地。甘死
如飴。但求無疚于神明。豈所謂皎然不欺者耶。嗚呼忠已。余既揭其用兵始末
乃並述他行義聲之銘詩。用告異世治國聞者。銘曰。
儒文俠武。道不並張。命世英哲。乃兼厥長。惟公之興。頹俗實匡。明明如月。肝膽
芬芳。有師鄧君。有友鄒子。卧病長安。朝夕在視。亦有曾生。燕南旅死。謀歸三喪
反葬萬里。兩以躬致。義泣鬼神。近古之俠。孰與比倫。作宰吳越。風教露養。秀水
振饑。翼民以長。蘇其枯萵。衣以文繡。儒吏之風。並時無兩。蘊此兩美。風雷入懷
砰然變化。陰闔陽開。宜戡大難。重奠九垓。半駕而稅。天乎人哉。楚師東征。倏逾
十秋。三十萬人。金甲貔貅。死者半之。白骨蒿邱。人懷忠憤。如報私仇。千磨百折
有進無休。終殄元惡。盡復名城。天河盪穢。海宇再清。公掀其始。不覯其成。九原
可作。慰以茲銘。

羅忠節公神道碑銘

公諱澤南。字仲嶽。號羅山。湘鄉羅氏。咸豐四五年閒。公以諸生提兵破賊。屢建
大勳。朝野欽仰。以為名將。而不知其生平志事。裕于學者久矣。公之學其大者

以為天地萬物本吾一體。量不周于六合。澤不被于匹夫。虧辱莫大焉。凜降衷之大原。思主靜以研幾。于是乎宗張子而著西銘講義一卷。宗周子而著人極衍義一卷。幼儀不慎。則居敬無基。異說不辨。則謬以千里。於是乎宗朱子而著小學韻語一卷。姚江學辨二卷。嚴義利之閑。窮陰陽之變。旁及州域形勢。百家述作。靡不研討。于是乎有讀孟子劄記二卷。周易本義衍言若干卷。皇輿要覽若干卷。詩文集八卷。其為說雖多。而其本躬修以保四海。未嘗不同歸也。始公家世貧甚。曾祖王父日阮。王父拱詩。皆以公貴　贈通奉大夫。父嘉旦。公沒後覃加頭品頂戴。曾祖王母蕭氏。王母賀氏。母蕭氏。皆贈夫人。公少就學。王父屢典衣市米。節縮于家。專餉于塾。年十九。即籍課徒。取贄自給。喪其母。又喪其兄。旋喪王父。十年之中。連遭期功之戚十有一。嘗以試罷。徒步夜歸。家人以歲饑不能具食。妻以連哭三子喪明。公益自刻厲。不憂門庭多故。而憂所學不能拔俗而入聖。不恥生事之艱。而恥無術以濟天下。其後年逾三十。乃補學官附生。逾四十。乃以廩生舉孝廉方正。假館四方。窮年汲汲。與其徒講論濂洛關閩之緒。瘏口焦思。大暢厥旨。未幾兵事起。湘中書生多拯大難。立勳名。大率公弟子也咸豐二年粤賊攻圍長沙縣令名公練鄉勇以備不虞省城解圍明年春巡撫張公亮基檄公帶勇至長沙維時國藩奉　命督治團練因與公講求束伍技擊之法晨夕訓練擊土寇於桂東捦逆黨于衡山其夏賊圍江西省城乃益募湘勇二千輔以新甯之勇鎮筸之兵檄公赴援南昌湘軍越境討賊自此始矣既解南昌之圍復破賊于安福歸及衡州殲土匪于永興四年春湖北之賊大舉南侵官軍失利於岳陽克捷于湘潭提督塔齊布公追賊至岳州余檄公與李公續賓佐之公扼大橋以遏其衝凡七戰而羣賊潰岳州平乘勝逐北連復三縣將攻武昌公手一圖就余決策師出兩路以塔公進洪山一路而自請攻花園一路當其堅者如其策果克武昌漢陽兩城賊既東奔追及於興國大膊于田家鎮公提卒二千禦數十倍之寇蹙之江濱墜石隕崖死者萬計而水師亦斷橫江鐵鎖燔賊舟數千當是時公名震天下前此累功保至道員花翎至是有甯紹台道之　命加按察使銜既而引兵北渡克廣濟黃梅　賞葉普鏗額巴圖魯名號又引兵南渡攻圍九江進規湖口賊堅守不可遽下適會水師分兵入宮亭湖江上之軍不利而湖北諸軍屢敗賊自黃梅長驅西上武昌

再陷。公太息深憂歎世變之未已也。益討部衆而申儆之。或解說周易以自遣云。時別賊陷饒州弋陽。公入江西援勦。大戰弋陽克之。賊陷廣信。又戰信州克之。又以其間收復德興景德鎮。東路甫定。而義甯復陷。公軍渡湖漢而西至則示形杭口。而暗進鸞嶺也。高峯以職敵。設三伏以要之。四戰而賊大殲。義甯既克。有　詔加布政使銜。公以書抵國藩。具論吳楚形勢。欲取九江湖口。法當先圖武昌。欲取武昌。法當先清岳鄂之交。于是馳疏以公回援武漢。　朝廷嘉焉。遂略通城克崇陽。挫衄于濠頭堡。大捷于蒲圻。將逹武昌。巡撫胡文忠公歡迎勞問。凡事咨而後行。城外賊壘。鏟除略盡。殄滅有緒矣。公以霧中搏戰中鎗子傷劇甚。咸豐六年三月初八日卒于軍。春秋五十。事聞　天子震悼。照巡撫例賜卹。二子皆賞給舉人。三省建立專祠。予謚忠節。公在軍四載。論數省安危。皆視為一家骨肉之事。與其所注西銘之指相符。其臨陣審固乃發。亦本主靜察幾之說。而行軍好相度山川脈絡。又其講求輿圖之效。君子是以知公之功所蓄積者夙也。非天幸也。配張氏　誥封夫人。妾周氏。子兆作。配胡氏。兆升配曾氏。國藩第三女也。余與公以學行相勖。又相從于金革中。申之以婚姻。廼摭其大節。銘諸墓道。銘曰。

漸車之澗。積潦縱橫。崇朝即涸。卷勢收聲。大江西來。其源萬里。澤溥寰區。不矜嚴美。與本者竭。有本者昌。羅公淵默。所蓄孔長。洞徹天人。潛睎往聖。一物未康。終虧吾性。提師苦戰。荊揚二州。斧彼凶豎。為民復讎。矯矯學徒。相從征討。朝出鏖兵。暮歸講道。洛閩之術。近世所捐。姚江事業。或邁前賢。公慎其趨。既辨其誠。仍立豐功。一雪斯恥。大本內植。偉績外充。茲謂豪傑。百世可宗。

李忠武公神道碑銘

公諱續賓。字迪庵。湘鄉李氏。湘軍之興。威振海內。創之者羅忠節公澤南。大之者公也。咸豐三年。賊圍江西省城。國藩募湘勇三千往援。公隨忠節公以行。初至失利。右營主者戰沒。公代領其眾。自是忠節公將中營。公將右營。所向有功。在江西克復太和安福。歸至湖南。克復永興。明年。粵賊犯岳州。忠武公塔齊布率師禦之。余檄忠節公與公助之。所部僅千人耳。賊眾數十倍。塔公控其東。湘軍扼其西。盛暑鏖兵。出奇制勝。凡兩旬而岳州平。轉戰而北。連下三城。八月。進攻武昌漢陽。克之。十月。大戰于田家鎮。破之。田家鎮者。江流盤折。逼隘之處。其南岸為半壁山。峭壁斗絶。賊以鐵鎖橫江。萬舟翔集。氣銳甚。公手刃怯卒三人。士皆殊死戰。連破賊壘。而水師亦乘機斷鐵鎖。焚賊舟。好事者至摩崖以紀績。公前以累功保至直隸州知州。至是記名以知府用。賞給摯勇巴圖魯名號。旋有安慶府之命。先是湖南水師中江而下。陸師趨江之南岸。湖北陸師趨江之北岸。南軍屢捷。羣寇蜂屯北岸。于是公輩引兵北渡。埽蕩廣濟黄梅之賊。旣又南渡。會攻九江郡城之賊。城堅不可遽下。又議分兵先勦湖口梅家洲之賊。無何累功不克。水師失利。北軍挫敗。金陵逆渠益縱羣凶西上。武昌漢陽再陷。南軍孤立潯陽。國藩以為大戚。公亦深憂之。痛世亂之靡有屆也。五年二月。信州告警。公與忠節公自潯馳援。迭克廣信府城及弋陽等四縣。東路甫定。遂建西援武昌之議。大捷于義甯。小挫于通山。下崇陽。畧通城。䟐羊樓峝。擣蒲圻。掇咸甯。次第戡定。乃以十一月杪師次武昌。巡撫胡文忠公林翼大喜。事無鉅細。唯忠節公與公言是聽。忠節擘持大綱。其戰守機宜。胥公主之。公含宏淵默。大讓無形。稠人廣坐。終日不發一言。遇賊則以人當其脆。而己當其堅。糧仗則予人以善者。而己取其窳者。士卒歸心。遠近慕悅。咸豐六年三月。忠節公中鎗不

起。公接統全軍。眾志愈厲。剷平城外悍賊之壘。卻剷寇石達開來援之眾。周城
掘壍。引江水入湖。困以長圍。十一月再克武昌漢陽。　天子偉其功。　賞加布
政使銜。記名以按察使用。未幾。提兵而東。再薄九江。九江賊酋林啟榮者。堅忍
得眾。內與小池口湖口梅家洲諸城。首尾相救。外與皖廬之賊互為聲援。公既
掘長壍以圍潯。又分軍援剿江北。舟載奇兵。夜襲湖口之背。進明水師至。而陸
軍伏發。立克兩城。事聞。拜浙江布政使。明年四月辛。克九江。殄滅無遺。天下快
之。　賞穿黃馬褂。加巡撫銜。公每建一功。晉一秩。數省官民歡抃稱道。若寵榮之
在躬。或歌誦戰狀。以為樂。傳播中外。浙人仕京朝者。疏請　敕公東兵以救浙
難。而胡文忠公以皖中糜爛。請留公軍圖皖。而固鄂。　天子許之。乃公整旅入
皖。踰月連下潛山太湖桐城舒城四縣。師次三河。毀賊九壘。而逆酋陳玉成等
四面來援。截我糧路。我軍銳氣日渫。師少而半潰。公力戰終日。自度事不可為。
夜半怒馬陷陳死之。咸豐八年十月初十日也。諸將堅守營壘。又三日而俱敗。
又六日而桐城守兵亦敗。前後死者殆六千人。無苟活者。疏入　文宗震悼。手
詔曰。惜我良將。不克令終。尚冀其忠靈不昧。他年生申甫以佐予也。　追贈總

督湖北江西安徽湖南立祠　予諡忠武賞騎都尉兼一雲騎尉世職公之先人世有令德曾祖本桂祖詩白皆以公貴　贈榮祿大夫父登勝公沒後　特恩加封光祿大夫曾祖妣張氏賀氏王氏祖妣戴氏母蕭氏皆封一品夫人公端凝敦篤愛人不尚美言而意溢于色色餘于辭雖他軍之將士逃難之流民皆歸之若父兄聞其死哭之皆慟至不忍聞同治二年　朝廷遣官賜祭三年克復金陵　推恩有功之臣賞二等輕車都尉世職配謝夫人子三其二殤亡光久　欽賜舉人引　見賞六部員外郎又以兼襲二世職併為男爵孫二人某某咸豐九年葬公于湘鄉四十三都黃牯沖星子山之陽同治八年某月某日改葬某鄉某山丐余文其墓道之碑余既麤敘戰績乃兼述其懿德而系以銘銘曰

器有洪纖因材而就次者學成大者天授嶽嶽李公表裏完好匪琢匪追動合大道羅公講學遠紹洛閩公分其緒摳衣恂恂出而禦寇戎馬艱辛入而問道克己求仁誰悔誰尤責躬獨厚胸含衆流曾不出口負重含汙浩如山藪險趨人先利居衆後豈無畜斂財不阜我私不忍己飽而人獨飢分餉諸軍蘇槁噓骴

返自潯陽。少憩武昌。將請於 朝覲親還湘。王事有嚴。離局匪遑。斯願不遂。公如湯闇傷。遣將分兵。助我東征。擇良而予。出以至誠。四分五剖。精銳星散。自攜部曲。瘦羸居半。損己濟物。近古無倫。終焉師熸。以仁隕身。行類大愚。乃動鬼神。公功久著。爛若三辰。德或不顯。考此銘文。

李勇毅公神道碑銘

公諱續宜。字克讓。號希庵。兄弟五人。忠武公諱續賓。次居四。公其季也。余既銘忠武公之墓。茲不復具其世家。公少好深湛之思。强探力索。洞徹幽微。師事羅忠節公澤南。常以躬行不逮為恥。咸豐三年。羅公募勇援救江西。公遂參軍事。以功累晉知縣。同知 賞戴花翎。而名顧不顯。六年冬。湘軍再克武昌漢陽。巡撫胡文忠公奏公有勞。特為兄續賓所掩耳。有 詔以知府選用。賞加道銜。既而隨兄圍攻九江。明年以事省余瑞州軍中。遂偕諸將圍攻瑞州。會皖北羣賊上竄蘄黃。公乃自瑞挈千七百人。回救湖北。師至黃州。與胡文忠公并轡謀野。周覽形勢。自巴河蘄水廣濟黃梅六戰。破賊壘無算。遂會克小池口。由是公之威名。與忠武公差頡頏矣。公率所部既集九江。忠武公乃得以其間分兵克復湖口。連下彭澤小孤梅家洲諸城。公又以偏師卻湖口之賊。禦竄擾麻城黃安之寇。忠武公乃得專力破滅九江。皆公之助也。湖北事已大定。胡文忠公以皖中久困水火。奏請　敕忠武公廓清皖北。而留公以固楚疆。　天子亦南顧江淮。絕重李氏昆季矣。無幾何而有舒城三河之變。忠武公殉難。將士死者六七千人。天驚地岋。公在黃州艮伯之際。經緯萬端。入則損食悲咽。出則拊循潰卒。思鄉者遣歸。願留者編伍。哺粟賜衣。接以溫語。差討諸將之罪。而簡用其良。部署麤定。適胡文忠公以毋喪奉　詔起復。相與申儆簡練。而湘軍復振。明年夏劇賊石達開竄擾湖南。圍攻寶慶。公時新奉荊宜施道之命。統兵自鄂援湘。朝廷壯之。師抵長沙。進自資水之西。四戰而解寶慶之圍。圍中官軍三萬與飢困之民。一時得甦。眾聲大和。論功　賞加布政使銜。當是時。余與胡公方議併力規取安慶省城。余弟國荃與將軍多隆阿分圍安慶桐城。公自湖南東還。駐軍兩路之中。曰青草塥者。大敗逆酋陳玉成于挂車河。布陳之廣。近世罕聞。旋拜安徽按察使。十一年。又有安徽巡撫之命。公具疏以謂逆酋圖解安慶之圍。悉銳西竄。必犯湖北。以攻我之所必救。湖北為眾軍根本。臣宜提師回援。不能遽受皖撫之事。比公馳抵武昌。而賊已犯黃州德安兩府五縣。其別賊自江西至者。又陷興國大治等縣。公經營七月。始將列城恢復。安慶亦藉以告克。而胡公薨於位。 文宗亦晏駕。八音遏矣。 今上嗣位。 褒安慶功。賞穿黃馬褂。調補湖北巡撫。既又 命移撫安徽。公初涖安慶。既駐六安。屢奏 密詔以苗沛霖叛服無常。詢問剿撫機宜。公覆疏謂苗沛霖官至道員。公犯不韙。圍撫臣于壽州。陷其城。屠其衆。乃復詭言求撫。此豈足信。不過假稱反正。號召近縣。養成羽翼。若正彼叛逆之名。人人得而誅之。而寬其黨羽。使為我用。彼勢日孤。終成擒耳。 天子韙之。公又以時解潁州之圍。克霍邱之城。綏撫各圩。陰散逆黨。選任賢吏。安民墾田。功緒漸彰矣。 詔授為欽差大臣。而公適聞訃丁母憂。不克受事。 朝廷命仍署理巡撫。三疏陳謝。始奉 命賞假百日。回籍治喪。公既以苦思遘病。徹夜不寐。夙患咯血。至是增劇。歸里後六奉 詔旨起復。墨經視師。公以哀慕未忘。而嬰疾轉篤。請假四十日調養。既而輿疾就道。又請假四月。并聞巡撫之缺。 朝廷鑒其至誠。所請未嘗不許。而以淮南事棘。又未嘗不敦促上道。 詔受相銜。至冬初再疏自陳病狀。公亦自知不起。遂以同治二年十月二十八日卒于家。春秋四十有一。　敕照總督例賜䘏。三省建立專祠。予謚勇毅。配彭氏。子光英特　賞直隸州知州。同治三年某月某甲子葬某處某山。八年某月某甲子改葬某山。公與忠武公皆負重名。淡于榮利。昆弟同之。忠武好葢覆人過。公則嫉惡稍嚴。忠武戰必身先。驍果縝密。公則規畫大計而不甚校一戰之利。至其臨陣百審一發。發無不捷。成功一也。余不詳敘戰狀。而畧述公言以綴之銘。銘曰。

凡戰有機。鬼神翕闢。靜如山寒。終日闃寂。動若雷飛。百霆齊擊。蓄勢宜久。氣囂宜渟。此公之言。吾耳所聆。凡公勳績。好謀乃成。博籌多算。終格神明。匪直戰事。學道亦然。精思力竭。誠可達天。立功雖偉。公不自賢。立德未竟。賫志九泉。我銘昭之。永詔萬年。

隨州李君墓表

道光二十六年某月。隨州李君年八十四。考終于里第。其兄之子戶部主事樹人。聞赴京師。將去官持喪。余往弔。語之曰。于古期功之喪。仕者去職。緦之喪。士不得應舉。今子之歸。禮也。樹人曰。豈以為禮。致吾哀爾。且泣曰。叔父葬有日。既埋石幽宮。維墓道當別立碣。將揭其行義以視來者。敢以屬先生。則為余纚述一一甚詳。樹人事余甚敬。又以禮請。余其可辭。惟君受性剛介。于事無所不敢。凡所力任。必自于公。或私于己。豪毛不以措意。人所僶僤。當之愈勇。嘉慶初。川楚教匪蠭起。漢沔荆襄。蹂躪殆遍。隨州之西有環潭者。巨鎮也。賊將大掠。而窟之。君戒鎮家出一人。負薪一束。執長竿籠一炬。臨水雁列。竟夕焚薪。火光亘六七里。賊不敢渡。隨以不陷。近村有田久沒于水。吏責賦于比鄰。民絕苦之。君徧哀諸司。乞蠲無田之賦。竟以得請。其他施于鄉者稱是。是故邑有舉也。非其倡不興。里有爭也。非其解不息。其貴盛也。人皆稱願之。其疾。皆奔視。其沒也。哭之皆哀。云李氏世居隨州。家微也。君少與其兄某發憤力學。自度終無以大其門。乃去為貫。累致千金。一以資兄官學不問久之乃為兄納金縣官。得除為丞。稍遷至雲南嵩明州知州。而君亦以武學生入資為都司。於是諸子翩翩。文學仕進。寖昌大矣。君諱某字某曾祖某祖某皆不仕考某以嵩明君貴　誥封奉直大夫。子二人。長某以嵩明君得子遲。與為嗣。後遂不還。次某孫某某自嵩明君之没二十年。君撫諸孤。恩勤備至。樹人之官京師。君一資之。如資其兄。其視兄子。不知其非己子。其視己子。不知其非兄之子也。嗚呼自眾人論之。彼施于鄉者博矣。自知道者觀之。獨其施於家者不可能耳。不可能也則亦不可朽也。

錢塘丁烈婦墓表

道光二十有七年十月。錢塘丁士元。圖其五世祖妣烈婦周安人之墓道。又譜其世系。述其節行。踵吾門而告曰。士元之五世祖妣李氏。南疆繹史曾以掇之列女傳者也。實以順治初殉難。今二百載矣。維塋域有下窆之石。不克宣刻事蹟。懸諸道路。懼終將晦湮。且無以興敉世世子孫。先生天下之夙于文。如不余屏。請為文揭之墓。是寵施吾族。而厚吾先世以不朽也。國藩禮辭不獲。則謹次丁氏之系。烈婦之畸行。與　聖朝旌顯幽微之義。有顛有委。以激濡者。其語曰。

十八卅

丁氏之別子居山陰者。曰際龍世農也。其元孫曰瑞南始為賈杭州是為烈婦之夫。烈婦生而篤孝。其母患心痛絶急。或稱海上方指血和藥可立已。烈婦則盡刺十指瀝血以進。病良已。瑞南既貿遷于杭。家中有無一仰烈婦。裁冗而緝匱。贏事而縮食。秩如也。順治三年。我 大清兵下紹興。土賊乘間四出焚掠。烈婦挈二子奔竄。賊數規之。烈婦度終不得脫。乃以二子付族屬之老成者。曰以累若。襁歸兒父。吾不可為賊辱。遂自投水。賊追救之不殊。凡三溺乃絶。年二十有三歲。瑞南在杭聞難奔焉。三日矣。尸不腐。蚊蚋不集。其卒以六月四日。天盛暑也。瑞南悼妻之義死。痛土賊之獸心。曰孰不可居。又奚為于故里。遂占籍杭州前烈婦所挈竄之二子。長曰聘賢。季曰茂卿。至是茂卿始為錢塘人矣。其後百有數載。至乾隆十四年。孫可學上其事于 朝。乃蒙 恩予旌表。又數載以可學官其官。 贈烈婦為安人。又九十載至道光二十五年。烈婦之裔孫士元以進士入翰林。丁氏寖寖昌大矣。維明季之亂。匹夫匹婦蹈死如歸者所在多有。而食祿者往往濡忍不決。或偷活無幾時。旋亦周章就斃。等死也。血氣之軀。非必久長不敝之物也。彼獨須臾不審耳。人固有斷不可不慎之須臾。如烈婦之光顯。豈須臾也哉。亦且長久焉爾。

桃源縣學教諭孫君墓表

君諱葆恬。字劭吾。孫氏。善化人。祖繩武。歲貢生。考先振。舉人。直隸隆平縣知縣。隆平君無子。有兄曰先捷。縣學附生。晚而生君。乃兼以後隆平君。禮律所稱一子承二祧者也。君生。貴重。兩翁絕憐之。不欲苦以學業。君曲承歡意。進則奉槃疾趨。嬉游無度。退則顓顓自敕。鑽仰摩畫本末。交修既治。且篤。年十七補諸生。中式嘉慶己卯科舉人。于是贈翁始知君之學之勤。人之所不見也。道光六年。以大挑選桃源縣學教諭。始至學宫。弟子或丙夜踏門。曰願有謁也。君訶禁。立絕。諸生相戒。惕息。不敢近。君稍稍引進。矜其不能。有某生才而無檢。提學使者將除其名。君名而數之。曰若以惡聞于一縣。今當痛自艾。埽地自新。則生。蹈故則否。生頓首謝。不敢負。學使者亦竟不黜生。又有數十人。以錢粮浮收訴縣令于上官。刻碑縣門。頗劫持之。冀薄斂以寬民力。縣令大怒。將名捕致之法。君從容開說。仆碑弛獄。久之。一解。縣令卲君。以事罰富人錢二十萬。輸于學宫。陰以乞君。君別藏之。及以憂去官。召諸生使具狀。出錢予之。貫則朽矣。在桃源九年。大計卓異例以知縣赴部謁選。君曰今日令長豈得行其志者吾上有老親人奚為于選人。道光二十一年四月某甲子卒官春秋四十有八。卒後三年君之子鼎臣芝房。以道光乙巳科進士。改翰林院庶吉士。君以　覃恩晉贈儒林郎。又二年次子頤臣。以丁未科進士。改兵部主事。又三年　今上即位晉贈奉直大夫。明年子覲臣中式咸豐辛亥科舉人。又明年以　宣宗升祔恩晉贈中憲大夫。是時粵匪洪楊諸逆。方犯湖南。聯巨艦浮江而東。荆揚鼎沸。芝房及其兩弟歸自京師。又二年頤臣覲臣相繼淪逝。又明年咸豐丁巳十二月某甲子君之配桂太恭人卒。死喪頻仍。家稍替矣。太恭人孝恭任淑。處變不驚。鎮定有卒譁戕其長官。濱沅州縣。洶洶東徙避亂。流賊有自通城竄長沙者。家人亦鳥徙避之。太恭人晏然。守靜不為訛言震駭。卒以無事。方從官桃源學署。贈翁縣學君實在養。每晨興。君布席。太恭人進餕。贈翁年幾九十。與子婦為辭讓者再。太恭人執玉賓賓。恒有嬰兒之色。見之者不知其娶婦生孫子已登科也。太恭人之没。後君十有六載。咸豐九年二月某甲子芝房奉母合葬于赤江先塋。先事屬友人曾國藩表其墓。國藩因循未即為。而芝房不幸死矣。始君以樸學沖襟。未竟其施。士林惜之。又頤臣觀臣以才子早世。又益惜之。至芝房秉父之訓立朝有風節。著書廩廩近古矣。復以憂死。每加惜焉。君子小人知與不知。所共悼痛者也。且所謂天者何也。高高者與人世迥絕。其好惡固當大異于人。不可究詰耶。抑食報有時。遲之又久而後大定耶。以君之積善教子。芝房之所成立如此卓卓。而猶不克顯。則將來所謂大定焉者。又可必其盡如人意而祚之無已乎。于是為鑱諸石。揭諸墓道。以俟夫異時觀化人者取驗焉。

武昌張府君墓表

君諱以誥。字兢安。號經圃。湖北武昌人。生而祗慎。鞠躬容儀几几。與人無疏戚必先遂其所好。而後已。以聽之所遇。和順則曰彼實宥我。余非能善此。不順或有曲轇隱抑。則曰我之咎也。彼何罪。即非禮相加。尤不肖。益泊然避之。即嚴事我尤卑賤。尤罄折與之鈞等。遠近從之者。洎未嘗見其有所觝觸拂戾也。曾祖斯錕。祖維滄。國子監生。考本用。歲貢生。廣濟縣學訓導。訓導君既以能文鳴于時。生二子。長曰以謨。成嘉慶戊辰進士。君以少子承父兄之業。折節力學。尤善為制舉之文。每搆一篇。目營四海。精鶩九天之上。不可得而究也。徐而洗心冥默若無可言。往往鑿險鉤深。歸諸平淡。無有窕聲曼色。坐是屢擯于有司。君亦不少變。以求速化。其為之益勤。自七經孟子。下逮有宋諸儒者之說。莫不鑽研。以是澤其文。訓其徒友。亦以是行之于宗族鄉黨。里有貧不能舉婚喪者。別差等周之。宿負逋租無多寡。一蠲之。乞人有強暴者。羣乞擁之山中。將椎殺之。一人竊曰。此張某家墓地也。張公長者。無以訟事汚累長者。相與徙之他所。主者果大困。于是識者歎君之德。感及頑族矣。道光四年八月望日以疾卒。春秋六十有三。配余孺人。子二。善鏞縣學生。善準歲貢生。孫成縣學生。裕銘裕鈞縣學廩生。裕鎮裕釗道光丙午舉人。諸子孫皆以文行紹其家學。而裕釗賢而能古文。目昌大不可量。君以道光十七年三月壬辰葬于大冶縣杉木橋東之張家山。凡二十二歲。咸豐九年。裕釗致父之命。乞余表其墓。自制科以四書文取士。強天下不齊之人。一切就瑣瑣者之繩尺。其道固已隘矣。近世有司。乃並無所謂繩。無所謂尺。若閉目以探庾中之豆。白黑大小。惟其所值。士之蓄德而不苟於文者。將焉往而不黜哉。余為述一二以彰君之懿行。亦深譏當世君子有衡文取士之責者。尚知警焉。

翰林院庶吉士遵義府學教授莫君墓表

君諱與儔字猶人一字傑夫。貴州獨山人。先世居江南上元縣。有名先者明宏治時從征都勻苗因留守家焉。三傳至知爵累官游擊。君高祖也。祖嘉能考强州學附生。兩世皆以君貴。 敕封文林郎翰林院庶吉士。妣皆封孺人。君少隨兄與班讀書發聞。兄沒持期服不與有司之試。旋以州學廩生中嘉慶三年舉人。明年己未成進士。改翰林院庶吉士。為紀文達公及洪編修亮吉所器異。六年散館。改知縣署四川茂州事。徙鹽源縣知縣。縣俗富人好買無征之田。貧人鬻產售九存一。仍輸全賦。久輒逃亡。君按籍責賦富人。而貰其隱占之罪。河西有甯遠子稅所。府隸橫征。君上言稅所非經。病民。得裁去。木裏喇嗎左所有山產銀銅。郡守徇奸民之求。請布政司符縣開鑛。君持不可。上狀以為木裏喇嗎去鹽源且二千里。 朝廷特羈縻之。非真利其土也。彼土荒糧不足于食。朝定開廠。暮聚萬人。運夫倍之。不幸鑪礦寡耗。眾散為盜。非土司受其殃。則吾蜀承其敝。且奸民所呈地圖。開鑛去左所經堂甚遠。今得左所人訊之。銅礦得十分二。銀者。即經堂山也。貪小利。貫大釁。事誠不便。大吏韙君狀。檄君往左所覆勘。

春暮雞雪而行。至則礦山者果在其經堂右。其衆嚴兵以待。既瞻君貌。又聆溫語。乃皆解甲羅拜謝使君。幸奠我居。世世不敢忘。行事縣令入土司境。戶津錢二百五十。雜市雞豚百物。居有供。行有餽。君盡卻其物。又懸之甚。比還。老幼遮道獻酒。其酋項克珠進銅佛為壽。填咽若不得前。由是舉治行卓異。政以大成。充甲子科鄉試同考官。以父憂去職。服闋。母張太孺人年七十餘矣。遂以終養請。凡事母十有四年。入則牽衣索棗。聽于無聲。出則生徒雲從。多文而栗。既除母喪。吏部檄之復起。君北行至襄陽。歎曰。吾壯也猶不能枉道事人。今能老而詭隨耶。立歸。請改教職。選遵義府學教授。遵義之人習聞君名。則爭奏就而受業。學舍如蜂房。又不足。乃僦居半城市。早暮進諸生而詔之學。以盡其下焉者而已。上焉者聽其自至可也。程朱氏之論。窮神達化。乃不越灑掃應對日用之常。至六藝故訓則　國朝專經大師實邁近古。其偁易惠氏。書閻氏。詩陳氏。禮江氏。說文詁釋有段氏王氏父子。蓋未嘗隔三宿不言之。未嘗不津津。聽者雖愚滯。未嘗不怡。如旱苗之得膏雨也。久之門人鄭珍。與其第五子友芝。遂通許鄭之學。充然西南碩儒矣。道光二十一年七月二十二日卒。官春秋七十有九。將絶戒曰貧不能歸葬葬吾遵義可也其明年十二月二日葬縣東青田山配唐氏繼配李氏子九人希芝次殤次方芝州學增生秀芝友芝辛卯科舉人庭芝拔貢生瑤芝生芝州學附生祥芝湖南候補縣丞女七人孫十一人曾孫五人君所為書有二南近說四卷仁本事韻二卷詩文雜稿為族子攜至廣西佚去友芝掇輯編為四卷友芝又別記君言行為過庭碎錄十二卷既葬十有八年友芝以書抵國藩乞為文表其墓當乾隆之際海內矜言考據宗尚實事求是之說號曰漢學嘉慶四年 仁宗親政大興朱文正儀徵阮文達以巨儒為會試總裁是科進士如姚文田秋農王引之伯申張惠言皋聞郝懿行蘭皋皆以樸學播聞中外科目得人可云極盛君于是時寂寂無所知名及君出而為吏恩信行之異域退而教授儒術興于偏陬校其所得與夫同年生之炳炳者孰為多寡未易遽定也余為表章一二士之孤行而憂無和者可自壯也

鄧湘皋先生墓表

先生新化鄧氏諱顯鶴字子立晚歲學成遠近稱為湘皋先生先生自甫掇科名即已厭薄仕進慨然有志于古之作者與同里歐陽紹洛磵東以詩相厲客游

燕齊淮陽嶺南所至。悲愉抑塞。一寓于詩。覼縷刺怪。遏之使平。終歲頊顙喑不
履近人之藩。而又恥不逮古人。每有篇什。輒就㻔東與相違覆。引繩落斧剖晰
毫釐。書問三反。或終不得當。交嘲互訟。神因形瘁。已而窒極得通。則又互慰大
懽。以為解此者天下之至豪也。先生以嘉慶九年甲子科舉于鄉。道光六年大
挑二等。官甯鄉縣訓導。凡十有三年。引疾歸。其遺外時榮。而有事著述。與㻔東
略同。然㻔東持律矜嚴。體勢稍褊。先生則波瀾益壯。跌宕昭彰。㻔東牆宇自峻。
與人少可。先生則闡揚先達。奬寵後進。知之惟恐不盡。傳播之惟恐不博且久。
用是門庭日廣。而纂述亦獨多。詩歌所不能表者。益為古文辭以彰顯之。其于
湖南文獻。搜討尤勤。如飢渴之于食飲。如有大譴隨其後。驅迫而為之者。以為
洞庭以南。服嶺以北。旁薄清絕。屈原賈誼傷心之地也。通人志士。仍世相望。而
文字放佚。湮鬱不宣。君子懼焉。于是搜訪潰資。郡縣名流佳什。輯資江耆舊集
六十四卷。東起灘源。西接黔中。北滙于江。全省之方輿畧備。鉅製零章。甄采畧
盡。為沅湘耆舊集二百卷。徧求周聖楷楚寶一書。匡謬拾遺。為楚寶增輯考異
四十五卷。繪鄉邦經緯圖。以詔地事。詳述永明播越之臣。以旌忠烈。為寶慶府

志百五十七卷。武岡州志三十四卷。衡陽王夫之明季遺老。國史儒林傳列于
册首。而邦人罕能舉其姓名。乃旁求遺書。得五十餘種。為校刻者百八十卷。瀏
陽歐陽文公元全集久佚。流俗本編次失倫。為覆審補輯若干卷。大儒周子權
守郃州。錄其微言。副以傳譜之屬。為周子遺書若干卷。所至釐定祀典。衰崇節
烈。為郃伯祠從祀諸人錄一卷。朱子五忠祠傳畧考證一卷。五宗祠續傳一卷。
明季湖南殉節諸人傳畧二卷。嗚呼。可謂勤矣。蓋千秋者人與人相續而成焉
者也。惟衆人甘與草木者伍。腐而腐耳。自稍有智識。即不能無冀于不朽之名。
智尤大者所冀尤遠焉。人能宏道。無如命何。或碌碌而有聲。或瓌材而蒙詬。或
佳惡同時同位同。而顯晦迥別。或覃思孤詣。而終古無人省錄。彼各有幸有不
幸。于來者何與。先生乃舉湖南之仁人學子。薄技微長。一一掇拾而光大之。將
非長逝者之所託命耶。何其厚也。先生生于乾隆四十二年十二月十六日。卒
於咸豐元年閏八月二十五日。春秋七十有五。曾祖元臣。祖勝達。父長智。妻曹
氏。仁厚淑慎。里黨欽之。妾何氏。子二。琳。廩貢生。候選訓導。前卒。琮。道光丁酉科
拔貢生。癸卯科舉人。父歿後一月。以毀終。女子子三人。孫四。光戩。光湘。光紱。光

組曾孫犬程自先生以名儒篤行昌其家羣從子姓皆孝友力學兄子瑤尤賢而能文章先生之書其不係于湖南文獻者又有南邨草堂詩鈔二十四卷文鈔二十卷易述八卷毛詩表二卷校勘玉篇廣韻礼記二卷自訂年譜二卷瑤皆敬謹弆藏其未刻者皆寫定可傳于世先生內行完粹教澤在人瑤所為行狀甚詳茲故不著獨著其治詩之精與其有功于鄉先哲者揭于墓道以式鄉邦而訊異世

戶部員外郎彭君墓表

君諱永思號兩峯世居湖南長沙少而峻整自將忱恂縝栗吶吶如不能語事至則剖晰毫釐枝分縷解辨窮萬變而斷以片言長老往往驚異以為吏才天所授也年三十二以嘉慶五年庚申舉于鄉十四年己巳成進士即用知縣明年署雲南嵩明州知州斷獄八百民譽翔洽徙補楚雄縣楚雄故附郭劇邑君至一以治嵩明者治之訟牒入立判紙尾期以某日質訊出則聽民遮道自言停輿研鞫前者辭窮後者大畏或就逆旅操筆定讞且判且詰決遣如神尤善為離參之法離參者如欲知豆價則先以麥問甲次以稻問乙次以粱問丙離

其事異其人。而旁參之。然後進退以定。百不失一。君用此術多奇中。他人
效之亦不能得民情偽也。大吏以君既政成。常使兼聽鄰縣之訟。大姚有薛繼
賢者。殺人獄成。省中覆覈則諉辭翻異。問官數易。爰書數十易。終不能決。君訊
之七晝夜。卒以參鞫其子。乃得情實。論決如律。某官解餉銀至省。發封則失銀
而得數石。以獄屬君。君察石有蟲齧痕。非道途間物。因問輦運之卒。甯覺馱負
左右欹乎。頗憶欹側始何日乎。卒對某日過某店始覺右欹。君自省返楚雄。挾
此獄與卒與石俱行。途中雜采羣石較之。皆不類。至某店得石。與蟲齧者類。一
鞫而伏。遂抵旅店主人于法。五侯神者。不知所起。淫祀也。土民與江西客商爭
祀。搆訟數十年。君以黷祭宿獄。終無已時。令舁神像至縣庭。取筆判八字曰。爾
像不滅。訟端不絕。立飭吏卒捽而毀之。兩造相顧愕眙而散。蓋君之明而能斷
類如此。嘉慶十七年。大姚令上變。告烏龍口有眾數千。嘯聚為亂。郡守夜召君
問策。君立與區畫。草數書抵旁縣。戒勿輕動。遣數人偽與賊暱者。風使解散。而
潛發輕兵掩捕。擒七十人。罪數人。而事定。于是遠近又歎君才堪濟變也。在滇
六年。凡三署大姚。四署廣通。兩署南安州。再為鄉試同考官。上官方以治行卓

異薦君，而君以父命不樂久為吏。遂援例改就京職，官戶部員外郎、貴州司行走。兼管廣東司。議蠲逋賦，釐定鹺政，多所匡贊。道光二年丁家艱，歸，自是山居二十載。養母教子，收族振貧，祭田義渡，凡諸善舉，皇然如有失而急圖之。陶然與販夫農父相狎，自忘其為宰官之身，人亦忘之，亦愈敬之。道光二十二年八月二十一日以疾卒，春秋七十有四。曾祖從美，祖必化，　馳贈奉直大夫；考勝桂，　誥封奉政大夫。以五世同堂，獲旌于　朝。祖妣氏范，妣氏黃，皆封宜人。君之配黃恭人，以賢孝特為舅姑所倚。嘗一從夫雲南官舍，而未及從宦京師。凡綜理彭氏家政七十餘年，敕始毖終，內外秩秩，室靡棄物，里無違言。娣婦有先亡者，叔早逝者，撫其諸子女。公早寡者，撫其孤甥，曲有恩紀。齒逾八十，猶篝鐙紡績不倦。同治元年閏八月二日告終，蓋九十有六矣。子申甫，道光乙未科舉人，候選通判；婦陶氏，安化文毅公女也。女三，皆適士人。孫樹森，同治甲子科舉人，志本、序本、豐本、孚本。孫女十二。申甫以道光壬寅九月某甲子葬君于長沙之文家段蓮花台，同治壬戌閏八月某甲子葬恭人于木魚山，墳壠相望，約二百步而近。屬國藩表其墓，于是敘述大節，而綴以銘。銘曰：

流水不腐。古傳斯語。賢侯之明。積勤所補。壽毋之壽。本諸勞苦。居上而逸。天所不許。降福者天。宰天者心。治獄陰德。恒大厥門。科名賡續。有子有孫。更千萬禩。長裕後昆。

大界墓表

王考府君。以道光二十九年十月四日棄養。倏歷二十三年。當初葬時。吾父以書抵京師。命國藩為文紀述先德。揭諸墓道。國藩竊觀王考府君威儀言論。實有雄偉非常之概。而終老山林。曾無奇遇重事。一發其意。其型于家。式於鄉邑者。又率依乎中道。無峻絕可驚之行。獨其生平雅言。有足垂訓來葉者。敢述一二。以示後昆。府君之言曰。吾少耽游惰。往還湘潭市肆。與裘馬少年相逐。或日高酣寢。長老有譏以浮薄。將覆其家者。余聞而立起。自責貿馬徒行。自是終身未明而起。余年三十五。始講求農事。居枕高嵋山下。壠峻如梯。田小如瓦。吾鑿石決壤。開十數畛而通為一。然後耕夫易于從事。吾昕宵行水。聽蟲鳥鳴聲以知節候。覘露上禾顛以為樂。種蔬半畦。晨而耘。吾任之。夕而糞。庸保任之。入而飲豕。出而養魚。彼此雜職之。凡菜茹手植而手擷者。其味彌甘。凡物親歷艱苦而得者食之彌安也吾宗自元明居衡陽之廟山久無祠宇吾謀之宗族諸老建立祠堂歲以十月致祭自國初遷居湘鄉至吾曾祖元吉公其業始宏吾又謀之宗族別立祀典歲以三月致祭世人禮神徼福求諸幽遐吾以為神之陟降莫親于祖考故獨隆于生我一本之祀而他祀姑闕焉後世雖貧禮不可隳子孫雖愚家祭不可簡也吾早歲失學壯而引為深恥既令子孫出就名師又好賓接文士候望音塵常願通材宿儒接迹吾門此心乃快其次老成端士敬禮不怠其下泛應羣倫至于巫醫僧徒堪輿星命之流吾屏斥之惟恐不遠舊姻窮乏遇之惟恐不隆識者觀一門賓客之雅正疏數而卜家之興敗理無爽者鄉黨戚好吉則賀喪則弔有疾則問人道之常也吾必踐焉必躬焉財不足以及物吾以力助焉鄰里訟爭吾嘗居間以解兩家之紛其尤無狀者厲辭詰責勢若霆摧而理如的破悍夫往往神沮或具尊酒通殷勤一笑散去君子居下則排一方之難在上則息萬物之囂其道一耳津梁道塗廢壞不治者孤嫠衰疾無告者量吾力之所能隨時圖之不無小補若必待富而後謀則天下終無可成之事蓋府君平昔所恒言者如此國藩既稔聞之吾父暨叔父又傳

述而告誡數數矣。府君諱玉屏。號星岡。聲如洪鐘。見者憚懾。而溫良博愛。物無
不盡之情。其卒也。遠近感唏。或涕泣不能自休。配我祖妣王太夫人。孝恭雍穆。
娣姒欽其所為。自酒漿縫紉。以至禮賓承祭。經紀百端。曲有儀法。虔事夫子。卑
詘已甚。時逢慍怒。則竦息減食。甘受折辱。以迴春睞。年逾七十。猶檢校內政。絲
粟不遺。其于子婦孫曾羣從外姻童幼僕嫗。皆思有惠逮之。權量多寡。物薄而
意長。閱時而再施。太夫人道光二十六年九月十八日卒。春秋八十。葬于木兜
沖。其後三年而府君卒。春秋七十有六。葬于八斗沖。遷太夫人之柩祔焉。其後
十年。為咸豐九年己未十二月。均改葬于大界。府君之先六世祖曰孟學。初遷
湘鄉者也。曾祖曰元吉。別立祀典者也。祖曰輔臣。考曰竟希。曾祖妣氏曰劉。祖
妣氏曰蔣。曰劉。妣氏曰彭。以國藩忝竊祿位。府君初 貤封中憲大夫。後累贈
為光祿大夫大學士兩江總督。祖妣初封恭人。後累贈為一品夫人。 聖朝推恩
追而上之。竟希公累贈光祿大夫。妣彭氏亦贈一品夫人。府君生吾父兄弟三
人。仲父上台早卒。季父驥雲無子。以吾弟國華為嗣。孫五人。軍興以來。惟國潢
治團練于鄉。四人者皆託身兵間。國華貞幹沒于軍。國藩與國荃遂以微功列

封疆而膺高爵。而高年及見吾祖者。咸謂吾兄弟威重智畧不逮府君遠甚也。其封釆亦可想已。曾孫七人。元孫七人。凡茲安居足食列于顯榮者。緊維祖德是賴。于是敘其大致。表於斯阡。令後嗣無忘彝訓。亦使過者考求事實。知有眾徵。無虛美云。

台洲墓表

嗚呼惟我先考先妣既改葬于台洲之十三年。小子國藩始克表于墓道。先考府君諱麟書。號竹亭。平生困苦于學。課徒傳業者蓋二十有餘年。國藩愚陋自八歲侍府君于家塾。晨夕講授。指畫耳提。不達則再詔之。已而三復之。或攜諸途。呼諸枕。重叩其所宿惑者。必通徹乃已。其視他學僮亦然。其後教諸少子亦然。嘗曰。吾固鈍拙。訓告若輩鈍者。不以為煩苦也。府君亦累困于學政之試。厥後挈國藩以就試。父子徒步橐筆以干有司。又久不遇。至道光十二年始得補縣學生員。府君于是年四十有三。應小試者十七役矣。吾曾氏由衡陽至湘鄉。五六百載。曾無人與于科目秀才之列。至是乃若創獲。何其難也。自國初徙湘鄉。累世力農。至我王考星岡府君。乃大以不學為恥。講求禮制。賓接文士。教督

我考府君窮年磨厲期于有成。王考氣象尊嚴凜然難犯其責府君也尤峻往
往稠人廣坐壯聲訶斥或有所不快于他人亦痛繩長子竟日嗃嗃詰數愆尤
閒作激宕之辭以為豈少我耶舉家聳懼府君則起敬起孝屏氣負牆踧踖徐
進愉色如初。王考暮年大病痿痹瘖啞起居造次必依府君暫離則不怡有請
則如響然後知夙昔之備責府君蓋望之厚而愛之篤特非眾人所能喻耳咸
豐二年粵賊竄湘攻圍長沙府君率鄉人修治團練戒子弟講陣法習技擊未
幾國藩奔母喪回籍奉 命督辦湖南團練明年又奉 命治舟師援剿湖北
府君僻在窮鄉志存軍國初令季子國葆募勇討賊既又令三子國華四子國
荃募勇北征鄂東征豫章粗有成效而府君遽以咸豐七年二月四日棄養閱
一年而國華殉難于三河又四年而國葆殁于金陵 朝廷褒䘏并予美謚而
國藩與國荃遂克復安慶江甯兩省雖事有天幸然亦賴先人之教盡驅諸子
子執戈赴敵之所致也初國藩以道光間官京師恭遇 覃恩封王考暨府君
皆為中憲大夫祖妣暨先母皆為恭人逮咸豐間四遇 覃恩又得封贈三代
皆為光祿大夫妣皆一品夫人 今上嗣位四遇 覃恩又以戰績兄弟謬膺

封爵。于是曾祖府君儒勝。王考府君玉屏。暨府君。皆封爲大學士兩江總督一等侯爵。曾祖妣氏彭祖妣氏王先妣氏江。仍封一品夫人。嗚呼叨榮至矣。江太夫人爲湘鄉處士沛霖公女來嬪曾門。事舅姑四十餘年。饎爨必躬。在視必恪。賓祭之儀。百方檢飭。有子男五人。女四人。尺布寸縷。皆一手拮据。或以人衆家貧爲慮。太夫人曰某業讀某業耕某業工賈吾勞于內諸兒勞于外豈憂貧哉。每好作自强之言。亦或諧語以解劬苦。咸豐二年六月十二日疾卒。九月二十二日葬于下要里宅後。府君以七年閏五月初三日葬于周璧沖。至九年八月某日并改葬于台洲之貓面腦。府君有弟二人。仲曰上台。年二十有四而沒。府君視病年餘。營治醫藥。旁皇達旦。季曰驥雲。推甘讓善。老而彌恭。無子以國華爲之嗣。後府君三年而沒。女四人。其二先卒。其二繼逝。諸子今存者惟國藩與潢國荃三人。諸孫七人。曾孫七人。于是畧述梗概。以著先人懿德。垂蔭無窮。而小子才薄能鮮。忝竊高位。兢兢焉惟不克負荷是懼云。

海甯州訓導錢君墓表

君諱泰吉。字輔宜。號警石。先世本何氏。明洪武中有依海鹽錢翁鞠育者。遂承錢姓。厥後徙居嘉興。代有聞人。至文端公而益大。文端公諱陳羣。以侍郎予告。特加刑部尚書。　晉贈太傅。君曾祖也。祖汝懿。早卒。本生祖汝恭。安慶府同知。父復。大興縣知縣。君少而苦學。潛心孤往。從兄曰儀吉者。字衎石。博通羣籍。早有高名。君事之。師友之間。兄弟常以純儒相勉。蓋自弱冠後。遠近已盛稱嘉興錢氏二石云。衎石以翰林改官。戶部擢御史給事中。久處京師。其後客游廣東汴梁。君則以廪貢為海甯州訓導者近三十年。與給諫君離多合少。而書問叢沓。咨詢學術。動逾數千言。自周秦諸子。馬班羣史。許鄭詁訓。杜馬典章。洛閩之淵源。唐宋名賢之詩古文辭。以及目錄校讎。金石書畫。方志雜說。一孔半枝。無所不詢。蓋亦無所不辨。或獻一疑。而詰難十返。或尚論前哲。評騭時流。雜以嘲詼。鄙諺。窮極理趣。故二石家書。蔚然天下之至文也。給諫晚而搜刻經說。刊正譌謬。君自中年即好校古書。假人善本及先輩評點之冊。寫而注之眉端。如史記前後漢書晉書集韻元文類禮記集說等編。皆勘校數周。一字之外。旁求衆證。嘗著曝書雜記。以發其凡。嘉慶中海內猶尚考據之說。尊漢而黜宋。先博覽而後躬行。獨桐城姚氏鼐恪守程朱。孫行不惑。宗主義理。不薄考據。而二石風指乃與姚氏相近。其論文亦頗法姚氏。嘗稱以為字體故訓者。漢儒之小學也。曲禮少儀者。宋儒之小學也。二者皆扶植基本。而宋重名倫于道為尤尊。兄弟相與修飭人紀。誦述先德。給諫輯廬江錢氏藝文畧。君則纂清芬世守錄。皆表一門之懿行。以播芳馨而詒典則。先是文端公嘗進呈其母畫冊。 高宗賜題十詩。發還原冊。并書清芬世守四字。逮文端公致仕還鄉。 高宗寄賜冊卷詩篇累數千首。君纂輯此錄。具載君臣賡和。曠古無倫。又紀錢氏十餘世翰墨及名公巨儒題詠。上以著祖宗文獻之盛。下以勖後人孝友于弟替。其敘軼事。述彝訓。懇懇乎懼來葉之遺墮。有味哉其言之也。咸豐庚申辛酉之際。粵賊縱横浙中。君展轉播遷。最後由江西以達安慶。國藩乃獲與相見。以飄泊兵間。偷得骨肉完聚也。則為之破顔一喜。語及世事滄桑。邱墓成毁不可知。則又盡焉以悲。其明歲同治二年十一月廿日卒於安慶旅舍。將歿猶以先世文字之責未能及身整理為恨。足以知其志之所存已。君配胡氏 誥封恭人。子二。長炳森。道光甲辰舉人。出為冢兄學源後。前卒。次應溥。以拔貢官吏部主事。軍機處行走。加四品卿銜。君以子貴。累封 朝議大夫。女六人。孫七人。孫女三人。君所著又有學職禾人考海昌備志甘泉鄉人稿亂後板燬僅有存者古今才智之士常思大有為于世其立言常雄駿自喜若文章不求雄駿而但求平澹德業不求施于世而但求善于一身一家此殆非智者愉快事也且無所不能之才斂之又斂彌晦焉而彌愉快則其自得于中者必大矣夫自得之學惟君其庶幾哉

新甯劉君墓碑銘

君諱時華字廷林號寶泉先世自江西徙湖南之新甯曾祖有義祖儒禹府學增生父世貴太學生家貧為商賈化居以自給君生有至性不忍其父久勞市廛乃跪請曰大人宜少休兒學且有成弟弱兒願代父勞而服賈矣遂游資於江漢之間量物度時廣取而節用後人而往先人而歸家用阜康親以大悅父病在視終宵醫者言疾鹹可生淡則死君輒以手承疾嘗之味淡因大哭父歿母亦前卒則推其所以事父者以事繼母繼母歸自武昌繼母不懌長跪自陳遲歸之咎繼母病服勞達旦營治藥物必自其手不自他人繼母沒則推其所以事親者以事長兄而畜季弟兄病調護年餘兄卒弟後卒則又推恩以恤其嫠以鞠其孤子厥後兩家孤兒皆成立兩嫠皆 旌表于朝壽皆七十八十涕泣頌君

之德不敢忘云。新甯山邑也。僻在楚南黔粤之交。巨嶺層巒。穹窿雜襲。繚繞而不得少舒。自古未聞偉人傑士出于其間。亦乏甲乙科第。居民治生纖嗇。有唐魏之風。獨君與江太公一峯。輕財好義。不屑屑于自殖。江君之子謚忠烈者。仕至安徽巡撫。而君之子蔭渠。今為直隸總督。並有動伐為時名臣。蓋福陋之俗一變。而山川之氣昌矣。當君初賈異縣。頗求饒益以娛親心。既而經紀有方。智足以擴其業。利足以仁其三族。所得貲財。隨手散去。一以濟物為功。息耗都不訾省。鄉里除道成梁。捐金錢惟恐不贍。施藥療疾惟恐不周。嘗遇益陽大水。買小舟拯百人。藁葬數百人。新甯大饑。飯鄰里親舊。粟日半升。全活無算。又嘗修育嬰堂。建忠義節孝祠。皆縣中前此所無。自君創之。城東北有義塚。歲歲常以冬春培其隤塋。而植其仆碑。城南有義塾。器物缺乏。常于君家取給焉。人或謂君歲入幾何。施諸人者十七。而自謀不及什三。後將難繼。何不頗買田宅。為子孫稍立基業。君笑謂家有薄田。自足供疏食焉。用多為。吾以人情為田。以培養士類為種。耕不計年。穫不計世。庸詎知留貽子孫者。不更大乎。逮君沒。而門內鼎興。君子四人。長名長佑。即蔭渠也。以拔貢生歷官廣西巡撫兩廣總督直隸總

督加兵部尚書銜次長佐某官次長伸長健某官孫某某曾孫永祚永祺　天

子褒長佑功贈君暨君之祖父皆為光祿大夫君配鄭氏暨祖妣某氏妣李氏曾氏皆為一品夫人蓋君言于是果驗為善之報抑何捷也鄭太夫人恭儉寬仁慈秉夫教姒婦娣婦寡居敬之終身有恩紀君卒以道光三十年六月十四日壽六十有一太夫人先三日卒壽五十有九是歲十二月某甲子合葬新寗西鄉楊溪村之鸞嶺昔道光丁未戊申閒江忠烈公嘗為余稱道蔭渠之賢兼述其世德及蔭渠入京聞親之訃求余文銘其墓展轉兵閒久疏文字越今十有七年始得表而銘之銘曰

舉世奔利獨行抱義庸德庸言感格天地外救飢溺內撫諸孤仁心難憮百憂一愉孰云不顯在幽彌馨孰云無報如影隨形神覩在室奇福在庭郎君崛起為國干城削平寇亂鼎祭鐘銘自天錫寵袞榮先隴夫粲之南萬山環拱我表其阡來者欽竦

母弟溫甫哀詞

咸豐五年十月賊目偽翼王石達開引其黨自湖北通城竄入江西別有廣東匪徒曰周培春葛耀明關志江者自湖南茶陵州竄入與石逆相聚于新昌縣

周培春等投歸石逆部下。願為前驅。石逆授之偽職。將軍總制軍師旅帥之類。兩逆黨者合併為一。江西亂民從之如歸。贛水以西望風瓦解。十一月初十日攻陷瑞州府。明日陷臨江。晦日袁州繼陷。遂圍吉安。明年正月二十五日陷之。余檄副將周鳳山率九江之師入援。二月十八日軍敗于樟樹鎮。而撫州建昌兩府以是月之季相踵淪沒。國藩躬率水陸諸軍自湖口入援。而南康又沒于賊矣。九江自為賊踞如故。凡江西土地棄之賊中者。為府八。為州若縣若廳五十有奇。天動地岌。人心惶惶。訛言一夕數驚。或奔走奪門相踐死。楚軍困于江西。道閉不得通鄉書。則募死士蠟丸隱語。乞援于楚。賊亦益布金錢購民間捕索楚人致密書者。殺而榜諸衢。前後死者百輩。無得脫免。吾弟國華溫甫自湘中間關走武昌。乞師以援江西。于是與劉騰鴻峙衡吳坤修竹莊普承堯欽堂率五千人以行。而巡撫胡公奏請以溫甫統領軍事。出入賊地。盛暑鏖兵。凡攻克咸甯蒲圻崇陽通城新昌上高六縣。以六月三十日銳師翔于瑞州。由是江西湖南始得通問。而溫甫亦積勞致疾矣。七月十六日。棹小舟舁疾至南昌。兄弟相見。深夜愔愔。喜極而悲。涕泣如雨。弟疾寖劇。治之多方不效。至九月乃痊。復還瑞州營次瑞州故有南北兩城蜀水貫其中劉騰鴻軍其南溫甫與普承堯軍其西北賊于東隅通外援市易如故七年正月予率吳坤修之師自奉新至東路始合長圍掘塹周三十里溫甫則大喜吾攻此城久不舉今茲事其集乎不幸遭先君子大故兄弟匍匐奔喪入里門宗族鄉黨爭來相弔亦頗相慶慰國藩得拔其不肖之軀復有生還之一日溫甫力也溫甫既出嗣叔父以咸豐八年二月降服期滿復出抵李君續賓廸菴軍中李君與溫甫為婚姻益相與講求戎政晨夕諮議是時九江新破強悍深根之寇一埽刮絕李君威名聞天下又克麻城蹴黃安喋血皖中連下太湖潛山桐城舒城四縣席全盛之勢人人自以無前師銳甚溫甫獨以為常勝之家氣將竭矣難可深恃時時與李君深語悚切以警其下亦以書告予旺上竟以十月十日軍敗從李君殉難廬江之三河鎮嗚呼痛哉曩吾弟以新集之師千里赴援摧江西十萬之賊而無所頓今以皖北百勝之軍萃良將勁卒四海所仰望者而一覆之而吾弟適丁其厄豈所謂命耶常勝之不足深恃吾弟之智既及之矣而不肯退師以圖全營壘以十三夜被陷而吾弟與李君以初十之夕併命同殉又不肯少待以圖脫

免。豈所謂知命者耶。遂綴詞哭之。詞曰。

觵觵我祖。山立絶倫。有蓄不施。篤生哲人。我君爲長。魯國一儒。仲父早世。有季不孤。恭惟先德。稼穡詩書。小子無狀。席此慶餘。粲粲諸弟。雁行以隨。吾詩有云。午君最奇。挾藝千人。百不一售。彼麀麟者。乃居吾右。抑塞不伸。發狂大叫。雜以嘲詼。萬花齊笑。世不吾與。吾不世許。自謂吾虎。世棄如鼠。相外相背。逝將去女。一朝奮發。仗劍東行。提師五千。往從何兄。何堅不破。何勁不摧。躍入章門。無害無災。壎箎鼓角。號令風雷。昊天不弔。鮮民銜哀。見星西奔。三子歸來。弟後季父。降服以禮。匝歲告闋。靡念苞杞。出陪戎幄。匪卒伊季。既克潯陽。雄師北邁。剗潛剜桐。群舒是囁。豈謂一蹶。震驚兩戒。季既山頹。弟乃梁壞。覆我湘人。君子六千。命耶數耶。何辜于天。我奉簡書。馳驅嶺嶠。江北江南。夢魂環繞。卯慟抵昏。西悲達曉。莽莽舒廬。羣凶所窟。積骸成岳。孰辨弟骨。骨不可收。魂不可招。崢嶸廢壘。雪漬風飄。生也何雄。死也何苦。我實負弟。茹恨終古。予於道光甲辰寄諸弟詩有云辰君平正午君奇屈指老沅真白眉辰君謂弟澄侯生庚辰歲午君謂溫甫生壬午歲老沅即沅甫也

吳君墓志銘

吾邑吳君榮楷既以道光辛丑成進士。將之官浙江。乃手其先人狀請曰。吾父母
葬養十二年矣。窀穸之事。粗已妥吉。尚未有以銘幽室。子其爲我銘之。固辭不
獲。按狀。先生姓吳氏。諱文深。字致遠。湘鄉人。曾祖文章。祖太若。父振世。皆以愿
謹稱。家故饒。振世公既老。攜資客遊常德。先生從之行。留明遠翁家。居明遠。先
生凡也。常德去湘鄉千餘里。逾二年而振世公卒。鄰里無行者。利其有。率衆鬨
然至喪次。叫囂隳突。雜以胥役。先生雞斯徒跣。擊胸如壞牆。號泣向衆曰。孤兒
在此。環顧無功緦之戚。無密友幹僕。若輩不哀吾喪。而迫人于難。是可忍乎。且
胥役何爲者。孤兒請以泣血濺縣官之庭矣。衆瞠視各鳥獸散。乃部署喪事。從
容扶櫬歸湘。時先生年十六歲也。既歸。事母益謹。然家益落。遂與明遠翁經營
生計。惟母養特豐。他則皆從儉約。久之。復稍裕。吳氏自 鼎革後。譜牒散佚。先
生力爲倡修。特徵祥核。數年而成。既又倡修家祠。明遠翁捐基地數十畝。先生
竭力締搆。夫其拮据漂搖之際。旁午未遑。而能敬宗收族。先其大者。可謂知本
矣。道光某年某月某日卒。年八十有四。葬某縣某里某原。配宋孺人。合葬焉。宋
孺人少先生十餘歲。既來歸。尤耐艱劬。振世公之客常德。孺人不逮事也。逮事

姑。曲意承歡。如恐失之。性好卹窮困。鄰婦紡績無資。則罄所有給之。先是明遠
翁常外出。有子名榮林者。絕穎異。先生擇師督讀。視猶己子。遂以成立。為名諸
生。已而榮階兄弟皆從之受業。孺人之視榮林也。不以為姪也。以為師也。邑人
咸謂先生之教子。孺人實贊之云。其年月日。以疾卒。年六十有一。子二人。長榮
枬。邑庠生。次即榮楷。孫光煦。邑庠生。次某。次某。女孫七人。
銘曰。少而禦侮。豪強伏。長而克家。宗族睦。耄而蹈光。訥且樸。訥乎樸乎。黑而雖
者福乎。斧之藻之。舟之方之。夫子之協。琴瑟以將之。穿樹青青。有桐有梓。我銘
諸石。以安泉宮。以昌其孫子。

彭母曾孺人墓志銘

天道五十年一變。國之運數從之。惟家亦然。當其隆時。不勞而坐獲。及其替也。
憂危拮据而無少補救。類非人所為者。昔我少時。鄉里家給而人足。農有餘粟。
士世其業。富者好施與。親戚存問。歲時餽遺。縕屬。自余遠遊以來。每歸故里。氣
象一變。田宅易主。生計各蹙。任恤之風。日薄。嗚呼此豈一鄉一邑之故哉。王姑
彭孺人。吾祖之伯姊。其冢婦又吾姑也。兩世之好。視他戚尤厚。已王姑之未嫁

也。事吾曾祖王父母以孝聞。既適彭宜仁先生。相夫敬。克厥愛。無片言稍忤。自吾成童以後。王姑已五十餘。其堂上舅姑八十有奇矣。每見王姑奉甘旨。未嘗不潔。議酒食未嘗不豫。大而課讀勸農。未嘗不營慮。小而厠牏灑埽。未嘗不躬親也。蓋余所見賢母。無如王姑勤者。早歲物産殷饒。內奉菲薄。外圖豐潔。比年以來。稍稍歉絀矣。已亥秋。余將入都供職。走辭王姑。視其庭除氣象不侔。憫其愈勤。又驚其衰。為之泣。王姑亦泣。蓋心知其不可復見。而哽咽不能言也。竟以次年春卒。豈不悲哉。王姑生乾隆二十九年甲申十一月十七日。卒于道光二十年庚子三月二十三日。壽七十有七。葬湘鄉三十四都西坤山陽首辛趾乙。子三人。長慶齡。予姑夫也。先孺人二年卒。次慶吉。次慶也。好學能文。孫六人。毓耒。毓梏。毓橘。毓椿。毓杖。毓麓。女一。孫女一人。銘曰。

懿我王姑。既莊以嫕。佩管冊鑴。德容棣棣。勖哉夫子。儷光齊鴻。五十餘載。死遂有終。曷瘁厥躬。言育我鞠。無恥我毀。實繁旨蓄。離離令問。匪邇伊遥。貽澤之陰何幽。不喬南山。峯崒穹樹青青。弗騫弗拜。萬代千齡。

余安人墓志銘

攸縣余世校。客京師五年。聞母訃。將奔喪。以銘墓之文來請。且曰。世校生。不能侍槃匜。歿不能視含斂。是罪人也。先生幸次吾母淑行。以光幽室。按狀。安人姓譚氏。衡山舉人昌明之孫。廣西巡檢禹門之女。七歲喪母。事繼母以孝聞。適攸別駕。余君君山。禄順柔和。翼翼如也。久之。別駕君之漢陽分府任。以家事屬安人。時堂上舅已棄養。姑老矣。諸子弱小。不識事。安人謀初毖終。鉅細必躬。祭必虔。奉免薨必時。委諸子于學。朝而饁饎禮師。夕而課男旋課女。課畢而紡績。而經營錢布。如是者十餘年。而精力衰矣。道光辛丑某月某日。以疾卒。春秋六十有七。以某年某月某日葬某縣某里某原。子四人。長世柄。次即世校。廩貢生。次世芳。次生春。縣學生。女一。孫九人。某某。世校之入都也。安人拊其背而戒之曰。去去强飯。鄉里齷齪。終不得進取。京師文物殷轃。賢士大夫繹繹如繁星。汝往勖哉。名自可致。學可染人。道德有軌塗可循。而青紫可拾也。往矣。勿吾念。今世校雖不得爵位。而業日進。聲聞日敷。謂非安人之教哉。嗚呼。可謂知其大者已。是宜銘。銘曰。

維車有輔。員於輻。維矢有房。利于鏃。維壺有賢。維家之福。光光別駕。亦載其贊愔愔頑人。既詒斯肆。雖則詒肆。無儀以無躓。無躓于山。曰巢於巔。口瘁瘏兮手復胼。鳳之雛兮谷之遷。不得反哺兮涕漣漣。銘幽表淑兮千萬年。石不爛。山不騫。

陳岱雲妻易安人墓志銘

道光二十四年正月。陳君岱雲喪其配易安人。則大戚哀溢于禮。已而謂國藩曰。子知吾之哀乎。吾祖自康熙間由茶陵徙長沙。六世百餘年。今其存者五人。吾門祚之衰可知也。吾父之沒至今十六年。而死亡相繼凡十三役。吾母之不能一日以歡可知也。吾妻從官五年。既歿而斂。求衵衣無一完者。吾之貧可知也。人之居此世者謂何。吾欲不過哀得乎。則又曰吾妻之賢。子宜有所知。請為銘。余曰然。固知之。蓋安人卒之前一歲。陳君嘗大病。余朝夕存問。備得安人侍疾狀。他日又得陳君所述。以是頗詳陳君之病。凡三閱月矣。安人單憂極瘁。衣不解滯者。四十餘日。凡可以自致者無弗致也。久之則禱于室神。求促其身之齡以益夫壽。猶不應。六月丙戌。乃割臂和藥以進。當是時。安人之母弟易光蕙及陳君之友。三數人者皆在。惶愕不知所為。國藩則仰天歎曰。陳氏累世賴以不墜者。獨此人耳。而有他乎。然已無可柰何。明日疾乍平則晉謁光蕙峴安人衣袖血蹟稍廉得之。不敢以詢。又數日疾漸瘳。乃詢之。安人曰其有之。此不幸事耳。勿復言傷病者心也。道微俗薄。舉世方尚中庸之說。聞激烈之行則訾其過中。或以罔濟尼之。其果不濟則大快奸者之口。夫忠臣孝子。豈必一一求有濟哉。勢窮計迫。義不反顧。效死而已矣。其濟天也。不濟于心吾無憾焉耳。安人本醴陵人。居長沙。處士昌綱之孫。歲貢生履元之子。以孝謹特為父母所愛。生二十二歲矣。而難其適。有王秀才者自負知人。謂歲貢君曰。茶陵陳某神仙人也。即擇壻不可失此子。今貧不能衣食。數年後當為達官。不者且抉吾目也。是時陳君之元配沒二年矣。既歸陳。不逮事舅。以事其父者敬姑。而以事其母者致愛焉。以是得姑歡。凡修所職。皆衷于大體。無鉅細必愨。詩曰何有何無。黽勉求之。茲可謂賢矣。況有至行足感神明者哉。安人生于嘉慶某年月日。年三十有一。生子男二人。長遠謨。次遠濟。生四十日而安人卒。女一人。將以某年某月某日歸葬于某縣某鄉某原。余既重其請。乃先期銘之。以激懦者。亦少塞陳君之悲。陳君名源兗。今為翰林院編修。纂修 國史也。銘曰。

民各有天惟所治壽我以生託其下子道臣道妻道也以義擎天譬廣廈其柱
苟頹無完瓦自今無以身代者有一於此僕蓋賈憂勞積劇焉可支天之所隕
非人尸距修渊短誰敢訾銘茲大節貞厥垂有他淑行以類推

新化鄒君墓志銘

君諱興愚字子哲鄒姓先世由江西再遷至湖南新化居焉有瑁玉者以選拔貢生官永明縣教諭是生祖詢縣學生子君為高祖曾祖某祖某皆不仕父某家貧客遊陝西紫陽族子有先家于是者遂因其戶籍補紫陽縣學廩膳生生二子長興魯次即君君生數歲而廩膳君卒依母曾氏力食僅存痛繩于學年十六仍補縣學生二十五舉道光庚子陝西鄉試甲辰再上公車不第歎曰吾不得祿餓死無所損然如吾母何益發憤不歸日刻錢以食為文務極思同業者或不能究其指明年乙巳二月疾作不得與禮部試竟以六月九日卒于京師年三十耳君性戇直糾友之違盡言無巽有餽以財辨義無小非其義卻之無大安貧若天性然庚子赴省試其師陳僅貸之金君盡以金奉母而自囊錢八百負布被徒步露宿行千里僅益敬之僅故為紫陽令見君文奇之憐愛如親戚

月繼未贍其家。久之僅從官他縣。移君家就養官所。而別以官贈君之京師。君且死。泣曰。吾負大恩未報命也。遂絕。既卒。其友人江忠源職其後事。其從兄子律歸其喪紫陽。將立其兄子隆岱為嗣。而國藩買石先事為銘。銘曰。

是人非邪。生世實艱。爰有猖者。伯夷是班。有投以嚮。擲棄如菅。貳泰于取。負恩如山。恩不果酬。毋不終將。又寡厥配。厥氏維黃。僅遺子息。天其俾臧。吾言可信。納奉于藏。

單縣典史張君墓誌銘

君諱鼎五。字鄰滕。世居浙之蕭山。曾祖朝琮。直隸通永道。祖文瑞。山東青州府海防同知。考學斯。廣東主簿。主簿君兄弟三人。長偉山。次滌三。皆不仕。滌三以子湘崖官汀州知府。故贈官如其子。主簿君官粵。嘽不一擕。遽卒。君時五歲耳。依母童安人萬里返葬。孤貧亦立。斬焉自修。久之乃遊楚。依從兄黃陂令湘崖。湘崖由楚徙豫。三遷而官汀州知府。君一從焉。居亡何。荆梁教匪逢起。蹂躪三省。兵餉縻萬萬。朝廷議民有輸金縣官得除為吏。嘉慶四年。君由是官山東。署沂水縣丞。補單縣典史。單故多豪右。素慢易尉。君抑桀扶尪。峻拒干謁。傷恤獄囚痛與糞除澣其汚濊。而時其湅餓。後三十年。君退歸。因有流絡興者。塗遇君。匍伏叩頭。君錯愕。因曰其單縣人也。清獄之惠。不敢忘。宦單十年。歎曰尉所得為者吾既為之矣。吾所欲為者。豈尉謂哉。聞竟移病歸。而山東舊僚酷慕君。累書招致乃復薄遊齊魯。傳容淮泗之間。至七十二歲。始杜門不出。又一紀乃考終云。君於孝友若趨利然。初喪父。童安人撫之。積劬僅存。內外無倚。寒飢力學。夙興毋爨汲。君負薪恐傷母手。盡拔芒刺。然後之塾。或竟日無所得炊。母子對泣。已而互尉汀州君。以事牽連被劾。君營護奔告。凢四晝夜。行千餘里。卒脫汀州君于是人人翕然伏君之內行也。道光壬寅年十月四日卒。配陳安人。祇順敦儉。見者師效。子男子三人。長錫戊。浙江鄉試舉人。次百揆。以一甲進士通籍。為翰林院編修。次百衢。殤。女子三人。長適某官某。次適某官某。次適某孫某某。百揆之舉於鄉。與余同年相善也。以某年月日葬君某縣某原。來徵銘。銘曰。

析桐作桷蒿作梁。大小易位今古傷。有嘉一尉仁且彊。皓首卑栖不得驤。身之乖時遐厥子。慎終卜臧魂藏此。我取其行垂孔軌。萬千億年無壞毀。

前海甯州知州長沙李君母黃宜人墓志銘

宜人善化黃君孝職之子長沙李君夭錫之婦　敕贈奉直大夫熙臣府君之妻。而浙江海甯知州象昺之母也。海甯之為良吏。棐之賢者。與浙東西之士庶莫不知聞。而海甯君曰。非吾之能。繄吾母之勖。宜人之歸李氏。家微也。歲入不足自贍。贈君則奔走以取給大府之從事郡縣吏之賓客。裘而往。葛而不歸。朔而寓書。再晦而不達。如是以為恒。宜人挈鉅省細。一不假人。督二子入學。晨有責。夕有程。就傅之所需不足。則質田宅資之。海甯以選拔貢生　廷試為縣令。每獄成。宜人則詢曰。毋已冤乎。族黨有來官所者。則曰。毋貧乎。即有平反而餽饮厚。則宜人喜。即無所平反或餽饮稍廉。則慍見于色。故海甯之發名樹績。雖贈君亦嘗曰。宜人之力也。海甯以道光戊戌奉贈君之喪歸葬。宜人雖老。習勤不改。又六年甲辰正月六日卒。年七十二。以卒即以其年某月日葬某鄉某原。有子二人。長象晟。先十年卒。次即海甯。孫六人某某。曾孫二人某某。宜人以道光十四年　冊立孝全皇后恩　敕封孺人。卒後一年　皇太后七十萬壽　天子推恩錫類。迺得　誥贈宜人。又二年。乃諉余文其幽。將追事焉。末世稱述列女。好道其奇特者。異則異矣。而難為式也。方贈君客遊四方。每出。屬曰。上吾父母。下

吾子以付女及宜人侍姑疾三年無絲毫異志舅病大漸贈君自客遠歸越夕
而遭喪大慟不知所為而宜人於附身之具已夙嚴矣夫其教子也如彼而其
事親又如此此殆庸行無足標絕者與然而難可幾矣銘曰
洞庭之南有賢刺史饔食筮祥葬母于此誰與銘者漣水曾氏深刻大書以詔
無止

適朱氏妹墓誌

適朱氏妹吾父之第三女子也幼而病病父母恐不賓于壻特慎許人年二十
二矣友人某告余曰聞若為女弟擇所歸有朱氏子詠春愿而敦訥而慈愛必
得佳壻莫良此子國藩卜之吉請於父母而嫁與之道光十九年十月也是歲
國藩以初廁詞臣乞假家居而朱氏之諸昆亦適有舉于鄉者兩家父母大父
母各無恙里人頗稱門祚之盛親迎之夕姻婭族黨會者數百人越三日內無
長幼皆以為賢外無戚疏皆以為祥比及反馬之期則舅姑之所職者悉以委
決新婦妹故明慧粗解書數條分件布咸有節文由是遠近謂朱氏有賢幹婦
矣二十六年丙午以產難卒凡春秋二十有九室于朱者八載有子一人某即

於九月某甲子葬于某縣某里某山。吾姊妹四人。季者早殤。二長者並窮約不得怡。獨朱氏妹所處稍裕。而少遺痼疾。又離娩厄以死。何命之不淑也。妹卒以八月晦日。不踰月而吾祖母棄養。國藩竊祿京朝。發一家書。而兩遭期功之喪。又何痛也。于是泣識其畧。使詠春追埋諸幽。且敘其內外家之系。而聲以銘詩。以宣吾悲。銘曰。

有女曾姓。聖為宗。父班泮水。祖辟雍。兩世大夫　帝褒封。母江夫人助且恭。鞠茲惠質艱厥從。嬪朱其先國亡莒。納夫方軌。轡如組。君舅鎮湘鄉所舉。銘者母兄滌生。父濫羼朝官無寸補。

滿妹碑誌

滿妹吾父之第四女子也。吾父生子男女凡九人。妹班在末。家中人稱之滿妹。取盈數也。生而善謔。旁出捷警。諸昆弟姊妹並坐。雖黠者不能相勝。然歸于端靜。笑罕至矧。道光十九年正月晦日。以痘殤。明日吾兒子楨第相繼亡。妹生于世十歲。兒三歲也。即日瘞諸居室之背高嵋山之麓。吾母傷弱女與冢孫。哭之絕痛。間命諸子曰。二殤之葬也。無碑以識之。即墳夷級陊。誰復省顧者。國藩敬

諾。亡何繫官于朝。公有執私有濡。久不得卒事。越八年而適朱氏妹徂逝。以其
新悲觸其夙疢。愴然不自知何以為人也。於是粗述一二。遺家人植石墓北。且
綴之辭。使有垂焉。銘曰。
去家不能三百武。二殤相依宅茲土。狐兔妄敢侮。

荆門州學正郭君墓銘

物有初卑或嗇其終。有欲于後而窒其躬。陶公之山。潛蟠卌載。雙雛雲興。咕騰
滄海。持鐸再徇當陽荆門。祁祁學子。如飢授飧。刑獄有箴。扇仁孔永。胡德之遐
光不長炳。八龍岡下。斑竹原中。埋我銘語。載奠幽宫。

善化夏母宜人墓志銘

宜人甯鄉縣學士楊君開梅之孫。處士應灼之女。善化貤贈奉直大夫夏君諱
某之子婦。贈奉直大夫諱某之配也。宜人在家則温恭孝豈偏獲于親。擇所宜
歸莫良夏氏。既歸事舅貤贈君及姑劉太宜人。逆志而籌之。未命而赴之。甘旨
之調。不躬不進。贈君前所配黄宜人者已早卒。僅遺一女有兄與嫂亦卒。遺三
子。贈君又仍歲多病。家無鉅細。一委宜人。宜人共潔粢祀。斟藥禮醫。裁衣補紉

公私井井。視前女如己女。不敢毫末替焉。視己子如從子。不敢毫末加焉。督諸
子之學。日省而月稽。師塾之饌。豐倍其室。就試于有司。出必戒。反必詰。其見錄
也。悅而不溢。其黜也。敕而不怒。以是諸子皆底於成。道光十七年。次子家泰舉
於鄉。又三年庚子。長子家鼎舉焉。又三年癸卯。季子家升繼之。又二年乙巳。家
泰登名于禮部。主政于吏部。值　皇太后七十聖節。　天子大孝。錫類遂得
覃恩。褒封兩世。而家鼎亦以是年充　景山官學教習。蓋自贈君之歿。至是二
十年。中間郡縣行省之試。獲儁者無歲無人。而婚嫁喪紀之役。亦薦至不絕。皆
宜人一心營治。而亦以勞肆甚矣。道光二十六年八月十九日。以疾卒。春秋六
十有八。卽以其年十二月某日。葬于甯鄉黃花塘鳳形山之陽。有子男六人。長
次卽家鼎。家泰。又次家豫。太學生。又次家謙。早卒。又次卽家升也。又次家貢。出
嗣從祖兄弟萬程後。女二人。長適蔣前卒。次適侯。孫男十二。降服孫二人。孫女
八。曾孫女二人。宜人寬仁周摯。救困如焚。深達大義。不徇私愛。疾篤。顧言曰。寄
語鼎兒泰兒。努力當官。無以家爲念。以二子時在京師也。將奔喪。以銘屬國藩。
越二年。乃銘之。而追內諸幽。銘曰。

杞恪賓周。别氏維夏。承馥遠年。踵興達者。究究女宗。亦大其閭。迪將多子。竝騁
天衢。諸孫遺經。廿年手澤。彰其羣起。下報我特。報以吾職。不告實勞。職之靡負。
厥代斯高。鐫于樂石。千世其牢。

祖四世元吉公墓銘

道光歲戊申。家叔父為太高祖考妣置祠宇。其明年又為修其墳域。乃郵書于京師。命國藩記其源委。國藩于公為六世孫。公之行事不盡悉。謹按家乘及傳聞于祖父者。以表于公之墓道。公諱應貞。字元吉。遷湘四世祖也。少貧。手致數千金。産室廬數處。盡以予其子。而自置衡邑之鼇塘灣田四十畝。以老焉。公沒後。子孫歲分其租以為常。至嘉慶歲丁巳。家祖及族長尊三以彰二公。糾族之人議積一歲之租。以為公清明之祀。今所置圳上之田是也。家叔父所修祠宇在焉。而鼇塘灣之田。族之人又於嘉慶壬申議永為公祀田矣。獨公之墓未修。族衆憂之。家叔父乃慨然任之。糾工不一月竣。距公沒時。已八十餘年矣。公生於康熙甲戌年二月廿三日辰時。沒于乾隆甲申年八月十五日巳時。配劉太孺人。生于康熙乙亥年三月十二日未時。沒於乾隆甲申年三月初二日子

時合葬於湘鄉大界鄉羅家屋場後之陽子六人長楚林次輔臣次文炳次明德次蕙山次容若國藩乃公次子輔臣公之元孫也銘曰

昔公創業源遠流長服疇食德寖熾而昌從龍鬱積有耀其光千秋宰樹終焉允臧

國子監學正漢陽劉君墓志銘

道光二十有八年九月十八日吾友漢陽劉君卒於家年三十有一踰月訃至京師國藩為位哭於舍旁道院遂徧告諸友皆相弔哭有失聲者明年某月某日葬於某里某山劉氏先隴之次國藩乃為銘伐石于都下寓舟浮江以達于漢既不及事則追而埋諸壙之趾君之為學其初熟於德清胡渭太原閻若璩二家之書篤嗜若渴治之三反既與當世多聞長者游益得盡窺國朝六七鉅儒之緒所謂方輿六書九數之學及古號能文詩者之法皆已窺得要領采名人之長義與己所考證雜載于書冊之眉旁求秘本鉤校朱墨竝下達旦不休久之稍損心氣又再喪婦遂疾作不良食飲君自傷年少羸弱又所業繁雜無當于身心發憤歎曰凡吾之所為學者何為也哉舍孝弟取與之不講而旁騖

瑣瑣不以僨乎。於是痛革故常。取濂洛以下切己之說。以意時其離合而反覆

之。先是君官國子監學正。薄有祿入。而婦翁鄧氏資之數千金。歲益饒給。至是

盡反金鄧氏。而移疾罷官。將家居食力以為養。益浩然自得以歸。歸未數月而

奄及於死。可哀也。始君之歸。嘗語國藩。没世之名不足較。君子之學務本焉而

已。吾與子黴精于讐校。費日力于文辭。以中材而謀兼人之業。徼倖于身後不

知誰何者之譽。自今以往。可一切罷棄。各敦內行。没齒無聞而誓不復悔。國藩

敬諾。其後君歸。果黽勉孝悌。族黨大悅。規畫家政。條議纖悉具。而君遽卒。命之永

不永不足憾。獨其事親從兄之志之美且堅。而不克竟其事。茲其可悲者也。而

國藩之無似。不克踐死別之約。以一塞故人地下之望。此又吾所深恥而切痛

者也。君諱傳瑩。字椒雲。曾祖良琨。祖方。仍世有隱德。父正柏。以君官封徵仕郎。

母葉氏。封孺人。始娶湯。繼娶陳。皆前卒。終娶鄧氏。君之反婦家金。鄧贊成之。無

子。以兄子世圭嗣。君之學業。其考核載于書冊之眉者。與其詩古文。皆不以刋

布。惟收得朱子所輯孟子要略一書。國藩為校刻行于世。修君志也。銘曰

竝吾之世。江漢之濆。有志於學者一人。其體魄藏于此土。其魂氣之陟降將游

乎在天諸大儒之門。敢告三光。幸賜護乎茲墳。

錢塘戴府君墓志銘

錢塘少司馬戴君既葬其親資政府君王太夫人。六年未有以聲諸幽。乃以命其友曾國藩。國藩為譜其系。述其行紀其恩遇。因及其息以識其葬。其系曰周植湯後于宋。幽王時宋公諡戴。後遂以公族為氏。聖與德抉經闡教。襄為通儒。傳至南唐安為銀青光祿大夫上柱國。諡忠恭。子奢始居新安之隆阜。孫處居上溪口。仍世為徽人。至明崇禎間有一美者。仕浙江都指揮經歷。子孫遂為錢塘人。曾祖永荃。祖承徵。考佳瓚。兩世皆封朝議大夫。朝議君生四子。長道亨。鄉試為舉人。次道立。議敘府同知。次道泰。府君諱道峻。字升甫。其季也。王太夫人考曰通泗。贈奉直大夫。其門族自為風氣。杭人甲乙目之。其行曰府君綜治羣書。不以一流自域。不與橫目之民爭利。不與逆攫者校曲直。改葬長兄之墓。迎主于家。而時其祭。從父墓崩。易棺而遷葬。又葬其姊之夫。又葬其師之無主後者。少嗜碑碣。繼耆古扇。聚以千計。老耆古金泉刀布幣。兼收博考。既寄于三者。乃冥于萬物。陶然自娛。不為執必。凡譽毀窮通有亡壹等齊之。終其身不以關

於慮也。太夫人操作暇豫。而供具倍于衆手。御下無甚色。而僕婢肅然。嫁衣燬
於火而無戚容。將死而無哀語。其恩寓曰府君既補學官弟子。七試于鄉而七
黜。以子熙貴。敕封儒林郎。誥封朝議大夫。既沒而熙躋卿貳。國恩例晉
資政大夫。太夫人初封安人。繼贈恭人。亦例晉夫人。其息曰男子三人。長即熙
以翰林三直 南書房。再視廣東學。累官至兵部右侍郎。次曰煦。府學生。明天
官算術。次曰壽。議敘府同知。女子四人。皆歸士族。孫十一人。有恒府學生。以恒
之恒縣學生。可恒如恒果恒其恒斯恒所恒自恒爾恒。孫女三人。曾孫三人。兆
登兆春兆衡。曾孫女一人。其葬曰。太夫人卒于道光十五年四月十八日。年六
十七。明年九月十七日葬于西湖之三台山麓。越七歲道光二十二年三月十
七日而府君卒。春秋七十有三。即以其年十二月十一日穿太夫人之域而合
葬。既固既度。永貞無紀。銘曰。
錢王湖濱有一士。十年 內廷書畫史。曾使嶺南萬里行。又坐樞府統九兵。是
為君府之令子。實奉老親葬于此。既葬六載吾為銘。下告誰何上日星。

崇仁謝君墓志銘

君諱廷恩。字拜賡。姓謝氏。少則負其讀書。歲盡齎裝遂去。而之農。又之商。南入
閩。西入蜀。遂物貴賤轉儈。嘗有負錢者。僞為逋亡。主計者謀以金六百。入君。君
密歸其金。而戒主計者更易簿記。舊欠由是厚償。君遠近聞人。爭欲相倚
助。君亦有天幸。所居恒獲。累致巨萬。盡以輒散之。為縣建義倉。積廩四千二間。貯
穀萬六百石。捐金凡千三百斤。建義學營。捐金二千兩。家置宗祠。捐穀若干斛。
新縣學。修祀廟。捐錢若干緡。修學官。新進生例。致束脩之資。新進生或貧之無
所出。則人為捐四百萬錢。君弱冠孤寒。蜎蜎立商賈所入。盡委義攘。苟利于
人。不以絲毫自為。顧計苟力所能。卹嗇百於人。不辭也。自太守縣令。爭欲致君。
君終不一私謁。邑有大役。長官杖任屬目相屬。君亦不以他人規我。稍為籌縮。
蓋行之五十載。靡財不可算。而君年亦七十矣。先是崇仁有黃洲橋。屢修屢毀。
以資用。造橋奠基。大興至是君出任之。鏈石鎔金。握水甸沙。衆匠東手。仰君計
畫橋成。廣一丈九尺袤四十丈。費白金六萬而強。以七十二歲而經始。四載
而畢工。二載而君卒。壽七十有七。道光二十一年九月廿四日也。祖亮儒考
上許。益贈中憲大夫。君以急公聞於朝。議敘總檢候選。又以子貴贈中議大

夫。配周氏劉氏皆贈淑人。子蘭階候選州同。蘭生進士工部郎中。蘭英優貢生。
蘭墀刑部員外郎。蘭馩縣學生。女五人。孫男子十二人。女子九人。以某年某月
日葬於某鄉某原。既葬之幾歲。蘭墀屬予為銘。而追事焉。銘曰。
民之豐約。有尸在天。彼富而吝。終或餧焉。貧而能施。積乃如山。徒手十載。富埒
周公。一毫匪義。神鑒厥衷。聚有神監。散有天視。利濟宏多。人天駢喜。佔畢豈久。
僅盡魯論。因心之矩。粲其經綸。光儀既蟄。亦世承福。載表徽猷。以愧儒服。

劉母譚孺人墓志銘

國藩不肖。幸得內交于當世之通才碩學。仁人君子。不為不多。而莫夙于里中
劉蓉孟容。誼亦莫隆焉。以是椂于人。人亦椂之。以謂兩人者天下之至愛也。自
余挂名朝籍。待罪六官。去父母之邦十有四年。孟容之巾屨儀度。不可接于吾
之目。其語笑不可際于吾之耳。僅以書問勞遺。然且闊絕。或望甚私怨。喁喁咸
豐二年六月。先太夫人棄養。孟容亦以五月二十八日喪母。國藩匍匐來歸。兩
人者相遇於縣門。斬焉對泣。自傷老大。又離凶疚。而是時粵中逆賊方渡湖而
北。聯巨艦數十里。旌旗蔽江。譌言雷動。其後遂破漢陽。陷武昌。明年又殘九江。

掠安慶入江甯揚州而據之烽火達于淮徐天下震駭國藩以　天子命治團練于長沙挾孟容以俱出苦語窮日夜相與悲憤追憾誠不意世變遽已抵此患氣之積有自來也五月辛亥孟容將葬母於樂善里覓冲山之陽乃不敢自致謹致其太公之命曰四方多難而陵谷有不可知汝既獲私于曾君葬有日宜從曾君謀所以識于葬者遂督銘銘曰

譚有淑妃衛姜之娣仍世不墮名媛紹之來室于劉莫逮先姑繼姑曰謝投溫承愉胡洪胡瑣室事敦我未匱先防有置無頗夫子人傑是名振宗畸以平劑如羽諧宮廣賚窮民鄉亭大悅身無華御終年補綴魚菽尸祭蠲饎必躬孝婦篤敬遂與天通篤生五子長其蓉也徑睎淵騫吾見亦寡二仲並殤化為黃土次葵次蕃騄駕如舞三女婉娩皆嫁士人兩孫葩茁玉立振振長曰培基幼者培垕女孫惟四不書惟某乾隆辛亥託生十月六二春秋返其大宅受形之初萬邦太和畢命之歲天地干戈生死盛衰難究難詳感慨泐銘以詔茫茫

湘陰郭府君墓志銘

君諱家彪字春坊郭氏湘陰人生而溫約夷愉與人無競不苟為和翕亦不為

介介踔異之行。卒然投之事變。若不克辨其是非曲直也者。及夫羣疑劫劫。徐
出一言折之。關開節解。風生冰釋。雖强辯者常默然。而内自詘也。曾祖遇傑
貤贈奉直大夫。祖熊貢生　誥贈奉直大夫。考詮世縣學生。世父世遵縣學廩
膳生。世遵無子。以諸子家暥為嗣。早世。乃復以君為嗣。家故饒贍。諸父豪宕好
施。或日費數十萬錢無所惜。君亦夷然不為有亡顧慮。親故假貸。每盈其意。或
他人相稱貸。要君一言為質。及期責償于君。輒量償之。又急則又旅歸之。歲中
為人理宿逋。率三四役。久之往往不讎。則毀其約契。會歲大祲。家以中圮。君故
夙于澹泊。豐約不以易其度。布衣糲食。蕭然自得。益務濟人。廣儲方藥。病者踵
門求乞。手劑與之。自尋常草木馬勃牛溲。以至丹砂鍾乳千歲之苓。尚方之蔆
諸奇珍物。可致與不可卒致。無所不蓄。蓋亦無所不施。其尤貧者。輔以羞餌。使人日
再問焉。疾革躬三問焉。君沒後。里人劉氏言之。涕泗交頤也。君生以乾隆五十
九年八月二十四日。沒以道光庚戌二月十六日。春秋五十有七。配張安人少
君二歲。以道光己酉七月十六日。先君沒之七月而卒。春秋五十有四。張安人
柔婉懿恭。既篤既靜。長沙舉人正旭之孫。永州府儒學訓導鵬振之子。自在其

室以逺為婦為毋莫不訓式始時家瞰有婦吳氏早寡而卞急姑張太安人性亦嚴厲積不相善張安人既嗣為後恭以事嚴姑而卑以承姒婦先姑之意以隆其奉以推及于姒娣小姑無所不隆詘己之身以薄其給以逹于己之子若女若婦無所不薄上尉下薦内外融融閭里親族無少長皆歎以為不可及覩其諸子貴盛皆領首歎以為宜其歿也哭之皆哀有餘云子嵩壽道光丁未科進士改翰林院庶吉士咸豐三年以救援江西功 聖恩特授編修嵩壽道光甲辰 恩科舉人宗室官學教習國子監助教俞壽縣學生候選訓導其季曰先樾早殤孫六人咸豐二年壬子歲三月十四日嵩壽與其弟奉君之喪葬於湘西善化楊梅山之原張安人祔焉又三年歲在乙卯國藩乃敘而銘之銘曰

我有執友翰林郭君至交金石天下莫不聞昔歲在戌赴告親喪徵我銘刻用識幽藏曾幾須臾歲星周半大地戈鋋東南塗炭我以喪歸里經即戎葬不極禮笲不協從惟郭氏阡在嶽之麓雲合峰環龜蓍竝縠不肖之嘆郭宗之祥詩於堅石以奠茫茫

誥封光祿大夫曾府君墓志

咸豐七年二月初四日。我顯考曾府君卒于湘鄉里第。春秋六十有八。男國潢

國葆謹視含歛。男國藩降服。男國華自江西瑞州軍營聞訃。男國荃自吉安軍營

聞訃。皆奔喪來歸。 天子廣錫類之仁。賜銀四百兩。經理喪事。閏五月初三日

癸未卜葬於二十四都周壁衝山內。從形家言。丙山壬向。去先世舊廬六里而

强。去梁江新宅八里而近。國藩少長至冠。未離親側。讀書識字。皆我君口授。自

竊祿登朝。去鄉十有四年。逮待罪戎行。違晨昏者又五年。府君之至言懿行。不

可得而盡識。僅從季父驥雲所泣問近事。而昆弟子姓諸姑姊妹亦稱述音容

往往而悉。其述府君侍先大父疾病。至難能矣。道光二十六年八月。大父病痿

痺。動止不良。明年冬。疾益篤。暗不能言。即有所需。以頤使以目求。即有苦蹙額

而已。府君朝夕奉事。常先意而得之。夜侍寢處。大父雅不欲頻煩驚召。而他僕

殊不稱意。前後溲益數。一夕六七起。府君時其將起。則進器承之。少間亦如之。

聽于無聲。不失分寸。嚴寒大溲。則令他人啟移手足。而身翼護之。或微沾汚。輒

滌除易中衣。拂動甚微。終宵惕息。明旦則季父入侍。奉事亦如府君之法。久而

諸孫孫婦內外長幼感化。訓習。爭取垢汚襦袴澣濯為樂。不知其有臭穢。或挽

篌輿游戲庭中。各有常程。大父病凡三載。有奇。府君未嘗得一安枕。愈久而彌敬。是時府君年六十矣。吾曾氏家世微薄。自明以來。無以學業發名者。府君積苦力學。應有司之試十有七。始得補縣學生員。不獲大施。則發憤教督諸子。國藩以進士入翰林。七遷而為禮部侍郎。歷官吏部兵部刑部工部侍郎。遭逢 兩朝推恩盛典。褒封三世。曾祖諱竟希 誥贈光祿大夫。曾祖妣彭氏 誥封一品夫人。祖諱玉屏 累贈光祿大夫。祖妣王氏 累贈一品夫人。府君諱麟書字竹亭。 誥封中憲大夫。疊晉榮祿大夫。光祿大夫。妣江氏 誥封一品夫人。小子非材。徼府君厚澤。曷克成立。以蒙茲光顯。于是泣述一二。并列刻系屬敬銘諸幽。若其懿德純行。宜傳不朽者。將以俟諸知言君子。銘曰。

西望新居。東望舊廬。此焉適中。羣山所都。我先人之靈。其尚妥於斯而永於斯乎。嗚呼。

男五人。國藩。配歐陽氏。國潢。監生。候選縣丞。配汪氏。國華。監生。即補同知。出繼叔父驥雲為嗣。配葛氏。妾歐陽氏。國荃。優貢生。同知職銜。配熊氏。國葆。縣學生。配鄧氏。

女四人。長適王鵬遠。次適王家儲。婿先卒。次適朱氏。先卒。壻朱麗春。季女殤。
孫八人。紀澤。二品廕生。配賀氏。紀梁。聘魏氏。紀鴻。聘郭氏。紀渠。聘朱氏。紀瑞。聘
汪氏。紀官。聘歐陽氏。紀湘。聘易氏。紀淞。聘王氏。孫女九人。
先大夫以咸豐七年丁巳五月葬周壁冲。至九年己未八月十六日癸丑。改葬
於二十九都台洲之貓面腦。自丁巳九月。男國荃復出治軍于吉安。至戊午六
月。男國藩復出治軍於浙江。皆以墨絰即戎。而男國華降服期滿。從軍皖北。竟
殉難於廬江之三河鎮。至己未五月。諸子服闋。而男國潢亦治團練于鄉。男國
葆亦從軍於湖北。歲月不居。人事遷變。輒因改葬。補記一二。俾後有考焉。男國
荃附記。
先妣江夫人生於乾隆乙巳年十一月初三日申時。春秋六十有八。咸豐壬子
年六月十二日卯時。沒于湘江新宅。原厝宅後山內。己未八月同日。改葬于此。
與先大夫共一塋域。國荃又記。

劉君季霞墓志銘

君諱蕃。字季霞。吾友劉蓉孟容之弟也。國藩治團練于長沙。提水師自巴陵至

九江。及入江西。屯軍南康。孟容皆展轉相從。三年奔走。夷險共之。季霞常以其太公之命。省孟容於軍中。出則美意相逆。諷免其兄歸。則傅會吉語。慰安其父。咸豐四年三月。岳州官軍失利。賊犯甯鄉。季霞閉關至長沙。存問孟容。孟容方以疾先歸。其六月。孟容將率舟師渡洞庭而北。季霞復送至省垣。明年八月。又自其家二千里。視孟容於南康。中途聞羅君澤南督師至義甯州而西。將埽蕩岳鄂之交。規復湖北。孟容亦分領湘右軍。從羅君俱西也。季霞與兄會於羊樓峝。時我師遠來。新有濠頭堡之敗。士氣初復。料簡糧仗。稍與休息。賊據蒲圻縣。得以其暇。益築堅壘。完守備。十月十七日。我師進營白石鋪。以蒲圻南門地險而逼。不利仰攻。乃繞道出公安畈。抵城西。駐軍鐵山。湖北巡撫胡君雲翼。以師來會。二十一日辛亥。分四路進攻。賊扼險立柵。穿塹數重。鎗礮環擊。不可近。閒出悍賊。揚旗跳盪。自辰至午。相持不決。軍勢少卻。季霞從兄督戰。進曰事急矣。賊將乘我。遂棄所乘馬。獨步而前。賊遽奔之。季霞發鎗斃二賊。又鞭卒之少退者。一賊伏下田。發鎗中傷季霞。仆地。孟容舁其弟歸營。而自麾眾禦之。短兵確鬥。驍將銳卒。傷亡數十人。賊亦大創。我軍乘閒舉火燔其木柵。煙燄冲天。五壘壘破。是夕遂破蒲圻縣克之。孟容還營視其弟創在脅旁。氣息僅屬。撫之大慟。季霞徐曰。兄勿爾命也。語訖而絕。春秋二十有五。事聞　諭旨追贈知縣。照知縣例　賜卹。季霞事兄致嚴以順。而風韻各異。孟容于士類揚清激濁。而季霞不置臧否。孟容稍立崖岸。別白是非。鮮所假借。而季霞脫去畦封。瞑無一語。款誠相接。其臭如蘭。以是人樂近之。劉氏世居湘鄉湘四十都。近歲兵事方殷。有司分都團練。季霞部勒鄉人。獨嚴整。喪歸自蒲圻。族之少長遠近之耆德學徒。與鄰鄉者團結之丁壯。會葬送死。哭者至數千人。如喪親戚。然後知其得眾。宿將不及也。咸豐八年　月　日甲子。葬于樂善里之王湖嶺。配孔氏國子監學錄廣瑞之女。生女一人。無子。以孟容子培垕為嗣。銘曰。

元二之厄。兵氣崢嶸。方州大府。亂卻孤驚。提戈殺賊。年少書生。厥少維何。星終兩紀。溫玉刻茗。翱翔文史。事親從兄。辟咡而詒。仗劍出門。海飛龍嘯。蒲首之山故壘嵯峨。一儒奮臂。永奠山河。位豈在大。齡豈在多。我銘斯石。萬代不磨。

季弟事恒墓志銘

同治元年十一月十八日丙寅。我季弟殁于金陵軍中。逾月喪過安慶。國藩設泣哭奠如禮遣之反葬弟名國葆字季洪後更名貞幹字事恒少則落落自將脫去町畦視人世毀譽及書史褒譏鐵惡不甚厝意不隨衆爲疑信時或詰難參伍大破羣惑嘗應縣試及學政試再冠其曹已而厭薄舉業不肯竟學咸豐三年國藩奉　詔討賊名募水陸諸軍季弟挈六百人以從提督楊載福侍郎彭玉麟始皆容季弟所爲僚佐季亟薦此二人爲英毅非常器已顧下之四年三月岳州兵敗季又亟白諸將無罪已顧獨坐之其後楊彭二人果以水師雄視東南而諸將亦次第登用擢取高官大名獨季弟黯黮歸去築室紫田山中柴門絕人事身與世若兩不相收八年十月毋弟國華戰歿三河季則大慟誓出殺賊以報兄仇而雪前恥鄂帥胡文忠公方廣求將材命季分領千人自黃州建旆而東十年正月連克太湖潛山三月始與叔弟國荃會師以圍安慶十一年八月克之明年爲　今皇帝元年弟以正月師次三山三山者宣池羣賊四萃之區軍入援絕寇十倍我乃以計招降三縣義民之陷賊者嗅咻而厲使之得四千人編伍約法用破魯港克繁昌下南陵蕪湖而國荃亦以是時克東西梁山徇和州當塗奪采石兄弟復會師進薄金陵之雨花臺江東久虐于兵

沴疫繁興。將士物故相屬。弟病亦屢瀕于危。定議假歸養疾。適以援賊大至。强起戰守。四十六日。賊退而疾甚。不可復治矣。季弟初以功敘儒學訓導。加國子監學正銜。克復安慶。晉秩同知。賞戴花翎。厥後連克繁昌三縣。天子雖以國藩前有辭賞之奏。猶特賜迅勇巴圖魯名號。至大破援賊。晉階知府。命下而弟不及見矣。事聞。遂追贈按察使。照軍營病故例議卹。詔書謂朝廷早欲擢用。特以國藩懇辭。留以有待。嗚呼　聖主之于臣家　恩寵不訾。獨惜國家欲大用吾弟。與吾弟欲得當以報　國。兩相須于微莫之中。而卒不克少待以竟厥志。嗚呼。玆所謂命焉者非耶。季弟生以道光八年九月二十日。春秋三十有五。曾祖諱竟希。妣彭氏。祖諱玉屏。妣王氏。父諱麟書。妣江氏。三代皆封光祿大夫。妣皆一品夫人。配鄧氏。先弟十月卒。兄弟五人。自仲氏國潢外。四人者皆從事戎行。季無子。以國潢子紀渠嗣。同治二年某月某日甲子。葬于某里某山之陽。輒敘次事狀。繫以銘語。以寫吾哀。銘曰。

智足以定危亂。而名譽不並于時賢。忠足以結　主知。而褒寵不逮于生前。仁足以周部曲。而妻孥不獲食其德。識足以祛羣疑。而文采不能伸其說。嗚呼。子季缺憾孔多。天乎人乎。歸咎誰何。矢堅貞而無怨。倘彌久而不磨。

閩浙總督季公墓志銘

公諱芝昌。字雲書。號仙九。姓季氏。道光之末。咸豐之初。公以正卿內知樞密。外督封疆。 朝廷亟以大事相屬。而公嘆然自以為不足。海內賢士。亦第宗其文章。而若忘其政事之美。公於文裁量完密。宮徵鏘鳴。當世歎為臺閣夷懌之音。而又忘其營度之苦。至其身世備歷諸艱。則知者尤少也。季氏世家江陰。公曾祖諱愔。祖諱熙。歲貢生。累葉窮約。至考諱麟。字晴郊者。始以拔貢舉人官鉅鹿縣知縣。嘉慶十四年。公侍王父從鉅鹿君。於官所。又迎婦于衛輝。婦翁為王蘇儕嶠。以翰林出守大郡。兩家皆科第名宦。政聲溢於河朔。寖寖光大矣。無何。歲貢君卒於鉅鹿。鉅鹿君坐不身捕妖民。褫職。遣戍新疆。踰年沒於戍所。公所生長子既殤。又殤一女。又殤次子。而鉅鹿君有官逋。簿責益急。籍家產輸之官。親知不相省錄。胥吏侵侮。殆無人理。厥後以道光元年舉順天鄉試。三年考取國子監學正學錄。簿宦京師。生事日絀。蓋至十二年成一甲三名進士。而公之困厄餘二十載矣。既以巍科改翰林院編修。明年散館。則大為 宣宗所褒。御書魁字於卷

之傳别而大臣亦自登公首選旋又以大考翰詹列高等 簡授山東學政任
滿還京充戊戌會試同考官明年己亥大考復列高等奉使江西主考浙江學
政累遷至内閣學士兼禮部侍郎由是舉朝慕公遇合之隆臺省耆宿交口稱
公詩賦以諷勉後進儕輩斂衽皆以為不及高才未達皆傳鈔而模範之雖 天
子亦以君臣文字契合為足樂也公在浙丁母憂道光二十三年服闋入都與
考試差翼日名對 宣宗嘉歎公文以謂他人蹶竭喘汗有不能到汝則沛乎
有餘譬之于射汝穿楊百中矣語畢大笑公且感且悚退而以不失鵠名其齋
是歲擢禮部吏部侍郎督學安徽公益兢兢恐無以育才厚俗上負 主知二
十六年受代還 朝明年充會試知貢舉 殿試讀卷官 經筵講官衡文之
事無役不從四方學徒翰林新進輻輳造門請業而 上察公忠謹廉介可任艱
鉅不復欲以校文角藝相屬蓋科目取士既久至爭聲律一字之得失而置軍
國于不問 宣宗晚歲遠覽唐季明末之陋卹焉思有以易之亦預憂治安之
不可深恃也二十八年 命公為倉場侍郎是冬 命偕定郡王載銓查辦長蘆
鹽務及天津所屬倉庫二十九年 命偕大學士耆英查詢東南兩河冗員浮

費又 命公馳赴浙江釐剔鹽務清查倉庫凡此有奸弊叢雜輒屬公梳抉而
廓清之公晝夜稽覈不吳不撓盡得要領而于人無所乖忤使浙未返有 詔
簡授山西巡撫甫至晉又內 召為軍機大臣三十年 宣宗升遐與諸王大
臣受遺輔政 文宗繼序益欲以艱大付公會廣西軍興南服不靖遂 命公
總督閩浙公鉤校官書發舊牘與新事雜治廢寢忘食未幾疾作陳請開缺勿
許咸豐二年病益劇屢疏乞退 温旨慰留最後十一月 詔許回籍調理三
年正月返蘇之常熟家焉二月金陵淪陷賊乃日熾公聞之大痛自以 朝廷
重臣出涖海疆不能濟弱扶傾副 聖主倚畀之意而時事糜爛又不克力疾
強起以效尺寸往往獨夜悲泣或為詩歌以鳴積鬱至咸豐六年而得偏痹之
症十年蘇常失陷挈家北渡又聞九月淀園之變益憂憤內傷不復可支矣是
歲十一月三十日薨于通州春秋七十自公之貴三代皆贈光祿大夫如公官
曾祖妣趙氏祖妣趙氏妣史氏皆贈一品夫人妻王夫人妾郭恭人皆前卒妾
吳氏公沒後自裁以殉 旌表如例子念貽道光庚戌進士翰林院編修加四
品卿銜女二人長適翰林院編修陳彝次適鉅野縣知縣張彭年孫綸全邦楨

曾孫厚堃厚基厚鎔。公卒時渴葬通州城東。同治四年八月十八日。始卜葬于江陰長山南麓。當公在閩引疾。方怪宏才若彼重任如此何遽謙讓勇退。及歸田數載而憂　國乃更甚于當官之時。而當世之自以為能負荷非常者。覆轍相屬。乃不忍聞。然後知君子斂然之抱。誠不易量度哉。嗚呼是可銘已。銘曰。

兩社貞卜。實啟季宗世閥休德集於我公。十齡一攄積塞乃通。發為宏篇藻火笙鏞。輶軒四出。使節落蕤。冥索章句。盡拔其豪。靡幹不采何埴不陶　天子曰洛。時有屯蹇。道有平頗。著在前典良臣斡之。天迴斗轉。斂此鴻文謀奠乾坤入筦天樞。出師海濱。鋤奸詰姦萬緒交紛。每況彌苶若虛若無。讓賢避位長往江湖。心摧形瘁與世同臞。我貢春官。出公門下。斯鑄斯鎔。武躍于治。岱宗雲頹。有隕如瀉。紀績埋幽。用詔來者。

仁和邵君墓志銘

位西仁和邵氏諱懿辰。與國藩交二十餘年矣。咸豐十年二月。賊入杭州。五日而復。七月位西訪余祁門軍次。語余以城破時。盡室陷賊中。賊退。乃挈家東徙紹興。老母考終。麤得盡禮。欲乞師以援兩浙。不果。遂別去。明年十一月杭州再陷。

位西之妻余恭人二子順年順國轉徙滬上余聞而迎致之安慶順年語余以城破
時盡室饑困其父麾家人出避圖延宗祀亦詭詞自稱將出遂泣別不復相聞
國藩心知位西烈士也必不苟免其家固知之以無定問不敢發喪同治三年
二月杭州克復順年奔哭周詢具得三日不食罵賊遇害狀實以十一年十二
月朔日殉難于是始除次執喪赴告遠近浙江巡撫上其事 天子下詔褒䘏
然後知親在則避親沒則死賢者遭難如是其不苟也位西之學初以安溪李
文貞公桐城方侍郎為則擯斥近世漢學家言為文章務先義理不事縟色繁
聲旁徵雜引以追時好厥後以舉人仕京師為內閣中書刑部員外郎入直軍
機處與上元梅曾亮伯言臨桂朱琦伯韓數輩游處博覽國故朝章其文益奧
美盤折亦頗采異己之說以自廣詢訪高才秀士折節造請交譽互證酬恣而
不厭狎習而彌虔然位西性故戇直往往面折人短以謂書籍所無公何得漫
爾不應再糾焉猶不獲三諫焉無問新故疏戚貴賤時否一切蹙頞相繩人不
能堪終以此取戾于世大學琦善公在獄嘗發十九事難之大學士賽尚阿公
視師廣西手疏七不可諍之諸公貴人病其峭直由是齮齕焉不得安其位咸豐

四年。坐濟甯防河無效。吏議鐫職。位西既罷歸。則大潭思經籍。纂著尚書通義。孝經通義。詩古文若干卷。飢餓圍城之中。猶著禮經通論。誦聲鏘然。徹于卷外。亂後僅得禮經一卷。文三十餘首。刻之淮安。蓋不能什之一二。餘則散佚矣。位西之曾祖父寶勤。王父又曾。父宗贄。本生父鳳儀。世著清德。有兄懿藩。早喪無子。以順年後之。有女二人。順年歸自杭州。未得父尸。大痛遘疾。同治四年六月十三日。沒于金陵。余恭人少而刲股療親。晚而事姑有聲。既痛其夫。又悲其子。七月十二日亦卒。嗚呼傷已。國藩于是命順國與其壻鄭興儀。具位西衣冠葬之西湖二龍山。以余恭人及順年祔。順年之妻伊氏。前死賊中。至是亦以衣冠祔葬。銘曰。

城有時而為湖。海有時而成田。物固有非常之變。烏可以常理測。彼昊天善不必福久矣。曾不自夫子而始。然愍東南之大戾。仁聖與螻蟻而同捐。著述盡其蕩盡。僅弔煨燼之殘編。天之精者不復存。存者又未必果傳。獨其耿耿不磨之志。與日星而長懸。魂無遠而不之。魄則依妻子以全。庶上為神祇所許。而下為百世學者之所憐。

張君樹程墓志銘

君諱善準，字樹程，號平泉，晚更自號愚公，武昌張氏。考諱以誥，國藩嘗表其墓，既詳其世矣。君孕育前徽，出入造次，不離古先之訓。既補縣學生員，以制舉之文震爟于時，主學政者每嗟賞之，舉以為羣士式。君顧不以自熹，獨有志于樸學之塗。篤好湊儀王氏困學紀聞、崑山顧氏日知錄二書，刪取其要，別為一編，手寫數通，亟繹而不厭，博覽而彌深。前所謂舉業者，漸高簡而不偕于眾，遂為歲貢生以終。與之遊者，但見其於科目仕宦窮通得喪豐約毀譽，洎乎未有以干其慮也。及聞時政安危，賢不肖進退當否，乃憂之樂之。如其家事，則相與怵焉。起敬粵賊之起，賢人君子往往殉難，或闔門同盡，君聞輒悼痛，語及卓行奇節，則泫然泣下，如喪周親。一夕篝燈讀書，忽甚悲，失聲，舉家驚起趨視，君方手一編，顧曰：有傳胡巡撫祭李帥文至者，余讀之，不覺哀而一號耳。胡巡撫者，益陽胡文忠公林翼；李帥者，湘鄉李忠武公續賓。時方戰沒三河，天下所共傷也。自是兵事利鈍，家人相戒不敢以聞。閭里過從，相與遣懷望治，道吉語以忘憂。君一接以恭謹，遇耆長，怡聲酬對，如恐傷之；自敵以下，亦能獎善，溫溫致敬，終不以有故而加慢。姻好或有患難疢疾。早夜省視。匍匐護持。時其有無而周濟焉。人咸謂君為慈惠之師。緩急可倚杖矣。然君性實剛介。嫉惡如讐。深恨昏墨之吏。暨士人居家者財利。與胥豎競錙銖者。以謂天下大亂。端由此輩。意不快則昌言誅責。唾而斥之。或以書抵友朋。其語絕痛。又嘗戒其子裕釗。汝才薄。慎無求仕。尚仕慎無為身家謀。居民上而黷貨。是穿窬也。神不福矣。聞者凜凜然。後知君之德。不得謹以仁厚名也。同治三年十二月十日卒于家。春秋六十有九。所著有史學提要續編六卷。妻金氏秉禮習勞儉而澤物。子二人。長裕鍇。次即裕釗。舉人。積學能文。女子二人。孫幾人某某。某年月日葬君于某縣某山。裕釗來徵銘。銘曰。

訥訥哲人。斯須繩矩。遇事激發。剛亦不吐。惻怛忠良。有涕如雨。譏貶姦貪。有舌如斧。能好能惡。是謂至仁。邈然物外。未侵一塵。樊口之南。重湖之濱。藏骨黃壤。垂範千春。

苗先麓墓志銘

君諱夔。字先麓。肅寗苗氏。自幼讀書。即異常童。不好為科舉文藝。而竊耆六書

形聲之學。讀許氏說文。若有夙悟。精研而力索。滯解而趣昭。又得顧處士炎
武音學五書。慕之彌篤。曰吾守此終身矣。年二十餘。即纂毛詩韻訂。繼又纂廣
韜一書。授徒窮鄉。制藝試帖之屬。不中有司程度。學子稍稍引去。君益冥心孤
往。于馬賓傳。閱之河間城外。得漢時君子館磚。又得開元瓦於獻王墓旁。私獨
欣喜。以為神者餉我。以慰寂寞。久之。道光十年。縣令王君聞而敬異。聘君主講
冀經書院。明年。為學使沈侍郎維鐈所知。舉辛卯科優貢生。高郵大儒王氏念
孫父子。聞君之說。禮先于君。遂與暢論音學源流。由是譽望日隆。督學使者爭
欲致之幕下。與共衡校。初隨編修汪君振基衡文山西。繼隨祁文端公雋藻衡
文江蘇。所至甄拔宿儒。周覽山水。又以其暇編摩譔述。從事于其所謂聲韻之
學。道光二十一年。祁公還京師。乃醵金刻君所箸說文聲訂若干卷。說文聲讀
表七卷。毛詩韻訂十卷。建首字讀一卷。君以為許叔重遺書。多有為後人妄刪
或附益者。乃訂正說文聲類八百餘事。顧氏音學所立古音表十部。宏綱已具。
然猶病其太密。而戈麻既雜西音。不應別立一部。於是併耕清及蒸登于東冬
部。併歌戈于支脂部。定以七部。隱括羣經之韻。書出。識者歎其精審。又數年。侍

讀馮君譽驥視學山東。國藩薦君偕往。役未畢而先歸。于是君亦齒衰而倦游
矣。道光之末京師講小學者。卿貳則祁公及元和吳公鍾駿。庶僚則道州何紹
基子貞。平定張穆石舟。晉江陳慶鏞頌南。武陵胡焯光伯。光澤何秋濤願船。君
旣習于祁公。又與諸君傾抱寫誠。契合無閒。子貞嘗命工圖已及石舟及君三
人貌。蓑笠而處田閒。蓋三人者皆同年優貢。又皆有逸士之風。謂宜與負耒者
伍也。君旣泊然無營。暇則徒步造訪諸君。與辨論前世音學。暨近人江戴段孔
諸家部分之多寡。意指之得失。覈議亭決。窮日夜不倦。閒亦過余劇談。歸自山
東。余從容問東士亦有研究說文者乎。有得見吾子箸述者乎。曰有之。何以知之。
曰吾書中有自稱夔接云者。東人稱引及焉。曾不知夔之為誰氏名也。則相與
拊掌大笑。君徐又曰吾家有贛僮。昨者日晏吾責豎子何不具食。僮輒報以錢
物罄矣。殺以何具。吾柔聲謝之。僮乃不遜竟去。吾今方躬自爨耳。則又相與大
笑。蓋君處困約。有以自怡如此。他日君又語余曰吾窮于世久矣。甘之若飴。死
無所恨。獨平生箸書尚有數種。未及刊刻。不能無耿耿于懷。自余咸豐初出京。
展轉兵閒。至同治七年重入都門。昔之與君游者十人。蓋八九死。君之嗣子玉

璞來告君以咸豐七年五月初七日逝矣。春秋七十有五。抱君所著書曰說文聲讀考者。曰集韻經存者。曰韻補正者。曰經韻鉤沈者。述君遺命。謂當送國藩觀覽。且以銘墓之文相屬。君且死。戒其子必葬我眾書叢中。其子乃擇君生平尤嗜之書。納諸棺中以徇。嗚呼。斯亦篤古之徵已。銘曰。

視以多歧而瞀。聽以雜奏而聾。技之精者不能兩工。苦思專壹。可與天通。誅形而得聲。勘異而得同。點涉百氏。惟許君是崇。胡學之旁達。而遇之不豐。抱此孤賞。永奠幽宮。

唐確慎公墓志銘

公諱鑑。號鏡海。唐氏先世自江西豐城徙居湖南之善化。四傳至諱煥者。以舉人官至山東平度州知州。公之祖也。生子仲冕。以進士即用知縣。官至陝西布政使。公之父也。平度君以子貴。 誥贈通奉大夫。配李氏譚氏。俱封夫人。譚夫人沒而葬於山東之肥城。布政君及配甯夫人皆踵葬肥城。公以父命徙籍山東。故又為肥城人焉。少而邁異。精勤嗜學如渴。以廩生入貲為臨湘縣訓導。嘉慶十二年舉于鄉。十四年成進士。改翰林院庶吉士。又二年授職檢討。又六年補浙江道監察御史充甲戌科會試同考官戊寅科順天鄉試同考官坐論淮鹽引地一疏吏議鐫級以六部員外郎降補會　宣宗登極詔中外大臣各舉所知諸城劉文恭公鐶之薦公由是有廣西知府之命服闋後再爲平樂府知府一爲安徽徽寧池太廣道量移江安十府糧道拜山西按察使遷貴州按察使擢浙江布政使遷江寧布政使敭歷于外蓋二十年其守平樂也亭平民猺之獄而解其仇屢磔劇盜境內肅然是時布政君解組東歸僑居金陵公聞母病即引疾去官省親江南既遭內外之艱皆北葬肥城廬墓讀禮服闋以例仍發廣西再守平樂道光十二年廣東湖南生猺爲亂公出防邊圉內譏奸宄往來富川賀縣安撫熟猺獸擾而兒畜之設立五原學舍延師教讀群猺大悅捡郡中煽亂者譚于先等十餘人立斬以徇而貰其脅從千餘人其名籍一無所問其按察貴州也平反疑獄歸美令長曰非吾能正之某縣尹來省自易之耳其在江寧拯災修廢百度畢張時總督陶文毅公澍寢疾公代行使院政事文牘如山賓僚填咽昧爽而勤職丙夜而不休忘寢輟餐形神交瘁而言者乃劾其多病近藥廢閣公事又雜摭他端以相訾毀　朝廷遣使者按問率無左

驗。宣宗知公端謹。一切弗論。忌者或憚其方嚴。未幾。內召為太常寺卿。道光二十年四月也。公潛研性道。宗尚洛閩諸賢。所至以是救其躬。亦以牖于人。亦時時論著以垂于後。在翰林時著有朱子年譜考異。省身日課。畿輔水利等書。在廣西著讀易反身錄。居喪著讀禮小事記。官平樂時延納人士。入署親與講授。設立義塾。誨誘寒畯。官貴州時亦如之。官江甯亦如之。及入為九卿。又著易牖。學案小識等書。扶掖賢俊。倡導正學。時如今相國倭仁。艮峯。侍郎吳廷棟。竹如。侍御竇垿。蘭泉。何文貞公桂珍。輩。皆從公考德問業。國藩亦追陪几杖。商搉古今。觀其陋室危坐。精思力踐。年近七十。斯須必敬。蓋先儒堅苦者。亞時賢殆不逮也。已而致仕南歸。主講金陵書院。文宗踐阼。有詔召公赴闕。凡進對十有五次。中外利弊。無所不罄。諭旨以其力陳衰老。不復強之。服官。令還江南。矜式多士。公至金陵。學徒益盛。以賊犯湖南。急欲歸展先塋。咸豐三年。乃自浙還湘。卜居于甯鄉之善嶺山。深衣疏食。泊然自怡。晚歲著讀易識。編次朱子全集。別為義例。以發紫陽之蘊。十一年辛酉正月十八日疾卒。春秋八十有四。其家函封遺疏。郵寄東流軍中。國藩以聞。天子軫悼。予諡確慎。配王氏。楊氏。

皆封夫人前卒無子以弟子爾藻嗣女四人適某某孫男三人某某孫女三人
某年月日葬公某縣某鄉某山又八年國藩始追爲之銘銘曰
俗學徇時行與名鈞孰捐其華而練其要唐公翼翼與世殊趣懼明戒旦篤信
程朱有譏其隘或諷以迂浩然不顧履我康衢　顯皇初政詔徵國老造膝前
陳嘉謨要道願致吾　君上躋軒昊進退以禮斂茲宏抱宦遊所至我求童蒙
羣居京國羣彥景從何才不育有金皆鎔以善學善偕之大同播此芬韻昭示無窮

歐陽府君墓志銘

先生諱凝祉初名鰲晚易今名字福田歐陽氏先世自江西徙居衡陽曾祖天
鼎祖心璥父順源并有清德曾祖妣氏劉治家嚴肅祖妣氏蔡妣氏蔡均以節
孝旌表于　朝國藩所作歐陽氏姑婦節孝家傳者也先生生三歲而孤恪遵母
訓跬步必謹母或戒之無觸忤人即終身不以言色加人或戒以愼無耽酒即
沒齒不近杯勺稍長嶷然自厲于學不假董督日埤月增既入爲學官弟子旋
補廩膳生遠近歸仰交幣迎致適館課徒凡四十年主講蓮湖書院者又十年
門下生箸籍數百人其高第者與之稽經講藝兼及敕躬之道成物之方其不

師教則訶求繼責。屏斥門牆之外。初雖怨望。後常悔憾自愧不為良師所齒。從之游者恒守繩矩。雖垂老而憚之如初。先生疏于治生。臨財則辨別精審若將浼焉。一歲中學徒束脩之資。不足自給。往往隨事散去。少以孤童為叔父成材所養。晚節竭力調之。宗祀不足于資。先捐金以成之。議為衡陽裁減錢漕浮費。有啖以利而尼其事。峻辭卻之。事成而合邑德之。其究人事問遺。率常謝絕。人謂先生少貶其節。可致饒裕。先生獨謂取舍有義。神明難欺。吾心所不許者。天道亦不與也。道光末以歲貢生注選訓導。同治初 誥封奉直大夫。配邱氏 誥封宜人。子二人。柄銓廩貢生候選訓導。柄鈞光祿寺署正。女子二。長者歸于國藩。次適彭治官。孫六人。定果湖北候補同知直隸州。定楙候選縣丞。定枚府學生員。定樞定楫定幹。孫女五人。曾孫二人。同治八年五月初九日疾卒。春秋八十有四。自七十以後不復授徒。遠方家居課孫。細字鈔書。講論不倦。同治六年歲在丁卯。孫定枚入學為附生。先生以嘉慶丁卯入學。授室至是六十年矣。乃用昔者成婚之日。燕客受賀。遠近歎美。夫婦既皆八十。而先生之伯兄八十有五。暇輒過從。相與道幼時瑣語以為歡。自謝為家門之祥。人亦祥之。夫其孝友雍雍。敦善不怠。殆所謂無作于天人者。復奚憾于其死耶。嗚呼可銘也已。銘曰。

衡西兩世貞節之門。實生令德。孝子孝孫。上承慈訓。下啟後昆。位豈須顯。身蹇道尊。名豈須震。多士崇信。小叩大鳴。甄陶羣儁。奬誘自寬。壇宇自峻。七十碩師。還山娛老。耄而從兄。推梨讓棗。亦有孫曾。質文完好。金籯匪貴。一經是寶。家有休徵。英彥輩興。門有上瑞。和氣薰蒸。其休其瑞。人世同稱。若考隱德。吾銘可憑。

翰林院侍讀學士丁君墓志銘

君諱善慶。字伊輔。號養齋。丁氏世居清泉之白沙里。孤幼從母劉太淑人育于外王父劉文恪公家。自少而好惡欣戚不主于己。惟母志之從。長亦如之。終身亦如之。久處京師。寄籍宛平。由順天府學生中式道光壬午科舉人。明年癸未成進士。選翰林院庶吉士。散館授編修。其歷階為國子監司業。詹事府右中允左中允。右庶子。翰林院侍講學士。其任職為　國史館總纂。庶常館提調。　文淵閣校理。奏辦院事。　日講起居注官。其使事為戊子科貴州鄉試正考官。辛卯科廣東鄉試正考官。乙未科會試同考官。其秋順天鄉試同考官。丙申以後迭為廣西學政。君雖闇然自斂。無所矜異。　宣宗嘗從容問翰林中孰為篤學。

曹文正公舉君以對。天子既異之。在廷名卿耆德亦多稱歎。以為令僕之器歲月可冀。君以母老懷思鄉里。歸自廣西。遂解官養親于長沙。早歲事母。執爨必躬。淅米必潔。至是益加謹焉。母或加餐。輒喜述諸人以為至幸。或有饋賜。輒豐其好貨。端簋而將之。或體中不適。則憂皇如不終日。或意有不懌。則長跪引咎。既解乃起。或將他適。則先于其所往百物畢齎。所欲立應。室無纖埃。庭無高語。一身肅戒。舉家兢兢。官游餘財。為其弟 所耗。君則經營置產以覆弟短而悅母心。舅氏劉若珪謫官遠戍。君又傾其前產以贖舅罪。而慰母於地下。蓋畢生孺慕。自順親外。不知天地更有何事也。母沒數年。而廣西冠賊大起。咸豐二年秋攻圍長沙。君矢死堅守。寓書其弟曰。城陷弟收吾骨於桂樹旁井中矣。日夜令其子馴巡警周垣。馴以勞致疾。妻蔡氏刲股療之。不愈遂卒。君乃曰。兒致身衛國。婦刲肉救夫。吾門之祥也。吾母幸而考終。吾身若家皆可殉難。尚何惜哉。賊退則趣治戰船以濟水師。立共武社。使諸生與眾練卒肄習火器。事上。議敘加三品銜。論者謂謹厚如君。乃能臨危應變如是。為不可測也。同治八年六月十五日卒于家。春秋八十。其年十一月十六日葬于北關外洪山渡饗堂坑莊山之陽。曾祖某祖某父某皆　贈中憲大夫。曾祖妣氏某祖妣氏某贈恭人。妣氏劉累封恭人晉贈淑人。　旌表節孝配陶氏某配周氏妾呂氏生子馴早卒。乃以弟之子驊為後。妾廖氏生子駿。女六人。孫四人。焯煥煊焋皆驊出。煥復出為馴後。女孫二人。君之學詳於治經。尤嗜易春秋。著有左氏兵論。主講嶽麓書院二十餘年。以洛閩正軌。陶鑄羣弟子。亦頗參陰德感應之說。警發愚蒙。生徒翼翼。無敢軼踰法度。庶幾以身教者。銘曰。

不斵不礱。不揭己以為崇。公以校士。毅以即戎。勇以辭祿位。而誠以啟羣蒙。皆以仁孝為之本。本立而用自不窮。老成逝矣。康此幽宮。

郭依永墓志銘

依永名剛基。一名立篪。姓郭氏。吾友筠仙中丞嵩燾之子。而國藩之第四女壻也。少而羸弱善病。就學數歲。猶戒其師無過督責。年十四五。筠仙奉　命巡撫廣東。依永從親于南海使院。遂志研求學。以大進。其後從親還湘。益有慕乎古人述作之林。自場屋經義律賦試帖。以至唐人楷法名家繪畫。皆窺其藩而究其趣。而於古近體詩為之尤勤。同治七年。以試藝冠其曹。補縣學生員。父兄或詒以專事科舉之業。而於詩姑輟焉。依永以為志廣途遠。安能孜孜獨事舉業。退輒矯首長吟。叢稿滿室。有龍光輔樹棠者。老儒東林者。年皆六十。與為忘年交。時時相從倡和不厭。或騎駿馬挾一僮。薄暮游古寺。覓句以歸。用是自適。依永之詩。嵯峨蕭瑟。如秋聲夜起。萬彙傷懷。又如閱盡陵谷千變。了知身世之無足控搏者。長老皆怪名門少年不應有此。東林亦嘗詰之。依永則自謂吾每為詩。百感中來。不可遏抑。竟以同治八年十二月四日病卒。年才二十有一。曾祖某祖某皆以筠仙貴。 誥贈榮祿大夫。曾祖妣氏某祖妣氏某妣氏陳皆 誥贈一品夫人。子二本合本謀。女生月餘而殤。疾革援例為員外郎。同治九年某月某甲子將以品官禮葬于某縣某山。嗚呼衰齡而哭予仁慧而不壽。皆人世所謂不幸。然聖賢有遺之者矣。豈天之所可否與人間所稱善惡禍福。其說絕不類耶。抑人事紛紜萬變。造物者都不訾省。一任其殃慶顛倒。漫無區別耶。天人感應之故。自昔久無定論。依永之生。其詩已頗知一得喪齊彭殤之旨。今其既死。殆將沛然而大覺矣。于是述吾所聞。為之銘辭。以質幽遐。亦塞筠仙之悲

銘曰。

吾聞君子之畏天命有如孝子之事庭闈苟遭禍譴敬受不疑恭若申生順若伯奇又聞道家之言與化推移縱心任運有若委衣雖宗旨之各别要安命而無違覽依永之詩篇似多見道之詞胡含愁而鬱鬱豈其中有不自持修德之報忒爽雖神聖不能測其微主之人者為吾能為主之天者吾安敢與知等死生于晝夜信長短之有涯存者抑情而復禮逝者奠魄而永綏

羅君伯宜墓志銘

君諱萱字伯宜湘潭羅氏處士某某之孫吾友候選內閣中書汝懷研生甫之子也少而穎特旁通飫聞庭訓多所開解咸豐四年國藩率師自岳州逐賊東下强挈君以俱東是歲克武昌破田家鎮攻九江舟師不利于湖口明年國藩至南昌重立水軍進屯南康視陸師於湖口弔忠武公塔齊布于潯陽君展轉相從跬步必偕余或口占書疏君輒操筆寫錄或危急之際君甘心同命而外則美言相溫諸將或輕重不得輒為之通懷使各當其意以去又明年羣寇環集江西陷没五十餘城諸軍多壞散乃授卒三千人令君領之赴敵初戰建昌繼攻撫州既又會擣瑞州君之躬臨行陣自此始也其後湖南援師四至江西

稍稍解嚴。君以久役。請急還湘。國藩亦以咸豐七年丁憂去職。君既暫脫兵間。則假館以課學僮。製造詩詞。以酬勝侶。作蠅頭細字。以與古人校離合于豪芒。負笈走場屋。以競得失于有司。漠然若不知有世變者。未幾。駱文忠公秉章檄辦湘潭團練。劉總兵培元招至鼎澧。又招至衢州。與謀軍事。君稍規大計。不肯久留。自浙西旋。省余于安慶。又省其從兄逢元于當塗。軍次亦不欲久居。會所親黎福疇沒于涇縣。君遂護其喪及其孤嫠以歸。同治二年。廣東巡撫郭公嵩燾招君至粵。屬以創立水師。君又遜謝而歸。每歸。從事文藝。與諸生比肩就秋試如初。久之。佐某君治威信軍。又自領一隊。曰威震軍。防禦粵賊。事定散去。蓋自是君亦倦遊。不復有意于兵事矣。七年冬。記名按察使黃君潤昌征苗貴州。要君偕行。君慨然曰。是足與有為。吾所敬也。吾不可以已。八年正月至黔。師既有功。遂克鎮遠府衛兩城。道員鄧君子垣。提督榮君維善。兩軍來會。進克關寨。欲遂由施秉以達于黃平。氣銳甚。師至小甕谷隴。以道隘箐深。為賊所困。君與文武將領十八人者皆死。三月二十二日也。嗚呼。君之于戎事。亟就之。亟去之。天于君之勳名。若成之。若吝之。乃卒不得一當。而委骨于荒徼絕壑之中。果何

為邪黨所謂命焉者非耶事聞 諭旨照按察使陣亡例賜䘏贈太常寺卿銜
世襲雲騎尉恩騎尉罔替君幼有夙慧二歲能識風翦兩字自真草法書古文
詩辭以至科舉之業俱有義法既入學為優行生從軍累歲敘功至同知直隸
州加知府銜其論吏治軍政皆貫徹古誼而不戾于時向使得守一官統一軍
與當世之成名者校何渠不如邪然終不得藉手以一伸其志此君子有陶鑄
人才之責者之咎國藩所以內疚而尤惜之也銘曰
孰推焉而屢起孰尼焉而屢止孰予以飛躍之資而不假以升斗之水出躍馬
而橫戈入稽經而諏史亦何慊乎時賢胡累于彼而屯于此終效命于蠻陬長
賫志其何已蓋憐才者之悲而竊位者之恥

甯津龐君墓志銘

君姓龐氏諱朋字君錫以字行更字百朋先世有自昌黎遷河間之津甯者遂
為甯津縣人大考復遷考自誠皆以君子際雲貴 誥贈通奉大夫祖妣孫氏
妣李氏皆贈夫人君少而篤行劬學事父母存得其歡心歿能盡禮有兄四人
以父命析居君所應得資產皆擇取劣下者又稍稍推其所有以全友愛讀羣

經及諸子書。能得要領。手錄口誦。鍥鏤疲劾而自勉。不衰。尤耆宋儒程子朱子
之說。顧躬行何如。不為空論。屢試輒黜。最後儀徵吳文節公視學直隸。乃識
君以為績學之士。擢置上第。補邑增生。君既不屑為速化之術。不得以其所學
祿之于世。則擇後生儁穎有志之材。鍛厲而淬濯之。冀成其器。出君門下者。率
有聞于鄉里。而君之子秉彝。訓被知于有司。通籍而仕者二人。當咸豐癸丑之
歲。粵匪渡河北竄。畿輔被擾。運河以西。郡縣騷動。咸欲團結鄉勇。各固境圉。君
建議阻運河而守。可省勁兵數萬。籌畫垂定。會鄰邑爽約。計以不行。然甯津終
得保全者。資君所訓練鄉兵萬人之力。由是遠近人知君不獨學優行高。又有
應變戡亂之畧也。際雲仕京師。仕熱河。數迎養。君耽于田園之樂。到官所未幾。
輙復旋里。年七十有六。以咸豐九年己未三月初五日卒于家。同治九年庚午
誥贈通奉大夫。如其子際雲官。娶同邑宋氏。專靜煦愿。天性儉勤。事舅姑事
夫。里之人稱曰賢婦。教成其子服官中外。所在著績。人曰太夫人之誨實然。稱
為賢母。以子際雲貴。　累封夫人。就養揚州。逾月。終于揚州公廨。實同治九年
十一月初八日。壽九十。距通奉公卒時十有一年矣。子三人。際韶力耕不仕。際

咸豐人官戶部主事。際雲由翰林改官刑部。以軍功游擢江南鹽巡道權兩淮都轉鹽運使司。女子二人。適楊惠琇李萬倉。孫二人作森澤鑾。孫女十八。嫁者七人。先是江蘇巡撫丁公之母某太夫人將以九十生日稱觴先一日而卒。際雲在揚州亦將以十月十四日肆筵娛賓為母宋太夫人壽。而宋太夫人先六日卒。江南之人。皆謂兩太夫人德稱其福而微以不得旅進祝嘏為歎。夫壽至九十。有賢子孫此人間所不多覯。兩太夫人可以無憾。豈藉一二日之宴樂以為榮觀哉。獨國藩重奉　朝命。涖兩江。疏陳衰年多疾。不任艱劇。不宜久點高位。既不得請。則私恃友朋之同官江南者匡余之不逮。而共底於治。今丁龐二君。先後以母憂去職。或南踰嶺嶠。或北歸燕薊。于余心不能無離別之愴。爾際雲於咸豐丁未考覺羅官學教習。庚戌考國子監學正。余皆閱取其文。故執摯於余。又館余家教余子者數年。同官江南亦數年。為余言通奉公太夫人之德甚悉。將以明年扶柩還里。豫來乞銘。銘曰。
通奉之阡。祔者夫人。孝視其事。親其視其事。畢行視其身。學視其所尊。慈惠感人。視諸其鄰。種德斂福。視其子孫。其永不朽。視茲銘文。

三七三

遵義黎君墓志銘

君諱愷字雨耕晚自號石頭山人遵義黎氏曾祖國柄祖正訓廩貢生考安理舉人山東長山縣知縣長山君二子長曰恂字雪樓雲南大姚縣知縣君其次也雪樓厚重寡言氣蓋一世君則倜儻通易周覽羣書兄弟間自為師友長山君少遭不造備歷艱險既見二子之成乃大歡慰二子翼翼趨承食必佐餕饋必奉槃匜唯猶嬰兒也嘉慶十八年逆賊林清等倡亂內煽京師外起滑縣河南北山東直隸震動時長山君仕山東雪樓侍于官所譌言四起或告于貴州曰長山破矣縣令殉城死矣雪樓殉父矣親屬都無存者僅存兩孺子漂轉吳楚間去矣君于時奉母楊太宜人在家聞則北望號痛請于母刻日戒途赴山東之難至長山則闔門故無恙傳者妄也由是遠近以孝歸之君曰父母得全幸也庸有稱乎雪樓之自桐鄉以憂歸也家居十五六年君晨造請進止雍雍語或不合亦敬應之而徐理之終無所忤雪樓嘗病喉痹絕言與食君午夜禱於宗祏泣曰我不及兄兄不可死必死者請以我代喉亦旋愈其敬嫂也如嚴其兄其訓羣從如教其子蓋歷久而不改至其終身亦卒不少懈居京師有友

曾某之喪。新尸獨厲。雖其兄亦畏惡不敢近。君就舉而斂之。必恪必躬。見者感歎。君少而善病。長山君雅不欲強之學。而博涉多通。窺見百家要指。以縣學生中式道光乙酉科舉人。十五年乙未大挑二等。補貴陽府開州訓導。二十三年十二月辛卯。以疾卒官。春秋五十有五。卒之日。囊無十金之蓄。士無識不識。莫不惜君之位。不稱其德。又不獲耆壽以昌其教澤也。嘸焉若有憾于天地。至其孝友篤行。饜于人人之心者。則誠服而更無遺憾。然則君之自省與後之論世者。亦可以無憾已。君配張氏。妾吳氏、劉氏。子四人。庶壽。咸豐辛亥科舉人。庶蕃壬子科舉人。候選知州。庶昌。以諸生獻策 闕廷。 天子褒嘉。特授知縣。候補直隸州知州。庶誠。女五人。皆適士族。孫四人。孫女五人。咸豐四年四月。葬君於河西小青棡林。其後閱十五年。庶昌乞余追為之銘。銘曰。

賢聖盛業。豈貴高名。其道甚邇。事親從兄。穆穆碩儒。黔南之特。韞斂英奇。以修內則。闔變趨庭。萬里戴星。禱疾身代。感徹百靈。胡誠不格。何施不普。化彼梟狼。澤以甘雨。生徒濟濟。飭爾五常。白華孔絜。馨我膠庠。亦有賢嗣。文行並卓。埋石茲邱。永貞喬嶽。

劉忠壯公墓志銘

君諱松山字壽卿少而沈雄豁達通曉家人生事親長稱譽以謂足昌吾門咸豐壬子癸丑之間粵賊度嶺北犯圍長沙陷武昌吾邑二三賢俊名募丁壯激揚家聲毅然有討賊之志君實隸王壯武公鑫部下號曰老湘營轉戰湖南北江西諸省歷有名績王公既殁則從張忠毅公運蘭戰于江西饒信諸郡追餘寇於閩邊別擊逆黨于廣東廣西才望日彰超越輩流矣咸豐十年余檄老湘軍及鮑超之師防剿宣歙攻守保危喋血二年始克徽州甯國兩府張忠毅以疾歸里君乃與易紫橋分領老湘營之半自持樞柄堅守甯國涇縣等城屢卻巨敵以底于江浙大定同治四年國藩奉 命攻討捻賊捻賊者始于安徽河南而蔓延于秦楚燕齊者也其叛亂稍後于粵匪而梟悍略同其步隊少于粵匪而驍騎逾萬剽疾過之湘中士卒慣戰江濱未習車騎馱運之勞不樂北征嬰之而不勸痛之而不服君獨感奮請前部卒不顧北渡者殺數人而事定師至臨淮易紫橋病歸定安謹按公此文係壬申歲正月作屬稿僅三百餘字病發輟筆距易簀時僅數日耳文雖未完不敢輕廢僅依元稿錄出以見珍重手澤之意